यदि आपको जीवित रहने के लिए चुना गया है

पवित्र ग्रेल का रहस्य

षड्यंत्र, मिथक और जागरण

खंड II

मेलिना ओरिया

"हम ग्रेल को नहीं खोजते। हम ग्रेल बन जाते हैं।"

✦ प्रकाशन जानकारी ✦

 पुनर्गठित चार-खंड संस्करण (2025)। पहले इसी लेखक द्वारा दो-खंड संस्करण के रूप में प्रकाशित।

श्रृंखला: अगर आप चुने गए हैं बचने के लिए — खंड II: पवित्र ग्रेल का रहस्य। मेलिना ओरिया द्वारा स्वयं प्रकाशित। आई.एस.बी.एन.

पाठक के लिए चेतावनी

यह उपन्यास तीव्र भावनात्मक अनुभवों, मृत्यु पर दार्शनिक विचारों, विनाश के बाद के ज्वलंत कल्पना, और अस्तित्व संबंधी संघर्षों के प्रतीकात्मक चित्रण को समाहित करता है।

यह पीड़ा के माध्यम से रूपांतरण, आंतरिक टूटन, और सामाजिक और व्यक्तिगत संरचनाओं के पतन जैसे विषयों की जाँच करता है।

सभी आध्यात्मिक तत्व, जिसमें "जीवन के वर्षों के साथ सौदा" का प्रतीकात्मक चित्रण शामिल है, रूपकात्मक हैं और उनका उद्देश्य आंतरिक आध्यात्मिक और मनोवैज्ञानिक दहलीज को दर्शाना है—न कि शाब्दिक या गुप्त प्रथाओं को।

यह कहानी दूरदर्शी आध्यात्मिक शैली की एक काल्पनिक कृति है। यह नियतिवाद, हिंसा, या विज्ञान के खंडन को प्रोत्साहित नहीं करती है, बल्कि जागरूकता, गहराई, और उपचार को चेतना, समय, और मानवीय जिम्मेदारी के बारे में गहन प्रश्नों के माध्यम से प्रेरित करना चाहती है।

यह दार्शनिक, गूढ़, और भावनात्मक साहित्य में रुचि रखने वाले परिपक्व पाठकों के लिए अनुशंसित है।

खंड II का परिचय: रूपांतरण के बाद

वे बच गए। लेकिन क्या दुनिया बच गई?

पहले खंड, "रूपांतरण" में, मेलिना और नथनेल ने मानवीय की सीमा को पार किया—न केवल जीवन और मृत्यु के बीच, बल्कि स्मृति और चेतना, समय और आत्मा के बीच। जिस सौदे ने उनकी नियति बदल दी, वह शैतान के साथ नहीं, बल्कि अनंत काल के साथ एक समझौता था।

उसने कीमत स्वीकार कर ली—जलते हुए ज्ञान के लिए सात साल का जीवन। उसने अपनी निश्चितता खो दी और मृत्यु से भी अधिक भयावह कुछ पाया—प्रेम जो अहंकार को तोड़ देता है।

वे दोनों ने सीखा कि बचने का मतलब जीना नहीं है। और यह कि सच्चा जागरण तब आता है जब आपके पास खोने के लिए कुछ नहीं बचता।

खंड II: पवित्र ग्रेल का रहस्य

अब, "ग्रेल कोड: सक्रिय" के बाद, समय रुकता नहीं है—यह खुद को फिर से व्यवस्थित करता है।

मेलिना एक पीड़ित के रूप में नहीं, बल्कि वास्तविकता की एक कीमियागर के रूप में लौटती है।

नथनेल उसे नहीं, बल्कि खुद के बारे में सच्चाई को खोजता है, क्योंकि वह समझता है: ग्रेल लक्ष्य नहीं है, बल्कि वह है जिसमें ग्रेल बनने का साहस है।

नई दुनिया में, जहाँ स्मृति घुल जाती है और सपने भविष्य को एन्कोड करते हैं, उनका संबंध अतीत और सृष्टि के बीच एकमात्र जीवित सेतु बन जाता है।

प्रेम अब भावना नहीं, बल्कि ऊर्जा है। ज्ञान अब शक्ति नहीं, बल्कि जिम्मेदारी है। और समय—एक रेखा नहीं, बल्कि एक जीवित कपड़ा है जो चुने हुए की इच्छा के आगे झुक जाता है। यह केवल एक निरंतरता नहीं है।

यह उनका दूसरा जन्म है। और शायद—आपका शुरुआत।

"पवित्र ग्रेल का रहस्य"

समय समाप्त नहीं हुआ। इसने खुद को फिर से व्यवस्थित किया।

"ग्रेल कोडः सक्रिय" के अंतिम आवेग के बाद, दुनिया जली नहीं, बल्कि जाग गई। सुप्त लोग अपने ही अभाव की शून्यता में समा गए। लेकिन कुछ और भी थे। जिन्होंने कंपन महसूस किया। जिन्होंने अपने डीएनए में फुसफुसाहट सुनी। दर्द ने उन्हें शुद्ध किया। प्रेम ने उन्हें गढ़ा। लेकिन यह युद्ध का अंत नहीं था। यह शुरुआत थी।

सत्य प्रकाश नहीं है। यह अग्नि है। और अग्नि पहले से ही आपके भीतर है। यह आपको रोशन नहीं करना चाहती, बल्कि आपको पिघलाना चाहती है।

ग्रेल एक किंवदंती नहीं है। यह एक कोड है। चेतना के ताने-बाने में धड़कने वाली एक जीवित आवृत्ति। आप इसे हाथ में नहीं पकड़ सकते। आपको इसे अपने रक्त में प्रवाहित होने देना होगा।

मेलिना और नथनेल नायक नहीं हैं। वे स्मृति के वाहक हैं। उनके कदम अब एक नष्ट हुए शहर की राख पर नहीं हैं, बल्कि अदृश्य के संग्रह के माध्यम से हैं, जहाँ हर कोशिका खोई हुई सभ्यताओं का एक खंड है। यह एक निरंतरता नहीं है। यह एक दूसरा जन्म है।

गुप्त आदेशों की दुनिया अब छाया में छिपी नहीं है। यह प्रकट हो गई है। क्योंकि षड्यंत्रों का समय समाप्त हो गया है। टकराव का समय शुरू हो गया है। दुनिया हथियारों से नहीं, बल्कि विस्मृति से तड़प रही है। उस डिजिटल प्लेग से जो स्मृति के न्यूरॉन्स को नष्ट कर देता है। लेकिन इस पीड़ा में, ग्रेल एक न्यायाधीश नहीं है। यह एक दर्पण है। जब आप इसमें देखेंगे, तो आपको कोई किंवदंती नहीं दिखेगी। आप खुद को देखेंगे। वह जो यह समझने के लिए तैयार है कि उनके डीएनए का 98% "कबाड़" नहीं, बल्कि कोड है। कि कीमिया एक मिथक नहीं, बल्कि आत्मा को पुनर्व्यवस्थित करने की एक प्रक्रिया है। कि पुनर्जन्म एक वादा नहीं, बल्कि एक जिम्मेदारी है।

उन सपनों में, जहाँ शहर प्रकाश में नमक की तरह घुल जाते हैं, आप उन आवाज़ों को सुनेंगे जिन्हें याद है। आप समझेंगे कि समय को मोड़ा जा सकता है, और पोर्टल को खोला जा सकता है।

यह पुस्तक केवल उनकी यात्रा की निरंतरता नहीं है। यह आपकी शुरुआत है। "पवित्र ग्रेल का रहस्य" तब शुरू नहीं होता जब ग्रेल सक्रिय होता है। यह वहाँ शुरू होता है जहाँ विस्मृति अब संभव नहीं रहती।

आत्माओं की कीमिया: प्रेम का अनंत काल खंड।

अध्याय 1: वह सेकंड, जिसने दुनिया को फाड़ दिया

बेसल में नथानियल से पहली मुलाक़ात के चार महीने बाद... यरुशलम में ऑपरेशन के एक हफ़्ते बाद।

स्वयं का सार

अब, मौत के आलिंगन से एक और बार बाहर निकलने के बाद, जो केवल दर्द और आतंक से नहीं, बल्कि एक गहरे पारलौकिक निशान से हमेशा के लिए चिह्नित था, बहुत पहले लिखा गया पत्र मेरे दिमाग़ में एक लाल नक़्शे की तरह धड़क रहा था,

जो मेरे रासायनिक रूपांतरण का नक़्शा था। इसने मुझे दुनिया की असीम विशालता को एकमात्र संभव और असीम लगाव के रूप में फिर से सोचने की ताक़त दी। मैंने इसे एक भाग्यशाली मिशन तक पहुँचाया। मेरे पुनर्जन्म का सर्वोच्च अर्थ – इस लगाव का जीवित, शाश्वत झरना बनना, जो अस्तित्व के दिल में धड़क रहा है।

"नमस्ते, मेरा सार। मेरी आत्मा। मेरा स्वयं! मैं तुम्हें जीवन के खज़ाने को प्रकट करने के लिए लिख रही हूँ, जो तुम्हारे भीतर तारों की धूल और दिव्य प्रकाश से बुना गया है – भावनाओं, अनुभूतियों, खुशी और लगाव का। मैं मौत से मिलने के महीनों बाद लिख रही हूँ, अपने जागरण, जागरूकता, आत्म-ज्ञान के लिए... मैंने बढ़ने का एक लंबा, काँटों भरा रास्ता तय किया, जो गिरने और पुनरुत्थान से भरा था। ख़ुद की तरफ़ का रास्ता। सच्ची मेलिना की तरफ़, जिसे शुद्ध करने वाली आग में गढ़ा गया था। मैंने सुंदरता देखी। रोशनी। अपनी आत्मा की पूर्णता की ऊँचाई से रहस्योद्घाटन – चोटियाँ, जो पूर्णता को छू रही थीं। अब मैं यहाँ खड़ी हूँ, अपनी बाँहें फैलाए हुए, पुल पर। याट जीवन के खुले, अंतहीन समुद्र में लहरों की चोटी पर तेज़ी से चल रही है। बिना किसी डर के। बिना किसी सीमा के। जवान। सुंदर। ख़ुश। मैं अपने अंदर दुनिया रखती हूँ, क्योंकि मैं ख़ुद को रखती हूँ।

मैं दुनिया की मालिक हूँ! मैं इसका प्रकाश और इसकी छाया हूँ! मैं तुम्हें जीवन के सभी रहस्य प्रकट करूँगी, जो तुम अपने सार की गहराइयों में रखती हो – अर्थ, खुशी और प्यार का रहस्य! सुनो, प्यारी, उस कहानी में डूब जाओ, जिसे तुम स्याही से नहीं, बल्कि अपनी आत्मा से लिख रही हो। हर साँस के साथ। अपने दिल की हर धड़कन के साथ। अपनी चेतना के विचारों की शांत फुसफुसाहट को सुनो, उन उत्तेजनाओं को सुनो, जो तुम्हारी छाती से गूँजती हैं। केवल जब ये दो झरने एक में विलीन हो जाएँगे, तभी तुम अपनी पवित्रता को खोज पाओगी। तुम अपने छिपे हुए पंख खोल पाओगी। तुम अपनी सबसे साहसी इच्छाओं को पूरा कर पाओगी। तुम अपने पूरे अस्तित्व के साथ प्रेरणा के हर पल को जी पाओगी। तुम अपना रास्ता फिर से खोज पाओगी। तुम ख़ुद को अपने सबसे शुद्ध, आदिम सार में फिर से बना पाओगी। मैं तुम्हारा स्वयं हूँ, मैं तुम्हारे भीतर तुम्हारा ईश्वर और स्वर्ग हूँ, जो तुम्हें मार्गदर्शन करता है और तुमसे बिना शर्त प्यार करता है... यह तुम्हारी बुद्धिमत्ता की यात्रा-वृत्तांत है, जिसे तुमने जिया, महसूस किया, बनाया – एक जीवित किताब, जो तुम्हारे दिल से, खून और आँसुओं से, लगाव और दर्द से लिखी गई है।

मानव आत्मा की एक काँपती हुई ज्वाला, जो कभी नहीं बुझती, शून्यता में भी नहीं।

---✶ ६ ✶ ---

समय के माध्यम से यात्रा: सेकंड। ब्रह्मांडीय दरार।

रात ने उम्मीद की आखिरी चमक को निगल लिया था। मेलिना ने महसूस किया कि उसका हर कण दर्द से कंपन कर रहा था। हवा घनी थी, जैसे ख़ुद पृथ्वी पीड़ा में

थी। लेकिन सब कुछ से ज़्यादा भारी चुप्पी थी – एक ऐसे ईश्वर की जमा देने वाली, भेदने वाली चुप्पी, जिसने उसे छोड़ दिया था, परमाणुओं में बिखर गया था।

तीन दिन से मेलिना नथानियल को ढूँढ रही थी, उस अज्ञात सतह पर ड्रोन भेज रही थी, जहाँ वे पहुँचे थे। पनडुब्बी में उसकी आँखें स्क्रीन पर टिकी हुई थीं, जीवन के सबसे धुँधले संकेत की तलाश में थीं। सभी तकनीकी उपकरणों के बावजूद, उसका कोई निशान नहीं था। वह जानती थी कि उसे ढूँढने का एकमात्र तरीक़ा उनके बीच की वास्तविकता की परतों को तोड़ना है, उस तक तकनीक से नहीं, बल्कि अपनी ही आत्मा की ताक़त से पहुँचना है। वह ध्यान केंद्रित कर रही थी, अराजकता में एक प्रकाशस्तंभ की तरह विचार तरंगें भेज रही थी, उसे रास्ता दिखाने की कोशिश कर रही थी, क्योंकि वह जानती थी कि वह खो गया था।

आयामों की धारा को एक नई शुरुआत मिली। यह 00:00:06 बजे था। यह पल, अस्तित्व की सीमा से छीना गया, एक अभिशाप की तरह उसकी चेतना में फंस गया था। एक शाश्वत, अमिट टैटू की तरह। उससे पहले सब कुछ बस अतीत था, यादों की ग्रेनेस में धुँधला, बिना किसी अर्थ के। उसके बाद... उसके बाद सिर्फ़ अगली साँस के लिए संघर्ष था। मौत से चुराए गए जीवन के अगले कण के लिए।

---✶ ⸮ ✶---

खंडहर और भविष्यवाणियाँ

उसके चारों ओर के खंडहर उसकी अपनी आत्मा का प्रतिबिंब थे – उजाड़, बेजान, लेंकिन अतीत की एक गूँज रखते हुए। एकमात्र शरण सपना था, वह मध्यवर्ती स्थान, जहाँ मेलिना अभी भी मौजूद थी, अपनी कहानियों में जीवित थी, उसे एक खोई हुई दुनिया, एक बेहतर जीवन की कहानियाँ फुसफुसा रही थी। उसकी यादें, जो अब उसकी यादों के साथ एक अटूट धागे में उलझी हुई थीं, उसका एकमात्र लंगर थीं। एकमात्र उम्मीद कि सुबह सिर्फ़ एक और अस्तित्व नहीं, बल्कि एक सच्चा, पूर्ण भविष्य, एक अर्थ लेकर आएगी।

वह उसकी ज्वाला थी, जो निराशा और संदेह की हर छाया को जला रही थी। वह उसका जीवन-बल थी, जो उसकी अपनी साँस के साथ तालमेल बिठा रहा था, उसे जीवन दे रहा था।

जब वह ठंडी ज़मीन पर लेटा हुआ था, अँधेरे से घिरा हुआ था, उसने एक फुसफुसाहट सुनी। यह अतीत का दोहराव नहीं था, बल्कि एक ऐसी आवाज़ थी, जो इतनी वास्तविक थी, प्राचीन बुद्धिमत्ता से भरी हुई थी कि उसने उसे हड्डियों तक, उसके ही सार तक भेद दिया।

"नथानियल..."

उसकी साँस रुक गई। यह वह थी। लेकिन कैसे? उसकी आवाज़ ने दूरी को, ब्रह्मांड की नब्ज़ को, वास्तविकता के ही आयामों को काट दिया था।

"मैंने समय के भँवर को मोड़ दिया," उसने फिर से फुसफुसाया, उसके शब्द हवा में एक अदृश्य, लेकिन वास्तविक निशान की तरह घुल गए। एक धन्य मन्त्रा की तरह। "यह अब रैखिक नहीं है। यह मेरी इच्छा के तहत नृत्य करता है।"

नथानियल ने गहरी साँस ली। यह कोई सपना नहीं था। यह वास्तविकता थी, जो टूटने के बिंदु तक मुड़ी हुई थी, एक नए प्रकार के अस्तित्व तक। उसने एक भेदने वाला आत्मविश्वास महसूस किया, जिसने हर संदेह को दूर कर दिया।

"मैं तुम्हें सब कुछ बताऊँगी," मेलिना ने जारी रखा, उसकी आवाज़ अब ज़्यादा तेज़ थी, लेकिन अभी भी दर्द से भरी हुई थी, जो ताक़त में बदल रही थी। "मैं तुम्हें अपनी सुलगती हुई चिंगारी के बारे में बताऊँगी।"

और इस अकेले पल में, तीन दिनों के पूर्ण अकेलेपन के बाद, तीन दिनों में, जिसमें समय की परतें मर चुकी थीं और दुनिया जम गई थी, नथानियल ने अपना परम रहस्योद्घाटन अनुभव किया। वह अकेला नहीं था। समय हमेशा के लिए नहीं रुका था। वह बोल उठा था।

ब्रह्मांड की नब्ज़ फिर से बहने लगी। 00:00:07 बजे। लेकिन इस बार, इसने विनाश नहीं, बल्कि पुनर्जन्म का वादा किया। एक नई सुबह का। कीमिया का।

---✶ ६ ✶ ---

प्राचीन रहस्य

कैरीगोगनेल महल, काउंटी लिमेरिक के खंडहरों में – सपने ने उसे वहाँ ले गया, उसकी इच्छा से नहीं, बल्कि एक प्राचीन आदेश से, जो उसे एक स्टील के धागे से खींच रहा था। यह 1309 था, उस महान अभिशाप के सिर्फ़ दो साल बाद जिसने टेम्पलर्स के आदेश को तोड़ दिया था। हवा में धूल, सदियों पुरानी नमी और एक धातु जैसा स्वाद था – बीते हुए समय और बहाए गए खून की गंध। पूरे यूरोप में सताए गए भागे हुए टेम्पलर आयरिश पश्चिम के पथरीले उच्चभूमि के बीच शरण ले चुके थे – फ्रेंच राजा और इंक्विजिशन के हाथ से दूर, अपने रहस्यों के लिए एक अंतिम शरण की तलाश में थे।

वह एक संकरी, अर्ध-गिरी हुई गलियारे से नीचे उतरी, जो पुरानी लाइब्रेरी की गिरी हुई दीवार के पीछे छिपी हुई थी। उसका हर कदम गूँजता था, और ठंडे पानी की बूँदें उसकी गर्दन से नीचे बह रही थीं। उसने फफूँद और सदियों पुराने कागज़ की तीखी गंध महसूस की, घने इतिहास और भूले हुए रहस्यों का एक मिश्रण। पत्थर का सर्पिल उसे एक गहरी तहखाने में ले गया – ठंडा, नम, रहस्यों और खून की यादों में डूबा हुआ, जो दीवारों में कंपन कर रहा था। अँधेरे के बावजूद, मेलिना ने महसूस किया कि तहखाने में ऊर्जा घनी हो रही है, एक प्राचीन प्राणी की तरह धड़क रही है। यहाँ, इस क्रिप्ट में, दीवारों पर अजीबोगरीब चिह्न लिखे हुए थे – टेम्पलर प्रतीकों, हर्मेटिक ग्लिफ़ और सेल्टिक रून्स का एक मिश्रण, जिनमें से हर एक एक मुश्किल से दिखाई देने वाली, आंतरिक चमकदार आभा के साथ चमक रहा था, जो ज्ञान फैला रहा था।

मेलिना एक पत्थर की वेदी के सामने रुकी, जो बिखरे हुए, पीले पड़ चुके चर्मपत्रों से ढकी हुई थी। केंद्र में एक खुली हुई पांडुलिपि थी – "लिबर टेम्पोरिस फ्रैक्चर" – टूटे हुए समय की किताब। पांडुलिपि एक अजीब, विद्युत सफ़ेद चमक के साथ चमक रही थी, जैसे स्याही तारों की धूल और अस्तित्व की सीमा के सार के साथ मिलाई गई हो। मेलिना ने पन्नों को छुआ – उसने एक ठंड महसूस की, जो उसकी हड्डियों तक भेद रही थी, लेकिन साथ ही एक ज्वलंत, असहनीय वास्तविकता भी, जो उसकी चेतना में बह रही थी।

अंतिम पन्नों पर बारह प्रतिच्छेदन रेखाओं वाला एक चक्र खींचा गया था – समय की परतों का एक जटिल मॉडल, जो एक रैखिक नदी नहीं थी, बल्कि एक कंपन करने वाला जीवित जीव था, जो साँस ले रहा था और अपना आकार बदल रहा था। योजना के तहत स्पष्टीकरण थे, जो सटीक, लगभग गणितीय प्रतीकों के साथ लिखे गए थे, जो क्वांटम उलझाव और पलों के सुपरपोज़िशन के बारे में बात करते थे। पाठ से पता चलता है कि समय का मापन, जैसा कि हम जानते हैं, कई संभावित अभिव्यक्तियों में से सिर्फ़ एक है, एक तरह का भ्रम है, जिसे हेरफेर किया जा सकता है। इसमें बताया गया था कि चेतना, पर्याप्त इरादे और भावनात्मक ऊर्जा के साथ केंद्रित होने पर, एक गुरुत्वाकर्षण बल के रूप में कार्य कर सकती है, जो समय-स्थान के ताने-बाने को ही मोड़ देती है।

उसके ऊपर – कीमिया, दिव्य सटीकता के साथ उत्कीर्ण: "टेम्पस नॉन ट्रांजिट - कर्वेटुर सब वॉलंटेट इलेक्टोरम।" "समय नहीं गुजरता - यह चुने हुए लोगों की इच्छा के तहत झुकता है।"

इस पल में, जो कुछ उसने पढ़ा था, उससे मेलिना को एक शक्तिशाली ज्ञान प्राप्त हुआ। जैसे हज़ारों साल का पर्दा उठा दिया गया था। "यह... आइंस्टीन है!" उसने फुसफुसाया, और उसकी आवाज़ तहखाने में भविष्य की एक गूँज की तरह सुनाई दी। "गुरुत्वाकर्षण... समय-स्थान का मुड़ना!" उसे सापेक्षता के सिद्धांत, द्रव्यमान के बारे में, जो ब्रह्मांड के ताने-बाने को मोड़ता है, उस समय के बारे में, जो एक मजबूत गुरुत्वाकर्षण क्षेत्र में अलग तरह से चलता है, के बारे में खंडित ज्ञान याद आया। और अब यहाँ, हज़ारों साल पुराने चर्मपत्र पर लिखा गया था, वही रहस्योद्घाटन – लेकिन सूत्रों के परिणाम के रूप में नहीं, बल्कि इरादे की शक्ति के बारे में आदिम ज्ञान के रूप में। "टेम्पलर्स को यह ज्ञान कहाँ से... कहाँ से मिला?!" – उसका दिमाग़ उबल रहा था, जबकि वह समझ रही थी कि यह सिर्फ़ रहस्यवाद नहीं था, बल्कि चेतना की ऊर्जा के बारे में एक प्राचीन विज्ञान था, जो भौतिकी के मौलिक नियमों को प्रभावित करने में सक्षम था। इससे भी बढ़कर, यह ज्ञान अन्य प्राचीन रहस्यों को भी उजागर कर सकता था, जो वास्तविकता के बारे में हमारी पूरी धारणा को बदल सकता था और शायद दुनिया में नए, अप्रत्याशित प्रलय को खोल सकता था।

वेदी के नीचे की पत्थर की पटिया पर अंतिम टेम्पलर रसशास्त्रियों के नाम खुदे हुए थे, जो इस दूर के छोर पर छिपे थे, जिन्होंने पीढ़ियों के लिए यह वसीयत छोड़ी

थी: फ्रेटर अमंद दे बेथ्यून, 1309 – निर्वासन के महान गुरु, जिनका नाम अब मेलिना के दिमाग़ में एक पूर्वसूचना की तरह गूँज रहा था। डोमिनस ह्यूगो दे लिमेरिक – इतिवृत्तों का अंतिम भंडारपाल, जिनकी आत्मा अभी भी क्रिप्ट पर पहरा देती हुई लगती थी।

---✶ ʕ ✶ ---

आत्माओं का बंधन

इन तीन दिनों के दौरान उसने प्रयोग किया। उसका दिमाग़ एक फटे हुए कपड़े, एक खंडित वास्तविकता की तरह था, जो नए ज्ञान के धागों से भेद दिया गया था। लेकिन अस्तित्व की प्रवृत्ति और नथानियल के साथ एक गहरा, अवर्णनीय बंधन उसे आगे धकेल रहा था। वह उस तक पहुँचने की कोशिश कर रही थी। उसे एक संकेत भेजने के लिए। अलग हुई वास्तविकताओं के घूँघट को तोड़ने के लिए। वह नहीं जानती थी कि वह जीवित है या नहीं, लेकिन उसने इसके विपरीत स्वीकार करने से इनकार कर दिया। वह इसे स्वीकार नहीं कर सकती थी। यह असंभव था।

और अब, इस पल में, उसने महसूस किया कि वह सफल हो रही है। उसका संकल्प, उसका दर्द, उसका विश्वास शुद्ध, केंद्रित ऊर्जा में बदल गया था, जिसे रासायनिक रूप से गढ़ा गया था, जिसने ख़ुद समय को मोड़ दिया था। इसे जीवित मिट्टी की तरह लचीला बना दिया। उसने इसे वापस नहीं किया, इसे रोका नहीं। उसने इसे बदल दिया। इसे गैर-रैखिक बना दिया। इसे अपना सहयोगी, अपना उपकरण, अपना गीत बना दिया। और अब वह बता सकती थी। वह अपने अनुभव के बोझ को साझा कर सकती थी, उसे वह ज्ञान दे सकती थी, जिसे उसने अनलॉक किया था। क्योंकि वह जानती थी – वह जानती थी कि नथानियल ही एकमात्र ऐसा व्यक्ति था, जो समझेगा, एकमात्र ऐसा व्यक्ति था, जो विश्वास करेगा, एकमात्र ऐसा व्यक्ति था, जो इस मौलिक सच्चाई – ज्ञान और ज़िम्मेदारी के इस ब्रह्मांडीय भार को उठा पाएगा।

---✶ ʕ ✶ ---

साझा कैथार्सिस

उसने देखा। अपनी आँखों से नहीं, बल्कि उसकी नज़र से – एक दूसरी वास्तविकता की खिड़की, उसके नरक और उसके पुनरुत्थान की। उसने तबाही, अकेलेपन, निराशा को देखा। लेकिन उसने उसका संकल्प भी देखा, वह दिव्य चिंगारी, जिसकी उसे पिछले दिनों कमी थी, वह उम्मीद, जिस पर उसे विश्वास था कि वह मर चुकी है। जैसे उसकी यादें, उसकी भावनाएँ उसमें बह रही थीं – कोमलता से, लेकिन शक्तिशाली रूप से, उसे अंदर से बदल रही थीं। उसने अपने मुँह में धूल का स्वाद, जले हुए मांस की गंध, विस्फोट के बाद की जमा देने वाली चुप्पी महसूस की। उसने उसके संघर्ष, उसकी पीड़ा, लेकिन असंभव के साथ लड़ने की उसकी अविश्वसनीय, लगभग रहस्यवादी ताक़त, ख़ुद भाग्य को मोड़ने की उसकी ताक़त को जीया।

"मैं अपनी सुलगती हुई चिंगारी के बारे में बताऊँगी" – उसके शब्द फिर से उसके दिमाग़ में गूँज उठे, एक दोहराव के रूप में नहीं, बल्कि एक आगामी के एक सूक्ष्म रूप में।

वह समझ गया। यह "ज्वाला" तबाही नहीं थी, बल्कि जीवन-बल थी। उसके सार का सार, जीवित रहने और लड़ने के लिए केंद्रित संकल्प, शरीर की सीमाओं को पार करने के लिए। यह उसे बचाने का उसका तरीक़ा था – न केवल शारीरिक रूप से, बल्कि आध्यात्मिक रूप से भी। उसने उसे जारी रखने का एक कारण दिया। जीने का एक कारण। विश्वास करने का एक कारण।

नथानियल ने महसूस किया कि एक परिचित एहसास – उसकी अपनी आंतरिक शक्ति – जाग रही है, जो उस ताक़त को दर्शा रही है, जिसे मेलिना उसे दे रही थी। उसके शरीर का हर हिस्सा कंपन कर रहा था। वह अब अपनी निराशा का कैदी नहीं था, बल्कि एक नई वास्तविकता का सह-निर्माता था।

अचानक, नथानियल ने ऊर्जा की एक लहर महसूस की, एक ब्रह्मांडीय शक्ति, जो उसे भर रही थी। वह थकान, जो उसे दबा रही थी, गायब हो गई। जैसे दुनिया के साथ उसके अपने संघर्ष को साझा करके, उसे उसकी ताक़त का एक हिस्सा, उसकी आत्मा का एक हिस्सा मिला था। वह अब अकेला नहीं था। सिर्फ़ यह नहीं कि मेलिना जीवित थी, बल्कि उसने वास्तविकता, आयामों की धारा, मौत की बाधाओं को तोड़ दिया था, ताकि उस तक पहुँच सके। यह इस बात का सबूत था कि उम्मीद सिर्फ़ एक भ्रम नहीं है। यह इरादे और लगाव से बुनी हुई एक वास्तविकता है।

"मुझे उन्हें ढूँढना होगा," नथानियल ने सोचा। "मुझे उसे ढूँढना होगा और हमें एक साथ आना होगा। साथ में हम व्यक्तियों से ज़्यादा हैं। साथ में हम एक ऐसी शक्ति हैं, जो सब कुछ बदल सकती है।"

उसने अपना सिर उठाया। सूरज खंडहर हुई छत में दरारों से झाँक रहा था। उसकी किरणें उसके सीने पर गर्मजोशी से फैल गईं, जिससे उसे नई ऊर्जा मिली। यह सिर्फ़ सुबह नहीं थी। यह एक नई शुरुआत थी। सर्वनाश का अंत, कम से कम उसके लिए। एक टूटना। पुनर्जन्म। वह बच गया था। वह बच गई थी। और अब, इस अकल्पनीय बंधन के माध्यम से, वे कुछ नया बना सकते थे। कुछ ऐसा, जिसकी किसी ने उम्मीद नहीं की थी। क्योंकि समय सच में रैखिक नहीं था। यह एक जीवित धागा था, जिसे मानवीय भावना की ताक़त से बुना जा सकता था, मोड़ा जा सकता था, यहाँ तक कि फाड़ा और फिर से सिला जा सकता था।

और वे इसे एक साथ करेंगे। वे अपनी खुद की असीम विशालता का निर्माण करेंगे।

---✶ ९ ✶ ---

अंतिम रहस्योद्घाटन

"तुम कहाँ हो, मेलिना?!"

अध्याय 2: जीवित रहने का चुनाव

वर्तमान क्षण: नथानियल:

खाई मेरे सामने और मेरे अंदर फैल रही थी। हवा धूल और मौत जैसी चुप्पी से भारी थी, जो किसी भी अशुभ संकेत से ज़्यादा घनी थी। याद का हर कण बिखर रहा था, नई खाईयाँ खोद रहा था। अकेला। जीवित। लेकिन टूटा हुआ। इस चुप्पी में, जो किसी भी गड़गड़ाहट से ज़्यादा डरावनी थी, एक गड़गड़ाहट गूँजी – मेलिना की याद। वह पल, जिसमें मैंने हताशा में उसके जीवन से समय "ख़रीदने" की कोशिश की थी, अब एक अभिशाप की तरह वापस आ रहा था, एक ऐसा क़र्ज़, जिसे मैं चुका नहीं सकता था।

तब मुझे यह शक नहीं था कि मेरे पास चुकाने के लिए कुछ नहीं था। अब, निराशा की जमा देने वाली पकड़ में, उसकी बिना शर्त भरोसे की भावनाएँ मेरे सामने सिर्फ़ तैर नहीं रही थीं – वे अंदर घुस रही थीं।

---✶ ॄ ✶ ---

फ्लैशबैक: मैंने उसकी निडरता की जलती हुई साँस महसूस की

वह स्वीकृति की तलाश नहीं कर रही थी, न ही दया की भीख माँग रही थी। उसने बस एक योग्य पुरुष से प्यार के लिए अपने घावों और सपनों को साझा किया, सिर्फ़ शरीरों का नहीं, बल्कि दिमाग़ों का एक मिलन। क्या यह एक विदाई थी, जो हवा में कंपन कर रही थी? या क्षणिक से परे कुछ के लिए लालसा थी, एक ऐसा बंधन जिसे मैं नहीं समझ पाया था?

उसके रहस्योद्घाटन ने मुझे पलट दिया – मुझे फाड़ दिया। मैं अपनी ही हिचकिचाहट के भँवर में बह गया था, संदेह और रहस्योद्घाटन का एक बेरहम तूफ़ान। मुझे शक हुआ कि मैंने आखिरकार उस आत्मा को पा लिया है, जिसे मैं अपनी सोच के रेगिस्तान में एक मृगतृष्णा की तरह खोज रहा था। वह भरोसे के लिए तरस रही थी, विचारों के तालमेल के लिए, और मेरी आँखों में उसने अपनी ही आत्मा को पकड़ लिया था, अपनी ही अर्थ की तलाश का प्रतिबिंब। वह मेरी गूँज थी।

उसने स्वेच्छा से मुझे एक हथियार दिया – उसकी अलौकिक आत्मा, जो भरोसे के कपास में लिपटी हुई थी। एक ग़लत हरकत – और मैं उसे फाड़ देता। एक सचेत स्पर्श – और मैं उसे फिर से जीवित कर देता। उसने मुझे एक भाग्यशाली चुनाव के सामने खड़ा कर दिया, जो मेरे दिमाग़ में गूँज रहा था: उसे सतही रूप से समझना जारी रखना या उसकी आत्मा की गहराइयों में गोता लगाना, पूरी तरह से, उसके दिमाग़ में खो जाना और एक ऐसे स्तर पर जुड़ना, जिसे मैंने कभी नहीं जाना था।

यह अंतरंग पल मेरे अनुभव से ऊपर उठ गया। इसने मुझे एक विश्लेषणात्मक पहेली से नहीं चौंकाया, बल्कि एक अचानक गिर गई ज़िम्मेदारी से, एक सीसे की चादर की तरह भारी। उसने मुझे रहस्य से नहीं उकसाया, बल्कि जीवन के अर्थ,

चेतना के बीच के संबंध के बारे में जागरूकता की एक चौंका देने वाली गहराई से उकसाया।

अब मुझे उसे परखने की, अपने डर को सही ठहराने की, उसकी अंतर्दृष्टि के भ्रम को फाड़ने की... या उसे सच में, पूरी तरह से जानने की, उसके दिमाग़ की गहराइयों में खो जाने और एक ऐसे स्तर पर जुड़ने की एक तीखी, लगभग शारीरिक ज़रूरत महसूस हुई, जिसे मैंने कभी नहीं जाना था।

उसकी रहस्योद्‌घाटन करने वाली आँखों में मैंने न केवल पीड़ा और कमज़ोरी देखी, बल्कि एक अडिग आंतरिक शक्ति भी देखी, जो उसके विचारों की स्पष्टता से बह रही थी। एक असाधारण आत्म-विश्वास, जिसने मेरे अधिकार की ढाल के ख़िलाफ़ खड़े होने की हिम्मत की। ऐसा लगा जैसे वह मुझे अपने ही राक्षसों का सामना करने के लिए, झूठ को फाड़ने के लिए और उस करुणा को खोजने के लिए चुनौती दे रही थी, जो सच्ची समझ से उत्पन्न होती है।

वह बिल्कुल वैसी ही थी – सतही दिमाग़ के लिए अतार्किक, साधारण नज़र के लिए अनसुलझी, लेकिन मेरे दिमाग़ के लिए अदम्य रूप से मोहक। एक ही में जाल और मोक्ष।

मैंने आँखें बंद कर लीं। उसके शब्द मेरे अंदर बजने लगे, एक पुरानी याद की तरह नहीं, बल्कि जैसे वह उन्हें अभी फुसफुसा रही थी, निराशा की चुप्पी को फाड़ते हुए:

"बाहर से वह उन गुलाबों से ज़्यादा कोमल है, जो मैंने उसे दिए थे, लेकिन उसका चरित्र – एक चाबुक का प्रहार।" – और मैं उस प्रहार को जानता था। इसने चोट नहीं पहुँचाई, बल्कि झूठ को तोड़ा, सच्चाई को उजागर किया।

और मैंने अपने सामने उसकी छवि देखी, एक पूरा ब्रह्मांड – एक शिकारी बिल्ली की आदतों वाली महिला, जिसकी आत्मा को शैतान भी क़ैद नहीं कर सकता था, क्योंकि उसका दिमाग़ एक किला था।

"वह हर किसी के लिए नहीं थी। वह चमकती थी – रहस्यमय, जंगली, जलाने वाली। ख़तरनाक। अँधेरी, हठी। वह तुम्हारी गर्दन के चारों ओर एक अंगूठी कसती थी, साँस लेना असंभव बना देती थी, तुम्हारे राक्षसों के खून को गर्म करती थी।" – यह ख़तरा एक धमकी नहीं थी, बल्कि एक आह्वान था। रूपांतरण के लिए एक आह्वान, सच में जीने की हिम्मत करने के लिए।

उसकी तरफ़ एक नज़र – और मेरे अंदर पापों और बुराइयों की एक नई दुनिया जाग गई, लेकिन असीम संज्ञानात्मक संभावनाओं की भी। वह भ्रष्ट करती है, लुभाती है, खींचती है, लेकिन सबसे बढ़कर, वह ज्ञान के लिए एक असहनीय प्यास पैदा करती है, जिसे तुम नहीं जानते। – पाप? बुराई? नहीं, ये मेरे पुराने "स्वयं" की ज़ंजीरें थीं, जिन्हें वह तोड़ रही थी, मेरी आँखों को ज्ञान के एक अंतहीन ब्रह्मांड के लिए खोल रही थी।

"उसकी सुंदरता घातक, विनाशकारी, शैतानी है, खून को जलाती है – एक गिलास पानी में एक बूँद घोल दो और यह एक दर्जन महिलाओं के लिए काफ़ी होगा।" – घातक, हाँ। लेकिन नष्ट करने के लिए नहीं, बल्कि फिर से जन्म देने के लिए। उसकी सुंदरता ज्ञान के लिए एक उपकरण थी, मालिकाना हक़ के लिए नहीं।

लेकिन सबसे मज़बूत पुरुष भी उसके शाही गर्व, स्टील जैसी सहनशक्ति, शांत बुद्धिमत्ता और आत्म-सम्मान से ईर्ष्या करेगा, जो उसकी आत्मा के मूल से उत्पन्न होता था। जबकि अन्य महिलाएँ राजाओं और ख़ज़ाने का सपना देखती हैं, वह ख़ुद एक विलासिता, एक खज़ाना, एक गहना है, जिसे हर कोई वहन नहीं कर सकता – क्योंकि उसकी कीमत मानसिक समर्पण है।

"उसने ख़ुद को एक अवशेष, एक नया विश्वास, एक मंदिर, एक दर्शन, एक नया रासायनिक तत्व, एक धर्म के रूप में बनाया, जिसका देवता भी सम्मान करते हैं। वह एक ट्रॉफी नहीं है। वह एक युद्ध है, जिससे तुम वैसे वापस नहीं आओगे जैसे तुम गए थे।" – युद्ध। बिल्कुल सही। मेरी आत्मा के लिए एक युद्ध, जिसे मैं पहले ही हार रहा था, लेकिन हताशा में जीतना चाहता था। क्योंकि दाँव पर मेरा सच्चा "स्वयं" था।

---✶ ⸮ ✶---

अब। 00:00:09 बजे। जीवन का चुनाव

अचानक, मेरे अपने दर्द की चुप्पी में, कुछ टूट गया। एक गड़गड़ाहट के साथ नहीं, बल्कि एक शांत, लगभग अनसुनी क्लिक के साथ – जैसे एक वायलिन का तार टूट गया हो। एक मोड़। उसकी काँपती हुई आत्मा के साथ मुलाक़ात ने मुझे एक चौंकाने वाले व्यक्तिगत पुनर्विचार के भँवर में खींच लिया, मेरे अपने अस्तित्व के सबसे छिपे हुए कोनों की एक दर्दनाक यात्रा में।

उसकी आँखों की क्रिस्टलीय गहराइयों में मैं अब मेलिना को नहीं देख रहा था – मैं ख़ुद को देख रहा था। मानसिक निकटता के लिए मेरी अपनी अधूरी क्षमता। मैंने अपने ही डर और साहसी उम्मीदों, मेरे अंदर अँधेरे और सुलगती हुई रोशनी के बीच शाश्वत लड़ाई को साफ़-साफ़ देखा।

इस अप्रत्याशित उपहार ने मुझे ख़ुद और दुनिया के बारे में अपनी अब तक की धारणाओं को पलटने के लिए मजबूर किया। मैंने दर्दनाक रूप से साफ़-साफ़ महसूस किया: सच्ची अंतरंगता क्षणिक शारीरिक निकटता नहीं है, बल्कि सबसे गहरे विचारों और कमज़ोर भावनाओं को एक समझने वाली आत्मा, एक ऐसी चेतना के साथ साझा करने की एक दुर्लभ, लगभग असंभव क्षमता है, जो तुम्हारा जवाब दे सके। यह आत्मा की अंतरंगता है।

दर्द और संचित ज्ञान से पैदा हुई इन बेचैन खोजों के सार से, मैंने अपनी हरी, सम्मोहक आँखों के प्रतिबिंब में देखा, ताकि इतनी लंबी भटकन के बाद, मैं आखिरकार अपना सच्चा प्रतिबिंब पा सकूँ।

उस पूरे गर्म आलिंगन, गहरी शांति और असीम शांति के साथ, जो मैंने उसकी विशाल आत्मा में पाया, मैंने महसूस किया कि मेरे डर पिघल रहे हैं, अपने पीछे सिर्फ़

आँसुओं की नमी छोड़ रहे हैं। मैं स्वतंत्र रूप से, बिना किसी ज़ंजीर के, नए ज्ञान की अनजान गहराइयों में बह गया, ताकि इस अजीब, शायद शत्रुतापूर्ण सूरज के नीचे अपनी सच्ची जगह को समझ सकूँ।

वह एक गहरे रहस्य की संरक्षक थी... एक रहस्य, जिसे मैं अब महसूस कर रहा था: आध्यात्मिक अंतरंगता।

"सबसे मज़बूत प्यार समझ है। समझे जाने से ज़्यादा अंतरंग कुछ भी नहीं है। एक दूसरे को समझना, और हमारी मानसिक और कल्पनाशील क्षमताएँ पूरी तरह से संरेखित और ज्ञात हैं। किसी व्यक्ति में सबसे सुंदर चीज़ कभी भी वह नहीं होती, जिसे हम देखते हैं, महसूस करते हैं या अपने शरीर के साथ अनुभव करते हैं। यह वह है, जिसे हम अपने दिमाग़ और आत्मा के साथ महसूस करते हैं। अपने सार की गहराइयों में पूरी तरह से समझे जाना – कोई और इससे ज़्यादा नहीं दे सकता।

यह सच्ची अंतरंगता है। एक विशाल विकास का आधार। हमें एक साथ चेतना में गहराई तक गोता लगाने में सक्षम होना चाहिए, ताकि हमारी अंतरंगता अविश्वसनीय ऊँचाइयों तक पहुँच सके। अन्यथा, हमारे रिश्ते पिघल जाएँगे और हम बढ़ना जारी नहीं रखेंगे।

जो तुम्हारी मानसिक समृद्धि की खोज को बढ़ावा देता है, उसे किसी ऐसे व्यक्ति को खोजना चाहिए, जो न केवल गहरी करुणा, बल्कि गहरी समझ भी प्रदर्शित करता हो। दो आत्माओं के बीच इससे बड़ी कोई अंतरंगता नहीं है, जो एक साथ ऐसे रहस्यों को सुलझा सकें, जो उनमें से किसी एक के लिए अकेले समझ से बाहर हों। यह वह क्षण है, जब आध्यात्मिक प्राणी भरा हुआ महसूस करता है।

एक महिला चौंकाने वाली हो सकती है – हाँ, यह आकर्षक है – लेकिन उसका सुंदर दिमाग़ कुछ ऐसा है, जिसे मैं सुंदर आँखों और एक आदर्श शरीर से ज़्यादा महत्व देता हूँ। एक चेतना जो मानवीय ज्ञान की सीमाओं से परे यात्रा करने में सक्षम और इच्छुक है, जबकि हम क्षितिज से परे विस्तार करते हैं।"

ये शब्द सिर्फ़ वुल्फ हौकेन्स के शब्द नहीं थे, वे मेरे अपने बन गए – अनुभव की आग में गढ़े गए, मेलिना और लोगों के बीच सच्चे बंधन के बारे में मेरी नई समझ की पवित्रता में क्रिस्टलीकृत हुए।

---✶ ⸮ ✶---

अब। 00:00:10 बजे।

मैं खड़ा हुआ। तेज़ी से नहीं। विजयी रूप से नहीं। बल्कि धीरे-धीरे, दर्दनाक रूप से – जैसे मैं निराशा के चिपचिपे, ठंडे आलिंगन से ख़ुद को खींच रहा था। प्रतिरोध के इस सरल कार्य में मेरी पूरी नई मिली इच्छाशक्ति, मेरी पूरी नाज़ुक उम्मीद छिपी हुई थी। मैं वहाँ खड़ा था – उग्र तत्वों के सामने एक अकेला छायाचित्र – मैं हारा हुआ नहीं था, मैं एक ऐसा इंसान था, जिसने हार मानने से इनकार कर दिया था।

मेरी आँखों में, दर्द और थकान के बावजूद, एक धीमी, लेकिन हठी ज्वाला चमक रही थी – अस्तित्व की एक सुलगती हुई चिंगारी। लेकिन अब सिर्फ़ अस्तित्व की नहीं। नई समझ की एक सुलगती हुई चिंगारी। नई मिली मानसिक प्यास की।

और अब, निराशाजनक निराशा की इस दरार में, अकेले नाराज़ प्रकृति के ख़िलाफ़ खड़ा होकर, मैंने अपनी इच्छाशक्ति के आखिरी हिस्से को इकट्ठा किया। मैंने उन्हें दर्दनाक प्रयास के साथ डर की जमा देने वाली पकड़ से खींच लिया। मैं अपने काँपते पैरों पर दृढ़ता से खड़ा था। एक ज़ोरदार चीख या अंधेरे साहस के साथ नहीं, बल्कि एक शांत, आंतरिक, लगभग अनसुने फ़ैसले के साथ – जो अनुभव किए गए दुख और नई मिली ताक़त की गहराइयों में गढ़ा गया था।

मैंने चारों ओर देखा। मैं एक संकेत की तलाश में था। आने वाली अराजकता के बीच एक रास्ते की।

और इस महत्वपूर्ण पल में, बिना तर्क या उचित स्पष्टीकरण के, मैंने अपना भाग्यशाली चुनाव किया: जीने का।

जीने का – सिर्फ़ शारीरिक रूप से नहीं, बल्कि पूरी तरह से जीने का, मानवीय भावना की गहराई से जुड़ा हुआ। सब कुछ के बावजूद विश्वास करने का। इस निराशाजनक वास्तविकता में भी उम्मीद करने का। अपनी कमज़ोरी की सीमाओं को पार करने का। जीवित रहने का।

मेरे अस्तित्व के बेतुके कारण या अप्रत्याशित भविष्य की परवाह किए बिना। अपनी आत्मा की गहराई में मुझे विश्वास था कि भगवान का इरादा – या अंधे भाग्य का, या किसी भी उच्च शक्ति का – जीवन के बारे में मेरी सीमित समझ से बहुत बड़ा है। शायद उस इरादे में वह भी शामिल था, जो मेलिना ने मुझे समय के बारे में दिखाया था – एक नई वास्तविकता, जिसे मुझे अभी समझना और बनाना था।

इस परम पल में, थक चुके और टूटे हुए दिमाग़ ने आदिम प्रवृत्ति को रास्ता दे दिया – आत्म-संरक्षण की प्रवृत्ति, लेकिन अब एक नई मिली आध्यात्मिक प्यास से प्रबुद्ध। मैंने नहीं सोचा। मैंने विश्लेषण नहीं किया। मैंने बस काम किया – आत्म-संरक्षण की अदम्य प्रेरणा से निर्देशित। जीवन के लिए। एक और साँस के लिए। एक और ज्ञान के लिए। मैं अब सिर्फ़ जीवित नहीं रह रहा था। मैं फिर से जन्म ले रहा था, मेलिना को खोजने के लिए तैयार, एक खोए हुए आदमी के रूप में नहीं, बल्कि एक ऐसे आदमी के रूप में, जो जानता था कि उसने क्या पाया है और उसे क्या बनाना बाकी है।

अध्याय 3: सहज ज्ञान और स्मृति शून्यता में

सभ्यता पिघल गई थी। अब, खाली क्षितिज में, जहाँ कभी शहर खड़े थे, केवल भ्रम बचे थे।

मुझमें गहरे दबे हुए इंसान की परतों के नीचे, नग्न, जानवर जैसा प्राणी जाग गया। उसने बेचैनी से फुसफुसाया, मेरे आंतरिक खाई में गूँजते हुए: "बचो! जलो!" मेरे चारों ओर – एक बेजान किनारा: नंगी चट्टानें, मृत रेत, एक ज़मीन जो हवा की घातक साँस के नीचे सिकुड़ रही थी। कुछ भी नहीं था। सिर्फ़ जीवन के लिए एक पागल, अडिग इच्छाशक्ति थी। वह एकमात्र रास्ता चिल्ला रही थी: एक घायल जानवर की तरह ज़मीन में दफ़न हो जाओ, एक भूमिगत आश्रय खोदो, उन तत्वों के ग़ुस्से से छिप जाओ, जो हवा के हर झोंके के साथ मुझ पर चिल्ला रहे थे।

एक बेचैन ऊर्जा के साथ, मैंने खोजना शुरू किया। मेरे हाथ, जो कभी रिपोर्ट के रेशम के आदी थे, अब ठंडे, नुकीले पत्थरों में खोद रहे थे। मेरी उँगलियाँ खरोंच खाकर, खून से लथपथ हो गईं, एक सपाट, नुकीले बेसाल्ट से चिपकी हुई थीं – मेरा आदिम फावड़ा। हर दर्दनाक हरकत के साथ मैं पत्थर को कठोर ज़मीन में मारता था, मिट्टी के टुकड़े बाहर फेंक रहा था – धीरे-धीरे, कष्टदायक ढंग से, लेकिन हठपूर्वक, जब तक कि मेरी मांसपेशियाँ ज़्यादा खिंचाव से चिल्लाने न लगीं।

मेरी खोपड़ी पर घाव अभी भी खून बह रहा था। हर धड़कन की धुप-धुप-धुप-धुप उसके अंदर गूँज रही थी, मुझमें दर्द और शुद्ध, अडिग सहज ज्ञान भर रही थी।

समय अनंत काल तक खिंच गया। जलता हुआ सूरज मेरे अंदर से पानी और मेरी आखिरी ताक़त सोख रहा था, जिससे मुझे संघर्ष को रोकने के लिए मजबूर होना पड़ा। मुझे नुकीले पत्थरों के बीच छिपे जीवन देने वाले पानी की मायावी मृगतृष्णा, और दुर्लभ भोजन की तलाश करनी थी।

फिर, सूखे गले की भूतिया मृगतृष्णा के बीच, मैंने कुछ देखा। चट्टानों के बीच एक अस्पष्ट चमक। एक झरना। पानी की सिर्फ़ कुछ बूँदें, जो धीरे-धीरे, कष्टदायक ढंग से रिस रही थीं, जीवन का वादा कर रही थीं। इस खोज के साथ, एक नया, गहरा विचार जाग गया: महासागर। एक चमत्कार – समुद्री जीवन बच गया था और फल-फूल रहा था, दुश्मनों से रहित। मुझे उसे पकड़ना था। एक शिकारी में बदलना था। मेरे हाथ खाली थे। एक जमा देने वाला डर मुझे घेर रहा था, लेकिन मैंने उसे हर नई, सहज हरकत, हर हठी खुदाई के साथ दबा दिया। मेरा लक्ष्य अपनी निराशा और प्रकृति को हराना था, अराजकता पर हावी होना था।

एक अजीब विडंबना। मछली पकड़ना, जो कभी एक पसंदीदा आराम था, अब जीवन से चिपके रहने का मेरा एकमात्र मौका बन गया था। मैं अपने पुराने "स्वयं" से क्या कहता, जो संख्याओं का पीछा करता था, न कि अस्तित्व का? वह कौशल, जो कभी सिर्फ़ एक शौक था, एक अमूल्य उपहार निकला, एक जीवन बचाने वाला सहज ज्ञान, जो मेरी ताक़त के बिल्कुल किनारे पर प्रकट हो रहा था।

मैं शांत आत्म-नियंत्रण के साथ बर्फ़ीले पानी में चला गया। मछलियाँ मेरे थके हुए पैरों के बीच से दौड़ रही थीं, लेकिन मैं बहुत कमज़ोर था। पूर्ण निराशा ने मुझे घेर लिया, जबकि पानी हर हड्डी में घुस रहा था। एक पल के लिए मैं हार मान गया – क्यों

जारी रखूँ? लेकिन मानवीय प्रकृति की गहराइयों में अप्रत्याशित महाशक्तियाँ छिपी हैं, जो तब जागती हैं जब अस्तित्व ही एकमात्र विचार होता है।

एक अचानक प्रयास के साथ, इच्छाशक्ति के आखिरी हिस्से के साथ, मैं एक बड़ी मछली पकड़ने में कामयाब रहा। वह गीली रेत पर हताश होकर तड़प रही थी, अपने परिवेश से लाचार होकर छीनी गई थी, धीमी मौत के लिए अभिशप्त थी। उस पल में, मैंने उसकी ऐंठन में अपनी ही लाचारी, शत्रुतापूर्ण प्रकृति के सामने अपनी नाज़ुकी का एक दर्दनाक प्रतिबिंब देखा। लेकिन इस बार निराशा ने मुझे नहीं तोड़ा। मैंने एक शांत तर्क के साथ सोचा कि मैं एक इंसान के रूप में बनाया गया था, जिसे तर्क, सरलता, अनुकूलन की क्षमता से नवाज़ा गया था।

"मैं इससे ज़्यादा हूँ," मैंने हवा में फुसफुसाया, और इस फुसफुसाहट ने मेरे अंदर एक सुलगती हुई ज्वाला जला दी।

आग... अब यह एक अकल्पनीय विशेषाधिकार था, खोई हुई सभ्यता का एक प्रतीक। कच्ची मछली को नंगे हाथों से फाड़ने का विचार मुझे बर्बर, अपमानजनक लगा। मुझे अनुकूलन करना था, मानव जाति के विकास के बारे में सभी ज्ञान को अपनी स्मृति से निकालना था, हज़ारों साल पुरानी खोजों को फिर से खोजना था। मुझे महासागर से नमक निकालना था, मछली को और ज़्यादा स्वीकार्य बनाना था। मुझे सौर ऊर्जा को वश में करने का एक तरीक़ा ढूँढना था, एक चिंगारी जलाना था और उसे जीवित रखना था, उसे एक सहयोगी में, मानवीय भावना के प्रतीक में बदलना था। और फिर, जैसे कुछ भी नहीं से, मेरे बौद्धिक भंडार की गहराइयों से, भूले हुए ज्ञान सामने आए।

मेरा दिमाग़ एक बेचैन, बिजली की तरह की व्यावहारिकता के साथ काम कर रहा था। मैंने समुद्री शैवाल, शंख और सीपियाँ इकट्ठी कीं, उन्हें किनारे पर फेंक दिया। मैंने उन्हें जलते हुए सूरज के नीचे फैला दिया, उन्हें धीरे-धीरे सूखने दिया। मुझे पता था कि समुद्र का पानी नमक से भरा हुआ है। अनिश्चित उँगलियों के साथ मैंने गर्म रेत में एक उथला गड्ढा खोदा, ताकि समुद्री पानी एक गर्म चट्टान पर बह सके। जब गड्ढा भर गया, तो मैंने छेद बंद कर दिया, सूरज को बाकी काम करने दिया, पानी को वाष्पित होने दिया और कीमती क्रिस्टल को पीछे छोड़ दिया। इस पूरी संरचना में, जटिल गणनाओं ने मुझे निर्देशित नहीं किया, बल्कि मेरे विश्लेषणात्मक ज्ञान ने मुझे निर्देशित किया, जो अब सोने से ज़्यादा क़ीमती था – ज्ञान की जीवन देने वाली ज्वाला।

लेकिन मेरा असली उद्धारकर्ता, अस्तित्व के लिए सबसे अप्रत्याशित उपकरण, मेरी... चश्मा निकला। सिर्फ़ एक वस्तु नहीं, बल्कि मेरे दिमाग़ का एक प्रतीक, मेरी बौद्धिक क्षमताओं का। मुझे प्रकाश के अपवर्तन के बारे में, किरणों को केंद्रित करने के बारे में भौतिकी के खंडित सबक याद आए। सटीक मार्गदर्शन के साथ मैंने लेंस के काँच को चमकीले सूरज की तरफ़ निर्देशित किया। किरणें एक तीव्र, जलती हुई किरण में केंद्रित हो गईं, जिसे मैंने धीरे-धीरे सूखे समुद्री शैवाल की तरफ़ निर्देशित किया। सहज ज्ञान, अस्तित्व की प्राचीन आवाज़, मुझे फुसफुसा रही थी कि यह छोटी,

केंद्रित रोशनी मोक्ष की कुंजी होगी, सुलगता हुआ अंगारा जो अँधेरे को दूर भगाएगा। चालाक हरकतों के साथ मैंने लेंस को स्थिर किया। सूखे हुए समुद्री शैवाल छोटे, अविश्वसनीय लग रहे थे, लेकिन मैंने उनमें संभावित जीवन देने वाली गर्मी देखी। इस तनावपूर्ण, भाग्यशाली क्षण में, जब मेरा जीवन एक धागे पर लटका हुआ था, मुझे दर्दनाक रूप से एहसास हुआ कि अस्तित्व और शून्यता के बीच की सीमा कितनी पतली है। हर गुज़रते सेकंड के साथ, जबकि धुआँ उठना शुरू हुआ, और फिर लौ चाटने लगी, मेरी उम्मीद और ज़्यादा चमक रही थी, अकेलेपन के बर्फीले आतंक को दूर भगा रही थी। यह आग मेरी जीत थी, मेरे पुनर्जन्म का प्रतीक।

अभी के लिए, मेरे पास जीवित रहने के लिए सबसे ज़रूरी चीज़ें थीं – आग (मेरी आग), पानी, कच्चा भोजन और एक आदिम आश्रय। मेरे थके हुए शरीर को ठीक होने का मौका था। इस नाज़ुक तंत्र को काम करने के लिए समय लगेगा, बहुत समय, लेकिन मेरे पास काफ़ी था... या कम से कम मेरे पास कोई और विकल्प नहीं था। आज मैं कच्ची मछली निगलूँगा, भले ही मेरा पेट विद्रोह करे। शायद रात में कम तापमान मेरे शरीर को भेद देगा, लेकिन मुझे पता था कि इंसान के शरीर में सहनशीलता की एक अद्भुत सीमा होती है, जो सबसे कठोर परिस्थितियों में भी अनुकूलन करने में सक्षम होती है, जब जीवन दाँव पर होता है।

पहली रात में, जब तापमान नाटकीय रूप से गिर गया, मैंने आग को बड़े पत्थरों से ढक दिया और अपने अस्थायी आश्रय के प्रवेश द्वार को पत्थरों और रेत से ढक दिया, जिससे हवा के लिए केवल एक संकरा रास्ता बचा रहा। इसके बावजूद, ठंड भेद रही थी, और विशाल, उत्परिवर्तित मच्छरों की लगातार भनभनाहट ने मुझे और भी ज़्यादा ढकने के लिए मजबूर कर दिया।

गर्मी... मुझे यह कभी पसंद नहीं थी। अब, सूरज की जलती हुई किरणों ने एक अप्रत्याशित, दर्दनाक याद को जगा दिया, जो मेरे दिमाग़ में एक अंगारे की तरह भड़क उठी। मेलिना... कैसे उसने बचकानी चंचलता के साथ मुझे धमकी दी थी कि वह गर्मी पैदा करेगी, सिर्फ़ इसलिए कि मैं एयर कंडीशनर के नीचे छिपने और उसे लिखने के लिए मजबूर हो जाऊँ। यह बेतुका विचार – कि वह प्यार के लिए तत्वों को नियंत्रित कर सकती थी – अब मेरे सीने को एक कड़वी कोमलता से भर रहा था। उसकी मासूमियत, उसकी भावनाओं की ताक़त में उसका शुद्ध विश्वास, उनके साझा विचारों की ताक़त में, जिसे मैं तब नहीं समझ पाया था।

---✶ ६ ✶---

फ्लैशबैक: एक उपेक्षित अतीत की फुसफुसाहट

जब मेरा दिमाग़ रेगिस्तान की गर्मी से पीछे हट रहा था, तो मैं एक और आरामदायक, लेकिन कम जटिल समय में वापस चला गया।

मुझे एक देर दोपहर याद है, जब सूरज, एक मरते हुए भगवान की तरह, मेरे कार्यालय में लंबी, भूतिया परछाइयाँ डाल रहा था, डेस्क को निगल रहा था। एयर कंडीशनर एक नीरस, यांत्रिक गीत के साथ भनभना रहा था, बाहर की गर्मी का एक

ठंडा प्रतिवाद, जो पिघले हुए सोने की तरह पिघल रही थी। हवा, फ़िल्टर होने पर भी, कागज़, स्याही और अधूरे सपनों की धूल भरी मृगतृष्णा की तरह महक रही थी।

मेरा फ़ोन बज उठा – एक और संदेश। एक परिचित, काँपता हुआ संकेत। उसकी तरफ़ से एक और। ओह, मेलिना। मैंने पढ़ा भी नहीं था कि इसे महसूस कर लिया था। उसका संदेश गर्मी के बारे में सनकी, लगभग काव्यात्मक शिकायतों और एक चंचल चुनौती से भरा हुआ था कि मैं उसके साथ एक एयर कंडीशनर वाले कमरे में शामिल हो जाऊँ, ताकि "सूरज के गुस्से से बच सकें।" "आओ, नथानियल," मैंने उसकी आवाज़ सुनी, एयर कंडीशनर की भनभनाहट से ज़्यादा साफ़, "हम हवा और दिमाग़ साझा करें। मेरे पास तुम्हें बताने के लिए बहुत कुछ है... और तुम्हें महसूस करने के लिए।"

मैं थोड़ा मुस्कुराया, एक क्षणिक स्वीकारोक्ति, जो मेरी आँखों तक भी नहीं पहुँची। "मेलिना, मेरी प्यारी मेलिना..." मैंने मन में फुसफुसाया, लेकिन बिना कोई आवाज़ निकाले। मेरी उँगलियाँ पहले ही कीबोर्ड पर उड़ रही थीं, अक्षरों पर नाच रही थीं, जो ज़रूरी ईमेल, वित्तीय रिपोर्ट, मेरे काम की बेरहम माँगों में खोई हुई थीं, जो भूखे राक्षसों की तरह ध्यान के लिए चिल्ला रही थीं।

उसके उज्ज्वल शब्द, जो भावनाओं और जंगली कल्पनाओं से भरे हुए थे, जो पूरी दुनिया को चित्रित करते थे, मुझे अक्सर एक कोमल हवा की तरह लगते थे, जो मेरे पास से गुज़रती थी – सुखद, हाँ, लेकिन आसानी से खारिज कर दी जाती थी, मेरे पेशेवर प्राथमिकताओं के तूफ़ान के बीच लगभग अदृश्य। "सिर्फ़ कुछ शब्द, नथानियल," मेरे दिमाग़ में फिर से गूँजा, लेकिन मैं पहले ही दूर था। मैंने एक छोटा, टालमटोल वाला जवाब भेजा, उदासीनता का एक गढ़ा हुआ उत्कृष्ट कृति, जो उसके नाजुक विश्वास को बनाए रखने के लिए काफ़ी था कि मैं उसके बारे में सोच रहा था, कि मैं उसका हर शब्द पढ़ रहा था, कि मैं वही एहसास अनुभव कर रहा था। मैं उसे सिर्फ़ उम्मीद के टुकड़े दे रहा था, जो मेरे व्यस्तता की मेज़ से बिखरे हुए थे, सिर्फ़ उसके सर्व-समर्पित प्यार की सुलगती हुई ज्वाला को खिलाने के लिए, जबकि मेरा दिमाग़ दूर था, संख्याओं और अनुबंधों के टावर में बंद था, अन्य चीज़ों में डूबा हुआ था।

मैंने उसे सच में नहीं सुना था। मैंने उसे सच में नहीं देखा था। मैंने आध्यात्मिक जुड़ाव के लिए उसकी लालसा की गहराई को नहीं समझा था, जो वह एक पवित्र उपहार के रूप में दे रही थी। और अब, उस उपेक्षित अतीत का भूत मेरा पीछा कर रहा था, मुझे पछतावे के असहनीय बोझ के साथ छोड़ रहा था, मुझे छाया से फुसफुसा रहा था, जहाँ से कोई वापसी नहीं थी।

---✶ ៛ ✶ ---

शून्यता में जागरण

मैं तबाह हुए किनारे की कठोर वास्तविकता में फिर से जाग गया, लेकिन एक बदले हुए दृष्टिकोण के साथ।

अब, इस तबाह किनारे के अकेलेपन में, मुझे उन बीते हुए पलों में लौटने में एक अजीब, दर्दनाक खुशी मिल रही थी, जब वह अदम्य हठ के साथ, कभी-कभी कष्टप्रद रूप से, मुझे हर भावना, हर जंगली कल्पना, हर दार्शनिक रहस्योद्घाटन का वर्णन करती थी। तब मैं अपने काम, अपनी प्राथमिकताओं में इतना डूबा हुआ था कि मैं उसे अक्सर एक अर्थहीन हवा की तरह, एक पृष्ठभूमि की तरह मेरे विचारों से गुज़रने देता था। मैं उसे इस बेतुके विश्वास के साथ जीने देता था कि मैं उसके बारे में सोच रहा हूँ, कि मैं उसका हर शब्द पढ़ रहा हूँ, कि मैं वही एहसास अनुभव कर रहा हूँ...

अब, ओह, अब वे सभी उपेक्षित पल मेरी खाली आत्मा को क़ीमती खजानों की तरह भर रहे थे, मुझमें एक नई ज्वाला जला रहे थे। उसका यह बिना शर्त प्यार मुझे अंधेरी, ठंडी रात में एक चमकदार सूरज की किरण की तरह गर्म कर रहा था, जो निराशा के काले बादलों के माध्यम से टूट रही थी। चुभने वाली ठंड ने मुझे जकड़ लिया, लेकिन याद की भयंकर आग ने मुझे गर्म कर दिया। उसकी आँखें... मैंने उन्हें अपनी स्मृति में साफ़-साफ़ देखा – दूर के तारों की तरह चमकती हुई, जो मुझे मेरे अपने अस्तित्व की असीम शून्यता में निर्देशित कर रही थीं, लेकिन मेरी अपनी आत्मा की पवित्रता में भी। मैं धीरे-धीरे विश्वास और एक डरपोक उम्मीद से भर रहा था – भविष्य के लिए, एक और पल के लिए, जिसमें मैं फिर से उनकी तरफ़ देखूँगा... और सच में विश्वास करूँगा, सच में समझूँगा। इस बार मैं उसे नकारूँगा नहीं, उसे अनदेखा नहीं करूँगा, मैं उसके प्यार, उसके बौद्धिक सार के अमूल्य उपहार को खारिज नहीं करूँगा। मुझे दर्दनाक स्पष्टता के साथ एहसास हो गया था कि यह खज़ाना कितना क़ीमती है। अब मैं उसे दुनिया की सबसे मुश्किल से हासिल की गई दौलत की तरह सुरक्षित रखना चाहता था।

मेरा सिर्फ़ एक ही सपना था – फिर से उसकी हरी, बिल्ली जैसी नज़र की खाई में खो जाना, उस गर्मी को महसूस करना जो वह हमेशा बिखेरती थी, लेकिन सबसे बढ़कर उसके दिमाग़ में डूब जाना। मैं जानता था कि अगर वह जीवित है, अगर वह कहीं इस शापित आसमान के नीचे अभी भी साँस ले रही है, तो वह मेरे सपने में आएगी, मुझे अपनी अदृश्य गर्मी और बुद्धिमत्ता से लपेट लेगी और इस अवास्तविक अकेलेपन के आतंक को दूर भगा देगी।

------------------ ------------------

अध्याय 4: निराशा की कीचड़

वह सपना: असीम, जमा देने वाली रात के बीच में, जिसमें केवल मेरी अपनी साँस सुनाई दे रही थी, मेलिना फिर से प्रकट हुई। उसने मुझे एक अदृश्य, अलौकिक हवा के साथ धीरे से लपेट लिया, जिसमें भूले हुए धूल भरे पांडुलिपियों की, नम मिट्टी की और अनकहे रहस्यों की गंध थी, जिससे मेरी त्वचा पर रोंगटे खड़े हो गए, जैसे

उसे एक ठंडी, सुलगती हुई आग ने छुआ हो। मैंने उसे महसूस किया – इतनी क़रीब कि हमारे बीच की हवा कंपन कर रही थी, इतनी अलौकिक कि मुझे हिलने से डर लग रहा था, ताकि मैं उसे बिखेर न दूँ। वह बिना कोई आवाज़ किए धीरे से मेरे पास बैठ गई, मेरी आँखों में घूरते हुए। मैं धीरे-धीरे, अपरिवर्तनीय रूप से उसकी सम्मोहक, पन्ना जैसी खाई में डूब रहा था, महसूस करते हुए कि मेरी अपनी इच्छाशक्ति पिघल रही थी, पिघले हुए सीसे में बदल रही थी, जो मेरी नसों में भारी और जलता हुआ बह रहा था। वह अलौकिक रूप से कोमल थी, एक भूतिया गर्मी बिखेर रही थी, जो जला रही थी, लेकिन जला नहीं रही थी; पागल करने वाली हद तक अगम्य – एक दूर के, लंबे समय से मृत तारे की तरह, जिसकी भूतिया आभा हज़ारों साल की यात्रा करती है, ताकि तुम्हारे चेहरे को छू सके, तुम्हें जला सके।

अनजाने में, अपने संगमरमर जैसे भारी हाथ से, मैंने पहुँचने की कोशिश की – एक हरकत, जिससे मुझे दर्द की उम्मीद थी, लेकिन इसके बजाय मुझे राहत महसूस हुई – और मैंने अपना थका हुआ सिर उसकी गोद में रख दिया। मेरा खून, जो एक पल पहले युद्ध के एक पागल ढोल की तरह धड़क रहा था, उसकी शांत, अलौकिक साँसों के साथ तालमेल बिठाने लगा – कोमल, एक खाली मंदिर में हवा के झोंके के साथ, जहाँ प्रार्थनाएँ समय में जमी हुई हैं, बर्फ़ की मूर्तियों की तरह। पूर्णता की उम्मीद ने मुझे भर दिया, ऐसी पूर्णता जिसका मैंने पहले कभी अनुभव नहीं किया था, ऐसी पूर्णता जो अपनी पवित्रता में लगभग दर्दनाक थी, एक चुभने वाली, लेकिन धन्य रोशनी की किरण की तरह।

---✶ ६ ✶ ---

भविष्यवाणी भरा संदेश

वह मुझे शब्द फुसफुसा रही थी। उनकी कोमल आवाज़, जंग लगे तालों में पुरानी चाबियों की तरह, भूले हुए, बौद्धिक दुनिया के दरवाज़े खोल रही थी – ऐसी दुनिया, जिन्हें मैंने, नथानियल, संख्याओं के आदमी, सिद्ध करने योग्य के आदमी ने, अपनी चेतना से मिटा दिया था, उन्हें अपने दिमाग़ के सबसे अंधेरे कोनों में बंद कर दिया था, जैसे एक निषिद्ध क्रिप्ट में।

"मैंने तुम्हें अलग होने के लिए बनाया। तुम्हारे जैसा कोई और नहीं है। आत्मा, विचार, भावनाएँ, तर्क – अद्वितीय। तुम्हारी आँखें उत्कृष्ट कृति हैं, एक ऐसी आत्मा की खिड़कियाँ, जो सिर्फ़ तुम्हारी है। तुमसे पहले हज़ारों थे, तुमसे बाद में हज़ारों आएँगे, लेकिन तुम्हारी रचना का सूत्र दोहराया नहीं जाता। तुम्हारी नसों में खून मेरे चुने हुए के दिल से होकर गुज़रता है। तुम्हारी विशिष्टता एक इत्तेफ़ाक़ नहीं है। मैंने तुम्हें अलग होने के लिए बनाया, ताकि तुम्हारे काम भी अलग हों। मैंने तुम्हें दुनिया को बदलने की क्षमता दी। तुम्हारा हर चुनाव, तुम्हारा हर काम, महत्वपूर्ण है। याद रखो: हर बर्बाद हुआ चुनाव, हर अधूरा काम, भी महत्वपूर्ण है! तुम्हारे काम को संग्रहीत नहीं किया जा सकता। तुम्हारा हाथ लाखों लोगों के जीवन को बदल देगा, जो तुम्हारे द्वारा उकसाए गए घटनाओं में शामिल होंगे। और इसका उल्टा भी सच है। यदि तुम्हारा

चुनाव इंतज़ार करना है, तो लाखों लोगों का जीवन बदल जाएगा, क्योंकि वे दूसरों द्वारा उकसाए गए घटनाओं में खींचे जाएँगे। तुम्हारे पास चुनाव की ताक़त है। स्वतंत्र इच्छाशक्ति। तुम्हें सब कुछ दिया गया है। चुनाव सिर्फ़ तुम्हारा है। और इस पल से तुम बुद्धिमानी से चुनोगे। अब जाओ। फिर कभी ख़ुद को बेकार महसूस मत करो। एक खोई हुई भेड़ की तरह मत भटको। तुम मज़बूत हो! तुम महत्वपूर्ण हो! तुम्हें ढूँढा गया था! तुम मेरा चुनाव हो! तुम्हारा निर्माता।"

आगामी का यह सूक्ष्म रूप, जो मेरे दिमाग़ में एक प्राचीन घंटी की कराह की तरह धड़क रहा था, जो भाग्य की भविष्यवाणी कर रहा था, मेलिना ने मुझे एक असाधारण कप की सतह पर एक फ़ॉस्फ़ोरसेंट मार्कर से लिखा था। वह उसे, अपनी आवाज़ में एक रहस्यवादी कंपकंपी के साथ, होली ग्रेल कहती थी। यह इज़राइल से मौत की यात्रा से उसकी वापसी के बाद की बात थी – एक कलाकृति, जो प्राचीन ज्ञान के साथ धड़क रही थी, जो अब, रात के अकेलेपन में, मुझे रोंगटे खड़े कर रही थी। बस यही मुझे मंत्रमुग्ध करने के लिए काफ़ी था... या बल्कि, एक मकड़ी के जाले में शिकार की तरह, मुझे निराशाजनक रूप से मोहित करने के लिए।

उसकी विचित्र कल्पनाओं और पिछली जन्मों की आकर्षक कहानियों की विविधता ने मुझे उस दिन अदम्य रूप से दिलचस्पी दी थी, जब उसने काँपते हुए हाथों से उसे मुझे दिया था। तब, एक हल्की, रहस्यमय मुस्कान के साथ, उसने मुझे संकेत दिया था कि वह उस यात्रा के बाद प्राचीन, लगभग भूले हुए ज्ञान की संरक्षक के रूप में फिर से पैदा हुई थी। एक ज्ञान, जो अब, इस रेगिस्तानी और अकेले पल में, अपने सार को प्रकट करना शुरू कर रहा था – सहज ज्ञान युक्त रहस्योद्घाटन के माध्यम से, जिसने मेरे अंदर एक नए, क्रूर प्रकार के बौद्धिक अंगारे को जला दिया, मेरी पुरानी धारणाओं को जला दिया। मैं, नथानियल, तर्क का आदमी, सिद्ध करने योग्य का। अपनी हड्डियों तक एक तर्कवादी, मेरा दिमाग़ "बकवास!" चिल्ला रहा था। मैंने उसकी रहस्यवादी कहानियों में एक भी शब्द पर विश्वास नहीं किया।

"बकवास!" मैंने तब सोचा, और मेरा विचार एक उस्तरे की तरह तेज़ था, जो तर्कहीनता के हर संकेत को काट रहा था।

लेकिन भले ही मेरा दिमाग़ "बकवास!" चिल्ला रहा था, कोई अदृश्य धागा मेरी आत्मा को खींच रहा था। मैं उसकी ईमानदारी से प्रभावित था, उसकी आँखों में उस चमक से, जिसे गढ़ा या जाली नहीं किया जा सकता था। मुझे वैज्ञानिक तथ्यों के साथ बहस करने की उसकी कोशिश में ही दिलचस्पी थी, ताकि वह मेरी ढाल को तोड़ सके। वह एक अदम्य जुनून के साथ जल रही थी, इस बात से आश्वस्त थी कि वह मुझे एक महत्वपूर्ण संदेश ला रही है। कि भाग्य ने हमें युगों से बुने हुए एक अदृश्य धागे से जोड़ा था, कि हमने अनगिनत जीवन जिए थे, प्यार की ज्वाला को ले जाने और फिर से मिलने के लिए अभिशप्त थे, जब तक कि हम आखिरकार इसे सच में, बिना किसी समझौते और बिना डर के जीना नहीं सीख जाते।

मुझे उसकी सभी विचित्र कहानियाँ याद हैं। उनमें से हर एक किसी प्राचीन, निषिद्ध किताब से फटा हुआ एक पन्ना था।

"मेलिना, तुम ऐसी चीज़ों पर कैसे विश्वास कर सकती हो?" मैंने उससे पूछा, हल्के से मुस्कुराते हुए, लेकिन एक आंतरिक अविश्वास के साथ, जो शायद मेरी आँखों में पढ़ा जा सकता था, जबकि वह मुझे बता रही थी कि वह अपने विचारों से तत्वों को कैसे "कमांड" करती है या वह "पवित्र ग्रेल की संरक्षक" कैसे है। मेरी आवाज़ जिज्ञासा और संशयवाद का एक मिश्रण थी, उसे उकसाने, उसे तोड़ने की कोशिश कर रही थी।

वह जवाब में हँसी, और उसकी आँखें छोटी हरी तारों की तरह चमक रही थीं, जो तुम्हें निगल सकती थीं, तुम्हें सोख सकती थीं। लेकिन दूसरे, शांत पलों में, जब रोशनी उसके चेहरे पर एक ख़ास तरीक़े से पड़ती थी, तो मैं ख़ुद को उसकी कहानियों के जाल में फँसा हुआ पाता था और और ज़्यादा के लिए तरसता था – एक नए प्रकार के ड्रग की तरह, जो धीरे-धीरे चेतना पर क़ब्ज़ा कर लेता है, इच्छाशक्ति को सोख लेता है।

वे अजीब, रहस्यमय और रोमांचक थे, उसकी ये कहानियाँ। अप्रत्याशित तर्कों, जिज्ञासु सिद्धांतों और अजीब तथ्यों से भरे हुए, जिन्हें वह स्पष्ट रूप से गढ़ रही थी, इतिहास और दर्शन के अपने व्यापक ज्ञान से प्रेरणा ले रही थी। वह निस्संदेह बुद्धिमान, चतुर, षड्यंत्रकारी थी। इसने उसे एक अवर्णनीय आत्मविश्वास दिया, लगभग एक अहंकार, कि वह दूसरों से बहुत ज़्यादा जानती है और उसमें मुश्किल से दिखाई देने वाली जादुई क्षमताएँ हैं – तत्वों को उत्तेजित करने के लिए, अपने विचारों से घटनाओं के पाठ्यक्रम को बदलने के लिए, सपनों के माध्यम से भविष्य को देखने के लिए और मेरी रक्षा करने के लिए। और मुझे उसकी साहसी कामुक कल्पनाओं को नहीं भूलना चाहिए, जो लगातार लालसा और आकर्षक उकसावों के साथ कुशलता से उलझे हुए थे, जो हमेशा मुझे अंदर से मुस्कुराने पर मजबूर करते थे। मेरे लिए यह मज़ेदार था, कभी-कभी सुखद, लेकिन मैंने उसकी इन मनगढ़ंत कहानियों पर कभी सच में विश्वास नहीं किया। मैंने उन्हें कविता, एक नाटक – एक अच्छी तरह से निभाई गई भूमिका माना।

"चुड़ैल!" मैं मन में मुस्कुराता था, जबकि मैं उसे देखता था कि वह कैसे अपने हाथों को हिला रही है, जैसे वह एक अदृश्य ऑर्केस्ट्रा का संचालन कर रही हो।

उन भेदने वाली हरी आँखों और अदम्य आकर्षण के साथ, अपनी पूरी बेलगाम स्वतंत्रता और अपरंपरागत विश्वदृष्टि के साथ, किसी दूसरे, ज़्यादा अंधविश्वासी समय में, वह बहुत पहले ही एक चुड़ैल के रूप में दाँव पर जला दी गई होती... विडंबना मुझसे नहीं छूटी, बल्कि एक ब्लेड की तरह चुभ गई।

---✶ ६ ✶---

मैं तबाह हुए किनारे की कठोर वास्तविकता में फिर से जाग गया, लेकिन एक बदले हुए दृष्टिकोण के साथ।

अब, इस तबाह किनारे के अकेलेपन में, मुझे उन बीते हुए पलों में लौटने में एक अजीब, दर्दनाक खुशी मिल रही थी, जब वह अदम्य हठ के साथ, कभी-कभी कष्टप्रद रूप से, मुझे हर भावना, हर जंगली कल्पना, हर दार्शनिक रहस्योद्घाटन का वर्णन करती थी। तब मैं अपने काम, अपनी प्राथमिकताओं में इतना डूबा हुआ था कि मैं उसे अक्सर एक अर्थहीन हवा की तरह, एक पृष्ठभूमि की तरह मेरे विचारों से गुज़रने देता था। मैं उसे इस बेतुके विश्वास के साथ जीने देता था कि मैं उसके बारे में सोच रहा हूँ, कि मैं उसका हर शब्द पढ़ रहा हूँ, कि मैं वही एहसास अनुभव कर रहा हूँ...

अब, ओह, अब वे सभी उपेक्षित पल मेरी खाली आत्मा को क़ीमती खजानों की तरह भर रहे थे, मुझमें एक नई ज्वाला जला रहे थे। उसका यह बिना शर्त प्यार मुझे अंधेरी, ठंडी रात में एक चमकदार सूरज की किरण की तरह गर्म कर रहा था, जो निराशा के काले बादलों के माध्यम से टूट रही थी। चुभने वाली ठंड ने मुझे जकड़ लिया, लेकिन याद की भयंकर आग ने मुझे गर्म कर दिया। उसकी आँखें... मैंने उन्हें अपनी स्मृति में साफ़-साफ़ देखा – दूर के तारों की तरह चमकती हुई, जो मुझे मेरे अपने अस्तित्व की असीम शून्यता में निर्देशित कर रही थीं, लेकिन मेरी अपनी आत्मा की पवित्रता में भी। मैं धीरे-धीरे विश्वास और एक डरपोक उम्मीद से भर रहा था – भविष्य के लिए, एक और पल के लिए, जिसमें मैं फिर से उनकी तरफ़ देखूँगा... और सच में विश्वास करूँगा, सच में समझूँगा। इस बार मैं उसे नकारूँगा नहीं, उसे अनदेखा नहीं करूँगा, मैं उसके प्यार, उसके बौद्धिक सार के अमूल्य उपहार को खारिज नहीं करूँगा। मुझे दर्दनाक स्पष्टता के साथ एहसास हो गया था कि यह खज़ाना कितना क़ीमती है। अब मैं उसे दुनिया की सबसे मुश्किल से हासिल की गई दौलत की तरह सुरक्षित रखना चाहता था।

मेरा सिर्फ़ एक ही सपना था – फिर से उसकी हरी, बिल्ली जैसी नज़र की खाई में खो जाना, उस गर्मी को महसूस करना जो वह हमेशा बिखेरती थी, लेकिन सबसे बढ़कर उसके दिमाग़ में डूब जाना। मैं जानता था कि अगर वह जीवित है, अगर वह कहीं इस शापित आसमान के नीचे अभी भी साँस ले रही है, तो वह मेरे सपने में आएगी, मुझे अपनी अदृश्य गर्मी और बुद्धिमत्ता से लपेट लेगी और इस अवास्तविक अकेलेपन के आतंक को दूर भगा देगी।

अध्याय 5: सच्चाई के लिए अंधा

अब, इस थकाऊ, कुचलने वाली चुप्पी में, अँधेरे और चुभने वाली ठंड से घिरा हुआ, जो मेरी हड्डियों तक घुस रही थी, उसकी अजीब कहानियों ने अप्रत्याशित रूप

से मुझे गर्म कर दिया। मुझे यह एहसास होने लगा था कि उसकी विचित्र बातों के पीछे कितनी सच्चाई छिपी थी – ऐसी सच्चाई, जिन्हें मेरे दिमाग़ ने अभी तक स्वीकार करने से इनकार कर दिया था।

---✶ ❦ ✶ ---

रहस्योद्घाटन

मैं, नथानियल, देखने लगा।

सच्चाई ने मुझे एक थप्पड़ की तरह मारा – ज़ोरदार, दर्दनाक, लेकिन होश में लाने वाला: वह मुझे मनोरंजन नहीं दे रही थी, वह मुझे सिखा रही थी! उसकी हर कहानी एक पहेली थी। उसका हर किस्सा – एक सारस, जिसे मुझे ख़ुद सुलझाना था।

मैं जो मूर्ख था... वह सहज रूप से गहरे रहस्य को समझ गई थी: कोई भी सच्चा ज्ञान तैयार नहीं मिलता। उसे व्यक्तिगत अनुभव के माध्यम से जीना पड़ता है, धीरे-धीरे एक दर्दनाक ज्ञान और बुद्धिमत्ता में बदल जाता है, जो तुम्हें नींव तक बदल देता है।

वह इसे अपनी अजीब कहानियों में कुशलता से बता रही थी, और मुझे, मूर्ख को, ख़ुद उन छिपे हुए सबक़ों और बुद्धिमान जवाबों को उजागर करना था, जिनकी तरफ़ वह मुझे धैर्यपूर्वक अदम्य उत्साह के साथ ले जा रही थी, एक ऐसी ज्वाला के साथ, जो कभी नहीं बुझती थी!

हर शांत रात। हर नई सुबह, जिसमें मैं उसकी चमकदार आँखों के माध्यम से सूर्योदय देखता था। उसकी हर यात्रा, जिसे वह शब्दों से चित्रित करती थी...

मैं तब इतना अंधा कैसे हो सकता था?! मैं उसकी मुस्कान के पीछे छिपी उन गहराइयों को कैसे नहीं देख सकता था? बौद्धिक अंतरंगता के लिए ये निमंत्रण? अज्ञात दुनिया के माध्यम से एक साझा यात्रा के लिए?

क्या उसने अपनी इस अजीब शक्ति को हमारी मुलाक़ात से पहले ही महसूस कर लिया था? या हमारी मुलाक़ात ने उसे इस गहरी, दर्दनाक खोज की तरफ़ धकेला था – ख़ुद में, मेरी आत्मा में और अस्तित्व के रहस्य में?

सवाल, जो अब मेरे दिमाग़ में एक नए जीवन की तरह, एक नए जन्मे तारे की तरह धड़क रहे थे!

मैं मेलिना की उन सभी कहानियों को याद करने की कोशिश कर रहा था, जिनमें गूढ़ महत्व था, जो 1001 रातों की एक अंतहीन श्रृंखला में बताई गई थीं। ऐसी कहानियाँ, जो बच्चों के लिए नहीं थीं, बल्कि उन दिमाग़ों के लिए थीं, जो अज्ञात सच्चाइयों के लिए, ज्ञान के लिए तरस रहे थे।

इन सच्चाइयों के रास्ते पर, मेलिना अपनी खुद की बुद्धिमत्ता, विश्वदृष्टि और दर्शन को साझा कर रही थी, उन्हें थोपे बिना, बल्कि उन्हें बस ऐसे बीजों की तरह दे रही थी, जो उग सकते थे या नहीं।

---✶ ❦ ✶ ---

सपने में भविष्यवाणी भरा संदेश

असीम, जमा देने वाली रात के बीच में, जिसमें केवल उसकी अपनी साँस सुनाई दे रही थी, मेलिना फिर से प्रकट हुई। एक याद के रूप में नहीं, एक निंदा के रूप में नहीं, बल्कि एक चाँदनी कोहरे से बनी परी की तरह, जो जागने और सोने के बीच की पतली, टूटी हुई रेखा पर नाच रही थी। उसने मुझे एक अदृश्य, अलौकिक हवा के साथ धीरे से लपेट लिया, जिसमें भूले हुए धूल भरे पांडुलिपियों की, नम मिट्टी की और अनकहे रहस्यों की गंध थी, जिससे मेरी त्वचा पर रोंगटे खड़े हो गए, जैसे उसे एक ठंडी ज्वाला ने छुआ हो। मैंने उसे महसूस किया – इतनी क़रीब कि हमारे बीच की हवा कंपन कर रही थी, इतनी अलौकिक कि मुझे हिलने से डर लग रहा था, ताकि मैं उसे बिखेर न दूँ। वह बिना कोई आवाज़ किए धीरे से मेरे पास बैठ गई, मेरी आँखों में घूरते हुए। मैं धीरे-धीरे और अपरिवर्तनीय रूप से उसकी सम्मोहक खाई में डूब रहा था, महसूस करते हुए कि मेरी अपनी इच्छाशक्ति पिघल रही थी, पिघले हुए सीसे में बदल रही थी, जो मेरी नसों में भारी और जलता हुआ बह रहा था। वह अलौकिक रूप से कोमल थी, एक भूतिया गर्मी बिखेर रही थी, जो जला रही थी, लेकिन जला नहीं रही थी; पागल करने वाली हद तक अगम्य – एक दूर के, लंबे समय से मृत तारे की तरह, जिसकी रोशनी हज़ारों साल की यात्रा करती है, ताकि तुम्हारे चेहरे को छू सके, तुम्हें जला सके।

अनजाने में, अपने संगमरमर जैसे भारी हाथ से, नथानियल ने पहुँचने की कोशिश की – एक हरकत, जिससे उसे दर्द की उम्मीद थी, लेकिन इसके बजाय उसे राहत महसूस हुई – और उसने अपना थका हुआ सिर उसकी गोद में रख दिया। उसका दिल, जो एक पल पहले युद्ध के एक पागल ढोल की तरह धड़क रहा था, उसकी शांत, अलौकिक साँसों के साथ तालमेल बिठाने लगा – कोमल, एक खाली मंदिर में हवा के झोंके के साथ, जहाँ प्रार्थनाएँ समय में जमी हुई हैं, बर्फ़ की मूर्तियों की तरह। पूर्णता की उम्मीद उसे भर रही थी, ऐसी पूर्णता जिसका उसने पहले कभी अनुभव नहीं किया था, ऐसी पूर्णता जो अपनी पवित्रता में लगभग दर्दनाक थी, एक चुभने वाली, लेकिन धन्य रोशनी की किरण की तरह।

---✶ ६ ✶ ---

फ्लैशबैक: अतीत से संवाद...

यह सुबह थी। हम कान के पुराने शहर की संकरी, पक्की गलियों की भूलभुलैया में गहराई में छिपे एक अंतरंग, लगभग दुनिया से छिपाए हुए कैफ़े में एक मेज़ पर बैठे थे। यहाँ, पत्थर की दीवारों के बीच, समय ने अनंत काल को गढ़ा था – हर पत्थर इतिहास की साँस ले रहा था। सूरज की किरणें, एक अदृश्य वीणा की सुनहरी तारों की तरह, बुने हुए पर्दों के माध्यम से मुश्किल से ही घुस रही थीं, जो असंख्य क़दमों से घिसे हुए, चिकने लकड़ी के फर्श और मेज़ के मैटिंग वाले गिलासों पर रोशनी और छाया के काँपते हुए, फीते के जैसे मृगतृष्णा डाल रही थीं, जहाँ संघनन की बूँदें, जीवित हीरे, एक शांत परमानंद में नाच रही थीं।

ताज़ी पिसी हुई कॉफ़ी की सुगंध हवा में तैर रही थी, एक प्राचीन ईथर की साँस की तरह घनी और नशीली, जो पुरानी, फीकी पड़ चुकी चमड़े में बंधी पांडुलिपियों की एक मुश्किल से दिखाई देने वाली, धूल भरी गंध के साथ मिली हुई थी, जिनके पन्ने, अनंत काल से पीले पड़ चुके थे, सदियों पुराने रहस्यों को छिपाए हुए थे, जो भूले हुए युगों की सच्चाइयों को फुसफुसा रहे थे।

ये किताबें हमारे चारों ओर अलमारियों को भर रही थीं, छत तक पंक्तिबद्ध थीं, शांत, धूल भरे गवाहों की तरह, जो ऐसा लगता था कि वे बीते हुए युगों की कहानियाँ फुसफुसा रहे थे और भूले हुए, लेकिन जीवित ज्ञान, जो उनके शरीर से, उनके कागज़ी दिलों से धड़क रहे थे।

मेलिना धीरे-धीरे अपने कप से घूँट ले रही थी। उसकी उँगलियाँ चीनी मिट्टी को इतनी घमंडी, लगभग अनुष्ठानिक, मंत्रमुग्ध करने वाली कृपा के साथ पकड़ रही थीं, जैसे वह एक पूरी दुनिया पकड़े हुए थी। नाज़ुक और रहस्यों से भरी, हवा और तारों के धागों से बुनी हुई, जो उसके स्पर्श के नीचे कंपन कर रहे थे, एक देवी द्वारा छुए गए वीणा के तारों की तरह।

उसने अपनी सिगरेट से एक मोहक शिष्टाचार के साथ एक कश लिया, जैसे वह पेरिस में 30 के दशक के सुनहरे युग में शूट की गई एक पुरानी, लगभग भूतिया काली-सफ़ेद फिल्म के एक दृश्य से काट ली गई थी, जहाँ धुआँ धुएँ से ज़्यादा था – यह कविता था, विचारों और भावनाओं का एक हवाई नृत्य। उसने धीरे-धीरे धुएँ का एक पतला बादल साँस से बाहर छोड़ा, जो हवा में एक रहस्य के नीले-ग्रे घूँघट में लिपटे एक शांत चुनौती की तरह घुल रहा था। जो मुझे खाई की तरफ़ लुभा रहा था। ज्ञान की तरफ़। मेरे अपने विनाश की तरफ़।

मैं उसे घूर रहा था। मैं हर हावभाव, हर सूक्ष्म अभिव्यक्ति को पढ़ने की कोशिश कर रहा था – उसके लाल होंठों के कोने पर हल्के, लगभग अदृश्य कंपन से लेकर उसकी भौंहों के मुश्किल से ध्यान देने योग्य, लेकिन गहरे खेल तक। जैसे हर विचार उसके माथे पर छपा हुआ था।

मैं एक और उकसावे की उम्मीद कर रहा था, जो मुझे पता था कि आएगा। मुझे पता था कि वह मुझे फिर से मेरे अपने "स्वयं" की खाई में फेंक देगी, न केवल शारीरिक रूप से, बल्कि मेरे विश्लेषणात्मक दिमाग़ में भी। वह एक बौद्धिक चुनौती के लिए प्रयास कर रही थी, जो हमेशा मुझे मेरे आरामदायक, तर्कसंगत क्षेत्र से बाहर निकालती थी।

यह एक ऐसा खेल था, जिससे मैं अपने अस्तित्व के हर हिस्से से नफ़रत करता था। अपने तार्किक दिमाग़ के हर हिस्से से। लेकिन जिसके बिना मैं अब साँस नहीं ले सकता था! जिसके बिना मैं ख़ुद का एक आधा-जीवित, भूत था!

"तो, श्रीमान तर्कवादी, आज आप नीत्शे के बारे में क्या कहेंगे?" उसकी आँखें चंचल रूप से सिकुड़ गईं। सबसे शुद्ध जेड से ज़्यादा चमकीली चिंगारियाँ, उनमें एक

शिकारी, लेकिन दूसरे दुनिया की बुलाई हुई लपटों की तरह नाच रही थीं। एक दूसरी वास्तविकता से। मुझे एक मौखिक द्वंद्व के लिए आमंत्रित करते हुए।

मैं, मेरे अंदर उठ रही झुंझलाहट के बावजूद, जो अब अपरिहार्यता, मेरे अपने बदलाव की पूर्वसूचना में बदल रही थी, हमेशा स्वीकार करता था। यह एक सहज ज्ञान की तरह था। एक अपरिहार्य गुरुत्वाकर्षण नियम की तरह, जो मुझे उसकी तरफ़ खींच रहा था। मेरे अपने उथल-पुथल की तरफ़। मेरी आत्मा की कीमिया की तरफ़।

"नीत्शे? इस धूप वाले, लगभग व्यापारिक मुलाक़ात के लिए आदर्श दिन में? क्या आपके पास मुझे देने के लिए कुछ और रोमांचक नहीं है, मेलिना? या आज के लिए अपना दर्शन समाप्त करें और चलिए... ज़्यादा अंतरंग बातचीत की तरफ़ बढ़ते हैं?" मैंने अपनी भौंहें उठाईं। मेरी नज़र बाहर के उन जल्दबाज़ी में चलते हुए लोगों पर फिसल गई, जो भूरे, निर्जीव सूट पहने हुए थे। आधुनिक दासता की वर्दी। आधुनिक भ्रम की तरह अपने स्मार्टफोन में डूबे हुए। एक डिजिटल अफ़ीम का सपना। जैसे मैं रोज़मर्रा की ज़िंदगी की उबाऊ ठोसता में मुक्ति की तलाश कर रहा था। वास्तविकता की परिकलित सुरक्षा में, जो मेरी ढाल थी।

मेलिना धीरे से मुस्कुराई, एक बिल्ली की तरह, जिसने अभी-अभी एक चूहा पकड़ा हो। वह जानती थी कि मैं उसके जाल में हूँ, भले ही मैं बाहर निकलने की कोशिश कर रहा था।

"ओह, नथानियल, मैं देखती हूँ कि आज तुम ख़ास तौर पर... संवेदनशील हो। या तुम बस विषय बदलना चाहते हो, क्योंकि गहरी सच्चाई मेरे 'भ्रम' से ज़्यादा तुम्हें डराती है?" उसकी आवाज़ मधुर थी, लेकिन एक तेज़ धार के साथ। "नीत्शे के 'जानवर और महामानव के बीच रस्सी' के शब्द सिर्फ़ कविता नहीं हैं। वे एक नक़्शा हैं, नथानियल। तुम्हारे आंतरिक इलाके का एक नक़्शा। ख़ासकर जब तुम अपने अस्तित्व के किनारे पर हो, वहाँ तर्क झुक जाता है, और रूपक जीवित हो जाते हैं।"

"बकवास!" मैंने तेज़ी से इनकार किया, मुश्किल से उठते हुए गुस्से को रोकते हुए। "तर्क ही एकमात्र नक़्शा है, मेलिना। यह अराजकता के ख़िलाफ़ ढाल है। बाकी सब सिर्फ़ किसी ऐसे व्यक्ति का आविष्कार है, जो वास्तविकता का सामना नहीं कर सकता। तुम, अपनी 'गहरी सच्चाइयों' के साथ, बस ठोसता से भाग रही हो। हम कब कुछ सच के बारे में बात करना शुरू करेंगे, न कि तुम्हारे अमूर्त के बारे में?" मैंने अपनी कॉफ़ी से घूँट लिया। काले तरल का कड़वा स्वाद मेरी जीभ पर सच्चाई की एक सुगंध की तरह फैल गया। इसने एक धातु जैसा, भाग्य का स्वाद छोड़ दिया, जो हर नस में घुस गया। सिरेमिक कप की ठंडक, भारी और वास्तविक, मेरे विचारों के तूफ़ानी समुद्र में एकमात्र लंगर थी, मेरे हाथ में एकमात्र ठोसता थी, जिसे मैं पकड़ सकता था। एकमात्र चीज़, जिसे चुनौती नहीं दी जा सकती थी। कॉफ़ी की सुगंध, मेरे ठंडे उँगलियों में पकड़ी हुई, उसकी अलौकिक वास्तविकता से मेरा आश्रय थी। उसकी, अब वास्तविक होती हुई, सच्चाई से, जो मुझे निगल रही थी।

"लेकिन क्या होगा, अगर इसी 'किनारे' पर अमूर्त बेरहमी से ठोस हो जाता है?!" उसकी आवाज़ ज़्यादा तीव्र हो गई। "अगर वह खाई, जिसके बारे में वह बात करता है, वह है जिसे तुमने ख़ुद महसूस किया है?! रूपक नहीं, नथानियल, बल्कि वास्तविक – काली, ठंडी, सब कुछ निगलने वाली! जैसे एक अथाह खाई अचानक तुम्हारे पैरों के नीचे खुल गई हो, जो तुम्हें पूरा निगलने के लिए तैयार हो! निराशा, अकेलेपन, डर की खाई, जो तुम्हें सिकुड़ने पर मजबूर करती है, तुम्हें एक तुच्छ, काँपते हुए बिंदु में बदल देती है, जो तुम्हारे अपने ही भूलने के कोहरे में खो गया है, तुम्हारे अपने ही शून्य में?! यह वास्तविक है, नथानियल, और तुम इसे जानते हो। तुमने इसे अपने अस्तित्व के हर हिस्से के साथ महसूस किया है।"

"तो फिर तुम्हें रस्सी पर कौन चलाता है, नथानियल? संख्याएँ? वह बहीखाता, जिसे तुम कागज़ के एक किले की तरह अपने चारों ओर व्यवस्थित करते हो? शून्य के ख़िलाफ़ एक ढाल की तरह? तुम्हारी अपनी ही निरर्थकता के ख़िलाफ़?"

"या कुछ और, जिसका नाम लेने की भी तुम हिम्मत नहीं करते, क्योंकि यह तुम्हें खालीपन से ज़्यादा डराता है?!" वह आगे झुकी, मेज़ पर मेरे हाथ को लगभग छूते हुए। उसकी उँगलियों की गर्मी ने मेरी त्वचा को जला दिया, एक अमिट, जीवित छाप, एक मुहर छोड़ दी।

उसकी नज़र ने मेरी ढाल को एक जलते हुए तीर की तरह भेद दिया, मेरे इनकार, अस्वीकृति के सालों से बनी कंक्रीट और तर्क की दीवार में एक छेद कर दिया। मैंने महसूस किया कि हवा मेरे फेफड़ों से वाष्पित हो रही है! एक अदृश्य, ठंडा हाथ मेरे गले को दर्द से जकड़ लिया। बेहोशी तक। मैंने ख़ुद को नग्न महसूस किया! जितना मैं ख़ुद के सामने भी स्वीकार करूँगा, उससे ज़्यादा नग्न। पहले से ज़्यादा कमज़ोर। एक कठोर, अज्ञात दुनिया में एक नवजात की तरह, जहाँ हर सुरक्षा नष्ट हो गई है।

"इच्छाशक्ति। चुनाव। यही हमेशा होता है। बस... मैंने इसे एक रस्सी के रूप में नहीं देखा था, जो किसी भी पल टूट सकती है और तुम्हें खाई में गिरा सकती है। बल्कि एक गणितीय समस्या की तरह, जिसे हल किया जाना है, तार्किक रूप से और चरण-दर-चरण। योजना ए, योजना बी। हमेशा एक समाधान के साथ। हमेशा एक रास्ते के साथ। हमेशा नियंत्रण के साथ। नियंत्रण के भ्रम के साथ।

"लेकिन... यह दिलचस्प है कि तुम इसका ज़िक्र अभी कर रही हो।" मैंने अपनी कॉफ़ी में चम्मच घुमाया। चाँदी की धातु रोशनी में चमक रही थी, मेरी अपनी उलझी हुई आत्मा के दर्पण की तरह। यह उसकी भेदने वाली, लगभग अलौकिक रोशनी को दर्शाती थी, जो मुझे अपनी ओर बुला रही थी।

मैंने महसूस किया कि मेरे अपने विचार एक अज्ञात लय में नृत्य करना शुरू कर रहे थे। मेरे परिचित एल्गोरिदम से बहुत दूर। सिद्ध की गई सुरक्षा से बहुत दूर। यह एक ही समय में भटकाने वाला और रोमांचक था – एक नई, अज्ञात दुनिया में

पहले क़दमों की तरह। जो मुझे हज़ारों आवाज़ों से बुला रही थी, लेकिन मुझे अपनी विशालता में नष्ट भी कर सकती थी। अपनी स्वतंत्रता में।

"क्योंकि ऐसा ही है। यह बेरहम, शाश्वत नियम है जीवन के बेरहम खेल में: हर कोई अकेला, पूर्ण अकेलेपन और ज़िम्मेदारी में, चुनता है कि क्या वह आत्मा की ऊँचाइयों के लिए प्रयास करेगा, या भौतिक संपत्ति की भ्रामक सांत्वनाओं से संतुष्ट रहेगा।"

"आह, तो तुम चुनाव के बारे में बात कर रही हो?" मैंने उसे बीच में रोका, अपनी कॉफ़ी से धीरे-धीरे घूँट लेते हुए, जबकि मैं उसे कप के किनारे से देख रहा था। "दिलचस्प। और तुम, मेलिना, तुमने क्या चुना? तारों के बीच घूमने का या यहाँ मेरे साथ, इस आरामदायक कैफ़े में रहने का? क्योंकि मैं व्यक्तिगत रूप से भौतिक संपत्ति में बहुत सांत्वना पाता हूँ, ख़ासकर जब वे गर्म कॉफ़ी और... सुखद संगति के रूप में हों।" मेरी नज़र उसके होंठों पर फिसल गई।

"तुम चुनते हो कि तुम एक इल्ली बनोगे, ज़मीन पर रेंगोगे, अर्थहीन अस्तित्व के पत्तों में डूबे रहोगे, या एक तितली, जो तारों की तरफ़ उठती है, बदलाव की हवाओं के साथ नाचती है, नथानियल।"

"हे भगवान, तुम किसी ऐसे प्रचारक की तरह परेशान करती हो, जो मेरे दिमाग़ को धोना चाहता है!" मैंने उबासी लेते हुए कहा, लेकिन मैं वास्तव में उत्सुक था। "हमेशा तितलियाँ, हमेशा तारे... क्या तुम्हारे विश्वदृष्टि में कुछ और मसालेदार नहीं है? कुछ ऐसा, जो मेरे जैसे एक साधारण नश्वर को... रूपकों से ज़्यादा उत्तेजित कर सके? उदाहरण के लिए, यह सब 'आध्यात्मिक विकास' वास्तविक जीवन को कैसे प्रभावित करता है? जुनून को? ...निकटता को?" - उसने मुझे बिल्कुल नहीं सुना। या कम से कम ऐसा ही लगा।

"अस्तित्व का मैट्रिक्स एक अंतहीन भूलभुलैया के रूप में प्रकट होता है, जो अनगिनत रास्तों से भरा है, जो विभिन्न लक्ष्यों की ओर ले जाते हैं। कुछ आकर्षक रोशनी में डूबे हुए हैं, जो विकास का वादा करते हैं, स्वतंत्रता का एहसास लाते हैं। दूसरे अभेद्य अँधेरे में घूमते हैं, जो भ्रम और जालों से भरा है, जहाँ से कुछ ही बाहर निकलते हैं।"

"भूलभुलैया, तुम कहती हो?" मैं चुनौती भरे अंदाज़ में मुस्कुराया। "जानती हो, मैं हमेशा भूलभुलैया को सुलझाने में अच्छा रहा हूँ, मेलिना। ख़ासकर अगर अंत में एक इनाम का वादा हो। और तुम्हारी भूलभुलैया में इनाम क्या है? और 'ज्ञान'? या कुछ... ज़्यादा ठोस? क्योंकि मुझे कुछ संदेह है कि तुम असली इनाम छिपा रही हो, जबकि तुम मुझे इन 'सुरंगों' में भटकने के लिए मजबूर कर रही हो।"

"भाग्य सामान्य मार्ग को रेखांकित करता है, लेकिन अंतिम गंतव्य तुम्हारे अपने क़दमों पर निर्भर करता है। तुम्हारे व्यक्तिगत चुनाव पर। हर फ़ैसला विकास की सीढ़ी पर एक कदम ऊपर या नीचे है।"

"क़दम, चुनाव..." मैंने बुदबुदाया, जबकि मेरी नज़र उसके कप को पकड़े हुए हाथों पर टिकी हुई थी। "और हाथ के बारे में क्या, मेलिना? क्या इन क़दमों पर किसी का तुम्हारा नेतृत्व करना ज़्यादा आसान, ज़्यादा सुखद नहीं है? कोई, जो भूलभुलैया को जानता हो? कोई... मेरे जैसा? क्योंकि, मैं मानता हूँ, तुम मेरी जिज्ञासा को भड़काने में कामयाब रही हो। लेकिन मुझे यकीन नहीं है कि मैं तुम्हारे 'आयामों' में अकेले भटकना चाहता हूँ।"

"जब कोई बाहरी शोर को शांत करना सीख जाता है, दुनिया की उस खनक को, जो ध्यान, पैसे, शक्ति, खाली संपत्ति, घमंड के लिए चिल्लाती है, और शांत, आंतरिक आवाज़ को सुनना सीख जाता है, तो उसका सहज ज्ञान सबसे वफ़ादार दिशा-सूचक बन जाता है।" – मेलिना धीरे से मुस्कुराई। एक मुस्कान, जो सिर्फ़ गायब नहीं हुई, बल्कि मेरे दिमाग़ में एक जलती हुई, लेकिन धन्य मुहर की तरह छप गई। एक गुप्त ज्ञान की तरह। जैसे वह मुझसे ज़्यादा जानती है। जैसे वह मुझे एक अदृश्य दुनिया का नक़्शा दे रही थी। अदृश्य स्याही से लिखा गया, जो अब सिर्फ़ मेरे लिए दिखाई दे रहा था। एक आंतरिक, अज्ञात प्रकाश से चमक रहा था, जिसकी रूपरेखा मैं अभी-अभी देखना शुरू कर रहा था।

"सहज ज्ञान... तो तुम्हारे सभी 'पागलपन' अवचेतन के बारे में, सपनों के बारे में... वे एक दिशा-सूचक थे?! सिर्फ़... तुम्हारे भ्रम से मेरा मनोरंजन करने का एक तरीक़ा नहीं?" मैंने उसे सोच-विचार कर देखा। मेरी नज़र दूर कहीं खो गई। काल्पनिक जगहों में, जिन्हें मैं पहले खाली मानता था। लेकिन अब मैं उन्हें जीवन के साथ धड़कता हुआ महसूस कर रहा था। अनदेखी ऊर्जा के साथ। एक प्राचीन आह्वान के साथ। जैसे मैं अब इन रास्तों को सिर्फ़ रूपकों के रूप में नहीं, बल्कि मेरे दिमाग़ के वास्तविक आयामों के रूप में देख रहा था। जो खुलने लगे थे। अज्ञात, विदेशी फूलों की तरह फैलने लगे थे। हवा को एक नई, नशीली सुगंध से भर रहे थे, जिसने मुझे एक ट्रांस में, विघटन तक पहुँचा दिया।

"मैंने कभी तुम्हारा मनोरंजन नहीं किया, नथानियल। मैं तुम्हें मार्गदर्शन कर रही थी। मैं उस कोहरे में तुम्हारा प्रकाशस्तंभ थी, जिसे तुमने डर से ख़ुद बनाया था। मैं एरियन का धागा थी, जो तुम्हें तुम्हारे अपने दिमाग़ की तूफ़ानी लहरों से ले जा रही थी – एक जेल, जो तुम्हारे द्वारा बनाई गई थी, तुम्हारी आत्मा के लिए एक जाल थी।"

"तो तुम मेरी 'उद्धारकर्ता' थी?" मैंने एक हल्के उपहास के साथ फेंक दिया, लेकिन मेरी आवाज़ में जिज्ञासा थी। "यह तुम्हारे लिए बहुत वीरतापूर्ण है, मेलिना। और इस 'मार्गदर्शन' के बदले में तुम ठीक-ठीक क्या उम्मीद करती हो? एक जागे हुए मूर्ख से एक ईमानदार आभार? या कुछ और?"

"ओह, नथानियल, 'बचाने' की एक कीमत होती है, क्या तुम जानते हो? और जागने के लिए... यह हमेशा ऊँचा होता है।" वह धीरे से मुस्कुराई, और उसकी नज़र मुझ पर फिसल गई, इससे पहले कि वह अपनी कॉफ़ी पर वापस जाए। "आध्यात्मिक विकास का रास्ता चेतना के अज्ञात आयामों के माध्यम से एक दर्दनाक, अकेला सफ़र

है। हर इंसान में अपना सर्वश्रेष्ठ संस्करण बनने की क्षमता होती है, लेकिन इसके लिए लगातार काम, दर्दनाक आत्म-ज्ञान और आत्म-बलिदान की ज़रूरत होती है।"

"दर्दनाक, तुम कहती हो?" मैंने अपनी भौं उठाई, और मेरी नज़र एक पल के लिए उसके होंठों पर टिकी रही। "और आनंद के बारे में क्या, मेलिना? क्या वह विकास का हिस्सा नहीं है? या तुम्हें लगता है कि सच्चा विकास सिर्फ़ दर्द के माध्यम से होता है? क्योंकि मैंने अब तक शुद्ध आनंद के पलों में भी बहुत सारी सच्चाईयाँ खोजी हैं... और मैं सिर्फ़ आध्यात्मिक लोगों के बारे में बात नहीं कर रहा हूँ।"

"आनंद, नथानियल, सिर्फ़ एक सतही स्पर्श है।" उसकी आवाज़ धीमी और शांत हो गई, जिससे मैं तनाव में आ गया। "इसीलिए तुम अभी भी अपने अस्तित्व के किनारे पर हो, अपनी सभी 'खोजों' के बावजूद। सच्चा विकास, साथ ही सच्चा आनंद, आसान रास्तों से परे छिपा है। जहाँ दर्द सिर्फ़ कुछ बहुत गहरा और बदलने वाला का दरवाज़ा है। अपने अनुभवों के माध्यम से, जो अक्सर एक ज़हर की तरह कड़वे होते हैं, जो शरीर को जलाते हैं, लेकिन एक अमृत की तरह जीवन देने वाले होते हैं, जो तुम्हारी आत्मा को चमक, क्रिस्टल जैसी पवित्रता तक शुद्ध करते हैं, कोई भ्रम को वास्तविकता से अलग करना सीखता है, उन डरों पर काबू पाना सीखता है, जो उसे अदृश्य, लेकिन मज़बूत, शाश्वत ज़ंजीरों में जकड़े रखते हैं, जो उसके अपने भ्रमों, उसके डरों से गढ़े गए हैं, और अपनी सच्ची पहचान खोजता है।"

"ज़हर, अमृत... तुम एक कीमियागर की तरह लगती हो, मेलिना।" मैं हल्के से मुस्कुराया। "या एक मोहक, जो शुद्धिकरण का वादा करती है, लेकिन वास्तव में तुम्हें अज्ञात की तरफ़ ले जाती है। मुझे बताओ, मेरी 'सच्ची पहचान' में ठीक-ठीक क्या इतना डरावना है कि तुम्हें मुझे इतनी 'कष्टदायक यात्राओं' के माध्यम से मार्गदर्शन करना पड़े? क्या इसे खोजने का कोई और सुखद तरीक़ा नहीं है? तुम्हारे साथ, उदाहरण के लिए?"

"मैं तुम्हारे लिए एक कीमियागर और एक मोहक दोनों हूँ, नथानियल।" उसने सीधा मेरी आँखों में देखा, बिना पलक झपकाए, और उसकी नज़र में एक चुनौती थी। "और हाँ, ज़्यादा सुखद तरीक़े हैं। लेकिन उनमें से कोई भी सच्ची खोज की ओर नहीं ले जाएगा। क्योंकि सबसे बड़े रहस्य तैयार नहीं मिलते। उन्हें जीतना पड़ता है। जब तुम आख़िरकार अपने अवचेतन की फुसफुसाहट को 'सुनना' सीख जाते हो, तो तुम्हारा जीवन निरंतर विकास और गहरे रूपांतरण का एक मैदान बन जाता है।" – मेलिना आगे झुकी, और उसकी आँखें चमक उठीं। जैसे वे मेरे अपने दिमाग़ में एक चिंगारी जला रही थीं। जो अब भड़कने लगी थी। एक ज़्यादा चमकदार, अटूट लौ के साथ जलने लगी थी। इसने मेरी आत्मा के सबसे अंधेरे, छिपे हुए कोनों को रोशन कर दिया, जिनके बारे में मुझे पता भी नहीं था कि वे मौजूद हैं। मेरे अंदर एक पूरा ब्रह्मांड, एक पूरा ब्रह्मांड मेरे सामने प्रकट कर रहा था!

"हे भगवान, तुम्हारा कितना अहंकार है?! जैसे तुम कोई प्रचारक या मसीहा हो?! भगवान के लिए, मेलिना, मेरे पास सिर्फ़ 30 मिनट हैं! चलो कॉफ़ी पीते हैं और

कुछ और रोमांचक या... ज़्यादा अंतरंग के बारे में बात करते हैं! और तुम मेरे दिमाग़ पर जीवन की सच्चाइयों का बोझ डाल रही हो!"

"सच्चाई?!" वह पीछे झुकी, उसकी नज़र ने मुझे एक अभिमानी श्रेष्ठता के साथ भेद दिया।

अध्याय 6: रहस्योद्घाटन

हमारे कॉफ़ी के ऊपर चुप्पी छा गई, जबकि मैं उसके हर शब्द को जी रहा था। हम जानते थे कि समय कम था, और हमारी मुलाक़ात – दूर की, लेकिन यह साझा चुप्पी भरी हुई थी। मैं सिर्फ़ उनके बारे में नहीं सोच रहा था – मैं उन्हें चख रहा था, उन्हें महसूस कर रहा था कि वे मेरी चेतना को कैसे भेद रहे थे, मेरी आत्मा को परत-दर-परत नग्न कर रहे थे। जैसे एक अदृश्य, दम घोंट देने वाला फ़िल्टर, जो सालों के तर्कवाद से बना था, घने भ्रम की परतों की तरह जमा हो गया था, आखिरकार गिर गया। एक धमाके के साथ। मेरे चारों ओर की हवा ज़्यादा ताज़ी, ज़्यादा तीखी हो गई। साँस। अचानक मेरे सामने विशाल, अंतहीन, काँपते हुए क्षितिज खुल गए। अमूर्त विचार नहीं, बल्कि विशाल स्थान का एक एहसास, नए रास्तों का, जो एक ही समय में मुझे आकर्षित कर रहे थे और डरा रहे थे। संतुलन... मैंने हमेशा इसकी तलाश की थी! अब मैं समझ गया: सिर्फ़ संख्याएँ या तर्क नहीं, बल्कि एक आंतरिक, जीवित संतुलन। कुंजी।

---✶ ⸮ ✶ ---

बदलाव की बिजली

और फिर इसने मुझे भेद दिया। एक विचार की तरह नहीं, बल्कि एक बिजली की तरह, जिसने मेरे तर्कवाद की ढाल को हज़ारों चमकते टुकड़ों में फाड़ दिया। मैंने उन्हें महसूस किया – मेरे टूटे हुए बचाव के काँटे। दर्द। मैं एक अज्ञात, डराने वाली, लेकिन मुक्तिदायक सच्चाई के सामने नग्न, खड़ा था। मैं साँस नहीं ले सकता था। एक गड़गड़ाहट। मैंने एक ही समय में एक जलता हुआ दर्द महसूस किया – जैसे मेरी त्वचा रहस्योद्घाटन से जल रही थी – और एक अजीब, लगभग परमानंद भरी राहत। सदियों का बोझ, मेरे अपने भ्रमों की यह अदृश्य ज़ंजीर, एक धीमी टक्कर के साथ मेरे कंधों से गिर गई। इस पल में, मेरी ढहती हुई दुनिया की गड़गड़ाहट के बीच, मेरा फिर से जन्म हुआ। लाक्षणिक रूप से नहीं। मैंने इसे अपनी नब्ज़ में, अपनी हर कोशिका में महसूस किया। धुप-धुप धुप-धुप। जीवन।

---✶ ⸮ ✶ ---

इच्छाशक्ति का आह्वान

मेलिना के शब्द अब मेरे सिर में गूँज नहीं रहे थे। वे मेरे सीने में गूँज रहे थे, मेरी पसलियों से टकरा रहे थे, एक दार्शनिक अवधारणा से एक वास्तविक, क्रूर वास्तविकता में बदल रहे थे। "और जब जीवन तुम्हें उन दुर्गम बाधाओं से घेर लेता है,

जो तुम्हें कुचल देती हैं, तुम्हें धूल में बदल देती हैं, तो तुम प्रार्थना की तरफ़ मुड़ते हो, मुक्ति की तलाश करते हो। 'तुम्हारी इच्छा हो, मेरी नहीं' – ये शब्द तुम्हारी आत्मा से एक हताश विनती की तरह निकलते हैं। भाग्य के आगे हार मानने से पहले आखिरी चीख की तरह। अज्ञात के लिए।" हर शब्द एक तार पर एक प्रहार की तरह था, जो मेरे अंदर कंपन कर रहा था, एक अपरिवर्तनीय एहसास में बदल रहा था। एक आह्वान। गहरा।

---✶ ⁊ ✶ ---

दिल शांति में

"लेकिन यह वाक्यांश एक हताश चीख से कहीं ज़्यादा है – यह तुम्हारे जीवन के रास्ते को देखने के तरीक़े में बदलाव के लिए एक गहरा आह्वान है। इस विशाल भँवर में अपनी भूमिका पर पुनर्विचार करने के लिए, जिसे तुम अस्तित्व कहते हो। तुम्हारे विचार, जो अक्सर अराजक और खंडित होते हैं, लगातार तुम्हारे चारों ओर एक ऐसी दुनिया बनाने का प्रयास करते हैं, जो बाहरी उम्मीदों और नियमों से वातानुकूलित होती है, जो तुम्हारा दम घोंटते हैं। तुम्हें ख़ुद की एक पीली कॉपी में बदल देते हैं।" ये शब्द मुझमें घुस गए। दम घुटना। और फिर संत ऑगस्टीन के शब्दों का बोझ आया: "तूने हमें अपने लिए बनाया है, और हमारा दिल तब तक बेचैन रहेगा, जब तक वह तुझ में शांत न हो जाए।" यह सच्चाई सिर्फ़ सुनी, पढ़ी या समझी नहीं गई थी। इसे महसूस किया गया था। मेरी हड्डियों में गहराई से, मेरे अस्तित्व के सार में, जहाँ अब तक खालीपन का राज था। इसने मुझे एक ही समय में छोटा और महत्वहीन महसूस कराया – एक विशाल रेगिस्तान में रेत के कण की तरह – लेकिन कुछ बहुत बड़ा, जितना मैंने कभी कल्पना की थी, का एक अविभाज्य, महत्वपूर्ण, अमर हिस्सा भी। अस्तित्व के ब्रह्मांडीय नृत्य का एक हिस्सा, ब्रह्मांड की ही धड़कन का, जो हम में से हर एक के माध्यम से, मेरी हर कोशिका के केंद्र में, मेरे ही सार में साँस लेता था।

शांति। आखिरकार।

यह उसका आखिरी तर्क था। उसका आखिरी तोहफ़ा। एक ऐसा तोहफ़ा, जिसने मुझे कुचल दिया और एक ही समय में फिर से बनाया। इससे पहले कि हम फिर से अलग हो जाएँ और महीनों तक एक दूसरे को ढूँढते रहें – एक उबाऊ पत्राचार में नहीं, बल्कि आभासी स्थान और हमारे सपनों में। अवचेतन के अंतहीन जाल में। जहाँ मेलिना मेरा इंतज़ार कर रही थी। सात साल से ज़्यादा समय से एक मार्गदर्शक तारे की तरह, मुझे जवाब देने के लिए नहीं, बल्कि मुझे मेरा अपना रहस्योद्घाटन करने के लिए।

उस पल से... वह सिर्फ़ एक इंसान नहीं थी। वह एक पोर्टल थी।

---✶ ⁊ ✶ ---

आत्माओं का नृत्य

मेलिना एक पल के लिए तरस रही थी। एक। अकेला। शाश्वत। मैं बिना शर्त उसके आलिंगन में डूब जाऊँ। सिर्फ़ शारीरिक रूप से नहीं। आध्यात्मिक रूप से। उसके साथ अपने अनुभव साझा करूँ। भावनाएँ। अनुभूतियाँ। भावनाओं का यह सारा अराजक, धड़कता हुआ दलदल, जो मुझे फाड़ रहा था।

लेकिन मैंने हठपूर्वक उसे इस निकटता से इनकार कर दिया। मैंने इन पलों को उसकी उम्मीदों में सुलगने दिया। एक लंबे समय से बुझ चुकी आग के अंगारों की तरह। जो कभी एक सच्ची, सब कुछ निगलने वाली साझाकरण की आग में नहीं भड़केगी।

मैंने उसके सपनों को पूरा करने का टालमटोल भरा वादा किया। उस पर पूरी तरह से भरोसा करने का। उसे निकटता देने का। लेकिन मेरे शब्द बिना किसी सामग्री के खाली बक्से थे। बिना किसी अर्थ के एक गूँज।

उसने हार नहीं मानी। उसने सपना देखा – अथक। मेरी ठंडक के बावजूद। उसने लड़ाई लड़ी। मेरी ढाल को तोड़ने के लिए। मेरी अलग हुई आत्मा को छूने के लिए। मेरे सार में घुसने के लिए। और उसे मेरे सामने प्रकट करने के लिए – उस आदमी के सामने, जो उसे नहीं जानता था। उसके लिए मैं एक प्राचीन, जीवन बदलने वाले रहस्य के साथ एक सील किए गए रोल को खोलने जैसा था। उसने मुझे दृश्य से परे "देखा"। जितना मैंने कभी ख़ुद को देखा था, उससे ज़्यादा सच में।

---✶ ६ ✶ ---

स्वयं की कीमिया

अब, मेरे अपने सपने में। आत्म-ज्ञान के इस अंतरंग, मनोविरेचक क्षण में, मेलिना वहाँ थी। साँस की तरह वास्तविक। एक विचार की तरह अलौकिक। ईथर से बुना हुआ सार। वह मुझे शांत कर रही थी।

अपनी कोमल, भूतिया गर्मी के साथ, वह मुझे वापस इकट्ठा कर रही थी। टुकड़े-टुकड़े। एक टूटे हुए, क़ीमती फूलदान की तरह। मेरे अस्तित्व के हर टुकड़े को बहाल कर रही थी। मेरी आत्मा के हर टुकड़े को। जीवन भर रही थी।

उसने मुझे अब क्षणिक सुख से नहीं लुभाया। उसने मुझे टुकड़ों में नहीं तोड़ा। वह शारीरिक और आध्यात्मिक संतुष्टि के बीच नहीं भटकी। वह इन सब से ऊपर उठ गई थी। वह एक शुद्ध, चमकता हुआ सार बन गई थी।

उसकी आत्मा मेरी आत्मा के साथ विलीन हो गई थी। दो नदियों की धाराओं की तरह, जो एक अंतहीन, विशाल समुद्र में बहती हैं।

वह केवल मेरे सबसे गहरे सपने में मौजूद थी। उसने मुझे पूरा किया। पूर्ण किया। मुझे मेरे अपने भाग्य का मालिक बनाया। भ्रमों का दास नहीं। बल्कि मेरे अपने दिमाग़ का संप्रभु। मेरे अपने अस्तित्व का।

वह मुझे होली ग्रेल का पूरा रहस्य दे रही थी – वह ख़ुद अर्थ और अनंत काल थी। जिसमें दो अविनाशी, हमेशा के लिए जुड़े हुए आत्माएँ नृत्य कर रही थीं। जिसका संगीत अनंत काल में गूँज रहा था। एक प्राचीन सामंजस्य की तरह।

मैं आखिरकार उसे सुन रहा था। सिर्फ़ अपने कानों से नहीं। बल्कि अपनी पूरी आत्मा से। मैं उसके हर विचार को अपने जागते हुए सार से सोख रहा था। एक नई मिली समझ की आग के साथ। जो मेरी हर कोशिका में धड़क रहा था। मुझे हमेशा के लिए बदल रहा था। पुराने को जला रहा था। नए को जन्म दे रहा था। एक ज़्यादा सच्चा स्वयं।

मैंने महसूस किया कि मेरी दुनिया पलट रही थी। पुराना मैं कैसे बिखर रहा था। कुछ नया करने के लिए रास्ता बनाने के लिए। अज्ञात। लेकिन असीम रूप से ज़्यादा मज़बूत और सच्चा। मेरा फिर से जन्म हुआ था। मेरी अपनी सच्चाई की रोशनी में फिर से जन्म हुआ था।

ग्रास का फुसफुसाना: सार का मार्ग
भाग II

अध्याय 7: हवा की ज़ंजीरें

"मैंने ख़ुद को जाने दिया..." मेलिना ने फुसफुसाया। सपने में उसकी आवाज़ ने चुप्पी को भेद दिया, अदृश्य, लेकिन वास्तविक ज़ंजीरों को तोड़ते हुए। उसकी नज़र समझ की तलाश कर रही थी, उसकी भावना – मेरे सहानुभूतिपूर्ण अनुभव की। मैंने

उनके बोझ को महसूस किया – गले के चारों ओर एक ठंडे स्टील का घेरा, जो विदेशी दृष्टिकोणों, रूढ़िवादिता, महत्वाकांक्षाओं, संपत्तियों से बुना गया था। समाज ने उन्हें बेरहमी से थोपा था।

---✶ ⸙ ✶ ---

दर्पण प्रतिबिंब: अंदर से मौत

तब, उस बेरहम चरण में, मैंने कोई रास्ता नहीं देखा। न कोई साँस, न कोई चुनाव। हर साँस विदेशी सपनों से भरी हुई थी। हर साँस – मेरे अपने, अधूरे सपनों से, जो धूल में बिखर रहे थे। निराशा मेरे गले को कस रही थी। यह भावना कि मेरे जीवन में कुछ भी सही नहीं था, जलने की दर्दनाक, लगभग मादक ज़रूरत, फिर से पैदा होने की – यह सब मेरे घायल दिल में गहराई से घर कर गया। एक धीमी गति से काम करने वाला ज़हर।

मेरे सामने एक निगलने वाली खाई फैल रही थी। कोई रास्ता नहीं था, कोई उम्मीद नहीं थी। मेरा दार्शनिक विश्वदृष्टि सामाजिक मानदंडों से दर्दनाक रूप से टकरा रहा था, दो टाइटन्स की तरह, जिनकी टक्कर मेरे अस्तित्व की नींव को हिला रही थी। यहाँ तक कि व्यक्तिगत विकास की अनगिनत शिक्षाओं में भी, जिसमें मैं हताशा में मुक्ति की तलाश कर रहा था, मुझे कोई सच्चा रास्ता नहीं मिला।

एकमात्र चीज़, जो मुझे महसूस हुई, वह एक हठी, लगभग अभिशप्त आंतरिक रवैया था: मैं एक पूर्वनिर्धारित, भाग्यशाली मिशन को वहन करता हूँ। मुझे उसे खोजना था, उसे पूरा करना था। मेरे अंदर एक पोषित रहस्य छिपा हुआ था। मुझे उसे सुलझाना था, इससे पहले कि वह मुझे अंदर से फाड़ दे। वह ज्ञान क्या था? और मैं उसे क्यों धारण करता हूँ?

मैंने सार्वभौमिक तर्क से मार्गदर्शन संकेतों के लिए प्रार्थना की, अँधेरे में एक छोटे, फुसफुसाते हुए संकेत के लिए। एक असामान्य, सुनहरा प्रतीक, जो एक क्रॉस जैसा दिखता था, लेकिन बिना क्रूस के – जैसे कि वह एक प्राचीन जगह का संकेत दे रहा था, लेकिन एक नए अर्थ के साथ, लंबे समय से मेरे सपनों में दिखाई दे रहा था। बौद्धिक ज्ञान के लिए एक रास्ता, जो मुझे एक चुंबक की तरह आकर्षित कर रहा था। अदम्य रूप से।

---✶ ⸙ ✶ ---

मकबरे का रास्ता

अजीब और अवर्णनीय रूप से, मुझे आंतरिक रूप से महसूस हुआ कि मेरा रास्ता होली सेपल्चर के माध्यम से जाता है। मैं गहराई से धार्मिक नहीं हूँ। मेरा विश्वास एक शांत आंतरिक धड़कन है, न कि एक चर्च की घंटी, गूढ़वाद की एक लय, सूफ़ी रहस्यवाद की, चमकती सच्चाइयों की, जिन्हें मंदिरों की ज़रूरत नहीं थी। वे बस थे।

जीवन के रहस्य को सुलझाने के लिए, मैं हर शिक्षा में चिंगारी की तलाश कर रहा था। मैं हमेशा उन्हें अपनी ही विश्वदृष्टि के प्रिज्म के माध्यम से तोड़ता था, एक क्रिस्टल बॉल की तरह प्रकाश के आंतरिक रंगों को उजागर करता था। इसलिए, जब

मैं प्राचीन वाया डोलोरोसा और मसीह के मकबरे में पहुँचा, तो मैं श्रद्धा से ज़्यादा, एक काँपती हुई जिज्ञासा से भरा हुआ था। एक अचानक, सुस्त, धड़कता हुआ दर्द मेरे सिर के दाहिने हिस्से को भेद गया, एक अदृश्य हथौड़े के प्रहार की तरह, जो मेरी खोपड़ी को हिला रहा था।

मुझे अपराधबोध और उस खालीपन के एहसास से एक कंपकंपी हुई, जो मुझे ज़िंदा खा रहा था। मैंने घुटने टेके और माफ़ी माँगी, यह जाने बिना कि ठीक-ठीक किस लिए – मैं बस नासमझी के दर्द, अपने आंतरिक भूख के खालीपन, और मुझे दबा रहे बोझ से राहत के लिए प्रार्थना कर रहा था।

मैं ठंडे क्रिप्ट के सामने खड़ा था। एक घाव की तरह दर्दनाक जिज्ञासा, मुझे कुतर रही थी – क्यों? क्यों इतना अंधा, इतने सवालों के बिना? हठधर्मिता... पत्थरों की तरह भारी थी।

मैंने "पुनरुत्थान के चर्च" में पवित्र आग ली, अपनी सुनहरी क्रॉस को पवित्र "अभिषेक की प्लेट" पर रोशन किया। मैंने कलवारी की तरफ़ क़दमों का पीछा किया, एक ट्रांस में, एक अदृश्य, प्राचीन शक्ति द्वारा निर्देशित। फिर मैं यंत्रवत् फिलिस्तीनी व्यापारियों की शोरगुल वाली दुकानों में भाग गया, अपनी आंतरिक खालीपन को स्मृति चिन्ह से भरने की कोशिश कर रहा था। पवित्र के सौदेबाजी से लूटी गई, शून्यता मेरे दिल में अशुभ रूप से गूँज रही थी। ज्ञान एक छाया थी, जिसे मैं पकड़ नहीं सकता था। मैं लाचार थी।

---✶ ៛ ✶ ---

वाष्पीकरण

एक दिन बाद, हदासा क्लिनिक में। परिणाम ने सभी को चौंका दिया। जब डॉक्टरों ने, भूतों को देखने वाले लोगों की नज़र से, मुझे नए इमेजिंग अध्ययन दिखाए, तो दुनिया थम गई। मेरा दिल जम गया।

ट्यूमर छूट में नहीं था – वह वाष्पित हो गया था। मेरी पीनियल ग्रंथि में, जहाँ वह पहले था, वहाँ एक खाली जगह थी। बिना किसी चिकित्सकीय स्पष्टीकरण के। सिर्फ़ चुप्पी और सवाल, जो मेरे सिर में गड़गड़ाहट की तरह गूँज उठे: चमत्कार? या विज्ञान बस इंसान के दिमाग़ की सभी संभावनाओं को नहीं जानता?

एक बात निश्चित थी: मौत की यात्रा से मेरी वापसी एक अवर्णनीय उपचार से चिह्नित थी। इसने मेरी पूरी दुनिया को पलट दिया, एक तूफ़ान से बिखरे हुए कार्डों की तरह।

---✶ ៛ ✶ ---

दूसरी दुनिया से धड़कन

"मैंने तब अपने विश्वदृष्टि को किसी भी महत्वपूर्ण चीज़ के साथ नहीं बदला," मेलिना ने फुसफुसाया, उसकी आवाज़ मुश्किल से सुनाई दे रही थी, जैसे वह अपना सबसे पोषित रहस्य साझा कर रही हो। "लेकिन मेरे सपने अलग हो गए।"

हाँ, मैंने पहले भी उनकी ताक़त और निर्विवाद भविष्यवाणी को महसूस किया था, लेकिन अब वे आवाज़ों, ग्रंथों, ध्वनियों और शारीरिक संवेदनाओं से भरे हुए थे। वे दूसरे आयामों से आ रहे थे, जिन्हें मैं नाम नहीं दे सकता था, लेकिन जिनकी उपस्थिति वास्तविक, लगभग भौतिक थी।

मुझे जीवित, धड़कते हुए सपने आते थे, जो नाराज़ लहरों की तरह मुझ पर टूट पड़ते थे, मेरी चेतना के किनारे पर टकराते थे, उसे निगलने की धमकी देते थे। जागती रातों के अलावा, उन्होंने मेरे दिनों को एक बाध्यकारी भावना के साथ बेरहमी से सताया, जो मेरे मूड को प्रभावित करती थी।

जैसे उपचार ने न केवल प्रकाश के लिए, बल्कि मेरे सबसे गहरे डरों के लिए भी एक दरवाज़ा खोल दिया था, एक बढ़ते हुए शुद्धिकरण के लिए, दर्दनाक, लगभग अमानवीय। आत्मा को ही बाहर निकालने की तरह। ये सपने और क्या प्रकट करेंगे?

---✶ ྅ ✶ ---

वह सपना: स्कारब। खून। जागरण।

एक रात मुझे एक दुःस्वप्न आया: एक विशाल, काला स्कारब धीरे-धीरे मेरे चेहरे की त्वचा के नीचे रेंग रहा था। मैंने उसकी ठंडी काइटिन वाली पीठ को महसूस किया, हर तंत्रिका पर उसका वज़न, और उसके नुकीले पैर मेरे शरीर को छेद रहे थे, धड़कते हुए फोड़े और छेद छोड़ रहे थे, जो जीवित, दर्दनाक दर्द से भरे थे। मैंने एक पतली खरोंच की आवाज़ सुनी, जबकि वह मेरे गाल और नाक में भद्दे छेद कर रहा था, इससे पहले कि वह फिर से खोपड़ी में छिप जाए।

यह मेरे गले की तरफ़ नीचे गया। इसने मेरा दम घोंटना शुरू कर दिया। मैंने उसे फेंकने की हताश कोशिश की। मुझे लगा कि मैं डूब रही हूँ, हवा मेरे गले में पत्थर की तरह अटक गई है, मैं गाढ़ा, लाल खून उल्टी कर रही हूँ। उसमें एक धातु जैसा, जलता हुआ स्वाद था, जो मेरे गले को हड्डियों तक जला रहा था।

मैं आतंक में जाग गई। मेरा दिल पागलपन की तरह धड़क रहा था। मैं उल्टी करती रही – असली, गर्म खून, जो मेरी ठोड़ी से बह रहा था, जबकि ठंडा पसीना मेरे पूरे शरीर पर बह रहा था। इसने मुझे मेरी आत्मा की गहराई तक डरा दिया। यह एहसास शारीरिक और सचेत स्तर पर दर्दनाक रूप से स्थानांतरित हो गया।

मैं बीमार नहीं थी, मैं जानती थी, इतने सारे अध्ययनों के बाद। यह आत्मा की एक चीख थी। एक अशुभ, भौतिक भावनात्मक संकेत: मुझे अपने जीवन में कुछ मौलिक रूप से बदलना होगा। मेरे कार्यों में। मैं ग़लत रास्ते पर थी। मुझे पुरानी सोच के ज़हर को बाहर फेंकना होगा, जो मुझे धीरे-धीरे और निश्चित रूप से मार रहा था, एक शांत, अदृश्य हत्यारे की तरह।

मैंने सपनों और सचेत सपनों के बारे में किताबें पढ़ना शुरू कर दिया, कार्ल जंग, स्टीफन लबेर्ज के कामों और "गैर-सपने" के बारे में कार्लोस कैस्टानेडा की रहस्यमय शिक्षाओं में गहरा गोता लगाया। मैंने हर सपने का एक विस्तृत डायरी रखी, यह निर्धारित करने की कोशिश कर रही थी कि क्या यह एक भविष्य बताने वाला

संकेत था, दिन की घटनाओं का एक भावनात्मक प्रतिबिंब था या, जैसा कि डॉन जुआन ने वर्णन किया था, दूसरी वास्तविकताओं का एक दरवाज़ा था।

धीरे-धीरे, कदम-दर-कदम, मैंने परेशान करने वाले संबंध खोजे। अशुभ संबंध। मैं अपने अजीब सपनों को ज़्यादा बार देखने और नियंत्रित करने में कामयाब रहा। जैसे मैं अपने ही नरक का, अपनी ही चौंकाने वाली वास्तविकता का, आतंक और रहस्योद्घाटन के अपने ही तमाशे का निर्देशक था।

क्या यह मेरे मिशन की कुंजी होगी?

------------------ ------------------

अध्याय 8: दर्पण जैसे सपनों में जागरण

इनसेप्शन जैसा सपना: चेतना का एक स्पॉटलाइट

अब, नथानियल के बेचैन सपने में, एक स्पॉटलाइट ने छायाओं को फाड़ दिया। सिर्फ़ प्रकाश नहीं – चेतना का एक स्पॉटलाइट, जिसने उसकी स्मृति के छिपे हुए कोनों को बेरहमी से भेद दिया। उनकी पहली मुलाक़ात की एक भूली हुई याद को रोशन किया।

--- ✶ ✶ ---

मेलिना: ब्रह्मांड जैसी आँखें

मेलिना धीरे-धीरे उसकी आँखों के सामने उभरी, एक भूतिया दृष्टि के रूप में नहीं, बल्कि जीवन की ही साँस के साथ एक वास्तविक वजन के साथ। वह थोड़ी परेशान थी, उसके होंठों पर एक मुश्किल से दिखाई देने वाली घबराहट थी।

लेकिन उसकी आँखें – आह, वे आँखें! – वे सिर्फ़ नहीं जल रही थीं। वे एक प्राचीन, भविष्यवाणी भरा नृत्य कर रही थीं, एक ऐसी ज्वाला के साथ चमक रही थीं, जो समय और स्थान से परे झाँक रही थी। पहली चीज़ जिसने उसे मारा, वह विरोधाभास था: कौवे के काले बाल, जो एक चाँद की तरह सफ़ेद चेहरे को घेरे हुए थे, और पन्ना जैसे भेदने वाली, सम्मोहक आँखें, जिन्होंने उसे जकड़ लिया था। उसने एक अवर्णनीय आकर्षण महसूस किया, सिर्फ़ एक धागे की तरह नहीं, बल्कि एक प्राचीन, अडिग क़ानून की तरह, जो हज़ारों साल से बुना गया था। इस क़ानून ने उनके बीच खिंचाव पैदा किया और उन्हें हमेशा के लिए जोड़ दिया, उनके भाग्य को एक क्रूर, लेकिन मधुर शक्ति के साथ आदेश दिया।

सिर्फ़ उसकी शारीरिक सुंदरता ने उसे जकड़ नहीं लिया। उन चमकती हुई झीलों में, जो एक बेचैन आत्मा को दर्शाती थीं, उसने कुछ ज़्यादा दिलचस्प देखा – एक जंगली, साहसी चिंगारी में लिपटी हुई एक मायावी कोमलता। जैसे उसकी नाज़ुक आत्मा में दो विरोधाभासी शक्तियाँ लड़ रही थीं: एक देवदूत जैसी पवित्रता और अज्ञात रोमांच के लिए एक अतृप्त प्यास। उसकी आत्मा उसे एक रहस्यमय किताब की तरह लगी, जिसके कवर समय में डूबे हुए थे, और पन्ने खुलने का इंतज़ार कर रहे थे। उसने

महसूस किया कि वह एक रहस्य रखती है, जिसे वह सुलझाना चाहता था, लेकिन जिससे वह डरता भी था। क्योंकि वह जानता था कि वह उसकी व्यवस्थित दुनिया की नींव को हिला देगी।

---✶ ჴ ✶ ---

भाग्यशाली संयोग

अब, दर्दनाक पूर्वव्यापी में, उसकी भूतिया छवि को घूरते हुए, उसने देखा कि कैसे अजीब संयोगों की एक श्रृंखला ने उन्हें इस भाग्यशाली पल तक पहुँचाया था। दर्दनाक स्पष्टता के साथ उसने भाग्य के अदृश्य हाथ को पहचाना, जो उसकी जोशीली, शांत विनती और बिना शर्त प्यार के समर्पण द्वारा निर्देशित था। प्यार, जिसे उसने इतनी मूर्खता से अनदेखा कर दिया था, उसे महत्वहीन मानकर खारिज कर दिया था। हर आकस्मिक मुलाक़ात, हर अवर्णनीय निकटता अब एक पूर्ण तस्वीर में व्यवस्थित हो गई, जो उसकी आत्मा की ताक़त और उसके दिल के अंधेपन को चित्रित कर रही थी।

उस पल में उनमें से किसी को भी मुलाक़ात का असली मतलब समझ नहीं आया। वह, महत्वाकांक्षाओं और ताक़त की अपनी दुनिया में डूबा हुआ, उसे सिर्फ़ एक दिलचस्प चेहरे के रूप में देखता था – एक और अवसर, एक और चुनौती। और वह, उसकी आभा से आकर्षित, यह अनुमान नहीं लगा पाई कि उन्हें एक गहरा, कर्मिक बंधन जोड़ता है। लेकिन फिर... उसे वह अकेला पल साफ़-साफ़ याद आया, जब उनकी आँखें मिलीं। हवा में उस छोटे से विद्युत आवेश में, दोनों एक दूसरे की आत्मा की अनंतता में गिर गए, ऐसा लगा। उसकी चमकदार हरी आँखों में उसने बुद्धिमत्ता और करुणा का एक पूरा ब्रह्मांड देखा, और उसने उसकी आँखों में – एक गहरी छिपी हुई कमज़ोरी देखी, जो समझ के लिए तरस रही थी। यह एक झटका था। एक साफ़ आसमान से एक गड़गड़ाहट की तरह। इसने सब कुछ हिला दिया।

उस भेदने वाली नज़र के बाद, उसने अवर्णनीय आकर्षण से इनकार करने की कोशिश की। उसका तर्क सावधानी, तर्क, नियंत्रण के लिए चिल्ला रहा था। लेकिन कुछ बहुत ज़्यादा मज़बूत, एक आदिम आह्वान, जो सदियों से गूँज रहा था, उसे उसे जानने के लिए बुला रहा था। उसका सहज ज्ञान फुसफुसा रहा था कि वहाँ एक खज़ाना छिपा है, जो उसने कभी भी हासिल की गई किसी भी चीज़ से ज़्यादा क़ीमती है – एक खज़ाना, जो उसकी पूरी ज़िंदगी को पलट देगा। क्या वह इस बदलाव के लिए तैयार था?

---✶ ჴ ✶ ---

और अब, उसे बेसल में वह सुरुचिपूर्ण रिसेप्शन साफ़-साफ़ याद आया। चमक और घमंड के बीच, चमकदार मुस्कानों और खाली बातचीत के बीच, कुछ अदम्य ने उसे उसके पास जाने और अप्रत्याशित, लगभग पागल शब्द कहने के लिए मजबूर किया, जिसने सब कुछ बदल दिया:

"क्या तुम मुझे अपने जीवन के सात साल बेचोगी?"

अब, अपने सपने में, नथानियल ने फिर से उस अजीब सवाल और उसके बाद की उसकी उलझी हुई, लेकिन जिज्ञासु नज़र का रोमांच महसूस किया। जैसे वह फिर से एक खाई के किनारे पर था, जो उसे आकर्षित कर रही थी, जो विनाश और अनंत काल दोनों का वादा कर रही थी।

साल एक रहस्य से भरे रोल को धीरे-धीरे, मीठे ढंग से खोलने की तरह थे। वह अतृप्त लालसा के साथ उसकी आत्मा की गहराई और विशाल रचनात्मकता को जान रहा था, उसके हर विचार, उसकी हर भावना को सोख रहा था। उसे उस तरह से प्यार हो गया, जिस तरह से वह दुनिया को देखती थी, उसकी सहज ज्ञान से, उसके जोशीले विश्वास से और उसके अजीब सपनों से, जिन्हें अब एक बिल्कुल नया, खतरनाक अर्थ मिल रहा था, जो वास्तविकता के बारे में उसकी धारणाओं को पलट रहा था।

उन सपनों का वास्तव में क्या मतलब था? यही वह सवाल था, जो उसे सता रहा था। क्या उनमें उसकी अपनी मुक्ति की कुंजी छिपी थी, आसन्न ख़तरे का जवाब? इसीलिए अब, निराशा के अँधेरे में, वह हताशा में उनसे चिपका हुआ था।

ये उज्ज्वल यादें उसके बेचैन सपने में वापस आ रही थीं, एक जीवन देने वाले झरने की तरह, जो उसकी आत्मा की प्यास बुझा रहा था। उन्होंने उसे एक अप्रत्याशित ताक़त दी, उसे याद दिलाया कि भौतिक दुनिया, ताक़त और महत्वाकांक्षाओं से कहीं ज़्यादा गहरा कुछ मौजूद है, जिसने उसे निगल लिया था। वे उसे दो आत्माओं के बीच एक शाश्वत बंधन के बारे में, बिना शर्त प्यार की ताक़त के बारे में और उस खज़ाने के बारे में फुसफुसा रहे थे, जिसे उन्होंने खोजा था। और बुरे सपने की शुरुआत के बाद पहली बार, उसके दिल में उम्मीद की एक धीमी, काँपती हुई चिंगारी चमक उठी, जिसने मोक्ष का वादा किया। क्या वह ख़ुद को बचाने में कामयाब होगा? यह सवाल उसके अंदर जल रहा था।

---✶ ६ ✶---

सपने के घने अँधेरे में मेलिना आगे बढ़ी। उसकी छाया नथानियल के चेहरे पर फैल गई, उसे और भी गहरे अँधेरे में फेंक दिया। उसने ठंड महसूस की। कुछ बदल रहा था।

"तुम क्यों?" नथानियल की आवाज़ रूखी थी, सिर्फ़ सपने के देवदूत से नहीं, बल्कि उसकी अपनी उलझी हुई आत्मा से, उस अँधेरे से, जिसने उसे घेर लिया था।

"नथानियल..." मेलिना ने फुसफुसाया, उसकी आवाज़ धीमी, थोड़ी अशुभ थी। उसने उसकी आँखों में नीचे देखा, जैसे वह अपना सबसे पोषित रहस्य प्रकट करने की तैयारी कर रही थी। उसकी आवाज़ में कंपन लगभग वास्तविक था। वह धैर्यपूर्वक उसे देख रहा था, महसूस कर रहा था कि उसकी आंतरिक दुनिया, उसकी आत्मा की गहराइयों के लिए एक दरवाज़ा खुल गया था। उसने उससे उन अजीब सपनों को साझा करने के लिए कहा था, जो उसे घेर रहे थे। अब वह बात करना शुरू कर रही थी। हर शब्द – रेगिस्तान में पानी की एक बूँद की तरह:

"तुम जानते हो, कभी-कभी... मुझे जागते हुए सपने आते हैं। मैं समय की एक अजीब दरार में गिर जाती हूँ, जहाँ वास्तविकता घुल जाती है। वहाँ, एक छोटे से पल के लिए, एक चमकती रोशनी दिखाई देती है और मुझे वह ज्ञान दिया जाता है, जिसकी मुझे एक विचार विकसित करने, कुछ महत्वपूर्ण समझने के लिए ज़रूरत होती है। और अचानक... मेरा असली जीवन अप्रत्याशित इरादों और नई दिशाओं से भर जाता है, जो मुझे एक अदृश्य धारा की तरह खींचते हैं। मेरे लिए यह साफ़ है कि इन सभी बिखरे हुए संकेतों को एक ही, उच्च मिशन में एकजुट होना चाहिए, क्योंकि मैं खुद को बिखेर नहीं सकती। वे सभी एक अंतिम लक्ष्य की ओर ले जाते हैं, ऐसा लगता है। मैं हताशा में यह समझने की कोशिश कर रही हूँ कि वह ठीक-ठीक क्या है, इससे पहले कि अज्ञात मुझे निगल ले। शायद तुम मेरी मदद करोगे?"

नथानियल उसे ध्यान से सुन रहा था, उसकी आवाज़ में कुछ ऐसा था जिसने उसे विश्वास दिलाया। उसके अंदर एक रूखा आतंक उठ रहा था। क्या उसके भविष्य बताने वाले सपने उसे उसका इंतज़ार कर रहे थे, उसका जवाब देंगे? क्या वे उसे बचाएँगे? उसे समझना था।

---✶ ϛ ✶ ---

वह एक छोटा ठहराव लिया, जैसे वह सबसे भारी, सबसे पोषित बात कहने के लिए ताक़त इकट्ठा कर रही थी।

"उस रात के बाद, जब मैं वापस आई...," मेलिना की आवाज़ काँप गई, जो उन डरों से भरी हुई थी, जो उसका पीछा कर रहे थे। "...वह सपना बिना किसी चेतावनी के मुझ पर टूट पड़ा, एक काले भँवर की तरह, जो मुझे नीचे खींच रहा था। शुरुआत में यह धुँधला था, लेकिन धीरे-धीरे इसने एक भयानक घनत्व प्राप्त कर लिया। हर विवरण – एक चाकू की तरह तेज़। मैंने तुम्हें देखा, नथानियल... तुम एक चमकदार, काली मशीन के बगल में खड़े थे, और तुम्हारे चारों ओर एक अजीब, अशुभ चुप्पी थी। अगले ही पल सब कुछ फट गया! एक बहरा कर देने वाली दहाड़। कुचली हुई धातु। बिखरा हुआ काँच। खून! हर जगह! और तुम... तुम मलबे के बीच स्थिर पड़े थे। यह इतना भद्दा था... इतना अंतिम।"

उसकी आवाज़ काँप गई। नथानियल ने अपने सपने में एक बर्फीली हवा महसूस की, जैसे मौत ने ख़ुद उसे अपने ठंडे हाथ से छुआ हो।

"मैं एक चीख के साथ जाग गई, ठंडे पसीने में लथपथ। मेरा दिल पागलपन की तरह धड़क रहा था, जैसे वह मेरी छाती से बाहर निकल जाएगा, और आतंक ने मुझे लंबे समय तक नहीं छोड़ा। मुझे नहीं पता था कि इसका क्या मतलब है, मैं तुम्हें हाल ही में जानती थी। लेकिन यह एहसास इतना मज़बूत, इतना वास्तविक था... जैसे मैंने ख़ुद मौत को तुम्हें निगलते हुए देखा। और फिर, जैसे एक रहस्योद्घाटन मुझ पर टूट पड़ा – मुझे इसे रोकना था। मुझे तुम्हें बचाना था, क्योंकि मेरा एक हिस्सा पहले से ही जानता था कि हमारे भाग्य सदियों से आपस में उलझे हुए हैं, और तुम्हें बचाकर, मैं

ख़ुद को एक अदृश्य, लेकिन सर्वव्यापी अँधेरे से बचा रही थी। यह कैसे हो सकता था?"

नथानियल ने मुश्किल से निगला। अपने संशयवाद के बावजूद, उसने महसूस किया कि मेलिना का हर शब्द उसके अंदर गूँज रहा था, उसकी चेतना में नए, डराने वाले दरवाज़े खोल रहा था। क्या वह चाबी रखती थी?

---✶ ¢ ✶ ---

उसने एक संक्षिप्त ठहराव लिया, जैसे वह सबसे भारी, सबसे पोषित बात कहने के लिए ताक़त इकट्ठा कर रही थी।

"कुछ दिन पहले मेरे भाई, जो स्विट्जरलैंड में रहता है, ने अप्रत्याशित रूप से मुझे बेसल में एक रिसेप्शन के लिए आमंत्रित किया। मुझे नहीं पता था कि क्यों, निमंत्रण सहज, लगभग आकस्मिक था। लेकिन मेरे दिमाग़ में सपने की छवियाँ चमक गईं। यह मुझे एक संकेत की तरह लगा, एक अशुभ संकेत की तरह। मैंने अपनी पूरी तनख्वाह एक सुरुचिपूर्ण, महँगी पोशाक पर लगा दी, जैसे मैं भाग्य के साथ एक लड़ाई के लिए, कुछ अपरिहार्य से मिलने के लिए तैयार हो रही थी। मैं वहाँ गई, यह जाने बिना कि मैं क्या खोज रही थी, लेकिन अपने अंदर गहराई से विश्वास करती थी कि मुझे कुछ ऐसा मिलेगा, जिसे मैं अपनी आत्मा में गहराई से महसूस कर रही थी..."

नथानियल ने महसूस किया कि उसके रोंगटे खड़े हो गए हैं। उसके रीढ़ की हड्डी में एक ठंडी सिहरन दौड़ गई, जब उसे एहसास हुआ कि यह कहानी अब सिर्फ़ मेलिना की याद नहीं थी, बल्कि उसकी अपनी आत्मा का, उसके अपने भूले हुए डरों का प्रतिबिंब था।

"मैं अनजान चेहरों की भीड़ में थी, तलाश कर रही थी, यह जाने बिना कि मैं क्या खोज रही थी, तर्क से नहीं, बल्कि सहज ज्ञान से निर्देशित थी। और फिर... मैंने तुम्हें बोलते हुए सुना। तुम्हारी आवाज़... वह मेरे सपनों की तरह ही थी। एक आवाज़, जिसने मुझे कई बार फुसफुसाया था, मुझे प्रतीकों में लिखे संदेश छोड़ दिए थे – बदलाव का वादा, एक नई दुनिया का। उस पल में मैंने तुम्हें पहचान लिया। मेरा दिल उछल पड़ा, जैसे वह मेरी छाती से बाहर निकल जाएगा। मुझे पता था कि मैं सही जगह पर, सही समय पर थी।"

---✶ ¢ ✶ ---

उसने गहरी साँस ली। एक बोझ उसकी आत्मा से उतर गया, जिसने उसे सालों तक दबाए रखा था।

"मैंने तुम्हें अपना सपना धैर्यपूर्वक बताने की कोशिश की। कहानियों में। रूपकों के साथ। ताकि तुम मुझे पागल न समझो। मैं चाहती थी कि तुम विश्वास करो। उस आसन्न ख़तरे को समझो, जिसे मैं इतनी साफ़-साफ़ देख रही थी। लेकिन तुम संशयवादी थे। केवल जब मौत तुम्हारे ऊपर मँडराने लगी। जब परिस्थितियाँ अशुभ रूप से एक साथ आने लगीं, मेरे सपने की तरह – तभी मैंने तुम्हारे जीवन में मेरे अचानक प्रकट होने का असली कारण बताया। तुमने विश्वास नहीं किया। तुमने सब

कुछ एक इत्तेफ़ाक़ माना। लेकिन फिर भी, निर्धारित दिन पर, तुमने मेरी बात मानी। शायद मेरी आवाज़ में, मेरी निराशा में कुछ ऐसा था, जिसने तुम्हें सोचने पर मजबूर कर दिया। अपने ही तर्कवाद पर संदेह करने के लिए। क्या यह तुम्हारे बदलाव की शुरुआत थी?"

अध्याय 9: आत्मा के कोड: अनंत अवतारों का सपना

पत्थर का टूटना

इस पल, अपने सपने में, नथानिएल ने फिर से देखा कि गैलील सागर के तट से वह छोटा, चिकना पत्थर, जिसे मेलिना हमेशा इजराइल से लौटने के बाद अपने गले में पहनती थी, वह जंजीर से गिर गया। वह दो टुकड़ों में टूट गया। एक अदृश्य शक्ति द्वारा, स्वयं नियति द्वारा, खंडित। वह रोम के हवाई अड्डे पर खड़ी थी। उसका विमान अभी-अभी उतरा था। उसकी ओर से भेजे गए उस शुरुआती संदेश का जवाब कि वह आज रवाना न हो, एक गुलाब के फूल का इमोजी था। तभी उसने उसे फोन किया। वह उससे बात कर रही थी, उसे और अधिक मनाने की कोशिश किए बिना, बस उसे कुछ सेकंड के लिए रोके रखने के लिए। ताकि वह न जाए। तभी बिना किसी कारण के पत्थर गिर गया। उसने टुकड़ों को इकट्ठा किया। लेकिन वह पहले ही जान चुकी थी।

नथानिएल को एक जानी-पहचानी सिहरन महसूस हुई। उसके सपने के अंधेरे में एक स्मृति के टुकड़े चमक रहे थे। वह पत्थर... कोई पत्थर... गैलील सागर का वह छोटा पत्थर।

"तब... तब वह पत्थर टूट गया," उसकी आवाज जारी रही। वह कंपन से भरी थी। श्रद्धा से। "जैसे कि स्वयं भगवान ने एक संकेत भेजा हो। मेरे विश्वास की पुष्टि। शायद मेरी तीव्र प्रार्थनाओं के कारण। तुम पर मेरे शुद्ध विश्वास के कारण। उस पल में, मैंने वास्तव में अपने सपनों पर विश्वास करना शुरू कर दिया। वे भविष्य की खिड़की थे। एक चेतावनी। नियति को बदलने का एक मौका। इतिहास को फिर से लिखने का।"

उसने गहरी सांस ली और अधिक आश्वस्त, लेकिन फिर भी कांपती हुई आवाज़ में जारी रखा। जैसे कि वह अपनी याददाश्त की गहराइयों में और भी गहराई से गोता लगा रही थी:

---*⸙*---

अतीत का अभिशाप। खून। पानी। विश्वासघात।

"इसके बाद, एक खूनी तस्वीर की तरह, अगला सपना सामने आया। मैंने पिछले... जन्मों में अपनी हिंसक मौत को बिल्कुल स्पष्ट रूप से पहचाना। यही जवाब था। दर्द के साथ मेरी याददाश्त में उकेरा गया - वह कर्म जो मैं लेकर आई थी। पिछले पापों का बोझ। मैंने उन्हें दर्दनाक रूप से स्पष्ट रूप से याद रखा। जैसे कि

मैंने उन्हें फिर से जिया हो। एक सपने में, मुझे डुबो दिया गया था। एक छोटे से राज्य के सिंहासन के वारिस को जन्म देने के बाद। उसके स्वयं के पिता - मेरे पति - और उसकी निर्दयी मालकिन द्वारा, ताकि वे सिंहासन पर कब्जा कर सकें। पानी बर्फीला काला था। इसका स्वाद - विश्वासघात से कड़वा। और इसका भार मेरे फेफड़ों को भर रहा था।"

---✶ ʢ ✶ ---

"फिर एक रात, मैं एक सपने में समा गई, जिसमें मैं एक बागान में एक गुलाम बन गई थी और मुझे उत्तरी सैनिकों द्वारा मार दिया गया था, जब मैं अपने दक्षिणी समर्थक मालिक की रक्षा कर रही थी। अगली सुबह, मेरे पेट में दर्द, ठीक उसी जगह जहां मुझे संगीन ने छेदा था, वह शारीरिक था, जैसे कि वह वास्तव में हुआ हो। जैसे कि वह छेद मेरे शरीर में धड़क रहा था, मुझे अतीत की याद दिला रहा था। इन दर्दों ने और कौन से रहस्य छिपा रखे थे?"

---✶ ʢ ✶ ---

"और तीसरा सपना, पिछले सपनों से भी अधिक भयानक, ने दिखाया कि कैसे इन्किजिशन मुझे दाँव पर जला रही थी, मुझ पर अन्यायपूर्ण तरीके से जादू-टोना का आरोप लगाया गया था। मुझे जलने का शारीरिक दर्द महसूस हुआ, जैसे कि मेरे शरीर का हर रेशा मुक्ति के लिए चिल्ला रहा हो। उसी समय, मैंने भीड़ में एक आदमी की उदासीन आँखों को स्पष्ट रूप से पहचाना। उसके पास मुझे बचाने की शक्ति थी, लेकिन उसने ऐसा नहीं किया। क्योंकि वह डरता था। क्योंकि उसने प्यार के बजाय सुरक्षा को चुना। मुझे वे ठंडी आँखें याद हैं, नथानिएल। मैं जानती हूँ कि वे इस अवतार में मुझे देख रही हैं, क्योंकि हमें उस पुनर्जन्म के भारी कर्म को भुगतना है, जब तुमने प्यार पर विश्वास नहीं किया, तुमने उसे आग में नष्ट कर दिया... वह आदमी कौन था?"

---✶ ʢ ✶ ---

उसने एक छोटा सा विराम लिया। एक पल के लिए, ऐसा लगा कि वह कोई ध्वनि नहीं, बल्कि समय की नब्ज सुन रही थी। वह अदृश्य स्रोतों से, प्राचीनता से शक्ति इकट्ठा कर रही थी, और जारी रखा:

"मेरे प्रतिगामी आत्म-सम्मोहन से उत्पन्न हमारे ये जटिल संबंध, एक तरह के अति-संवेदी तंत्र को सक्रिय करते हैं, जिससे मेरे सपनों में और भी उज्ज्वल और स्पष्ट दृश्य सामने आने लगे, जैसे कि मैं अपनी खुद की चेतना में और गहराई से प्रवेश कर रही थी, पुरातात्विक यादों को उजागर कर रही थी जो सदियों से भूले हुए सत्यों के साथ गूंजती थीं।"

नथानिएल ने निगल लिया। उसे अपनी गर्दन पर एक ठंडी सिहरन महसूस हुई। यह महिला और क्या प्रकट कर सकती थी?

मैं खुद को एक ऊंची पहाड़ी पर खड़ी पाई, जलते हुए सूरज के सामने एक काली छाया की तरह। मेरी बाहें फैली हुई थीं, आसमान को गले लगाने के लिए तैयार, ब्रह्मांड की शक्ति को स्वीकार करने के लिए। एक प्राचीन, भयानक पुजारी का मुखौटा

मेरे चेहरे को छिपाए हुए था, लेकिन मेरी आँखें एक आंतरिक प्रकाश से जल रही थीं, एक फटते हुए तारे की तरह उज्ज्वल, जो दृश्य से परे देख रहा था। एक ऐसी आवाज़ के साथ जो बादलों को भेद रही थी, मैंने क्वेटज़ालकोआटल, पंख वाले सांप, ज्ञान के प्राचीन देवता को बुलाया। मेरा दिल ड्रमों की एक प्राचीन ताल के साथ धड़क रहा था, और भक्तों की एक विशाल भीड़ - माया, एज़्टेक और टोलटेक - जीवित लहरों की तरह झुक रही थी, जो अपने विश्वास में डूबी हुई थीं। हवा मेरी प्रार्थनाओं को स्वर्ग तक ले जा रही थी, और सूरज बलिदान को आशीर्वाद दे रहा था। इस रहस्यमय क्षण में, मैं जंगली प्रकृति और दिव्यता के साथ एक थी, उस ज्ञान और ज्ञान को स्वीकार करने के लिए पूरी तरह से तैयार थी जो क्वेटज़ालकोआटल मुझे प्रदान करने वाला था, उसके सार के साथ विलय करने के लिए।

---✶ ६ ✶ ---

उसकी आवाज़ धीमी हो गई, एक रहस्य फुसफुसाती हुई, जिसे केवल उसी को सौंपा गया था, एकमात्र व्यक्ति जो समझ सकता था:

"एक और सपने में, मैं एक लंबे समय से खोई हुई, उन्नत सभ्यता का हिस्सा बनकर उभरी। मैं एक अजीब बेलनाकार सीवेज प्रणाली का निर्माता थी, जो प्रकाश और ध्वनि से बुनी हुई थी, एक असामान्य संरचना के साथ, जो वास्तविकता में एक दरार पैदा करते हुए, अंतरिक्ष में हेरफेर करने में सक्षम थी, जहां यह क्षेत्र पूरी तरह से अनुपस्थित था। अपने सपने में, मैंने इस अजीब मशीन को सक्रिय किया - एक विशाल अनुनादक वाला एक सिलेंडर, जहां एक और अज्ञात प्रकार की ऊर्जा बह सकती थी और केंद्रित हो सकती थी, जो स्वयं पदार्थ को बदल सकती थी। मुझे एहसास हुआ कि एक व्यक्ति अपने विचार को सिलेंडर में डाल सकता है और उसे अंदर स्थिर रख सकता है। यह अजीब मशीन विचार ऊर्जा को केंद्रित और निर्देशित करती थी, विचारों को मूर्त रूप देती थी, उन्हें वास्तविकता में बदल देती थी।"

नथानिएल ने अपनी आँखें सिकोड़ लीं। विचार जो वास्तविकता बन जाते हैं? यह सबसे बड़ा भ्रम लग रहा था, लेकिन उसके सपने में सब कुछ इतना... संभव लग रहा था। कोई व्यक्ति ऐसी मशीन से क्या बना सकता था?

---✶ ६ ✶ ---

उसकी आँखें एक अजीब रोशनी से चमक उठीं, जैसे कि वे दृश्य से परे, भ्रम के पर्दे के परे देख रही थीं:

"एक और, बहुत महत्वपूर्ण सपने में, मुझे एक प्राचीन आह्वान का एहसास हुआ - एक उन्नत जाति के एक गैर-भौतिक सार से दूसरी, युवा जाति तक सबसे मूल्यवान ज्ञान को संरक्षित करने का, जहाँ आत्मा एक ठोस भौतिक आयाम प्राप्त करती है। मैंने प्राचीन सभ्यताओं के रहस्यों में प्रवेश किया, जहाँ केवल विचार की शक्ति से स्वयं वास्तविकता को बनाने की अविश्वसनीय शक्ति के बारे में ज्ञान संरक्षित था। टेलीपैथी और टेलीकाइनेसिस निर्माण के लिए उपयोग किए जाने वाले पवित्र उपकरण थे। मैंने महान अटलांटिस के पतन और बुद्धिमान प्राणियों के फैलाव को दुख के साथ देखा,

जिन्होंने अपने कौशल को संरक्षित करने के लिए हताश होकर कोशिश की, लेकिन बदलती परिस्थितियों के कारण उन्हें खो दिया, अस्तित्व में विघटित हो गए।"

---✶ ⸮ ✶ ---

उसकी आवाज़ में श्रद्धा भरी थी, awe और बोझ के मिश्रण के साथ, जैसे कि वह एक पवित्र रहस्य साझा कर रही थी, जो सदियों से संरक्षित था:

"और एक और सपना... जो अनसुलझे प्रतीकों से भरा था। मेरा मानना है कि इसमें मैंने युग की नब्ज का अनुभव किया, प्राचीन लेमुरियन सभ्यता और बाद की, लेकिन कम रहस्यमय, शक्तिशाली अटलांटिक सभ्यता के बीच एक सहज संक्रमण - एक ऐसा समय जो अजीब तरह से उत्पत्ति में वर्णित दुनिया के निर्माण के साथ मेल खाता है। इस सपने में, मैंने प्राप्त ज्ञान को भौतिक रूप में नहीं, बल्कि कुछ ऐसा संरक्षित किया जिसे मैंने सहज रूप से एक सच्चा पवित्र ग्रेल महसूस किया।

लेकिन यह मेरी आत्मा की सबसे गहरी गहराइयों में, मेरे अस्तित्व के ताने-बाने में ही कूटबद्ध था। यह ग्रेल एक कप या कलाकृति नहीं था, बल्कि ब्रह्मांडीय ज्ञान का एक जीवित भंडार था, जो उन जटिल, लगभग अकल्पनीय तंत्रों को प्रकट करता था जिनके माध्यम से आत्मा स्वयं वास्तविकता के जटिल मानसिक मॉडल का निर्माण करती है, जो एक अजीब क्वांटम उलझाव के माध्यम से सब कुछ को समाहित करता है - जैसे कि हर प्राणी, हर विचार, एक अंतहीन, सर्व-समावेशी ब्रह्मांडीय नेटवर्क का हिस्सा था, जो हर जीवित और निर्जीव चीज को जोड़ता था, जैसे कि हमारे चारों ओर सब कुछ सिर्फ पदार्थ नहीं है, बल्कि चेतना का एक जटिल होलोग्राफिक प्रक्षेपण है, जहां हर विचार अपनी खुद की वास्तविकता को आकार देता है। इस सपने में, मुझे एहसास हुआ कि आत्मा में टोरसन क्षेत्र उत्पन्न करने की एक अविश्वसनीय, दिव्य क्षमता है - ऊर्जा के अदृश्य भंवर, जो समय और स्थान से परे, विशाल दूरी पर तात्कालिक, अकथनीय संचार की अनुमति देते हैं, जैसे कि विचार एक लहर है जो स्वयं वास्तविकता के ताने-बाने से होकर गुजरती है।

यह इतना उज्ज्वल और मूर्त था, फिर भी शब्दों में वर्णन करना मुश्किल था। एक अमूल्य ऊर्जा पात्र, जिसमें जीवित रक्त की धड़कती धाराएं बहती थीं, जो ब्रह्मांड की सांस, ब्रह्मांडीय धड़कनों के साथ कंपन करती थीं।

---✶ ⸮ ✶ ---

मैं जाग गई - कुछ शाश्वत और खतरनाक को छूकर। मुझे अभी भी अपनी त्वचा पर ठंडी धूल महसूस हो रही थी, लोबान की गंध। सपना जाना नहीं चाहता था - यह मेरे अंदर एक विदेशी दिल की तरह धड़क रहा था। मैं उन सच्चाइयों को छू चुकी थी जो सामान्य समझ की सीमाओं से परे थीं, जिससे मैं एक साथ गहराई से प्रबुद्ध और दर्दनाक रूप से परेशान हो गई थी। अब मैं ज्ञान का एक अदृश्य, लेकिन चौंकाने वाला मूर्त बोझ उठा रही थी, जो सदियों की गहराइयों में छिपा था - एक रहस्य जो मेरे अवचेतन की भूलभुलैया में कसकर सील कर दिया गया था, जैसे कि यह मेरे अपने डीएनए, मेरे अपने अस्तित्व का हिस्सा था। मुझे ऐसा महसूस हुआ जैसे मैं एक

ऐसी सच्चाई की अकेली संरक्षक हूँ जो बाकी सभी के लिए दुर्गम है, चुप्पी, अलगाव के लिए अभिशप्त।

सवाल सिर्फ बढ़ नहीं रहे थे; वे अदृश्य, लेकिन मजबूत धागों में बदल रहे थे, जो मेरी आत्मा को मेरे अपने अस्तित्व की खाई की ओर खींच रहे थे, अविश्वसनीय अंतर्दृष्टि के साथ-साथ एक वास्तविक उत्थान... या शायद... एक अंतिम निगलने, कुछ भी नहीं में घुलने का वादा कर रहे थे।

---✶ ҁ ✶ ---

अपने सपने में, नथानिएल ने देखा कि मेलिना पीछे हट गई, जैसे कि वह अपने खुद के रहस्योद्घाटन में डूबी हुई थी। उसका चेहरा, जो हाल तक यादों की लौ से रोशन था, अब गहरी सोच में डूबा हुआ था। उसने उसकी ओर देखा, उस जानकारी की धारा पर कैसे प्रतिक्रिया करें, यह अनिश्चित था, जिसने उसे अभिभूत कर दिया था। उसका तर्कसंगत सार उन भूतिया छवियों, उन रहस्यमय अंतर्दृष्टियों से लड़ रहा था जो उसने अभी-अभी साझा की थीं।

नथानिएल के सपने में हवा भारी हो गई, लगभग मूर्त। उसने महसूस किया कि सवाल उसके गले में उठ रहे हैं, लेकिन शब्द मूक रहे। वह इस सब का क्या मतलब निकाल सकता था? पिछले जीवन? कर्म? टोरसन क्षेत्र? सब कुछ उसकी दुनिया के खिलाफ था, जो तर्क और तथ्यों द्वारा व्यवस्थित थी। उसके अंदर की आवाज़ उसे तर्क की ओर खींच रही थी, लेकिन कुछ... कुछ प्राचीन पहले ही जाग चुका था। क्या उसका अपना इलाज इन अजीब सिद्धांतों का प्रमाण था?

---✶ ҁ ✶ ---

मेलिना ने उसकी ओर देखा, और उसकी आँखों में एक अजीब रोशनी चमक उठी - थकान और दृढ़ संकल्प का मिश्रण। ऐसा लगा जैसे वह उसके आंतरिक संघर्ष को महसूस कर रही थी, उसकी शंका को, जो उसके स्पष्ट मौन के पीछे छिपा था।

"और क्या होगा, नथानिएल, अगर मैं कुछ भी नहीं चुनती?" उसने फुसफुसाया, उसकी आवाज़ मुश्किल से सुनाई दे रही थी, लेकिन मर्मभेदी थी, जैसे कि वह अपने खुद के अनकहे डर का जवाब ढूंढ रही थी। "क्या तब वह खाई मुझे निगल जाएगी, जिससे मैं इन सभी जन्मों में हताश होकर भागने की कोशिश कर रही थी? या क्या यह मुझे एक ऐसी नियति की ओर ले जाएगी जो गायब होने से भी अधिक भयानक है?" तब तुम क्या करोगे?

नथानिएल का दिल उछल पड़ा। उसे अपनी छाती में एक तेज, ठंडी चुभन महसूस हुई। इस आखिरी टिप्पणी ने उसे चौंका दिया। वह केवल अपने भाग्य के बारे में बात नहीं कर रही थी। वह उनके भाग्य के बारे में बात कर रही थी। उसकी खाई उनकी खाई थी। उसे एक भयानक स्पष्टता के साथ एहसास हुआ कि उसकी, और इसलिए उसकी, पसंद की जिम्मेदारी पूरी तरह से उस पर थी। उसकी हथेलियों में पसीना आ गया। उसका गला सूख गया।

उसके विचार उसके सिर में मक्खियों की तरह टकरा रहे थे। हर वह चीज़ जिस पर वह विश्वास करता था, सभी सूत्र और प्रमाण, इस अकथनीय वास्तविकता के सामने खोखले और व्यर्थ लग रहे थे। वह उसकी नींव को नष्ट कर रही थी। और वह इसे मुस्कुराते हुए कर रही थी। एक महिला उसे इस तरह कैसे हिला सकती थी?

"ऐसा नहीं होगा!" वह दहाड़ उठा। उसकी आवाज़ उसके अपने सिर में गूंज उठी। "तुम गायब नहीं होओगी!"

मेलिना ने उसे आश्चर्य से देखा। पहली बार उसने उसकी आँखों में ऐसी बेलगाम भावना देखी थी। उसकी शंका, उसकी तर्कसंगतता - इस भयानक संभावना के सामने सब कुछ पिघल गया।

"लेकिन तुम क्या करोगे, नथानिएल?" उसने उसे चुनौती दी, उसकी आवाज़ में निराशा का एक स्वर था। "हम अदृश्य से कैसे लड़ेंगे? कर्म से? सदियों से? या क्वांटम उलझाव से?"

"ये सिर्फ़ रूपक हैं, मेलिना। विज्ञान ऐसे आयामों को नहीं जानता।"

नथानिएल की नज़र सख्त हो गई। उसमें कोई झिझक नहीं थी। अब तक वह जीवन की सतह पर तैरता रहा था, जो महत्वाकांक्षा और पैसे से नियंत्रित था। लेकिन अब, उसके सामने एक महिला खड़ी थी जो उसे हर समझ से परे ब्रह्मांडों को प्रकट कर रही थी, और जिसका भाग्य उसके साथ जुड़ा हुआ था। उसे नहीं पता था कि कैसे। लेकिन वह जानता था कि उसे उसकी रक्षा करनी है। उसे उसे बचाना है। और उसके साथ - खुद को भी।

उसका आंतरिक "स्व" चिल्ला रहा था। तर्क उसे पीछे खींच रहा था, लेकिन उसके अंदर कुछ गहरा, कुछ जो अब तक सोया हुआ था, जाग रहा था। वह ऐसा नहीं होने देगा। वह उसे खोएगा नहीं। उसने उसे जो कुछ दिखाया था, उसके बाद नहीं। वह उसके लिए सांस लेता था। कभी-कभी उसे लगता था कि वह उसके माध्यम से सांस लेता है।

"हम खड़े रहेंगे!" उसने अपने सपने में जवाब दिया, उसकी आवाज़ दृढ़ और अटल हो गई। "एक साथ!"

अध्याय 10: वह फुसफुसाहट जो अनंत काल को खोलती है

सात साल। एक यात्रा। हमारी। मेलिना...

उस दिन, जब नथानिएल ने मेरे जीवन के सात साल का सौदा करना चाहा, तो समय सिर्फ रुका नहीं। यह स्थिर हो गया, जो क्षणिक पलों के एक जाल में बदल गया, जो हल्की हवा में भी बिखरने के लिए तैयार था। केवल उस एक नज़र से, जब उसकी आँखें मेरी आँखों से मिलीं, तो उसने अपने लिए कुछ अकल्पनीय किया। उसने अपनी सख्ती से नियंत्रित वास्तविकता की नींव को हिला दिया। वह आदमी, जिसकी नसों में एक गुप्त, शक्तिशाली समाज का खून था, उसने मुझे अपने घर में आमंत्रित नहीं

किया। और न ही उसने मेरा हाथ पकड़कर सड़कों पर चलाया। इसके बजाय, उसने मेरे लिए सबसे पवित्र चीज़ खोल दी - अपने सार की गहराई। उसने यह भी महसूस नहीं किया कि वह क्या कर रहा था, जब उसने कहा: "मेरी दुनिया में तुम्हारा स्वागत है।" अपनी सबसे दुर्गम शरण में - अपने स्वयं के सपनों के ईथरिक दायरे में।

उसने मुझे वहाँ प्रवेश करने दिया, जहाँ उसकी ढाल, जो वर्षों के गुप्तता, निंदक और लोहे की इच्छा से बनी थी, सबसे पतली, सबसे कमजोर थी। जहाँ उसकी चेतना उसके अनकहे डर की खाई के सामने उजागर हो गई थी, एक खुले घाव की तरह। क्या यह उसे ठीक करेगा, या उसे और भी अधिक फाड़ देगा?

क्या मैं सच में एक डायन नहीं थी?! और मैंने भी सपने देखना शुरू कर दिया। न केवल चमकीले चित्र, बल्कि दर्दनाक दर्शन, जो उसी चीज़ से भरे हुए थे जिसे नथानिएल खुद स्वीकार करने से इनकार करता था - उसके अपने राक्षस, जो सुबह उसकी याददाश्त से मिट जाते थे, लेकिन अवचेतन में गहराई तक सड़ते रहते थे। मैं अनजाने में उसकी ग्रहणकर्ता बन गई। एक पात्र, जिसमें उसकी खोई हुई कहानी के टुकड़े जमा हो रहे थे, टूटे हुए दर्पणों की तरह, जिनके टुकड़े मुझमें विलीन हो रहे थे। इन सपनों की हर चमक एक भूली हुई सच्चाई के ठंडे स्पर्श की तरह थी, जो मेरी आत्मा में अंकित हो रही थी। यह मेरा हिस्सा बन रहा था। अपरिवर्तनीय रूप से। हमेशा के लिए। एक निशान की तरह, जो मेरे अस्तित्व पर ही उकेरा गया था।

---✶ ʢ ✶ ---

दर्पण प्रतिबिंब ☯ ज्ञान का बोझ

मैं अचानक जाग गई, भारी साँसें लेते हुए। मेरे शरीर पर चिपचिपा पसीना आ रहा था, ठंडी बूंदें मेरी रीढ़ से नीचे बह रही थीं। कमरा अभी भी रात के अंधेरे में डूबा हुआ था, लेकिन मेरे सिर में परछाइयां नाच रही थीं, आग की लपटों की तरह उज्ज्वल, जो डर और awe से भरी थीं। मेरी आँखें जल रही थीं, और हर मांसपेशी दर्दनाक रूप से तंग थी, जैसे कि मैं एक बुरे सपने में मीलों तक दौड़ी थी। मैंने अपना हाथ बढ़ाया और अपने माथे को छुआ - गर्म, धड़कता हुआ। ये सामान्य सपने नहीं थे। ये ऐसे अनुभव थे जो मेरी शक्ति को खत्म कर रहे थे, लेकिन मुझे एक असहनीय बोझ दे रहे थे - ज्ञान का बोझ। क्या मैं इस बोझ को उठा सकती थी?

---✶ ʢ ✶ ---

आत्मा का अनावरण

नथानिएल, एक प्राचीन अभिशाप की परत दर परत उतारते हुए, उसने सावधानी से मेरे सामने अपना दिल खोल दिया। उसने मुझे एक शक्तिशाली आदमी के मुखौटे से परे, नियंत्रण के मुखौटे से परे, अपने सबसे नाजुक, सबसे शुद्ध सार में प्रवेश करने दिया, जहाँ हर नस कमजोर रूप से कांपती थी। उसने मुझे अपनी पीड़ाग्रस्त आत्मा की गहराइयों में गोता लगाने दिया, मुझे अपनी सच्ची पहचान खोजने दी - एक पुरातत्वविद् की तरह जो कलाकृतियों और तथ्यों की तलाश करता है, लेकिन एक प्रेमी की तरह भी जो सबसे गहरे रहस्यों को उजागर करता है, यह जानते

हुए कि हर खुला हुआ कोना उसे और भी मजबूत, और भी अटूट, दर्दनाक रूप से जोड़ता है।

दिन-ब-दिन, उसकी चेतना की छिपी गहराइयों के अदृश्य द्वार खुलते गए। मैं इस ईथरिक ज्ञान को आत्मसात करती रही, अपनी आंतरिक आवाज़ पर भरोसा करती रही - वह प्राचीन फुसफुसाहट जिसे कोई भी गर्जना, कोई भी तर्क शांत नहीं कर सकता था। सपनों में मेरे साथ उसका दूरस्थ, फिर भी अंतरंग संबंध एक उपजाऊ भूमि बन रहा था, जिसमें मेरी आत्मा लगातार बढ़ती, खिलती रही, जो एक और अधिक मूर्त प्रेम से पोषित थी। एक ऐसा प्यार जिसे नकारा नहीं जा सकता था, क्योंकि यह हमारी हर मुलाकात में, हर खोए हुए शब्द में, हर अनकहे विचार में धड़कता था, जो हमारे बीच हवा में घूमता था। मैं वही देख रही थी जिसे वह खुद अपने अवचेतन के सार में नहीं छू सकता था।

---✶ ༄ ✶ ---

समय का अभिशाप

लेकिन सबसे ऊपर एक भाग्यवादी सवाल मंडरा रहा था, जो एक सर्वनाश के शगुन की तरह भारी था, जिसे पहले ही फुसफुसाया जा चुका था: क्या नथानिएल अपनी शंका से परे, हर सीखी और थोपी हुई चीज़ से परे देख पाएगा, और इस अजीब, असंभव रिश्ते पर विश्वास करेगा? क्या वह अपने सार में गहराई से बंद प्राचीन ज्ञान को जगाएगा, इससे पहले कि बहुत देर हो जाए? और सबसे महत्वपूर्ण - क्या वह अपने पूर्वनिर्धारित मिशन को स्वीकार करेगा, न केवल सपनों की ईथरिक दुनिया में, बल्कि उस कठोर, निर्दयी वास्तविकता में भी, जो कोने के पीछे उसका इंतजार कर रही थी, उसे निगलने के लिए तैयार थी? या क्या हम हमेशा के लिए केवल भूतिया, अनिश्चित दुनिया में जुड़े रहेंगे, जहाँ सीमाएँ धुंधली हो जाती हैं, और सच्चाई केवल एक चमक, एक झूठी आशा, एक भ्रम थी जो बिखर जाएगा? समय सिर्फ टिक-टिक नहीं कर रहा था; यह चुप्पी में चिल्ला रहा था। हर धड़कन एक चेतावनी की तरह गूंज रही थी। एक आसन्न आपदा का शगुन। यह पहले से ही हमारी गर्दन पर साँस ले रही थी। यह हवा में महसूस किया जा सकता था।

---✶ ༄ ✶ ---

महीनों बाद... मेरे सपने, उसका डर

"मैंने दैवीय सार के ताने-बाने का अनुभव किया, नथानिएल," मैंने शुरुआत की, और मेरे शब्द उसके दिमाग में गूंज उठे। "इसकी कंपन संरचना मेरे सामने एक ब्रह्मांडीय भंवर के रूप में प्रकट हुई - प्रकाश और ऊर्जा का एक विशाल, घूमता हुआ चक्रवात जो सब कुछ चूस लेता है। वहां, आत्माएं शुद्ध ऊर्जा के रूप में मौजूद थीं, जो एक केंद्रीय कोर से धड़कती और अलग होती थीं। इस शाश्वत घुमाव में, ऊर्जा भौतिक रूप में बुनी जाती थी। घने आयामों से गुजरते हुए, इसने भावनात्मक भार उठाया, घनत्व जमा किया जो इसे वापस मूल भंवर की ओर खींचता था। आत्मा

जितनी अधिक बोझिल होती थी, वह कोर के करीब उतनी ही चिपक जाती थी, जैसे कि अस्तित्व का गुरुत्वाकर्षण उसे विनाश, गुमनामी, विघटन की ओर खींच रहा हो।"

मुझे अपनी रीढ़ में एक ठंडी लहर महसूस हुई, जैसे कि एक अदृश्य उंगली मेरी रीढ़ की हड्डी से होकर गुजर रही हो, एक ठंडा निशान छोड़ रही हो। मेरे हर शब्द ने एक जीवंत तस्वीर खींची जिसने मुझे निगल लिया, मुझे अपनी खुद की वास्तविकता में चूस लिया, और मैं बच नहीं सकती थी।

"लेकिन जब तक यह कोर के साथ पूरी तरह से विलीन नहीं हो जाती," मैंने जारी रखा, मेरी आवाज़ अब लगभग अलौकिक श्रद्धा से भरी हुई थी, "यह जीवन के भूलभुलैया या मैट्रिक्स के माध्यम से अपनी यात्रा जारी रखती थी - एक जटिल संरचना, एक घड़ी के चेहरे की तरह, जिस पर ब्रह्मांडीय भंवर चलता था, जो समय का भ्रम पैदा करता था, जो हमें निगल लेता है। आत्मा किसी भी खंड में गिर सकती थी, लेकिन हमेशा उसी मूल मैट्रिक्स में समाप्त होती थी - निर्माण और निगलने का एक शाश्वत नृत्य, जहाँ अंत केवल एक नई शुरुआत थी, दर्द और विजय का एक और चक्र। इसका मार्ग धीमा या तेज हो सकता था, यह केवल हल्के या केवल अंधेरे मार्गों का पता लगा सकता था, या फिर से ब्रह्मांडीय भंवर में बहने से पहले अंधेरे से प्रकाश में संक्रमण कर सकता था। दर्शन ने मुझे समय और नियमों के बिना आयामों में निगल लिया। मेरे सामने सब कुछ बिखर रहा था। यह ब्रह्मांड की सुबह का ज्ञान था, इतना गहरा कि इसका प्रतिबिंब आज भी मेरी चेतना में गूंजता है, मेरे हर कोशिका, हर नस, हर रेशे को हिलाता है, जबकि मैं असहनीय बोझ से आंतरिक रूप से चिल्लाती हूँ।"

नथानिएल अचानक खड़ा हो गया। मेरे शब्दों के भार से उसका सिर धड़क रहा था, जो वाइबर में एक और सुबह की कहानी के रूप में लिखे गए थे। जैसे-जैसे वह उन्हें पढ़ता गया, उसे ऐसा लगा जैसे उसने घंटों तूफान में बिताए हों। वह अपनी मेज पर गया, एक पेन पकड़ा और पहली उपलब्ध कागज पर उन्माद से लिखना शुरू कर दिया - सूत्रों और समीकरणों वाली एक नोटबुक। उसने हर शब्द को लिखने, उसका विश्लेषण करने, उसे तार्किक ढांचे में फिट करने की कोशिश की। लेकिन जितना अधिक उसने लिखा, अक्षर उतने ही अधिक व्यर्थ लग रहे थे, विज्ञान और पागलपन के बीच की रेखा उतनी ही अधिक धुंधली होती गई। उसने कागज को मरोड़ा और उसे चिड़चिड़ाहट से फेंक दिया। इस महिला ने उसे पागल कर दिया था। या उसे जगा रही थी? कौन मजबूत था - तर्क या अंतर्ज्ञान?

---✶ ʢ ✶ ---

कुछ महीनों बाद... एक ही सांस में सहस्राब्दियां: मेरे दर्शन

मेरे सपनों के चित्र और भी घने, और भी मर्मभेदी होते गए। नथानिएल को खुद को अपनी ही फिल्म में एक दर्शक की तरह महसूस होने लगा, जो एक साथ मनोरंजक और परेशान करने वाली थी। मैंने उन्हें उसे एक भविष्यवाणी के रूप में

बताया जो उसकी आँखों के सामने सच हो रही थी, बिना समय के प्रवाह को रोक पाए।

"एक शनिवार शाम, सपने ने मुझे एक भंवर की तरह निगल लिया," मेरे शब्दों ने किंवदंतियों और मिथकों की छवियों को गढ़ दिया, लेकिन वे इतने जीवंत और मूर्त थे, यहाँ तक कि दर्दनाक भी, "मुझे कर्णक देइर अल-बाहरी के प्राचीन, राजसी मंदिर में ले गए, जहाँ सहस्राब्दियों की परछाइयां चित्रलिपि वाले स्तंभों के बीच नाच रही थीं। वायुमंडल एक रहस्यमय चुप्पी से भरा था, भारी, घुटन भरा, सदियों की एक चादर की तरह, जिसे केवल बीते युगों की भूतिया फुसफुसाहट से तोड़ा जाता था, जिससे मैं सिहर उठती थी। मंदिर के दिल में, एक विशाल, अखंडित ओबिलिस्क धड़कते हुए लाल ग्रेनाइट से खड़ा था - हैत्शेप्सुट का शक्तिशाली प्रतीक, जिसकी ऊर्जा एक बिजली के आवेश की तरह कंपन कर रही थी। मैं वहाँ थी, खुद के रूप में नहीं, बल्कि एक सुलेखक के रूप में, जिसे पवित्र ज्ञान दिया गया था। कांपती हुई उंगलियों से, एक अदृश्य, प्राचीन शक्ति द्वारा निर्देशित, जो मेरे हाथ को नियंत्रित किए बिना चला रही थी, मैंने एक पतले ब्रश को पकड़े हुए थी, जो घनी काली स्याही में डूबा हुआ था। एक अदृश्य ज्ञान द्वारा निर्देशित सटीकता के साथ, मैं चिकने ग्रेनाइट पर पवित्र ग्रंथ लिख रही थी, हर स्ट्रोक - एक प्रार्थना, हर वक्र - एक रहस्य जो इतिहास के पाठ्यक्रम को बदल सकता था, नियतियों को फिर से लिख सकता था, दुनिया को उलट सकता था।"

नथानिएल ने मेरे साथ प्राचीन धूल की फुसफुसाहट, लोबान की गंध को महसूस किया, उसने सहस्राब्दियों से फुसफुसाए गए चित्रलिपि की गूंज को पकड़ा, जो उसकी अपनी कानों में कंपन कर रहे थे। मेरा सपना उसका अपना सपना बन रहा था, उसकी त्वचा के नीचे जा रहा था, एक जहर की तरह उसकी नसों में रिस रहा था।

"मैं जाग गई। मैंने कुछ शाश्वत और निषिद्ध को छुआ था। मुझे अभी भी अपनी त्वचा पर ठंडी धूल, लोबान की गंध महसूस हो रही थी। सपना जाना नहीं चाहता था - यह मेरे अंदर एक विदेशी दिल की तरह धड़क रहा था। हैत्शेप्सुट का चित्र, वह मजबूत महिला, वह अतुलनीय रानी, मुझे नहीं छोड़ रहा था, बल्कि मेरा पीछा कर रहा था, एक परछाई की तरह जो हर पल मेरे साथ चलती थी। वह मुझे बुला रही थी। उसकी आत्मा मेरी आत्मा को बुला रही थी। एक आवाज़ के साथ जो समयहीनता में गूंज रही थी।"

नथानिएल ने अपना सिर पकड़ लिया। दर्द तेज था। मर्मभेदी। उसके सिर में घुसी हजारों सुइयों की तरह। उसने दीवार की ओर देखा, जहाँ उसकी डिप्लोमाएँ लटकी हुई थीं - तर्क, विज्ञान, तर्कसंगतता का प्रमाण। लेकिन अब ये प्रमाण व्यर्थ लग रहे थे, एक तूफान में धूल के कणों की तरह। उसने सतहों पर चित्रलिपि, अपनी कॉफी के कप में अजीब प्रतीक, और उसकी परिधीय दृष्टि में नाचती हुई परछाइयां देखना शुरू कर दिया। उसका दिमाग विद्रोह कर रहा था, लेकिन उसका शरीर प्रतिक्रिया

दे रहा था - वह कांप रहा था, जैसे कि उसे बुखार हो। क्या वह पागलपन के आगे झुक जाएगा, या वह वास्तविकता के लिए एक नई व्याख्या पाएगा?

---✶ ʢ ✶---

रानी का मकबरा

और अगली रात, सपने ने मुझे फिर से बुलाया। नथानिएल मेरे बगल में था, हालांकि अदृश्य, मंदिर के निगलने वाले अंधेरे में, जिसके स्तंभ देवताओं के कंकाल की तरह लग रहे थे।

"मैं फिर से वहाँ थी, लेकिन प्रकाश मंद था, बल्कि अशुभ था, जैसे कि स्वयं मृत्यु हवा में सांस ले रही थी, बर्फीली और भारी। मैं अंधेरे में चुपचाप चल रही थी, स्तंभों के बीच, जो प्राचीन देवताओं और अनुष्ठानों को दर्शाने वाले भित्तिचित्रों से ढके हुए थे। मंदिर के केंद्र में, जहाँ पहले ओबिलिस्क खड़ा था, अब एक विशाल, भयानक sarcophagus पड़ा था, जो अंधेरे को निगल गया था, जैसे कि वह अपने चारों ओर से सभी प्रकाश को चूस रहा था, केवल एक अथाह शून्य छोड़ रहा था। मुझे पता था कि इसमें स्वयं हैत्शेप्सुट का शरीर था। मैं छाया में ढका हुआ एक पुजारी थी, जो उसके मकबरे में कुछ खोई हुई चीज़ की तलाश कर रही थी, कुछ ऐसा जो दुनिया को हिला सकता था।

मंदिर अशुभ रूप से खाली था, केवल मेरी अपनी सांस की गूंज स्तंभों से टकरा रही थी, एक भूतिया फुसफुसाहट की तरह जो मेरा पीछा कर रही थी। मैं धीरे-धीरे, एक कांपते हुए दिल के साथ, जो एक ढोल की तरह धड़क रहा था, बाकी सब कुछ को शांत कर रहा था, विशाल sarcophagus के पास गई और एक रहस्यमय अनुष्ठान करना शुरू कर दिया, जिसके कदम और शब्द मेरे अवचेतन से उभरे, जैसे कि एक लंबे समय से भूली हुई धुन हो। अचानक, एक धीमी, कर्कश ध्वनि के साथ, जो अंधेरे में गूंज उठी और पृथ्वी की नींव को हिला दिया, पत्थर का ढक्कन हट गया और उसमें से एक सारमय प्रकाश उठा - रानी की आत्मा। उसकी आँखें, अंधेरे में दो सितारों की तरह चमक रही थीं, मेरी आत्मा को भेद रही थीं, मेरे हर रहस्य को देख रही थीं। और फिर, अनंत काल की चुप्पी में, उसने मुझे ब्रह्मांड के रहस्यों, स्वयं शुरुआत और अंत, निर्माण और विनाश के बारे में बताना शुरू कर दिया, और मुझे अमरता के लिए अस्पष्ट मार्ग दिखाया, शब्दों को फुसफुसाते हुए, जो मेरी आत्मा को जला रहे थे, अमिट निशान छोड़ रहे थे। मुझे इस रास्ते के बारे में और क्या पता चलेगा?"

मैं एक चीख के साथ जाग गई। मेरी अपनी चीख मेरे बेडरूम की दीवारों से टकराई। मेरा शरीर कांप रहा था, ठंडे पसीने में नहाया हुआ था। धूल और लोबान का स्वाद अभी भी मेरे मुंह में था, और सड़ते हुए मांस की गंध - मेरे नथुने में। मैं बिस्तर से उछल पड़ी, लड़खड़ाते हुए, और खिड़की तक गई। मैंने इसे अचानक खोला, ताकि मैं ठंडी हवा में सांस ले सकूं, लेकिन बाहर की दुनिया भी अलग लग रही थी - तेज, उज्ज्वल, लेकिन और भी अशुभ। उसके सपने अब केवल मेरे नहीं थे। वे उसके थे। और वे मुझे पागल कर रहे थे।

---✶ ६ ✶ ---

प्राचीन नियतियों की फुसफुसाहट

"अपने एक सपने में, मैं बास्टेट में बदल जाती हूँ, जो प्राचीन मिस्र की शक्तिशाली बिल्ली देवी है, उसके फर को महसूस करती हूँ - गर्म, नरम, प्राचीन जादू से धड़कता हुआ, जबकि मेरी आँखें पन्ना की तरह चमकती हैं।"

"एक और सपने में, मैं चमक और खतरे से भरे जीवन से गुजरी, जो महान, दुखद रानी क्लियोपेट्रा की सबसे करीबी महिलाओं में से एक के रूप में थी। मैं महल की साजिशों, प्रेम संबंधों, विश्वासघातों की गवाह थी - शक्ति का पूरा गंदा नाटक, जहां हर शब्द जहर है। लेकिन मेरा भाग्य पूर्वनिर्धारित है - मेरी मालकिन के कड़वे अंत को साझा करने के लिए। उस घातक रात, लोबान की दमघोंटू सुगंध के बीच, मैंने पवित्र कोबरा के ठंडे चुंबन, मौत के आलिंगन को महसूस किया। मेरी रानी के बगल में गुप्त रूप से दफनाई गई, एक कब्र में जो लालची आँखों से छिपी हुई थी, मैं एक शाश्वत नींद में सो जाती हूँ, मिस्र के दरबार के रहस्यों को लेकर, जो मेरी आत्मा में हमेशा के लिए सील हो गए हैं।"

"अपने सबसे रहस्यमय सपनों में से एक में, मैं एक एसेन लड़की हूँ, जो स्वयं मसीह से कुमरान की एकांत गुफाओं में मिलती है, जहाँ मैं उसे पानी का एक लकड़ी का प्याला देती हूँ और पवित्र ग्रेल के रहस्य को पढ़ती हूँ।"

"सपने के अजीब उलझाव में, मैं पीटर की साथी हूँ, जिसने मसीह को नकार दिया था, और हम एक साथ एक आध्यात्मिक यात्रा पर जाते हैं, क्षमा और मुक्ति की तलाश में, रोम में उसके शहादत के क्रूस पर चढ़ने तक।"

"एक और सपने में, मैं दोकुज़ ख़ातून बन जाती हूँ, हुलेगु खान की बुद्धिमान पत्नी, जो महान पवित्र ग्रेल से जुड़ा एक प्राचीन, पवित्र रहस्य रखती है।"

"अपने सबसे चमकीले और शक्तिशाली सपनों में से एक में, मैं हुर्रम सुल्तान हूँ, जो सुलेमान महान को रहस्यमय टेम्पलरों द्वारा ले जाई गई रहस्यमय कलाकृति की तलाश करने के लिए चतुराई से प्रेरित करती है।"

---✶ ६ ✶ ---

ऑक्सीमोसोन - अमरता की कुंजी

"और यहाँ एक और सपना है, जो बिल्कुल स्पष्ट है, इस पुनर्जन्म में मेरे नियति मिशन की वैश्विक तस्वीर बनाने के लिए, जिसे मैं पिछले सात सालों से धैर्यपूर्वक एक जटिल पहेली की तरह इकट्ठा कर रही हूँ। इस सपने में, मैं एक विशाल, पारदर्शी कांच के गुंबद के साथ एक भविष्यवादी वैज्ञानिक अनुसंधान केंद्र में हूँ। विशाल कांच के शोकेस अंदरूनी हिस्से को उजागर करते हैं - फ़िरोज़ी रंगों में चमकता हुआ एक पूल, और एक हरा-भरा स्वर्ग उद्यान, जिसके माध्यम से लोगों की एक आलसी धारा गुजरती है। वे पानी में डूबते हैं, और फिर बदल जाते हैं - एक कायाकल्प शरीर और एक प्रबुद्ध आत्मा के साथ बाहर आते हैं, जैसे कि वे फिर से पैदा हुए हों, समय के पापों, अस्तित्व के बोझ, सभी भ्रमों से धोए गए हों। मैं खुद को अंदर जाने के लिए

पंजीकृत करती हूँ। वे रिकॉर्ड करते हैं कि मैं 52 साल की हूँ। मेरा अपना व्यक्तिगत संरक्षक है, जो मुझे देखभाल के साथ संभालता है और मुझे केंद्र में घुमाता है, इससे पहले कि मैं अपने खुद के, बिल्कुल साफ पूल में गोता लगाऊं, जिसमें युवाओं और अमरता के लिए जादुई घटक एक अजीब शब्द है - ऑक्सीमोसोन। मैं इसे याद रखती हूँ। मेरा संरक्षक रहस्यमय ढंग से मुस्कुराता है और मुझसे कहता है: 'मैं अधिकतम 45 साल का लगता हूँ, यही मेरी मेडिकल रिकॉर्ड में लिखा है, लेकिन मेरे जन्म प्रमाण पत्र के अनुसार, मैं बहुत अधिक उम्र का हूँ और ऐसा इसलिए नहीं है क्योंकि यह जाली है।' जैसे कि इस शब्द में अनंत काल का रहस्य छिपा था, दृश्य और अदृश्य के बीच के उलझाव का, स्वयं शुरुआत और अंत का।"

नथानिएल ने अपने दांत भींच लिए। एक ठंडी सिहरन उसकी रीढ़ से होकर गुजरी। उसने अपना लैपटॉप पकड़ा और उन्माद से सर्च इंजन में टाइप करना शुरू कर दिया: "ऑक्सीमोसोन"। कोई परिणाम नहीं। कुछ नहीं। एक खालीपन। उसने विभिन्न संयोजनों की कोशिश की, शब्द को हर तरह से लिखा। स्क्रीन सफेद रोशनी के साथ चमक रही थी, लेकिन जवाब नहीं आ रहे थे। जैसे कि वह शब्द वास्तविक दुनिया में मौजूद ही नहीं था। उसके अंदर गुस्सा भर गया, फिर - निराशा। उसके साथ क्या हो रहा था? क्या वह पागल हो रहा था? या मैं उसे पागल कर रही थी?

---✶ ⸮ ✶ ---

अंतिम रहस्योद्घाटन: मेरा मिशन

अब, अपने सपनों में बुनी हुई, एक दूरस्थ स्थान और समय में, मेरी आवाज़ नथानिएल की चेतना में गूंज रही थी - एक दूर की गूंज की तरह नहीं, बल्कि एक गड़गड़ाहट की तरह, जिसने उसकी दुनिया को हिला दिया, उसे टुकड़ों में तोड़ दिया, उसे अपने ही तर्क के खंडहरों में डूबने के लिए छोड़ दिया। वह हर विवरण को महसूस नहीं कर सकता था, उसे रात में हमारे अनुभवों में से कुछ भी याद नहीं था, लेकिन वह हमारे संबंध को महसूस करता था, हमारी आत्माओं के उलझाव के भार और महत्व को, जैसे कि हम एक-दूसरे पर जादुई निशान छोड़ रहे थे, जो उसे हमेशा के लिए बदल रहे थे, उसकी पुरानी मान्यताओं को राख में जला रहे थे।

मेरी आवाज़, नरम और विचारशील, उसके सपने को भर रही थी, और अब नथानिएल महसूस कर रहा था कि उसका अपना दिल मेरी ताल के साथ तालमेल में धड़क रहा है: "मैं तुम्हें अपने सभी सपने नहीं बता सकती, नथानिएल। वे छवियों की एक अंतहीन गैलरी की तरह हैं, जिनमें से प्रत्येक एक पूरी दुनिया, एक पूरे ब्रह्मांड को छुपाती है, जिसे प्रकट होने का इंतजार है। लेकिन जान लो कि उनमें से प्रत्येक की अपनी महत्वपूर्ण भूमिका है, अपना उद्देश्य है। वे एक पहेली के टुकड़े हैं, जो धीरे-धीरे एक बड़ी दृष्टि को आकार देते हैं - मेरा भाग्य। उनके माध्यम से, मुझे उन सवालों के जवाब मिलते हैं जो मेरे अस्तित्व, हमारे अस्तित्व के लिए बहुत मायने रखते हैं। ये सपने मुझे जागरूकता के मार्ग पर ले जाते हैं, मुझे अपनी खुद की शिक्षा बनाने

में मदद करते हैं, अपना रास्ता खोजने और परिवर्तन के लिए अभ्यास बनाने में मदद करते हैं - न केवल शरीर का, बल्कि स्वयं आत्मा, पूरी मानवता का।"

अपने सपने में, नथानिएल केवल अस्पष्ट चित्रों को नहीं देख रहा था, बल्कि घूमते हुए ऊर्जा क्षेत्रों, चमकदार धागों को देख रहा था, जो सब कुछ जोड़ रहे थे, उसे उसकी हड्डियों के मज्जा तक, उसकी सबसे छोटी कोशिका तक भेद रहे थे। उसने महसूस किया कि मेरे शब्द इन छवियों के साथ कैसे गूंजते हैं, जैसे कि वे उसे ब्रह्मांड के एक छिपे हुए तंत्र को समझा रहे हों, इसके सबसे बड़े रहस्य से पर्दा उठा रहे हों - जीवन और मृत्यु, स्वयं अस्तित्व का रहस्य, जो हमेशा उसकी आँखों के सामने था, लेकिन उसने उसे देखने से इनकार कर दिया था।

मेरी आवाज़ में लगभग एक रहस्यमयी उत्तेजना थी, सबसे बड़े रहस्य को प्रकट करने का एक कंपन, जो मानवता के भाग्य को बदल सकता था, उसे विनाश से बचा सकता था, उसे शुद्ध कर सकता था: "कल्पना करो, नथानिएल, एक परिपूर्ण मानवीय स्थिति... जब शरीर और आत्मा एक परिपूर्ण सद्भाव तक पहुँचते हैं। तब वे अनंत काल के साथ विलीन हो जाते हैं, एक तरह की अमरता प्राप्त करते हैं। और आत्मा... आत्मा बिना किसी सीमा, बिना किसी बाधा के अपनी पूरी दिव्य क्षमता के साथ कार्य करती है। मेरा मानना है कि मैं अपने अंदर एक कुंजी रखती हूँ, नथानिएल। एक कुंजी, जो मुझे इन सभी सच्चाइयों को प्रकट करने में मदद करेगी, अस्तित्व की गहरी समझ के लिए दरवाजे खोलेगी - एक कुंजी जो शायद न केवल हमारे अनंत काल को खोलेगी, बल्कि दुनिया, पूरे ब्रह्मांड, हमारे चारों ओर के सभी आयामों के अनंत काल को भी खोलेगी।"

अब, अपने सपनों में बुनी हुई, एक दूरस्थ स्थान और समय में, नथानिएल का सपना धुंधला होने लगा, सुबह की धुंध की तरह पिघलने लगा, लेकिन मेरे शब्दों की गूंज उसकी चेतना में मजबूत रही - आत्मा की जटिल प्रकृति, शरीर और ब्रह्मांड के बीच के संबंध, और इस रहस्यमय कुंजी की खोज के बारे में। वह इस भावना के साथ जागा कि उसने एक बिल्कुल नई दुनिया में झाँका है, जो उसे मेरे सपनों से प्रकट हुई है, और अब कुछ भी पहले जैसा नहीं रहेगा। कुछ भी कभी पहले जैसा नहीं रहेगा। वह हमेशा के लिए बदल गया था। क्या यह बदलाव उसे बचाएगा या नष्ट कर देगा? एकमात्र सवाल जो उस पर भारी पड़ रहा था, वह यह था कि क्या उसके जीवन का कोई मतलब था, क्या उसका अस्तित्व, जो वास्तविकता में इतना अकेला और खाली रह गया था, अपनी मुक्ति पा सकता था।

------------------ ❧ --------------------

अध्याय 11: डीएनए की परछाइयां

टिक-टिक, टिक-टिक।

अब समय सबसे सापेक्ष मात्रा थी। हर पल - अनंत। जागने के बाद 00:13:07 बजे। अकेला। दुनिया में बिल्कुल अकेला। उत्पत्ति और शून्यता के बीच कहीं। और

मेलिना इस भारहीनता की स्थिति में एक जादूगरनी की तरह उतर रही थी, जो आयामों को मोड़ रही थी। वह पल जिसका उसने सपना देखा था कि वह उसकी वास्तविकता से परे... उसकी वास्तविकता में उसे छुएगी। शुद्ध, मिलावटी अस्तित्व का एक पल।

---✶ ⸮ ✶ ---

उसका भ्रम, मेरा दुःस्वप्न

तभी वह हिचकिचाया। लेकिन अविश्वास से नहीं, बल्कि एक गहरे, लगभग भयानक विस्मय से, जिसने उसे अपने हर वैज्ञानिक सिद्धांत पर पुनर्विचार करने के लिए मजबूर किया।

"गर्म, चिपचिपी हवा मेरे गले को जला रही थी, जैसे मैं राख में सांस ले रही थी।" मैंने बताना शुरू किया, और मेरी आवाज़ अनुभव से कांप रही थी। "धुँआ सिर्फ़ धुँआ नहीं था, बल्कि कालिख और निराशा का एक घना पर्दा था, जो मुझे घेर रहा था, हर साँस को रोक रहा था, मेरे फेफड़ों को जलते हुए भार से भर रहा था। मैं जल रही थी। हर साँस मेरे फेफड़ों में जलते हुए अंगारे भर रही थी। मेरा दम घुट रहा था।"

डर कोई भावना नहीं था, बल्कि एक शारीरिक, भारी आवरण था जो मुझे दबा रहा था, मुझे उदासीन शरीरों की भीड़ में कुचल रहा था। पसीने और बर्बादी की गंध मेरे नथुनों को भर रही थी। सैकड़ों चेहरे एक उदासीन धब्बे में विलीन हो गए, खाली कुओं की तरह टकटकी लगाए हुए, जीवन की एक बूंद भी नहीं। और कहीं वहाँ, मानव शरीरों के इस घने द्रव्यमान में, वे आँखें थीं। बर्फीली, तीरों की तरह भेदने वाली, दर्दनाक रूप से गणना करने वाली, वे मुझे खोज रही थीं, बेरहमी से मेरा पीछा कर रही थीं, उन्हें ठीक-ठीक पता था कि मैं कहाँ थी। नहीं, इस बार नहीं! अब नहीं, जब आशा का आखिरी अंगारा सुलग रहा था, और सर्वनाश अब एक परछाई नहीं, बल्कि एक राक्षस था, जो अपनी पत्थर की मुट्ठी हमारे ऊपर उठा रहा था, हमें कुचलने, हमें धूल में, कुछ भी नहीं में बदलने के लिए तैयार था। सब कुछ बहुत वास्तविक था।

---✶ ⸮ ✶ ---

शाश्वत संरक्षक और चुना हुआ

मैं मेलिना हूँ। और मैं सिर्फ़ एक महिला नहीं हूँ। मैं एक पतली, मुश्किल से दिखने वाली धागा हूँ, जो सदियों से इस दुनिया में सच्चाई के टुकड़ों को पकड़ कर रखती है, जो अंधेरे को सब कुछ निगलने नहीं देती, जो हमेशा परछाइयों के माध्यम से एक रास्ता खोज लेती है। पवित्र ग्रेल की संरक्षक - एक प्याला नहीं, बल्कि एक नाड़ी। विश्वास की नाड़ी जो मेरी छाती में धड़कती है, आशा की घंटी जो मेरे कानों में बजती है, प्यार की गर्मी जो मुझे अंदर से जलाती है, ज्ञान की फुसफुसाहट जो मुझे अंधेरे में ले जाती है, तब भी जब मैं अंधी होती हूँ। एक प्राचीन संदेश, जिसे सृष्टि की सुबह के साथ साँस लिया गया था, हर किसी की छाती की हड्डी में गहराई से सील कर दिया गया था, लेकिन भुला दिया गया था। धूल में दफन, जगाए जाने का इंतजार कर रहा था। मेरा मिशन।

---✶ ६ ✶ ---

दरार

मेलिना एक धमाके के साथ जाग गई। नहीं, यह एक धमाका नहीं था। यह उसकी अपनी चीख थी, जो उसके गले में अटक गई थी, जिसने कमरे की चुप्पी को तोड़ दिया। उसके फेफड़े जल रहे थे। उसने अपना हाथ बढ़ाया और अपने माथे को छुआ - पसीने से भीगा, गर्म। वह बिस्तर में अचानक बैठ गई। हवा भारी थी, जैसे कि वह अभी भी सपने से धुएं और निराशा की गंध ले रही थी। वह कांप रही थी। ठंड से नहीं, बल्कि आतंक से, जमा हुई ऊर्जा से, ज्ञान से जो उसे अंदर से फाड़ रहा था। वह इसे रोक नहीं सकती थी।

"अरे नहीं, मेलिना, बस करो!" उसने खुद से फुसफुसाया, उसकी आवाज़ कर्कश, अपरिचित थी। "संभल जाओ। तुम्हारे पास इसके लिए समय नहीं है।"

लेकिन संदेह की आवाज़ें, जो उसके दिमाग में चिल्ला रही थीं, उसकी इच्छाशक्ति को चूस रही थीं, उसे ब्लेड की तरह भेद रही थीं, पहले से कहीं ज़्यादा मज़बूत थीं। दुनिया का बोझ, जो उसे ज़मीन पर दबा रहा था, लगभग शारीरिक था। जो लोग देखने से इनकार करते थे, क्योंकि वे सच्चाई के प्रति अंधे थे, अपने अहंकार से अंधे थे, उसे और भी अकेला बना रहे थे। हर परीक्षा उसे नथानिएल के करीब खींच रही थी, जिसकी आत्मा को वह एक सूक्ष्मदर्शी के नीचे जांच रही थी, उन मुश्किल से दिखने वाली दरारों की तलाश में थी, जिनके माध्यम से उसकी छिपी हुई शक्ति, उसकी महानता, उसकी नियति प्रवेश कर सकती थी। उसका सच्चा स्व।

---✶ ६ ✶ ---

फ्लैशबैक: नियति की वास्तुकला

चार साल और एक हफ़्ता पहले। एक उदास, बारिश वाला मंगलवार।

जैसे-जैसे मैं एक नई निवेश परियोजना के लिए अंतहीन नक्शों में डूब रही थी, स्याही मेरी उंगलियों के सिरों पर सूख रही थी, कागज और स्याही की गंध हवा में भर रही थी, एक शांत आवाज़ मेरे सिर में फुसफुसाने लगी। शुरुआत में अस्पष्ट, फिर और भी ज़्यादा ज़ोरदार, एक आंतरिक नाड़ी की तरह, जो और भी मज़बूत, और भी असहनीय होती जा रही थी। इसने मुझे पूरे ब्लॉकों को मिटाने, कॉलमों को फिर से व्यवस्थित करने, स्थैतिकी की उपेक्षा करने, तर्क की अवहेलना करने के लिए मजबूर किया। मेरे सहकर्मी, आश्चर्य से भरी आँखों से, मुझे पागल की तरह देख रहे थे, जब मैं अजीब, लगभग जैविक आकृतियों को रेखांकित कर रही थी, जिनका किसी भी वास्तुकला की पाठ्यपुस्तक में, किसी भी तर्कसंगत स्पष्टीकरण में कोई स्थान नहीं था। लेकिन मैं जानती थी। यह मैं नहीं थी। यह उसका प्रभाव था, एक अदृश्य, लेकिन मूर्त उपस्थिति, अपनी खुद की दीवारों को तोड़ने, मुझे कुछ देने का प्रयास। कुछ ऐसा जो वह खुद भी नहीं समझता था, लेकिन सहज रूप से अपनी गहराइयों में तलाश रहा था। अजीब, फिर भी परिचित।

मेरा मिशन उसके सोए हुए विशालकाय को जगाना था, सर्वनाश के आने वाले पाठ्यक्रम को बदलने वाले नियति की उस चिंगारी को प्रज्वलित करना था। उसे देखने, महसूस करने, समझने के लिए मजबूर करना।

---✶ ʢ ✶ ---

यह पहली बार नहीं था। न तो मेरे लिए - एक प्राचीन आत्मा, जो सदियों की धूल से चिह्नित थी, अनगिनत पुनर्जन्मों के साथ, पत्थर से, पहाड़ों से, स्वयं समय के पाठ्यक्रम से भी पुरानी - और न ही मानवता के लिए, जो अपनी ही अज्ञानता के बोझ के नीचे कराह रही थी। सबसे अंधेरे क्षणों में, जब दुनिया दर्द से कराह रही थी, और आशा सिर्फ़ एक सूखा पत्ता थी, ग्रेल ने हमेशा अपना मसीहा पाया है। यह अनंत काल की फुसफुसाहट की तरह, सबसे घने अंधेरे में एक रोशनी की तरह, चुने हुए व्यक्ति से फुसफुसाने के लिए लौटा है - अटूट साहस वाली एक शुद्ध आत्मा - जिसे प्राचीन ज्ञान का बोझ उठाने, मानव जीवन को अंधेरे युग से पार कराने के लिए बुलाया गया है। अब सवाल एक ड्रम की बीट की तरह गूंज रहा था: क्या नथानिएल वह मसीहा साबित होगा? या एक और मौका गुमनामी में डूब जाएगा? मैं, मेलिना, सिर्फ़ संरक्षक थी, शाश्वत रक्षक, जो खोजती थी, पाती थी, ताकत देती थी। अब उनकी बारी थी - उसकी और नथानिएल की - अपनी भाग्यशाली भूमिका निभाने, उस कहानी को लिखने की जो दुनिया को हमेशा के लिए बचाएगी या नष्ट कर देगी।

मैंने उसकी क्षमता को देखा। एक सोई हुई शक्ति, जिसमें पिछले जन्मों की गूंज मुश्किल से कांप रही थी - एक तूफान से पहले की चुप्पी में एक कंपन की तरह, जो आपको सिहरन पैदा करती है। वह प्राचीन ज्ञान, भूले हुए कौशल के टुकड़े ले जा रहा था। लेकिन उसका अहंकार, डर और संदेह, अहंकार और गर्व से बुना हुआ एक घना पर्दा, उसकी चेतना को धुंधला कर रहा था। इसने उसे हर अकथनीय घटना को एक साधारण संयोग के रूप में खारिज करने, अपने अंतर्ज्ञान का मज़ाक उड़ाने, खुद को तर्क के पीछे बर्फ की एक बख़्तरबंद दीवार की तरह छिपाने के लिए मजबूर किया, जिसने उसे सच्चाई से बचाया। मैंने उसके अवचेतन प्रतिरोध को महसूस किया।

"बकवास!" उसकी आवाज़ उसके सपने में गूंजी, टूटे हुए कांच की तरह तेज़, एक बर्फीली हवा की तरह मर्मभेदी, जिसने उसे छेद दिया। "मैं विज्ञान का आदमी हूँ, तथ्यों का, मेलिना। रहस्यवादी सपनों और प्राचीन पुनर्जन्मों का नहीं! क्या तुम पागल हो? मुझे परेशान करना बंद करो!"

लेकिन इस सतह के नीचे, उसने एक कंपन महसूस किया - वही चिंगारी जिसकी वह तलाश कर रही थी। एक चिंगारी, जो जलने के लिए तैयार थी, जो हर उस चीज़ को जलाकर राख कर देगी जो उसे बाधित करती थी।

---✶ ʢ ✶ ---

सपनों के पुल

मैंने सपनों का उपयोग किया - चांदनी और तारकीय धागों से बुने हुए ईथरिक पुल, जिन पर आत्मा यात्रा कर सकती थी - बाधा को भेदने के लिए। मैंने उसे दर्शन

भेजे, अतीत के युगों की अस्पष्ट झलकें, प्रतीकात्मक यात्राएं, ऋषियों के साथ मुलाकातें। एक सपने में मैंने उसे रेगिस्तान में आग के पास बैठे हुए देखा, रेत - अभी भी दिन की गर्मी से गर्म। उसके सामने - एक गहरी आँखों वाला एक बूढ़ा आदमी, जो समय से, उसकी अपनी आत्मा से देख रहा था, उसे नग्न कर रहा था। वह रेत में अजीब प्रतीक बना रहा था - सर्पिल, वृत्त, रेखाएं जो अज्ञात आकृतियों में एक-दूसरे को काटती थीं। प्रतीक जिन्हें मेलिना जानती थी कि नथानिएल ने पहले देखा था। लेकिन वह भूल गया था। उसने उन्हें अपनी याददाश्त से मिटा दिया था, उन्हें गुमनामी में गहराई से दफना दिया था। हर सपना उसकी याददाश्त को अनलॉक करने, उसके अंतर्ज्ञान को जगाने, उसके मिशन के बीज बोने के लिए बुना गया था।

"मैं ही क्यों?" नथानिएल ने अपने सपने में फुसफुसाया, उसकी छवि धुएं की तरह अस्पष्ट थी, लेकिन उसकी आवाज़ - भ्रम से भरी हुई थी, लगभग आतंक से। इस आवाज़ में मेलिना ने एक कंपन को पकड़ा, जो केवल जलन नहीं थी।

"क्योंकि तुम ज्ञान रखते हो, नथानिएल," उसने जवाब दिया, यह महसूस करते हुए कि शब्द उससे बह रहे थे, जैसे कि वे उसके नहीं थे, बल्कि अनंत काल की फुसफुसाहट, स्वयं ब्रह्मांड की फुसफुसाहट, जो उसे निर्देशित कर रही थी। "तुम पहले भी रहे हो। क्या तुम्हें याद है? याद करो!"

उसने अपना सिर हिलाया। वह नहीं समझा। "सिर्फ़ एक धुंध... और एक भावना... कुछ खो जाने की। एक फटी हुई स्मृति की तरह जो मेरा पीछा करती है, जिसे मैं पकड़ नहीं सकता।" वह जानती थी कि रास्ता आसान नहीं होगा। सर्वनाश एक प्राकृतिक आपदा नहीं था, बल्कि आत्म-विनाश का चरमोत्कर्ष था, एक कैंसर जो मानव आत्मा को अंदर से खा रहा था, उसे हड्डियों तक सड़ रहा था। इसे रोकने के लिए, उन्हें फिर से विश्वास बोना था, आशा को पुनर्जीवित करना था, बिना शर्त प्यार की लौ को फिर से जगाना था और हर आत्मा में सोए हुए ज्ञान को जगाना था।

---✶ ༄ ✶ ---

ग्रेल का सच्चा रहस्य

ग्रेल का रहस्य एक सोने का प्याला नहीं था, बल्कि मानव हृदय का कंपन था, जो तूफानों को अपने पंखों के नीचे हवा में बदल देता था। यह उस अटूट आशा में धड़कता था, जिसने सबसे घने अंधेरे को छेद दिया, लंबी, अंतहीन रात के बाद पृथ्वी को छूने वाली सूरज की पहली किरण की तरह। यह ज्ञान की स्पष्ट आवाज़ में बजता था, जिसने सच्चाई को फुसफुसाया, तब भी जब पूरी दुनिया झूठ चिल्ला रही थी। मेलिना इस आंतरिक खजाने की संरक्षक थी, और नथानिएल को हमारे डीएनए में बंद रहस्यमय ज्ञान को डीकोड करना था। उसे दार्शनिक का पत्थर खोजना था, न कि कीमिया से, बल्कि उसके सार से, उसके अस्तित्व के सार से, उसकी अपनी आत्मा की गहराइयों से, ताकि यह प्राचीन संदेश मानवता को बचा सके।

---✶ ༄ ✶ ---

ग्रेल का सपना: कोड को जगाना

मेलिना एक सपने में उतर गई, जो सिर्फ़ आराम नहीं था, बल्कि ज्ञान के एक ईथरिक महासागर में गोता लगाना था। उसकी आँखों के सामने एक तस्वीर सामने आई: प्रकाश से बुना हुआ एक प्राचीन स्क्रॉल, धीरे-धीरे सामने आ रहा था। हर अक्षर स्याही नहीं था, बल्कि एक धड़कता हुआ प्रतीक था, जो एक आंतरिक ऊर्जा के साथ जीवंत हो रहा था। उसे एहसास हुआ: यह जीवन का प्राथमिक कोड है, स्वयं ब्रह्मांड का डीएनए, हम में से हर एक के ताने-बाने में सील कर दिया गया है। समझ ने उसे अभिभूत कर दिया - ग्रेल एक वस्तु नहीं है, बल्कि एक स्थिति है। यह कुछ बाहरी नहीं है, बल्कि एक आंतरिक, जीवित मंदिर है, जो हर कोशिका में धड़कता है, जो पूरे से जुड़ा हुआ है। शुद्ध अंतर्दृष्टि।

स्क्रॉल बदलने लगा। प्रतीक नाचते हुए रोशनी में बदल गए, जिनमें से हर एक मानव सार के एक कण का प्रतिनिधित्व करता था। वे एकत्रित हुए, आपस में बुने, जटिल ब्रह्मांडीय जालों का निर्माण किया जो डीएनए के सर्पिलों से मिलते-जुलते थे, लेकिन शुद्ध ऊर्जा से बुने हुए थे।

जैसे ही वह उन्हें देख रही थी, मेलिना ने महसूस किया कि उसके अंदर कुछ बदल रहा है। जैसे कि उसके अपने आंतरिक प्रतीक और डीएनए के धागे स्क्रॉल के धागों के साथ तालमेल में कंपन करने लगे। प्यार - सिर्फ़ एक भावना नहीं, बल्कि एक शक्ति, जो एक सुनहरा प्रकाश उत्सर्जित करती थी - इन जालों के माध्यम से बहने लगी, उन्हें शुद्ध करने, उन्हें मजबूत करने, उनकी संरचनाओं को पुनर्जीवित करने के लिए। उसे एहसास हुआ कि यह प्रकाश एक कीमियाई अमृत है, जो जीवन के पदार्थ को ही बदल देता है, क्षतिग्रस्त को पुनर्जीवित करता है, नया बनाता है, सुप्त आनुवंशिक कार्यक्रमों को सक्रिय करता है। उसके दिल की हर धड़कन एक लंबा जीवन था, हर साँस ली गई अणु - एक नया क्रम, हर आंतरिक मुस्कान - एक नया जीवन। उसके अंदर सब कुछ नया हो रहा था। यही ग्रेल का रहस्य था: जीवन का अक्षय स्रोत, जो दिल के शुद्ध कंपन से सक्रिय होता है, जब वह विश्वास, आशा और प्यार से भरा होता है, हमारी दिव्य आनुवंशिक क्षमता को अनलॉक करता है।

अध्याय 12: एक आनुवंशिक कोड के रूप में ग्रेल

फ्लैशबैक: ग्रेल का रहस्य और बौद्धिक उत्तेजना

नथानिएल लड़खड़ाया। यादों ने उसे एक लहर की तरह अभिभूत कर दिया - न केवल चित्र, बल्कि अतीत और वर्तमान का एक चिपचिपा तरल, जो उसे नीचे खींच रहा था। यह एक सपना नहीं था, बल्कि उस बातचीत का एक फ्लैशबैक था, जो महीनों पहले हुई थी, लेकिन अब एक नई, दर्दनाक स्पष्टता के साथ सामने आया था। उसके चारों ओर की हवा भारी हो गई, जैसे कि मेलिना के पुनर्जीवित शब्द अभी भी उसमें घूम रहे थे, घने और विद्युतीकरण करने वाले।

वह, मेलिना, उसके सामने खड़ी थी, प्रकाश में लिपटी हुई थी, उसकी आँखें एक अलौकिक चमक के साथ जल रही थीं, जो उसे हड्डियों के मज्जा तक भेद रही थी। वह उसे रहस्यों की अपनी दुनिया में खींचने की कोशिश कर रही थी, एक ऐसी दुनिया जो अनंत काल की फुसफुसाहट और प्राचीन रहस्यों से बुनी हुई थी। नथानिएल, स्वयं एक गुप्त संगठन का सदस्य, जो दुनिया और ब्रह्मांड के रहस्यों को संरक्षित और शोध करने के लिए समर्पित था, वह उन सिद्धांतों को जानता था जो अनजाने लोगों से छिपे हुए थे। वह तलाश कर रहा था। और अब, वह उसे यह समझने के लिए उकसा रही थी कि क्या वह अपने सपनों में कुछ ऐसा हासिल कर चुकी थी, जिसे उन्होंने, एक संगठन के रूप में, शायद खो दिया था। वे भी ग्रेल - अमरता के स्रोत - की तलाश कर रहे थे, और उसे उम्मीद थी कि वह उसे रास्ता दिखाएगी। इसने उसे उसके जीवंतता, उसके साहस के प्यार में डाल दिया। यह संघर्ष सिर्फ़ मौखिक नहीं था; यह ऊर्जाओं का एक मूर्त टकराव था जो उनके बीच हवा में कंपन कर रहा था।

"ग्रेल का रहस्य..." उसकी आवाज़ तब लगभग फुसफुसाहट थी, लेकिन उसके दिमाग में एक घंटी की तरह गूंज उठी। यह श्रद्धा से भरा हुआ था, awe और बोझ के मिश्रण के साथ, जैसे कि वह एक पवित्र रहस्य साझा कर रही थी, जो सदियों से संरक्षित था, जिसका बोझ अनजाने व्यक्ति को कुचल सकता था। "एक सपने में, मैंने प्राप्त ज्ञान को भौतिक रूप में नहीं, बल्कि कुछ ऐसा संरक्षित किया जिसे मैंने सहज रूप से एक सच्चा पवित्र ग्रेल महसूस किया। लेकिन यह मेरी आत्मा की सबसे गहरी गहराइयों में, मेरे अस्तित्व के ताने-बाने में ही कूटबद्ध था।"

यह ग्रेल एक कप या कलाकृति नहीं था, बल्कि ब्रह्मांडीय ज्ञान का एक जीवित भंडार था, जो उन जटिल, लगभग अकल्पनीय तंत्रों को प्रकट करता था जिनके माध्यम से आत्मा स्वयं वास्तविकता के जटिल मानसिक मॉडल का निर्माण करती है, जो एक अजीब क्वांटम उलझाव के माध्यम से सब कुछ को समाहित करता है - जैसे कि हर प्राणी, हर विचार, एक अंतहीन, सर्व-समावेशी ब्रह्मांडीय नेटवर्क का हिस्सा था, जो हर जीवित और निर्जीव चीज को जोड़ता था। इस सपने में, मुझे एहसास हुआ कि आत्मा में टोरसन क्षेत्र उत्पन्न करने की एक अविश्वसनीय, दिव्य क्षमता है - ऊर्जा के अदृश्य भंवर, जो समय और स्थान से परे, विशाल दूरी पर तात्कालिक, असीम संचार की अनुमति देते हैं। यह इतना उज्ज्वल और मूर्त था, फिर भी शब्दों में वर्णन करना मुश्किल था। कल्पना कीजिए कि एक अमूल्य ऊर्जा पात्र है, जिसमें जीवित ऊर्जा की धड़कती धाराएं बहती हैं, जो ब्रह्मांड की सांस, ब्रह्मांडीय धड़कनों के साथ कंपन करती हैं।

नथानिएल ने उसे अचानक रोका, उसकी आवाज़ टूटे हुए कांच की तरह थी, जो बुखार से भरी जिज्ञासा और उसकी सीमाओं को परखने की इच्छा से भरी थी। वह आंतरिक रूप से उसके स्पष्टीकरण में डूब रहा था।

"एक मिनट रुको, मेलिना। 'टोरसन क्षेत्र'? 'क्वांटम उलझाव'? तुम वैज्ञानिक शब्दों का उपयोग कर रही हो, लेकिन तुम उन्हें एक ऐसे संदर्भ में उपयोग कर रही हो जो... छद्म वैज्ञानिक रहस्यवाद जैसा लगता है! इसका वास्तव में क्या मतलब है? इसका उस वास्तविकता से क्या लेना-देना है जिसे मैं छू सकता हूँ, माप सकता हूँ, विश्लेषण कर सकता हूँ, और जिसका मेरे संगठन ने सदियों से शोध किया है, बिना तुम्हारी इन अंतर्दृष्टियों तक पहुँचे?! यह दिलचस्प है।"

वह नहीं हिचकिचाई। वह उसकी ओर एक कदम बढ़ी, और उसकी नज़र मर्मभेदी, लगभग सम्मोहित करने वाली हो गई, जैसे कि वह उसकी तर्कसंगत बाधाओं से परे जाने की कोशिश कर रही थी, उसे उस सच्चाई को महसूस करने के लिए मजबूर कर रही थी जिसे वह अपने अस्तित्व के हर रेशे के साथ महसूस करती थी।

"इसका जवाब... प्यार की जैव-रसायन में है, नथानिएल! न्यूरोएंडोक्राइन प्रणाली में। तुम खुद एक जीवित प्रयोग हो, नथानिएल! लक्षणों को याद करो - वह थकावट, टोन की कमी, संज्ञानात्मक हानि, कामेच्छा, लगभग शून्य। याद करो कि तुम कितने सालों से खुद की एक परछाई थे! और अब, खुद को देखो! तुम्हारा शरीर मेरी आँखों के सामने बदल रहा है! तुम्हारे हार्मोन विनियमित हो रहे हैं। टेस्टोस्टेरोन का स्तर बढ़ गया है! प्रयोगशाला की स्थितियों में, YAP-5SA जैसा संशोधन दिखाता है..."

नथानिएल ने अपना हाथ हिलाया, उसकी दृढ़ता से परेशान, लगभग निराश, जिसने उसकी ढाल को तोड़ दिया, लेकिन उसे और भी हैरान कर दिया। उसकी नज़र एक पल के लिए धुंधली हो गई, जो उसे उसके पिता की कठोर, बेपरवाह प्रयोगशाला में वापस ले गई, जहाँ हर तर्कहीन दावे की निंदा की जाती थी।

"कृपया, मेलिना, मुझे उन प्रयोगशाला अध्ययनों का हवाला मत दो जिनकी तुम अपनी तरह से व्याख्या करती हो! YAP-5SA एक chimeric अणु है जो स्वाभाविक रूप से नहीं पाया जाता है! इसका सेलुलर प्रसार पर प्रभाव हो सकता है, लेकिन इसे 'टोरसन क्षेत्रों को उत्पन्न करने वाली आत्मा' से जोड़ना... यह बहुत ज़्यादा है! मेरा सुधार, अगर इसे ऐसा कहा जा सकता है, तो यह एक placebo प्रभाव या सिर्फ़ एक संयोग का परिणाम है! यह उस तनाव से संबंधित हो सकता है जो चला गया, या मेरी जीवनशैली में बदलाव - घुड़सवारी, गोल्फ, टेनिस, फिटनेस - वह सारा तनाव जो तुम मुझे दे रही हो! लेकिन, बाकी सब कुछ... प्राचीन ज्ञान के रूप में वैज्ञानिक कल्पना जैसा लगता है, लेकिन मैं और सुनने के लिए तैयार हूँ! तुम मुझे चकित करती हो।"

"नहीं, नथानिएल! यह कल्पना नहीं है!" वह एक और कदम आगे बढ़ी, लगभग उसे छूते हुए, उसकी आवाज़ तेज़, और अधिक ज़ोरदार हो गई, फिर भी एक गहरे, अटूट विश्वास से भरी हुई थी। "यह वैज्ञानिक रूप से समर्थित है... ऑक्सीटोसिन के बारे में सोचो - प्यार और जुड़ाव का हार्मोन... यह सामाजिक संबंधों में अपनी भूमिका के लिए जाना जाता है, लेकिन इसका... "

नथानिएल ने उसे तुरंत रोका, उसकी आवाज़ में उकसावे का एक स्वर था।

"कार्डियोवैस्कुलर प्रभाव? हाँ, मेलिना, लेकिन हम सिद्ध प्रभावों के बारे में बात कर रहे हैं, न कि... 'जीवित रक्त की धड़कती धाराओं' के बारे में। यह कविता है, मेलिना, शरीर विज्ञान नहीं। क्या तुम्हें कोई पता है कि किन अध्ययनों से साबित होता है कि SRF 'मजबूत सकारात्मक भावनाओं से प्रेरित विभिन्न सहकारकों' के साथ बातचीत करता है? या यह कि कार्डियोमायोसाइट्स का डिडिफरेंटिएशन प्यार से होता है? वे प्रकाशित, सहकर्मी-समीक्षित लेख कहाँ हैं, मेलिना? शायद तुम्हारा संगठन मेरे से ज़्यादा जानता है?"

"...या डीएचईए," उसने अपनी बात जारी रखी, उसके व्यंग्य पर ध्यान दिए बिना, लेकिन उसकी आवाज़ में एक मुश्किल से दिखने वाला कंपन था, जो उसके अविश्वास के दर्द को धोखा दे रहा था। "यौन हार्मोन का अग्रदूत, दीर्घायु और ऊर्जा से जुड़ा हुआ है... और एंडोजेनस नाइट्रिक ऑक्साइड (NO) - एक शक्तिशाली वासोडिलेटर जो रक्त परिसंचरण और न्यूरोट्रांसमिशन को प्रभावित करता है! ये सभी जैव-रासायनिक प्रक्रियाएं हैं जो... "

नथानिएल ने गुस्से में अपने हाथ हिलाए, उसकी आवाज़ कमरे में गूंज उठी।

"हमारी भावनाओं, हमारे विचारों, हमारी ऊर्जा से प्रभावित होते हैं?! मेलिना, यह सामान्य मनोविज्ञान है! बेशक, तनाव और अवसाद शरीर को प्रभावित करते हैं। लेकिन यह दावा करना कि सकारात्मक भावनाएं 'डीएनए में बंद पुनर्जनन के लिए जीन' को सक्रिय करती हैं, जो परिपक्व कोशिकाओं को स्टेम कोशिकाओं में बदल देती हैं - यह एक अवैज्ञानिक दावा है! तुम मुझसे कुछ 'अदृश्य आवेगों' और 'दिव्य चिंगारियों' के बारे में बात कर रही हो! मैं एक वैज्ञानिक हूँ, मेलिना! मैं तथ्यों, प्रयोगों, प्रतिलिपि प्रस्तुत करने योग्य परिणामों पर आधारित हूँ! क्या तुम मुझे कोई ऐसा अध्ययन दिखा सकती हो जो... बिना शर्त प्यार और टेलोमेरेस की प्रतिक्रिया या एपिजेनेटिक परिवर्तनों के बीच एक सीधा कारण और प्रभाव संबंध दिखाता हो, जो अंगों के समग्र पुनर्जनन की ओर ले जाता हो?! क्योंकि यही वह है जिसकी हम भी तलाश कर रहे हैं, मेलिना! यह हमारा खोया हुआ ज्ञान है!"

वह थोड़ा पीछे हट गई, जैसे कि उसके प्रहार से उसे चोट लगी हो। उसने उसे लगभग हताश कोमलता से देखा।

"क्या यह संभव नहीं है कि ग्रेल शरीर में पूर्ण संतुलन के लिए एक रूपक हो, चेतना की शरीर विज्ञान को प्रभावित करने की क्षमता के लिए...? दिल की एकरूपता के लिए, जो... "

"दिल की एकरूपता?!" नथानिएल हँसा, लेकिन उसकी हँसी सूखी, घबराई हुई थी, जो चकित जिज्ञासा से भरी थी। "हाँ, दिल में विद्युत गतिविधि होती है, बेशक! लेकिन इसे 'ब्रह्मांडीय डिजाइन' या 'आध्यात्मिक कंपन' से जोड़ना... मेलिना, यह विज्ञान नहीं है! यह... कविता है! लेकिन एक ऐसी कविता जो मुझे सोचने पर मजबूर करती है। कुछ ऐसा जिसे मेरे संगठन ने नहीं सुलझाया है। क्या तुम हमसे जवाब के करीब हो?"

उसने अपना हाथ बढ़ाया, जैसे कि न केवल उसे, बल्कि उसकी शंका के सार को भी छूने के लिए, उसके भ्रम के पर्दे को फाड़ने के लिए।

"मेरी बात सुनो, नथानिएल," उसने फुसफुसाया, और उसकी नज़र विनती करने वाली, लेकिन अटूट हो गई, जो उन तारों की तरह थी जिन्हें बुझाया नहीं जा सकता था। "यह सिर्फ़ दर्शन नहीं है। यह एक अनुभवात्मक अनुभव है! मैंने उन कंपनों, उन धड़कती धाराओं को महसूस किया! हर बार जब हमारी आत्माएं छूती हैं, तो मेरे अंदर, तुम्हारे अंदर कुछ खुल जाता है! क्या तुम्हें नहीं लगता कि प्यार सबसे शक्तिशाली टोरसन क्षेत्र है, जो न केवल हमें, बल्कि हमारे आसपास की वास्तविकता को भी बदल सकता है? शायद यही ग्रेल का रहस्य है - मानव चेतना की बनाने, ठीक करने, बदलने की शक्ति? मुझे यकीन है कि तुम अपने शरीर में बदलाव महसूस कर रहे हो, क्या तुम्हें नहीं लगता कि यह हमारे नए-नए गहरे संचार के कारण है?! तुम भी इसे तलाश रहे हो, है ना? बिल्कुल वैसे ही जैसे तुम्हारा संगठन अमरता और शाश्वत जीवन के रहस्य की तलाश कर रहा है?"

नथानिएल चुप हो गया। उसके शब्द उसके तर्कसंगत दिमाग की सतह के नीचे घुस गए थे, उसकी अवचेतन में गहराई से जड़ें जमा रहे थे। वह शारीरिक बदलाव महसूस कर रहा था, लेकिन उसने उन्हें एक रहस्यवादी स्पष्टीकरण देने से इनकार कर दिया। हालांकि, वह उसे दबा रही थी, न कि विश्वास से, बल्कि भावना से, अंतर्ज्ञान से, प्राचीन ज्ञान से, जो उसकी नसों में धड़क रहा था। यह एक विरोधी नृत्य की तरह था - वह उसे अकथनीय की ओर खींच रही थी, वह मूर्त, परिचित, तर्क के बचाव तट पर पकड़ कर रहा था। लेकिन वह अब सिर्फ़ खारिज नहीं कर रहा था; वह एक संवाद में, उन जवाबों की तलाश में था जो उसके गुप्त संगठन ने भी उसे नहीं दिए थे। आशा उसकी तर्कसंगतता की दरारों से रिस रही थी।

यह फ्लैशबैक फीका पड़ गया, नथानिएल को सपने में छोड़ दिया - हिला हुआ, भ्रमित, लेकिन... जगा हुआ। उसका शरीर थोड़ा कांप रहा था। क्या यह सिर्फ़ उसकी कल्पना का फल था, उसकी थकी हुई चेतना का? या क्या उसने वास्तव में कुछ ऐसा अनुभव किया था जो उसकी तार्किक समझ से परे था? क्या यह संभव था कि मेलिना जो कुछ भी दावा कर रही थी, उसके लिए एक वैज्ञानिक आधार था? 'प्यार और परिवर्तन की जैव-रसायन,' ऑक्सीटोसिन, डीएचईए या एंडोजेनस NO का कार्डियोवैस्कुलर और न्यूरोएंडोक्राइन प्रणाली पर प्रभाव?

सवाल हवा में लटका रहा, भारी और अपरिहार्य, अपने जवाब का इंतजार कर रहा था।

---✶ ६ ✶ ---

जागृति और आह्वान। मेलिना:

हर गुजरते दिन के साथ, यह भावना कि मेरी आत्मा एक विशाल ब्रह्मांडीय पहेली का एक टुकड़ा है... मूर्त होती जा रही थी। घनी। लगभग दर्दनाक, एक जीवित नस की तरह जो मेरे अंदर कंपन कर रही थी। कभी-कभी थकान मुझे हड्डियों तक

तोड़ देती थी, कभी-कभी - एक अकथनीय उदासी मुझे एक बर्फीले पंजे की तरह पकड़ लेती थी, बिना किसी कारण के। लेकिन उस रात... उस रात मैं अपने गले में अटकी हुई एक चीख के साथ जागी। आतंक की चीख नहीं, बल्कि एक अतिभार, एक सुपरसोनिक शोर की, जो मेरे सिर में गूंज रहा था। मेरे सपनों की छवियां मेरे दिमाग में घूम रही थीं - बहुत स्पष्ट, बहुत वास्तविक, एक फिल्म की तरह जो मेरी पलकों पर प्रोजेक्ट की जा रही थी, जिसे मैं रोक नहीं सकती थी, बंद नहीं कर सकती थी, जिससे मैं भाग नहीं सकती थी। आकाशिक अभिलेख तक पहुंच - एक अंतहीन पुस्तकालय, जो समय की हर फुसफुसाहट, हर संभावना, हर पसंद को संग्रहीत करता है - सिर्फ़ एक छवि नहीं थी। यह जीवित ज्ञान था।

यह एक बिजली के करंट की तरह था, जो मेरे पूरे शरीर से होकर गुजर रहा था, मेरी चेतना को असहनीयता तक, दर्द तक बढ़ा रहा था, लेकिन... पूर्ण, क्रिस्टल स्पष्टता भी ला रहा था! अंधेरे में एक विस्फोट की तरह, जिसने हर परछाई को बिखेर दिया! अनगिनत जीवनों का एक मनोरम दृश्य सामने आया। हर एक - मेरे सच्चे सार को समझने की दिशा में एक छोटा सा कदम। मुझे उन झलकियों को याद आया, जिनमें मैंने इस प्राचीन ज्ञान का उपयोग दुख को कम करने, आशा के बीज बोने के लिए किया था। मैंने इसे महसूस किया! यह विचार कि मैं जीवन के शाश्वत खेल का एक अविभाज्य हिस्सा हूँ, इसने मुझे ऐसी... गहरी अंतर्दृष्टि से भर दिया! और ऐसी... भयानक जिम्मेदारी से भी। एक बोझ जो मुझे कुचल सकता था, लेकिन मुझे ऊपर भी उठा रहा था। मेरे पास जारी रखने के अलावा कोई विकल्प नहीं था।

मेरे हाथ में फोन एक सीसा-भारित निर्णय की तरह भारी लग रहा था, एक पत्थर की तरह जो मुझे खाई की ओर खींच रहा था। लेकिन मुझे पता था - मुझे यह करना था। वह अकेला था जो समझ सकता था। भले ही वह नहीं चाहता था। भले ही वह नहीं जानता था कि वह क्या चाहता था। मैंने नंबर डायल किया, जबकि मेरा दिल पागल की तरह धड़क रहा था, जो मेरी छाती से बाहर निकलने, हजारों टुकड़ों में टूटने, बिखरने के लिए तैयार था। मेरी साँस रुक गई। दूसरी तरफ - मुझे पता था कि वह गहरी नींद में है। व्यवस्थित। उसके सभी ग्राफों की तरह। शायद वह पहले से ही डेढ़ घंटे से अपनी गहरी नींद में था। मेरे विपरीत। मैं, जो रात में अपने सपनों में करवटें बदलती रहती थी... हवा में हमेशा जागती रहती थी, एक भूत की तरह, जो घूमने के लिए अभिशप्त थी।

फोन एक बार, दो बार बजा, फिर एक चिड़चिड़ी गुर्राहट सुनाई दी।

"मेलिना, क्या, हुआ है?" उसकी आवाज़ नींद में थी, गहरी थी, लेकिन उसमें स्पष्ट रूप से जलन थी, उसकी धार एक चाकू की तरह चुप्पी को काट रही थी। मैंने एक खड़खड़ाहट सुनी, शायद वह अपनी अचानक घुसपैठ से चिढ़कर अपनी बिस्तर में घूम गया था। "तुम जानती हो कि मैं ठीक ग्यारह बजे सो जाता हूँ, और छह बजे जाग जाता हूँ। अब रात के दो बजे हैं! कल मेरी एक महत्वपूर्ण बैठक है! क्या तुम पागल हो? मुझे परेशान करना बंद करो!"

उसकी जलन के बावजूद, मैंने कुछ और पकड़ा - एक मुश्किल से दिखने वाला कंपन, शायद मेरी आवाज़ सुनकर भी एक उत्तेजना। मुझे पता था कि उसकी तर्कसंगतता के बावजूद, हर उस चीज़ के बावजूद जिसने उसे "वास्तविकता" से बांध रखा था, वह भी मेरे लिए... कुछ महसूस कर रहा था। कुछ ऐसा जिसे हम दोनों अनदेखा करने की कोशिश कर रहे थे, लेकिन जो हमें धीरे-धीरे दलदल की तरह निगल रहा था।

"नथानिएल! क्या तुम नहीं समझते?!" मैं लगभग चिल्लाई, और मेरी आवाज़ उत्तेजना से कांप रही थी, जमा हुई अंतर्दृष्टि से, मेरे सिर में हुए विस्फोट से, जिसने मुझे एक साथ जीवंत और कमजोर बना दिया। "आज... आज मुझे पहुँच मिली... कल्पना करो, नथानिएल! अनगिनत जीवनों का एक मनोरम दृश्य! हर संभावना जो कभी थी और होगी! हर पुनर्जन्म मेरे सच्चे सार को समझने की दिशा में एक छोटा सा कदम है। मुझे याद आया... रात में बिजली की तरह चमक, जिसने मेरे अंदर के अंधेरे को रोशन किया, लेकिन मुझे भी जला दिया। जिसमें मैंने इस प्राचीन ज्ञान का उपयोग दुख को कम करने, आशा के बीज बोने के लिए किया था। मैंने इसे महसूस किया! यह विचार कि मैं जीवन के शाश्वत खेल का एक अविभाज्य हिस्सा हूँ, इसने मुझे ऐसी... गहरी अंतर्दृष्टि से भर दिया!"

रेखा के दूसरे छोर पर, मैंने एक गहरी आह सुनी, जिसके बाद एक जम्हाई आई जो मुश्किल से छिपी हुई कराह में बदल गई।

"मेलिना, कृपया... फिर से तुम्हारे वे सपने? आकाशिक अभिलेख? यह एक कम बजट वाली फिल्म की स्क्रिप्ट की तरह लगता है जिसे तुमने बहुत बार देखा है, मेलिना। तुम थकी हुई लगती हो। सच में।"

"नहीं, मैं नहीं हूँ! और अब यह पात्र... कंपन करने लगा है! मैं इसे महसूस कर रही हूँ, नथानिएल! यह कांप रहा है! तुम्हारे बारे में सोचकर मेरा दिल बढ़ती हुई उत्तेजना के साथ धड़क रहा है, नथानिएल। क्या तुम मुझे समझते हो? एक भौतिक सहायक के रूप में तुम्हारे लिए, उस अचेतन नायक के लिए, जिसे मैं तुम्हारे गहरे सार में तलाश रही हूँ, जो टन तर्क, व्यावहारिकता के पहाड़ों, तुम्हारी अविश्वास की दीवार के नीचे दबा हुआ है! एक नई कंपनी की योजनाओं में, या निवेशकों के साथ तुम्हारी लंबी बातचीत में, बिना यह महसूस किए... कि तुम्हारे अंदर एक महानता सोई हुई है! बिना मुझे 'सुनने' की कोशिश किए, यहाँ तक कि 'कैसी हो, मेलिना?' फुसफुसाए भी नहीं! मैं तुम्हें तलाश रही हूँ, नथानिएल, निराशा से नहीं, बल्कि अटूट विश्वास के साथ कि हम मिलकर... उस बुराई का सामना कर सकते हैं जो पहले से ही हमारे दरवाजे पर दस्तक दे रही है, जो हमारी पीठ के पीछे सांस ले रही है! मेरा इंतजार एक कंपकंपी भरा पूर्वानुमान है, और हर सुबह में क्षमता है... "

अचानक, कनेक्शन कट गया। मेलिना ने केवल एक स्थिर क्रैकल सुनी, फिर - पूर्ण चुप्पी। जैसे कि स्वयं ब्रह्मांड ने उसे बाधित करने का फैसला किया था, शब्दों को पूरी तरह से कहने नहीं दिया। उसने फोन को अपने हाथ में पकड़ लिया, जब तक

कि उसकी उंगलियों की हड्डियाँ सफेद नहीं हो गईं। वह जानती थी कि यह कोई संयोग नहीं था। समय सचमुच चुप्पी में चिल्ला रहा था। चुप्पी कान फाड़ देने वाली थी।

------------------ ❧ --------------------

अध्याय 13: ब्रह्मांड में एक दरार

जब से उस सपने ने मेरी हड्डियों को हिला दिया - यह एहसास कि मैं संरक्षक हूँ - दुनिया सिर्फ़ बिखर नहीं गई। यह अंदर की ओर ढह गई, unrecognizable रूप से विकृत हो गई। हर वह चीज़ जिसे मैं जानती थी, एक ही धड़कते हुए बिंदु में पिघल गई: एक दरार। डार्विन के विकासवाद में वह साहसिक संदेह, जो कभी सिर्फ़ एक फुसफुसाहट था, अब मेरी चेतना को फाड़ रहा था। यह दिव्य स्रोत के लिए एक चुनौतीपूर्ण खाई थी। पीछे हटना नहीं था। पिछली मेलिना का हर कण मर रहा था, सड़ रहा था, ताकि एक नए, बेलगाम सार को जीवन मिल सके। डर के बर्फीले तम्बू मुझे घेर रहे थे, लेकिन उनके नीचे, लावा की तरह, एक लालसा उठ रही थी - कुछ incomprehensible के लिए, जिसकी पुकार हर तर्क को भेद रही थी, संदेह के आखिरी अवशेष को भी जला रही थी।

---✶ ✶ ---

दफन सच

मैंने उन विचारों को अपनाया जिन्हें मैं हाल तक शुद्ध पागलपन के रूप में खारिज कर देती। ब्लावात्स्की की थियोसोफिकल परिकल्पनाएं, मुल्दाशेव के रहस्यमय अभियान... उग्र आलोचकों के बावजूद, उन्होंने वैकल्पिक ज्ञान की छाप छोड़ी। उन्होंने भूली हुई सभ्यताओं के बारे में, उन शक्तियों के बारे में फुसफुसाया जिन्हें हम बहुत पहले भूल गए थे। हर नया पढ़ा गया पृष्ठ एक और पर्दा हटा रहा था। हवा तनाव से और भी विरल हो गई।

अटलांटिसवासी, लेमुरियन... सभ्यताओं को cataclysms ने साफ कर दिया, उन्होंने ज्ञान छिपाया, जो स्वयं मानवता की स्मृति से भी पुराना था। मैंने एक डूबते हुए व्यक्ति की हताशा के साथ सबूतों की तलाश की, जैसे कि मेरा अपना जीवन उन पर निर्भर करता हो। धूल भरी किताबों में, फीकी पांडुलिपियों में, रहस्यमय कलाकृतियों में, प्राचीन शिक्षाओं में... और सबसे बढ़कर - अपने खुद के सपनों में। वे इस बढ़ती हुई पागलपन में मेरी एकमात्र दिशा थी।

---✶ ✶ ---

एंड्रोगेनी का प्रतिध्वनि

सपनों की डायरी:

मैंने सपने में... अजीब जीव देखे। एंड्रोगेनी। दो शरीर एक में विलय हो गए, दो चेहरे विपरीत दिशाओं में मुड़ गए... एकता में पूर्णता। और फिर - दर्दनाक विभाजन। दर्द। खोए हुए आधे के लिए शाश्वत, अथक प्यास। प्लेटो... उसे कैसे पता था? ठीक

वही क्यों? क्या उसने... या उसने भी मेरे जैसा ही रहस्योद्घाटन प्राप्त किया? यह प्राचीन ज्ञान... यह इतना गहरा छिपा हुआ है, फिर भी - इसकी गूंज सदियों से गूंजती है। किसने सच छिपाने का फैसला किया? और क्यों? हर सुबह मैं इन सवालों के साथ जागती थी, एक घाव की तरह जो ठीक नहीं होता था, बल्कि धड़कता रहता था, जो मेरी हड्डियों के मज्जा तक जाता था।

---✶ ʢ ✶ ---

फ्लैशबैक: अप्रत्याशित मोड़। मॉस्को। अगस्त

लेकिन जीवन रहस्योद्घाटनों का इंतजार नहीं करता। मॉस्को ने मुझे एक ठंडी मुस्कान और... एक टूटे हुए इंजन के साथ स्वागत किया।

राज्यपाल के स्वागत के रास्ते पर, कार अचानक रुक गई, जिससे मैं आगे की ओर उछल गई। रूसियों ने इंजन के चारों ओर हलचल मचाई, लेकिन मेरे अंदर थोड़ी भी जलन नहीं हुई। सिर्फ़ एक हल्की, शिकारी मुस्कान। ब्रह्मांड मजबूत इच्छाओं का जवाब देता है - मुझे रेड स्क्वायर देखने की लालसा थी। और यहाँ, मेरे विचारों ने एक वास्तविकता बनाई थी। देरी एक बाधा नहीं थी, बल्कि एक दरार थी, साँस लेने का एक मौका, स्वतंत्रता में साँस लेने का। वास्तव में, यह समय में एक दरार थी, सब कुछ समझने के लिए एक उपहार था।

मैंने जल्दी से होटल में रात का खाना खाया, फिर नहाने के टब में डुबकी लगाई, जिससे गर्म पानी उड़ान की थकान को भंग कर दे। मैं छत पर गई। रात का मॉस्को मेरे सामने फैला हुआ था - अंतहीन अंधेरे में हजारों टिमटिमाती आँखें। हवा ने मेरे गीले बालों को धीरे से लहराया। यह एक उमस भरा अगस्त था, लेकिन हल्की हवा मेरी त्वचा को सहला रही थी। मुझे एक ब्लॉकबस्टर फिल्म की नायिका की तरह महसूस हुआ - लहराते काले बालों के साथ, एक छोटी साटन की रात की पोशाक, नंगे पैर। मैं सुंदर थी, नई, अज्ञात, प्रेरणादायक से रोशन थी। मैं एक पक्षी की तरह रेलिंग पर झुक गई, जो उड़ने के लिए उत्सुक था। मैंने कल्पना की कि कैसे कोई स्नाइपर मुझे अगली खिड़की से गोली मार देगा, या कैसे मेरे पसंदीदा अभिनेता एरिक रॉबर्ट्स, मेरे बचावकर्ता की भूमिका में, दरवाजे पर दस्तक देंगे और अंदर आएंगे। इस आवेग से, अप्रत्याशितता के उत्साह से मेरा शरीर सिहर उठा। "पागल," मैंने सोचा, लेकिन मेरी मुस्कान और भी चौड़ी हो गई, जो शुद्ध, जंगली खुशी से विकृत थी।

मैं हवा में सांस ले रही थी, अपनी बाहें रेलिंग पर फैलाए हुए थी, जैसे कि मैं उड़ने वाली थी। मैं खुश हूँ। मैं यहाँ और अभी हूँ - यह मेरी दौलत है, मेरी खुशी है। मैं जीवित हूँ, मैं सांस ले रही हूँ, मेरे पास मेरा पल है। मैंने इस स्वतंत्रता के लिए, इस जीने की इच्छा के लिए खुद की आलोचना नहीं की। यह तर्क से परे था, नियंत्रण से परे था। मैं हर चुनौती के सामने मुस्कुरा सकती थी, इसके बारे में सोचे बिना, सिर्फ़ इस पल, इस रात, इस ऊंचाई से खुश होकर, जहाँ से मैं अपने जीवन को नियंत्रित करती थी।

कोई द्वेष नहीं था, कोई घमंड नहीं था, कोई गुस्सा नहीं था। मैं इतनी शुद्ध थी - जैसे पहली बार प्रार्थना करने वाली एक कुंवारी। मैं दुनिया में विश्वासघात और नफरत, निराशा और दर्द को भूल गई। मैंने डर, अपराधबोध, झूठ को धुंधला कर दिया। मैंने अपने पापों को क्षमा कर दिया और अब मैं बस धन्यवाद देती हूँ - मैं जीवित हूँ! हर किसी को अपने अंदर इस संतुलन और साम्य को महसूस करने, शुद्ध ऊर्जा और भावना के इस विस्फोट को महसूस करने का एक जन्मसिद्ध अधिकार है। यह पल और खुशी की पूर्णता है। हमारे जीवन में संतुलन इसे तब हासिल करने में सक्षम होना है जब हर कोई अहंकार, महत्व और प्रभाव के टकराव में होता है।

---✶ ✶ ✶---

रात में आह्वान

इस पल, फोन बजा, जिसने रात की चुप्पी और मेरे विचारों के प्रवाह को काट दिया। यह नथानिएल था। मैं मुस्कुराई। इस तरह तुल्यकालता प्रकट हुई, जिसे मैं उसे अक्सर समझाती थी। यह हमारे उन वार्तालापों में से एक के लिए एकदम सही क्षण था, जो हमेशा शब्दों के एक सामान्य आदान-प्रदान के रूप में शुरू होता था, लेकिन हमेशा गहरे दार्शनिक चर्चाओं में बदल जाता था, जो अप्रत्याशित चिंगारी से भरे होते थे।

"हैलो, नथानिएल? तुम्हें पता है, मैं तुम्हारे बारे में ही सोच रही थी!" मेरी आवाज़ मुश्किल से छिपी हुई, मादक खुशी से कांप रही थी।

मैंने दूसरी तरफ एक गहरी आह सुनी। "मेलिना? इस समय? (तेज, नींद में) क्या, हुआ है?! रात के दो बजे हैं, अपनी घड़ी देखो! तुम मुझे क्यों बुला रही हो, छतों पर नंगे पैर? क्या तुम्हें किसी ने अगवा कर लिया है जिसके बारे में मैं नहीं जानता? या तुमने बस फिर से मुझे... अपने 'रहस्योद्घाटनों' से पागल करने का फैसला किया है?" उसकी आवाज़ चिड़चिड़ी, लगभग अधीरता से भरी हुई थी। मैंने कल्पना की कि वह अपने तकिए पर अपना सिर रखकर अपनी बिस्तर में घूम रहा था।

"मैं बस छत से मॉस्को देख रही हूँ, नथानिएल। कार खराब हो गई, हम रात भर यहीं रहेंगे। लेकिन चिंता मत करो, यह नियति का एक उपहार है। किसी चीज़ ने मुझे तुम्हें लिखने, तुम्हें बताने के लिए मजबूर किया... मैं चाहती थी कि तुम पहले व्यक्ति हो जो सुने।"

"(अंधेरा बुदबुदाना) क्या सुनने वाला पहला व्यक्ति? ऊर्जा और... तुम्हारी नवीनतम साजिश सिद्धांत क्या थे? टोरसन क्षेत्र? मेलिना, कृपया। कल। कॉफी पर। मैं अब सो रहा हूँ।" उसकी आवाज़ ठंडी थी, जिसमें मुश्किल से छिपी हुई झुंझलाहट थी।

"नहीं, नथानिएल! मैं इंतजार नहीं कर सकती! यह... अलग है। मैं इसे महसूस करती हूँ।" मैं अधीरता से लगभग रो रही थी। मुझे पता था कि मैं उसे जाने नहीं दूँगी।

एक छोटी सी चुप्पी थी। मैंने उसे फिर से आह भरते हुए सुना, इस बार और ज़ोर से, जैसे कि वह अपरिहार्य के आगे हार मान रहा था। "ठीक है, ठीक है। बताओ।

तुम हमेशा मुझे अपनी कहानियों से खींचती हो, मैं मानता हूँ। खासकर जब तुम इतनी दूर होती हो, और मैं महसूस करता हूँ कि तुम इतनी करीब हो कि मैं तुम्हें छू सकता हूँ। लेकिन अगर यह ईथरिक निकायों के बारे में है, तो वादा करो कि तुम संक्षेप में बताओगी।" उसकी आवाज़ धीमी हो गई, लगभग मोहक, सिर्फ़ दूरी से ज़्यादा कुछ का संकेत दे रही थी, लेकिन उसमें इस्तीफे का एक मुश्किल से दिखने वाला स्वर था। मैंने महसूस किया कि मेरे अंदर गर्मी फैल रही है। मैंने अपनी मुस्कान छिपाने की कोशिश करते हुए अपनी होंठ काट ली।

मेरी आवाज़ लगभग एक फुसफुसाहट बन गई, जो श्रद्धा से भरी थी, जैसे-जैसे मैं उसे बता रही थी:

"एक और सपना... अनसुलझे प्रतीकों से भरा था। इसमें मैंने युग की नब्ज का अनुभव किया, प्राचीन लेमुरियन सभ्यता और मानव रूप के संघनन के बीच एक सहज संक्रमण। क्या तुम्हें याद है मैंने तुम्हें प्राथमिक जातियों के बारे में क्या बताया था? वे अधिक ऊर्जा रूप थे, जो मुख्य रूप से फोटॉन से बने थे, जिनमें पुरुष और महिला दोनों सिद्धांत शामिल थे। उनके शरीर एक महीन, ईथरिक पदार्थ थे। लेकिन विकास और जलवायु परिवर्तन के साथ, खासकर गुरुत्वाकर्षण में वृद्धि के साथ, यह पदार्थ संघनित होने लगा, जिससे भौतिक शरीर का निर्माण हुआ। धीरे-धीरे, दो विशिष्ट संरचनाएं विकसित हुईं, जो अभी भी एक, लचीले शरीर में जुड़ी हुई थीं। यह उत्पत्ति में वर्णित मनुष्य की सृष्टि, आदम और लिलिथ के विभाजन के साथ मेल खाता है - एक पूर्ण संपूर्ण।"

नथानिएल ने दूसरी तरफ से गुर्राया, लगभग उसका दम घुट गया। "क्या?! उत्पत्ति? लिलिथ? मेलिना, तुम फिर से उन... भगवान! क्या तुमने मुझे इसके लिए जगाया?!"

"कृपया, नथानिएल! मेरी बात सुनो!" मेरी आवाज़ मेरे उम्मीद से ज़्यादा तेज थी। "यह विभाजन न केवल प्रजनन से, बल्कि पूर्ण की पूर्णता तक पहुँचने के लिए एक अलग प्रकार के अनुभव और खोज की आवश्यकता से भी निर्धारित था। इसी सांसारिक और भौतिक जीवन के माध्यम से, निरपेक्ष की प्रेरणा घनीभूत होती है। और यहाँ मूल पाप है - एक अभिशाप नहीं, बल्कि प्रजनन का एक नया मॉडल, चेतना का एक नया मार्ग। शरीर दो में विभाजित हो गए हैं। जोड़ीदार अंग दोनों शरीरों में गिरते हैं। प्रजनन अंग इस तरह से उत्पन्न होते हैं कि शरीर एक-दूसरे के पूरक हों। लेकिन पीनियल ग्रंथि, हृदय जैसे अंग रहते हैं, जिन्हें भी एकजुट होना पड़ता है ताकि प्राणी संपूर्ण हो सके। और तभी मुझे एहसास हुआ, नथानिएल - प्यार दिल को संपूर्ण बनाता है, और सच्चे प्यार की भावनाओं के परिणामस्वरूप इसके कार्य अमर हो जाते हैं!"

एक गहरी चुप्पी थी। मैंने महसूस किया कि उसका बड़ा, तर्कसंगत दिमाग "पागलपन" के इस हिमस्खलन से लड़ रहा था, कि मेरे हर शब्द ने उसकी ढाल के साथ टकराव किया। चुप्पी का हर सेकंड भारी था, जिससे संबंध टूटने का खतरा था। मैंने सुना कि उसकी सांसें गहरी हो गईं, लगभग घरघराहट जैसी, जैसे कि वह अपनी

जलन को नियंत्रित करने के लिए संघर्ष कर रहा था। मैं लगभग कल्पना कर सकती थी कि वह गुस्से में फोन को पकड़ रहा था, जब तक कि उसकी उंगलियों की हड्डियाँ सफेद नहीं हो गईं।

"यह ग्रेल ब्रह्मांडीय ज्ञान का एक जीवित भंडार था, जो मेरी आत्मा की सबसे गहरी गहराइयों में कूटबद्ध था। इसने उन जटिल तंत्रों को प्रकट किया जिनके माध्यम से आत्मा वास्तविकता के जटिल मानसिक मॉडल का निर्माण करती है, जो क्वांटम उलझाव के माध्यम से सब कुछ को समाहित करता है। आत्मा में टोरसन क्षेत्र उत्पन्न करने की एक अविश्वसनीय क्षमता है - ऊर्जा के अदृश्य भंवर, जो तात्कालिक, असीम संचार की अनुमति देते हैं। जैसे कि विचार प्रकाश की गति से यात्रा कर रहे थे, सब कुछ को जोड़ रहे थे।"

"(एक गहरी आह, जैसे कि बहस करने से इनकार कर रहा हो, उसकी आवाज़ धीमी और कर्कश हो गई) थियोसोफी, लेमुरियन... मेलिना, तुम अथक हो। लेकिन इसका हमसे क्या लेना-देना है? और अभी क्यों?" उसकी आवाज़ अभी भी संदेहास्पद थी, लेकिन उसमें एक थकावट थी, जो यह दर्शाती थी कि वह मुझे नहीं रोकेगा।

"यह इतना उज्ज्वल और मूर्त था। एक अमूल्य ऊर्जा पात्र, जिसमें जीवित ऊर्जा की धड़कती धाराएं बहती थीं। जागने पर, मैं सिर्फ़ एक स्मृति नहीं, बल्कि एक प्राचीन, अलौकिक ज्ञान की एक ज्वलंत छाप ले जा रही थी। मैंने उन सच्चाइयों को छुआ जो सामान्य समझ से परे थीं।"

अब मैं ज्ञान का एक अदृश्य, लेकिन मूर्त बोझ उठा रही थी, जो सदियों की गहराइयों में छिपा था - एक रहस्य जो मेरे अवचेतन की भूलभुलैया में कसकर सील कर दिया गया था, जैसे कि यह मेरे अपने डीएनए का हिस्सा था। मुझे ऐसा लगा जैसे मैं एक ऐसी सच्चाई की अकेली संरक्षक हूँ जो बाकी सभी के लिए दुर्गम है। सवाल सिर्फ़ बढ़ नहीं रहे थे; वे अदृश्य, लेकिन मजबूत धागों में बदल रहे थे, जो मेरी आत्मा को मेरे अपने अस्तित्व की खाई की ओर खींच रहे थे, अविश्वसनीय अंतर्दृष्टि के साथ-साथ एक वास्तविक उत्थान... या शायद... एक अंतिम निगलने का वादा कर रहे थे।" मेरी भावनाएं आपस में उलझ गईं, लेकिन बोझ के बावजूद, मैंने साझा रहस्य की मिठास महसूस की। मेरी हथेलियों में पसीना आ गया, मैंने फोन को और कसकर पकड़ लिया।

"यह... खतरनाक लगता है। मुझे याद है तुमने प्लेटो और एंड्रोगेनी के बारे में क्या कहा था। शाश्वत खोज के बारे में। क्या यह... हमसे संबंधित है? क्या तुम... हम दोनों का संकेत दे रही हो?" उसकी आवाज़ अब इतनी कठोर नहीं थी, बल्कि उसमें एक उप-पाठ भरा हुआ था।

"बिल्कुल! पहले लेमुरियन - एंड्रोगेनी। प्लेटो का दावा है कि हजारों साल पहले एंड्रोगेनी रहते थे। देवताओं ने उन्हें दो में विभाजित कर दिया, उन्हें उनके आधे हिस्से की तलाश करने के लिए मजबूर कर दिया। कितना परिचित, है ना? क्या यह हमारी

शाश्वत खोज नहीं है? मैंने अपना आधा खोज लिया है... क्या तुमने?" मेरी आवाज़ आशा से कांप रही थी।

"(एक छोटी, लगभग व्यंग्यात्मक सीटी) देखो, तुमने फिर से सब कुछ आपस में जोड़ना शुरू कर दिया। तुम्हारे लिए सब कुछ जुड़ा हुआ है, खासकर जब यह हम दोनों के बारे में हो। लेकिन मुझे क्यों संदेह करना चाहिए, जब मैं तुम्हें इतनी मजबूती से महसूस करता हूँ?" उसकी आवाज़ धीमी हो गई, जिसमें इस्तीफे का एक स्वर था। मेरी साँसें तेज़ हो गईं, और मेरा दिल पागल की तरह धड़कने लगा।

"क्योंकि ऐसा है, नथानिएल! प्लेटो का ज्ञान जुड़वां आत्माओं के रहस्य को प्रकट करता है। जब हमें हमारी संगत आत्मा मिलती है, तो हम बदल जाते हैं, असीम करुणा, बिना शर्त क्षमा और ज्ञान में सक्षम हो जाते हैं। दो आत्माओं के इस विलय में, एक उच्च शक्ति का जन्म होता है, जो दुनिया को बदलने में सक्षम होती है। क्या हम और तुम... सिर्फ़ एक क्वांटम उलझाव नहीं हैं?" मेरी आवाज़ खुशी से कांप रही थी।

एक लंबा विराम था। मैंने उसे मेरे शब्दों को संसाधित करते हुए, खुद से लड़ते हुए महसूस किया। "विज्ञान की ठंडी कठोरता और रहस्यवाद की ईथरिक विशालता के बीच का टकराव... मेरे अंदर कोई संघर्ष पैदा नहीं हुआ। बल्कि, इसने नए आयामों को उड़ा दिया। मेरे लिए, हर विचार एक अंतिम सत्य नहीं था, बल्कि ज्ञान की अंतहीन भूलभुलैया में एक दिशा सूचक था। वैज्ञानिक विधि एक ठोस कंकाल देती है, लेकिन अंतर्ज्ञान वे पंख हैं जो मुझे ऊपर उठाते हैं। मैं उन्हें विलय करने की कोशिश करता हूँ, उस जादुई कुंजी को खोजने की, जहाँ तर्क और कल्पना गले मिलते हैं। जहाँ असंभव अचानक संभव हो जाता है।"

"(एक भारी आह, लगभग अविश्वास से) मेलिना, तुम जानती हो कि मैं संख्याओं का आदमी हूँ। जिसे मैं छू सकता हूँ। तुम्हारे ऊर्जा कोड और क्वांटम उलझाव... शानदार लगते हैं। मेरे पास न्यूरोप्लास्टिकिटी के बारे में मेरे अपने सिद्धांत हैं, जो मस्तिष्क की संरचना में बदलाव के माध्यम से तुम्हारी कुछ 'अंतर्दृष्टियों' की व्याख्या कर सकते हैं। लेकिन... " वह चुप हो गया, फिर एक नरम स्वर में जारी रखा, उसकी आवाज़ नरम हो गई, और दूसरी तरफ से एक हल्की गला साफ करने की आवाज़ आई, जैसे कि उसका मुंह तनाव से सूख गया था। "जब तुम उन्हें बताती हो, तो सब कुछ... किसी तरह संभव लगता है।"

"क्वांटम भौतिकी, अपनी बेतुकी, लेकिन निर्विवाद विरोधाभासी प्रकृति के साथ, प्राचीन रहस्यमय शिक्षाओं के साथ और भी अधिक सामंजस्यपूर्ण लगने लगी है। पर्यवेक्षक का विचार, जो न केवल छूता है, बल्कि देखे गए को भी आकार देता है... यह वास्तविकता के निर्माण में चेतना की रचनात्मक शक्ति का एक जीवंत प्रमाण है।" मेरी आवाज़ और अधिक आत्मविश्वास से भर गई।

"आह, अगर मैं तुम्हें, नथानिएल, समझा सकता, महसूस करा सकता, विश्वास दिला सकता, उस सच्चाई को तलाशने के लिए जहाँ मैं सिर्फ़ संकेत नहीं, बल्कि चमकदार रास्ते देखती हूँ... अपनी खुद की चेतना की असीमित शक्ति पर विश्वास

करने के लिए। मैं तुम्हें दुनिया दिखा सकती हूँ। मुझे डर लगता है, नथानिएल। मुझे इसमें अकेला होने का डर लगता है। और तुम... क्या तुम नहीं समझते कि तुम क्या खो सकते हो?"

"शायद... शायद संख्याओं से ज़्यादा कुछ है। खासकर जब तुम मुझे इसे दिखाने की कोशिश करती हो। मुझे आश्चर्य है, तुम अपने अंदर और कितने रहस्य रखती हो, मेलिना? और तुम उनमें से कितने साझा करने के लिए तैयार हो? ताकि तुम मेरे सामने पूरी तरह से खुद को प्रकट कर सको?" उसकी आवाज़ नरम थी, जिसमें एक नई रुचि थी। मैंने उसे मुस्कुराते हुए महसूस किया, और मेरे पेट में एक मीठी प्रत्याशा के साथ सिकुड़ गया। उसकी पहली, वास्तविक सफलता।

"विज्ञान और रहस्यवाद के बीच इस शाश्वत, आंतरिक संवाद में, मैं किसी भी निश्चित उत्तर से ज़्यादा सवालों को महत्व देना सीख रही हूँ। किसी भी सिद्धांत को छोड़ने से मुझे लचीला रहने की अनुमति मिलती है। इस तरह, खुले दिमाग और निडर, जिज्ञासु दिल के साथ, मैं सच्चाई की तलाश में अपनी अपरिवर्तनीय यात्रा जारी रखती हूँ। तर्कसंगत और तर्कहीन के बीच का टकराव एक प्रेरणादायक, मंत्रमुग्ध करने वाला नृत्य बन जाता है, जिसे तुम अपने लगातार संदेह के साथ बढ़ाते हो, मेरी समझ और मेरे अस्तित्व की सीमाओं को उड़ाते हो। मैं तुम्हारे साथ इस नृत्य को नृत्य करने का सपना देखती हूँ... "

"(एक गहरा विराम, बोझ से भरा हुआ, लगभग एक आह, जिसके बाद सूखी निगलने की आवाज़ आती है) मैं भी इस नृत्य का हिस्सा बनना चाहता हूँ, मेलिना। मैं तुम्हारे साथ अपनी सीमाओं को बढ़ाना चाहता हूँ। और शायद तुम्हें और गहराई तक जाने भी दूं।" उसकी आवाज़ नरम, अंतरंग हो गई, और मुझे पहले से कहीं ज़्यादा उसके करीब महसूस हुआ। मेरा दिल उछल पड़ा, जैसे कि यह मेरी छाती से बाहर निकल जाएगा। मैंने अपनी आँखें बंद कर लीं और एक गहरी साँस ली, जिससे उसके शब्दों को मुझमें बसने दिया।

मैं जारी रही, मुझे यकीन था कि हर शब्द उसमें अपनी जगह पा लेगा।

"सच्चाई कहाँ है? कहीं नाजुक चौराहे पर, जहाँ वैज्ञानिक खोज रहस्यमय रहस्योद्घाटनों के साथ आपस में जुड़ जाती है, जैसे कि ब्रह्मांड के ताने-बाने में एक दरार खुल गई हो। इस दरार के माध्यम से, मेरे सपने मुझे एक अप्रत्याशित खजाने की ओर ले जाते हैं। कलाकृतियों या कब्रों में नहीं, ओह, नहीं! बल्कि मेरे अस्तित्व के सार में, मेरे डीएनए के सर्पिल धागों में गहराई से कूटबद्ध है।"

एक लंबा विराम था। मैंने उसे अपनी भावनाओं, या बल्कि, अपनी भावनाओं को इकट्ठा करते हुए सुना। मैं प्रत्याशा में तनाव में थी।

"तो... तुम्हें लगता है कि जवाब हमारे अंदर हैं? कि यह सारा ज्ञान... हमारे अंदर है? मुझमें? तुममें? और यह कि हम... " उसकी आवाज़ आश्चर्य से भरी हुई थी, अब संदेह की कोई छाया नहीं थी।

मैं मुस्कुराई, रात के मॉस्को के आसमान की ओर देख रही थी।

"शायद, बस शायद, तब तुम उस चीज़ की एक झलक देखोगे जो मैं देखती हूँ, नथानिएल। और वह मेरे लिए पर्याप्त है।" मेरी आवाज़ में चंचलता का एक स्वर था। "क्या यह बातचीत भविष्यवाणी नहीं है? क्या यह किसी बड़ी चीज़ की शुरुआत नहीं है?"

"घर आओ, मेलिना। अपना ख्याल रखो। और तुम्हें पता है... मैं तुम्हारे बाकी रहस्यों को सुनने के लिए इंतजार नहीं कर सकता। और शायद उन्हें खुद भी खोज लूँ... उस आंतरिक कोड के माध्यम से, जिसे तुम कहती हो कि हम धारण करते हैं।" मैंने उसे मुस्कुराते हुए सुना। इस बार ईमानदारी से, और मुस्कान, जो मेरे दिल को गर्म कर रही थी, अब एक आशाजनक पूर्वानुमान से भरी हुई थी।

फोन क्लिक हुआ। मेरी मुस्कान और गहरी हो गई। वह सुन रहा था। और यह एक साझा रहस्य की मिठास से लिपटी हुई जीत थी। मैं अपने बड़े और नरम बिस्तर पर लेट गई और तुरंत सो गई, जो हल्की euphoriA और भविष्य की खोजों की प्रत्याशा से घिरी हुई थी। मैं सुबह की पहली किरणों से जागी, जो मेरे चेहरे को रोशन कर रही थीं।

---✶ ⸮ ✶ ---

कोड को सक्रिय करना। अगली सुबह एक सपने से रिकॉर्ड:

मैं जाग गई, लेकिन सपना जारी रहा - एक जीवंत, मूर्त दर्शन। मैंने खुद को देखा। वर्तमान नहीं। लंबे बाल, अजीब, तैरती हुई पोशाकें। मैं एक विशाल, चमकदार क्रिस्टल के सामने खड़ी थी, जिसकी सतह एक जीवित चीज़ की तरह कांप रही थी। उसमें से प्रकाश के धागे निकल रहे थे, जो धीरे से, लेकिन शक्तिशाली रूप से मेरे शरीर में बह रहे थे, हर कोशिका को भेद रहे थे। मुझे... शक्ति महसूस हुई। एक अथाह, प्राचीन शक्ति। और मैं जानती थी - यह ग्रेल है। सिर्फ़ एक कोड नहीं, बल्कि स्वयं सृष्टि का सार, मुझमें सील कर दिया गया है।

वहाँ, जीवन के उस सूक्ष्म पुस्तकालय में, प्राचीन जानकारी छिपी हुई थी, जो पवित्र ग्रेल को समझने के लिए एक डिकोडर थी। एक मूलभूत कोड की तरह, चेतना की एक प्राथमिक भाषा, जिसमें हमारे अपने सार का सार था। हर सपना इस जटिल आनुवंशिक कोड के एक टुकड़े को सावधानीपूर्वक पढ़ने जैसा था, जो भूले हुए ज्ञान की परत दर परत प्रकट कर रहा था।

दृष्टि ने मुझे पिछले पुनर्जन्मों के क्षणों में वापस ले लिया, जहाँ इस जानकारी को सक्रिय किया गया था, जहाँ मैंने ग्रेल की शक्ति का उपयोग किया था - यह आंतरिक ज्ञान और बिना शर्त प्यार - ठीक करने, मार्गदर्शन करने और प्रेरित करने के लिए। जैसे कि मेरा डीएनए एक प्राचीन स्क्रॉल था, जो मेरे सभी पिछले "स्व" की यादों और कौशलों को संग्रहीत करता था।

डिकोडिंग की प्रक्रिया सहज थी - बौद्धिक विश्लेषण की तुलना में एक भावना ज़्यादा थी। हर सपना मेरे डीएनए के एक निश्चित हिस्से के साथ गूंजता था, सुप्त संबंधों को सक्रिय करता था और समझ के नए स्तरों को अनलॉक करता था। जानकारी

कंपनों, भावनात्मक अंतर्दृष्टियों, ज्ञान की अचानक चमक के रूप में आई जो सीधे मेरी चेतना में बह गई, जिससे मैं नींव तक हिल गई।

---✶ ६ ✶ ---

समान आत्माओं के साथ दोपहर का भोजन

मॉस्को से लौटने के कुछ दिनों बाद, मैं खुद को अपने पसंदीदा सोफिया बिस्ट्रो में पाई। गर्म दोपहर की हवा मेरे चेहरे को सहला रही थी, और कॉफी और ताज़ा पके क्रोइसैन की सुगंध हवा में भर गई थी। मैं मारिया, क्रिस्टीना और डायना का इंतजार कर रही थी - मेरी तीन सबसे करीबी दोस्त, महिलाएं जिनके साथ मैं अपनी आँखें सिकोड़े बिना सब कुछ साझा कर सकती थी। वे महिलाओं के मेरे गुप्त सांप्रदायिक संगठन का मूल थे, जिसे मैं एक अंतरराष्ट्रीय पैमाने पर कुम्रानाइट्स के समाज - महिलाओं का एक गुप्त संगठन "पवित्र ग्रेल का संरक्षक" के तहत बना रही थी और विस्तार कर रही थी। वे मेरी "साँस लेने वाली हवा" थीं, मेरी समझ का नखलिस्तान।

मारिया, अपने हमेशा मुस्कुराते चेहरे और घुंघराले बालों के साथ, पहले पहुंची, उसके बाद क्रिस्टीना - शांत, लेकिन एक गहरी नज़र के साथ जो आत्मा की दीवारों से देखती थी, और डायना, जिसकी उपस्थिति हमेशा शांति और आंतरिक शक्ति की भावना लाती थी। हम गले मिले। मारिया की हथेलियाँ मेरी हथेलियों पर गर्म और नरम थीं।

"तुम... अलग दिखती हो, मेलिना," मारिया ने कहा, जैसे हम छत पर बैठे थे। "जैसे तुम एक और स्तर पर चली गई हो।"

क्रिस्टीना ने सहमति में सिर हिलाया।

"तुम्हारी आँखों में एक रोशनी है। या यह सिर्फ़ रातों की नींद हराम करने की थकान है जिसमें तुमने प्राचीन पांडुलिपियों का शोध किया है?" मैं मुस्कुराई। वे हमेशा महसूस करते थे।

"दोनों," मैंने जवाब दिया। "कुछ बदल रहा है। कुछ बहुत बड़ा।"

मैंने उन्हें सपने के बारे में बताया, इस भावना के बारे में कि ग्रेल मेरे डीएनए में एक कोड था। मैंने भावना पर जोर दिया, उस अंतर्दृष्टि पर कि प्यार दिल को संपूर्ण और अमर बनाता है। मैंने उन्हें नथानिएल के साथ हुई बातचीत के बारे में बताया, उसकी हिचकिचाहट और उसके तर्कवाद में छोटी, लेकिन महत्वपूर्ण सफलता के बारे में। मैंने अपने डर को भी साझा किया कि अगर वह विश्वास नहीं करता तो मैं यह संबंध खो सकती हूँ।

"तो," क्रिस्टीना ने संक्षेप में कहा, "तुम मानती हो कि प्यार, विश्वास और आशा सिर्फ़ भावनाएं नहीं हैं, बल्कि सचमुच ऊर्जा कोड हैं जो वास्तविकता को फिर से लिखते हैं?"

"बिल्कुल!" मैं ऊर्जा के उछाल को महसूस करते हुए चिल्लाई। "हम सह-सृजनकर्ता हैं, सिर्फ़ निष्क्रिय दर्शक नहीं। और ग्रेल... यह कुंजी है, हमारे अंदर इस शक्ति का सक्रियण है।"

मारिया सोचने लगी।

"यह बताता है कि जब मैं सबसे ज़्यादा प्यार और जीवन से जुड़ी हुई महसूस करती हूँ, तो ऐसा क्यों लगता है कि सब कुछ जादुई रूप से अपनी जगह पर आ जाता है। जैसे कि ब्रह्मांड मुझे जवाब दे रहा है।"

"क्योंकि ऐसा है," मैंने फुसफुसाया। "लेकिन जो मैं खोज रही हूँ... वह खतरनाक है। मुझे यह महसूस होता है। अगर मैं दुनिया को बता दूं, अगर हम प्रतिमान को बदल दें... "

डायना, जिसका चेहरा आमतौर पर शांत रहता था, चिंता से सिकुड़ गया। उसने मेलिना को बाधित किया, उसकी आवाज़ तनावपूर्ण और चिंता से भरी हुई थी। उसने गहरी साँस ली, जैसे कि उसका गला कस गया हो।

"मेलिना, रुको! क्या तुम समझती हो कि तुम क्या कह रही हो? यह... यह एक सीधा टकराव है! चर्च, धर्म, वे अपनी पूरी शक्ति के साथ हमारे खिलाफ खड़े होंगे! वे हमें विधर्मी कहेंगे, वे हमें शाप देंगे! और वैज्ञानिक समुदाय? वे हमारा मज़ाक उड़ाएंगे! वे हमें पागल, संप्रदायवादी घोषित करेंगे! क्या तुम्हें याद है कि संगठन बनाना कितना मुश्किल था, हमें संदेह से बचने के लिए कितना सावधानी से काम करना पड़ा? अगर हम इस तरह के सिद्धांतों को सार्वजनिक रूप से आगे बढ़ाना शुरू करते हैं, तो हमारे सभी प्रयास व्यर्थ हो जाएंगे! हम न केवल अपनी प्रतिष्ठा, बल्कि अपनी स्वतंत्रता भी खो देंगे! खतरा वास्तविक है, मेलिना, यह सिर्फ़ एक दार्शनिक अवधारणा नहीं है! अगर वे हमें नष्ट कर देंगे तो हम संगठन के साथ आगे कैसे बढ़ेंगे?"

क्रिस्टीना ने मुझे गंभीरता से देखा।

"जो तुम कह रही हो, मेलिना, वह एक क्रांति है। हर क्रांति डराती है। लेकिन यह ज़रूरी भी है। हम तुम्हारे साथ हैं। हमेशा। हम इसमें एक साथ हैं। यही कारण है कि हम संगठन बना रहे हैं।"

"क्योंकि ऐसा है," मैंने फुसफुसाया। "जितने ज़्यादा लोग इसे महसूस करेंगे, जितने ज़्यादा लोग इस आंतरिक कोड को सक्रिय करेंगे, उतनी ही जल्दी हम सर्वनाश को उलट देंगे।"

ये बातचीत मेरी लंगर थी, मेरा अनुस्मारक था कि मैं इस असाधारण यात्रा में अकेली नहीं थी। उनके साथ, मैं खुद हो सकती थी, अपने सबसे साहसी विचारों का पता लगा सकती थी, और समर्थन प्राप्त कर सकती थी जो साधारण दोस्ती से परे था। वे मेरी आत्मा की भाषा समझते थे।

---✶ ⸮ ✶ ---

'अनंत काल का चर्मपत्र' से। डायरी, 21 अगस्त 2020:

आज मुझे यह एहसास हुआ। यह अस्तित्व की एक आंतरिक स्थिति है, जो हर इंसान में निहित क्षमता है। मेरा मिशन एक भौतिक कलाकृति को खोजना नहीं था, बल्कि अपने अंदर इस प्राचीन कोड को सक्रिय करना था। और सबसे मुश्किल हिस्सा... दूसरों को भी ऐसा करने में मदद करना। ब्रह्मांड में दरार... यह एक रूपक

है। इस आंतरिक सच्चाई के लिए मेरी चेतना के खुलने का एक रूपक। सपने पथप्रदर्शक थे। वे मुझे इस अद्‌भुत, लगभग भयानक खोज की ओर ले गए - कि जिस खजाने की मैं तलाश कर रही थी, वह हमेशा मेरा हिस्सा था। हमेशा! यह कितना पागलपन है! मुझे... एक साथ इस ज्ञान से स्वतंत्र और बोझिल महसूस होता है। यह मेरा अनंत काल का चर्मपत्र है। मेरे विचारों में विचार की शुरुआत। और अब... मुझे उसे विश्वास दिलाने के लिए मनाना था। क्योंकि मैं जानती थी कि हम मिलकर ही उस चीज़ का सामना कर सकते हैं जो आ रही है।

अध्याय 14: प्रकाश में परछाइयां

टिक-टिक, टिक-टिक।

प्रिओरेट में मेरा एक साल बीत गया। एक साल, जब से उसकी दहलीज ने मुझे निगल लिया। उसने मुझे सिर्फ़ निगल नहीं लिया, बल्कि मुझे बदल दिया, मेरे पुराने स्व के हर रेशे को एक क्रूर, शांत सटीकता के साथ फिर से गढ़ दिया। यहाँ हर दिन एक चुनौती थी, हर घंटा - खाई में कूदने की एक घबराहट भरी प्रत्याशा। उच्च उपलब्धियाँ और अंतर्राष्ट्रीय मान्यता एक चरमोत्कर्ष की तरह लग रही थीं, लेकिन मेरी आँखों में, वे सिर्फ़ एक बाहरी आवरण थे। सच्चा रास्ता अंदर से शुरू हुआ - मेरे अस्तित्व की गहराइयों के साथ टकराव से। मेरे लिए, चुनी हुई, यह एक रास्ता था। अपनी नई पाई गई, उग्र शक्ति को लगाने की एक प्यास, उस ऊर्जा को निर्देशित करने की, जो मुझे अंदर से जला रही थी, कुछ गहरे की सेवा में, जो मेरे सार की हर नाड़ी के साथ गूंजता था।

प्रिओरेट सिर्फ़ एक इमारत नहीं थी। यह साँस लेता था। उसकी साँस सदियों की चुप्पी से भारी थी, प्राचीन रहस्यों की सुगंध से भरी हुई थी, जो एक अदृश्य धुएं की तरह हवा में घूमती थी, जो मेरे नथुनों को पुरातनता के बीज से चुभती थी। मैंने इसे महसूस किया - मेरी त्वचा के नीचे एक अजीब, लगभग जंगली ऊर्जा - अदृश्य, लेकिन मूर्त, जो प्राचीन ज्ञान के कंपनों के साथ आपस में जुड़ी हुई थी। वे मेरे अंदर धीरे-धीरे, दर्दनाक रूप से, एक सूखे हुए कमल की तरह प्रकट हो रहे थे, जिसकी पंखुड़ियाँ एक-एक करके खुलती थीं। कभी-कभी, जब मैं अपनी कमरे की लकवाग्रस्त चुप्पी में अकेली होती थी, तो मैं एक ईथरिक स्पर्श महसूस करती थी - अनंत काल की एक फुसफुसाहट, जो मेरा इंतजार कर रही थी उसका वादा। मेरे हाथों पर बाल खड़े हो जाते थे, और मेरे चारों ओर की हवा इतनी घनी हो जाती थी कि यह लगभग मेरा दम घोंट देती थी। जैसे कि स्वयं वातावरण भूले हुए रहस्योद्‌घाटनों को फुसफुसा रहा था, जिनके अक्षर शांति को फाड़ रहे थे।

दीक्षा का बहुप्रतीक्षित दिन आ गया। मेरा दिल अनियमित रूप से धड़क रहा था, लेकिन डर से नहीं - यह एक ऊंची छलांग की प्रत्याशा की तरह था, जिससे मैं जानती थी कि कोई वापसी नहीं थी। दर्जनों मोमबत्तियों से रोशन कमरे में प्रवेश करना एक और आयाम में कदम रखने जैसा था। लपटें दीवारों पर नाच रही थीं, अजीब, जीवित परछाइयां डाल रही थीं, जो भूखे प्राणियों की तरह मेरी ओर बढ़ रही थीं, जो शरीर के लिए प्यासे थे। हवा भारी थी, लोबान की सुगंध और कुछ प्राचीन, लगभग भूले हुए से भरी हुई थी, जिसने मेरे गले को चुभाया और मेरे नथुनों को पुरातनता की भावना से भर दिया। मैंने एक लंबी, सफेद रेशमी पोशाक पहनी। ठंडा साटन मेरी त्वचा को सहला रहा था, और मेरी उंगलियाँ धीरे-धीरे कांप रही थीं, जब मैंने सुनहरी बेल्ट बाँधी। मुझे एक साथ नाजुक और अटल महसूस हुआ, एक क्रिस्टल कांच के ब्लेड की तरह, जो बिना टूटे अपने भाग्य का सामना करने के लिए तैयार था।

"चुनी हुई," मेरे दिमाग में एक आवाज़ फुसफुसाई, इतनी स्पष्ट, जैसे कि वह मेरे पीछे खड़ी थी, उसकी साँसें मेरी गर्दन को छू रही थीं। "तुम्हें चुना गया है। तुम वह हो जो रहस्यों को ले जाएगी। उन्हें धोखा मत देना।"

मैं मुख्य हॉल में दाखिल हुई। विशाल, ऊंची छत और मेहराबदार खिड़कियों के साथ, जिनके माध्यम से चांदनी बह रही थी, जो संगमरमर के फर्श को एक चमकती हुई नदी में बदल रही थी। सम्मान की कुर्सियों पर शूरवीरों के मंदिर के सदस्य बैठे थे - पुरुष और महिला, जो गहरे, भारी वस्त्रों में लिपटे हुए थे। उनके चेहरे गंभीर, लगभग कठोर थे, लेकिन उनकी आँखों में मैंने ज्ञान, हजारों साल का अनुभव और छिपा हुआ ज्ञान देखा, जिसने मुझे एक अदृश्य, लेकिन शक्तिशाली शक्ति के साथ आकर्षित किया। मुझे महसूस हुआ कि उनमें से हर एक अपने ग्रेल, अपने स्वयं के रहस्य को रखता था, जो व्यक्तिगत लड़ाइयों से गढ़ा गया था। और मैं पहले से ही इसका हिस्सा थी, इस अदृश्य नृत्य में उनकी साथी थी।

मैं ग्रैंड प्रायर के सामने खड़ी थी। लंबा, उसके भूरे बाल मोमबत्तियों में चमक रहे थे, और गहरी आँखें जो मेरी आत्मा को भेदती थीं, हर विचार को नग्न करती थीं। उसके हाथ में एक अनुष्ठानिक राजदंड था, जो पत्थरों से जड़ा हुआ था, जो लपटों को पकड़ता और तोड़ता था, जीवित, साँस लेने वाले अंगारों की तरह। वे एक अलौकिक प्रकाश के साथ धड़कते थे।

"मेलिना," उसकी आवाज़ गहरी और गंभीर थी, जो सदियों का बोझ ले जा रही थी, जैसे कि पहाड़ उसे बोल रहे थे, जैसे कि पृथ्वी उसके शब्दों के नीचे कांप रही थी। "चुनाव का समय आ गया है। क्या तुम खुद को समर्पित करने के लिए तैयार हो? इस जिम्मेदारी को स्वीकार करने के लिए? दुनिया के बीच एक पुल बनने के लिए?"

मैंने गहरी साँस ली। मैंने उसकी आँखों में देखा। इस पल में, लपटों और परछाइयों के बीच, ऐसा लगा जैसे समय का पर्दा खुल गया हो, और मैंने नथानिएल को देखा। मैंने उसके संदेह, उसकी सावधानी - तर्क की उसकी पूरी ढाल, जो डर से गढ़ी गई थी, को देखा। और मैंने शक्ति का एक उछाल महसूस किया जिसने मुझे

हिला दिया, लेकिन मुझे गिराया नहीं। वह आग जल उठी, जिसे मैं जानती थी कि वह उसे गर्म कर सकती है, उसे बदल सकती है, उसकी शंका को जलाकर राख कर सकती है, केवल शुद्धता छोड़कर।

"मैं तैयार हूँ," मेरी आवाज़ कठोर थी, बिना काँपे, लगभग विदेशी, जैसे कि मेरे बजाय किसी अन्य, अधिक प्राचीन आवाज़ ने इसे कहा हो। समर्पित सदियों की आवाज़ें मेरी आवाज़ में विलीन हो गईं। "मैं सेवा करने के लिए तैयार हूँ। रक्षा करने के लिए। एक पुल बनने के लिए। एक अंतर्दृष्टि बनने के लिए।"

उसने धीरे-धीरे सिर हिलाया। फिर, धीमी, औपचारिक हरकतों के साथ, उसने एक प्राचीन भाषा में शब्द बोले। मैं उन्हें अपने दिमाग से नहीं समझ सकती थी, लेकिन वे मेरे अस्तित्व में गहराई से गूंजते थे, हर कोशिका को हिलाते थे। मैंने महसूस किया कि ऊर्जा मुझ पर उतर रही है, जो मुझे एक अदृश्य मेंटल की तरह घेर रही है। यह ठंडा था, और फिर गर्म, जैसे कि मेरी नसों में अरबों तारे फट रहे हों। मेरा सिर घूमने लगा, लेकिन मैं खड़ी रही, ज़मीन पर टिके रही। प्राथमिक डर और अटल दृढ़ संकल्प के बीच का आंतरिक संघर्ष मेरे अंदर नाचता रहा, लेकिन दृढ़ संकल्प प्रबल हुआ, जिससे मैं कांपती रही, लेकिन एक नवगठित तलवार की तरह पूरी थी, जो आग और बर्फ में कठोर थी, जो अदृश्य पर्दों को काटने के लिए तैयार थी।

---✶ ⸮ ✶---

राजदंड

ग्रैंड प्रायर ने अपना राजदंड बढ़ाया और धीरे से मेरे कंधे को छुआ। मैंने एक ऐसा स्पर्श महसूस किया जो मेरे अस्तित्व के हर रेशे से होकर गुजरा, जैसे कि यह अदृश्य दरवाजे खोल रहा था, जिनके बारे में मुझे नहीं पता था कि वे मौजूद थे। "आज से, तुम शूरवीरों के मंदिर के एक डेम हो। विश्वास और ज्ञान तुम्हें प्रकाश के मार्ग पर ले जाए। तुम्हारे अंदर का रहस्य खिले और दे।"

ऑर्डर के सदस्य एक स्वर में खड़े हो गए और एक प्राचीन शपथ ली, जो हॉल में गूंजती थी, अनंत काल के एक भजन की तरह। मैंने खुद को उनसे जुड़ा हुआ महसूस किया, कुछ विशाल, शाश्वत का हिस्सा। सिर्फ़ एक अनुष्ठान नहीं, बल्कि एक दीक्षा - एक नई दुनिया में एक जन्म। मैंने न केवल उनकी शक्ति महसूस की, बल्कि उनकी भेद्यता भी, जागरूकता के लिए उनकी प्यास भी, जिसे मैं साझा करने, समर्थन करने के लिए तैयार थी। उनका नेतृत्व करने के लिए तैयार थी।

लेकिन इस ईथरिक स्पर्श ने अब एक ठंडी फुसफुसाहट भी ले ली - एक आने वाले तूफान का शगुन। जब से मैं डेम बनी, पर्दे मेरी आँखों के सामने उठ गए, ऐसी तस्वीरें सामने आईं जिन्हें मैंने हाल तक एक बुरे सपने जैसा माना था। रिपोर्ट, एन्क्रिप्टेड संदेश, अंधेरे हॉल में गुप्त बैठकें - सब कुछ एक चीज़ की ओर इशारा करता था: सर्वनाश एक रूपक नहीं था, बल्कि एक अपरिहार्य वास्तविकता थी। लपटें और बाढ़ नहीं, बल्कि वास्तविकता के ताने-बाने का एक धीमा, व्यवस्थित विनाश। एक पूर्ण

निगलना। मैंने इसे महसूस किया - अंधेरे की नाड़ी, जो मेरी नसों में और अधिक स्पष्ट रूप से गूंज रही थी।

हॉल से बाहर निकलते हुए, जब चांदनी ने मुझे एक अदृश्य आलिंगन की तरह घेर लिया, मैंने अपना फोन निकाला। मुझे उसे बताना था। उसे सुनना था। जब मैंने नंबर डायल किया तो मेरी उंगलियाँ थोड़ी काँप रही थीं। क्या इस बार वह मुझे समझेगा? या क्या वह फिर से अपने तर्क के टॉवर में पीछे हट जाएगा?

फोन एक बार, दो बार बजा... और फिर उसने उठाया। "हैलो? मेलिना? इस समय?" उसकी आवाज़ थोड़ी नींद में थी, लेकिन मुझे तुरंत जिज्ञासा का परिचित स्वर मिला, अंधेरे में एक चमक की तरह। "क्या कुछ हुआ है? क्या कोई... "

"नथानिएल?" मेरी आवाज़ मुश्किल से छिपी हुई, मादक खुशी से काँप रही थी, एक खिले हुए फूल की तरह जो सुगंध बिखेरता है। "मैं... मैं पहले से ही एक डेम हूँ।"

एक चुप्पी थी। एक लंबी, तनावपूर्ण चुप्पी। मैं उसे महसूस कर सकती थी, कि वह मेरे हर शब्द, मेरी आवाज़ में हर कंपन को संसाधित कर रहा था। उसके तर्क और वह जो महसूस कर रहा था, उसके बीच का आंतरिक संघर्ष, फोन लाइन के माध्यम से धड़क रहा था, लगभग मूर्त रूप से। मैंने अपनी खुद की तेज़ साँस सुनी, जो उसकी चुप्पी के साथ विलीन हो गई।

"एक डेम, है ना? तो... तुम सफल हो गई? और इसका तुम्हारे लिए क्या मतलब है? हमारे लिए? उस... जो हमारे पास है?" उसकी आवाज़ नरम थी, लेकिन उसमें... जिज्ञासा और कुछ और, कुछ अंतरंग, जो मेरी आत्मा को सहला रहा था, का एक मुश्किल से दिखने वाला स्वर था। मैंने इसे महसूस किया। अधूरे वाक्य कहे गए किसी भी शब्द से ज़्यादा शक्तिशाली थे। हर शब्द से ज़्यादा शक्तिशाली।

"इसका मतलब है कि मैं कुछ बड़े का हिस्सा हूँ, नथानिएल। कि मैंने अपनी जगह पा ली है। और यह कि... हमारा रास्ता... यह अभी शुरू हो रहा है। शायद अब तुम मुझे बेहतर समझ पाओगे। तुम स्वीकार करोगे कि मैं क्या हूँ।"

"तुम्हें समझूँ? मैंने हमेशा कोशिश की है। लेकिन तुम... एक अंतहीन किताब की तरह हो। हर पृष्ठ के साथ... और भी दिलचस्प। और भी... मायावी।" वह चुप हो गया। मैंने अपनी त्वचा पर उसकी मुस्कान को महसूस किया, एक अदृश्य किरण की तरह। "लेकिन... एक डेम? यह... गंभीर लगता है। और काफी... उत्तेजक। तुम एक डेम के रूप में क्या करोगी? क्या तुम कवच पहनोगी? या क्या तुम मुझे तुम्हारे सामने झुकने के लिए कहोगी?" एक हल्की हँसी, जिसने मेरे चारों ओर की हवा को गर्म कर दिया।

"शायद दोनों।" मैंने उसे जवाब दिया, हँसते हुए, एक नज़र के साथ जो तार के माध्यम से उसे छेद रही थी, उसके सार तक पहुँच रही थी। "कवच एक रूपक है, नथानिएल। सुरक्षा। और मेरे सामने झुकना... ठीक है, अगर तुम रहस्यों को देखना चाहते हो... तो तुम्हें शायद करना पड़ेगा। या कम से कम... मुझ पर भरोसा करना पड़ेगा। बिना शर्त। जैसे मैंने तुम पर भरोसा किया।"

"बिना शर्त, है ना? एक बड़ा शब्द। लेकिन... मोहक। तुम जानती हो कि कैसे उकसाना है, है ना?" उसकी आवाज़ धीमी हो गई, लगभग मोहक, अंधेरे में एक दूर की फुसफुसाहट की तरह, जो आपको मुड़ने के लिए मजबूर करती है। "तुम जानती हो कि मुझे किनारे पर कैसे रखना है।"

"शायद मैं तुम्हें बस दिखा रही हूँ कि किनारे पर होना कैसा होता है। और मेरे साथ उड़ना। तुम हवा हो, नथानिएल। और मैं... मैं तुम्हारे पंख हूँ। हम एक साथ एक तूफान हैं।"

"पंख... ह्म। यह कुछ ऐसा लगता है जिसकी मैं कोशिश करूँगा। खासकर तुम्हारे साथ। घर आओ, मेलिना। अपना ख्याल रखो। और तुम्हें पता है... मैं बाकी को सुनने के लिए इंतजार नहीं कर सकता। और शायद उन्हें खुद भी खोज लूँ... तुम्हारे साथ। हम बात करेंगे। और तब... मैं तुम्हारे सभी रहस्यों को छूऊँगा। सचमुच।"

यह उसके अंधेरे में एक और शांत कदम था... एक कदम जिसने मुझे आशा से भर दिया, जिसने मेरे अंदर एक नई रोशनी को फिर से जगाया। उसका अंधेरा टूट गया, जिससे दरारें खुल गईं, जिनके माध्यम से प्रकाश प्रवेश कर गया।

---✶ ¢ ✶ ---

अस्वीकृति

मुझे वह दिन स्पष्ट रूप से याद है। मैं अपने कार्यालय में बैठी थी, जो प्राचीन स्क्रॉल और खुली पांडुलिपियों से घिरा हुआ था। हवा भारी थी, लगभग दम घोंट रही थी, जब मैंने अपने डीएनए में धड़कते हुए आंतरिक ज्ञान को एक जीवित, मूर्त वास्तविकता में बदलने के लिए संघर्ष किया। मुझे पता था कि मैं अकेली सफल नहीं हो सकती। मुझे इसे नथानिएल के साथ करना था। हमारी आपसी पहचान वर्षों तक जारी रही थी। मैंने उसके नियमों से उस तक पहुँचने की कोशिश की - या, अधिक सटीक रूप से, उसकी व्यवस्थित दुनिया में अराजकता पैदा करके। पाँच लंबे, परीक्षण भरे साल! मैंने अपने सार और शक्तियों की परत दर परत का खुलासा किया था, मैंने संयुक्त पुनर्जन्मों की यादों को फिर से खोजा था, जैसे कि मैंने हजारों साल से ढके हुए पर्दों को हटा दिया हो।

हम कितनी बार इस रास्ते से गुज़रे थे? हम कितनी बार मिले और बिछड़े थे, ताकि हम फिर से मिल सकें? मुझे उसे उच्च ज्ञान के बारे में जागरूकता प्रकट करनी थी, उसे दिखाना था कि यह कोई मिथक नहीं था, बल्कि एक जीवित सार था, जो हर कोशिका में धड़क रहा था, ताकि हम दुनिया को बदलने के लिए संयुक्त शक्ति प्राप्त कर सकें। लेकिन मुझे पता था कि किसी को भी किसी के रास्ते को जबरदस्ती बदलने का अधिकार नहीं था। उसे खुद इस आंतरिक विकास का अनुभव करना और चाहना था। इसके लिए नाजुक कौशल की आवश्यकता थी: उसे अनुभव के माध्यम से मार्गदर्शन करने के लिए, उसकी विशिष्टताओं को समझने के लिए, उसे व्यक्तिगत परिवर्तन के लिए मेरे बढ़े हुए हाथ पर भरोसा करने के लिए मनाने के लिए। और यह

केवल बिना शर्त प्यार के माध्यम से और व्यक्तिगत परिवर्तन और विकास के माध्यम से हो सकता था, जो उसे रास्ता दिखाएगा।

लेकिन कभी-कभी वह बस इतनी गहराई से खुद को बंद कर लेता, मुझे अनदेखा करता, मुझे भूल जाता। उस तक पहुँचने के मेरे सभी प्रयास व्यर्थ थे। बस बर्फ की एक दीवार।

---✶ ✶---

फ्लैशबैक: और यहाँ वह अब है

वह खिड़की के पास खड़ा था, उसकी पीठ मेरी ओर थी। सूरज ऊंची खिड़की से बह रहा था, जिससे महोगनी डेस्क पर स्क्रॉल और खुली पांडुलिपियों के ढेर रोशन हो रहे थे। हवा पुरानी लकड़ी और लोबान की मुश्किल से दिखने वाली गंध से भारी थी। हमारे बीच का तनाव लगभग मूर्त था, कमरे में एक करंट की तरह धड़क रहा था।

"नथानिएल, कृपया... बस इन्हें देखो। हमने इतने लंबे समय तक इंतजार किया। पाँच साल, नथानिएल! पाँच साल का धैर्य। 'धैर्य रखो...' और मैं थी। अब समय आ गया है। मैंने इसे खोज लिया है। प्राचीन सिफर, मेरे सार में बुना हुआ है। यह सब की शुरुआत है।"

वह हिला नहीं। उसकी चुप्पी किसी भी इनकार से ज़्यादा ज़ोरदार थी।

"यह सिर्फ़ एक किताब नहीं है, नथानिएल। यह एक जीवित अंतर्दृष्टि है। धड़कती हुई। मैं इसे हर कोशिका के साथ महसूस करती हूँ। ये वे जवाब हैं जिनकी मैं इतने लंबे समय से तलाश कर रही थी! यह जागरूकता न केवल मुझे, बल्कि पूरी दुनिया को बदल सकती है! और हमें इसे एक साथ प्रकट करना होगा।"

नथानिएल धीरे-धीरे मुड़ा। उसका चेहरा पत्थर से गढ़ा हुआ था, और उसकी आँखें, जो आमतौर पर जिज्ञासा से भरी होती थीं, अब एक ठंडी, लगभग क्रूर चमक के साथ चमक रही थीं। उसकी नज़र में कोई लगाव नहीं था, केवल एक भेदने वाला विश्लेषण था, जिसने मुझे कंपकंपा दिया।

"'रहस्यमय कोड'? 'दुनिया को बदलें'? मेलिना, रुको। बस करो। मैं तुम्हारे इन रहस्यवादी बकवास को सालों से सुन रहा हूँ। पाँच साल, जैसा कि तुमने ठीक ही कहा। पाँच साल, जिसमें तुम हमेशा 'खोज' और 'प्रकट' कर रही हो। और मैं इस बीच क्या कर रहा हूँ? मैं बैठता हूँ और तुम्हें देखता हूँ कि तुम मुझे अपने... बुलावे में कैसे शामिल करने की कोशिश करती हो?"

"यह 'मेरा' बुलावा नहीं है! यह हमारा पूर्वनिर्धारण है, नथानिएल! यह हमारे अस्तित्व के ताने-बाने में उकेरा गया है! क्या तुम महसूस नहीं करते कि हमारी आत्माएं कैसे आपस में उलझ जाती हैं? कैसे अदृश्य धागे हमें समय और स्थान से परे जोड़ते हैं? हमारे मिलन का तारा..."

"'पूर्वनिर्धारण'? 'मिलन का तारा'? भगवान के लिए, मेलिना! इस कविता को बंद करो! मैं तुम्हारी किसी रोमांटिक कल्पना का हिस्सा नहीं हूँ। तुम एक फिल्म में

हो। मेरी आत्मा किसी के साथ 'नृत्य' नहीं करती! तुम पूरी तरह से भूल रही हो कि मैं कौन हूँ, तुम्हारे सामने कौन खड़ा है! मैं तथ्यों, सबूतों, तर्क पर भरोसा करता हूँ!"

वह मेज की ओर बढ़ा, उसकी उंगलियाँ पांडुलिपि में धँस गईं। उस पल में, उसका मुखौटा गिर गया। उसका चेहरा शुद्ध, बिना फ़िल्टर किए क्रोध से विकृत हो गया। एक तेज हरकत के साथ उसने पांडुलिपि को दो में फाड़ दिया, फिर चार में, और अधिक टुकड़ों में, जब तक कि फटे हुए कागज की बारिश के अलावा कुछ भी नहीं बचा। उसने disgust के साथ टुकड़ों को फर्श पर फेंक दिया।

"और यह क्या है? 'उसकी आत्मा की यात्रा: आत्माओं का एक ईथरिक नृत्य'? क्या तुमने... तुमने मेरे बारे में एक किताब लिखी है? मुझे एक archetype के रूप में इस्तेमाल किया?! " उसकी आवाज़ में मज़ाक बर्फीला था, एक रेज़र की तरह काट रहा था। "'उसे उसके अपने, सबसे गहरे स्व में शामिल करने के लिए'? क्या तुम सच में सोचती हो कि मैं खुद को नहीं जानता? कि मेरे पास 'तर्क द्वारा जंजीर से बंधी हुई परछाइयों की एक गुफा' है, जिसे तुम्हें, महान चुनी हुई, मुझे प्रकट करना चाहिए? तुम बीमार हो! पागल!"

"ऐसा मत कहो! मैं तुम्हें दिखाने की कोशिश कर रही थी! मैं उन ऊंची, ठंडी तर्क की दीवारों को तोड़ने की कोशिश कर रही थी जो तुमने बनाई हैं! पत्थर-पत्थर, तुम्हारे डर से! मैं चाहती थी कि तुम अपनी अनजानी सुंदरता और शक्ति की झलक देखो! उस कमजोर, शुद्ध सार को छूना जो मुझे तुम्हारे अंदर गहराई से सोया हुआ महसूस होता है! यह बिना शर्त प्यार है, नथानिएल! एक प्रकाश जो तुम्हारे सच्चे सार को देखता है! जो तुम्हारी खामियों को कोमलता से स्वीकार करता है और तुम्हारी महानता पर बिना शर्त विश्वास करता है!"

"बिना शर्त प्यार?! तुमने मेरा इस्तेमाल किया है, मेलिना! तुमने मेरे जीवन, मेरे सबसे गहरे विचारों, मेरे सबसे गहरे डर का इस्तेमाल किया है, ताकि तुम 'छिपे हुए ज्ञान' और 'पूर्वनिर्धारण' के बारे में अपने कुछ 'रहस्योद्घाटनों' को लिख सको! यह विश्वासघात है, मेलिना! एक दर्द जो तुम मुझे दे रही हो, बिना अनुमति के मेरे अंदर खुदाई करके! तुम एक जंगली जानवर की तरह हो, जो अज्ञात दया से डरता है, जो अपने तर्क की क्रूरता से मुझे पीछे हटाने की कोशिश करता है?! तुम! जो मेरा इस तरह से वर्णन करती हो! यह एक उकसावा है!"

उसने मुझे इतनी तीव्रता से देखा कि मैं पीछे हट गई, जैसे कि मुझे एक अदृश्य मुक्का लगा हो। हमारे बीच की हवा क्रोध और गलतफहमी से कंपन कर रही थी। वह सिर्फ़ गुस्सा नहीं था; वह आहत था, और उसका गुस्सा उस चोट के खिलाफ एक ढाल था। उसके कंधे थोड़े गिर गए, जैसे कि उसके शब्दों का बोझ उसे एक पल के लिए तोड़ रहा था। उसकी नज़र भटक गई, खाली हो गई, फिर से कसने से पहले।

"और तुम! तुम वह हो जो किले बनाती हो! मैं उन्हें प्यार से तोड़ने की कोशिश करती हूँ, और तुम्हारा अहंकार... वह हजारों संदेह फुसफुसाता था! तुमने उस नाजुक लौ को ढँकने की कोशिश की, जिसे मैं तुम्हारे अंदर इतनी हताशा से जला रही थी!

मुझे उसे जलाकर राख कर देना था, नथानिएल! यह शंका! तुम्हारी यह अभेद्य दीवार!"

"उसे जलाकर राख कर दो, है ना? किसने तुमसे मुझे बदलने के लिए, मेरे अहंकार को जलाने के लिए, मेरे अंदर कहीं भी घुसने के लिए कहा?! मेलिना, क्या तुम सच में सोचती हो कि तुम्हारे 'टेम्पलर' रहस्य, तुम्हारे 'डीएनए में छिपे संदेश' बच्चों की कहानियों से ज़्यादा कुछ हैं? मेरा 'संगठन' शक्तिशाली, बौद्धिक है! हम मूसा के वंशज हैं! हमें सच्चाई सीधे भगवान से मिली और हमने इसे हजारों सालों तक संरक्षित रखा! हमारा ज्ञान प्रामाणिक, शुद्ध है! हमने दुनिया पर राज किया है, जबकि तुम्हारे 'समर्पित' लोग परछाइयों में घूमते रहे, मंत्र फुसफुसाते रहे! मैं जवाब जानता हूँ! मैं उन्हें तुमसे और तुम्हारे सभी प्रायर से बेहतर जानता हूँ! तुम्हें कोई अंदाज़ा नहीं है कि तुम किससे निपट रही हो! तुम्हें कोई अंदाज़ा नहीं है कि यह मेरे लिए कितना दर्दनाक हो सकता है! और अब बस घर जाओ!"

वह मुड़ा और चला गया, उसने मुझे फिर से नहीं देखा। उसका हर इशारा एक अंतिम निष्कर्ष से भरा हुआ था, एक बंद होते हुए दरवाजे की तरह। मैं अपने कार्यालय में अकेली रह गई, बिखरे हुए कागज के टुकड़ों के बीच, एक धड़कते हुए दिल और एक बर्फीली ठंड की भावना के साथ जो मुझे घेर रही थी। मेरा गला सिकुड़ गया। मुझे एहसास हुआ कि मैंने सीमा पार कर दी थी। चुप्पी। ठंड। दर्द। और एक साँस जो नहीं आ रही थी। मैंने उसे हमेशा के लिए खो दिया।

---✶ ʢ ✶ ---

अंधेरे की नाड़ी: डायरी, 12.11.2021

जब से मैं एक डेम हूँ, मैं उस अंधेरी वास्तविकता को और अधिक स्पष्ट रूप से समझ रही हूँ जिसे प्रिओरेट दुनिया से सुरक्षित रखने की कोशिश कर रहा है। मैं उस ढाल का हिस्सा हूँ। मुझे समझ आया कि "निगलने वाले" क्या मतलब है - सिर्फ़ बुराई नहीं, बल्कि जीवन की कमी, एक शून्यता जो निगल लेती है। वे दूसरे आयाम से प्राणी हैं जो जीवन की ऊर्जा, भावनाओं, यादों पर फ़ीड करते हैं। उनका लक्ष्य उन धागों को फाड़ना है जो मानवता को दिव्य स्रोत से जोड़ते हैं, हमारे अंदर के उच्च ज्ञान को नष्ट करना है।

मैं दुनिया भर में बढ़ती हुई निराशा, अर्थहीन आक्रामकता, और लकवाग्रस्त डर में उनकी उपस्थिति महसूस करती हूँ जो लोगों को जकड़ना शुरू कर रहा है। वे इस पर फ़ीड करते हैं। हर बार जब कोई प्यार से दूर हटता है और नफरत में डूब जाता है, तो वे मजबूत हो जाते हैं। और मुझे... मुझे इसका मुकाबला करना होगा। प्यार से। विश्वास से। आशा से। लेकिन एक ऐसी दुनिया में एक चिंगारी कैसे जलाएं जो धीरे-धीरे अंधेरे में डूब रही है? किसी ऐसी चीज़ का विरोध कैसे करें जो इतनी व्यापक है कि वह स्वयं प्रकाश को भी निगल जाती है?

---✶ ʢ ✶ ---

यह शक्ति, जो ब्रह्मांडीय कोड मुझे दे रहा था, बिना किसी कीमत के नहीं थी। जितना गहरा मैं इसके रहस्यों में डूबती गई, उतना ही अधिक मैंने फाड़ना महसूस किया। मैं अपनी आत्मा के किनारे पर थी, लगातार अपने अपरिहार्य बुलावे और अपनी विशुद्ध मानवीय लालसाओं के बीच खिंची हुई थी।

चुनी हुई की डायरी, 05.12.2021

आज रात मैंने एक बुरा सपना देखा। निगलने वालों के बारे में नहीं, बल्कि नथानिएल के बारे में। मैंने उसे देखा... खोया हुआ। अंधा। अपने ही तर्क के अंधेरे में जंजीर से बंधा हुआ, जबकि उसके चारों ओर की दुनिया धूल में बिखर रही थी। और मैं... मैं उस तक नहीं पहुँच सकती थी। मैंने अपना हाथ बढ़ाया, उसका नाम पुकारा, लेकिन मेरी आवाज़ खामोश थी, और मेरा शरीर - भारहीन था। मैं एक भयानक चीख के साथ जागी, मेरा दिल पागल की तरह धड़क रहा था, जैसे कि यह मेरी छाती से बाहर निकल जाएगा।

मेरी आँखें भारी थीं, मेरी पलकें - सीसा जैसी थीं। मेरे होंठ सूख गए, और कमरे में एक चिपचिपी चुप्पी थी। मुझे थका हुआ, खाली महसूस हुआ। केवल मेरे अंदर की ठंड बढ़ रही थी।

हिचकिचाहट। शायद यह बहुत ज़्यादा है? यह बुलावा, यह पवित्र ज्ञान... यह सिर्फ़ मुझे नहीं बदलता। यह बलिदान की मांग करता है। मेरी आत्मा से बलिदान। केवल मेलिना होने की संभावना से बलिदान - वह जो प्यार की तलाश करती है, जो शांति चाहती है। वह जो उसके हाथ, उसके स्पर्श की लालसा करती है। इसके बजाय, मैं चुनी हुई हूँ। रहस्यों को ले जाने, अदृश्य दुश्मनों से लड़ने के लिए अभिशप्त हूँ। कभी-कभी, खासकर जब मैं नथानिएल से दूरी महसूस करती हूँ, तो एक बर्फीला संदेह मेरे अंदर रिस जाता है: क्या मैंने गलत रास्ता चुना है? क्या यह शक्ति एक अभिशाप है? क्या मैं उसे खोने का जोखिम उठा रही हूँ, एकमात्र व्यक्ति जो इस पागलपन को संतुलित कर सकता है, इस अकथनीय में मेरी सारी हड़बड़ी के साथ? इस प्यार की कीमत... यह बहुत बड़ी थी। क्या मैं उसे बर्बाद किए बिना, उसे अपनी परछाइयों और प्रकाश की दुनिया में शामिल कर सकती थी? या इससे भी बदतर - उसे हमेशा के लिए दूर भगाना? जो बलिदान मैं पहले से ही दे रही थी, वह सिर्फ़ शुरुआत थी। मुझे यह महसूस हुआ। और यही मेरा सबसे बड़ा डर था। मेरे लिए नहीं। उसके लिए। इन क्षणों में, ईथरिक स्पर्श अकेलेपन के बर्फीले स्पर्श में बदल गया।

अध्याय 15: आत्माओं का नृत्य

एक संशयवादी की जागृति

उसकी परछाई। यह हर जगह थी। इसने मुझे यहाँ भी घेर लिया, प्रिओरेट की शांति में, मेरे अंदर भरी हुई नई शक्तियों और गहरी अंतर्दृष्टियों के बावजूद। हमारे

आखिरी, दिल दहला देने वाले अलगाव को महीनों बीत चुके थे। महीनों की चुप्पी, एक खालीपन जो एक खुले घाव की तरह धड़क रहा था। मैं अब एक "डेम" थी, लेकिन यह उपाधि उसके द्वारा छोड़ी गई चौड़ी खाई को नहीं भर सकती थी। मेरी आत्मा को एक पूर्वानुमान से काँप रही थी कि उसकी दुनिया में भी कुछ बदल गया है। और मैं सही थी।

---✶ ❦ ✶---

अदृश्य धागा

नथानिएल अपने पेंटहाउस की ठंडी चुप्पी में जागा। सूरज मुश्किल से ऊंची खिड़कियों से घुस रहा था, जिससे फर्श पर दूधिया उंगलियाँ बन रही थीं। उसका हाथ सहज रूप से उसके बगल में खाली जगह की ओर बढ़ गया - एक साफ, अछूता स्थान, जो उसकी उपस्थिति का इंतजार कर रहा था। चमेली और वेनिला की सुगंध, जिसे अब वह दर्दनाक रूप से याद करता था, हवा में घूमती थी, हालाँकि वह वहाँ नहीं थी। हर सुबह एक ही पीड़ा थी - अपनी आँखें खोलना और उसकी अनुपस्थिति का सामना करना।

वह उठा, कॉफी का कप पकड़ा, जिसे मशीन ने पहले ही बना दिया था, और खिड़की के पास गया। उसने सूर्योदय को देखा, जो शहर के परिदृश्य को परिचित, लेकिन किसी तरह निर्जीव रंगों में रंग रहा था। उसने दिन में मतलब खोजने की कोशिश की, लेकिन हर बार उसकी नज़र शीशे में उसके प्रतिबिंब पर लौट आती थी। और वहाँ, उसकी अपनी आँखों में, उसकी आँखें चमक रही थीं। साफ, मर्मभेदी, उस बेलगाम जुनून से भरी हुई थी जिसे उसने इतनी उग्रता से खारिज कर दिया था।

उन महीनों के दौरान उसने खालीपन को भरने की कोशिश की थी। वह बैठकों में डूब गया, उसने किसी और की उपस्थिति की हल्कीपन में सांत्वना खोजने की कोशिश की। एक शाम, एक कंपनी के कार्यक्रम में, एक आकर्षक महिला, दिखावटी और आत्मविश्वासी, उसके पास आई। उसके बाल रोशनी में चमक रहे थे, और उसकी नज़र चुनौतीपूर्ण थी। "यह एक ऐसी महिला है जो जानती है कि वह क्या चाहती है," उसने सोचा। वह मुस्कुराई, उसके करीब आई, लगभग उसके हाथ को छू रही थी। "तुम बहुत गंभीर हो, नथानिएल। आओ और कुछ मज़ा करो। जीवन दार्शनिक विचारों के लिए बहुत छोटा है।" उस पल में, जब वह उसे बहकाने और उसे अपनी चमकदार, लेकिन सतही उपस्थिति पर निर्भर बनाने की कोशिश कर रही थी, उसने उसकी ओर देखा। और उसे देखने के बजाय, उसकी आँखों की गहराई में मेलिना की छवि चमक उठी - एक चुड़ैल की तरह, जो प्यार के सभी रहस्यों के साथ उसका पीछा कर रही थी। उसकी नज़र, जो हजारों साल के ज्ञान से भरी हुई थी, ने उसे भेद दिया, जिससे यह महिला औसत, उबाऊ और व्यर्थ हो गई। उसे वह जंगली, अलौकिक आकर्षण याद आ रहा था जिसने उसे इतना खतरनाक, लेकिन इतना अपरिहार्य बना दिया था। यह वास्तविकता उसके आंतरिक तूफान को माप नहीं सकती थी।

उसकी छाती में परिचित, दिल दहला देने वाला आंतरिक संघर्ष धड़कने लगा। तर्क, उसकी ढाल, वह ढाल जिसने उसे भावनाओं की अराजकता से बचाया, उग्रता से बढ़ती हुई लालसा के खिलाफ लड़ रहा था। "वह पागल है! खतरनाक! वह तुम्हें नष्ट कर देगी!" उसका तर्क फुसफुसाया। लेकिन उसका दिल एक और सच्चाई चिल्ला रहा था: "वह एकमात्र है जो मुझे देखती है! एकमात्र है जो मेरे अंदर की चिंगारी को जला सकती है! एकमात्र है जो मुझे जीवित महसूस कराती है!"

उसने कॉफी का कप इतनी कसकर पकड़ लिया कि उसकी उंगलियों की हड्डियाँ सफेद हो गईं। वह और नहीं कर सकता था। उसके बिना नहीं। यह आंतरिक विवाद आखिरकार समाप्त हो गया। लालसा प्रबल हुई, जिससे बर्फ की ढाल टूट गई। कांपती हुई उंगलियों से, जिसने शायद ही कभी इस तरह की अनिश्चितता को धोखा दिया हो, उसने फोन उठाया। उसने उसे महीनों से नहीं लिखा था। शब्द अजीब थे, लगभग विदेशी। लेकिन हर अक्षर ने एक अनकही स्वीकारोक्ति, एक जागी हुई भावना का भार ले लिया। उसने एक छोटा संदेश लिखा। सिर्फ़ सात लाल गुलाब, इमोजी। जुनून और लालसा का प्रतीक। और आशा। एक जवाब की आशा, एक संकेत कि सब कुछ खोया नहीं था। उसने इसे भेजा और इंतजार किया।

---✶ ჴ ✶ ---

द्वीप पर रहस्योद्घाटन

मैं एक exotic द्वीप पर थी। उसकी ठंडी तर्क से हजारों मील दूर। रहस्योद्घाटन किनारे पर एक सुनामी की तरह मुझ पर आ गया। पानी के अजीब रंग एक जादुई सूर्यास्त के साथ विलय हो गए, जिससे प्रकाश और रंग की एक उत्कृष्ट कृति बन गई। जगह मेरी आत्मा का दर्पण बन गई, जो छिपे हुए कोनों को दर्शाती थी। हर लहर, हर किरण, रेत का हर दाना उन सवालों के जवाब ले रहा था जिन्हें मैं भी नहीं जानती थी, लेकिन जो अब सामने आए। मुझे प्रकृति की महानता के सामने तुच्छ, लेकिन उसके सार से अविभाज्य रूप से जुड़ा हुआ महसूस हुआ। इस क्रिस्टल स्पष्टता के क्षण में, मुझे एहसास हुआ: प्यार एक कांपती हुई उम्मीद नहीं है, बल्कि एक आंतरिक स्थिति है, जो आपके पूरे अस्तित्व को भर देती है। वह है! वह मैं ही हूँ! वह मेरा अस्तित्व है!

मेरा फोन मेरे हाथ में कांप रहा था। उसका एक एसएमएस। सिर्फ़ सात लाल गुलाब। मैंने तुरंत जवाब नहीं दिया। इस पल में, सूर्यास्त के उग्र रंगों के बीच, मैं समझ गई। नथानिएल के शब्द, जो दुनिया के दूसरे छोर से एक नरम हवा की तरह फुसफुसाए गए थे, हमारे बीच क्रूर विभाजन के महीनों बाद, मेरे आखिरी संदेहों को बिखेर दिया। उसकी आवाज़ में एक resignation था, जिसने मेरी भावनाओं को खुशी के इस शुद्ध क्षण में एक exotic फूल की तरह खिलने दिया। पहली बार मैंने अपने खुद के दिल की एक स्पष्ट भाषा सुनी, जिसे किसी और ने बोला था। उसके द्वारा! उसकी हर हिचकिचाहट ने उसके सार के प्राथमिक कंपन को रास्ता दिया। वह मेरे दिल में कदम रख रहा था।

आज शाम, उसके गुलाबों के बाद, मैंने उसे सूर्यास्त की तस्वीरें भेजीं। क्षितिज पर फैली आग मेरे आंतरिक आग का दर्पण थी। मैंने जवाब का इंतजार किया।

आपसी समझ, एक साझा लालसा, और उसे बिना शर्त भक्ति देने की मेरी प्यास की इस गहरी जागरूकता ने मुझे कंपकंपा दिया, जैसे कि मैं एक अलौकिक बुखार से ग्रस्त थी। मैं रहस्य और खोज से भरे एक साहसिक कार्य का अनुभव कर रही थी। मैं एक ऐसी दुनिया बना रही थी जहाँ सब कुछ संभव था, जहाँ असंभव वास्तविकता बन जाता था। मैंने उसे खुश करने और उसकेreflected happiness को existence के उच्चतम रूप के रूप में अनुभव करने के लिए अपने पूरे सार को केंद्रित करने का सपना देखा। मैं अपने बारे में सब कुछ प्रकट करना चाहती थी, उसे अपनी सारी नग्नता और भेद्यता देना चाहती थी, उसे एक अलौकिक, मखमली स्पर्श से छूना चाहती थी जो उसे बदल देगा। मैंने सब कुछ बिना किसी reservation के दिया। मैंने और भी ज़्यादा देने की लालसा की। हर गुजरते मिनट के साथ, मैंने अपनी भावनाओं में नई गहराइयाँ, उसे प्यार करने के नए तरीके खोजे। सिर्फ़ उसे प्यार करने के लिए नहीं, बल्कि उसे प्यार से इतना भर देना कि वह मेरा हिस्सा बन जाए, और मैं उसका।

मैं सुनसान समुद्र तट पर अकेली बैठी थी। सूरज आसमान और समुद्र पर प्रकाश की उत्कृष्ट कृतियाँ बना रहा था, जिससे क्षितिज उग्र रंगों में नहा रहा था। समुद्र की हवा ने स्वतंत्रता की मादक सुगंध फैलाई, मेरे नंगे शरीर को सहलाया, जो एक ईथरिक सफेद साटन के शाल में लिपटा हुआ था, जो एक साँस की तरह लहरा रहा था, जो उड़ान के लिए तैयार था। मेरी त्वचा हर स्पर्श से सिहर रही थी। मैं प्रकृति के साथ पूर्ण सद्भाव में थी, चिंताएँ पिघल रही थीं। मैंने खुद को एक blissful trance में छोड़ दिया, विचारों के प्रवाह को रोक दिया, जिससे मेरी चेतना अनंत के साथ विलीन हो गई। पूर्ण एकता। पूर्ण निगलना।

---✶ ६ ✶ ---

ब्रह्मांडीय जागरूकता

एक अचानक, चकाचौंध करने वाली बिजली ने मेरी आत्मा को भेद दिया, जिससे अनंतता प्रकट हो गई। ब्रह्मांड मेरी आँखों के सामने खुल गया; मैंने खुद को एक विशाल संपूर्ण का तुच्छ, लेकिन अविभाज्य कण महसूस किया। मेरा दिल एक ब्रह्मांडीय नृत्य की ताल पर धड़क रहा था, जिससे मेरा दिमाग insights से भर गया। मैं दूसरी बार पैदा हो रही थी, मेरी आँखें रहस्यों के लिए खुली थीं। गीले, उड़ने वाले रेशों वाली एक तितली की तरह, मैं उसकी ओर, हमारे साझा भाग्य की ओर पहली उड़ान के लिए तैयार थी।

हर वह चीज़ जिसे मैंने उस क्षण तक एक दी गई चीज़ माना था, वह एक रहस्य बन गया, जो एक नए अर्थ, एक नई ऊर्जा के साथ धड़क रहा था। मुझे एहसास हुआ कि मैं बहुत कुछ करने में सक्षम हूँ, कि मेरे अंदर एक प्राथमिक तत्व सोया हुआ है। सिर्फ़ एक तत्व नहीं, बल्कि एक तूफान, जो दुनिया को उलट सकता है।

हवा अदृश्य परमाणुओं के नृत्य में बदल गई, जो मेरी त्वचा को सहला रहे थे। पानी चमकदार कणों में विभाजित हो गया, जो सूरज की किरणों के नीचे नाच रहे थे। रेत अनगिनत रेत के दानों की तरह तैर रही थी, जिन्हें मैंने एक आंतरिक शक्ति के साथ बिखेर दिया, जिससे उन्हें अपनी खुद की लय में कांपने का आवेग मिला। मेरे और प्रकृति के बीच की सीमाएँ धुंधली हो गईं। मुझे एक महान, ब्रह्मांडीय नृत्य का एक अविभाज्य हिस्सा महसूस हुआ। समय धीमा हो गया, जिससे मैं हर विवरण को अभूतपूर्व स्पष्टता के साथ देख सकी। ब्रह्मांड एक प्राचीन फिल्म के लगातार फ्रेमों की तरह सामने आया, जो स्वयं सृष्टि को प्रकट कर रहा था। मुझे एक विशेषाधिकार प्राप्त पर्यवेक्षक महसूस हुआ, जिसे समय और स्थान के रहस्यों तक पहुँच मिली थी। मैंने समय के माध्यम से यात्रा की, ताकि मैं उसे फिर से खोज सकूं, ताकि मैं उसके साथ विलीन हो सकूं।

मैं अंतहीन आसमान में एक ईथरिक बादल की तरह बिखर गई। मेरी आत्मा शुद्ध प्रकाश की हवा धाराओं पर तैर रही थी, जो मेरे अंदर भरी हुई प्राथमिक ऊर्जा का परमानंद का अनुभव कर रही थी। हर कोशिका एक ब्रह्मांडीय लय के साथ तालमेल में कंपन कर रही थी, जो सुनहरे प्रकाश की एक चमकदार सुरंग से होकर गुज़र रही थी। मैं हर मौजूद चीज़ के साथ एक blissful एकता में गिर गई, यह महसूस करते हुए कि मेरे "स्व" की सीमाएँ अनंतता में घुल रही थीं। हमारे मिलन की अनंतता में।

---✶ ᢩ ✶ ---

डायरी, 17.08.2022

यह क्षण... ओह, यह क्षण अनंत काल की एक छोटी, लेकिन अनमोल बूंद था, जिसे मैं हमेशा अपने अंदर रखूँगी। मुझे... भारहीन महसूस हुआ, हल्कापन और ज्ञान से भरा हुआ। और फिर मैं धीरे-धीरे अपने शरीर के आलिंगन में लौट आई, लेकिन पहले से ही बदल चुकी थी। सब कुछ अपनी जगह पर वापस आ गया, लेकिन अनुभव की मायावी सुगंध... यह मेरे हर रेशे में कंपन करती रही। मैं इसे अभी भी महसूस करती हूँ! उस पल से, मैं जानती थी कि शब्द वास्तविक वास्तविकता की सिर्फ़ फीकी झलक हैं। उनका उन गहरी, मायावी भावनाओं से कोई लेना-देना नहीं है जो नथानिएल मेरे अंदर जगाता है। और यह संबंध... यह शाश्वत, अविनाशी होगा। इसे मेरे अटल विश्वास से पोषित किया जाएगा कि ऐसी पूर्णता स्वयं प्यार का सार है। यह मेरा "अनंत काल का चर्मपत्र" है - मैंने पहले ही लिखना शुरू कर दिया है। मेरी आत्मा की गहराइयों और रचनात्मकता के साथ, हर साँस के साथ। यह शुरुआत है। हमारी शुरुआत। अंतहीन। लेकिन भले ही मैंने ग्रेल के सार को खोज लिया हो और समझ लिया हो, भले ही वह मुझमें अपनी पूरी शक्ति के साथ धड़क रहा हो, मैं जानती थी कि यह तब तक अप्रभावी है जब तक कि यह नथानिएल में भी अनलॉक नहीं हो जाता। मेरी जागरूकता पर्याप्त नहीं है - इसकी पूरी क्षमता को प्रकट करने के लिए

पुरुष और महिला सिद्धांतों, तर्क और अंतर्ज्ञान की द्वैतता आवश्यक है। उसके बिना, मेरे अंदर का ग्रेल एक उज्ज्वल, लेकिन अधूरा सच बना रहता है।

--- ✶ ६ ✶ ---

फोन पर बातचीत

मेरी नज़र हमारे सिर के ऊपर अनंत स्याही के विस्तार में डूब गई - लाखों तारे अनकहे रहस्यों की तरह टिमटिमा रहे थे। मैंने उन्हें सिर्फ़ देखा नहीं। मैंने ठंडी रात की हवा में साँस ली, यह महसूस करते हुए कि मिल्की वे से हर चिंगारी मेरे अंदर एक धड़कते हुए कण में, उस दिव्य चिंगारी के दर्शन में बदल जाती है, जो तुम्हारे सार में गहराई से चमक रही थी, नथानिएल। यह अदृश्य, लेकिन अविभाज्य धागा था, जो मेरी आत्मा के चारों ओर बुना हुआ था - हमारे प्यार की धुन, जिसे मैं केवल तुम्हारे साथ साझा करने की हताश लालसा करती थी, इसे हमारी एकमात्र क्षितिज में बदलने के लिए।

मैंने उसके अंदर की चिंगारी को देखा, जो उसके तर्क की स्टील की ढाल के नीचे धड़क रही थी। लेकिन तारों के पीछे, ब्रह्मांड की सुंदरता के पीछे, मैंने कुछ और महसूस किया। एक काली, बढ़ती हुई परछाई, जो रात का हिस्सा नहीं थी। यह अनुपस्थिति थी। सर्वनाश कैलेंडर में एक तारीख नहीं था, बल्कि प्रकाश, जीवन, स्वयं वास्तविकता के ताने-बाने से आशा का एक धीमा, व्यवस्थित चूषण था। प्रायर ने इसे "महान निगलना" कहा। और यह शुरू हो रहा था। इसलिए हर मिनट कीमती था। इसलिए उसकी हर कोशिका को जागना था।

"तुम आज रात अपने तारों में क्या देखते हो, नथानिएल?" मैंने एक लालसा के साथ फुसफुसाया, जो मेरे गले में अटक गई थी। मेरी त्वचा सिहर रही थी, और हमारे बीच की हवा भारी हो गई थी।

उसका जवाब चुप्पी को तोड़ गया। उसका संदेश स्क्रीन पर चमक उठा। उसका अहंकार उठ गया, अभेद्य।

"तारे चमक रहे हैं, मेलिना। कुछ खास नहीं। मुझे लगता है कि तुमने फिर से कल्पनाएँ की हैं। या शराब पी ली है?"

मेरी मुस्कान सिकुड़ गई। एक बर्फीला ब्लेड मेरे दिल में घुस गया। हमारे बीच एक अदृश्य दीवार खड़ी हो गई। मेरे गले में गलतफहमी और गुस्से का एक लंप अटक गया। उसके शब्द पत्थर नहीं थे, बल्कि बर्फ के तेज टुकड़े थे, जिन्होंने मेरी शांति को तोड़ दिया था। मेरी जीभ अटक गई, मेरा पेट सिकुड़ गया।

"मैंने इन 'सपनों' को तुम्हें फुसफुसाने के लिए पूरे दिन इंतजार किया, नथानिएल। केवल तुम्हें।" मेरी आवाज़ टूटी हुई थी। "जादू, अगर वे रात के twilight में तुम्हारे कान को छूते हैं, तुम्हारी साँसों को महसूस करते हैं? मैं सच्ची साझेदारी की लालसा करती हूँ, तथ्यों की नहीं।"

सुबह, उसके जीवन का पहला संकेत एक संदेश के साथ आया। उसकी आवाज़, भले ही केवल अक्षरों में, उस परिचित व्यंग्य को ले गई, जिसने अजीब तरह से, मेरे चेहरे पर एक मुस्कान लाने में कामयाबी हासिल की।

"शुभ प्रभात, मेलिना। सूर्योदय तुम्हारी आँखों में कैसा दिखता है? मुझे यकीन है, यह मेरे, एक व्यावहारिकतावादी के रूप में, देखने से ज़्यादा जादुई है।"

जैसे-जैसे मैं अपनी कड़वी कॉफी पी रही थी, मुझे अपनी छाती में परिचित, मीठी सिहरन खिलती हुई महसूस हुई। उसका हर शब्द एक gentle impulse था। कॉफी की सुगंध मेरे नथुनों को भर रही थी, लेकिन anticipation की सुगंध ज़्यादा मजबूत थी।

"मुझे तुम्हें जगाना पसंद है, नथानिएल। सूर्योदय एक वादा है। एक दिन का वादा जिसमें तुम अपने बारे में एक और परत मेरे सामने प्रकट करोगे। एक कोमल चुंबन, जो इंद्रियों को जगाता है, जिससे त्वचा सिहर उठती है, और शरीर पर पसीना आ जाता है। क्या उसके रंग और ज़्यादा चमकीले होंगे, अगर हम उसका एक साथ, त्वचा से त्वचा, आपस में लिपटे हुए, स्वागत करें?" मैंने एक तेज एसएमएस के साथ जवाब दिया, मेरी नाड़ी तेज हो गई। मुझे पता था कि वह भेद्यता से डरता है, लेकिन वह इसकी लालसा भी करता है। मेरा दिल जोर से धड़क रहा था। शब्दों का यह खेल हमारा नृत्य था, हमारा धीमा आकर्षण था।

अध्याय 16: सर्वनाश की परछाइयों में

इंतज़ार की कीमत

उस बातचीत, उस जागरूकता और सुलह के पल के बाद, कई महीनों तक सिर्फ़ लालसा बची रही। महाद्वीपों और व्यस्तताओं से अलग, हमारी आत्माएँ एक अदृश्य धागे से जुड़ी हुई थीं, जो लगातार तनाव के कारण पतला होता जा रहा था। यात्राएँ अंतहीन थीं, बैठकें – नियमित थीं, लेकिन मेरी हर कोशिका में वह धड़क रहा था। यह अब सिर्फ़ एक आकर्षण नहीं था, बल्कि एक गहरी, लगभग दर्दनाक निर्भरता थी, जिसने मुझे मेरे अपने अहंकार की गहराइयों में खींच लिया – एक इंतज़ार, अधीरता, एक लालसा जो कमी के दर्द में बदल रही थी। हर सुबह, मैं उसी भावना के साथ जागती थी: उसके प्रति जुड़ाव, लेकिन एकांत की एक जलती हुई भावना भी।

---✶ ✶---

अडाना: ईर्ष्या और निराशा का स्वाद

मेरे हाथ में फोन काँप रहा था। मैं अडाना में एक बैठक में बैठी थी, ऊब रही थी, और प्राचीन शहर हर भौतिक चीज़ की क्षणभंगुरता के बारे में फुसफुसा रहा था। सतही तौर पर, मैं शांत लग रही थी, मैंने ध्यान से अपने सहकर्मियों को सुना, यहाँ तक कि कभी-कभी सिर हिलाया। लेकिन मेरे अंदर एक तूफान उमड़ रहा था। मैंने

खुद को विचलित करने की कोशिश की, मैंने बाज़ार में व्यस्त लोगों को देखा, मैंने एक विक्रेता को मुस्कुराया जो मुझे मसालेदार मसाले दे रहा था, लेकिन उसके बारे में मेरा विचार दोगुनी ताकत के साथ वापस आ गया। मेरे अस्तित्व का हर रेशा तुमसे अलग होने के खिलाफ विद्रोह कर रहा था। मुझे पागलपन की हद तक दर्द होता था कि मैं तुम्हें नियंत्रित नहीं कर सकती, यह नहीं जान सकती कि तुम कहाँ हो, तुम क्या सोच रहे हो, तुम वास्तव में क्या महसूस कर रहे हो। कमी और निर्भरता की इस खाई में, मुझे उस हवा से ईर्ष्या होती थी जिसमें तुम साँस लेते थे, हर उस परछाई से जो तुम्हें छूती थी।

"मैंने तुम्हें हफ्तों से नहीं सुना, नथानिएल। तुम कैसे हो? क्या तुम मुझे भूल गए हो? या तुम बस चाहते हो कि मैं गायब हो जाऊँ?"

चुप्पी। हर सेकंड अनंतता में खिंच गया। एलिजाबेथ की छवि मेरे दिमाग में घुस गई, ईर्ष्या के तेज नाखूनों से इसे तब तक फाड़ दिया जब तक कि यह एक खून बह रहा घाव नहीं बन गया। मैंने उसकी कल्पना की – परिपूर्ण, सांसारिक, तुम्हें गले लगाते हुए, जबकि तुम उसके मांस की फुसफुसाहट के आगे झुक जाते हो। तुम्हारी ओर से चुप्पी का हर मिनट इस बात की पुष्टि थी कि तुमने शापित वास्तविकता को चुना था। मैंने विश्वासघात का स्वाद महसूस किया, भले ही सिर्फ़ अपने दिमाग में – ज़हर की तरह कड़वा, जीवित आग की तरह जलता हुआ। मेरा पेट गाँठ में सिकुड़ गया, और मेरा गला कस गया, जैसे कि मुझे उल्टी होने वाली थी। संदेह मुझे खा रहा था, मुझे निराशा में डुबो रहा था।

"एक बैठक है। मैं तुमसे बाद में बात करूँगा।"

"किसके साथ?! कौन सी बैठक?!"

"तुम्हें क्या लगता है, मेलिना? क्या यह बहुत ज़्यादा नहीं है?"

"बहुत ज़्यादा? क्या यह बहुत ज़्यादा है, जब मेरे शरीर की हर कोशिका तुम्हारे लिए चिल्ला रही है, जबकि तुम 'बैठकों' और 'काम' के पीछे छिप रहे हो? यह बेतुका है!"

"मैं नहीं छिप रहा हूँ। मैं काम कर रहा हूँ। क्या तुम इसे स्वीकार नहीं कर सकती? तुम हमेशा ड्रामा क्यों करती हो?"

"क्योंकि मुझे दर्द होता है, नथानिएल! जब तुम दूर होते हो तो मुझे पागलपन की हद तक दर्द होता है! क्या तुम नहीं समझते कि मैं सच्ची साझेदारी की लालसा करती हूँ, बहाने की नहीं?! या तुम्हें बस परवाह नहीं है?!"

रात में, मेरे सपने डर और दर्द का एक kaleidoscope थे। मैंने तुम्हें देखा, नथानिएल, एलिजाबेथ के आलिंगन में बंद, लापरवाही से हँसते हुए, खुश, मेरे अस्तित्व को पूरी तरह से भूल चुके थे। मैं एक चीख के साथ जागती थी, मेरा दिल बेतहाशा धड़क रहा था, और मेरा तकिया आँसुओं से भीगा हुआ था। मेरा तर्क rejection, अपमान, पूर्ण, विनाशकारी नुकसान के लिए चिल्ला रहा था। दर्द अकथनीय था, लगभग शारीरिक था। हर सुबह, आँसुओं से नमक का स्वाद कड़वा होता था।

ठीक यहाँ, अडाना में, मैंने नथानिएल के जन्मदिन के लिए स्वरोवस्की पत्थरों के साथ 'अलादीन का जादुई चिराग' खरीदा। पूर्व की exoticness ने मुझे जादू के एक अजीब euphoria में भर दिया। शायद, अगर हम दोनों ने जिन्न से इच्छा माँगी होती कि वह हमें अहंकार से मुक्त कर दे – तो हमारा जादू सफल हो जाता और हम तुम्हारे साथ खुश होते...

---✶ ☾ ✶ ---

दर्द और भेद्यता पर काबू पाना

पलेर्मो। रात शांत थी, लेकिन मेरे अंदर एक तूफान उमड़ रहा था। मैं संकरी गलियों में घूमी, कारीगरों की दुकानों को देखा, मैंने वातावरण में खुद को डुबोने की कोशिश की। मैंने एक बुजुर्ग सिसिलियन महिला से बात की जिसने मुझे पुरानी परंपराओं के बारे में बताया, लेकिन उसकी दयालु आँखों में भी मुझे अपने खुद के डर का प्रतिबिंब दिखाई दिया। लेकिन तुमसे दूरी का हर दर्द, चाहे वह कितना भी तेज क्यों न हो, एक गहरे प्यार का पुल बन सकता था। उस बेलगाम खुशी की तरह, जिसने मुझे भर दिया, जब तुम खुश थे और मैं इसे महसूस कर रही थी। यहाँ तक कि वह गुस्सा, जो मेरी नसों में धड़क रहा था, जब मैं तुम्हें नहीं समझती थी, एक शुद्ध करने वाली आग हो सकती थी, जो हमारे बीच की सभी अनावश्यक चीज़ों को जला सकती थी। इन तूफानी भावनाओं ने मेरे अंदर के सच्चे सार का परीक्षण किया, उसे नंगा कर दिया, उसे काँपने के लिए मजबूर कर दिया। वे भाग्यशाली चुनौतियाँ थीं, जिन्हें मुझे तुमसे प्यार करना सिखाने और तुम्हारे लिए मुझे बदलने के लिए भेजा गया था। मैं इन यात्राओं के दौरान तुम्हें अनुभव कर रही थी, नथानिएल। मैं तुम्हारी आँखों से दुनिया और अपनी भावनाओं को महसूस कर रही थी, यह समझने की कोशिश कर रही थी कि तुम्हें क्या प्रेरित करता है, तुम कैसा महसूस करते हो, ताकि मैं तुम्हें वास्तव में और बिना शर्त प्यार कर सकूँ। मैं तुम्हें "नियंत्रित" न करने, अपनी लालसा से तुम्हारा दम न घोंटने, तुम्हें अपना केंद्र न बनाने, बल्कि तुम्हें स्वतंत्रता देने के लिए लड़ रही थी। हर बूँद पीड़ा और अपराध नियंत्रण को नकारने और भेद्यता को स्वीकार करने का एक सबक था। यह फिल्म कि मैं उसके लिए पर्याप्त नहीं हूँ और वह किसी और महिला के साथ flirt कर रहा है, मुझे भूल रहा है, मेरी अपनी व्यक्तिगत पूछताछ थी। लेकिन मैंने इसका अनुभव किया और मैं इससे पार पा गई।

"आज रात 'परीक्षा' मुझे थकान से दे रही है, मैं मानता हूँ।" उसकी आवाज़ असामान्य रूप से नरम थी। "और जो मुझे खुश करता है... अप्रत्याशित खोजें हैं। मेरे लिए तुम्हारे 'बिना शर्त प्यार' का स्वाद कैसा है? क्या यह उतना ही sublime है जितना तुम इसे बताती हो, या यह... ज़्यादा सांसारिक है, मेलिना? कुछ ऐसा जिसे मैं स्वाद ले सकता हूँ और नियंत्रित कर सकता हूँ?"

"स्वाद एक निषिद्ध आनंद जैसा है, नथानिएल। एक मिठास जो तुम्हें घेर लेती है, तुम्हारी हर कोशिका में घुस जाती है। यह तुम्हें बेहोशी तक और ज़्यादा, और ज़्यादा चाहने के लिए मजबूर करती है, जब तक कि तुम यह नहीं समझ जाते कि तुम

इसे नियंत्रित नहीं कर सकते, बल्कि केवल मेरे साथ रह सकते हो। क्या तुम कोशिश करने के लिए तैयार हो, तर्क के बिना, भावनाओं के आगे समर्पण करने के लिए?"

"और क्या होगा अगर यह 'निषिद्ध आनंद' मुझे निगल लेता है? अगर मैं इसमें खुद को खो देता हूँ?" उसकी आवाज़ तनावपूर्ण थी, मुझे सच्चे डर का एक स्वर मिला।

"तुम्हें कुछ बड़ा मिलेगा, नथानिएल। खुद को, लेकिन स्वतंत्र।" मैंने जवाब दिया। पीड़ा की हर बूँद, क्रोध की हर नाड़ी जिसे मैं नियंत्रित करने में विफल रही, मेरी आभा में एक छोटी दरार खोल रही थी - प्रायर ने जिसे "infiltrators" कहा, उसके लिए एक रास्ता। वे निगलने वाले नहीं थे, बल्कि एक बीमारी के वाहक थे - निराशा, विभाजन। जितना अधिक मैंने खुद से संघर्ष किया, उतना ही अधिक मुझे उनकी ऊर्जा वास्तविकता में रिसती हुई महसूस हुई। मुझे शुद्ध होना था। एक प्रकाश होना था। न केवल नथानिएल के लिए, बल्कि इस ब्रह्मांडीय बीमारी के प्रसार को रोकने के लिए भी।

---✶ ¢ ✶ ---

अहंकार और आशा से मुक्ति

निकोसिया। यहाँ, तुम्हारे लिए मेरे समय और विचारों के शांत बलिदान में, मैंने एक विशाल भावनात्मक निवेश नहीं, बल्कि अहंकार के बंधनों से मुक्त होने और तुम्हारे लिए बिना शर्त प्यार के अनंतता में डूबने का एक शक्तिशाली, परिवर्तनकारी बुलावा खोजा। बाहर मैं कॉफी पर बैठ सकती थी, लोगों से बात कर सकती थी, मुस्कुरा सकती थी। लेकिन मेरी आंतरिक दुनिया एक तूफान थी। यह आंतरिक यात्रा मेरे अपने राक्षसों के साथ क्रूर लड़ाइयों से चिह्नित थी - अधीरता, अस्वीकृति, निराशा, डर, अकेलापन, नुकसान - साथ ही एक ecstatic खुशी, जिसने मुझे जीवित महसूस कराया, जब तुम भी खुश थे। और यहाँ, निकोसिया में, मुझे एहसास हुआ कि मेरी यात्राएँ मेरी अपनी भावनाओं और डर के बारे में जागरूक होने की प्रक्रिया का हिस्सा हैं, जिन्हें मैं तुम पर प्रोजेक्ट करती हूँ, जबकि मैं हमारे जुड़े हुए सार के माध्यम से दुनिया को देखने और तुम्हें दिखाने की कोशिश करती हूँ।

और हर बार जब मेरा अहंकार डर में सिकुड़ता था, तो मुझे महसूस होता था कि "गोधूलि की परछाई" की पकड़ मेरे चारों ओर कस रही है। प्रायर ने चेतावनी दी कि उनकी सबसे बड़ी ताकत असहमति और संदेह बोना, प्यार के बंधनों को कमजोर करना था। क्योंकि प्यार ढाल था। और मेरी अपनी असुरक्षा उनका हथियार था। मुझे इस "सुनहरी पिंजरे" से पार पाना था, न केवल हमारे लिए, बल्कि इसलिए भी कि मैं आने वाली चीज़ों के लिए एक portal न बन जाऊँ।

"शुभ प्रभात, मेलिना। भोर के कोमल प्रकाश में तुम्हारी आँखों में दुनिया कैसी दिखती है? क्या तुम मुझसे, जो सांसारिक है, से ज़्यादा अनदेखे क्षितिज देखती हो? और तुम क्या करोगी, अगर दिन का पहला क्षितिज मैं होता, बिना किसी रहस्य के, लेकिन बिना नियंत्रण के वादे के भी, exploration के लिए तैयार?"

नथानिएल रुका, एक पल के लिए चुप हो गया। उसने जवाब देने से पहले अपने सामने खाली जगह में देखा। जब उसने शब्द टाइप किए तो उसकी साँसें थोड़ी उखड़ी हुई थीं।

एक गहरे ध्यान के बाद, जिसने मेरे दिमाग को साफ कर दिया था:

"सुबह नए अवसरों की फुसफुसाहट है, नथानिएल। मेरी आँखों में, दुनिया नाजुक रंगों और आशाजनक संकेतों से बुनी हुई है, जो मुझे तुम्हारे माध्यम से उन्हें समझने के लिए बुलाते हैं। और अगर तुम पहली संभावना होते... मैं तुम्हें अपनी सारी जुनून के साथ explore करती, जब तक कि मैं तुम्हारे सच्चे सार को नहीं खोज लेती, जो नियंत्रण से छिपा हुआ है।"

"मेरा राज्य वह है जहाँ तर्क और व्यवस्था का शासन है। और कंपनी... यह इस बात पर निर्भर करता है कि यह क्या प्रदान करती है। क्या तुम यह संकेत दे रही हो कि तुम मेरा व्यक्तिगत 'मार्ग' और आरामदायक 'स्थान', मेरी शरणस्थली बनना चाहती हो, जिसे तुम नियंत्रित कर सकती हो?"

नथानिएल फिर से हिचकिचाया। उसकी नाड़ी थोड़ी तेज हो गई, उसने महसूस किया कि उनके बीच तनाव बढ़ रहा है।

"मैं तुम्हारी कहानी बनना चाहूँगी, नथानिएल। और वह गर्मी, जिसमें तुम्हारी आत्मा को शांति और घर मिलता है, एक ऐसी जगह जहाँ तुम पूरी तरह से खुद को महसूस करते हो, जो नियंत्रण से विवश नहीं, बल्कि मेरे लिए स्वतंत्र होता है।"

---✶ ६ ✶ ---

स्टावरोवोनी मठ के प्रकाश में

देर शाम, साइप्रस में, मैं खंडहरों के सामने नहीं, बल्कि स्टावरोवोनी मठ की राजसी दीवारों के सामने खड़ी थी, जो एक चट्टानी चोटी पर बसा हुआ था, जैसे कि वह स्वयं ज़मीन से निकला हो। किंवदंती कहती है कि इसकी स्थापना सम्राट Constantine की माँ सेंट हेलेना ने की थी, और इसमें पवित्र क्रॉस का एक टुकड़ा है। जगह सदियों के इतिहास, रहस्य और मूक शक्ति से साँस लेती थी।

पूर्णिमा ने प्राचीन पत्थरों पर चाँदी का प्रकाश डाला, जिससे परछाइयां अतीत की भूतिया आकृतियों में बदल गईं। हवा ठंडी थी, लेकिन साफ थी, लोबान और देवदार की सुगंध से भरी हुई थी। मैंने गहरी साँस ली, अपनी त्वचा पर ठंडी रात की हवा को महसूस किया। मैंने चाँद की ओर देखा - मानव dramas और victories का यह प्राचीन गवाह, जो मठ के ऊपर एक मोती की तरह लटका हुआ था।

"मैंने उन पर विजय प्राप्त कर ली है, चाँद," मैंने फुसफुसाया, मेरी आवाज़ खंडहरों की चुप्पी में खो गई। "अहंकार के वे सभी राक्षस... ईर्ष्या, कमी, संदेह, निराशा, डर, अकेलापन, नुकसान... मैंने उन्हें विश्वास की दीवारों पर तोड़ दिया है। मुझमें, हमारे प्यार के लिए आशा में विश्वास। मैंने हर सुबह नथानिएल को चुनना सीखा है, न कि निर्भरता के कारण, बल्कि दिल की उस उड़ान और कंपन के कारण, जिसे केवल वह ही प्रेरित कर सकता है। मुझे शक्ति दो, चाँद। मुझे आशा दो। मुझे

कभी हार मत मानने दो। इस प्यार को स्वतंत्र और सर्व-समाहित होने दो, बिना बेड़ियों के। चलो हम एक साथ प्रकाश बनें।"

मेरा शरीर relax हो गया, जैसे कि मेरे कंधों से एक बोझ उतर गया हो। मेरे चारों ओर की हवा ब्रह्मांडीय ऊर्जा के साथ कंपन कर रही थी। मुझे शांति का गहरा प्रभाव, एक existential अनुभव महसूस हुआ, जिसने मुझे भर दिया। मुझे पता था कि रास्ता लंबा है, लेकिन मैं अब अकेली नहीं थी। मैं किसी भी चीज़ के लिए तैयार थी।

अध्याय 17: पीड़ा की अग्नि और प्रकाश का बलिदान

काँटों के माध्यम से एक रास्ता

मेरा व्यक्तिगत मार्ग, जो सदियों के ज्ञान से भरा हुआ था, अक्सर खड़ा और काँटों से ढका हुआ था। हमारा रिश्ता, तुम्हें खोने का मेरा उन्मादपूर्ण डर, साथ ही मेरे प्रभाव में आने का तुम्हारा डर, मेरी भेद्यता को छूने का डर – इंतज़ार ने मेरे अहंकार की सभी इच्छाओं और आकांक्षाओं को महत्वपूर्ण होने के लिए पिघला दिया। तथ्य यह है कि तुमने हर दिन मुझे चुना, एक पर्याप्त जवाब था। हालांकि, जब मैंने अहंकार पर अपनी पकड़ ढीली की और बिना शर्त प्यार के लिए अपना दिल खोला, तो मुझे महसूस हुआ कि मैं पूर्णता के करीब आ रही हूँ – आंतरिक परिवर्तन की एक शाश्वत प्रक्रिया। जागरूकता का एक उछाल मुझ पर हावी हो गया, जो केवल सच्चाई के पारदर्शी पानी को पीछे छोड़ गया।

यह रास्ता सिर्फ़ व्यक्तिगत नहीं था। यह एक बड़ी, ब्रह्मांडीय लड़ाई का हिस्सा था। मेरा हर विकास, मेरी हर आंतरिक कमजोरी पर काबू पाना, आने वाले खालीपन के खिलाफ दीवार में एक और ईंट था। और तुम्हारी जागृति... यह salvation की कुंजी थी। क्योंकि ग्रेल सिर्फ़ मुझमें नहीं था। यह हम में था। united love की शक्ति में, जो शून्यता का विरोध कर सकती थी।

मेरा फोन चमक उठा, मेरे दिल के साथ तालमेल में धड़क रहा था। उसकी रोशनी ने मुझे मेरे विचारों से बाहर खींच लिया।

"नथानिएल, तुम्हें तुम्हारी दुनिया में क्या ऊँचाई पर धकेलता है?" मेरी आवाज़ काँप रही थी। "और तुम हमारे बीच इस growth की कल्पना कैसे करते हो, जो नियंत्रण को हटा देगा?"

जवाब लगभग तुरंत आ गया। एक कंपन, फिर एक और। मैंने लगभग उसकी आवाज़ सुनी – सूखी और मापी हुई।

"मैं तब बढ़ता हूँ जब मेरा दिमाग नई जानकारी को निगलता है, जब मैं एक complex code को सुलझाता हूँ। और हमारे बीच growth... यह आपसी होना चाहिए। क्या तुम मुझे अपने इस सर्व-समाहित 'प्यार' से 'reprogram' नहीं करना चाहती, क्या तुम मुझे मेरे अपने दिमाग पर स्वतंत्रता से वंचित नहीं करना चाहती?!"

मुझे उसकी तेज, लगभग उन्मादपूर्ण इच्छा महसूस हुई कि वह पीछे हटे। एक पेड़ की छाल की तरह, जो खुद को बचाने के लिए सिकुड़ जाती है।

मेरा दिल सिकुड़ गया। वह अभेद्य barricade! मेरे गले में एक लंप अटक गया। मैंने खिड़की से बाहर देखा। बारिश शीशे से नीचे बह रही थी, जो मेरी आंतरिक उथल-पुथल को दर्शा रही थी।

"मैं तुम्हारे साथ मिलकर अनदेखी ऊंचाइयों तक उठना चाहती हूँ, नथानिएल!" मेरी आवाज़ एक फुसफुसाहट थी, जो शुद्ध आशा से भरी हुई थी। "उन शिखरों को छूने के लिए, जिनके बारे में हमने सपने में भी नहीं सोचा था! जहाँ हवा साफ है, और प्रकाश - उज्ज्वल है। जहाँ तुम्हें पकड़ने की हर ज़रूरत तुम्हारे साथ साझा उड़ान के अनंतता में घुल जाती है!"

---✶ ☾ ✶ ---

संबंध का दर्पण

साझेदारी के इन अजीब क्षणों में, जो अदृश्य भावनात्मक धागों से भरे हुए थे, मैंने खोजा: हम एक-दूसरे के पूरक हैं, हम एक-दूसरे को दर्पण करते हैं, एक सिक्के के दो पहलू, जिन्हें एक-दूसरे की ज़रूरत है। मैं तुम्हारे लिए बिना शर्त प्यार के लिए खुल गई, मैंने उन डरों के बावजूद बिना शर्त प्यार करना सीखा जो कभी-कभी मुझ पर हावी हो जाते थे।

लेकिन यह विलय सिर्फ़ हमारे लिए नहीं था। यह एक बड़ी, ब्रह्मांडीय लड़ाई का हिस्सा था। क्योंकि एक ऐसी दुनिया में जो धीरे-धीरे शून्यता से निगली जा रही थी, हर खिलता हुआ रिश्ता, बिना शर्त प्यार का हर कण, परछाई के खिलाफ एक barricade था। हम सिर्फ़ विलय नहीं कर रहे थे। हम एक शक्ति बन रहे थे। एक हथियार। एक ढाल।

"तुम हमारे बीच इस 'दर्पण' में क्या देखते हो?" मैं लगभग चिल्लाई। "तुम्हें मेरी ओर क्या खींचता है, तुम्हारे सभी प्रतिरोधों के बावजूद, शक्ति के लिए तुम्हारी इच्छा के बावजूद?!"

"इस 'दर्पण' में, मैं देखता हूँ... एक उग्र तत्व!" उसके शब्द चिंगारियों की तरह थे जो जलाते थे, लेकिन आकर्षित भी करते थे। "सवाल यह है कि क्या यह तत्व हमें ठंडी रात में गर्म करेगा, हमें आराम देगा, या हमें राख में बदल देगा, हमें हमारे तर्क सहित, सब कुछ से वंचित कर देगा!"

"कुछ तत्व जोखिम के लायक हैं, नथानिएल!" मेरी आवाज़ पिघले हुए सोने की तरह थी। "खासकर वे जो हमारे दिलों के चारों ओर की बर्फ को पिघलाते हैं, जो हमें मुझे पकड़ने की बेड़ियों और डर से मुक्त करते हैं! वे जो हमारे सच्चे उद्देश्य को प्रकट करते हैं - प्रकाश होने के लिए, जब अंधेरा हावी हो जाता है!" हर शब्द एक छोटी आग की तरह था, जिसने मेरे दृढ़ संकल्प को प्रज्वलित किया।

---✶ ☾ ✶ ---

समझ के माध्यम से यात्रा

मैं महीनों से सेंटोरिनी में थी। हलचल से दूर, पीछा करने वाले विचारों से दूर, मैं एकांत की तलाश में आई थी, अपनी किताब - "अनंत काल का चर्मपत्र" - लिखने के लिए खुद को समर्पित करने के लिए। मेरा लिखा गया हर शब्द सच्चाई, उस एकता की मेरी खोज का हिस्सा था, जिसने मुझे घेर लिया था। दिन-ब-दिन, मैं cobblestone streets पर घूमती थी, समुद्र और हजारों साल पुरानी चट्टानों की गंध में साँस लेती थी, अपने अंदर की अराजकता को व्यवस्थित करने की कोशिश करती थी। caldera सूरज के नीचे चमक रहा था, लेकिन इसकी सुंदरता कमी को नहीं भर सकती थी।

शांति के बावजूद, मेरे विचार अनिवार्य रूप से तुम्हारे पास लौट आते थे, नथानिएल। मैं उसके संदेश का इंतजार करते हुए अपने चारों ओर आवाजों को एक दूर की गूंज की तरह सुनती थी।

तुम्हारी कमी ने मेरे हर अस्तित्व को भेद दिया। समझ अस्तित्व का एक दर्दनाक तरीका बन गई, एक धड़कती हुई वास्तविकता जिसने मेरी धारणाओं को बदल दिया, ताकि मैं तुम्हारी परतों को प्रकट कर सकूँ और तुम्हारे दर्द को स्वीकार कर सकूँ। जैसे कि हर किसी की खुशी, हर आँसू, जिसने मेरे दिल को छुआ, मेरी आत्मा में एक नई परत को नहीं खोला, बल्कि तुम्हारी अनुपस्थिति से एक चौड़ी खाई को नंगा कर दिया। वे अदृश्य कुंजियों की तरह थे, जो दर्द के नए ब्रह्मांडों के दरवाजे खोल रहे थे, ताकि मैं उसे बेहतर समझ सकूँ।

जब संदेह ने अपने चिपचिपे तम्बूओं से मेरा दम घोंट दिया, तो मैंने समझ की तलाश की। यह एक अदृश्य, लेकिन जलता हुआ धागा था, जो हमें अस्तित्व के network में, खासकर मुझे तुम्हारे साथ जोड़ता था। इसने मुझे तुम्हारी मानव आत्मा की अटल शक्ति, तुममें और मुझमें जलने वाली प्यार की अविनाशी चिंगारी की याद दिलाई। मैं तुम्हें मुक्त करने के लिए लड़ रही थी, तुम्हारा नेतृत्व न करने के लिए, अपनी लालसा से तुम्हारा दम न घोंटने के लिए, तुम्हें अपना केंद्र न बनाने के लिए, बल्कि तुम्हें जगह देने के लिए।

लेकिन इन सब के ऊपर, मैंने परछाइयों की उपस्थिति महसूस की। यह "dilution" था - लोगों, अर्थों, भावनाओं के बीच संबंधों का धीमा गायब होना। और यह dilution था जो आने वाली चीज़ों के लिए ईंधन था। हर बूँद दर्द जिसे मैंने संसाधित किया, हर acceptance जो मैंने दी, आने वाले अंधेरे के खिलाफ मेरी अपनी व्यक्तिगत लड़ाई थी। मुझे मजबूत होना था। हमारे लिए। दुनिया के लिए। मेरे शरीर की हर नस जानती थी कि hourglass का समय खत्म हो रहा था। मैंने अपने होंठों पर पसीने का नमकीन स्वाद महसूस किया। मेरे अंदर की गर्मी दम घोंट रही थी, लेकिन प्रेरित भी कर रही थी।

हम दूर से बात करते थे, लेकिन हर शब्द में एक भार था। जब मैं एक हल्का नाश्ता बना रही थी - फल काट रही थी, ताजी स्ट्रॉबेरी की गंध रसोई को भर रही थी - फोन चमक उठा।

सात गुलाब! - एक इमोजी जिसे हमने "मैं तुमसे प्यार करता हूँ" के लिए agreed किया था।

"नथानिएल? क्या तुमने कभी सोचा है कि यह यात्रा, जिसके बारे में मैं बात करती हूँ, सबसे ज़्यादा मूर्त होती है जब हमारे शरीर एक में intertwined होते हैं, बिना किसी सीमा के, सिर्फ़ तुम्हारे साथ शुद्ध अस्तित्व?! हर स्पर्श को महसूस करने, हर उखड़ी हुई साँस को सुनने के लिए?"

जवाब आया।

"'शरीरों के आलिंगन में शुद्ध अस्तित्व'?! यह एक प्रलोभन जैसा लगता है, मेलिना!" "क्या तुम किसी... ज़्यादा concrete चीज़ का संकेत दे रही हो, मेलिना? कुछ ऐसा जिसे मैं छू सकता हूँ, पकड़ सकता हूँ, नियंत्रित कर सकता हूँ?!" उसकी आवाज़ में जिज्ञासा का एक स्वर था, जो स्पष्ट प्रतिरोध के पीछे छिपा था। मैंने कल्पना की कि उसकी उंगलियाँ एक मुट्ठी में सिकुड़ रही हैं, जैसे कि कुछ अदृश्य को पकड़ने के लिए।

मैंने फलों की प्लेट मेज पर रखी, मुझे स्ट्रॉबेरी की मिठास याद आई।

"शायद मैं यह संकेत दे रही हूँ कि कुछ अनुभूतियाँ त्वचा के साथ सबसे गहराई से डूब जाती हैं, नथानिएल!" "हमारी उंगलियों की सिहरन और हमारे दिलों की धड़कन के साथ, जो पूर्ण तालमेल में धड़कते हैं, शक्ति की ज़रूरत से मुक्त होते हैं!" "और यह गहरा चीरा ही एकमात्र तरीका है जो आने वाले विनाश का विरोध करने के लिए है!" इन शब्दों के साथ, मैं उसे फुसफुसा नहीं रही थी, बल्कि उसे पागल कर रही थी, मैं जानती थी। हर शब्द एक छोटी आग की तरह था, जिसने मेरे दृढ़ संकल्प को प्रज्वलित किया।

---✶ ६ ✶ ---

भोर की फुसफुसाहट और अदृश्य पकड़

एक नई सुबह, एक नया संदेश। मेरे आँखें खोलने से पहले ही फोन चमक उठा। सूरज पहले ही कमरे में आ गया था, मेरे कंबल को गर्म कर रहा था। मैं मुस्कुराई। नथानिएल ने मुझे सात लाल गुलाब भी भेजे थे - प्यार का प्रतीक। मैंने imaginary फूलों की गंध महसूस की, मीठी और आशाजनक।

"शुभ प्रभात, क्या तुम शाश्वत प्यार के सपनों से पहले ही जाग गई हो?" "क्या तुम कल्पना कर सकती हो कि सूर्योदय कैसा होगा, जब हम उसे एक ही खिड़की से देखेंगे, एक-दूसरे में लिपटे हुए, हर शरीर की गर्मी को महसूस करते हुए?" "पहली चीज़ क्या होगी जिसे तुम छूने के लिए कहोगी, ताकि मैं यह सुनिश्चित कर सकूँ कि तुम कोई सपना नहीं हो, बल्कि मेरे जीवन का एक जीवित, वास्तविक हिस्सा हो, जिसे मैं जकड़ नहीं सकता, बल्कि केवल महसूस कर सकता हूँ?" कोमलता। मैंने इसे हर

शब्द में महसूस किया। मैं अभी भी बिस्तर में लेटी हुई थी, और तकिया मेरे गाल के नीचे ठंडा था।

जवाब देने से पहले, मैं उठी और एक गिलास पानी डाला। ठंडा तरल मेरे गले से नीचे उतर गया।

"मेरी व्यक्तिगत यात्रा... मुझे तुम्हारे पास ले आई है।" मैंने अपने डर से खुद को मुक्त कर दिया, मैंने अपना दिल खोला... केवल एक चीज़ जो मैं वास्तव में चाहती थी वह इस बिना शर्त प्यार को तुम्हारे साथ साझा करना था। "पहली चीज़ जो मैं माँगूँगी, वह है कि मैं तुम्हारे हाथ की गर्मी को अपने हाथ पर महसूस करूँ, एक साझा स्वतंत्रता के वादे के रूप में, स्वामित्व के रूप में नहीं!" "क्योंकि इस स्वतंत्रता की हमें आने वाली चीज़ों का सामना करने के लिए ज़रूरत होगी!" मेरी आँखों में आँसू भर आए, लेकिन वे खुशी के थे। मैंने फोन की स्क्रीन को सहलाया, जैसे कि मैं उसके हाथ को छू रही थी।

"'बिना शर्त प्यार'? यह जागने के लिए एक गंभीर दावे जैसा लगता है।" "लेकिन मैं जोखिम उठाने को तैयार हूँ... जब तक मैं यह जानता हूँ कि तुम परिणामों के लिए जिम्मेदारी लेने के लिए तैयार हो, लगाम छोड़ने के लिए।" "और उस चीज़ के लिए भी, जिसे हम जागते समय खोज सकते हैं।" उसके शब्द धीमे, लेकिन भारी थे। सड़क से हटाए गए पत्थरों की तरह। मैंने उसे लिखते समय frowning की कल्पना की, हर शब्द पर विचार करते हुए।

"कुछ यात्राएँ हर जोखिम के लायक हैं, नथानिएल!" "खासकर वे जो हमें अनदेखे सुखों तक ले जाती हैं, ऐसी जगहों पर जहाँ हमने कभी सपने में भी नहीं सोचा था कि हम हो सकते हैं, किसी भी hold से मुक्त, तुम्हारे आलिंगन में!" "और सबसे बढ़कर - वे जो हमें बढ़ती हुई परछाई के खिलाफ लड़ने की शक्ति देते हैं!" मुझे ऊर्जा का उछाल महसूस हुआ। कमरे में हवा मेरे अपने दृढ़ संकल्प से भारी हो गई थी।

"इसका मतलब है तुम्हें बिना शर्त स्वीकार करना, नथानिएल। तुम्हारी सभी परछाइयों और संदेहों के साथ, शक्ति और प्रभाव के लिए तुम्हारे संघर्ष के साथ।" "और उस प्रकाश को देखना जो तुम्हारे अंदर जलता है, तब भी जब तुम खुद इसे छिपाते हो।" मैं तुम्हारे लिए वह प्रकाश बनना चाहती हूँ, तुम्हें अंधेरे से बाहर निकालना चाहती हूँ और तुम्हें दिखाना चाहती हूँ कि स्वतंत्रता तुम्हारे स्वामित्व से ज़्यादा मूल्यवान है। "और यह कि हम मिलकर ही आने वाली रात में एक beacon हो सकते हैं।"

"अंधेरे में प्रकाश मोहक हो सकता है, मेलिना।" "लेकिन कभी-कभी यह उन तितलियों को भी आकर्षित करता है जो अपने पंख जला देती हैं।" "क्या तुम्हें यकीन है कि तुम मुझे इस प्रकाश के माध्यम से सुरक्षित रूप से ले जाना जानती हो, मुझे जलाए बिना, मुझे उन सभी चीज़ों से वंचित किए बिना जो मुझे सुरक्षा की भावना देती हैं?!" "और हमें ऐसी चीज़ से निगले बिना, जिसे हम नहीं समझते?!" उसकी आवाज़

में एक वास्तविक चिंता थी, सिर्फ़ एक तर्कसंगत तर्क नहीं। मैंने लगभग सुना कि वह सोचते हुए अपना सिर खुजला रहा था।

"मैं तुम्हारी beacon बनूँगी, नथानिएल!" "मैं तुम्हें धीरे से, लेकिन दृढ़ता से lead करूँगी, जब तक कि तुम अपने खुद के प्रकाश को नहीं पा लेते, जो पहले से ही तुममें चमक रहा है, और जब तक तुम्हें यह एहसास नहीं होता कि तुम उसे सीमित नहीं कर सकते, बल्कि केवल मुझे दे सकते हो!" "और हम मिलकर हर उस परछाई का सामना करेंगे जो हमारे रास्ते में आने की हिम्मत करती है!" मुझे मजबूत महसूस हुआ, एक स्टील के धागे की तरह, जिसे तोड़ा नहीं जा सकता। मैंने अपनी आँखें बंद कर लीं और डर के बिना अंधेरे को गले लगाने की कल्पना की।

---✶ ɕ ✶ ---

एकता की खोज और एक अप्रत्याशित उपहार

शाम को, जब मैं अपनी मेल की जाँच कर रही थी, तो मुझे नथानिएल द्वारा भेजा गया एक छोटा, सुरुचिपूर्ण पैकेज मिला। उसमें कुछ भी भव्य नहीं था, बल्कि एक मोटी काली नोटबुक थी, जो चमड़े से बंधी हुई थी, जैसी वह अपनी वैश्विक योजनाओं और रणनीतिक विश्लेषणों के लिए इस्तेमाल करता था। उसके बगल में एक साफ, चांदी का लॉकेट पड़ा था, जिसमें एक छोटा, rhomboid क्रिस्टल जड़ा हुआ था - पूरी तरह से पॉलिश किया हुआ, लेकिन raw, एक complete form के वादे की तरह। लॉकेट एक पतली चेन से लटका हुआ था। एक छोटा नोट जुड़ा हुआ था, जो उसकी लिखावट में लिखा हुआ था, जो आमतौर पर त्रुटिहीन रूप से calligraphic होता था, लेकिन अब थोड़ा काँप रहा था:

"मेलिना, यह तुम्हारे लिए है। क्रिस्टल... यह raw है, लेकिन इसमें क्षमता है। तुम्हारी तरह। नोटबुक... इसे मत पढ़ना। इसमें सिर्फ़ अराजक विचार हैं। और मेरे सबसे गहरे डर हैं। मैं जानता हूँ कि तुम महसूस करती हो। मैं निर्देशांक का इंतजार कर रहा हूँ। अगर तुम dead end में प्रवेश करने के लिए तैयार हो - तो तुम मुझे वहाँ पाओगी।"

मैंने आखिरी शब्द पढ़े। "Dead end"। यह स्वीकार करने का उसका तरीका था कि वह किनारे पर था। इस पल में, जब मैं क्रिस्टल को पकड़े हुए थी और अपनी हथेली में उसकी ठंडक महसूस कर रही थी, तो खिड़की एक धमाके के साथ खुल गई। बाहर एक अचानक, उग्र तूफान उठ गया। हवा एक कराह की तरह गूंजी, बारिश इतनी तेज़ हो गई कि उसने सभी विचारों को शांत कर दिया। खिड़कियाँ खड़खड़ा रही थीं, और बिजली आसमान को काट रही थी, कमरे को भयानक चमक में रोशन कर रही थी। जैसे कि स्वयं प्रकृति हमारे आंतरिक cataclysm को दर्शा रही थी। इस अराजकता में, निर्देशांक के लिए नथानिएल का संदेश एक आखिरी बुलावा जैसा लग रहा था।

मेरा दिल सिकुड़ गया। घबराहट मुझ पर हावी हो गई - चिपचिपी और ठंडी। मैंने उससे संपर्क खो दिया। कोई जवाब नहीं था। वह गायब हो गया। मेरी नाड़ी

बेतहाशा धड़कने लगी, जैसे कि मेरा दिल मेरी छाती से बाहर निकलने की कोशिश कर रहा था। मेरी साँसें उथली, spasmodic हो गईं। मेरे हाथ uncontrollably काँप रहे थे, मेरी उंगलियाँ नोटबुक और लॉकेट से चिपक गईं, जैसे कि मैं आखिरी धागे से लटकी हुई थी।

"मैंने उसे खो दिया! मैंने उसे खो दिया!" मेरे सिर में एक आवाज़ चिल्लाई।

कुल निराशा के इस क्षण में, जब तूफान बाहर और मेरे अंदर raging था, मैंने अपनी आँखें बंद कर लीं। और फिर... एक दर्शन नहीं, बल्कि एक गहरा, बौद्धिक catharsis। मेरे सभी विचार, उसके सभी प्रतिरोध, हमारे सभी डर - वे ज्ञान की एक खाई में बदल गए। मैं इसे सिर्फ़ महसूस नहीं कर रही थी, मैं उसके दर्द को, नियंत्रण के लिए उसके संघर्ष को, व्यवस्था के लिए उसकी उन्मादपूर्ण ज़रूरत को समझ रही थी। मैंने महसूस किया कि उसका तर्क कैसे बिखर रहा था, अराजकता से नहीं, बल्कि भावना के अतिभार से। यह उसकी मृत्यु और पुनर्जन्म था। मेरे अहंकार का बलिदान उसके लिए इस portal को खोल दिया।

--- ✶ ⸮ ✶ ---

संघर्ष का आह्वान और ग्रेल की कीमत

फोन फिर से काँपा। यह एक संदेश था, लेकिन नथानिएल से नहीं। एक अज्ञात नंबर। प्रायर।

"मेलिना, ध्यान से सुनो। महान निगलना शुरू हो गया है। समय खत्म हो रहा है। ग्रेल एक उपहार नहीं है, बल्कि एक कीमत है। अगर तुम उसे उसमें अनलॉक करना चाहती हो, अगर तुम इस दुनिया को बचाना चाहती हो, तो तुम्हें... खुद का एक टुकड़ा sacrifice करना होगा। भौतिक रूप से नहीं। अपनी आत्मा। तुम वह खो दोगी जिसे तुम अपना 'स्व' मानती हो, ताकि तुम एक हो सको। तुम अपने जीवन के वर्षों का त्याग कर दोगी, जिसे तुम उसे दोगी, ताकि तुम्हारे पास रहस्योद्घाटन के क्षण का अनुभव करने का समय हो। क्या तुम इस कीमत का भुगतान करने के लिए तैयार हो?"

मैंने अपने हाथ में क्रिस्टल की ओर देखा। "Dead end"। "अपनी आत्मा का बलिदान करो।" "अपने जीवन के वर्ष।" मेरी साँस रुक गई। कीमत बहुत बड़ी थी। लेकिन विकल्प... विकल्प शून्यता थी।

उसी क्षण, नथानिएल से भी एक संदेश आया। कोई निर्देशांक नहीं थे। सिर्फ़ शब्द। सिर्फ़ कुछ शब्द, जिन्होंने मेरे आंतरिक अराजकता की चुप्पी को फाड़ दिया।

"मेलिना, मुझे तुम्हारी याद आती है। कमी मुझे दबा रही है। मैं तुम्हें चाहता हूँ। आओ।" उसकी आवाज़, भले ही केवल अक्षरों में, टूट गई थी। वह vision नहीं देख रहा था, लेकिन लालसा और कमी उसे दबा रही थी। उसने उसे खुद में इतनी गहराई से और इतना करीब जाने दिया था, वह इस प्यार के आगे surrender करने के लिए तैयार था, सब कुछ प्राप्त करने के लिए अभ्यस्त था। पहली बार उसने नुकसान के

अपने डर को स्वीकार किया, न कि सिर्फ़ नियंत्रण के, बल्कि स्वयं खालीपन के डर को। यह पहली बार था जब मैं उसकी "शरणस्थली" थी।

मैंने अपनी आँखें बंद कर लीं। मैंने गहरी साँस ली, अपनी हथेली में क्रिस्टल के वजन को महसूस करते हुए। मैं जानती थी कि मुझे क्या करना है।

---✶ ⸮ ✶ ---

अनुष्ठान: डेल्फी में एक चमत्कार के लिए एक मंत्र

बिना सोचे-समझे, मैंने अपना बैग पकड़ा। यह तार्किक नहीं था, लेकिन मैं अब तर्क पर काम नहीं कर रही थी। एकमात्र चीज़ जो मायने रखती थी वह उसकी पुकार थी। मुझे डेल्फी पहुँचना था।

इसके तुरंत बाद मैं फेरी पर थी, जो मुझे सैंटोरिनी से मुख्य भूमि ग्रीस ले जा रही थी। लहरें नाव के किनारे से टकरा रही थीं, और जो तूफान मैंने पहले महसूस किया था, वह अब बाहर और मेरे अंदर raging था। मेरे चारों ओर अराजकता के बावजूद, मेरा एकमात्र विचार समय पर वहाँ पहुँचना था।

मैं डेल्फी पहुँची, जबकि तूफान अभी भी raging था। टैक्सी ने मुझे जगह से बहुत दूर छोड़ दिया, लेकिन मैं जानती थी कि मैं कहाँ जा रही हूँ। रास्ता फिसलन भरा था, कीचड़ मेरे जूते से चिपक गया था, लेकिन मैं नहीं रुकी। मैं रात में, raging तूफान के बावजूद, डेल्फी ओरेकल के पवित्र खंडहरों की ओर पैदल चलती रही। thunderclaps आसमान को फाड़ रहे थे, और हवा मुझ पर जोर दे रही थी, मुझे रोकने की कोशिश कर रही थी। बारिश मेरे चेहरे से नीचे बह रही थी, आँसुओं के साथ मिल रही थी, जो मुझे नहीं पता था कि वे दुख के थे या दृढ़ संकल्प के। मैं अपोलो के मंदिर तक पहुँची, जिसके पत्थर के ब्लॉक हजारों साल की ऊर्जा और prophecies से भरे हुए थे। हवा विद्युतीकरण कर रही थी, अतीत की अदृश्य फुसफुसाहट से भरी हुई थी। मैंने अपने सिर के ऊपर "अलादीन का जादुई चिराग" उठाया - अडाना से एक उपहार, मेरे, और अब उसके, छिपे हुए जादू का प्रतीक। मैंने इसे प्राचीन वेदी पर रखा। उसके बगल में, मैंने नोटबुक और क्रिस्टल के साथ लॉकेट रखा।

मैंने एक छोटी, प्राचीन hourglass निकाली, जिसे मैं हमेशा अपने साथ रखती थी - समय खत्म होने और भौतिक अस्तित्व के त्याग का प्रतीक। मैंने इसे अन्य वस्तुओं के बगल में रखा। हर एक रेत का दाना जो नीचे गिरा, वह मेरे जीवन का एक हिस्सा था, जिसे मैं उसके लिए त्याग रही थी। यह सिर्फ़ आध्यात्मिक नहीं था - यह बलिदान का एक भौतिक कार्य था।

मैंने वह मंत्र कहना शुरू किया जो प्रायर ने मुझे दिया था - एक प्राचीन भाषा, जो मेरे शरीर में कंपन कर रही थी, जिससे हर नस काँप रही थी। यह नियंत्रण के लिए एक जादू नहीं था, बल्कि परिवर्तन के लिए। मैंने उन शब्दों का उच्चारण किया जो समय और स्थान को मोड़ने के लिए बुलाते थे। हर शब्द आत्म-बलिदान का एक कार्य था।

"ओह, ब्रह्मांड की शक्तियों, मेरी पुकार सुनो! मैं, मेलिना, अपने वर्षों, अपने दिल की हर धड़कन, जीवन की हर चिंगारी को त्यागती हूँ, ताकि वह, नथानिएल, सच्चाई देख सके! मेरी जागरूकता उसका portal बन जाए! उसका दिमाग अनंत के लिए खुल जाए, ताकि वह उस प्यार को महसूस कर सके जो निगलने के खिलाफ हमारी एकमात्र सुरक्षा है! हमारी आत्माएं एक ऐसे element में विलय हो जाएँ जो सब कुछ बहा ले जाए! वह कंपन, डर, आशा, जलते हुए आनंद को महसूस करे! मैं अपने जीवन के वर्षों को त्यागती हूँ, ताकि हमें रहस्योद्घाटन के क्षण का अनुभव करने का समय मिले! ताकि उनके पास salvation का मौका हो!"

जैसे ही मैंने आखिरी शब्द बोले, मेरे हाथ में लॉकेट का क्रिस्टल एक नरम, सुनहरे प्रकाश के साथ धड़कने लगा। यह बढ़ गया, मेरे हाथों को घेर लिया, और फिर मेरे पूरे शरीर को। जैसे कि मैं ऊर्जा के एक कोमल भंवर से घिरी हुई थी। मैंने महसूस किया कि मेरा एक हिस्सा, एक पुराना, सिकुड़ा हुआ "स्व", अलग हो गया और गायब हो गया। इस पल में, जब मेरी आत्मा ने शरीर को छोड़ दिया, तो मुझे मंदिर की गहराइयों से लोबान की हल्की गंध आई, और प्राचीन कीड़ों की एक दूर की buzz, जो पत्थरों से घुसती हुई लग रही थी - जैसे कि स्वयं डेल्फी की आत्मा प्रतिक्रिया दे रही थी। यह दर्द था, लेकिन मुक्ति भी थी। मैंने उसे देखा - शुद्ध, चमकदार, विलय के लिए तैयार।

मैंने वेदी की दहलीज पार की। मैं मंदिर के दिल में चली गई। मैं जानती थी कि मैं अब वापस नहीं लौट सकती।

नथानिएल। मुझे बस इंतजार करना था। क्या मेरा बलिदान पर्याप्त होगा? क्या वह उस तूफान को महसूस करेगा जिसे मैं बुला रही थी, क्या वह सर्व-समाहित आनंद के लिए खुलेगा, ताकि हम न केवल खुद को, बल्कि दुनिया को भी बचा सकें? सब कुछ एक धागे पर लटका हुआ था।

------------------ ❧ --------------------

अध्याय 18: जुनून का भंवर

मेरा दिल एक पागल metronome की तरह धड़क रहा था। मैं इसे अपने कान के ड्रम में सुन सकती थी, ट्रेन की हिसिंग को शांत कर रही थी, जो आखिरकार ज्यूरिख में प्लेटफॉर्म 5 पर रुक गई। डेल्फी में उस fateful अनुष्ठान के छह महीने बाद। छह महीने का virtual abyss - एक abyss जो डराता नहीं था, बल्कि एक black hole की तरह मुझे अपनी ओर खींचता था। खिड़की के बाहर का शहर स्थिर हो गया - gray, ghostly, जैसे कि उसकी ऊर्जा बाहर निकल रही थी। हवा में desolation की एक धूल भरी गंध थी। स्टेशन के foyer में कहीं - सार्वजनिक घोषणाओं से दबी, यांत्रिक आवाज़ें। मानव warmth से रहित, उन्होंने एक ऐसी दुनिया की creeping भावना की पुष्टि की जो धीरे-धीरे अपनी आत्मा खो रही थी।

अब मैं यहाँ थी। उसके जन्मदिन के लिए। पागलपन? लापरवाही? मेरा पूरा अस्तित्व एक ही लालसा के अधीन था - उसे देखने, उसकी उपस्थिति को महसूस करने, उसकी त्वचा की गर्मी, हमारे बीच हवा में बिजली के आवेश को। सब कुछ तर्क, डर, चेतावनियों पर हावी हो गया था। स्टेशन लॉबी में समाचार चैनल चुपचाप बड़े metropolises पर हावी होने वाली एक नई, अकथनीय apathy के बारे में बता रहा था। उद्घोषक की आवाज़, बेजान, किसी भी भावना से रहित, एक apocalyptic पूर्वानुमान से ज़्यादा डरावनी थी। इसने अंत का foreshadowed किया।

जो anonymous संदेश मैंने उसे कल रात भेजा था, वह हवा में घूम रहा था। एक अदृश्य स्वीकारोक्ति। एक ticking time bomb: "एक व्यक्ति है जो तुमसे मिलना चाहता है। कल सुबह 8:15 बजे ज्यूरिख स्टेशन पर प्लेटफॉर्म 5 पर रहो।" मुझे उम्मीद थी कि वह आएगा। कि वह intrigued है, गुस्सा नहीं है। कि वह आया है क्योंकि उसने वही आकर्षण, अपनी खुद की ढाल में वही दरार महसूस की है।

और यहाँ वह था। वह वहाँ खड़ा था। मुझसे कुछ मीटर की दूरी पर, उसकी silhouette सुबह के हल्के प्रकाश के खिलाफ खड़ी थी, थोड़ी भ्रमित थी। उसकी नज़र - मर्मभेदी, जैसे कि वह मुझे हड्डियों तक नग्न कर रहा हो। मैंने उसे तुरंत पहचान लिया - उसकी आँखों में वही तीव्रता, उसके stance में वही हल्की लापरवाही, जो छिपी हुई शक्ति को धोखा देती थी। सुबह जल्दी होने के बावजूद, वह असामान्य रूप से जाग रहा था, जैसे कि एक आंतरिक बुखार ने उसे अब तक जगाए रखा था। सुबह का सूरज उसके बालों में एक सुनहरे halo की तरह चमक रहा था। लगभग एक अलौकिक आभा।

"नथानिएल?" मेरी आवाज़ काँप रही थी। मेरा गला दर्द से सिकुड़ गया था।

उसका आश्चर्य real था। उसकी नज़र मुझ पर टिकी हुई थी, study कर रही थी, लेकिन खोई हुई भी थी, एक वैज्ञानिक की तरह जो एक ऐसे कार्य का सामना कर रहा हो जो उसके सभी ज्ञात कानूनों का विरोध करता हो।

"मेलिना?" उसकी आवाज़ - गहरी और मोटी, ने हमारे बीच की जगह भर दी। उसने अपनी आँखें सिकोड़ लीं, जैसे कि वह मुझे एक जटिल, अज्ञात सूत्र की तरह decipher करने की कोशिश कर रहा हो। लेकिन उसकी नज़र कैद रही। मैंने एक चमक देखी - आंतरिक कुंजी का एक दांत जगह पर फिट होने लगा था। यह अपनी जगह पा रहा था, एक ऐसा दरवाजा खोल रहा था जो खुद उसके लिए भी अज्ञात था। एक दरवाजा जिसे उसने हमेशा बंद रखा था।

इस पल में, जब हमारी उंगलियाँ लगभग छू गईं, तो हमारे चारों ओर हवा चरमरा गई। मुझे एक बिजली का झटका लगा, तेज, मर्मभेदी, जो मेरे पूरे शरीर से होकर गुजरा - जैसे कि हमारे बीच लाखों अदृश्य चिंगारियां जल गईं। मेरी त्वचा सिहर गई, मेरी इंद्रियाँ दर्दनाक रूप से तेज हो गईं। उसकी नज़र मेरी नज़र से मिली, और मैंने उसकी आँखों में वही shock देखा, वही अप्रत्याशित बिजली, जो मैंने महसूस की थी। एक पल के लिए, ऐसा लगा जैसे हम इस भीड़-भाड़ वाले प्लेटफॉर्म पर केवल दो

लोग थे, जो एक अदृश्य, शक्तिशाली करंट से जुड़े थे। लेकिन जितनी तेज़ी से यह दिखाई दिया, उतनी ही तेज़ी से वह पीछे हट गया। कलाई की एक हल्की, लगभग imperceptible हलचल, लेकिन धागे को तोड़ने के लिए पर्याप्त थी। बिजली गायब हो गई, हवा फिर से साधारण, खाली हो गई।

मैं कड़वाहट से मुस्कुराई। मेरे अंदर कुछ सिकुड़ गया। एक बर्फीला ब्लेड मेरे दिल में घुस गया। हमारे बीच एक अदृश्य, बर्फीली दीवार खड़ी हो गई। मेरे गले में गलतफहमी और गुस्से का एक लंप अटक गया - उसके अभेद्य तर्क के प्रति गुस्सा, मेरी खुद की innocence के प्रति गुस्सा। मैं फिर से इंसान थी। और यह पहले से कहीं ज़्यादा दर्दनाक था।

---✶ ⸮ ✶ ---

उसका रहस्योद्घाटन

ठीक इसी क्षण। शांत, अपनी दुनिया में डूबे हुए, अपने पैरों के नीचे स्टेशन की हल्की धड़कन को महसूस कर रहे थे। मैंने उसकी नज़र में एक हल्की, लगभग imperceptible flutter महसूस की। सेकंड के लिए। उसका मुखौटा फिसल गया, जिससे वह, नथानिएल नहीं, बल्कि कुछ और प्रकट हुआ - उसकी आँखों में छिपी एक गहरी, प्राचीन परछाई, लेकिन उसका हिस्सा नहीं थी। यह मुझे देख रही थी। यह घात लगाए बैठी थी। मैंने एक intuition महसूस की, जो मुझसे भी ज़्यादा पुरानी थी, जो मुझसे चिल्ला रही थी कि यह परछाई मुझसे कुछ उम्मीद करती है। न केवल उसे समझने के लिए, बल्कि मेरे अंदर गहराई से locked कुछ खोजने के लिए, कुछ जिसे मैं खुद नहीं जानती थी। और जैसे-जैसे यह विचार रिस रहा था, मुझे एहसास हुआ: उसने जानबूझकर मेरे प्यार को विद्युतीकृत किया था। न केवल मुझे आकर्षित करने के लिए, बल्कि मेरे अंदर कुछ अनलॉक करने के लिए, मुझे कुछ बड़े के लिए तैयार करने के लिए। कुछ ऐसा जो समझ की सीमाओं से परे मेरा इंतजार कर रहा था, मृत्यु और जीवन से परे, जैसा कि मैं उन्हें जानती थी। एक ठंडी सिहरन मेरी रीढ़ से होकर गुजरी, जैसे कि दूसरी दुनिया से एक हवा का झोंका आया हो।

"जन्मदिन मुबारक हो।" मैंने एक छोटा, रेशम से लिपटा हुआ बक्सा बढ़ाया। एक antique pocket watch। न केवल अनंत काल का प्रतीक, बल्कि स्वयं समय के पाठ्यक्रम का, disappearance और ascent के चक्र का, अपनी राह तलाशने वाली आत्माओं के अंतहीन पुनर्जन्म का भी। मुझे उम्मीद थी कि वह संदेश को समझेगा।

नथानिएल ने बक्सा लिया। उसकी उंगलियाँ, जो आमतौर पर इतनी confident होती थीं, मुश्किल से काँप रही थीं, जब उन्होंने ठंडे रेशम को छुआ, जैसे कि वे एक अदृश्य ऊर्जा से जल गए हों। इस क्षण में, मैंने महसूस किया कि मेरी कुंजी का एक और दांत जगह पर फिट हो गया है। मुझमें संतोष की एक गर्म लहर फैल गई, एक electrical discharge की तरह, यह एहसास हुआ कि मैंने उसे इस तरह से छुआ है, जिस तरह से कोई और नहीं छू सकता था। उसकी होंठों पर एक मुश्किल से

दिखने वाली मुस्कान चली गई, लेकिन उसकी आँखें, जो आमतौर पर दुनिया का ठंडी सटीकता से विश्लेषण करती थीं, अब थोड़ी unfocused थीं। जैसे कि वे दृश्य से परे कुछ देख रहे थे, कुछ ऐसा जिसे उसका तर्क पंजीकृत करने से इनकार कर रहा था, लेकिन जिसे उसकी आत्मा पहले ही पहचान चुकी थी। संदेश उस तक इस तरह से पहुँचा था जिसे उसका तर्क समझा नहीं सकता था - घड़ी, एक miniature lock, अपनी कुंजी का इंतजार कर रही थी, जिसे मैं धारण कर रही थी, लेकिन सिर्फ़ धारण नहीं कर रही थी, बल्कि उसे अपने अंदर, अपनी आत्मा में anchored किया हुआ था। उसने बक्से को और कसकर पकड़ा, अपनी उंगलियों को उसके चारों ओर एक आखिरी उम्मीद की तरह बंद कर दिया। एक gesture, जिसमें मैंने भेद्यता के साथ border करने वाली अनिश्चितता को पकड़ा। उसके चेहरे पर परछाइयां नरम हो गईं। उसकी आंतरिक ढाल, जो तर्कसंगतता और आत्म-नियंत्रण से बनी थी, सिर्फ़ ढीली नहीं हो रही थी - यह दरार पड़ रही थी, किसी ऐसी चीज़ के सामने पिघल रही थी जिसे वह नाम नहीं दे सकता था, लेकिन जिसने उसे एक अप्रतिरोध्य, प्राचीन शक्ति के साथ आकर्षित किया।

हमारे मिनटों की hourglass तेजी से नीचे गिर रही थी - केवल 30 मिनट, उसकी व्यस्त सुबह से चुराए गए, उसकी व्यवस्थित, बाँझ दुनिया से। लेकिन इन मिनटों में हमारे असामान्य संबंध की पूरी तीव्रता थी। हर virtual dialogue। हर रात का विचार। हर अनकहा शब्द। एक पल भी बर्बाद किए बिना, ऐसा लगा जैसे हमने एक बातचीत जारी रखी हो, जो क्षणों पहले बाधित हुई थी, इससे पहले कि हम महाद्वीपों में अलग हो जाएँ, इससे पहले कि दुनिया इस छोटे, शोरगुल वाले प्लेटफॉर्म तक सिकुड़ जाए:

"नथानिएल..." मेरे शब्द हमारी रात की vigils से, घंटों तक सब कुछ साझा करने से गूंजते थे जिसे दूसरे पागलपन कहते थे। "कभी-कभी मैं उस opposition के गहरे सिद्धांत के बारे में सोचती हूँ जो सभ्यताओं के विनाश के साथ होता है। यह सिर्फ़ विनाश और ascent का एक चक्र नहीं है, बल्कि ऐसा लगता है जैसे एक उच्च matrix, एक ब्रह्मांडीय code है, जिसके अनुसार केवल सबसे उन्नत आत्माएँ ही जीवित रहती हैं, वे जिन्होंने परीक्षा पास की है। एक mission जिसे हमें महान विस्मृति का विरोध करने के लिए पूरा करना है। अन्यथा, छिपे हुए अंधेरे और प्रकाश, नरक और स्वर्ग, possession और स्वतंत्रता के बीच इस अंतहीन लड़ाई में शाश्वत आध्यात्मिक जीवन कैसे मौजूद रहेगा?"

वह मुझे ध्यान से सुन रहा था। उसकी एक भौं थोड़ी उठी हुई थी। उसकी आँखें मुझ पर टिकी हुई थीं, मेरे अप्रत्याशित उपस्थिति और मेरे शब्दों की गहराई से अवशोषित थीं। वे उसकी तर्कसंगत दुनिया में घुस गए, जैसे कि वे एक code थे जिसे वह नहीं समझता था, लेकिन सहज रूप से महत्वपूर्ण के रूप में पहचानता था। हमारे चारों ओर हवा घनी हो गई थी, जो एक अदृश्य तनाव से भरी हुई थी। मैं इसे लगभग छू सकती थी - ताजे डाले गए राल की तरह घना, जो हमें धीरे-धीरे निगल रहा था।

मुझे एक तूफान से पहले की तरह ओजोन की गंध महसूस हुई, जो उसकी familiar, सांसारिक सुगंध के साथ मिश्रित थी।

"यह... जन्मदिन की शुरुआत के लिए एक काफी भव्य perspective है, मेलिना।" उसकी आवाज़ शांत थी, लेकिन उसमें जिज्ञासा का एक मूर्त स्वर था, जो प्रारंभिक shock पर हावी था। "क्या तुम सच में सोचती हो कि पीड़ा इस matrix, इस क्रूर code का हिस्सा है? कि कुछ हासिल करने के लिए दर्द का अनुभव करना ज़रूरी है? या यह सिर्फ़ resilience का एक test है? तो, अगर तुम पीड़ा नहीं सहते, तो तुम एक सच्चे इंसान नहीं हो?"

"मेरा मानना है कि पीड़ा पर काबू पाने के लिए एक गहरे, alchemy transformation की आवश्यकता होती है जो आत्मा को पिघला देती है। जैसे कि तुम्हारे अंदर का हर रेशा molecular level पर फिर से व्यवस्थित हो जाता है। यह enlightenment का एक पल नहीं है, नथानिएल, बल्कि जागरूकता, स्वीकृति, readjustment की एक लंबी, excruciating प्रक्रिया है। कभी-कभी, जब मैं संदेह और निराशा में गिर जाती थी, तो मुझे महसूस होता था कि ऊर्जा मुझे छोड़ रही है, जब तक कि कुछ भी नहीं बचता, सिवाय खालीपन के। केवल विश्वास ने ही मुझे वापस लाया है, एक अदृश्य उठाव की तरह। मैंने महसूस किया कि मेरी त्वचा सिहर रही है, और मेरे चारों ओर हवा घनी हो रही है, जब मैंने अपने विचारों को किनारे से देखना सीखा। मैं पीड़ा की पकड़ से मुक्त हो रही थी, यह महसूस कर रही थी कि मेरे अंदर कुछ घुल रहा है, हल्का हो रहा है। अपनी खुद की परछाई से अलग होने जैसा। मैंने मानव अहंकार को खारिज कर दिया, ताकि मैं और अधिक इंसान, और अधिक वास्तविक बन सकूँ, ताकि मैं तुमसे प्यार कर सकूँ, जैसा कि मैंने कभी किसी से नहीं किया।"

"और तुमने इस प्रक्रिया में क्या महसूस किया, मेलिना?" उसने पूछा। उसकी आवाज़ में - वास्तविक, unadulterated रुचि थी, जो जिज्ञासा के साथ मिश्रित थी, जैसे कि वह खुद उन जवाबों की तलाश कर रहा था जिन्हें उसका तर्क उसे नहीं दे सकता था, लेकिन जो उसके लिए vital थे।

"मुझे एहसास हुआ कि पीड़ा सिर्फ़ एक negative अनुभव नहीं है। इसमें massive growth की क्षमता है, अवसरों का एक विस्फोट जो तुम्हारी पूरी दुनिया को बदल सकता है। यह वह canvas है जिस पर हम अपने अस्तित्व और हमारे mission के अर्थ को चित्रित करते हैं।"

नथानिएल ने एक पल के लिए अपनी आँखें बंद कर लीं, जैसे कि वह मेरे हर शब्द, मेरी आवाज़ के हर कंपन का वजन कर रहा हो। जब उसने उन्हें खोला, तो उनमें एक अजीब, लगभग inhuman चमक चमक रही थी, जिसे मैंने पहले कभी नहीं देखा था - एक golden-blue aura, जो गहराइयों से धड़क रही थी। उसकी मुस्कान एक मुस्कान नहीं थी, बल्कि जागरूकता का एक grimace थी, जिसने उसके चेहरे को एक... परिचित, लेकिन भयानक तरीके से विकृत कर दिया।

"तो, मेलिना," उसने फुसफुसाया। उसकी आवाज़ एक फुसफुसाहट की तरह थी, जो कर्कश और एक धातु की तरह थी, जिससे मेरी त्वचा सिहर गई। "तुमने बहुत कुछ सीखा है। मानव पीड़ा के बारे में। alchemy transformation के बारे में। matrix के बारे में। कुंजी के बारे में।" वह थोड़ा मेरी ओर झुका। उसकी आँखें, जो अब पूरी तरह से केंद्रित थीं, स्टील की तरह ठंडी थीं, लेकिन वे किसी electrical ज्ञान, प्राचीन ज्ञान के साथ चमक रही थीं जो मानव समझ से परे था।

"क्या तुम जानती हो," नथानिएल ने जारी रखा। उसकी आवाज़ स्टेशन पर घोषणाओं से लगभग indistinguishable थी, लेकिन हर शब्द एक bullet की तरह मेरी चेतना को भेद रहा था। "मैं भी पीड़ा का अध्ययन करता हूँ। सदियों से। और नहीं, यह resilience का एक test नहीं है। बल्कि ऊर्जा का एक स्रोत है। और तुम, मेलिना, तुम सबसे शुद्ध concentrates में से एक हो, जिनसे मैं मिला हूँ।"

अगले ही पल, उसका हाथ बढ़ा, मुझे छूने के लिए नहीं, बल्कि मेरे सीने से कुछ अदृश्य निकालने के लिए। मुझे दर्द महसूस नहीं हुआ, लेकिन मुझे अपने अंदर एक ठंडा खालीपन फैल गया, जैसे कि मेरे सार का एक हिस्सा छीन लिया गया हो। उसी समय, हमारे चारों ओर प्रकाश फीका पड़ने लगा, रंग फीके पड़ने लगे, और स्टेशन का शोर - पूर्ण चुप्पी में शांत हो गया। लोगों के चेहरे धुंधले हो गए, ग्रे परछाइयों में बदल गए। सब कुछ immaterial हो गया। उसकी आवाज़ अब एक आवाज़ नहीं थी, बल्कि एक resonance थी, जो मेरी हर कोशिका में कंपन कर रही थी, जो मुझे हड्डियों के मज्जा तक भेद रही थी:

"और अब, मेलिना... मानव भूमिका निभाओ। मैं बाकी को अनलॉक करने के लिए यहाँ हूँ। तुम कुंजियों में से एक हो।"

मेरे चारों ओर की दुनिया शून्यता की खाई में डूब गई, और एकमात्र चीज़ जो मैंने सुनी, वह एक तंत्र का शांत क्लिक था, जो जगह पर फिट हो रहा था - भयानक और अंतिम।

अध्याय 19: लौ और स्वतंत्रता के रूप में प्रेम

स्ट्रैसबर्ग में सम्मेलन कक्ष एक हल्की फुसफुसाहट से गूंज रहा था। मैं मंच के पीछे खड़ी थी, अपनी हथेलियों के नीचे पॉलिश की हुई लकड़ी का वज़न महसूस कर रही थी। मेरा दिल धड़क रहा था, लेकिन एड्रेनालाईन ने मेरे सीने में अभी भी धड़क रहे खालीपन को शांत कर दिया था। मेरे सामने - ज्ञान की तलाश में चेहरों की पंक्तियाँ थीं। वही विषय जो मुझे नथानिएल से जोड़ता था, वही अदृश्य धागा जो मुझे यहाँ लाया था।

"मानव अस्तित्व के आध्यात्मिक आयाम" नामक सम्मेलन, वर्षों के काम और हजारों पृष्ठों की आंतरिक खोज की पराकाष्ठा थी। आज, मैं आधिकारिक तौर पर अपनी पुस्तक "अनंतता का चर्मपत्र" भी प्रस्तुत कर रही थी, जिसमें इन खोजों का सार था। कुछ आँखें थकी हुई थीं, जबकि कुछ खाली थीं, मानो उनकी आंतरिक लौ

मंद हो गई हो - दुनिया को घेरे हुए उदासीनता का एक और सबूत, उसी "महान अंतर्ग्रहण" का हिस्सा जिसकी पुष्टि नथानिएल ने की थी। वास्तविकता की रूपरेखा हर गुजरते दिन के साथ धुंधली होती जा रही थी, जो सब कुछ अपनी उदासी में निगल रही थी। जैसे ही स्टेशन की यांत्रिक घोषणाएँ मेरे दिमाग में गूंजती थीं, मैं मानवता की आवाज़ें भी सुन सकती थी जो धीरे-धीरे अपनी पहचान खो रही थीं।

मैंने गहरी साँस ली। मैंने शुरू किया। शब्द आसानी से बह रहे थे, हमारी लंबी, रात भर की बातचीत और साझा किए गए रहस्यों से प्रेरित थे। मेरे दिमाग में नथानिएल की छवि तैरने लगी, उसकी नीली, तीखी आँखों की, उसकी उस भयावह मुस्कान की, और हमारे जटिल, लगभग असंभव संबंध की। जो उसने मुझसे छीन लिया था उसका दर्द अभी भी जीवित था, लेकिन मैं इसे ईंधन के रूप में, एक उत्प्रेरक के रूप में उपयोग कर रही थी हर उस शब्द के लिए जो मैं बोल रही थी।

"प्रेम... क्या यह बिना पीड़ा के, सब कुछ - यहां तक कि सबसे बदसूरत, सबसे अंधेरे को भी पूरी तरह से स्वीकार किए बिना मौजूद रह सकता है?" मैंने एक आलंकारिक प्रश्न पूछा, लेकिन मेरी आवाज़ कांप रही थी। बिना शर्त प्रेम की मेरी भोली धारणा की एक स्मृति मेरे दिमाग से गुज़री। मैंने मानव स्वभाव को कड़वाहट से महसूस किया, जो हमेशा प्रतिफल की तलाश में रहता है। एलिजाबेथ की छाया और उस जलती हुई ईर्ष्या की भावना जो कभी मुझे खा गई थी, मेरे दिमाग से गुज़र गई।

"प्रेम में कुछ शिकारी और साथ ही कुछ गहरा मानवीय भी होता है - प्रतिदान, अधिकार और गारंटी की उम्मीद। लेकिन सच्चा प्रेम कोई व्यावसायिक सौदा नहीं है। यह एक गतिशील स्थिति है जो विकसित होती है, जलती है और राख से फिर से उठती है।" मैंने दृढ़ विश्वास के साथ यह कहा, नथानिएल के साथ हुई दर्दनाक विसंगतियों, अलगाव के डर, जल जाने के डर और अपनी पहचान के बिखरते हुए मुखौटे को याद करते हुए। मैंने अपनी ताकत बटोरी और अपने डर का सामना किया, अपने अहंकार के विश्वासघाती डर का। सच्चा प्यार पूर्ण स्वतंत्रता और दर्द रहित जाने देना है। यह शुद्ध अस्तित्व का केवल एक अनमोल क्षण है जिसे आप रोक नहीं सकते, केवल जी सकते हैं। इसलिए नथानिएल तैयार नहीं था। और इसलिए मैं भी नहीं थी।"

मैंने यह बताते हुए जारी रखा कि मैंने पीड़ा को कैसे स्वीकार किया, एक अभिशाप के रूप में नहीं, बल्कि एक अप्रत्याशित पुरस्कार के रूप में जो आपकी आँखें खोलता है, जो आपके भीतर के "कुंजी" को जगाता है। मैंने कैसे जाने देना सीखा, अपने विश्वास में कैसे रहना सीखा, अपनी शक्ति में, मैट्रिक्स में अपनी भूमिका में आश्वस्त होकर। फिर मैंने करुणा के बारे में बात की - "विकास का सबसे ऊंचा रूप", मानव आत्मा की सबसे शुद्ध अभिव्यक्ति, और आने वाली उदासीनता के खिलाफ एकमात्र बाधा।

"करुणा - वह अदृश्य धागा जो हमें दूसरे व्यक्ति की मानवता से, उसकी भेद्यता से, उसके दर्द से जोड़ता है। कल्पना कीजिए, किसी और के दर्द को पूरी तरह से

अनुभव करने के बजाय, उसके भार को महसूस करना, उसके सार को समझना, और यह महसूस करना कि यह आपकी हड्डियों तक कैसे चुभता है।" मेरी आवाज़ शांत, अधिक अंतरंग, लगभग फुसफुसाहट में बदल गई। मैंने बताया कि कैसे करुणा ने मुझे अपने अहंकार के लिए अतार्किक कार्य करने के लिए प्रेरित किया, नथानिएल की जटिल, तूफानी भावनाओं को पूर्ण समझ और बिना शर्त स्वीकृति के साथ गले लगाने के लिए, बिना किसी अपेक्षा के, यहां तक कि खुद उसकी अपेक्षा के भी बिना, यहां तक कि यह जानते हुए कि वह मेरा दुश्मन भी हो सकता है।

व्याख्यान के बाद - एक जीवंत चर्चा हुई। लोग प्रश्न पूछ रहे थे, अनुभव साझा कर रहे थे। उनके चेहरे नई मिली आशा से चमक रहे थे, प्रकाश की छोटी-छोटी चमक से जो रेंगती हुई उदासी का विरोध कर रही थी। एक व्यक्ति, जिसकी गहरी नज़र शब्दों से परे देख सकती थी, उसने पूछा:

"लेकिन हम सच्ची करुणा और अनुग्रहपूर्ण दया में कैसे अंतर कर सकते हैं?"

"सच्ची करुणा एक दुर्लभ, गहरी अंतरंगता है, अटूट विश्वास है और दूसरे व्यक्ति की सबसे अंतरंग दुनिया में बिना उजागर होने के डर के पूर्ण प्रवेश है। यह तभी संभव है जब बिना शर्त प्रेम दो जुड़ी हुई आत्माओं पर राज करता है, भावनाओं को एक जटिल, अंतरंग नृत्य में मिलाता है।" मैंने आत्मविश्वास से उत्तर दिया। मेरे विचार फिर से नथानिएल की ओर लौट गए, आंतरिक शक्ति के उस साहसिक कार्य की ओर जिसने मुझे उसकी तूफानी भावनाओं, उसके आंतरिक तूफान के लिए खुद को पूरी तरह से खोलने के लिए प्रेरित किया। उसकी छाया की ओर, जो अब डरावनी नहीं थी, बल्कि उसके सार का हिस्सा थी, उस लड़ाई का हिस्सा जो हमारे सामने थी।

---✶ ʕ ✶---

एक अप्रत्याशित मुलाकात

शाम को, एक लंबे दिन के बाद, मैं होटल के लॉबी बार में अकेली बैठी थी। मैं थकी हुई थी, लेकिन जो मैंने साझा किया था उससे संतुष्ट थी। मैं उन सभी चीजों के बारे में सोच रही थी जो मैंने कही थीं, उस ऊर्जा के बारे में जो मैंने दी और प्राप्त की थी। हालांकि नथानिएल ने मुझसे जो कुछ छीना था, उसका दर्द था, फिर भी मुझे अपने भीतर एक अजीब ताकत महसूस हो रही थी।

अचानक मुझे किसी की उपस्थिति महसूस हुई - मेरी त्वचा पर एक हल्की झनझनाहट, मेरे चारों ओर हवा में एक सूक्ष्म बदलाव। ओजोन की गंध, जो अब परिचित थी। मैंने ऊपर देखा। मेरे दिल की धड़कन एक पल के लिए रुक गई, और फिर वह जोर से धड़कने लगी। मुझसे कुछ ही कदम दूर नथानिएल खड़ा था। व्यावहारिकता और नियंत्रण का उसका मुखौटा, जिसे मैं हमारी आभासी दुनिया से इतनी अच्छी तरह से जानती थी, अब थोड़ा टूट गया था। उसकी आँखों में आश्चर्य, जिज्ञासा और कुछ ऐसा था जो भेद्यता, लगभग डर जैसा था, जिसे वह छिपाने की बहुत कोशिश कर रहा था।

"नथानिएल?" मैंने अविश्वास में फुसफुसाया। मेरी आवाज़ लगभग अनसुनी थी। यह कैसे संभव था? उसने स्टेशन पर जो किया था, उसके बाद आने की हिम्मत कैसे की?

उसने थोड़ा मुस्कुराया, वह उसकी रहस्यमय मुस्कान थी, जिसे मैं अब इतनी अच्छी तरह से जानती थी।

"ऐसा लगता है कि मेरा रास्ता फिर से तुम्हारे रास्ते से गुजरता है।"

उत्सुकता ने मुझे अभिभूत कर दिया। मेरे सीने में अभी भी खालीपन महसूस होने के बावजूद, एक गर्म लहर मुझमें दौड़ गई। वह यहाँ था। उसने मुझे आश्चर्यचकित कर दिया था। इसने उसे वास्तविक बना दिया, पहले से कहीं अधिक मूर्त, जिसने मुझे मूल रूप से हिला दिया। हम शांत लॉबी बार में देर तक बात करते रहे। उसने मेरे व्याख्यान का सार ऑनलाइन पढ़ा था और आने का फैसला किया था। हम अहंकार और इच्छा के बारे में, उनके बीच की पतली रेखा के बारे में, और एक ऐसी दुनिया में खुद के प्रति सच्चे रहने के लिए इंसान के संघर्ष के बारे में एक दार्शनिक बहस में शामिल हो गए, जो उसे खुद को फिट करने के लिए मजबूर करती है, लेकिन एक ऐसी दुनिया में भी जो धीरे-धीरे उदासीनता से निगल रही है।

"स्व - वह आंतरिक इकाई जो हमें अलग और सक्रिय महसूस कराती है - क्या यह अहंकार है, या हमारी आवश्यक इच्छा की अभिव्यक्ति?" मैंने उससे पूछा, अपने व्याख्यान के अंतिम शब्दों को दोहराते हुए, उसे चुनौती देने की कोशिश करते हुए।

"मुझे लगता है कि यह दोनों है," उसने विचारपूर्वक उत्तर दिया। उसकी नज़र खिड़की की ओर थी, मानो वह वहां कोई जवाब ढूंढ रहा हो। "अहंकार एक कवच है, हाँ, लेकिन यह एक जेल भी बन सकता है। इच्छा एक कंपास है, लेकिन कभी-कभी यह हमें गलत दिशा में ले जा सकती है, अगर इसे किसी उच्च चीज़ द्वारा निर्देशित नहीं किया जाता है, किसी ऐसी चीज़ द्वारा जो तर्क से परे है। किसी ऐसी चीज़ द्वारा जिसे मैं अभी तक नहीं समझता।" अंतिम शब्द लगभग एक स्वीकारोक्ति की तरह लगे, जैसे उसके कवच में अचानक सेंध लग गई हो।

हमारी बातचीत देर तक चली। मैंने उसके साथ अहंकार के बारे में अपने विचार साझा किए, एक घने परदे के रूप में जो दुनिया के सच्चे सार के प्रति हमारी दृष्टि को धुंधला करता है, सार्वभौमिक सार के साथ विलय के बारे में, सभी सीमाओं के विघटन के बारे में।

"जब मैंने धीरे-धीरे इसे हटाया, तो मैंने महसूस किया कि मैं किसी बड़ी चीज़ से जुड़ रही थी - सार्वभौमिक मानव सार से। इस आंतरिक प्रक्रिया ने मुझे दुनिया को एक पूर्ण रूप से देखने और दूसरों की खामियों को भी स्वीकार करने के लिए सिखाया, यहां तक कि उन लोगों को भी जो मुझसे कुछ छीन लेते हैं।" मैंने उसे समझाया, और उसने धीरे-धीरे सिर हिलाया, मेरे शब्दों में डूबा हुआ था, मानो मेरे हर शब्द ने उसे हिला दिया हो, उसके सार में गहराई तक प्रवेश कर गया हो, एक छिपी हुई तार को छू लिया हो, शायद वही "कुंजी" जिसके बारे में उसने बात की थी।

बाद में, एक छोटे, आरामदायक रेस्तरां में, जिसमें धीमी रोशनी और शराब और जड़ी-बूटियों की सुगंध थी, हमने बातचीत जारी रखी। हम हंसे, व्यक्तिगत कहानियाँ साझा कीं, लेकिन हम हमेशा उन गहरे सवालों पर लौट आते थे जो हमें जोड़ते थे, उन चीजों पर जो शब्दों में नहीं बताई जा सकती थीं, हमारे साझा, हालांकि अलग, मिशन पर।

"कृतज्ञता..." मैंने कहा, एक घूंट लाल शराब पीते हुए। "यह स्वीकार्यता में है। हर उपहार की स्वीकार्यता में - चाहे वह अनमोल हो या दर्दनाक। हर दर्द, हर खुशी, हर विफलता, हर जीत - सब कुछ एक उपहार है।"

"यहां तक कि दर्द भी?" उसने थोड़ी शंका के साथ, लेकिन वास्तविक जिज्ञासा के साथ पूछा, मानो वह मेरी सीमाओं का परीक्षण कर रहा हो।

"यहां तक कि दर्द भी। क्योंकि यह अक्सर गहरी समझ और करुणा, आत्मा के जागरण, और अपनी सच्ची ताकत, उस कुंजी को प्रकट करने का अवसर होता है, जिसे तुम धारण करते हो।" मैंने आत्मविश्वास से उत्तर दिया, मेरी नज़र सीधी थी, बिना किसी हिचकिचाहट के। जिन चिंताओं ने कभी मुझे घेर लिया था, मैंने उन्हें धीरे-धीरे चुनौतियों के रूप में मानना शुरू कर दिया जो मुझे एक अधिक जागरूक जीवन बनाने के लिए बुला रही थीं। मैंने महसूस किया कि हर जवाब समझ की चाबी में एक नए मोड़ जैसा था, जो मेरे दिमाग में नए दरवाजे खोल रहा था, जो उसके सार की ओर ले जा रहा था। शाम एक शांत, मूर्त अंतरंगता के साथ समाप्त हुई, जिसमें निगाहें शब्दों से अधिक कह रही थीं, जिसमें हमारे बीच एक अदृश्य ऊर्जा धड़क रही थी। वह यहाँ था, अप्रत्याशित रूप से, लेकिन मानो भाग्य से। स्ट्रैसबर्ग में सम्मेलन एक अकादमिक घटना से कहीं अधिक बन गया था - यह एक अप्रत्याशित मुलाकात, गहरी बातचीत और एक ऐसे रिश्ते के नवीनीकरण का मंच था जो आभासी की सीमाओं से परे था और अस्तित्व में गहराई तक जड़ जमा रहा था। उस पल में, मैं जानती थी कि हमारी यात्रा अभी खत्म नहीं हुई थी। यह अभी शुरू हुई थी।

---✶ ६ ✶ ---

सार का विस्फोट

जब हम मुझे मेरे होटल के कमरे के दरवाजे तक छोड़ने के लिए पहुँचे, तो हमारे बीच की हवा भारी हो गई। मैंने उसे देखा, कुछ भी छिपाए बिना, अपने सीने में खाली जगह से डरे बिना। मेरी नज़र उससे भीख मांग रही थी, मेरा शरीर अनजाने में उसके करीब आ गया, और मेरे शब्दों में एक फुसफुसाहट थी:

"नथानिएल... हम वह सब... जांच सकते हैं जिसके बारे में हमने बात की।"

उसकी नज़र एक तूफान में बदल गई - उसकी काली आँखों में एक गहरा, दर्दनाक आंतरिक संघर्ष चल रहा था। मैंने देखा कि उसका जबड़ा कैसे कस गया, उसकी गर्दन की मांसपेशी कैसे फड़कने लगी। वह हिल गया था। वह मुझे चाहता था। मैं अपने अस्तित्व के हर रेशे से इसे महसूस कर रही थी - शारीरिक आकर्षण,

मेरे साथ विलय होने की लालसा, नियंत्रण छोड़ने की, अज्ञात को आत्मसमर्पण करने की।

...एक दिल दहला देने वाला संघर्ष - इस इतने भावुक क्षण को आत्मसमर्पण करना, बिना छुई हुई इच्छा को जीना, इसे एक भौतिक, शारीरिक संबंध में बदलना। लेकिन अगर वह ऐसा करता, तो प्रलोभन गायब हो जाता। उसके बाद केवल अनुभव किया हुआ, परिचित ही होता।

लेकिन इस इच्छा के पीछे एक गहरा, दर्दनाक डर था - भेद्यता का डर, नियंत्रण खोने का डर, और ऐसी चीज़ को आत्मसमर्पण करने का डर जिसे वह तर्क से नहीं समझा सकता था। सब कुछ जिसके बारे में मैंने जाने देने, स्वतंत्रता और बिना शर्त प्यार के बारे में बात की थी, अब उसका पीछा कर रहा था, उसके अपने कवच का परीक्षण कर रहा था। वह एक रसातल के कगार पर खड़ा था जो उसे डरा रहा था - मानवता का रसातल, लेकिन उस अज्ञात शक्ति का भी रसातल जो उसके भीतर जाग रही थी।

एक पल के लिए, मुझे लगा कि वह हार मान लेगा। मेरी सांस उम्मीद में रुक गई। उसका हाथ धीरे से उठा, जैसे मेरे चेहरे को छूने के लिए। लेकिन फिर... एक प्रयास के साथ जिसमें उसे एक विशाल आंतरिक संघर्ष का सामना करना पड़ा... वह अचानक पीछे हट गया।

"मैं तैयार नहीं हूँ, मेलिना," उसने फुसफुसाया। उसकी आवाज़ लगभग अनसुनी थी, दर्द से भरी हुई थी, लेकिन एक संकल्प के साथ, एक फैसले की तरह। "अभी और क्षण हैं। धैर्य रखो।" उसके शब्द चाकू की तरह थे, लेकिन एक वादे की तरह भी थे।

---✶ ʕ ✶ ---

अगली सुबह, अपनी कार से जाने से पहले, मैंने उसे होटल के बाहर तक छोड़ा। विदाई अलग थी - शांत, भारी, अनकहे शब्दों और अप्राप्त की प्राप्ति से भरी हुई, लेकिन जगाए हुए की भी। उसने मुझे फिर से गले लगाया, पिछली रात की तुलना में अधिक कसकर, मानो वह मुझसे हर एक कण को सोखना चाहता हो, उसे अपने भीतर रखना चाहता हो, उस "ऊर्जा" में से थोड़ा और लेना चाहता हो जिसके बारे में उसने बात की थी।

"धन्यवाद, मेलिना," उसने मेरे कान में फुसफुसाया। "ये दो दिन... अप्रत्याशित और अनमोल थे। वास्तव में... अप्रत्याशित।" मैंने उसकी आवाज़ में एक हल्की कंपन महसूस की, एक तरह की स्वीकारोक्ति।

"मेरे लिए भी, नथानिएल," मैंने एक कांपती हुई आवाज़ में उत्तर दिया, और मेरे दिमाग में वे शब्द गूंज रहे थे जिन्हें मैं नहीं कह सकती थी: "मैं भोली थी कि अगर मैं प्रेम को एक शुद्ध आंतरिक अनुभव के रूप में महसूस करती हूँ, जो बाहरी वादों और अपेक्षाओं से रहित है, तो मैं इसे एक सही सपने के रूप में अनुभव करूंगी। लेकिन कड़वी सच्चाई सामने आई। मानव स्वभाव हमेशा अवचेतन रूप से अपने समर्पण के

लिए एक इनाम की उम्मीद करता है, स्वामित्व और नियंत्रण की उम्मीद करता है। अहंकार मुझमें चिल्ला रहा था: 'मूर्ख! तुम क्यों खुल रही हो? वे तुम्हें फिर से चोट पहुँचाएँगे! विश्वास मत करो! खुद को बचाओ!'

जैसे ही उसकी कार दूर चली गई, मैं होटल के सामने खड़ी थी, जिसमें उदासी और आशा का मिश्रण था, अलगाव की दर्दनाक सच्चाई और अगली मुलाकात की मधुर उम्मीद थी। वह जा रहा था, लेकिन उसने अपने पीछे प्रामाणिकता की भावना छोड़ दी थी, संभावना की, कुछ वास्तविक की। हमारा आभासी रिश्ता मूर्त हो गया था, और उसकी गर्मी और उसकी नज़र की स्मृति मुझे हमारी अगली मुलाकात तक, गहराई के अगले प्रकटीकरण तक गर्म रखेगी।

मैंने एक गहरी सांस ली, परेशान करने वाले विचारों को दूर करने की कोशिश की। मेरे भ्रम बिखर गए, मेरी गुलाबी धारणाओं को फाड़ दिया, लेकिन उन्होंने मुझे एक बड़ी सच्चाई का खुलासा किया। सच्चा प्यार सिर्फ एक सूत्र नहीं है, बल्कि एक गतिशील स्थिति है जो विकसित होती है, कभी-कभी दर्दनाक रूप से, कभी-कभी जलाकर। मैंने अपनी ताकत बटोरी और अपने डर का सामना किया, अपने अहंकार के विश्वासघाती डर का। यह आसान नहीं था। उसकी आवाज़, एक चाबुक की तरह सूखी और तेज, मेरे सिर में लगातार फुसफुसा रही थी: "मूर्ख! तुम क्यों खुल रही हो? वे तुम्हें फिर से चोट पहुँचाएँगे! विश्वास मत करो! खुद को बचाओ!" लेकिन मैंने अपने दांत भींच लिए, यह महसूस करते हुए कि मेरे होंठ कांप रहे हैं और आंसू चुपचाप बह रहे हैं।

वास्तव में, सच्चा प्यार पूर्ण स्वतंत्रता और दर्द रहित जाने देना है; यह पूर्ण विलय का केवल एक अनमोल क्षण है जिसे आप नियंत्रित नहीं कर सकते, जिसका आप मालिक नहीं हो सकते। मुझे इस क्षण को जैसा था वैसा ही स्वीकार करना था - अपेक्षाओं से चिपके बिना, भविष्य से डरे बिना, इसे रोकने की कोशिश किए बिना, क्योंकि मैं जानती थी कि यही मेरा सच्चा रास्ता था, और "अंतर्ग्राहकों" का विरोध करने का एकमात्र तरीका था।

मैंने एक सांस ली और एक पल के लिए दुनिया शांत हो गई।

अध्याय 20: आत्मा की रस-विद्या

लौ के माध्यम से यात्रा...

स्ट्रैसबर्ग की ठंडी हवा मेरे कोट में घुस रही थी, लेकिन मेरे भीतर उसकी आखिरी आलिंगन की आग जल रही थी। नथानिएल की कार अब दूर एक बिंदु मात्र थी, जो नम सुबह की धुंध में समा गई थी। मेरे सीने में उसने जो खालीपन छोड़ दिया था, वह एक प्रेत दर्द के साथ धड़क रहा था। मैं होटल के सामने खड़ी थी, मेरे गले में वास्तविकता का कड़वा स्वाद था, और मेरे पेट में अधूरेपन की कंपन थी।

हमारे बीच की हवा अभी भी मेरी त्वचा पर कांप रही थी, कपड़ों के नीचे एक छिपे हुए अंगारे की तरह जल रही थी, मानो मैं एक अदृश्य, शक्तिशाली शक्ति से जल गई थी। मेरी नब्ज एक ढोल की ताल की तरह धड़क रही थी, जो अनकही इच्छाओं, अछूती अंतरंगता की याद दिला रही थी। मेरा मूड नथानिएल के जाने की तीव्र उदासी और उम्मीद की पीड़ादायक, मधुर व्यथा का एक विरोधाभासी मिश्रण था - शहद और जहर का मिश्रण। हमारा आभासी रिश्ता मूर्त हो गया था। उसकी गर्मी और उसकी नज़र की स्मृति मुझे हमारी अगली मुलाकात तक गर्म रखेगी, मेरी कल्पना को जुनून और अंतरंगता की अधूरी तस्वीरों से भर देगी। मैं पहले ही बदल चुकी थी - चिन्हित, लेकिन मजबूत भी।

मैंने अपना सूटकेस पैक किया, जो सामान से नहीं, बल्कि अनुभवों और अहसासों से भारी था, और घर के लिए ट्रेन में चढ़ गई। मैं खिड़की के बगल में बैठ गई, जहां से मैंने परिदृश्य को बदलते हुए देखा। सड़कें अधिक सुनसान लग रही थीं, इमारतें अधिक जीर्ण-शीर्ण, मानो शहर धीरे-धीरे अपनी नब्ज खो रहा हो, कमजोर साँस ले रहा हो। क्षितिज पर इकट्ठा हो रहे उदास, भूरे बादल एक तूफान की भविष्यवाणी नहीं कर रहे थे, बल्कि एक अंतहीन, भारी उदासीनता की, एक खालीपन की जो सब कुछ निगल रहा था, अपने पीछे केवल भूरी धूल छोड़ रहा था - विस्मरण का एक घना, दृश्य प्रकटीकरण। हालांकि, मेरा मन कहीं और था - अनुभव की गहराई में गोता लगा रहा था। मैंने आदत से अपना फोन खोला, ताकि उसके साथ बातचीत जारी रख सकूं, उसे वह सब बता सकूं जो मुझमें उबल रहा था। वह सब जो इस अतृप्त लालसा, इस अछूतेपन और इन कल्पनाओं ने मेरी आत्मा में जन्म दिया था, जिसने मुझे एक नए, खतरनाक, अनियंत्रित व्यक्ति में बदल दिया था।

मैंने लिखना शुरू किया, लेकिन रुक गई, मिटाया, फिर से लिखा। शब्द बाहर निकलने के लिए संघर्ष कर रहे थे, जो इतना क्षणभंगुर और फिर भी इतना मूर्त था उसे मूर्त रूप देने के लिए। वह इस सब का क्या जवाब देगा, जो मेरे सपनों के सबसे गुप्त कोनों में छिपा था? यह वही था जो मैं उसे बताने की कोशिश कर रही थी, उसे विश्वास दिलाने की कोशिश कर रही थी:

"अस्तित्व का मार्ग, एकता का बहुत सार... प्राचीन रहस्य से फुसफुसा रहा था। शुद्ध, निस्वार्थ लगाव के ऊबड़-खाबड़ रास्ते पर, मैं उसके सबसे गुप्त रहस्यों की फुसफुसाहट को करीब से सुन रही थी। वह सच्चाई जो दुनिया और तुम्हें हिला देती है।"

मैंने बाहर देखा, कोहरे में ढके नरम शीतकालीन परिदृश्य की ओर। मैंने उसके हाथ की गर्मी, उन कोमल चुंबनों की कल्पना की जो मुझे हमारे शारीरिक मिलन, त्वचा से त्वचा के स्पर्श की कल्पना में वापस ले जाएंगे। एक दृष्टि जो खालीपन के दर्द से लड़ रही थी।

"यह सिर्फ एक प्रतीक नहीं था। यह एक जीवित, धड़कती हुई आंतरिक स्थिति थी। बाहरी दुनिया के लिए अगम्य, शाश्वत युवा और अमरता का वादा करने वाले

अमृत, कलाकृतियों की ज्वर भरी खोज के लिए अगम्य। सदियों से, साधक और रहस्यवादी कोशिश करते रहे हैं। और सच्चाई का खुलता हुआ मुखौटा? यह सरल निकला। यह धूल भरे खंडहरों में नहीं छिपा था, बल्कि मेरे अपने अस्तित्व के पवित्र दायरे में गहराई में था - मेरे दिल में।"

मैं एक पल के लिए जम गई, जो मैंने लिखा था उसे फिर से पढ़ रही थी। मेरे होंठों पर एक कड़वी मुस्कान थी, जिसमें लगभग उन्मादी हंसी का मिश्रण था। मैं नथानिएल को यह सब कैसे समझा सकती थी, उसके व्यावहारिक दिमाग के साथ, जो ऊर्जा लेने के आदी था, न कि बनाने के? क्या वह उस लालसा की गहराई को समझेगा जिसने मुझे इन खोजों तक पहुँचाया, इस अंतहीन आंतरिक रसातल तक, जिसने मुझे निगल लिया और बदल दिया?

"सच्चे रहस्योद्घाटन के मार्ग के लिए साहस की आवश्यकता थी। परदों का निर्दयता से फटना, मेरी अपनी आत्मा की अंधेरी भूल-भुलैया में उतरना। वहां मुझे अपनी छायाओं का सामना करना पड़ा, मेरे उस हिस्से का जो नथानिएल और उसके अंधेरे से डरता था। अंतहीन धैर्य के साथ, जागरूकता की प्रक्रिया में, और अटूट दृढ़ता के साथ। इस यात्रा ने मुझे मेरे मानस के अंधेरे रास्ते से बहादुरी से नेतृत्व किया और धीरे-धीरे मुझे अनगिनत बेड़ियों से मुक्त किया जिन्हें मैंने खुद पर थोप लिया था।"

और तभी, मानो मेरी अनकही इच्छाओं के जवाब में, उसका एक संदेश आया। शैतानी रूप से सटीक। उसके शब्द मानो मेरे विचारों से स्याही से लिखे गए थे:

"प्राचीन रहस्य की संरक्षिका अब क्या सपना देख रही है, जब वह सामान्य दुनिया में लौट रही है? क्या तुम एकता के अधिक ठोस रूपों की कल्पना कर रही हो? मुझे उम्मीद है कि तुम्हारे आसपास की दुनिया उतनी ही निर्जीव नहीं हो गई है जितनी यहाँ ज्यूरिख में है। आज तीन महत्वपूर्ण बैठकें रद्द कर दी गईं, क्योंकि लोग बस... नहीं आए। उदासीन छाया।"

मैं कड़वाहट से मुस्कुराई, लेकिन मेरी आँखों में एक लौ थी। बिल्कुल वही। बिल्कुल सही समय पर। मेरी वास्तविकता हर जगह थी, यहां तक कि ट्रेन में भी। यह उसकी उपस्थिति से, हमारे मिलन की कल्पनाओं से, उस लौ से अधिक से अधिक भरी हुई थी, जो हमारे बीच जल रही थी, जो उसने मुझसे छीन लिया था, उसके बावजूद भी बुझ नहीं सकती थी।

"और इसलिए, मैंने स्रोत की खोज की। छिपा हुआ नहीं, बल्कि मेरे सार के पवित्र स्थान में गहराई से प्रकट हुआ। मैंने इसे एक कीमियाई अमृत से торжеपूर्वक भर दिया। इसके तत्व थे पीड़ा की कड़वाहट, जिसे बिना शर्त क्षमा की आग से शुद्ध किया गया था, कृतज्ञता की कोमल ओस से मीठा किया गया था, अच्छाई में अटूट विश्वास से मजबूत किया गया था और असीम प्रेम से मुकुट पहनाया गया था। प्रेम जिसे केवल मेरा परिवर्तित हृदय ही बना सकता था, प्रेम जो विस्मरण के खिलाफ एक ढाल हो सकता था।"

"यह सार कोई सपना नहीं है, नथानिएल। यह एक जागरण है। और इसके मार्ग के लिए साहस की आवश्यकता है - इसे अपने भीतर बनाने की। यह पीड़ा, क्षमा, कृतज्ञता, विश्वास और प्रेम का अमृत है। और हाँ, अस्तित्व अब अधिक मूर्त है। दांव ऊंचे हैं। हम सभी के लिए। विस्मरण आगे बढ़ रहा है।"

एक त्वरित जवाब आया। मुझे इसकी उम्मीद थी। मैं जानती थी कि मैंने उसे छू लिया है।

"किसके लिए साहस? तुम्हारे एक और दार्शनिक पहेली के लिए? मुझे अपने सर्वनाशक मनोदशाओं में शामिल करने की कोशिश मत करो, मेलिना। दुनिया वही है, बस कुछ लोग थक जाते हैं। या धीरे-धीरे मर जाते हैं। जब उनसे सब कुछ छीन लिया जाता है।"

उसके शब्दों ने एक परिचित कंपन जगा दी। शायद यह कंपन, यह अधूरापन, रास्ते का हिस्सा था। उसके रास्ते का। उस रहस्य का जो उसने रखा था, और जिसे मुझे सुलझाना था। मेरा मिशन अधिक स्पष्ट हो रहा था: यह पता लगाना कि हर मानव आत्मा को कैसे जगाया जाए, अनुभव को कैसे परिवर्तन में बदला जाए, इससे पहले कि मानवता भौतिकता की छाया में विकृत होकर गायब हो जाए। मुझे संकेतों की तलाश करनी थी - शिक्षाओं, स्कूलों, पुस्तकों में, हर जगह जहां इस ज्ञान का मार्ग था।

इस पवित्र क्षण में, मैंने अपने भीतर एक प्राचीन शक्ति को जागते हुए महसूस किया, एक ऐसी शक्ति जो समय से पुरानी थी, किसी भी मानव आविष्कार से अधिक शक्तिशाली थी। मैं एक ब्रह्मांडीय अंतर्दृष्टि की, एक रहस्यमय रहस्य की संरक्षिका थी, जिसे अनंत काल से संरक्षित किया गया था। जब मैंने अंततः इसे शुद्ध, स्पंदित प्रेम से भरा, तो यह एक चकाचौंध रोशनी के साथ चमक उठा, इतनी उज्ज्वल कि इसने मेरी आंतरिक दृष्टि को लगभग अंधा कर दिया। यह मेरे रास्ते को अधिकारपूर्वक काटता था, संदेह और डर की हर छाया को बिखेरता था, यहां तक कि उसकी अपनी छाया के अंधेरे को भी। मुझे चुना गया था। उसकी सारी कड़वाहट को नीचे तक पीने के लिए। उसके सबसे गहरे आयामों को जानने के लिए। और मैं अनंत काल के साथ विलय हो गई। मैंने एक विशाल, रचनात्मक ऊर्जा प्राप्त की, जो नई दुनिया बनाने में सक्षम थी - या इस एक को बचाने में।

नथानिएल ने फिर से लिखा, इस बार और तेजी से, मानो मेरे शब्दों ने उसे चुभ गया हो:

"यह... विशाल लगता है। और इस अमृत में 'अनंत काल' कहाँ फिट बैठता है? और क्या यह शाश्वत आनंद की ओर ले जाता है? या सिर्फ एक और भ्रम की ओर, जो लोगों को अंधा कर देता है, जबकि दुनिया वास्तव में बिखर रही है, क्योंकि वे आंतरिक चिंगारियों की तलाश में बहुत व्यस्त हैं, जबकि विस्मरण करने वाली ताकतें उन्हें अंदर से खाली कर रही हैं?"

मैंने तुरंत जवाब दिया, मेरे अंदर शब्द उमड़ रहे थे:

"रहस्य कभी भी सिर्फ एक ठंडा धातु नहीं था, नथानिएल। इसका एक उच्च आध्यात्मिक आयाम है। इसका मालिक नहीं हो सकता। इसे केवल एक आंतरिक प्रबुद्धता के रूप में अनुभव किया जा सकता है। यह अचानक प्रकट नहीं हुआ। यह हमेशा क्षमता में सुलगता रहा है। यह अतीत से संबंधित नहीं है, न ही भविष्य से। यह शाश्वत वर्तमान है... यह स्वयं ज्ञान है। हमें एक अनमोल उपहार के रूप में दिया गया है। एक उपहार जिसे हम में से हर एक स्वीकार करने के लिए स्वतंत्र है। या अस्वीकार करने के लिए।"

मैंने उसे तुरंत जवाब नहीं दिया। मैंने सिर्फ उस गहरी आंतरिक पुष्टि के बारे में सोचा जिसने मुझे घेर लिया था - एक लगभग शारीरिक "आमीन" जो मेरी नसों में धड़क रहा था, जो छीना गया था उसके दर्द को शांत कर रहा था। मुझे कबाला के शब्द याद थे कि "आमीन" सिर्फ एक पुष्टि नहीं है, बल्कि दिव्य इच्छा के साथ एक मिलन है, एक ऊर्जा की अभिव्यक्ति जो दुनिया को चलाती है। मैंने चर्च और आराधनालय में प्रार्थना के बारे में सोचा - यह अक्सर केवल शब्दों में होती है, बिना सच्ची भावना और इच्छा के। यह सच्चे समझ की इच्छा से अधिक व्यक्तिगत महत्वाकांक्षाओं और घमंड से प्रेरित होती है। एक बंद दिल प्रतीकों के पीछे नहीं देखता, बल्कि खुद शब्दों में देखता है, यह नहीं समझता कि अर्थ उच्चारण से परे है। धर्म, जब सही ढंग से नहीं समझा जाता है, तो अक्सर दृष्टिकोण और रूढ़िवादिता को बदल देता है, लोगों को सिद्धांतों में बंद कर देता है, बजाय इसके कि उन्हें सच्चे आध्यात्मिक विकास की ओर ले जाए। मैं उसकी सार को लगभग चख सकती थी - जटिल, खतरनाक, लेकिन इतनी सम्मोहक भी।

"संदेश, जिसका अर्थ है 'खुद को साकार करो!' और जो सुरुचिपूर्ण ढंग से अलग-अलग धर्मों और संस्कृतियों की संकीर्ण सीमाओं को पार करता है। आत्म-ज्ञान और पूर्ण आत्म-साक्षात्कार के लिए यह सार्वभौमिक, शाश्वत आह्वान, बहुत देर होने से पहले पूरी मानवता के लिए अंतिम, सबसे महत्वपूर्ण संदेश है!"

ट्रेन धीमी हो गई, हम एक स्टॉप के पास आ रहे थे। शहर पास आ रहा था, लेकिन मैं कहीं और थी - एक और आयाम में, समय के एक और आयाम में, अपने स्वयं के परिवर्तन में।

"हाँ। हृदय वास्तव में अनंत काल का यह रहस्यमय प्याला है। हमारे सार का एक धड़कता हुआ स्रोत। कोर एक जीवित, मूर्त पूर्णता है, जो हर इंसान के दिल में गहराई से छिपी हुई है। यह हमारी आंतरिक, दीप्तिमान चिंगारी है, जो हमें लगातार याद दिलाती है कि हम एक विशाल पूर्णता का एक अविभाज्य हिस्सा हैं और हम में से हर एक में एक शाश्वत दिव्य चिंगारी रहती है, जो प्रज्वलित होने की प्रतीक्षा कर रही है। कोर इस आंतरिक परिवर्तन का एक शक्तिशाली प्रतीक है, जिसमें हमें साधारण नश्वर से हमारी अपनी अनूठी वास्तविकता के सचेत सह-निर्माता में, और जो आने वाला है उसके खिलाफ एक ढाल में बदलने की क्षमता है।"

मैंने उसे एक संदेश भेजा जो मेरे अब तक के विचारों का सार प्रस्तुत करेगा:

"आमीन, नथानिएल। यह खुद को साकार करने का एक आह्वान है। क्योंकि यह सार तुम्हारे दिल में है। यह तुम्हारी आंतरिक चिंगारी है जो तुम्हें सब कुछ से जोड़ती है। और यह एक अवर्णनीय भावना हो सकती है। एक बिजली के झटके की तरह जो मेरे फेफड़ों को एक क्रिस्टल की लौ से फाड़ देता है। अगर हम जल्दी नहीं करते, तो इसे महसूस करने वाला कोई नहीं होगा। जीवन की घड़ी अपनी आखिरी रेत के कणों को माप रही है। उदासीनता बढ़ रही है। हमें चेतना और क्वांटम भौतिकी के बीच संबंध के लिए एक वैज्ञानिक आधार की आवश्यकता है, यह साबित करने के लिए कि विचार पदार्थ को बदलता है। हमें मस्तिष्क की न्यूरोप्लास्टिसिटी का अध्ययन करने की आवश्यकता है, यह समझने के लिए कि हम जागरूकता के माध्यम से तंत्रिका मार्गों को कैसे फिर से लिख सकते हैं। शायद प्राचीन प्रथाओं, जैसे ध्यान और योग, में इस जागरण का तरीका है, लेकिन उन्हें एक नए, सुलभ तरीके से प्रस्तुत करने की आवश्यकता है।"

नथानिएल ने थोड़ी देर बाद जवाब दिया, जिसमें चुनौती का एक स्पर्श था, जिसमें जिज्ञासा का मिश्रण था, जिसने उसके संघर्ष को धोखा दिया।

"उसके रहस्यों की यात्रा के लिए साहस की आवश्यकता है। अपने डर का सामना करने के लिए। कमज़ोर करने वाले संदेहों का। अंतहीन धैर्य। सभी अपरिहार्य बाधाओं को दूर करने के लिए। और अटूट दृढ़ता। कभी हार न मानने के लिए। उच्च सत्य की आंतरिक खोज से।"

मैंने उसे एक सवाल भेजा जो मुझे उस पल से परेशान कर रहा था जब मैंने उसे छोड़ा था। जिसने मुझे शांति नहीं दी।

"नथानिएल, तुम कल रात क्यों डर गए? जब हम इन 'दिल की चिंगारियों' को एक वास्तविक, भौतिक टकराव के साथ माप सकते थे, तो तुम क्यों पीछे हट गए? ऐसा लगा जैसे तुम एक ब्लैक होल के खुलने से डर गए हो। क्यों?"

फोन तुरंत बज उठा। यह वह था। उसकी आवाज़ गुस्से में थी, टूटने के कगार पर थी, लेकिन उसमें कुछ गहरी, पीड़ित जागरूकता भी थी। वह परेशान नहीं था, बल्कि ऐसा लग रहा था कि उसने पूरी रात इस पल के बारे में सोचा था।

"दिल में सितारे? यह अधिक काव्यात्मक है, मेलिना, लेकिन आप एक चिंगारी को कैसे छूते हैं, जब आप पूरी रात सोचते हैं कि यह स्वर्ग और नरक के बीच की स्थिति है? मेरे ऊपर यह नियंत्रण... मुझे प्रलोभन के कगार पर रखता है, शुद्ध खुशी और सच्ची संतुष्टि के बीच। (एक संक्षिप्त ठहराव, एक भारी आह।) यह निकटता... यह रहस्य। यह मुझे कांपने पर मजबूर करता है। कृपया मुझसे यह मत पूछो कि 'क्रिस्टल की लौ' क्या है, मुझे अपनी वास्तविकता का विवरण दो, न कि तुम्हारी रूपकात्मक दुनिया का। और 'अगर हम जल्दी नहीं करते' तो यह क्या घबराहट है? यह क्या दौड़ है? क्या तुम मुझे बस कहीं जंगल में एक रोमांटिक डिनर पर नहीं ले जा सकती और वहां... सार का जादू प्रकट कर सकती हो, बजाय इसके कि तुम मुझे दुनिया से बचाने के लिए दुनिया को ही नष्ट कर दो? या खुद से? मुझे यह समझाने की

कोशिश मत करो कि तुम मुझसे ज्यादा जानती हो। तुम अपने ही दर्शन के जाल में फंसी हो, मेलिना! यह... यह मुझे डराता है, मेलिना। बिल्कुल यही।"

नथानिएल ने अचानक फोन काट दिया, बिना किसी जवाब का इंतजार किए।

और मैंने सोचना जारी रखा, यह महसूस करते हुए कि उसके शब्द मुझमें कैसे बदल रहे थे, मेरी सच्चाई का हिस्सा बन रहे थे।

"क्या हर किसी में यह क्षमता होती है? इस पवित्र रहस्य को प्रकट करने की? यह एक गहरा सवाल है। और व्यक्तिगत। शायद अंतर्दृष्टि एक दुर्लभ उपहार नहीं है, न ही एक विशेष विशेषाधिकार। बल्कि कुछ बहुत सरल है। सच्ची इच्छा। बिना शर्त इस रोमांचक आंतरिक यात्रा पर निकलने की इच्छा। अक्सर डरावनी। आत्म-ज्ञान की ओर।"

मैंने उसे लिखा:

"लक्ष्य जीवन का अर्थ खोजना नहीं है, नथानिएल। अर्थ खुद खोज है, यह एक यात्रा की तरह है। आत्म-ज्ञान में उतरने की इच्छा। तभी तुम इस भावना को समझ पाओगे। समय हम पर दबाव डाल रहा है, नथानिएल। मैं इसे महसूस कर सकती हूँ। गर्दन पर एक ठंडी हवा। यह व्यक्तित्व का डर नहीं है। यह ज्ञान है। हमें एक ऐसा स्कूल बनाने की आवश्यकता है जो इस अनुभव को सिखाए, एक पाठ्यक्रम विकसित करे जो वैज्ञानिक उपलब्धियों को आध्यात्मिक प्रथाओं के साथ एकीकृत करे। शायद आभासी वास्तविकता के माध्यम से, सिमुलेशन के माध्यम से जो लोगों को इन परिवर्तनों को सुरक्षित और नियंत्रित तरीके से अनुभव करने की अनुमति देगा। या उन पुस्तकों को लिखकर जो इन जटिल अवधारणाओं को एक सुलभ भाषा में अनुवाद करती हैं, जैसे कि 'अनंतता का चर्मपत्र' सिर्फ एक शुरुआत है।"

"तथ्य स्पष्ट है। आज तक किसी ने भी रहस्य की भौतिक खोज को साबित नहीं किया है। शायद यह इसकी क्षणभंगुर प्रकृति के बारे में बताता है। अमूर्त। यह एक वस्तु नहीं है जिसे पाया जा सकता है। बल्कि चेतना की एक स्थिति है। जिसे आंतरिक रूप से प्राप्त किया जाना चाहिए।"

"और मैं?! एक पल के लिए मैंने महसूस किया कि मेरी हथेली में प्रकाश का एक स्पंदित गोला था - मूर्त, साँस लेता हुआ। एक ब्रह्मांड का हृदय, जिसकी आवाज़ मेरी हड्डियों में गूंज रही थी। क्या यह कोर की पूर्णता थी? या मैंने सिर्फ एक गहरा व्यक्तिगत प्रबुद्धता का अनुभव किया? आंतरिक सच्चाइयों की अचानक और स्पष्ट समझ का एक क्षण, मेरी अंतर्दृष्टि का हिस्सा?"

नथानिएल ने जवाब नहीं दिया। लेकिन उसके शब्द मुझमें गूंज रहे थे।

"मैं संशयवादी दुनिया को कैसे साबित करूँ? कुछ इतना व्यक्तिपरक? जो व्यक्तिगत आंतरिक अनुभव में निहित है? एक तर्कसंगत समाज क्या ठोस सबूत स्वीकार करेगा? कठोर वैज्ञानिक? और क्या होगा? अगर मैं इसे साबित करने में सफल होती हूँ? क्या मैं श्रद्धापूर्ण पूजा का एक उद्देश्य बन जाऊँगी? या बल्कि एक सताया हुआ विधर्मी? क्या मैं इस पवित्र खोज को साझा करूँगी? बाकी दुनिया के

साथ? या यह अधिक समझदार होगा? अधिक सुरक्षित? इसे एक गहरे रहस्य में रखने के लिए? मेरे सबसे अनमोल खजाने के रूप में, मानवता के उद्धार के लिए अंतर्दृष्टि का हिस्सा?"

"यह व्यक्तिगत रहस्योद्घाटन एक रहस्यमय अंतर्दृष्टि की तरह था। इसने अचानक अनगिनत अज्ञात दरवाजे खोल दिए। उनमें से हर एक और भी गहरे और अधिक जटिल रहस्यों की ओर ले जा रहा था। मैं अज्ञात के बारे में एक लकवाग्रस्त डर से लकवाग्रस्त थी, लेकिन असीम संभावनाओं के बारे में एक रोमांचक उत्तेजना से भी भरी हुई थी। मैंने कभी नहीं माना था, यहां तक कि अपनी सबसे जंगली कल्पनाओं में भी नहीं, कि मैं कुछ इतना विशाल और तर्क के सामान्य साधनों के साथ अकथनीय से टकराऊँगी।"

"मैं खुद नहीं जानती थी। मुझे इस अप्रत्याशित खोज के साथ क्या करना है! मैं सहज रूप से प्रतीक्षा कर रही थी। बाहरी जवाबों की। आंतरिक संकेतों की। जो मुझे मार्गदर्शन देंगे, मेरे मिशन में अगला कदम प्रकट करेंगे।"

---✶ ༄ ✶ ---

फ्लैशफॉरवर्ड: गोधूलि में जागरूकता

ट्रेन एक तेज चीख के साथ मेरे स्टेशन पर रुक गई। मैंने अचानक अपना फोन रख दिया, और मेरे दिमाग में छवियां फूट पड़ीं।

यात्रा अभी खत्म नहीं हुई थी। और इसके साथ, मेरे मार्ग और आंतरिक प्रबुद्धता के बारे में एक नई, गहरी जागरूकता भी थी। मेरे दिल में कंपन पहले से कहीं अधिक मजबूत थी - अब केवल लालसा से नहीं, बल्कि इस विश्वास से भी कि यह यात्रा केवल शुरुआत थी।

मेरे दिमाग में छवियां उभरीं, बिजली की तरह स्पष्ट, जो अंधेरे आकाश को फाड़ रही थीं।

दृष्टि: एक पल के लिए, डिब्बे की दीवारें घुल गईं, और मैं एक शीतकालीन प्रांत के परिदृश्य के बीच नहीं थी, बल्कि एक तबाह शहर के बीच थी। मैंने शहरी परिदृश्य देखे, जो खंडहरों में बदल गए थे, जो राख और मौन से ढके थे। इमारतें, जो कभी ऊँची खड़ी थीं, अब टूटे हुए खिलौनों की तरह पड़ी थीं, कंक्रीट और स्टील, एक उदासीन आकाश के नीचे उजागर हो गए थे। दूर, क्षितिज पर, जहां कभी ऊंची इमारतें खड़ी थीं, अब केवल एक अंतहीन, भूरा खालीपन था, जो कोहरे में समा गया था। ध्वस्त गगनचुंबी इमारतों के ऊपर, एक विशाल छाया घूम रही थी - पूरे आकाश को घेरे हुए, एक काला प्रकाश बह रहा था, जिससे बिना आवाज़ के चीखें निकल रही थीं। और उसके केंद्र में - एक दिल, जो दुनिया की लय पर धड़क रहा था।

और तभी, विनाश के इस परिदृश्य के बीच, मेरे ऊपर बादलों में स्पष्ट छवियां बन गईं - चेहरे, डर से विकृत, फैले हुए हाथ, जो मदद की तलाश कर रहे थे, और फिर एक महिला का एक सिल्हूट, जिसने एक छोटे बच्चे को गले लगाया हुआ था, जो

डर से छिपने की कोशिश कर रहा था। मानो मैं हजारों आत्माओं को देख रही थी, जो उदासीनता को आत्मसमर्पण कर रही थीं, धीरे-धीरे भूरी धूल में गायब हो रही थीं।

और ऊँचा, ऊँचा, उदासी में एक अप्रत्याशित सेंध, एक इंद्रधनुष दिखाई दिया - उज्ज्वल, कांपता हुआ, मानो मैली, गंदी हवा की पृष्ठभूमि के खिलाफ सबसे शुद्ध रंगों के साथ चित्रित किया गया हो। यह आकाश और पृथ्वी के बीच एक पुल की तरह खड़ा था, जो दृश्य से परे कुछ के लिए एक वादा था, एक उम्मीद के लिए जो आने वाले अंधेरे को तोड़ रही थी, एक परिवर्तन के लिए। भावना इतनी मजबूत थी कि मैं हवा में धूल का स्वाद लगभग चख सकती थी, चीखों को सुन सकती थी, इससे पहले कि वे फीकी पड़ जातीं, और एक परित्यक्त दुनिया की ठंड को महसूस कर सकती थी जो उद्धार की प्रतीक्षा कर रही थी।

अचानक, मेरे सीने में एक तेज दर्द हुआ। मेरे फेफड़े सिकुड़ गए, मानो वे एक क्रिस्टल की लौ से घिर गए हों। मेरी कोशिकाएं गा रही थीं, एक दीप्तिमान दर्द से फटी हुई थीं, जो दर्द नहीं था, बल्कि एक जन्म था। मेरा दिल लाखों चिंगारियों में फट गया, जो हवा में बिखर गईं। दुनिया घूम गई। मैंने महसूस किया कि मेरी कोशिकाएं टूट रही हैं, प्रकाश में बदल रही हैं। समय और स्थान गायब हो गए। मैं अनंतता में डूब गई। जब मैं रोते हुए उठी, तो मैं जानती थी - कोई वापसी नहीं थी। मैंने दहलीज पार कर ली थी। मैं बेहोश हो गई।

और तभी, एक बिजली की तरह, मेरी नई किताब का शीर्षक आया। एक चमक जिसने मेरे पूरे अस्तित्व को हिला दिया, सहज भावना, सर्वनाश के इन सपनों और रहस्य के रहस्योद्‌घाटन को जोड़ा। मैंने अपने फोन के नोट्स में कांपती उंगलियों से इसे लिखा: "अगर तुम्हें जीवित रहने के लिए चुना गया है?"

रहस्योद्‌घाटन, रहस्य, सहज भावना। सर्वनाश के सपनों की पहेली को एक साथ रखना। अस्तित्व की अवधारणा, पसंद की। मेरी पसंद की।

अब मैं जानती थी। आंतरिक परिवर्तन एक गहरा व्यक्तिगत परीक्षण है, एक आध्यात्मिक यात्रा जिससे हर किसी को अकेले गुजरना पड़ता है। इस पवित्र रहस्य को गुप्त रखा जाना चाहिए, कम से कम शुरुआत में, ताकि व्यक्तिगत खोज, आंतरिक जागरूकता को उत्तेजित किया जा सके। गहरी सच्चाई सरल निकली, मानव अस्तित्व के लिए मौलिक। इस जागरूकता का अनुभव ही एक चमत्कार है, जो जीवन को मूल से बदल देता है। जब एक व्यक्ति शरीर, मन और आत्मा की आंतरिक त्रिमूर्ति प्राप्त करता है, तो एक विशाल क्षमता प्रकट होती है। सर्वव्यापी प्रेम मुक्ति है, आंतरिक पूर्णता का मार्ग, और आने वाले अंधेरे के खिलाफ एकमात्र हथियार है।

ट्रेन से उतरने से पहले, मैंने नथानिएल को एक अंतिम संदेश लिखा:

"इस गहरे रहस्य की संरक्षिका कभी भी पूरी सच्चाई का खुलासा नहीं करेगी। क्योंकि इसका सार व्यक्तिगत अनुभव, जागरूकता में है। और क्या मैं इसे तुम्हारे साथ साझा करूँगी, नथानिएल... यह रहस्य का हिस्सा है। शायद वहां, जंगल में, सितारों के नीचे, हम इसका अंतिम हिस्सा पाएंगे, या दुनिया के पूरी तरह से निगलने

से पहले इसे बनाएंगे। हालांकि, एक बात निश्चित है - दांव ऊंचे हैं। जीवन की घड़ी अपनी आखिरी रेत के कणों को माप रही है... हम सभी के लिए। और मैं अपनी भूमिका निभाने के लिए तैयार हूँ। और अगर मुझे सब कुछ खोना पड़े - प्यार, कारण, खुद - तो मैं रास्ता खोज लूंगी। मैं अंधेरे में प्रवेश करूंगी।"

जो कुछ मैंने अनुभव किया था, उसके बाद मैं एक बात निश्चित रूप से जानती थी: डर अब मालिक नहीं था, बल्कि एक सहायक हवा थी। मैं अज्ञात में गोता लगाने के लिए तैयार थी।

दर्पण संसार: प्रेत और भविष्यवाणियां
भाग III

अध्याय 21: आत्मा की अमरता

लौ का मार्ग...

मेरे अस्तित्व को समझने के मार्ग के लिए निर्दय साहस की आवश्यकता थी। इसमें भ्रम को निर्दयता से फाड़ना, मेरी अपनी आत्मा के सबसे अंधेरे कोनों में उतरना शामिल था। वहां मुझे अपने सबसे बड़े डर का सामना करना पड़ा - न केवल मेरे,

बल्कि उसके राक्षसों का भी। अंतहीन धैर्य के साथ, जागरूकता की प्रक्रिया में, और अटूट दृढ़ता के साथ। मैंने उस शांत, लेकिन लगातार आंतरिक आवाज का पालन किया जिसने मुझे शांति नहीं दी। इस यात्रा ने मुझे मेरे मानस के अंधेरे रास्ते से बहादुरी से नेतृत्व किया और धीरे-धीरे मुझे अनगिनत बेड़ियों से मुक्त किया जिन्हें मैंने खुद पर थोप लिया था - अक्सर अनजाने में, उसे एक जहरीले आइवी की तरह मेरे अंदर घुसने की अनुमति दी, जो हर उम्मीद को दबा देता था।

उस पहली, विद्युत मुलाकात के बाद से पांच साल बीत गए। पांच साल जो दुर्लभ, क्षणभंगुर मुलाकातों से भरे थे - स्वागत समारोहों में, सम्मेलनों में, त्वरित कॉफी में, जब हमारे रास्ते किसी बड़े शहर में पार होते थे। लेकिन सबसे बढ़कर, पांच साल अंतहीन संदेशों और लंबी फोन कॉल के थे, जिसमें मेरी आत्मा उसके सामने प्रकट हुई थी। मैंने अपनी हर गहरी भावना और भावना को एक परी कथा, एक रूपक में बदल दिया, ताकि उसे छू सकूं, उसे वह महसूस करा सकूं जो मैं अनुभव कर रही थी।

मैं चाहती थी कि वह समझे कि मैंने जो कुछ भी खोजा है - यह विश्वास, आशा और प्रेम - वह केवल आत्मा के लिए नहीं, बल्कि शरीर के लिए भी है। अनुभव को अपने सार में कूटबद्ध करने के लिए शरीर को अनुभव प्राप्त करना होगा। यह नई सच्चाई, जो मुझमें धड़क रही थी, हमारे अछूते रिश्ते को देखने के तरीके को बदल रही थी। क्योंकि सच्चा प्यार, मुझे एहसास हुआ, सभी स्तरों पर विलय की मांग करता था - न केवल शब्दों में, बल्कि मांस में, साँस लेने में, एक साझा भाग्य में। मुझे विश्वास था कि मुझे वह मार्ग मिल गया है जो उसकी धारणाओं को भी खोल सकता है, लेकिन समय एक भारी चक्की के दबाव की तरह दबाव डाल रहा था। मैं इसे हवा में महसूस कर रही थी, मेरी नब्ज की गति में, रात के परेशान करने वाले मौन में, जो एक आसन्न पतन के लिए चिल्ला रहा था।

समय के साथ, नथानिएल ठंडा होने लगा। यह अचानक नहीं था, बल्कि धीरे-धीरे था, एक ऐसे हाथ को वापस खींचने की तरह जिसने अभी-अभी एक गर्म स्टोव को छुआ था। वह अक्सर ठंडा और दूर का होता था। काम में व्यस्त, अपने बच्चों में, अपनी व्यावहारिक दुनिया में, जिसे मैंने स्वीकार करने से इनकार कर दिया - एक ऐसी दुनिया जिसमें रूपक नहीं थे, गहराई नहीं थी, सच्ची लौ नहीं थी। मेरे आंतरिक अनुभवों की मेरी कहानियाँ एक अदृश्य सीमेंट की दीवार से टकरा रही थीं, जिससे मुझे असहायता की भावना हो रही थी। और मैं? मैं समर्पित और प्रतिबद्ध थी, लेकिन मेरा सपना था कि वह अपने दिल में उसी गहराई की भावनाओं को अनुभव करे, उस ब्रह्मांडीय कुंजी को महसूस करे जो अनंतता को खोलती है।

उसकी लालसा के बावजूद, जिसे मैं हमारे बीच एक बिजली के झटके की तरह महसूस करती थी, उसके बोल्ड इशारों के बावजूद, जो हमारी अछूती शारीरिक इच्छा को बढ़ावा देते थे, हमारा प्यार एक क्षणभंगुर, लगभग प्लेटोनिक आयाम में बना रहा। हर बार मुझे लगा कि वह सीमा पार करने वाला है। और ठीक उसके बाद वह लंबे

समय तक खुद में बंद हो जाता था, मानो वह अपनी प्रवृत्ति और तर्क के बीच एक शाश्वत और गहरी लड़ाई लड़ रहा हो। मुझे समझ नहीं आया कि क्यों, हालांकि मैं उसे प्रलोभन के कगार पर रख रही थी, उसने उस सीमा को पार नहीं किया, सिवाय इसके कि अगर कोई अदृश्य बाधा उसे बांध रही थी - एक अदृश्य गाँठ जो उसे कसकर बांध रही थी, उसे और मुझे उसके साथ गला घोंट रही थी, जब हम अधूरेपन की भारी हवा में साँस ले रहे थे।

यह महीनों तक चला। जब तक एक दिन, शायद मेरे लगातार, हालांकि नाजुक, आग्रह से मजबूर होकर, उन लंबी फोन कॉल में से एक के दौरान, उसने मेरे मौन प्रश्न का उत्तर दिया, जो हमारे बीच एक अनकही कसम की तरह घूम रहा था। उसकी आवाज़ थकी हुई थी, लेकिन एक असामान्य स्पष्टता के साथ, एक ऐसे गिलास की तरह जो टूट जाता है, अंत की भविष्यवाणी करता है।

---✶ ६ ✶---

समय के साथ टकराव

"मेलिना," उसकी आवाज़ असामान्य रूप से नरम थी, लेकिन नियतिवाद का एक स्पर्श था, लगभग इस्तीफा था, मानो हर शब्द उसे शारीरिक दर्द दे रहा हो - "आवेग और कार्रवाई के बीच का नियंत्रण, यह तथ्य कि तुम्हारे उकसावे ने मुझे तोड़ा नहीं... यही कारण है कि मैं नरक और स्वर्ग के बीच खड़ा हूँ। मैं टूटने से डरता हूँ, मेलिना। मेरे अपने टूटने से। मेरा अहंकार हिंसक रूप से विरोध करता है। यह मुझे फुसफुसाता है कि यह पागलपन है, कि मैं ढह जाऊंगा। मैं ढह जाऊंगा अगर मैं उसे आत्मसमर्पण करता हूँ जो तुम पेश कर रही हो, जो तुम वास्तव में हो। मैं एक खंडहर हूँ, मेलिना। समझो!"

मेरे दिल की धड़कन दर्दनाक रूप से बढ़ गई, मानो वह भी एक अदृश्य दुश्मन से लड़ रहा हो। मैंने अपने सीने में एक तेज ऐंठन महसूस की, एक ठंडा दर्द जो जहर की तरह फैल रहा था। मैं इतने से गुजरी थी, इतनी अकेली और इतने परीक्षणों से। हर दर्द ने मेरी आत्मा को इस पल तक पहुंचने के लिए चमकाया था। मैं नहीं कर सकती थी, मैं हार नहीं मानूंगी।

"नथानिएल!" मैंने एक दृढ़ आवाज़ में जवाब दिया, यह महसूस करते हुए कि हर शब्द सच्चाई के साथ कंपन कर रहा है, मेरी अपनी लड़ाइयों के दर्द के साथ। मानो मैं अंदर से जल रही थी, लेकिन ढह नहीं रही थी, बल्कि मजबूत हो रही थी। "मैं पहले ही नरक के सभी घेरे से गुजर चुकी हूँ! मैं जमीन पर जल गई, नथानिएल! और मैं फिर से जीवित हुई! और मैंने तुम्हारे लिए लड़ना नहीं छोड़ा है, क्योंकि तुम मेरा सबसे महत्वपूर्ण रास्ता हो! मैं तुम्हें रास्ता दे रही हूँ... सिर्फ एक स्पर्श नहीं, बल्कि नियति का एक उलझाव जो तुम्हें डर से परे ले जाएगा। उस चीज़ से परे जिसे तुम जानते हो, और जो तुम्हें फंसाए रखती है। पतन पहले से ही यहाँ है, नथानिएल! मैं इसे उस हवा में महसूस कर सकती हूँ जिसमें हम सांस लेते हैं। मैं इसे लोगों की

खाली आँखों में, उस उदासी में देख सकती हूँ जो सब कुछ निगल रही है। या तो तुम बदल जाते हो, नथानिएल, या तुम बिखर जाते हो! कोई और विकल्प नहीं है!"

एक लंबा मौन छा गया, भारी, अनकही सच्चाइयों से भरा हुआ। मैं केवल उसकी साँस सुन सकती थी, कहीं लाइन के दूसरे छोर पर, शायद ही ध्यान देने योग्य, लेकिन उसकी हार की धड़कन को महसूस करने के लिए पर्याप्त थी। मानो हम अदृश्य धागों से जुड़े थे, जो टूटने तक खिंच रहे थे, आखिरी सांस तक।

"अगर यह 20 साल पहले होता..." उसने फुसफुसाया, उसकी आवाज़ टूट गई, कड़वाहट और पछतावे से भरी हुई, खोए हुए अवसरों की गंध के साथ, जिसने उम्मीद को दबा दिया। "यह हमारे लिए काम करता। 99%। लेकिन अब... अगर हम सीमा पार करते हैं, तो हम उससे ज्यादा चोट पहुँचाएंगे जितनी तुम कल्पना कर सकती हो। मुझे समय के सूर्यास्त से प्रतिबंधित महसूस होता है, मेलिना। हर दिन एक और शिकन है, एक और भूरा बाल। हमारे चारों ओर की दुनिया ऐसा लगता है कि सब कुछ खो गया है। हम अपरिहार्य के खिलाफ क्यों लड़ें? तुम्हारे पास समय है, मेरे पास नहीं है। (एक भारी आह, लगभग अनसुनी।) कोई उम्मीद नहीं है। अंत।"

उस पल में, मैं समझ गई। यह कोई बाहरी प्रतिबंध नहीं था, बल्कि उसके अपने डर, उम्र की भावना, खोए हुए समय की भावना थी - यही कारण था कि वह प्यार की पूरी गहराई में नहीं उतर पाया था। वह बूढ़ा, पहना हुआ महसूस कर रहा था, एक पुराने, फटे हुए कपड़े की तरह जो अब गर्म नहीं कर सकता। मानो हर गुजरते साल ने न केवल उसकी त्वचा पर, बल्कि उसकी आत्मा पर भी एक गहरा निशान छोड़ दिया था, उसे उम्मीद की आखिरी बूंद तक निचोड़ दिया था। यह सिर्फ एक स्वीकारोक्ति नहीं थी। यह मदद के लिए एक हताश रोना था। और मेरा दृढ़ संकल्प एक नई, बेकाबू ताकत के साथ भड़क उठा।

---✶ ۶ ✶ ---

नथानिएल का आंतरिक रसातल

मेलिना के मौन ने नथानिएल को किसी भी शब्द से अधिक गहरा घाव दिया। वह उसे दूसरी तरफ महसूस कर सकता था - उसकी ताकत, उसका दृढ़ विश्वास, वह आग जो उसमें जल रही थी और उसे मौत तक डरा रही थी। उसने अपनी मुट्ठियां भींच लीं। "मैं एक खंडहर हूँ," उसने कहा, क्योंकि यह सच था। वह सुबह शीशे में खुद को देखता था - न केवल झुर्रियां, बल्कि एक थकी हुई नज़र, कंधों में एक भार, हड्डियों में थकान। जवानी चली गई थी, और उसके साथ अनंत संभावनाओं का भ्रम भी।

यह महिला... यह मेलिना। वह एक चमकदार, लाल-गर्म तारे की तरह थी, जो उसे अप्रतिरोध्य रूप से आकर्षित करती थी। उसकी तर्कसंगतता, उसकी व्यावहारिकता, जो वर्षों से उसका कवच थी, अब उसकी उपस्थिति के दबाव में पिघल रही थी। आदेश! प्रतिज्ञाओं और नियमों की भयावह छाया उस पर भारी थी। कभी भी पूरी तरह से भरोसा मत करो। प्यार मत करो। संलग्न मत हो। भावनाएं कमजोरी

हैं। वे मिशन से विचलित करती हैं। ये शब्द उसके सिर में एक अभिशाप की तरह गूंज रहे थे। वह उसे समर्पण, निकटता, विश्वास कैसे दे सकता था, जब वह खुद अदृश्य जंजीरों से बंधा हुआ था?

उसे जलती हुई अपराध भावना महसूस हुई। वह उसके समर्पण से खुश था, जिस तरह से उसने उसके सामने खुद को प्रकट किया था, उस पर विश्वास करते हुए। वह वही था जिसने उसे चुनौती दी थी, जिसने इस लौ को उकसाया था, सीमाओं के साथ खेलते हुए। और अब? अब उसके पास उसी तरह से जवाब देने का साहस नहीं था। वह उसे भावनाओं का एक पूरा ब्रह्मांड दे रही थी, और वह केवल राख ही दे सकता था। प्रेम के बारे में उसकी धारणाएं भौतिकता से निकटता से जुड़ी थीं - मांस के साथ, शरीर की तीव्रता के साथ, जो वर्षों के साथ फीकी पड़ जाती है। जब यह तीव्रता कम हो रही थी, तो उसे कुछ और नहीं दिख रहा था जो एक रिश्ते को पोषित और उत्तेजित कर सके। आध्यात्मिक प्रेम? आत्मा की अमरता? उसके लिए, ये केवल शब्द थे, सार, जो स्पर्श, लय में साँस लेने, और उस जवानी की भावना को प्रतिस्थापित नहीं कर सकते थे जो उसकी उंगलियों के बीच रेत की तरह फिसल रही थी।

मैं उसे क्यों पीड़ा दूं? मैं उसे इस उम्मीद में क्यों रखूँ? यह विचार एक बर्फीले शिखर की तरह उसे चुभ रहा था। वह किसी ऐसे व्यक्ति के योग्य थी जो उसे सब कुछ दे सके, बिना डर के, बिना किसी रोक-टोक के, अतीत की जंजीरों के बिना। कोई ऐसा व्यक्ति जो उसे पूरी तरह से गले लगा सके, बिना अपने ही टूटने के डर के। कोई ऐसा व्यक्ति जो खंडहर न हो। दूर जाना एकमात्र ईमानदार, हालांकि दर्दनाक, विकल्प था। उसे बचाने के लिए। उसे मुक्त करने के लिए। भले ही इसका मतलब अपने दिल को चीरना हो। कड़वाहट का स्वाद उसके मुंह में भर गया - न केवल शब्दों से, बल्कि उसकी अपनी असहायता से भी।

---✶ ६ ✶---

अमरता की खोज

मैं फिर से निराशा के अराजकता में फेंक दी गई थी। वह क्षण, जिसकी मुझे लालसा थी, अपरिवर्तनीय रूप से खो गया था, असंभव था, अकल्पनीय था... मैं इस दीवार के सामने अपनी गहराई में भटक रही थी, जो एक अकल्पनीय नियति की तरह मेरे सामने आ गई थी। मेरे चारों ओर की हवा घनी हो गई थी, भारी हो गई थी, और कमरा ठंडा हो गया था, हालांकि यह एक गर्म दोपहर थी। मैंने अपनी पीठ पर एक ठंडी झनझनाहट महसूस की। मेरा दिल एक घबराहट भरी लय के साथ धड़क रहा था, मेरे कानों में केवल उसका "कोई उम्मीद नहीं" गूंज रहा था।

लेकिन फिर... अपने भीतर गहराई में, मैंने लड़ने की लोहे की इच्छा, हार न मानने और वास्तविकता को आत्मसमर्पण न करने, बल्कि अपने सपने का पीछा करने की इच्छा पाई... मैंने अपने दिल को एक महत्वपूर्ण अमृत से भरा। इसके तत्व थे पीड़ा की कड़वाहट, बिना शर्त क्षमा की आग से शुद्ध किए गए अधूरे वादों के लिए,

हर उस पल के लिए कृतज्ञता की कोमल ओस से मीठा किया गया जिसने मुझे खुश किया था, असीम प्रेम में अटूट विश्वास से मजबूत किया गया था। प्रेम जिसे केवल मेरा परिवर्तित हृदय ही बना सकता था। मैंने महसूस किया कि इस अमृत की हर बूंद दर्द को जला रही थी और इसे शुद्ध, ज्वलंत दृढ़ संकल्प में बदल रही थी, जिसने मुझे अप्रत्याशित शक्ति से भर दिया। अमृत ने मुझे एक आग में बदल दिया जिसे बुझाया नहीं जा सकता था।

मैंने फैसला किया। मुझे समय वापस लाना था। अपने लिए नहीं, बल्कि उसके लिए, उसे आत्मविश्वास और आश्वासन देने के लिए, उसे दिखाने के लिए कि वह फिर से वह आदमी बन सकता है जिसे मैं बेसल में मिली थी। और मैं जानती थी कि मेरे पास ज्यादा समय नहीं है। मैं इसे महसूस कर रही थी - हवा भारी हो रही थी, मौन गहरा हो रहा था। दुनिया को एक जागरण की आवश्यकता थी। मैंने आने वाली घटनाओं के भार को अपने कंधों पर एक दुर्गम भविष्यसूचक बोझ की तरह महसूस किया।

इस पवित्र क्षण में, मैंने अपने भीतर एक रहस्यमय शक्ति को जागते हुए महसूस किया। मैं एक प्राचीन तंत्र की, एक रहस्यमय स्वयंसिद्ध की संरक्षिका थी, जिसे अनंत काल से संरक्षित किया गया था। जब मैंने अंततः इसे शुद्ध, स्पंदित प्रेम से भरा, तो यह एक चकाचौंध रोशनी के साथ चमक उठा। यह मेरे रास्ते को अधिकारपूर्वक काटता था, संदेह और डर की हर छाया को बिखेरता था। यह प्रकाश क्षणभंगुर नहीं था, बल्कि मूर्त था, मेरे सीने को गर्म कर रहा था, मानो सैकड़ों सूरज मेरे अंदर जल रहे हों, और मेरी त्वचा ऊर्जा से झनझना रही थी, जो असंभव की भविष्यवाणी कर रही थी।

मुझे चुना गया था। उसकी सारी कड़वाहट को नीचे तक पीने के लिए। उसके सबसे गहरे आयामों को जानने के लिए। और मैं अनंतता की क्षमता के साथ विलय हो गई। मैंने एक विशाल, रचनात्मक ऊर्जा प्राप्त की, जो नई दुनिया बनाने में सक्षम थी। यह कुंजी केवल मेरी चेतना के लिए नहीं थी, यह दुनिया को और नथानिएल के दिल को खोलने के लिए थी।

---✶ ६ ✶ ---

मेरा व्यक्तिगत कीमियाई प्रयोग

नथानिएल के साथ उस हताश बातचीत के तुरंत बाद, जिसमें उसने मुझे समय और पतन के अपने डर का खुलासा किया, मैंने खुद को अपने कार्यालय में बंद कर लिया। मैंने दरवाजा बंद कर लिया, मानो मैं उस दुनिया से छिप रही थी जिसने हमें एक दूसरे से इतनी बेरहमी से छीन लिया था। दिन एक अंतहीन रात में विलय हो गए, जो केवल मेरे लैपटॉप की गर्म स्क्रीन और मेरे दिमाग की गर्म सर्पिल से रोशन थी। कमरे में पुराने वॉलपेपर और बासी हवा की गंध कॉफी और जलती हुई मोम की सुगंध के साथ मिल गई। मैं इंटरनेट में गोता लगा रही थी, उम्र बढ़ने, सेलुलर पुनर्जनन,

कीमिया, और भूली हुई सभ्यताओं की प्राचीन शिक्षाओं के बारे में सैकड़ों लेख और शोध प्रबंधों को निगल रही थी।

मैंने सभी प्रकार की जड़ी-बूटियों और सार का आदेश दिया - अमेज़ॅन से दुर्लभ राइज़ोम से लेकर तिब्बत के सूखे फूलों तक, साइबेरिया से जादुई मशरूम और पहाड़ों की चोटियों से क्रिस्टल तक। मेरा कार्यालय एक प्रयोगशाला की तरह दिख रहा था, जिसमें कांच के बर्तन, परीक्षण ट्यूब और अजीब, ईथर सुगंधें थीं, जो नाक में चुभती थीं और परिवर्तन का वादा करती थीं। मैंने खुद पर खतरनाक प्रयोग करना शुरू कर दिया, एक ऐसा संयोजन खोजने की कोशिश की जो समय की प्रक्रिया को उलट दे। मैंने कड़वे काढ़े पीए, अजीब मलहम लगाए, घंटों तक ध्यान किया, यह कल्पना करते हुए कि मेरी कोशिकाएं कैसे नवीनीकृत हो रही हैं, समय कैसे टूट रहा है, अनंतता में बदल रहा है, और मेरी इच्छा के अधीन हो रहा है। मैं सोई नहीं, मैंने शायद ही कुछ खाया, मेरा शरीर थकावट से कांप रहा था, लेकिन मेरी आत्मा जल रही थी। मैं केवल उसे बचाने की इच्छा से जी रही थी, हमें बचाने की।

मैं जानती थी कि मेरे पास ज्यादा समय नहीं है। मैं इसे महसूस कर रही थी - हवा भारी हो रही थी, मौन गहरा हो रहा था। दुनिया को एक जागरण की आवश्यकता थी। मैंने आने वाली घटनाओं के भार को अपने कंधों पर एक दुर्गम भविष्यसूचक बोझ की तरह महसूस किया।

---✶ ६ ✶ ---

अमरता की यात्रा

एक रात, घंटों ध्यान करने के बाद, थकावट ने मुझे निगल लिया और मेरे सपने ने एक स्पष्ट, निर्विवाद दृष्टि का खुलासा किया। मेरा निर्णय बिजली की तरह लिया गया था। मुझे एक लंबी यात्रा पर जाना था। भारत, तिब्बत और नेपाल की ओर, जहां दीर्घायु के रहस्य छिपे थे, जहां प्राचीन ऋषियों को आत्मा और शरीर की कीमिया का ज्ञान था। लेकिन इससे पहले कि मैं निकलती, मुझे लगा कि यह यात्रा केवल ज्ञान की तलाश नहीं होगी। हवा अदृश्य चेतावनियों से कांप रही थी, मानो प्राचीन शक्तियाँ अमरता के रहस्य को प्रकट नहीं करना चाहती थीं।

अपने सपनों और अपनी छिपी हुई क्षमताओं से निर्देशित होकर, जिन्हें मैंने अपनी आत्मा में गहराई से खोजा था, मुझे विश्वास था कि मैं समय को बदलने, उसे अमरता देने का तरीका खोज लूंगी। यह सब मेरे अपने विश्वास और प्रेम के लिए था, उस पल के लिए जब वह आखिरकार अपना दिल खोल देगा, रास्ते में आने वाले किसी भी खतरे की अनदेखी करेगा। मैं जानती थी कि यह अपरिहार्य पतन के खिलाफ एक दौड़ थी। जीवन की घड़ी अपनी आखिरी रेत के कणों को माप रही थी, हर सेकंड हमारे अस्तित्व पर एक फैसला लिख रही थी। और मैं इसका सामना करने के लिए तैयार थी, इसे उलटने के लिए, उसे यह दिखाने के लिए कि प्यार की कोई सीमा नहीं होती - न समय की, न ही मौत की।

मैं इस प्यार के लिए... अपने जीवन का हर सेकंड कुर्बान करने के लिए तैयार थी।

------------------ ❧ --------------------

अध्याय 22: हृदय और समय का अमृत

सपने, यादें, खंडहर। समय सेकंड में मापा जाता है: 07:07:07

अभी। बुखार। नथानिएल का शरीर ऐंठ रहा था, जो जमा देने वाली ठंड से नहीं, बल्कि उसकी अपनी मौत की बर्फीली पकड़ से अकड़ा हुआ था। अकेला। एक आदिम रूप से खोदी गई खाई में, जिसे एक आश्रय कहा जाता था, वह दुःस्वप्नों से लड़ रहा था, जिसमें मेलिना की छायाएँ पीड़ादायक अनुग्रह के साथ नृत्य करती थीं, हर मोड़ - एक वादा और एक अभिशाप। उसके होंठ फटे हुए थे, उसका गला सूखा और खुरदुरा था, निगलने का हर प्रयास जलता हुआ दर्द लाता था। उसके अंग ठंडे थे, मानो खून का संचार बंद हो गया हो, और उसका सीना एक अदृश्य भार के नीचे सिकुड़ रहा था।

नम, भारी हवा उसके फेफड़ों को जमा रही थी, हर सांस एक संघर्ष थी, जैसे जीवन की आखिरी घूंट। बाहर, एकमात्र आवाज़ हवा की सीटी थी - एक भूखी, निर्दयी चीख, जो खाली, टूटी हुई चट्टानों के माध्यम से गूंज रही थी, जिन पर अभी एक पल पहले एक अभिशाप लटका हुआ था। उसका मन पूर्ण एकांत के भार के नीचे ऐंठ रहा था, उसके विचार काल्पनिक सपनों के साथ उलझ रहे थे, जो उसने खो दिया था और जो हो सकता था उसके बीच की क्रूर रेखा को धुंधला कर रहा था।

--- ✶ ⸮ ✶ ---

सपने की आवाज़ उसे निगल रही थी...

एकांत की धूल उसकी नाक में जल रही थी, यहाँ तक कि सपने में भी। मरने का कड़वा स्वाद उसकी जीभ पर महसूस हो रहा था। मौन एक सीसे के ढक्कन की तरह भारी था, जो उसे जकड़ रहा था। अकेला। बिल्कुल अकेला। इस मरती हुई दुनिया का आखिरी आदमी, जहां समय ने सांस लेना बंद कर दिया था। लेकिन वह हमेशा आती थी। वह फिर से आएगी, उसे अपनी सांस से गर्म करने के लिए। मेलिना। उसकी छवि सपने के भूरे कोहरे से उभरी, इतनी जीवंत कि वह लगभग गुलाबों की गंध को महसूस कर सकता था - एक मंत्रमुग्ध करने वाली, अवास्तविक गंध इस बंजर भूमि में, जहां हर फूल मुरझा गया था। उसकी आवाज़ - शांत, लेकिन एक अधिकार के साथ जिसने खालीपन को हिला दिया।

उसने बताना शुरू किया, और नथानिएल, इस सपने में फंसे हुए, उसके पास सुनने के अलावा कोई विकल्प नहीं था। और याद करने के लिए। वह हमेशा उसी तरह से शुरू करती थी, मानो वह किसी प्राचीन, पवित्र पुस्तक से पढ़ रही हो, जिसके पन्ने नियति के साथ कांप रहे थे। और तभी, एक बिजली की तरह, उसे याद आया। यह सिर्फ एक स्मृति नहीं थी, बल्कि उसके जीवन में लिखी गई एक भविष्यवाणी थी

- उसकी पीड़ित ओडिसी, उसकी अथक खोज, उसे वह ज्ञान देने के लिए जो सब कुछ बदल देगा। अब, जब वह वास्तव में आखिरी जीवित बचा था, तो उसके सपने में उसका हर शब्द एक बेहिसाब, बर्फीले रसातल में फेंकी गई जीवन रेखा की तरह था, जो उसे विस्मरण की ओर खींच रहा था।

---✶ ⸮ ✶ ---

अमरता की कीमत

"नेपाल और तिब्बत की मेरी यात्रा लंबी थी, नथानिएल। परीक्षणों की एक भूल-भुलैया जो किसी और को तोड़ देती, लेकिन प्रबुद्धता के विस्फोट भी, जो भ्रम के परदों को फाड़ रहे थे। दिन पथरीले पहाड़ी रास्तों पर अंतहीन ट्रेकिंग में बीत गए, जहाँ हर कदम पर पतली हवा मेरे फेफड़ों को जलाती थी, मानो मैं शीशे में सांस ले रही थी। हर सुबह, सूरज के बर्फ से ढकी चोटियों पर फूटने से पहले, ठंडी पहाड़ी हवा मेरी त्वचा को जमा देती थी, मोटी कंबल तक में घुस जाती थी, मेरी हड्डियों तक पहुँच जाती थी। मैं आदिम झोपड़ियों में सोई, जिनकी दीवारें हवा से कांपती थीं, या खुले आकाश के नीचे, लाखों सितारों से रोशन, जो इतने करीब लटक रहे थे कि मैं उन्हें छू सकती थी।

मैंने महसूस किया कि पूरा ब्रह्मांड मेरे ऊपर सांस ले रहा है, कि वह मौन में धड़क रहा है, एक विशाल, जीवित दिल की तरह। मैंने हिमालय की गहराई में तिब्बती ऋषियों से बात की, जिनके चेहरे समय और पीड़ा से बने थे, और जिनकी आँखों में एक अनंतता थी, जो मुझे शांति दिए बिना निगल रही थी। मैंने काठमांडू के मंदिरों में ध्यान किया, जहां भारी, मीठी धूप ने मेरी नाक को गुदगुदी की, और एकरस मंत्र मेरे सीने में कंपन कर रहे थे, मेरे अस्तित्व के हर कोशिका, हर रेशे को हिला रहे थे। मैंने प्राचीन पांडुलिपियों का अध्ययन किया, एक आंतरिक आवाज से निर्देशित होकर जिसने मुझे कभी निराश नहीं किया, और सच्चाई के लिए एक अचूक भावना के साथ जो मुझमें एक अपनी, दूसरी नब्ज की तरह धड़क रही थी। हर शब्द, हर प्रतीक, हर क्षणभंगुर दृष्टि एक जटिल टेपेस्ट्री का एक धागा बन गई, जिसने धीरे-धीरे, दर्दनाक रूप से उस रहस्य का खुलासा किया जिसकी मैं तलाश कर रही थी।

"अमृता - सिर्फ अमरता के लिए एक जादुई अमृत नहीं, जैसा कि भोली किंवदंतियों ने इसे कहा था, बल्कि समय की धारणा को बदलने की एक कुंजी, जो तुम्हें उसकी कैद में रखती है। मैंने प्राचीन लोगों की आँखों से दुनिया को समझा, लेकिन अपने खुद के श्राप के पीड़ित लेंस के माध्यम से भी, अपने जीवन के वर्षों को भी कुर्बान करने के लिए, हमारे पल के लिए समय होने के लिए। हर दिन मुझे अधिक थका हुआ, अधिक नाजुक महसूस हो रहा था, लेकिन उस जवाब के करीब भी जो मुझे अंदर से जला रहा था। मैंने महसूस किया कि मेरा अपना समय कैसे सिकुड़ रहा था, हर सेकंड के साथ कैसे पिघल रहा था, जब मैं इसे किसी और के लिए खींचने की कोशिश कर रही थी।

---✶ ⸮ ✶ ---

धूल में एक भविष्यवाणी

"तिब्बत और नेपाल में अनगिनत रातों के बाद, जो प्राचीन प्रतीकों और गहरी, जलती हुई रहस्यवाद को समझने में बिताई गई थीं," उसकी आवाज़ मेरे सपने में जारी रही, जो अभी भी इतनी शक्तिशाली थी, लेकिन गहरे दर्द से भी भरी हुई थी - "मैंने सच्चाई के सार को समझा, जो पहले से ही मेरे दिल में हिंसक रूप से कंपन कर रही थी, जहां मैंने इसे अभी भी रखा हुआ था। मैं जानती थी कि तुम्हारे साथ इस रहस्य का कम से कम एक हिस्सा साझा करने का क्षण आ गया है।

तुम अपने व्यक्तिगत परीक्षणों से गुजरे थे, नथानिएल - चुपचाप, लेकिन क्रूरता से। और करुणा और बिना शर्त समर्थन, जो मैंने इन सभी वर्षों में तुम्हें दिया था, उसने कुछ गहरा, कुछ अपरिहार्य के लिए जमीन तैयार कर दी थी। मैंने महसूस किया कि मेरे शरीर की हर नस तनाव से, लेकिन पूर्वाभास से भी कांप रही थी। मेरा आंतरिक संघर्ष एक जंगली आग की तरह उग्र था - क्या मुझे इस रहस्य को सिर्फ अपने लिए रखना चाहिए, इसे अपने दिल में गहराई से छिपाना चाहिए, या इसे सब कुछ बदलने, हमारे नाजुक दुनिया को नष्ट करने के जोखिम पर साझा करना चाहिए? तुम्हें बचाने के लिए, या पूरी तरह से, बिना किसी अवशेष के खुद को कुर्बान करने के लिए?

वहां मैंने एक बहुत ही कष्टप्रद निर्भरता का खुलासा किया कि समय को कैसे वापस लाया जाए, अपने लिए नहीं, बल्कि तुम्हारे लिए। आत्म-बलिदान, जिसमें मैं तुम्हें अपने जीवन का कुछ समय उपहार में दूंगी - यह जादू था, एक मंत्र। क्या तुम्हें तुम्हारा प्रश्न याद है - "क्या तुम मुझे अपने जीवन के सात साल बेचोगी?" तुम इसका अर्थ नहीं जानते थे, न ही तुम्हें क्या उकसाया था कि तुम ऐसा सौदा मांगो। लेकिन, मुझे जवाब मिल गया...

---✶ ʢ ✶---

फ्लैशबैक: एक सिनेमाई मोड़

और फिर सपना बदल गया। अचानक, एक फिल्म में दृश्यों के बदलाव की तरह एक तेज रुकावट के साथ, नथानिएल को बर्फीले हिमालय की चोटियों से... उसके कार्यालय में ले जाया गया। डूबते सूरज की सुनहरी रोशनी खिड़कियों से छनकर आ रही थी, कमरे को नारंगी और गुलाबी रंग से रंग रही थी, जिसने दिलासा देने के बजाय गला घोंट दिया। उसकी उपस्थिति से माहौल भारी हो गया था। हवा घनी थी, मानो अदृश्य ऊर्जा से भरी हुई थी जो उनके बीच चटक रही थी।

वह जानती थी कि वह अपने आदेश, अपनी पेचीदगी को कितना महत्व देता है, और योजना में थोड़ी सी भी अप्रत्याशित बदलाव उसे कितना परेशान करते हैं। लेकिन वह वह नहीं होती अगर वह अपने खुद के, दिव्य रूप के अराजकता को वहां नहीं लाती, जहां व्यवस्था का शासन था... फिर भी, वह उसे दूर नहीं भेज सकता था। उसकी आँखों में एक असामान्य आग जल रही थी, जिसमें एक गहरी, लगभग असहनीय ज्ञान का मिश्रण था, जिसे हजारों किलोमीटर और सदियों के ज्ञान से प्राप्त किया गया था, और एक हल्की उदासी - बहते समय के लिए। उसकी हरी आँखें, जो

आमतौर पर गर्मियों के जंगल की तरह गर्म और शांत होती थीं, अब एक लगभग अलौकिक, भयानक रोशनी से चमक रही थीं, जो उसके आंतरिक संघर्ष को दर्शाती थीं - जो वह ले जा रही थी और जिस भयानक कीमत का वह भुगतान कर रही थी, उसके बीच।

"नथानिएल," उसने एक शांत, लेकिन अधिकारपूर्ण आवाज़ में शुरू किया, जो कमरे के हर कोने को भरता हुआ लग रहा था और उसके दर्दनाक दृढ़ संकल्प की पुष्टि करता था - "क्या तुम्हें उस आंतरिक शक्ति के बारे में हमारी बातचीत याद है, जिसकी कई लोग बाहर, दुनिया में तलाश करते हैं, लेकिन कुछ ही लोग महसूस करते हैं कि वे इसे अपने भीतर रखते हैं?"

नथानिएल ने धीरे-धीरे सिर हिलाया, उसकी आँखों में जिज्ञासा और श्रद्धा का मिश्रण था, डर और ज्ञान के लिए एक अप्रतिरोध्य प्यास का। उसकी नज़र उसकी आँखों पर टिकी रही, उनमें एक बदलाव महसूस करते हुए, कुछ अस्पष्ट, लगभग दर्दनाक गहराई। उसे लगा कि वह कुछ महत्वपूर्ण ले जा रही है, कुछ ऐसा जो सब कुछ बदल सकता है।

"इस समझ का एक हिस्सा है," मेलिना ने जारी रखा, उसकी आवाज़ लगभग फुसफुसाहट में बदल गई, लेकिन एक भूकंप की शक्ति के साथ - "प्राचीन ज्ञान का एक लापता घटक, जिसे ईर्ष्यापूर्वक संरक्षित किया गया था। डर से नहीं, नथानिएल, बल्कि ज्ञान से। क्योंकि गलत हाथों में, यह केवल विनाश बो सकता है।"

उसने उसे एक पुराना, नक्काशीदार बॉक्स दिया, जिसे एक विशेष उपहार के रूप में पैक किया गया था - सिर्फ एक वस्तु नहीं, बल्कि एक अवशेष जो बहुत पहले के समय का था। उसने इसे एक हड्डी की चाबी से खोला, जो एक मुश्किल से ध्यान देने योग्य गर्मी को विकिरण करती हुई लग रही थी, जो छिपी हुई गुफाओं की याद दिलाती थी, जहाँ से वह इसे लाई थी। चाबी की धातु समय से चिकनी और घिसी हुई थी, और उसके स्पर्श से उसकी उंगलियों पर एक हल्की झनझनाहट रह गई, एक चेतावनी की तरह। अंदर से, उसने एक छोटी, क्रिस्टल की शीशी निकाली, जो एक नरम, आंतरिक प्रकाश से चमकते हुए तरल से भरी थी। सपने के अंधेरे कमरे में, इसने उनके चेहरों पर अलौकिक, भूरी चमक डाली। इसका रंग धीरे-धीरे बदल गया, उन रंगों से गुजरते हुए जिन्हें नथानिएल ने कभी नहीं देखा था - गहरे, महासागरीय नीले से सुनहरे-हरे रंग तक, मानो उसमें स्वर्ग और पृथ्वी मिल रहे थे, या एक जीवित जीव की नरम चमक की तरह, जो प्राचीन, भूले हुए रहस्य ले जा रहा था।

"यह," मेलिना ने शीशी को सावधानी से अपने हाथों में पकड़ते हुए कहा, उसकी हथेलियां उस जिम्मेदारी के भार से थोड़ी कांप रही थीं जो वह उठा रही थी, उन नियति के भार से जो वे पकड़े हुए थे - "सामूहिक स्मृति का सार है। प्राचीन लोग मानते थे कि हर विचार, हर क्रिया, हर भावना समय और स्थान में एक निशान छोड़ती है, अस्तित्व की एक प्रतिध्वनि की तरह। इस तरल में केंद्रित 'छाप' होती है - अनगिनत अस्तित्वों की यादें और अंतर्दृष्टियां, जो सदियों से एकत्र की गई हैं।

"लेकिन इसका मेरे लिए क्या मतलब है, मेलिना, कि तुम इसे मुझे दे रही हो?" नथानिएल ने मंत्रमुग्ध होकर पूछा, उसकी उंगलियां अनजाने में मुड़ गईं, मानो वह इसे छूना, इसे सोखना चाहता था, लेकिन उसने विश्लेषण करने की अपनी आदत से खुद को रोक लिया, महसूस करने के बजाय, हालांकि कुछ अजीब, अकथनीय पूर्वाभास उसे रसातल की ओर ले जा रहा था।

"यह लापता उत्प्रेरक है, नथानिएल," मेलिना ने समझाया, उसकी आवाज़ शांत थी, लेकिन हर शब्द हजारों वर्षों का भार ले जा रहा था। "अनुभव के बिना ज्ञान मृत है, पानी के बिना पत्थर की तरह। यह सार एक व्यक्ति को इन 'छापों' से जुड़ने, पिछले अनुभवों के ज्ञान को बौद्धिक रूप से नहीं, केवल दिमाग से नहीं, बल्कि अपने भीतर गहराई से महसूस करने की अनुमति देता है, इसे हर कोशिका के साथ अनुभव करने की। यह जीवन के चक्रों, सभी चीजों के बीच के अस्पष्ट संबंध के बारे में समझ को खोलता है। क्योंकि पूर्ण जागरूकता, सच्ची प्रबुद्धता प्राप्त करने के लिए न केवल आत्मा, बल्कि शरीर को भी अनुभव का अनुभव करना होगा।"

यहां मेलिना रुक गई, उसकी आँखों में गहराई से देखते हुए। उसकी नज़र तीखी थी, लेकिन घुसपैठ करने वाली नहीं, बल्कि अज्ञात और महान चीज़ में गोता लगाने का निमंत्रण थी, अर्थ के एक रसातल में।

"हालांकि, इस सार का एक पहलू है, जिसे कुछ ही लोग जानते हैं। यह उस तरीके से जुड़ा हुआ है जिस तरह से हम समय को समझते हैं। जब इसे एक खुले दिल और एक साफ दिमाग के साथ स्वीकार किया जाता है, तो यह संभव भविष्य के रास्तों के लिए क्षणभंगुर अंतर्दृष्टि प्रकट कर सकता है - भविष्यवाणी के रूप में नहीं, नथानिएल, बल्कि वर्तमान निर्णयों और कंपनों से उत्पन्न होने वाली संभावनाओं के रूप में। जब तुम अपनी प्रार्थनाओं और विश्वास को, दूसरे के जीवन में, उसे अपने जीवन का सार देकर... दशांश।"

उनके बीच का बाहरी संघर्ष मूर्त हो गया: वह उसे वास्तविकता की एक अलग समझ की पेशकश कर रही थी, जो उसके तर्क और जीवन के अनुभव के हर कोशिका के विपरीत थी। उसकी दुनिया, उसकी व्यावहारिक दुनिया, ऐसी "संभावनाओं," ऐसे जादू से रहित थी।

"जादू? परियों की कहानियाँ? मेलिना, मैं एक वैज्ञानिक हूँ, तथ्यों का आदमी!" नथानिएल की आवाज़ अचानक बढ़ गई, जिसमें घबराहट का एक स्पर्श था, लगभग तिरस्कारपूर्ण, लेकिन उसमें चिंता भी थी। "यह बेतुका है! तुम मुझसे बात कर रही हो... क्या? कीमिया के बारे में? परलोक के बारे में? मेरा जीवन व्यवस्थित है, तार्किक है! और तुम मुझे परियों की कहानियों का एक अमृत दे रही हो, जो मुझे... क्या? पागलपन की ओर ले जाएगा?"

नथानिएल कांप रहा था, न केवल अपने सपने की ठंड से, बल्कि उसकी हिम्मत के झटके से भी। वह उसे मूल रूप से, अस्तित्व के बारे में उसकी अपनी समझ तक चुनौती दे रही थी। उसने शीशी को अपनी पीठ के पीछे छिपाने की कोशिश की, एक

बच्चे की तरह जो एक वर्जित खिलौना छिपाता है, लेकिन उसने पहले ही उसकी आँखों में जिज्ञासा की लौ देख ली थी, जो आतंक से उलझी हुई थी।

"रुक जाओ, नथानिएल!" मेलिना की आवाज़ हवा को भेदती हुई, एक तीखेपन के साथ गूंजी, इस सपने में असहनीय। "किसी ने भी जादू के बारे में बात नहीं की है। यह विज्ञान है, लेकिन एक ऐसा विज्ञान जिसे तुम्हें अभी खोजना बाकी है! मैं एक संरक्षिका हूँ, नथानिएल। मेरी रक्त रेखा इन ज्ञानों से सदियों से जुड़ी हुई है, समय की शुरुआत से। लेकिन इसकी एक सच्ची, मूर्त कीमत है। अमृता का हर स्पर्श, इस सार का हर उपयोग, तुम्हारे दिमाग पर सिर्फ एक अस्थायी छाप नहीं छोड़ता - यह मेरे अपने समय का एक टुकड़ा लेता है, ताकि तुम्हारा वापस आ सके। यादें जो मेरी नहीं हैं, भावनाएं जो मैंने अनुभव नहीं की हैं, मेरे अंदर बहती हैं, जबकि मेरा अपना अतीत थोड़ा फीका पड़ जाता है, धूप में छोड़ी गई एक तस्वीर की तरह। ये छापें समय के साथ फीकी पड़ जाती हैं, लेकिन उस विशाल जिम्मेदारी और व्यक्तिगत, दर्दनाक बलिदान की याद दिलाती हैं जो मैं उठाती हूँ।"

उसने शीशी को उसकी ओर बढ़ाया। उसका प्रकाश उसकी हथेलियों के बीच खेल रहा था, एक जीवित लौ की तरह, उसके चेहरे पर नरम छाया डाल रहा था, जिसने उसकी थकान और उसके लोहे के दृढ़ संकल्प पर जोर दिया।

"मैं तुमसे इसे अभी स्वीकार करने के लिए नहीं कह रही हूँ। मैं बस चाहती थी कि तुम जानो कि इस सच्चाई का एक हिस्सा जीवित है। और यह कि सच्ची समझ के लिए न केवल ज्ञान की आवश्यकता होती है, बल्कि एक गहरे आंतरिक अनुभव की भी, अस्तित्व के इन 'छापों' के साथ जुड़ने की भी। समय की आत्मा के साथ।"

---✶ ६ ✶ ---

अमृता का सूत्र

"विज्ञान? मेलिना, तुम मुझे भ्रमित कर रही हो!" नथानिएल ने नियंत्रण वापस पाने की कोशिश की, उसकी आवाज़ शांत थी, लेकिन एक अटूट दृढ़ता के साथ। "यह क्या है? दुनिया के तीन बिंदुओं से जड़ी बूटियों, बैक्टीरिया के अर्क? सोने के आयन? यह एक आधुनिक शब्दजाल के साथ एक मध्ययुगीन अमृत की तरह लगता है! इसे साबित करो! यह 'कोशिका को कैसे बदलता है'? 'भावनाएं' डीएनए को कैसे प्रभावित करती हैं?"

नथानिएल उसे तनाव से देख रहा था, उसका चेहरा संदेह की एक रेखा में सिकुड़ा हुआ था। वह सब कुछ एक भ्रम के रूप में खारिज करने के लिए तैयार था, लेकिन आंतरिक संघर्ष दिखाई दे रहा था।

"देखो, नथानिएल," मेलिना ने जारी रखा, उसकी आवाज़ अधिक जोरदार हो गई, लेकिन अभी भी शांत थी, मानो वह एक संशयवादी छात्र को व्याख्यान दे रही हो। "यह तरल, अमृता, हजारों वर्षों के शोध और प्रयोगों का परिणाम है। यह सिर्फ़ किसी प्राचीन तिब्बती पांडुलिपि से नहीं है, बल्कि एक छिपे हुए समूह के तीन साल के शोध से है, जिसका मैं नेतृत्व करती हूँ। हमने पाया कि इसमें अत्यंत दुर्लभ जड़ी-

बूटियों के अर्क होते हैं, जो केवल तिब्बत की सबसे गहरी गुफाओं में, स्ट्रैंडझा में बासेट की गुफा में और ईस्टर द्वीप पर उगते हैं। ये जड़ी-बूटियाँ, अपने आप में, सेलुलर स्तर पर अपने अद्वितीय पुनर्योजी गुणों के लिए जानी जाती हैं, जिसमें टेल्कोमरेज को सक्रिय करना और डीएनए की मरम्मत करना शामिल है, जो सीआरआईएसपीआर में तंत्र के समान है।

लेकिन सबसे महत्वपूर्ण बात - उन्हें मिट्टी में एक विशेष, विशिष्ट सूक्ष्मजीव के माध्यम से किण्वित किया जाता है, जो पृथ्वी के इन तीन दूरदराज के बिंदुओं पर ही पाया जाता है। यही सूक्ष्मजीव कुछ तत्वों को बदलने की क्षमता रखता है, जिसमें जड़ी-बूटियों में निहित सूक्ष्म सोने के आयन भी शामिल हैं, एक ऐसी स्थिति में जो सेलुलर नवीनीकरण और कोशिका पर इसके प्रभाव का समर्थन करती है।

यह तुम्हें बेतुका लगता है, मुझे पता है। लेकिन सोचो - कुछ आधुनिक उपचारों में उपयोग किया जाने वाला प्लाज्मा भी एक जटिल पदार्थ है जिसे हम हमेशा पूरी तरह से नहीं समझते हैं। आधुनिक विज्ञान, जैसा कि तुम जानते हो, अभी-अभी जीव विज्ञान के क्वांटम पहलुओं को छूना शुरू कर रहा है। और प्राचीन लोग? उन्होंने इसे सहज रूप से जाना, उन प्रभावों का अवलोकन करते हुए जिन्हें हम अब साबित करने की कोशिश कर रहे हैं!"

नथानिएल अनजाने में आगे बढ़ा, उसके शब्दों से आकर्षित होकर, एक रोशनी से आकर्षित होकर। अपने संशयवाद के बावजूद, उसके दिमाग में संभावित संबंध रेंग रहे थे। बैक्टीरिया, ट्रांसम्यूटेशन, ऊर्जा क्षेत्र... कुछ ऐसा था जो भौतिकी, रसायन विज्ञान के करीब था, हालांकि विश्वास में एक विशाल छलांग के साथ।

"यह सब शरीर को एक प्रारंभिक धक्का दे सकता है, कोशिका को बदल सकता है और उसे फिर से जीवंत कर सकता है। लेकिन सच्चा नवीनीकरण, नथानिएल, रक्त की शुद्धि से जुड़ा है, जो हृदय के धड़कनों के माध्यम से गुजरता है। वहीं, उस शाश्वत लय में, भावनाएं आवश्यक नवीनीकरण प्रदान करती हैं और डीएनए पर एक अदृश्य ढाल बनाती हैं। इससे भी अधिक, हमारे शोध, हालांकि अभी तक अप्रकाशित हैं, मजबूत, सकारात्मक भावनाओं और दीर्घायु और ऊतक मरम्मत से जुड़े कुछ जीनों के सक्रियण के बीच एक संबंध दिखाते हैं - यह कार्रवाई में एपिजेनेटिक्स है। यह ढाल कोशिकाओं को मजबूत करती है और सही ढंग से दोहराती है, उन्हें सूचना और भावनाओं के साथ स्तरित बायोफोटोन के साथ चार्ज करती है। यही कारण है कि शीशी प्रकाश उत्सर्जित करती है - यह एक केंद्रित ऊर्जा है, जिसे हजारों वर्षों के विश्वास और बलिदान के माध्यम से शुद्ध किया गया है, जो तुम्हारे जैविक क्षेत्र के साथ प्रतिध्वनित होने में सक्षम है। हर प्रकाश कण सूचना का एक वाहक है, एक शुद्ध इरादे का, जो तुम्हारे जीनों की अभिव्यक्ति को बदल सकता है। यह क्वांटम जीव विज्ञान है, नथानिएल, प्राचीन, लेकिन वास्तविक।"

मेलिना ने फिर से शीशी को उसकी ओर बढ़ाया, और उसका प्रकाश उसके शब्दों के साथ तालमेल में धड़कता हुआ लग रहा था। नथानिएल ने उसे ले लिया, इस

बार कम संशयवाद के साथ, लेकिन भारी हिचकिचाहट के साथ। उसने उसका भार महसूस किया - भौतिक नहीं, बल्कि जिम्मेदारी का।

मेलिना एक पल के लिए चुप हो गई, उसके शब्दों को हवा में एक भारी, अनकहे वादे की तरह लटका दिया। मौन में, शहर से केवल एक दूर, धीमी आवाज़ सुनाई दे रही थी, जो कमरे में तनाव के विपरीत थी, लेकिन उसके सपने में कोई शहर नहीं था, केवल खंडहरों का भयानक मौन जो उन्हें घेर रहा था।

"और याद रखना, नथानिएल," उसने एक नरम मुस्कान के साथ जोड़ा, लेकिन उसकी नज़र छिपे हुए अर्थों से भरी हुई थी जिसने उसकी आत्मा को भेद दिया - "जिसकी तुम तलाश कर रहे हो उसका सच्चा सार कभी भी सिद्ध तथ्यों में नहीं था। यह प्रेम, करुणा और आंतरिक ज्ञान की परिवर्तनकारी शक्ति में है। 'सृष्टि के ये छाप' उन कई भाषाओं में से एक हैं जिनमें यह सच्चाई बोलती है। अनंत काल की फुसफुसाहटों में से एक।"

---✶ ჻ ✶ ---

अभी... 07:27:02। नथानिएल के सपने में जागरण।

नथानिएल आश्रय के अंधेरे में लेटा हुआ था, मानो जिंदा दफन हो गया हो। नम ठंड उसकी हड्डियों में रिस रही थी, और हवा खंडहरों के खाली स्थानों से एक भूत की तरह रो रही थी, आखिरी उम्मीदों को दूर ले जा रही थी। लेकिन इस बार, वह अकेला नहीं था। अमृता का प्रकाश, जिसे वह अपने सपने में पकड़े हुए था, आश्रय के अंधेरे को तोड़ रहा था, उसके चेहरे को एक नरम, सुनहरी चमक से रोशन कर रहा था, जो निराशा की छायाओं को दूर कर रहा था। मेलिना के शब्द उसके दिमाग में गूंज रहे थे, उसके एकांत की क्रूर वास्तविकता के साथ उलझ रहे थे, एक नया, दर्दनाक सिम्फनी बना रहे थे। उसके सपने में उसकी आवाज़ के माध्यम से बताई गई उसकी स्मृति का रूप उसके सपने के साथ विलय हो रहा था, और सपना - उसकी पीड़ादायक वास्तविकता के साथ। जागरण और सपने के बीच की सीमाएं, अतीत और भविष्य के बीच की, दर्दनाक, लेकिन मुक्तिदायक संकर को बनाने के लिए अपरिचित हो गईं। यह शीशी, समय का यह पोर्टल, पिछले अनुभवों की प्रतिध्वनि, उसके बलिदान की, और कुछ ऐसा करने का वादा कर रही थी जो अभी सामने आना बाकी था - रेगिस्तान में एक फूल की तरह। अतीत, वर्तमान और संभावित भविष्य एक ही, मर्मभेदी भावना में विलय हो गए - वह मुक्ति लाई थी।

उसने अपना हाथ बढ़ाया और धीरे से उसके हाथ को ढका, जो शीशी को पकड़े हुए था, और उसका स्पर्श एक साथ कोमल और निर्णायक था, एक आह्वान की तरह जिसे नजरअंदाज नहीं किया जा सकता था, जो उसके सार में गूंज रहा था।

"जन्मदिन मुबारक हो, नथानिएल," मेलिना ने फुसफुसाया, और उसकी आवाज़ में कोमलता और दृढ़ संकल्प का मिश्रण था, एक प्रार्थना की तरह जो केवल एक बार बोली जाती है। "आज तुम्हारा जन्मदिन है। इसलिए मैं इसे तुम्हारे लिए लाई हूँ। यह तुम्हारे लिए मेरा उपहार है। तुम्हें वह समय देने के लिए जिसकी तुम्हें कमी लगती

है। तुम्हें वह आत्मविश्वास वापस देने के लिए जो तुम्हें रोक रहा है, जो तुम्हें अपंग कर रहा है। और ताकि तुम अपने पूरे दिल से, बिना किसी अवशेष के, बिना डर के प्यार को आत्मसमर्पण कर सको। यह तुम्हारे लिए है, नथानिएल। क्योंकि तुम मेरे चुने हुए हो... और वह पहला व्यक्ति था जिसने उनका नाम बोला।"

उसके शब्द अंधेरे में घुल गए, एक विशाल, खाली हॉल में एक प्रतिध्वनि की तरह, और उनके साथ नाम भी फैल गया। एक ऐसा नाम जिसे उसने आदेश छोड़ने के बाद से नहीं सुना था - भूला हुआ, शांत, लेकिन अब उस महिला के होंठों से बोला गया, जिसने अपने हाथों में उसका भविष्य रखा था। सिर्फ एक नाम नहीं। एक स्वयंसिद्ध। एक प्राचीन, रहस्यमय शब्द जो उसके दिमाग में कंपन कर रहा था, उन दरवाजों को खोल रहा था जिन्हें उसने हमेशा के लिए बंद माना था।

"स्वयंसिद्ध"। सिर्फ एक शब्द। यह एक ब्रह्मांडीय सिम्फनी के अंतिम नोट की तरह लग रहा था, जो सब कुछ हिला रहा था जिसे नथानिएल जानता था। न केवल उसका सपना। बल्कि उसका पूरा सार। एक आखिरी झटके के साथ, वास्तविकता जादू के साथ विलय हो गई, और उसने महसूस किया कि जागरण अभी शुरू हो रहा था। क्योंकि उसका नाम बोला गया था। और अब से कुछ भी पहले जैसा नहीं रहेगा।

अध्याय 23: प्रेम के उपहार

प्रेतों से एक उपहार

नथानिएल ने क्रिस्टल एम्पुल को पकड़ा। यह केवल स्पंदित नहीं हो रहा था – यह उसकी हथेली में एक जीवित अंग की तरह फड़फड़ा रहा था, जो एक नरम, लेकिन ज्वलंत आंतरिक प्रकाश का उत्सर्जन कर रहा था। इसकी गर्मी उसके हाथ में फैल रही थी, मानो वह उन भूली हुई दुनिया की सांस को पकड़ रहा हो जो समय और ज्ञान से परे रहस्यों को फुसफुसा रही थीं। उसका सवाल कमरे की नम और भारी हवा में लटक रहा था, सिर्फ़ एक लालसा नहीं, बल्कि एक कड़वा, लगभग आक्रामक अविश्वास था:

"जीवन का अमृत? अमरता?"

मेलिना ने उसकी ओर देखा। उसकी हल्की, रहस्यमय मुस्कान में सिर्फ़ जवाब नहीं छिपे थे – यह ज्ञान की उन गहराइयों का प्रवेश द्वार थी, जिनमें कदम रखने की उसकी हिम्मत नहीं थी, जिससे वह डरता था। उसकी आँखों में हज़ारों किलोमीटर तिब्बत से संचित प्राचीन ज्ञान ही नहीं था – बल्कि वहाँ एक बलिदान जल रहा था, जिसे समय ने उकेरा था, और एक करुणा थी जिसने उसकी जिज्ञासा को खतरनाक, जलाने वाली सीमाओं तक बढ़ा दिया था। वह जानती थी कि उनके पास समय उँगलियों से रेत की तरह फिसल रहा था। उसकी पूरी यात्रा, हर थका देने वाला दिन और हर अनिद्रा भरी रात, सिर्फ़ उसके लिए नहीं की गई थी – यह एक निश्चित पीड़ा

थी, जिसका उद्देश्य उसकी नष्ट होती, मरती हुई आत्मा को बचाना था। मेलिना कुछ भी करने को तैयार थी, क्योंकि उसका मानना था कि केवल उसके परिवर्तन के माध्यम से ही पूरी दुनिया के मोक्ष का मार्ग प्रशस्त होगा। उसका प्रेम सिर्फ़ एक भावना नहीं, बल्कि एक मिशन था जिसमें उसने अपने अस्तित्व के हर कण का निवेश किया था।

---✶ ६ ✶---

अंधेरे में जन्मदिन

वह देर रात उसके कार्यालय के दरवाज़े पर पहुँची। न कोई चेतावनी थी, न कोई योजना। सिर्फ़ एक अकल्पनीय, साहसिक दुस्साहस था, जो इस दृढ़ विश्वास से पोषित था कि वह वहाँ होगा, यहाँ तक कि अपने जन्मदिन पर भी, जब दुनिया जीवन का जश्न मना रही थी, और वह – अपने अकेलेपन का। उसका दिल तेज़ी से धड़क रहा था – न केवल उम्मीद, बल्कि एक उस्तरे जैसी तीखी पीड़ा, जो अज्ञात के आतंक के साथ मिश्रित थी, उस कीमत के साथ जो उसे चुकानी थी। नथानिएल अपनी मेज से खड़ा हुआ, फीकी होती रोशनी के सामने उसकी आकृति सिर्फ़ थकी हुई नहीं, बल्कि भूत जैसी लग रही थी, जो स्वेच्छा से वर्षों के एकांत से थकी हुई थी। उसका चेहरा एक मुखौटा था, जो उदासीनता, अनुभव के डर से बना था।

"आज नहीं, धिक्कार है!" उसने मन ही मन कोसा। उसके अंदर व्यवस्था और अराजकता के बीच एक परिचित टाइटैनिक लड़ाई चल रही थी, व्यावहारिकता और उस अकथनीय के बीच, जिसे मेलिना अपने हर सेल के साथ दर्शा रही थी। वह अपनी निजी जगह में इस घुसपैठ, उसके नाजुक संतुलन के उल्लंघन के लिए चिल्लाना चाहता था। उसने उसके दर्द भरे स्थान पर पैर रखा था – उसका आत्म-सम्मान, जिसे समय ने नष्ट कर दिया था, एक ऐसे जीवन की निरर्थकता से, जिसे वह बता रही थी कि वह चूक रहा है। लेकिन उसी क्षण, उसके सारे तर्क, उसके सारे ज्ञान के बावजूद, उसने उसके इस बेतुके, लेकिन चुंबकीय विश्वास के प्रति एक अनियंत्रित सहानुभूति भी महसूस की कि वह समय के प्रवाह को बदल सकती है, उसे न केवल शारीरिक मिलन के लिए, बल्कि आत्माओं के एक सच्चे मिलन के लिए फिर से जवान कर सकती है, जो मृत्यु से परे, हर चीज़ से परे हो। उसने उसे अपने पास सोफ़े पर बैठने के लिए आमंत्रित किया, और उसका यह हावभाव एक साथ संयमित और किसी तरह अपरिहार्य था, जैसे कि दो ग्रहों का गुरुत्वाकर्षण, जो टकराने और एक दूसरे में पिघलने के लिए नियत हों।

"नथानिएल," उसने शुरू किया, उसकी आवाज़ शांत थी, दोषी भाव से भरी थी, लेकिन एक अदृश्य, प्रारंभिक शक्ति से भरी थी जिसने उनके चारों ओर की हवा को हिला दिया। "जो चीज़ तुम्हारे हाथ में है उसे अमृता कहते हैं। प्राचीन ग्रंथों में इसे अमरता का अमृत कहा जाता है।"

वह एक पल के लिए चुप हो गई, जिससे शब्दों को गूँजने का मौका मिला, कमरे की मौत जैसी चुप्पी में डूबने का मौका मिला, जो अचानक उनके वज़न के लिए बहुत छोटी हो गई।

"अमरता?" उसने दोहराया, उसका लहजा गहरे संदेह और एक कंपकंपी, लगभग हताश उम्मीद का मिश्रण था, जैसे कि वह विश्वास करने से डर रहा हो। "जैसे... हमेशा के लिए जीना?"

मेलिना ने सिर हिलाया, उसकी आँखें मानव भोलेपन के लिए उदासी बिखेर रही थीं।

"उस तरह नहीं जिस तरह से ज़्यादातर दुनिया इसे समझती है, नथानिएल। यह सिर्फ़ शरीर का शाश्वत अस्तित्व नहीं है, हालाँकि वह भी इस समीकरण का हिस्सा है, इस पहेली का हिस्सा है। अमृता इससे कहीं ज़्यादा है। यह परिवर्तन के लिए है। एक नए प्राणी के जन्म के लिए, एक नए अर्थ के लिए।"

वह उसके पास आई, अपनी खुद की चिंता की घबराहट को महसूस करते हुए, और एम्पुल की ओर इशारा किया, जिसका प्रकाश अब उनके चेहरों को रोशन कर रहा था, उन्हें एक अलौकिक चमक दे रहा था।

"यह एक गुप्त सूत्र है जिसे मैंने फिर से खोजा और वर्षों तक नरक में रहने के बाद इसे फिर से बनाने में कामयाब रही – खोज, अभाव और बलिदान के वर्षों ने मेरी आत्मा पर निशान छोड़ दिए। यह कोशिकाओं के गहरे पुनरुत्पादन से जुड़ा है – विशेष रूप से हृदय की कोशिकाओं से। इसे तेजी से अवशोषण के लिए एक तरल के रूप में स्वरूपित किया गया है, जो एंट्रोपी और ऑक्सीडेटिव तनाव के प्रभाव का मुकाबला करने में सक्षम है, वे अदृश्य हत्यारे जो शरीर और आत्मा को धीरे-धीरे तब तक खाते रहते हैं जब तक कुछ भी नहीं बचता। यह रेत को सोने में, और आत्मा को शाश्वतता के झरने में बदलने जैसा महसूस होता है।"

नथानिएल ने सुनी हुई बात को समझने की कोशिश करते हुए अपनी आँखें सिकोड़ीं। उसकी नज़र में परिचित तर्क और एक खतरनाक, घुसपैठ करने वाली आशा के बीच एक क्रूर संघर्ष था, जो उसे किसी भी चीज़ से ज़्यादा डराता था।

"दिल का पुनरुत्पादन? यह... वैज्ञानिक लगता है, लेकिन असंभव भी। लगभग ईशनिंदा।"

"आधुनिक विज्ञान के लिए – हाँ," मेलिना ने जवाब दिया, उसकी आवाज़ हिमालयी चट्टान की तरह शांत थी, जिसे संदेह नहीं पता था। "लेकिन प्राचीन सभ्यताओं के पास ज्ञान था जिसे हम अब खोजना शुरू कर रहे हैं, एक अंधे बच्चे की तरह जो पहली बार देख रहा है। जो कुछ भी मौजूद है, उसे हमारे ज्ञात उपकरणों से मापा और समझाया नहीं जा सकता। कभी-कभी हमें गहरी, छिपी हुई सच्चाई को देखने के लिए अपनी आंतरिक भावना, प्रतीकों और अनुभवों की भाषा पर भरोसा करना पड़ता है।"

वह एक पल के लिए चुप हो गई, मानो नथानिएल को सिर्फ़ जानकारी को समझने का मौका दे रही हो, बल्कि इसे अपनी हड्डियों में, अपने दिल में गहराई से महसूस करने का मौका दे रही हो।

"भारत में, इस प्राचीन तकनीक को काया कल्प, केसरी कल्प, शतावरी घृता या अन्य नामों से जाना जाता है – हर्बल मिश्रण जिन्हें 'शरीर को बदलने' के लिए माना जाता है। इसे हजारों सालों से धार्मिक चिकित्सकों द्वारा अभ्यास किया जाता रहा है, जो राजाओं और ऋषियों को दूसरी युवावस्था और लंबा जीवन प्रदान करते थे, अक्सर उनके खुद के जीवन की कीमत पर, नथानिएल। यहाँ तक कि तर्कवाद के जनक, रेने ड़ेकार्ट ने भी अपने बाद के कार्यों में कीमियाई प्रक्रियाओं के माध्यम से 'शारीरिक पूर्णता' के विचार को स्वीकार किया, और कीमियाविद अक्सर 'दार्शनिकों के पत्थर' को एक सार्वभौमिक अमृत के रूप में बात करते हैं। बेशक, उनके पास जीव विज्ञान की सीमित समझ थी, लेकिन शरीर और मन पर कुछ पदार्थों के समग्र प्रभाव के लिए उनका अंतर्ज्ञान उल्लेखनीय था।"

नथानिएल ने अपनी भौहें उठाईं, उसकी आँखों में एक वास्तविक, शिकारी रुचि की झलक दिखाई दी। यह एक दरार थी। कुछ ऐसा करने की एक दरार जिसका वह उपयोग कर सकता था, जिसे वह नियंत्रित कर सकता था।

"तो यह सिर्फ़ एक मिथक नहीं है? यह... एक वास्तविक प्राचीन सूत्र है? जैसे एक छिपी हुई प्रयोगशाला का अनुसंधान?"

"वास्तविक, लेकिन पूर्णता के लिए बेहतर बनाया गया," मेलिना ने पुष्टि की, यह महसूस करते हुए कि उसका अपना दिल एक दृढ़ संकल्प से भर रहा है जो उसे नष्ट कर सकता था। "अमृता सबसे प्रसिद्ध आयुर्वेदिक सूत्र है, जो अपने उपचार और कायाकल्प गुणों के लिए जाना जाता है। इसकी शक्ति विदेशी सार के एक रहस्यमय संयोजन से आती है, इसमें शुद्ध सोना होता है, जिसे कुछ जड़ी-बूटियों के साथ संसाधित किया जाता है, जिन्होंने अपने प्रभाव को बढ़ाया है – सोना, जो अपने क्वांटम गुणों के लिए जाना जाता है, जो शरीर में विद्युत चुम्बकीय क्षेत्रों को प्रभावित कर सकता है। मैंने इसे आधुनिक तरीकों से बेहतर बनाया है, नए गुप्त अवयवों को जोड़ा है जो इसके प्रभाव को कई गुना बढ़ाते हैं, इसे एक दवा से कहीं ज़्यादा कुछ में बदल देते हैं – एक नए अस्तित्व का प्रवेश द्वार।"

"क्या, लेकिन, मेलिना?!"

जैसे ही वह बोल रही थी, नथानिएल की आँखें धड़कते हुए एम्पुल से नहीं हटीं। उसके शब्द उसकी कल्पना में एक जादूगरनी की गुफा की तस्वीर बना रहे थे, जिसमें वह जादुई औषधि बना रही थी और मंत्रों का जाप कर रही थी, जो उसकी तर्कसंगत आत्मा के लिए सच्चाई से ज़्यादा दूर नहीं था। उसके शब्द कुछ ऐसा वादा कर रहे थे जो उसकी कल्पना से परे था, जो चिकित्सा से परे था, यहाँ तक कि उस कीमिया से भी जिसे वह जानता था। उसका संदेह पूरी तरह से गायब नहीं हुआ था, लेकिन अब यह एक गहरी, लगभग श्रद्धापूर्ण जिज्ञासा, कुछ और के लिए एक भूख से हावी हो

गया था। शक्ति के लिए, समय पर नियंत्रण के लिए एक भूख। उसने महसूस किया कि उसका दिमाग, जो हमेशा इतना व्यवस्थित और तार्किक था, अकथनीय के दबाव में टूट रहा था, और इससे वह पीड़ा, पागलपन तक घबरा गया।

---✶ ⸘ ✶ ---

नथानिएल की वैज्ञानिक समझ

सब कुछ के बावजूद, नथानिएल का दिमाग तर्क खोजना बंद नहीं कर रहा था। उसे जीवित कोशिकाओं से निकलने वाले बायोफ़ोटोनिक उत्सर्जन के बारे में लेख याद आए – प्रकाश का एक कमजोर, लेकिन मापने योग्य विकिरण, जिसे कुछ वैज्ञानिक अंतर-कोशिका संचार और यहाँ तक कि उपचार प्रक्रियाओं से भी जोड़ते थे। उसने एपिजेनेटिक्स के बारे में भी पढ़ा था, कि पर्यावरण, भावनाओं और विचारों का जीन की अभिव्यक्ति पर प्रभाव पड़ता है, बिना खुद डीएनए को बदले। यह विचार कि शुद्ध भावनात्मक ऊर्जा, जो इरादे के माध्यम से केंद्रित होती है, को "फ़ोटॉन" में "कोडित" किया जा सकता है और जैविक प्रक्रियाओं को प्रभावित कर सकती है, अब उसे इतना बेतुका नहीं लग रहा था। यह सिर्फ़... भविष्य का विज्ञान था, जो प्राचीन लोगों के लिए सुलभ था।

---✶ ⸘ ✶ ---

"लेकिन सबसे महत्वपूर्ण बात," उसने जारी रखा, उसकी आवाज़ लगभग एक फुसफुसाहट में बदल गई, जो उसके ज्ञान और संचित पीड़ा के पूरे वज़न से भरी थी, जैसे कि हर शब्द उसे अंदर से जला रहा था, उसे राख में बदल रहा था – "हृदय की कोशिकाओं के पुनरुत्पादन पर इसका प्रभाव है। सिर्फ़ शारीरिक कायाकल्प नहीं, नथानिएल। रहस्य डीएनए में प्राचीन कोड को सक्रिय करने में निहित है, जो प्रेम से हृदय की प्लास्टिसिटी को बहाल करता है। यह एपिजेनेटिक्स से जुड़ा है – जिस तरह से हमारे अनुभव, भावनाएँ और पर्यावरण हमारे जीन की अभिव्यक्ति को बदल सकते हैं, बिना खुद डीएनए अनुक्रम को बदले। जब रक्त उग्र होता है, जब आत्माएँ विलीन होती हैं और विशिष्ट हार्मोन और प्रोटीन उत्पन्न होते हैं, जो ठीक होते हैं और कायाकल्प करते हैं। हमारा शोध दर्शाता है कि ये "बायोफ़ोटोन," जो मजबूत भावनाओं के दौरान हृदय से उत्सर्जित होते हैं, वास्तव में जानकारी के वाहक होते हैं, जो डीएनए के साथ संवाद करने में सक्षम होते हैं, एपिजेनेटिक मार्करों को बदलते हैं। यह हृदय की कोशिकाओं को अलग करने और नई, स्वस्थ कार्डियोमायोसाइट्स में बदलने की अनुमति देता है, जो फिर से प्यार करने में सक्षम होते हैं, विघटन के डर के बिना, पूरी ताकत के साथ महसूस करने में सक्षम होते हैं। मौत के डर के बिना, जीवन के डर के बिना।"

नथानिएल ने महसूस किया कि उसके हाथ में एम्पुल और भी तेज़ी से धड़क रहा था, जैसे कि वह अपनी खुद की आंतरिक अराजकता, उसके अंदर उठ रहे भावनाओं के तूफान का जवाब दे रहा हो। उसकी नज़र उसकी नज़र से मिली – एक नज़र जिसने उसे परिचित की दहलीज को पार करने के लिए आमंत्रित किया, आत्मा

और विज्ञान की कीमिया पर भरोसा करने के लिए, सभी जीवित प्राणियों के बीच अदृश्य, सर्वव्यापी संबंध पर भरोसा करने के लिए। जो भविष्य वह उसे दे रही थी, वह सिर्फ़ एक लंबा जीवन नहीं था, बल्कि एक पूर्ण परिवर्तन का अवसर था, एक ऐसा जीवन जिसमें हर सेल और हर भावना एक नए, असाधारण ज्ञान के साथ, एक ऐसी गहराई के साथ स्पंदित होती थी जिसे उसने पहले नहीं जाना था, और जानने का सपना भी नहीं देखा था।

वह उसे अपने आप की चाबी दे रही थी।

अध्याय 24: शाश्वतता का क्वांटम फुटप्रिंट

5 साल पहले; सर्वनाश से 3 साल और 4 महीने पहले...

नथानिएल के विशाल कार्यालय में हवा सिर्फ़ भारी नहीं थी – वह गरगरा रही थी। यह घनी, मूर्त थी, मेरे अंदर उमड़ रहे तूफान की अदृश्य बिजली से भरी हुई थी। न केवल मेरे विचारों से, जो उसके दिमाग में एक अनियंत्रित आग की तरह उग्र थे, बल्कि हमारे बीच विनाशकारी गुरुत्वाकर्षण से भी। मैं उसे उसकी खुद की खाई के किनारे पर पकड़े हुए थी – वह जगह जहाँ तर्क अराजकता से मिलता था, जहाँ विज्ञान एक खतरनाक नृत्य में गूढ़ता से जुड़ता था। वह डीएनए और शाश्वतता के बारे में मेरे साहसी परिकल्पनाओं पर ध्यान केंद्रित करने के लिए संघर्ष कर रहा था, जबकि मेरा हर शब्द, हर नज़र, उसे एक खतरनाक, लगभग पापी रूप से निषिद्ध निकटता की ओर खींच रहा था। एक निकटता जो उसके पूरे व्यावहारिक सार, उसके ठंडे, गणनात्मक दिमाग को खतरे में डाल रही थी।

उसका दिमाग, अदृश्य बेड़ियों से प्रताड़ित, उसने अभी-अभी जो कहा था उसे तेज़ी से संसाधित कर रहा था – सिर्फ़ डीएनए का डिकोडिंग नहीं, बल्कि उत्परिवर्तन के बिना इसका दोहराव, आनुवंशिक कोड में बंद शाश्वतता को पकड़ना। मैं अभी-अभी अपने लंबे एकालाप को समाप्त कर चुकी थी, जो साहसी वैज्ञानिक अनुमानों और सम्मोहित करने वाली गूढ़ अंतर्दृष्टियों से बुना गया था, जैसे कि मैंने उसके सामने संभावनाओं का एक पूरा ब्रह्मांड खोल दिया था, जो दुनिया को बदल सकता था। एक नई दुनिया, लेकिन एक नई, भयानक शक्ति भी।

"मेलिना, मुझे मानना होगा कि मैं बहुत हिल गया हूँ।" नथानिएल की आवाज़ असामान्य रूप से नरम थी, लगभग श्रद्धापूर्ण, लेकिन उसकी सतह के नीचे एक शिकारी की तरह एक शिकारी की तरह एक शिकारी की तरह की तलाश में थी, जो जीवन भर इंतजार कर रहा था। "डीएनए और विकास के बारे में तुम्हारा वैज्ञानिक ज्ञान वास्तव में प्रभावशाली है। मैंने कभी भी आनुवंशिक कोड को इस तरह से नहीं देखा – इतनी प्राचीन, unsuspected जानकारी का एक संभावित वाहक।"

मैंने धीरे से मुस्कुराया, धीरे-धीरे अपनी शराब की घूंट ली। मेरी आँखों में वह आंतरिक प्रकाश नाच रहा था जिसने उसे हमेशा मारा था – सिर्फ़ एक चमक नहीं, बल्कि एक आग जो जल सकती थी। हर परिचित चीज़ को राख में बदल सकती थी।

"विज्ञान हमें ढाँचा देता है, नथानिएल, वह भाषा जिसके साथ हम समझना शुरू कर सकते हैं। लेकिन कभी-कभी हमें बड़ी तस्वीर को देखने के लिए अनुभवजन्य की सख्त सीमाओं से परे देखना पड़ता है।" मैंने अपना गिलास नीचे रख दिया। "आप अकथनीय को कैसे समझाते हैं? इतिहास उन सभ्यताओं के उदाहरणों से भरा है जिनके पास ऐसा ज्ञान था जो हमारे लिए खो गया है। प्राचीन मिस्रवासियों की स्थापत्य उपलब्धियों के बारे में सोचो – पिरामिड, जो आज भी हमें मुश्किल करते हैं। या मायाओं के जटिल खगोलीय ज्ञान के बारे में, जो उनके समय से परे सटीकता के साथ ग्रहण की भविष्यवाणी करने में सक्षम थे। उन्होंने हमारे दूरबीनों और कंप्यूटरों के बिना इसे कैसे हासिल किया?" मेरे चारों ओर की हवा घनी हो गई, प्राचीन ज्ञान से भर गई।

"इसके कई तर्कसंगत स्पष्टीकरण हो सकते हैं – कड़ी मेहनत, अवलोकन, पीढ़ियों से ज्ञान का संचय..." नथानिएल ने बातचीत को ज़मीन पर लाने की कोशिश की, इसे विज्ञान की सुरक्षित सीमाओं में वापस लाने की कोशिश की, लेकिन वह पहले से ही मेरे जादू के आगे झुक रहा था। मेरे खतरनाक सम्मोहन के आगे। खतरा उसे आकर्षित कर रहा था, जैसे एक खाई दूसरी खाई को आकर्षित करती है।

"बेशक। लेकिन आप उड़ान भरने, केवल विचार से उपचार करने, टेलीपैथिक संचार के बारे में किंवदंतियों के बारे में क्या कहेंगे, जो इतनी सारी अलग-अलग संस्कृतियों में पाए जाते हैं? क्या वे सिर्फ़ कल्पना का एक उत्पाद हैं? या शायद वे उन क्षमताओं को दर्शाते हैं जो हमारे पास एक बार थीं, लेकिन हम खो गए या भूल गए कि उनका उपयोग कैसे करें?" मैं थोड़ा आगे झुकी। "धर्म, अपनी रहस्यमय परंपराओं में, अक्सर एक उच्च चेतना के साथ संबंध, जन्मजात आध्यात्मिक शक्तियों के बारे में बात करता है। गूढ़ शिक्षाएँ दावा करती हैं कि सूक्ष्म ऊर्जा क्षेत्र और चेतना के स्तर मौजूद हैं जिनका हमने अभी तक वैज्ञानिक रूप से अध्ययन नहीं किया है। वे आकाशीय अभिलेखों, सामूहिक अचेतन के बारे में बात करते हैं। क्या वे सिर्फ़ कल्पनाएँ नहीं हैं? क्या वे सच्चाई के मार्गदर्शक हो सकते हैं?"

"यह काफी... अटकलें लगती हैं, मेलिना।" नथानिएल पीछे झुक गया। उसकी नज़र संकरी हो गई, जैसे एक शिकारी जो अपरिचित क्षेत्र की तलाश कर रहा हो। "आप इन दार्शनिक और गूढ़ विचारों को डीएनए की विशिष्ट संरचना से कैसे जोड़ सकते हैं? यह एक जैविक, भौतिक अणु है।"

"तो सोचो, नथानिएल।" मैंने उसकी बांह की रेखा का पता लगाया, उस ऊर्जा के हस्ताक्षर की घबराहट को महसूस करते हुए जो उससे निकल रही थी। "डीएनए एक जटिल, स्व-संगठित संरचना है जिसमें एक अत्यंत छोटी जगह में भारी मात्रा में जानकारी होती है। एक ही सेल में एक पूरी लाइब्रेरी की कल्पना करो। क्वांटम यांत्रिकी

हमें दिखाती है कि सबसे मौलिक स्तर पर, वास्तविकता हमारे कल्पना से कहीं ज़्यादा अजीब और परस्पर जुड़ी हुई है। कण एक साथ दो जगहों पर हो सकते हैं, जो विशाल दूरी पर "जुड़े" हो सकते हैं। क्या यह संभव है कि डीएनए जानकारी को संग्रहीत और प्रसारित करने के लिए क्वांटम सिद्धांतों का उपयोग करता है – ऐसी जानकारी जिसमें न केवल जैविक निर्देश शामिल हो सकते हैं, बल्कि दूर के, भूले हुए अतीत के अनुभवों, ज्ञान और यहाँ तक कि चेतना के 'क्वांटम फुटप्रिंट्स' भी शामिल हो सकते हैं?"

"यह क्या... यह क्या है?" नथानिएल फुसफुसाया, उसकी आवाज़ केवल एक फुसफुसाहट थी, जो उसकी खुद की चेतना की गरज में खो गई थी। "तुम क्या कर रही हो?"

"क्वांटम फुटप्रिंट्स?" नथानिएल ने दोहराया, जैसे कि वह हर शब्द का स्वाद ले रहा था, उसे तौल रहा था, उसका अर्थ और छिपी हुई, असीमित शक्ति की तलाश कर रहा था। वह केवल शक्ति की तलाश कर रहा था।

"हाँ। कल्पना करो कि चेतना सिर्फ़ मस्तिष्क की गतिविधि का एक उत्पाद नहीं है, बल्कि ब्रह्मांड का एक मौलिक पहलू है, जैसा कि कुछ दार्शनिक और यहाँ तक कि वैज्ञानिक सिद्धांत भी सुझाव देते हैं – उदाहरण के लिए, पेनरोस* और हैमेरोफ़* का Orch-Or सिद्धांत। यह चेतना को एक क्वांटम घटना के रूप में मानता है, जो न्यूरॉन्स के माइक्रोट्यूब्यूल्स में प्रक्रियाओं से उत्पन्न होती है।" मैं मेज के पास आई, महसूस कर रही थी कि मेरी खुद की ऊर्जा हवा में धड़क रही है। "क्या यह संभव है कि डीएनए एक तरह का अनुनादक है, एक शक्तिशाली एंटीना है, जो समय के अनंत काल से चेतना के इन सूक्ष्म क्वांटम कंपन को पकड़ने और संग्रहीत करने में सक्षम है? प्राचीन लोगों ने 'आत्मा की स्मृति' के बारे में बात की, ज्ञान के बारे में जो पीढ़ी-दर-पीढ़ी न केवल आनुवंशिक रूप से, बल्कि कुछ गहरे, गैर-भौतिक तरीके से भी प्रसारित होता है। क्या यह संभव है कि डीएनए इस अमूर्त, सर्वव्यापी स्मृति का भौतिक वाहक है?"

"असंभव।" नथानिएल ने कहा, लेकिन उसकी आवाज़ में हिचकिचाहट का एक संकेत था।

"यह... एक काफी कट्टरपंथी विचार है। यह लगभग विज्ञान कथा जैसा लगता है।" नथानिएल ने अपने होंठ सिकोड़े, अपने बालों के माध्यम से अपनी उंगलियों को चला रहा था, जैसे कि वह अपने विचारों में अराजकता को सुलझाने की कोशिश कर रहा था। "लेकिन मैं मानता हूँ कि जिस तरह से तुम इसे प्रस्तुत करती हो, वह किसी को सोचने पर मजबूर कर देता है। डीएनए का वह सारा 'अनावश्यक' 98%... वे वास्तव में क्या करते हैं? वर्षों से, हमने उन्हें 'जंक' कहा है।"

"बिल्कुल! "मेरी नज़र एक ज्वाला में बदल गई जिसने उसे भेद दिया। "विज्ञान अब उनकी वास्तविक क्षमता को उजागर करना शुरू कर रहा है। हम अब उन्हें 'जंक' नहीं कहते, नथानिएल, बल्कि 'नॉन-कोडिंग डीएनए' कहते हैं। लेकिन क्या

होगा अगर यह 98% 'जंक' नहीं है, बल्कि हमारी सच्ची कहानी है, जो क्वांटम कोड में दर्ज है? उन्हें एक स्थिर भंडार के रूप में नहीं, बल्कि पूरे मानव अनुभव के जीवित, द्विध्रुवीय रूप से चार्ज किए गए वाहक के रूप में कल्पना करो!"

"दो प्रतिशत? बस इतना ही?" नथानिएल फुसफुसाया, उसकी आँखें चौड़ी हो गईं। "और बाकी... यह असंभव है!"

"दो प्रतिशत भौतिक, हमारे दृश्य भाग को कोडित करता है, जो जीन को प्रसारित करता है। लेकिन बाकी नब्बे-आठ प्रतिशत भी कोडित करता है, नथानिएल, लेकिन पदार्थ नहीं, बल्कि ऊर्जा, भावनाएँ, विचार – हमारी आत्माओं का पूरा क्वांटम संग्रह। उनमें हर विचार, हर भावना, हर भावना दर्ज होती है – सबसे चमकदार खुशी से लेकर सबसे गहरे आघात तक, सकारात्मक और नकारात्मक दोनों। और जिस तरह डीएनए का दृश्य भाग नई कोशिकाओं में दोहराया जाता है, उसी तरह यह ऊर्जावान जानकारी भी प्रसारित और दोहराई जाती है, लेकिन यह परिवर्तनों से प्रतिरक्षित नहीं है। यह भी उत्परिवर्तित हो सकती है, एंट्रोपी हो सकती है, पीढ़ियों से 'त्रुटियाँ' या 'शोर' जमा कर सकती है, डेटा के क्षरण के समान। और सबसे महत्वपूर्ण बात, नथानिएल – हम उन्हें अपने बच्चों को क्वांटम जीन के रूप में देते हैं।"

"तो... सब कुछ? हर विचार, हर भावना?" उसकी आवाज़ अब सख्त थी, लेकिन एक चौंकाने वाली अनुभूति के संकेत के साथ। "हमारा पूरा अस्तित्व सिर्फ़... एक कोड है?"

"और तुम इसमें विश्वास करती हो?" नथानिएल ने अपनी आँखें सिकोड़ते हुए उसे बीच में ही रोक दिया।

"इसके बारे में सोचो: बच्चा दोनों माता-पिता से इस ऊर्जावान और भावनात्मक मैट्रिक्स को विरासत में लेता है। हम इसे कर्म कहते हैं, लेकिन यह सिर्फ़ विरासत में मिली सूचना भार है – पूर्वजों से भावनाओं, विचारों और संवेदनाओं का संचय। फिर हर पीढ़ी इस जीवित, लगातार विकसित हो रहे कोड में अपना खुद का अनुभव जोड़ती है, इसे आगे प्रसारित करती है। यह सब हमारे डीएनए के इन 98% में कोडित है।"

"कर्म? विरासत में मिला बोझ?" नथानिएल ने अपनी मुट्ठियों को कस लिया, अदृश्य जंजीरों का भार महसूस करते हुए। "तो हम स्वतंत्र नहीं हैं? क्या सब कुछ पूर्वनिर्धारित है?"

"इसलिए, यदि ग्रेल वास्तव में एक विशिष्ट कीमिया के माध्यम से डीएनए को डिकोड करता है, तो ऐसा इसलिए है क्योंकि यह इस क्वांटम हस्ताक्षर के साथ काम करता है, न कि सिर्फ़ भौतिक जीन के साथ। यह इसे सिर्फ़ पढ़ता नहीं है, यह इसे एक पूरी तरह से अलग, ब्रह्मांडीय स्तर पर ट्यून और समझता है। यह एक जैविक मानचित्र नहीं है, नथानिएल, बल्कि ब्रह्मांड का एक खजाना है, जो व्यक्तिगत जीव के बाहर संग्रहीत जानकारी तक पहुँच को खोलता है, और परिवर्तन के लिए एक मार्ग प्रदान करता है।"

नथानिएल ने धीरे-धीरे सिर हिलाया, अभी भी उसने जो सुना था उसे संसाधित कर रहा था। उसके अंदर, संशयवादी और लालची साहसी संघर्ष कर रहे थे, हर तरफ़ अपने विश्वास, अपनी सच्चाई का नाखूनों और दाँतों से बचाव कर रहे थे।

"तो तुम यह कह रही हो कि ग्रेल सिर्फ़ एक जैविक कलाकृति – हृदय के माध्यम से आत्मा की अस्तित्वगत अवस्थाओं को नहीं बदलता है, क्योंकि एक व्यक्ति अंतरिक्ष और समय के माध्यम से अपनी खुद की डीएनए में एक क्वांटम कोड रखता है? हृदय – एक कंडक्टर जो सूक्ष्म, ऊर्जावान स्तर पर भावनाओं, भावनाओं और विचारों से कोडित जानकारी तक पहुँच को अनलॉक करता है?" नथानिएल खड़ा हो गया, एक पिंजरे में शेर की तरह घबराकर घूम रहा था। "यह एक परिकल्पना की तरह लगता है जो छद्म-विज्ञान के साथ लगती है, मेलिना। शुद्ध कल्पना के साथ। और क्या हमारे पास कोई सबूत है, भले ही अप्रत्यक्ष हो?"

"यह संभव है, नथानिएल," मैंने जवाब दिया, अपनी दृढ़ता से पीछे हटे बिना, जबकि मैंने महसूस किया कि मेरे अंदर का हर सेल एक कंपकंपी, अटूट दृढ़ विश्वास के साथ धड़क रहा था। "हम शाब्दिक अर्थों में जादू की बात नहीं कर रहे हैं, बल्कि मानव जीव विज्ञान, भौतिकी और चेतना के अनदेखे पहलुओं की बात कर रहे हैं।"

"डीएनए को सिर्फ़ आनुवंशिक जानकारी के वाहक के रूप में नहीं, बल्कि एक अतिसंवेदनशील क्वांटम एंटीना के रूप में कल्पना करो। क्यों? क्योंकि इसके व्यक्तिगत घटक – न्यूक्लियोटाइड और हाइड्रोजन बॉन्ड – आणविक स्तर पर क्वांटम डॉट्स या यहाँ तक कि क्वांटम कंप्यूटर के रूप में कार्य कर सकते हैं। वे बाइनरी कोड की तुलना में बहुत अधिक कुशलता से जानकारी संग्रहीत और संसाधित कर सकते हैं। उदाहरण के लिए, रूसी वैज्ञानिक प्योत्र गैरियाएव* और व्लादिमीर पोपोनीन* तथाकथित 'डीएनए के प्रेत प्रभाव' का अध्ययन करते हैं, जहाँ डीएनए भौतिक रूप से हटाए जाने के बाद भी विद्युत चुम्बकीय क्षेत्र में एक निशान छोड़ता है। यह बताता है कि यह ऊर्जा क्षेत्रों के साथ इस तरह से बातचीत करता है जिसे हम अभी तक नहीं समझते हैं।"

"इससे भी ज़्यादा, नथानिएल, भौतिकी हमें शुद्ध ऊर्जा को पदार्थ में बदलने के सबूत देती है। भौतिकी में, विशेष रूप से क्वांटम इलेक्ट्रोडायनामिक्स (QED) के क्षेत्र में, ऊर्जा का भौतिकीकरण उन प्रक्रियाओं के माध्यम से होता है जहाँ फ़ोटॉन – प्रकाश के क्वांटम, जो शुद्ध ऊर्जा हैं – कण-प्रतिकण जोड़े में बदल जाते हैं। सबसे सरल और सबसे प्रसिद्ध तंत्र ब्राइट-व्हीलर* प्रक्रिया है। यह भविष्यवाणी करती है कि जब दो उच्च-ऊर्जा फ़ोटॉन टकराते हैं, तो उनकी ऊर्जा द्रव्यमान में बदलने के लिए पर्याप्त हो सकती है, जिससे पदार्थ और प्रतिपदार्थ का एक जोड़ा बनता है, सबसे अधिक बार एक इलेक्ट्रॉन और एक पॉज़िट्रॉन। यदि शुद्ध ऊर्जा कणों में भौतिक हो सकती है, तो डीएनए में जानकारी, चेतना, अनुभवों को क्वांटम कोड में 'संघटित' क्यों नहीं किया जा सकता है?"

"आधुनिक एपिजेनेटिक्स पहले से ही दिखाता है कि कैसे अनुभव, आघात और पर्यावरण जीन की अभिव्यक्ति को बदल सकते हैं, बिना खुद डीएनए अनुक्रम को बदले। यह सबूत है कि शुद्ध आनुवंशिकी के बाहर की जानकारी हमारे जीव विज्ञान को प्रभावित करती है। और रूपर्ट शेल्ड्रेक* द्वारा प्रस्तावित रूपात्मक क्षेत्रों के सिद्धांत के बारे में क्या कहेंगे? यह मानता है कि अदृश्य क्षेत्र मौजूद हैं जो जीवों और यहाँ तक कि प्रजातियों के बीच जानकारी को आकार देते हैं और प्रसारित करते हैं। ये क्षेत्र सहज ज्ञान, टेलीपैथी या सामूहिक अचेतन को समझा सकते हैं। डीएनए इन क्षेत्रों से जानकारी का एक रिसीवर और ट्रांसमीटर हो सकता है।"

"और अंत में, लेकिन कम महत्वपूर्ण नहीं – क्वांटम उलझाव। तुम जानते हो कि कण दूरी की परवाह किए बिना जुड़े रहते हैं, और एक में परिवर्तन तुरंत दूसरे में परिलक्षित होता है। क्या होगा यदि मानव चेतना, या यहाँ तक कि हमारा डीएनए, जानकारी के एक बड़े, ब्रह्मांडीय नेटवर्क के साथ क्वांटम रूप से उलझा हुआ है? यह सहज ज्ञान, पूर्वाभास या यहाँ तक कि तथाकथित 'सामूहिक चेतना' की व्याख्या करेगा।"

"लेकिन यहाँ सबसे महत्वपूर्ण बात आती है, नथानिएल। केवल बिना शर्त प्यार – सिर्फ़ एक रोमांटिक भावना नहीं, बल्कि एक शक्तिशाली ऊर्जा आवृत्ति – डीएनए के 98% में इस नकारात्मक द्विध्रुवीय निशान को साफ करने में सक्षम है। जब प्रकाश सेल में, जीव में अंधेरे पर हावी हो जाता है, तो एक वास्तविक कीमियाई प्रक्रिया होती है। यह रक्त और डीएनए को विरासत में मिले बोझ से शुद्ध करता है। यह प्यार का अनुभव है, दो अलग-अलग व्यक्तियों को एक पूरे में विलय करना, जो इस प्रक्रिया को बनाता है और डीएनए के सेल में कर्म को हटाता है।"

"ग्रेल, शायद, एक उपकरण है जो इस उलझाव को सक्रिय और सिंक्रनाइज़ करता है, बिना शर्त प्यार की ऊर्जा को केंद्रित करता है। यह जादू नहीं है, नथानिएल, बल्कि एक उच्च-तकनीकी क्वांटम डिकोडर है जो अपने युग से आगे है। और सर्वनाश से निपटने का एकमात्र तरीका यह समझना है कि हम अपने खुद के डीएनए को कैसे ठीक करें। यही समाधान है।"

मैं खड़ी हो गई, उसके पास आ गई, महसूस कर रही थी कि हमारे बीच बिजली की चमक है। "अगर मानव चेतना क्वांटम स्तर पर प्रभावित कर सकती है, तो वह उन तरीकों से जानकारी को कोड और प्रसारित क्यों नहीं कर सकती जिसे हम अभी भी पूरी तरह से नहीं समझते हैं? रक्षक, शायद, अपने खुद के जैविक क्षेत्र के सचेत प्रोग्रामिंग के स्तर तक पहुँच गया है, जो इस प्राचीन ज्ञान का एक जीवित 'फ़ाइल वाहक' बन गया है। वह सिर्फ़ संग्रहीत नहीं करता है, बल्कि जीवन के ही कपड़े में छिपे इस प्राचीन कोड को भी सक्रिय करता है – न केवल अपने लिए, बल्कि सामूहिक चेतना के लिए भी। हमारी यात्रा अभी शुरू हो रही है, लेकिन मुझे विश्वास है कि जो जवाब हम खोज रहे हैं, वे हमारे अंदर उससे कहीं ज़्यादा गहरे हैं जितना हमने

कल्पना की थी। शायद हम बाहर खोज रहे थे, और जवाब अंदर था, पूरे समय, हमारे अपने बायो-क्वांटम सार में बंद था।"

नथानिएल ने मुझे नए सम्मान और बढ़ती, निर्मम जिज्ञासा के साथ देखा। दार्शनिक, ऐतिहासिक और गूढ़ अंतर्दृष्टियाँ जो मैं उंडेल रही थी, उन्होंने वैज्ञानिक तथ्यों पर एक नया, चकाचौंध करने वाला, लेकिन खतरनाक प्रकाश डाला था, जिन्हें उसने अब तक मान लिया था। ग्रेल के क्वांटम कोड के लिए परिकल्पना, भले ही पागलपन की हद तक साहसी थी, उसकी अथक महत्वाकांक्षा के लिए तेजी से आकर्षक आयामों को प्राप्त करना शुरू कर रही थी। यह हमारी उन लंबी बातचीत में से एक बन गया, जिसमें हमारी आँखें इतनी खुली और शुद्धता से एक-दूसरे को देख रही थीं, मानो वे सिर्फ़ शब्दों का नहीं, बल्कि क्वांटम जानकारी का आदान-प्रदान कर रही हों, एक बौद्धिक द्वंद्व में लगी हुई हों, अपने खुद के विचारों को पूरक कर रही हों, जबकि हम पागलपन में अर्थ खोजने के लिए संघर्ष कर रहे थे।

नथानिएल के विशाल कार्यालय में, चित्रों और कलाकृतियों, प्राचीन प्रतीकों और ज्ञान की किताबों से घिरे, मानो एक रहस्यमय निवास में, समय ने अपना घनत्व और वास्तविकता खो दी। नथानिएल, एक गणितज्ञ के अपने विश्लेषणात्मक दिमाग के साथ, अक्सर मेरे विचारों की उड़ान को परिचित के दायरे में लाने की कोशिश करता था, जबकि मैं, इतिहास, दर्शन और गूढ़ता के अपने व्यापक ज्ञान के साथ, लगातार मूर्त से परे, समझदार की सीमाओं से परे – अकल्पनीय की ओर संबंधों की तलाश कर रही थी।

मेरे डीएनए में क्वांटम कोड और ग्रेल के साथ इसके संबंध के बारे में मेरे तर्क को समाप्त करने के बाद, कमरे में एक विचारशील चुप्पी छा गई, जो सीसा की तरह भारी थी, एक तूफान का अग्रदूत। बाहरी दुनिया स्थिर हो गई, जो विज्ञान और आत्मा के दो अलग-अलग, लेकिन पूरक दृष्टिकोणों के बीच शांत, लेकिन गगनभेदी विवाद से निगल गई थी।

"जो तुम कह रही हो वह... एक परिकल्पना है जो विज्ञान कथाओं की सीमा पर है। शुद्ध पागलपन के साथ।" नथानिएल ने अपने होंठ सिकोड़ लिए। "हमारे पास इस तरह के 'विचार के क्वांटम कोड' के अस्तित्व या ग्रेल की किंवदंती के साथ इसके संबंध का कोई सीधा सबूत नहीं है। यह सिर्फ़ रूपकों का एक संयोग हो सकता है।"

"बेशक, हमारे पास अनुभवजन्य सबूत नहीं हैं जिस तरह से तुम उन्हें समझते हो, नथानिएल," मेरी आवाज़ शांत थी, लेकिन एक क्रिस्टल, अटूट दृढ़ विश्वास के साथ, जिसे हवा में महसूस किया जा सकता था। "लेकिन सबूत की कमी, कमी का सबूत नहीं है।" मैं एक पल के लिए चुप हो गई, शब्दों को हमारे बीच लटकने दिया। "डार्क मैटर के बारे में सोचो, डार्क एनर्जी के बारे में – ब्रह्मांड का एक विशाल हिस्सा जिसका अस्तित्व हम अप्रत्यक्ष टिप्पणियों से अनुमान लगाते हैं, क्योंकि आज की हमारी तकनीकों के साथ उनका सीधा माप असंभव है। हम उन्हें देख नहीं सकते, लेकिन हम जानते हैं कि वे हैं। क्या यह संभव है कि यह 'क्वांटम कोड' हमारे वर्तमान वैज्ञानिक

तरीकों के लिए उतना ही मायावी है? शायद हमने इसे पकड़ने के लिए अपने इंद्रियों या उपकरणों को विकसित नहीं किया है।"

"उपमा दिलचस्प है, लेकिन फिर भी... हम चेतना, विचारों, किंवदंतियों के बारे में बात कर रहे हैं जो हजारों सालों से प्रसारित हो रही हैं।" नथानिएल ने तथ्यों की ठोस जमीन पर बने रहने की कोशिश करते हुए सिर हिलाया। "आप उन्हें डीएनए के अणु में कोडित कुछ में कैसे कम कर सकते हैं? यह सिर्फ़ एक रासायनिक संरचना है, एक मृत पदार्थ।"

"तो जानकारी की प्रकृति के बारे में सोचो, नथानिएल। क्वांटम स्तर पर, जानकारी बिट्स के एक रैखिक अनुक्रम तक सीमित नहीं है। क्वांटम बिट्स – क्यूबिट्स – एक सुपरपोज़िशन की स्थिति में मौजूद हो सकते हैं, जो एक ही समय में बहुत अधिक जानकारी ले जा सकते हैं। एक ही परमाणु में लाखों किताबों की कल्पना करो।" मैंने अपना हाथ उठाया, जैसे कि हवा में एक अदृश्य धागे को छूने के लिए, वह धागा जो हमें जोड़ता था। "क्या यह संभव है कि डीएनए बहुत अधिक समृद्ध और जटिल प्रकार की जानकारी को कोड करने के लिए इसी तरह के क्वांटम सिद्धांतों का उपयोग करता है, जिसमें प्रजातियों की चेतना और स्मृति के पहलू भी शामिल हैं? हम सहज ज्ञान, पुरालेखों, सामूहिक अनुभवों को कैसे समझा सकते हैं, जिन्हें हम साझा करते हैं, जो हमें इतने गहरे स्तर पर जोड़ते हैं? हम मांस और रक्त से कहीं ज़्यादा हैं, नथानिएल। हम स्मृति और शाश्वतता हैं। हम एक क्वांटम फ़ुटप्रिंट हैं।"

---✶ ६ ✶ ---

सच्चाई के साथ पहला संपर्क

ठीक तभी, इस लगभग पवित्र रहस्योद्‌घाटन के बीच, नथानिएल का फ़ोन बजा। घंटी ने एक स्पष्ट आकाश से गरजने की तरह तनावपूर्ण चुप्पी को फाड़ दिया, कार्यालय में फैल रहे गर्मियों के गोधूलि को भी शांत कर दिया। उसने डिवाइस निकाला और एक अज्ञात नंबर देखा, जो खतरनाक तात्कालिकता का उत्सर्जन कर रहा था, जैसे कि भविष्य का कोड ही स्क्रीन के माध्यम से धड़क रहा था। दूसरी तरफ़ की आवाज़ घबराई हुई थी, लगभग घबरा गई थी।

"हेलो?... हाँ... क्या?... यह संभव नहीं है!... अब आप कहाँ हैं?... ठीक है, मैं तुरंत आ रहा हूँ।"

नथानिएल ने एक मुर्दे की तरह पीला चेहरा करके फ़ोन बंद कर दिया। अब न तो कोई दिलचस्पी थी, न ही रुकावट से कोई झुंझलाहट। सिर्फ़ शुद्ध, अप्रत्याशित, ठंडा करने वाला सदमा था, जिसने उसकी आत्मा को एक बर्फीले ब्लेड की तरह काट दिया। एक विचार, उस्तरे जैसा तीखा, उसके दिमाग को पार कर गया: शक्ति। अभी। तुरंत।

"यह... यह हमारी निजी प्रयोगशाला से था। वे एक सूक्ष्मजीव से निकाले गए डीएनए के साथ एक प्रयोग कर रहे हैं, जिसके बारे में माना जाता है कि वह कम से कम 150,000 साल पुराना है।" उसने साँस लेने की कोशिश की, जैसे कि हवा उससे

ले ली गई हो। "और परिणाम... उन्होंने असामान्य क्वांटम उतार-चढ़ाव का पता लगाया है, जिन्हें वे पारंपरिक भौतिकी से कुछ भी ज्ञात के साथ बिल्कुल भी नहीं समझा सकते हैं। उन्होंने कहा कि ऐसा लग रहा था कि डीएनए ही... विद्युत चुम्बकीय क्षेत्र की कुछ आवृत्तियों पर प्रतिक्रिया कर रहा था। यह सिर्फ़ कंपन नहीं कर रहा था, मेलिना, यह जवाब दे रहा था, जैसे कि यह संवाद कर रहा हो। जैसे कि इसमें कुछ छिपी हुई स्मृति, कुछ कोड है जो बाहर से सक्रिय हो जाता है। यह... यह असंभव है!"

उसी क्षण, बाहर, शहर की रोशनी ने एक भयावह झिलमिलाहट की, कुछ पूरी तरह से बुझ गईं, जैसे कि वास्तविकता ही अपनी सीमाओं पर फट रही हो।

मेरी आँखें चमक उठीं। उनमें जीत थी, लेकिन एक गहरी, लगभग दर्दनाक अंतर्दृष्टि भी थी, जैसे कि मैं इस पल का इंतज़ार कर रही थी, जो अंत की शुरुआत को चिह्नित करता था।

"देख रहे हो, नथानिएल? हम कुछ बहुत बड़ा के कगार पर हो सकते हैं। कुछ जो सब कुछ बदल देगा।" मैंने अपना हाथ उसकी ओर बढ़ाया, लगभग उसे छूते हुए। "गूढ़ ग्रंथों में अक्सर पवित्र वस्तुओं की 'महत्वपूर्ण शक्ति' के बारे में बात की जाती है, मानव चेतना के साथ प्रतिध्वनित होने की उनकी क्षमता के बारे में। क्या होगा यदि इस 'महत्वपूर्ण शक्ति' का एक क्वांटम मूल है, जो आणविक स्तर पर संग्रहीत जानकारी से जुड़ा है? जैसे एक स्ट्रिंग का अनुनाद दूसरे में एक प्रतिक्रिया को प्रेरित करता है।"

"यह अभी भी 'विचार के क्वांटम कोड' के बारे में कुछ भी साबित नहीं करता है। ये सिर्फ़ धारणाएँ हैं। यह सिर्फ़ कुछ अज्ञात भौतिक घटना हो सकती है।" नथानिएल अभी भी संशयवादी था, लेकिन उसकी आवाज़ में खतरनाक हिचकिचाहट का एक संकेत था, जो उसे पसंद नहीं था, जो उसे परेशान करता था, जो उसे रसातल की ओर खींच रहा था, जो उसे आकर्षित कर रहा था।

"बेशक। लेकिन यह संयोग हड़ताली है। एक सूक्ष्मजीव जो अपने प्राचीन डीएनए में असामान्य क्वांटम प्रतिक्रियाएँ दिखाता है। और हम अभी-अभी डीएनए के बारे में चर्चा कर रहे थे जिसमें शुद्ध जैविक की तुलना में बहुत अधिक जानकारी होती है।" मैं उसके पास आई, लगभग उसके हाथ को छू रही थी, समय की धड़कन महसूस कर रही थी। "ब्रह्मांड हमसे बात कर रहा है, नथानिएल, अगर हम सुनना जानते हैं। और कीमत चुकाना जानते हैं।"

---✶ ҁ ✶---

नथानिएल एक पल के लिए हिचकिचाया, अपने वैज्ञानिक संदेह और एक अकथनीय, लगभग पापी, सर्वव्यापी उत्तेजना की बढ़ती भावना के बीच संघर्ष कर रहा था। उसकी जबड़े की एक मांसपेशी फड़क उठी। उसकी जिज्ञासा ने जीत हासिल की, लेकिन एक बहुत ही अंधेरी, शिकारी महत्वाकांक्षा भी सतह पर आ गई – शक्ति के लिए, असीमित प्रभुत्व के लिए एक प्यास।

उसे जाना था, मेरी आँखों में असंतोष और पीड़ा के बावजूद। मैंने पहले ही उसके इन मनोदशाओं को पहचान लिया था और जानती थी कि उसके विचार आध्यात्मिक ग्रेल के बारे में मेरे परिकल्पनाओं से बहुत दूर थे। अपने प्रकट हित के पीछे, वह पूरी तरह से अलग महत्वाकांक्षाओं को छिपा रहा था, जो उसके समुदाय की गुप्त आकांक्षाओं में गहराई से निहित थे। वे ज्ञान या आध्यात्मिक उत्थान की तलाश नहीं कर रहे थे, बल्कि कुछ और ज़्यादा सांसारिक और शक्तिशाली थे – अटूट, पूर्ण ऊर्जा का स्रोत। शक्ति। पूर्ण शक्ति।

मेरे साथ बातचीत, हालाँकि बौद्धिक रूप से उत्तेजक थी, उसके लिए जानकारी इकट्ठा करने, प्राचीन ज्ञान में दरारें खोजने का एक साधन थी जो उन्हें इस लक्ष्य की ओर निर्देशित कर सकती थी। वह ऊर्जा क्षेत्रों, प्राचीन प्रौद्योगिकियों, किसी भी संकेत के उल्लेख के लिए ध्यान से सुनता था, जो अनंत ऊर्जा उत्पन्न करने की कुंजी हो सकता था – शायद क्वांटम, जैसा कि समुदाय के कुछ सदस्यों को संदेह था, शायद विचार की शक्ति को केंद्रित करके भी, जैसा कि उनके बंद सर्किलों में सबसे साहसी सिद्धांतों ने फुसफुसाया था।

"नथानिएल, आज तुम्हारा जन्मदिन है। मैं तुम्हें आश्चर्यचकित करने के लिए इतनी दूर से यात्रा करके आई हूँ..." मेरी आवाज़ शांत थी, विनाशकारी दर्द से भरी थी, लेकिन एक नाजुक उम्मीद के साथ भी थी, जो तूफान में आखिरी लौ की तरह जीवित रहने के लिए संघर्ष कर रही थी। "और मैंने सोचा था कि तुम कम से कम मुझे रात के खाने पर ले जाओगे। क्योंकि मुझे तुम्हें एम्पुल की सामग्री के बारे में कुछ और समझाना है..." मैंने उससे कई बार भीख मांगी थी, लेकिन उसने हमेशा मना कर दिया था। मैं जानती थी कि वह एक अधिक अंतरंग सेटिंग, जैसे कि मेरे होटल के कमरे में अकेले रहने से डरता था, क्योंकि वह प्रलोभित होगा... मानव को, कोमलता को, उस चीज़ को जिसे वह सबसे ज़्यादा डरता था – प्यार को।

नथानिएल एक पल के लिए रुका। वह दरवाजे तक पहुँच गया था, उसका हाथ पहले से ही हैंडल पर था। मेरे प्रस्ताव ने उसे केवल कुछ सेकंड के लिए भ्रमित कर दिया, जैसे कि एक भूली हुई मानव होने की झलक ने उसे छुआ, उसके ठंडे, बख्तरबंद दृढ़ संकल्प को परेशान कर दिया।

"मैं तुम्हें तुम्हारी कार तक छोड़ दूँगा। होटल वापस जाओ। शायद हम बाद में बात करेंगे।" उसे सोचने, खुद को इकट्ठा करने के लिए समय चाहिए था... और उसके दिमाग को भावनाओं पर हावी होने के लिए, किसी भी घुसपैठ करने वाली कमजोरी को कुचलने के लिए।

मैं जानती थी। मैं समझती थी। मैं इसे स्वीकार करती थी... लेकिन मुझे अपने सपनों और प्यार की शक्ति में विश्वास था। मुझे उम्मीद थी... कम से कम अपने लिए। एक उम्मीद जो मुझे मार डालेगी। एक अदृश्य आँसू उसकी गाल पर बह गया, कार्यालय के अंधेरे में छिपा हुआ।

---✶ ✶ ---

जैसे ही वह शहर की सड़कों से होकर तेज़ी से चला, नथानिएल ने मेरे साथ अपनी आखिरी बातचीत को अपने दिमाग में दोहराया। प्राचीन डीएनए में क्वांटम उतार-चढ़ाव, "महत्वपूर्ण शक्ति" और चेतना के साथ प्रतिध्वनि के बारे में मेरे शब्दों ने उसके दिमाग में एक खतरनाक, विनाशकारी चिंगारी जला दी। क्या होगा यदि मैं अनजाने में सच्चाई के करीब थी? क्या होगा यदि असीमित ऊर्जा का रहस्य कहीं वहाँ, जीवन की नींव में ही कोडित है?

यह संभावना उसे मदहोश कर रही थी, उसे अंधेरे और असीमित लालसा से भर रही थी। उसके विचार तेज हो गए, तेजी से गहरे और अधिक लक्षित हो गए। अगर उसके समुदाय ने इस प्राचीन रहस्य को सुलझाने में कामयाबी हासिल की, अगर वे अनंत ऊर्जा के इस स्रोत को नियंत्रित करने में कामयाब रहे, तो दुनिया पर उनकी शक्ति न केवल पूर्ण, बल्कि दिव्य भी होगी। बाकी सब – सरकारें, निगम, यहाँ तक कि अन्य गुप्त समाज – उनकी असीमित शक्ति के सामने घुटने टेक देंगे। देवता बनने के लिए। सब कुछ बनने के लिए। अजेय होने के लिए। घटनाओं में यह अचानक मोड़ – प्रयोगशाला से अप्रत्याशित कॉल – नथानिएल के लिए सिर्फ़ एक वैज्ञानिक जिज्ञासा नहीं थी।

यह संभावित पुष्टि थी, उनकी भव्य और स्वार्थी महत्वाकांक्षाओं की प्राप्ति की दिशा में पहला मूर्त कदम था। उसे अपने समुदाय में वापस जाना था, उन्हें नए विकास के बारे में बताना था। उन्हें तेजी से और निर्णायक रूप से कार्य करना था, इससे पहले कि कोई और इस प्राचीन और इतने वांछित रहस्य तक पहुँच जाए। जैसे ही वह कार्यालय से दूर गया, नथानिएल के चेहरे पर एक कठोर और दृढ़ अभिव्यक्ति आ गई। उसकी आँखों में अब एक वैज्ञानिक की जिज्ञासा नहीं थी, बल्कि एक ऐसे व्यक्ति की ठंडी, निर्मम महत्वाकांक्षा थी जो देखता है कि दुनिया पर शक्ति उसकी पहुँच में है।

मेरा आध्यात्मिक ग्रेल सिर्फ़ एक भोली कल्पना थी। उसके और उसके समुदाय के लिए असली "ग्रेल" शक्ति थी।

अध्याय 25: रक्त में तारों की फुसफुसाहट

नथानिएल ने पेडल को फर्श पर दबाया, एक इंजन की दहाड़ के साथ रात को काट दिया। मेलिना की आवाज़ सिर्फ़ उसकी खोपड़ी में नहीं गूँज रही थी – यह उसके खून में ही कंपन कर रही थी। यह एक जीवित, साँस लेने वाली सच्चाई थी, इतनी वास्तविक, मानो वह दोपहर महीनों पहले नहीं बीती थी, बल्कि अब सामने आ रही थी, उसके दिमाग पर हावी हो रही थी।

फ्लैशबैक: क्वांटम बायोलॉजी पर एक सम्मेलन, 7 महीने पहले

प्रोफ़ेसर एल्सबरी के पीछे की स्क्रीन डीएनए की फ्रैक्टल छवियों के साथ धड़क रही थी, और उनकी आवाज़, स्पष्ट और आत्मविश्वास से भरी, हॉल की अकादमिक सूखापन को पार कर रही थी। नथानिएल तीसरी पंक्ति में बैठा था – संशयवादी, लेकिन उत्सुक।

"प्रिय सहयोगियों, आइए हम सिद्धांतों से परे देखने की हिम्मत करें! हम जीवन की पहली चिंगारी का पीछा करते हैं, हम विकास के राजसी नृत्य पर छाया डालते हैं। लेकिन क्या आप हमारे इतिहास के सहज रूप से बुने हुए कैनवास के प्रति एक अटूट, लगातार संदेह महसूस नहीं करते हैं? सहज ज्ञान फुसफुसाता है, और खंडित साक्ष्य अंधेरे में चमकते हैं: हमारी सभ्यता कहीं से नहीं उभरी। यह विचार और प्रौद्योगिकी के दिग्गजों के कंधों पर खड़ी है। इसने चुपचाप एक विशाल ज्ञान विरासत में लिया है, जिसका मूल उच्च-तकनीकी पूर्वजों की धुंध में छिपा है। हम आज उनके बारे में सिर्फ़ अनुमान लगा सकते हैं।" प्रोफ़ेसर एल्सबरी रुके, और उनकी नज़र, जो असामान्य गहराई से भरी थी, एक पल के लिए नथानिएल पर रुकी। "क्या यह संभव है कि डीएनए सिर्फ़ एक आनुवंशिक कोड नहीं है, बल्कि एक क्वांटम लाइब्रेरी है, जो न केवल जैविक निर्देशों को संग्रहीत करती है, बल्कि प्राचीन सभ्यताओं के फ़ुटप्रिंट्स को भी संग्रहीत करती है?"

---✶ ¿ ✶ ---

नथानिएल के दिमाग में उस समय: "बकवास! काव्यात्मक सिज़ोफ्रेनिया, और कुछ नहीं। क्वांटम फ़ुटप्रिंट्स? इसका कोई सीधा अनुभवजन्य सबूत नहीं है!"

नथानिएल ने स्टीयरिंग व्हील को कसकर पकड़ा, उसकी पोरें सफेद हो गईं। वह क्षण। यह उसके दिमाग में दर्दनाक स्पष्टता के साथ उभरा। तब उसने प्रोफ़ेसर एल्सबरी के शब्दों को बकवास के रूप में खारिज कर दिया था, उनकी सादगी पर तिरस्कारपूर्वक मुस्कुरा रहा था। उसने विनम्र संदेह दिखाया था, बातचीत को "अधिक विशिष्ट वैज्ञानिक पहलुओं" की ओर मोड़ने की कोशिश कर रहा था। लेकिन अब, प्रयोगशाला से भयावह कॉल के बाद, प्रोफ़ेसर का हर शब्द परेशान करने वाला भविष्यसूचक लग रहा था। मानो उसने भविष्यवाणी की थी... या बल्कि जानता था। "भूली हुई क्षमता... प्राचीन डीएनए में क्वांटम उतार-चढ़ाव..."

अब हर शब्द प्रयोगशाला से भयावह रिपोर्ट के साथ विलय हो रहा था। उसका दिमाग, जो हमेशा संबंधों के लिए भूखा रहता था, हालाँकि उसने हाल ही में उन्हें तिरस्कार के साथ खारिज कर दिया था, अब उन्हें तेज़ी से ढूंढ रहा था – एक शिकारी कुत्ते की तरह जिसने शिकार को सूंघ लिया हो। क्या यह संभव था कि प्रोफ़ेसर एल्सबरी, अपने "सहज ज्ञान युक्त अंतर्दृष्टि" के साथ, अपने सख्ती से वैज्ञानिक दृष्टिकोण की तुलना में सच्चाई के करीब थे? उसने परिचित असुविधा महसूस की, सिद्धांत और वास्तविकता के बीच वह दरार जिसने उसे सताया था। नहीं, वह इस तरह के विचार की अनुमति नहीं दे सकता था। वह अनुभवजन्य सबूतों में, मापने योग्य परिणामों में, उस चीज़ में विश्वास करता था जिसे छुआ और विश्लेषण किया जा

सकता था। लेकिन फिर भी, प्रयोगशाला से अकथनीय डेटा ने उसके लौह विश्वास पर संदेह की छाया डाली, जैसे कि एसिड उसके अटूट विश्वदृष्टि को खा रहा हो।

---✶ ⸮ ✶ ---

विचार का निर्माण: समुदाय में ब्रेनस्टॉर्मिंग के दौरान नथानिएल, 2 महीने पहले

नथानिएल ने अपने समुदाय के नेताओं के सामने प्राचीन नमूनों में क्वांटम अवस्थाओं में विसंगतियों के लिए डेटा प्रस्तुत किया था।

"देवताओं, आज मैंने पुरातात्विक खोजों से डीएनए में असामान्य क्वांटम उतार-चढ़ाव के सबूत पेश किए हैं। यह सिर्फ़ एक विसंगति नहीं है, यह एक 'भूली हुई क्षमता' है, कुछ ऐसा प्रकट करने का एक अवसर है जो लंबे समय से अस्तित्व में है। हम मानव इतिहास की गहराइयों में छिपी अटूट ऊर्जा की तलाश कर रहे हैं, और हमें पहले होना चाहिए! पहले!" उसकी आवाज़ मीटिंग रूम में गूँज रही थी। "ऐसा कैसे हुआ कि तुलनात्मक रूप से कम समय में, मानवता ने आदिम कृषि समाजों से अंतरिक्ष की साहसी विजय के लिए एक चौंका देने वाली छलांग लगाई? क्या यह अचानक, लगभग अकथनीय वृद्धि भूले हुए ज्ञान की एक भूमिगत, शक्तिशाली धारा से नहीं हुई थी, ज्ञान की टिमटिमाती चिंगारियों से, जो उन हाथों से जलाई गई थीं जो लंबे समय से निराकार धूल बन गए हैं?"

नथानिएल के दिमाग में अब: उसके विचार एक उस्तरे की तरह तेज हो गए। उसे प्रयोगशाला से जानकारी का उपयोग करना था, इसे अपने समुदाय के लक्ष्यों के चश्मे से विश्लेषण करना था। क्या यह संभव था कि असामान्य क्वांटम उतार-चढ़ाव ऊर्जा उत्पन्न करने की कुंजी थे? क्या होगा यदि प्रोफ़ेसर एल्सबरी, अपने "सहज ज्ञान युक्त अंतर्दृष्टि" के साथ, अनजाने में इस रहस्य को सुलझाने के करीब थे? उसे चालाक होना था। अपने वास्तविक उद्देश्य, अपनी छिपी हुई महत्वाकांक्षा की हर अभिव्यक्ति को दबाने के लिए। सावधान। उससे संपर्क बनाए रखने के लिए, अपने वास्तविक इरादों को प्रकट किए बिना किसी भी संकेत को निकालने के लिए। उसने अपने खून में रिसती हुई शक्ति का स्वाद महसूस किया।

---✶ ⸮ ✶ ---

फ्लैशबैक: पत्रिका "क्वांटम पैराडाइम्स" में एक प्रकाशन, 1 महीने पहले

नथानिएल एक लेख देख रहा था जिसमें प्रोफ़ेसर एल्सबरी का हवाला दिया गया था। शीर्षक था "पुरातत्व से परे: चेतना का एक कालक्रम के रूप में डीएनए"। उसने इसे हल्के व्यंग्यात्मक मुस्कान के साथ पढ़ा।

"हमारे सख्ती से प्रस्तुत इतिहास पर संदेह करना अंधा इनकार नहीं है, बल्कि एक अधिक पूर्ण सच्चाई की अथक खोज का एक गहरा कार्य है।" उनके शब्द, अब वास्तविक, उसे दबा रहे थे। "यह समय की विशालता और मानव स्मृति की नाजुकता की एक विनम्र स्वीकृति है, जो अक्सर चयनात्मक और हेरफेर के लिए अतिसंवेदनशील होती है। यह एक आकर्षक संभावना के लिए दरवाजा खोलना है कि हमारा अपना इतिहास हमारी कल्पना से कहीं ज़्यादा जटिल, गहरा और अधिक

रोमांचक है। क्योंकि सच्चा ज्ञान न केवल आधिकारिक कालक्रम के स्पष्ट रूप से लिखे गए पृष्ठों में, बल्कि उनके बीच की शांत, अक्सर अनदेखी दरारों में, हमारे काल्पनिक उच्च-तकनीकी पूर्वजों की अनकही कहानियों में भी छिपा हो सकता है, जिनकी भूली हुई विरासत शायद अभी भी हमारे अव्यक्त कोडित डीएनए के बहुत आधार में मुश्किल से धड़कती है।"

नथानिएल एक संकरी, अँधेरी गली में मुड़ गया, जो उनके ठिकाने के छिपे हुए प्रवेश द्वार की ओर जाती थी। रात की हवा की ठंडी नमी उसकी त्वचा में घुस रही थी, लेकिन उसके विचार जल रहे थे, नई मिली अंतर्दृष्टि से प्रज्वलित हो गए थे। प्रोफ़ेसर एल्सबरी के शब्द, जो कभी सिर्फ़ बौद्धिक जिज्ञासा का विषय थे, अब एक खजाने के लिए एक संभावित मानचित्र बन गए थे, जो आध्यात्मिक ग्रेल से कहीं ज़्यादा मूल्यवान था – असीमित शक्ति का खजाना। उसे चालाक होना था, एक उत्सुक वैज्ञानिक की भूमिका निभानी थी, जबकि वह वास्तव में दुनिया पर प्रभुत्व की कुंजी की तलाश कर रहा था। उसकी उंगलियाँ स्टीयरिंग व्हील को कस रही थीं, शक्ति के कंपन को महसूस कर रही थीं।

---✶ (✶ ---

मतभेदों में सद्भाव

एक क्षण बाद, जब नथानिएल हरी बत्ती का इंतज़ार कर रहा था – समय धीमा हो गया, लोचदार हो गया – एक और पुरानी बातचीत से मेलिना की आवाज़ फिर से उसके दिमाग में गूँज उठी। इस बार ज़्यादा स्पष्ट रूप से, ज़्यादा दृढ़ता से, जैसे कि दूसरी दुनिया से एक प्रतिध्वनि जिसे वह अनदेखा नहीं कर सकता था।

आंतरिक संवाद: नथानिएल, पिछली बातचीत पर विचार कर रहा है

नथानिएल ने अनजाने में स्टीयरिंग व्हील को ज़्यादा कसकर पकड़ा, जबकि ट्रैफ़िक लाइट ने सेकंड गिनना शुरू कर दिया। तब ये शब्द उसे सिर्फ़ काव्यात्मक लगे थे, समीकरणों और मापने योग्य डेटा की उसकी दुनिया से बहुत दूर। उसने हमेशा उसके इन तर्कों को सुंदर, लेकिन खाली रूपकों के रूप में देखा था, जो वैज्ञानिक वास्तविकता से बहुत दूर थे जिसमें वह रहता था। लेकिन अब, प्राचीन डीएनए में पाए गए अप्रत्याशित क्वांटम विसंगतियों के प्रकाश में, उसने सोचना शुरू कर दिया था कि क्या वह कुछ महत्वपूर्ण चीज़ से चूक गया था, कुछ ऐसा जिसे सिर्फ़ तार्किक नहीं, बल्कि एक समग्र दृष्टिकोण की आवश्यकता थी। उसका संदेह सूरज के नीचे बर्फ की तरह पिघल रहा था।

---✶ (✶ ---

विचार का निर्माण: समुदाय के अग्रणी वैज्ञानिकों के साथ एक ब्रीफिंग के दौरान नथानिएल, 3 महीने पहले

अपनी टीम के सामने, नथानिएल संज्ञानात्मक क्षमताओं के विस्तार की संभावनाओं पर चर्चा कर रहा था।

"देवताओं, हमारे आज के तंत्रिका विज्ञान अनुसंधान मानव मस्तिष्क की असाधारण प्लास्टिसिटी को साबित करते हैं। दोनों गोलार्धों के कार्य स्थिर नहीं हैं, बल्कि गतिशील रूप से बदलते हैं। कुंजी सिर्फ़ एक शारीरिक विशेषता नहीं है, बल्कि लाखों वर्षों के विकास का एक बुद्धिमान परिणाम है। हर इंसान मस्तिष्क के कार्यों का एक अनूठा संयोजन रखता है, और हमें अपने विचारों की पूरी, अक्सर अप्रयुक्त क्षमता को प्रकट करना चाहिए। एक पुरुष और एक महिला के बीच आपसी, सामंजस्यपूर्ण पूरकता एक कलात्मक पैलेट पर विभिन्न रंगों के सहज विलय की तरह है, जो रचनात्मकता और नवाचार के अंतहीन, अक्सर अप्रत्याशित रंगों का निर्माण करता है। उनके अलग-अलग दृष्टिकोण, अद्वितीय लेंस की तरह, दुनिया को अपने तरीके से अपवर्तित करते हैं, वास्तविकता की हमारी सामान्य धारणा को समृद्ध करते हैं और नए, अक्सर क्रांतिकारी विचारों के निरंतर विकास को प्रोत्साहित करते हैं।"

नथानिएल के दिमाग में अब: "अलग-अलग दृष्टिकोण... क्वांटम अवस्थाएँ... सुपरपोज़िशन..." वह सोच रहा था, अमूर्त को ठोस से जोड़ रहा था, विज्ञान और कविता के बीच अदृश्य धागे बुन रहा था। क्या यह संभव था कि पुरुषों और महिलाओं के बीच धारणा और सूचना प्रसंस्करण के अलग-अलग तरीके किसी मौलिक क्वांटम अंतर को दर्शाते थे कि चेतना वास्तविकता के साथ कैसे बातचीत करती है? और अगर ऐसा है, तो क्या यह अंतर विचार की शक्ति को अनलॉक करने की कुंजी हो सकता है? इस विचार ने उसे एक साथ जिज्ञासु और भयभीत कर दिया, एक आग की तरह जो गर्म हो सकती है या जला सकती है। हरी बत्ती जल उठी, उसे उसके विचारों से बाहर निकाल दिया। नथानिएल ने पेडल दबाया। "विचारों की अप्रयुक्त क्षमता... दोनों गोलार्धों के कार्यों का एकीकरण..." सद्भाव और एकता के बारे में मेलिना के शब्दों ने उसे अपने समुदाय में कुछ सबसे चरम सिद्धांतों की याद दिलाई – सामूहिक चेतना की संभावना के बारे में, मस्तिष्क तरंगों के सिंक्रनाइज़ेशन के माध्यम से विचार को बढ़ाने के बारे में। लेकिन अब, इस "सिंक्रनाइज़ेशन" ने एक नया, अधिक जैविक, लगभग काव्यात्मक अर्थ ले लिया। सिर्फ़ एक यांत्रिक विलय नहीं, बल्कि एक गहरा विलय।

---✶ ∫ ✶ ---

फ्लैशबैक: संज्ञानात्मक विज्ञान पर एक संगोष्ठी में चर्चा, 2 महीने पहले

नथानिएल ने प्रोफ़ेसर एंडरसन द्वारा दिए गए मस्तिष्क के गोलार्धों पर एक रिपोर्ट सुनी थी, और बाद की चर्चा में उन्होंने एक संशयवादी दर्शकों के सामने अपने विचार विकसित किए थे।

"हमारे मस्तिष्क का बायाँ गोलार्ध एक सटीक विश्लेषणात्मक उपकरण के रूप में कार्य करता है। यह हमारे रैखिक, अनुक्रमिक सोच के लिए ज़िम्मेदार है। जबकि दायाँ गोलार्ध हमें समग्र तस्वीर देखने और सहज रूप से दुनिया को समझने में मदद करता है, बायाँ हमें व्यक्तिगत विवरणों पर ध्यान केंद्रित करने की अनुमति देता है। दूसरी ओर, दायाँ गोलार्ध, एक प्रतिभाशाली कलाकार की तरह है जो हमारे अनुभवों

का एक समृद्ध पैलेट बनाता है। यह हमारी चेतना की अनंत संभावनाओं के लिए एक रहस्यमय पोर्टल की तरह है। यह हमें सपने देखने, अकल्पनीय चीज़ों की कल्पना करने और पूरी तरह से नई, काल्पनिक दुनिया बनाने का अमूल्य अवसर देता है।"

नथानिएल के दिमाग में अब: नथानिएल, एक विद्वान के रूप में, हमेशा बाएं गोलार्ध की लौह शक्ति पर भरोसा करता था – तर्क पर, विश्लेषण पर, संख्याओं पर जो कभी झूठ नहीं बोलतीं। लेकिन अब उसने सोचा कि क्या वह दाएं के सहज ज्ञान, उस "समग्र तस्वीर" को अनदेखा कर रहा था, जिसके बारे में प्रोफ़ेसर एंडरसन बात कर रहे थे। क्या उसकी वैज्ञानिक दुनिया बहुत संकरी थी, क्या वह समग्रता की महानता को देखने के लिए विवरण पर बहुत अधिक केंद्रित थी? क्या यह संभव था कि विचार की शक्ति को पूरी तरह से अनलॉक करने के लिए दोनों गोलार्धों के बीच एक सही संतुलन की आवश्यकता थी, तर्क और सहज ज्ञान, कठोर विज्ञान और नरम कविता के बीच एक सामंजस्यपूर्ण सहयोग? "नई, काल्पनिक दुनिया बनाना... विचारों का भौतिकीकरण..." प्रोफ़ेसर एंडरसन के ये शब्द उसके समुदाय के सबसे पोषित और सबसे संरक्षित रहस्यों के खतरनाक रूप से करीब लग रहे थे। उनका मानना था कि पर्याप्त एकाग्रता और विचार के सिंक्रनाइज़ेशन के साथ वास्तविकता को प्रभावित करना संभव था, यहाँ तक कि चेतना के ही ईथर से ऊर्जा उत्पन्न करना भी संभव था। लेकिन प्रोफ़ेसर एंडरसन ने सृजन, कला, संबंध बनाने के बारे में बात की थी – नियंत्रण के बारे में नहीं। यहीं वे अलग हो गए।

---✶ ʢ ✶ ---

फ्लैशबैक: एक अंतरराष्ट्रीय कांग्रेस में प्रोफ़ेसर ली द्वारा एक रिपोर्ट, 2 महीने पहले

प्रोफ़ेसर ली मंच पर खड़े थे, मस्तिष्क के बारे में अपनी नवीनतम परिकल्पनाएँ प्रस्तुत कर रहे थे।

"विकास ने हमारे मस्तिष्क को एक असाधारण रूप से जटिल और अनुकूली अंग में बदल दिया है, जिसकी संभावित क्षमताएँ हमारी वर्तमान सीमित समझ से कहीं ज़्यादा हैं।" उन्होंने अपनी सबसे महत्वपूर्ण, गेम-चेंजिंग अंतर्दृष्टि बताने से पहले एक विराम लिया। "हमारे मस्तिष्क के अप्रयुक्त 90% के बारे में व्यापक मिथक सिर्फ़ एक मिथक है। वास्तव में, हम अपने मस्तिष्क के लगभग सभी क्षेत्रों का उपयोग करते हैं, हालाँकि एक ही समय में और समान तीव्रता के साथ नहीं। असली सवाल यह नहीं है कि हम अपने मस्तिष्क का कितना प्रतिशत उपयोग करते हैं, बल्कि हम इसका उपयोग कैसे करते हैं, हम दोनों गोलार्धों के कार्यों को कितनी प्रभावी ढंग से एकीकृत करते हैं।"

नथानिएल के दिमाग में अब: "प्रभावी एकीकरण... नई क्षमताओं को अनलॉक करना..." नथानिएल ने महसूस किया कि उसके दिमाग में एक खतरनाक विचार पैदा हो रहा था, जिसने उस हर चीज़ को उलट दिया जिस पर वह विश्वास करता था, एक भूकंप की तरह जो नींव को हिला देता है। क्या होगा यदि विचार के माध्यम से ऊर्जा

उत्पन्न करने की कुंजी किसी बाहरी स्रोत में नहीं है, बल्कि हमारे अंदर ही है? हमारे अपने मस्तिष्क की क्षमता का पूरी तरह से उपयोग करने में, तर्क और सहज ज्ञान के, मर्दाना और स्त्री के एक सामंजस्यपूर्ण एकीकरण में? इस विचार ने उसे एक बिजली की तरह मारा, जो अंधेरे को काट रही थी।

---✶ ℓ ✶ ---

फ्लैशबैक: समुदाय के आंतरिक सर्कल के लिए नथानिएल द्वारा एक प्रस्तुति, 1 महीने पहले

नथानिएल अपने नए दृष्टिकोण को समझाने की कोशिश करते हुए आंतरिक सर्कल के सदस्यों के सामने खड़ा हुआ।

"देवताओं, हमारे विचार निरंतर तरंगों के समान हैं। प्रत्येक व्यक्तिगत विचार अरबों न्यूरॉन्स के बीच बातचीत का परिणाम है। इन विचारों के बीच संघ अदृश्य धाराओं की तरह हैं। भावनाएँ तेज हवाओं की तरह हैं जो अचानक इन विचार तरंगों को उठाती हैं और हमारे विचारों को अप्रत्याशित शक्ति और तीव्रता देती हैं। हमारा व्यक्तिगत अनुभव एक विस्तृत नक्शे की तरह है जो हमें विचारों और संवेदनाओं के इस गतिशील महासागर में नेविगेट करने में मदद करता है। भाषा स्वयं सोच के लिए एक शक्तिशाली आंतरिक उपकरण है। जब हम आकाशीय छवियों को विशिष्ट शब्दों में बदलते हैं, तो हम अनजाने में अपने विचारों को संरचित करते हैं, लेकिन यह अवचेतन के गहरे स्तरों के साथ हमारे सीधे संबंध को सीमित कर सकता है। समाज अक्सर छोटे बच्चों के प्राकृतिक संबंध को तोड़ देता है, जो दुनिया को असीमित संभावनाओं के महासागर के रूप में देखते हैं। हम धीरे-धीरे अपने जन्मजात सहज ज्ञान और अपनी आंतरिक प्रक्रियाओं को प्रबंधित करने और आत्मा की शक्ति के माध्यम से अपने विचारों को भौतिक बनाने की सहज क्षमता का हिस्सा खो देते हैं।"

नथानिएल के दिमाग में: "सिंक्रनाइज़्ड लय... तीव्रता का बढ़ाना..." विचारों को तरंगों के रूप में और भावनाओं को हवा के रूप में ये विचार उसे अपने समुदाय के प्रयोगों की याद दिलाते थे जो विशेष आवृत्तियों और ध्यान प्रथाओं के माध्यम से मस्तिष्क तरंगों को सिंक्रनाइज़ करने के लिए थे। उनका मानना था कि इस तरह से वे अपने सामूहिक विचार को बढ़ा सकते हैं और इसे एक वास्तविक शक्ति में बदल सकते हैं। लेकिन क्या वे पूरे अर्थ को समझते थे? क्या वे मुट्ठी में महासागर को पकड़ने के लिए संघर्ष नहीं कर रहे थे?

नथानिएल ने भाषा के सीमित कारक के बारे में सोचा। क्या तर्कसंगत विश्लेषण और तार्किक स्पष्टीकरण के लिए प्रयास ने उन्हें विचार की शक्ति को नियंत्रित करने के लिए अधिक प्रत्यक्ष, सहज मार्ग से विचलित नहीं किया था? क्या यह संभव था कि "आत्मा की शक्ति के माध्यम से विचारों का भौतिकीकरण" सिर्फ़ एक गूढ़ कल्पना नहीं था, बल्कि वास्तविकता के साथ बातचीत करने के एक प्राचीन, भूले हुए तरीके का एक विवरण था? यह एक ऐसे दरवाजे से देखने जैसा था जो हमेशा तुम्हारे सामने था, लेकिन तुमने कभी नहीं देखा। अब वह धीरे-धीरे, एक चीख़ के साथ खुल रहा था।

---✶ ६ ✶ ---

वास्तविकता के लिए लड़ाई

नथानिएल और मेलिना एक दूसरे के सामने मंद रोशनी वाली प्रयोगशाला में खड़े थे। उनके बीच की हवा तनाव से भरी हुई थी, जिसे महसूस किया जा सकता था। देर हो चुकी थी, लेकिन किसी ने भी सोने के बारे में नहीं सोचा। उनके सामने, मॉनिटर पर, प्राचीन डीएनए नमूनों में पाए गए क्वांटम विसंगतियों के जटिल ग्राफ़ धड़क रहे थे – उनके विवाद का विषय।

"जब हम चमकीले चित्रों में सोचते हैं, नथानिएल, तो हम सिर्फ़ कल्पना नहीं करते हैं। हम कुछ गहरे से जुड़ते हैं। दृश्य भाषा शब्दों तक सीमित नहीं है। यह सार्वभौमिक, मुक्त है। भाषाई सीमाओं से मुक्त मस्तिष्क, वास्तविकता का एक जनरेटर हो सकता है। गहन विचार सिर्फ़ मौजूद नहीं होते हैं – वे अभिव्यक्तियों को भौतिक बनाते हैं। प्राचीन रहस्यवादियों को यह पता था, यही कारण है कि वे प्राकृतिक तत्वों को प्रभावित करने के लिए कल्पना करते थे। पवित्र ज्यामिति, प्राचीन प्रतीक – वे सिर्फ़ सजावट नहीं हैं। वे नक्शे हैं, सूक्ष्म जगत और स्थूल जगत के बीच एक संबंध हैं। अदृश्य आयामों की चाबियाँ," मेलिना ने शांत, लेकिन अटूट दृढ़ विश्वास के साथ शुरू किया।

"मेलिना, कृपया! 'वास्तविकता का जनरेटर'? 'तत्वों पर प्रभाव'? तुम एक गूढ़ उपदेशक की तरह लगती हो।" नथानिएल ने लगभग मज़ाक उड़ाते हुए विचार को खारिज कर दिया। "हम अनुभवजन्य डेटा के साथ, मापने योग्य परिणामों के साथ काम करते हैं। ये 'क्वांटम विसंगतियाँ' सिर्फ़... विसंगतियाँ हैं! सांख्यिकीय विचलन जिन्हें गहरे विश्लेषण की आवश्यकता है, न कि कुछ रहस्यवादियों की काव्यात्मक व्याख्याएँ!"

"कविता? तो बाबुल के टॉवर की किंवदंती के बारे में क्या कहेंगे? सिर्फ़ एक मिथक नहीं, नथानिएल। यह एक सबक है। बाढ़ के बाद, सभी एक ही भाषा बोलते थे, वे एकजुट थे, उन्होंने एक टॉवर बनाने का फैसला किया जो स्वर्ग तक पहुँचता था – अद्वितीय एकता और बढ़ती अभिमान का एक प्रतीक। लेकिन भगवान ने उनकी भाषाओं को भ्रमित कर दिया। परियोजना विफल हो गई, लोग तितर-बितर हो गए," मेलिना की आवाज़ अधिक गंभीर, लगभग दर्दनाक हो गई।

"एक बाइबिल रूपक, मेलिना। मानव अहंकार के बारे में एक कहानी। इसका क्वांटम भौतिकी और डीएनए से क्या लेना-देना है?" नथानिएल ने सिर हिलाया।

"सोचो! बाइबिल, शायद प्रतीकात्मक रूप से, अहंकार द्वारा पोषित आदिम मानव मासूमियत के नुकसान को कोडित करती है। यह हमारी प्राथमिक इच्छा को दर्शाती है – हमारे विचार की शक्ति के माध्यम से दुनिया को बनाने और बदलने की। लेकिन क्या हुआ जब एकता टूट गई? जब भाषा भ्रमित हो गई? उन्होंने एक दूसरे को समझने की क्षमता खो दी। उन्होंने अपना सामान्य लक्ष्य खो दिया। उन्होंने अपनी

सामूहिक शक्ति खो दी।" मेलिना करीब आई, उसकी नज़र उसकी आँखों को नहीं, बल्कि उसकी आत्मा को भेद रही थी।

"तुम यह कह रही हो कि हमारी सामूहिक चेतना, हमारी सिंक्रनाइज़्ड मस्तिष्क तरंगें, जिनका हम अध्ययन करते हैं... कि वे किसी रूपक बाबुल के टॉवर से प्रभावित हैं? कि नियंत्रण के लिए हमारी महत्वाकांक्षाएँ, ऊर्जा उत्पन्न करने के लिए, बर्बाद हैं, क्योंकि हम... अहंकार से विभाजित हैं?" नथानिएल ने माथे पर शिकन डाली, लेकिन अब उतना निश्चित नहीं था।

"बिल्कुल। ब्रह्मांड और अपने आप से वास्तव में जुड़ने के लिए, हमें पारंपरिक भाषा की सीमाओं को पार करना होगा। एक गहरे, सहज ज्ञान युक्त, गैर-मौखिक अनुभव के लिए खुद को खोलना होगा। सहज ज्ञान की शांत आवाज़ को 'सुनने' के लिए, सूक्ष्म संकेतों को पढ़ने के लिए, दुनिया के सामंजस्यपूर्ण कंपन में ट्यून करने के लिए। हमारी तर्कसंगत चेतना अक्सर उन्हें याद करती है। इस तरह का सीधा, गैर-मौखिक ज्ञान पूरे अस्तित्व की परस्पर जुड़ी प्रकृति को प्रकट करता है। तुम मुट्ठी में महासागर को पकड़ने के लिए संघर्ष कर रहे हो, नथानिएल, जबकि कुंजी उसके साथ विलय करना है," मेलिना ने धीरे-धीरे सिर हिलाया।

नथानिएल चुप था। एक ठंडी अनुभूति की लहर उसे भेद गई। मेलिना के पास कुंजी थी, और वह और उसका समुदाय एक बंद दरवाजे पर धमाका कर रहे थे। शक्ति और प्रभुत्व, वास्तविकता के हेरफेर के लिए उनका प्रयास, अचानक बच्चों जैसा लग रहा था। क्या वे प्राचीन लोगों की गलती को नहीं दोहरा रहे थे, जो अपने खुद के अभिमान के वज़न के नीचे ढहने के लिए नियत थे? उस क्षण, नथानिएल ने अपने हाथों में एक हल्का कंपन महसूस किया, और उसके माथे पर ठंडा पसीना फूट पड़ा।

"तो... यह एकाग्रता की क्रूर शक्ति के बारे में नहीं है, बल्कि सद्भाव के बारे में है? नियंत्रण के बारे में नहीं, बल्कि समझने और सहयोग के बारे में है? हमारा अहंकार... क्या यह बाधा है?" नथानिएल की आवाज़ लगभग एक फुसफुसाहट थी, एक स्वीकारोक्ति।

मेलिना की नज़र उस पर टिकी थी, जैसे कि वह उसकी आँखों से परे, सीधे उसकी आत्मा में देख रही थी। इस क्षण में, धड़कते हुए ग्राफ़िक्स और तनावपूर्ण हवा के बीच, नथानिएल ने महसूस किया कि उसकी दुनिया उलट रही थी। जिस शक्ति के रास्ते को उन्होंने तैयार किया था, वह अचानक एक अप्रत्याशित, लगभग रहस्यमय दिशा में विभाजित हो गया था।

---✶ ६ ✶ ---

नहीं, उसने उस रात उसे फ़ोन नहीं किया... और वह जानता था कि अब कुछ भी पहले जैसा नहीं होगा। नथानिएल की दुनिया, जो हाल तक एक चट्टान की तरह स्थिर थी, अब एक क्वांटम खाई के किनारे पर डगमगा रही थी। शायद... शायद यह उसकी सच्ची शक्ति की ओर पहला कदम था।

अध्याय 26: आनुवंशिकी और मिथकों का जाल

कमरे की हवा भारी थी, जैसे किसी तूफ़ान से पहले की शांति हो। नथानियल हर झोंके, हर अदृश्य कंपन को महसूस कर सकता था। महीनों की आभासी निकटता—संदेश जो अनकहे अहसासों से भरे थे, सुबह की चैट्स में साझा किए गए सपने—ये सब अब उसकी उपस्थिति की मूर्त, लगभग घुटन भरी वास्तविकता में टकरा रहे थे।

वह मेलिना के सामने बैठा था, महसूस कर रहा था कि गुरुत्वाकर्षण बदल रहा है, उसके ब्रह्मांड का केंद्र अपरिवर्तनीय रूप से इस कमरे में, उसकी उस गहरी, भेदक नज़र में स्थानांतरित हो रहा है जो उसकी आत्मा तक को भेद रही थी। जब से प्रयोगशाला से उस फोन कॉल ने उसकी शांति के कवच को तोड़ा था, एक ठंडी सिहरन उसके दिल के चारों ओर लिपट गई थी। क्या यह संयोग था? उसके "पागल" सिद्धांत, प्राचीन डीएनए में उन अकथनीय क्वांटम उतार-चढ़ाव की गूंज अब दोगुनी हो गई थी—यह सिर्फ ज्ञान नहीं था, बल्कि एक चाबी थी। एक ऐसी चाबी जो पूर्ण शक्ति की थी, जिसके लिए उसका समुदाय, द ऑर्डर ऑफ शैडोज, लगभग धार्मिक जुनून से तरस रहा था।

वह, नथानियल, उनकी निर्मम महत्वाकांक्षा और एक अन्य, अधिक खतरनाक आकर्षण के बीच फंसा हुआ था—उसकी उपस्थिति, उसकी अनियंत्रित, लगभग आदिम ऊर्जा जो उसे बेकाबू ढंग से खींच रही थी। वह, अपने आध्यात्मिक ग्रेल के प्रति समर्पित, मानो उसमें घने, मानवीय लालसाओं, हर तरह की कमजोरी से एक आश्रय ढूंढ रही थी। वह अंतरंग लालसा, वह अकथनीय क्वांटम संबंध जिसके बारे में वे कभी-कभी मज़ाक करते थे, शांत नहीं हुआ था। इसके विपरीत। वह इसे लगभग शारीरिक रूप से महसूस कर सकता था, जैसे उनके बीच खींचा हुआ एक पतला, लेकिन मजबूत रस्सी का धागा, हर मिनट और मजबूत होता हुआ, डर से भी ज्यादा, किसी भी तर्कसंगत विचार से भी ज्यादा मजबूत।

मेलिना ने बिना किसी प्रस्तावना के बात शुरू की, मानो उनकी बातचीत कभी रुकी ही न हो, मानो समय एक व्यर्थ की शर्त हो, और वह उसकी सीमाओं से बाहर रहती हो। उसकी आँखें उसी परिचित, लगभग जंगली जुनून से जल रही थीं, जो हमेशा उसे अपनी ओर खींच लेता था, उसे एक मूक श्रोता में बदल देता था।

"कहानी जारी रखते हैं..." उसका स्वर शांत था, लेकिन उसमें बेचैनी की एक तीखी धार थी, मानो दुनिया के गर्भ में कहीं कोई काल्पनिक घड़ी टिक-टिक कर रही हो, उनके आखिरी पलों को मापती हुई, इससे पहले कि वे ढह जाते।

नथानियल उसे देख रहा था, उसकी ईथर जैसी सुंदरता और उसकी आत्मा में जलती हुई उस बेकाबू लौ से चकित था, जो एक ही समय में प्रकाश और विनाश का

वादा कर रही थी। इच्छा का दर्द, उसके जादू के आगे झुकने के डर से मिला हुआ, उसके सीने को चीर रहा था। कभी उसे विश्वास था कि वह उसे वश में कर लेगा, उसे अपनी योजनाओं में फिट कर लेगा, उसे ऑर्डर का हथियार बना लेगा। अब उसने देखा—वह एक शुद्ध शक्ति थी। उसे वश में नहीं किया जा सकता। केवल अनुभव किया जा सकता है। और वह उसे चाहता था, जंगली और बेकाबू, केवल अपने लिए, ताकि उसे अधीन कर सके।

मेलिना जारी रही, उसकी आवाज़ नरम, परी जैसी हो गई, लेकिन उसमें वही अजीब, लगभग सर्जिकल सटीकता थी, जो हमेशा उसे परेशान और आकर्षित करती थी। मानो वह सचमुच उन दोनों को एक दूर के, अस्पष्ट अतीत में डुबो रही थी जो उसकी आँखों के सामने जीवित हो रहा था।

"शुरुआत में, आदम और हव्वा, पहले इंसान, बनाए गए थे... दो अलग-अलग प्राणी... लेकिन किससे, क्यों और कैसे?" मेलिना एक पल के लिए रुकी, उसकी नज़र कमरे की दीवारों से परे कहीं चली गई, उन प्राचीन समयों की ओर जिन्हें केवल वही देख सकती थी, जहाँ केवल वही पहुँच सकती थी। "शायद, एक लचीले, अमूर्त शरीर को दो परस्पर पूरक रूपों में विभाजित किया गया? ऊर्जा, दो लिंगों में ध्रुवीकृत? एक कुंवारी, लेकिन अज्ञात दुनिया के बीच जागृत... या एक बदली हुई दुनिया में अनुभवात्मक ज्ञान से अनुभव जमा कर रहे हैं? उनके विचार, शुद्ध और बेदाग, उसमें सिहरन पैदा कर रहे थे, और उसके मन में एक खतरनाक विचार पैदा हुआ—उस पूर्णता को फिर से बनाना, लेकिन अपने नियंत्रण में।

नथानियल ने निगला। वह हमेशा उसे खाई के कगार पर ले आती थी, जहाँ उसकी तर्कसंगत दुनिया ढह जाती थी।

"प्राचीन ग्रंथों के अनुसार, उनका पहला और सबसे महत्वपूर्ण कार्य बीज बोना था। गुणा करना। लेकिन... पाप के माध्यम से?!" वह लगभग हंस पड़ी, कड़वाहट से, अपने सुंदर होठों को विकृत करते हुए, और उस हावभाव में इतनी अवमानना थी, दुनिया के पाखंड के प्रति इतनी समझ की कमी थी कि नथानियल कांप उठा। "इस जटिल रूप से बुनी हुई दुनिया में क्या पापरहित है, नथानियल? शायद तुम्हारा ऑर्डर? पृथ्वी को भर दो, लेकिन धीरे-धीरे। क्यों? प्रकृति की लय में, न कि उन्मत्त अराजकता में। साल... सैकड़ों साल। वे स्वयं, असाधारण जीवन शक्ति, पूर्ण स्वास्थ्य से संपन्न थे। वे अपने भीतर अनंत काल की चिंगारी ले गए। वे अविश्वसनीय रूप से लंबे समय तक जीवित रहे। बुढ़ापे के बिना। बीमारी के बिना। और यही तो तुम लोग चाहते हो, है ना? वह खोया हुआ अनंत काल, जो तुमसे चुराया गया है!"

मेलिना आगे झुकी, उसकी आँखें उसकी आँखों में भेद गईं, मानो वह उसके सबसे गुप्त, सबसे अंधेरे विचारों को पढ़ रही हो, और उस पल में वह नग्न, उजागर, उसकी भेदक नज़र के सामने असहाय महसूस कर रहा था।

"क्या तुम उस दुनिया की कल्पना कर सकते हो, नथानियल? एक ऐसी दुनिया जहाँ समय अलग तरह से बहता है और मानव जीवन अनंत काल का लगभग पर्याय

है? एक ऐसी दुनिया जिसे तुम्हारे ऑर्डर ने खो दिया है, और जिसे अब तुम नियंत्रण और चोरी के माध्यम से वापस पाने की हताश कोशिश कर रहे हो?"

नथानियल सुन रहा था, अपने वैज्ञानिक दिमाग को उस भावनात्मक भंवर से अलग करने के लिए संघर्ष कर रहा था, जो उसकी उपस्थिति हमेशा पैदा करती थी, इच्छा की उस ज्वलंत लहर से जो उसे अभिभूत कर रही थी, जो उसके तर्क के खिलाफ टकरा रही थी। उसने महसूस किया कि वह सिर्फ एक बाइबिल की कहानी नहीं बता रही थी। हर शब्द, हर विवरण एक गहरे अर्थ से गूंज रहा था, जो उसके तेजी से जटिल सिद्धांत की ओर ले जा रहा था, जिसने शक्ति और नियंत्रण के बारे में वह सब कुछ उल्टा कर देने की धमकी दी थी जो वह जानता था। क्योंकि सच्चाई यह थी कि वह भी उसी अनंत काल की लालसा रखता था, और वह इसे उससे चाहता था।

---✶ ☾ ✶ ---

आनुवंशिक विरासत और खोई हुई दुनियाएँ

"बाइबल की भव्य शुरुआत, उत्पत्ति की पुस्तक, पारंपरिक रूप से मूसा की भविष्यवाणी वाली कलम से जुड़ी है। हालांकि लिखने का सटीक वर्ष समय के कोहरे में डूबा हुआ है, विद्वानों का मानना है कि इसने अपने अंतिम रूप 1440 और 1400 ईसा पूर्व के बीच लिया था—एक अवधि जिसमें मिस्र की गुलामी से इस्राएलियों के भाग्यशाली पलायन और स्वयं मूसा के जीवन के अंतिम वर्ष शामिल हैं।"

उसने उसे भेदक रूप से देखा, मानो यह देखना चाहती हो कि क्या वह उस संबंध को समझ रहा है जो वह पहले से ही इतनी स्पष्ट रूप से देख रही थी, जो उसकी दुनिया की तस्वीर में इतना स्पष्ट था, लेकिन उसके ऑर्डर के लिए इतना भयानक था, जो अपने ही एक व्यंग्यचित्र में बदल गया था।

"ओल्ड टेस्टामेंट, अपनी बुद्धि में, आश्चर्यजनक सटीकता के साथ मानवता के वंश वृक्ष का पता लगाता है, मानो हमें न केवल हमारी उत्पत्ति के बारे में, बल्कि दिव्य के साथ हमारे जटिल संबंधों के बारे में भी गहरी सच्चाई बताना चाहता हो। और फिर भी..." उसकी आवाज़ धीमी हो गई, लगभग एक फुसफुसाहट, रहस्यमय, जैसे किसी प्राचीन कब्र से एक हवा जो उसकी रीढ़ की हड्डी में सिहरन पैदा कर गई। "इतिहास में समय के मायावी प्रवाह को पकड़ने के इंसान के शुरुआती प्रयासों में से कुछ याद हैं। उत्तरी स्कॉटलैंड की कठोर भूमि में, पुरातात्विक निशान पाए गए हैं जो गड्ढों की एक जटिल प्रणाली के अस्तित्व का सुझाव देते हैं, संभवतः सबसे पुराना चंद्र कैलेंडर, लगभग 10,000 साल पुराना, जिसका उपयोग जानवरों के महत्वपूर्ण प्रवासन को ट्रैक करने के लिए किया जाता था।"

बाद में, प्राचीन मिस्र की उपजाऊ घाटियों में, लगभग 4241 ईसा पूर्व, पहले सौर कैलेंडरों में से एक दिखाई दिया—365 दिनों की एक सुरुचिपूर्ण प्रणाली, जिसे 30 दिनों के 12 महीनों में विभाजित किया गया था, जिसमें पांच विशेष दिन जोड़े गए

थे। "यह सब एक बड़ी, खोई हुई तस्वीर का हिस्सा है, नथानियल, जिसे तुम लोग, ऑर्डर के, इतनी लगन से फिर से लिखने की कोशिश कर रहे हो!"

उसने एक पल के लिए रुककर, अपने शब्दों को हवा में लटका दिया, चुनौतीपूर्ण ढंग से, जैसे एक खींची हुई तार। नथानियल ने परिचित सिहरन महसूस की। मेलिना हमेशा असहज सवालों तक पहुँचती थी, परिचित के कगार तक, जहाँ उसका तर्क झुकना शुरू हो जाता था, ढहने की धमकी देता था, उसके नीचे की खाई को उजागर करता था।

"और यहाँ..." उसकी आवाज़ खामोशी में एक घंटी की तरह बज रही थी, भेदक, अडिग, और उसकी नज़र नथानियल को भेद रही थी, उसकी आँखों में जवाब तलाश रही थी। "एक परेशान करने वाला सवाल उठता है, नथानियल। यदि मूसा, वह प्राचीन मध्यस्थ, इतनी स्पष्ट जानकारी का वह वाहक... तो वह शुरुआती युग में मानव जीवन की लंबाई में एक महत्वपूर्ण विचलन की अनुमति क्यों देगा? विरोधाभासी, है ना? सच्चाई का एक दूत। और फिर भी एक मौलिक पहलू में एक त्रुटि की अनुमति देता है। जीवन की अवधि। या..." उसने उसे एक जलती हुई नज़र से देखा, और नथानियल ने अपनी गर्दन पर गर्मी महसूस की, जैसे कि उसका गुस्सा उसकी त्वचा को जला रहा था, एक आंतरिक आग को प्रज्वलित कर रहा था जो उसे पूरी तरह से निगल जाने की धमकी दे रहा था। "या उसने बस प्राचीन पांडुलिपियों, प्राचीन कलाकृतियों को अपने तरीके से पढ़ा और व्याख्या किया, जिसे कोई और नहीं पढ़ सकता था? बहुत पहले के समय से ज्ञान... कौन जानता है? या उसने सच्चाई को छिपाया? जैसा कि तुम लोग करते हो! क्योंकि वह तुम्हारे जैसा था—शक्ति और हेरफेर से ग्रस्त!"

नथानियल हल्के से मुस्कुराया, शांत।

"मूसा? शक्ति से ग्रस्त?" उसने अपना सिर झुकाया, मानो सोच रहा हो, लेकिन उसकी आँखों में गणना की एक चिंगारी चमक उठी। "ऐसा नहीं है, मेलिना। मूसा एक संस्थापक था। हमारे महान पूर्वजों में से एक। उसने 'ऑर्डो अब इंटेलेक्टु' की नींव रखी—भीड़ की अराजकता के माध्यम से नहीं, बल्कि बुद्धि के माध्यम से व्यवस्था। उसकी विरासत वह संहिता है जो ज्ञान को पतन से बचाती है। और हाँ, वह बहुत कुछ जानता था, जितना वह नश्वर लोगों को दे सकता था। यह 'छिपाना' नहीं था, बल्कि अनपढ़ दिमागों से सच्चाई की रक्षा करना था। क्योंकि थोथ के उत्तराधिकारी, जिन्होंने हमारे ऑर्डर का गठन किया, उन्होंने देखा कि क्या होता है जब अज्ञानी बहुत अधिक शक्ति प्राप्त कर लेते हैं। और इसीलिए हम, 'सांप और प्रकाश के स्वामी', मौजूद हैं।"

एक संक्षिप्त फ्लैशबैक नथानियल के दिमाग में चमक गया: सांप की आँख, स्टील की अंगूठी पर उकेरी हुई जिसे वह पहनता था, चेतना के विकास पर नियंत्रण का प्रतीक। प्राचीन दीक्षाओं की फुसफुसाहट: "हम देवता नहीं हैं। हम उनकी अनुपस्थिति की आवश्यकता हैं।" डोमिनस प्राइमस का विचार, जिसका अस्तित्व काल्पनिक है, हर 33 साल में बदलता रहता है—पूर्ण, शाश्वत नियंत्रण की गारंटी।

और योजना, बड़ा लक्ष्य: विश्व वित्त का केंद्रीकरण, हर मानवीय क्रिया के लिए एक डिजिटल पहचान, नैतिकता को फिर से लिखना, व्यक्तिगत इच्छा को समाप्त करना। और यह सब—व्यवस्था के लिए। अराजकता के लिए नहीं। उसकी व्यवस्था के लिए।

नथानियल ने उकसाया हुआ महसूस किया। उसका वैज्ञानिक दिमाग तर्क, स्पष्टीकरण की तलाश कर रहा था, जबकि वह जानबूझकर रैखिक सोच को छोड़ रही थी, गहरी, रूपक संबंधों की तलाश कर रही थी जो उसे मौत तक डरा रहे थे, क्योंकि वे उसके असली मिशन को उजागर करने की धमकी दे रहे थे।

---✶ ६ ✶ ---

दीर्घायु से संक्षिप्तीकरण तक

"उत्पत्ति के अनुसार, पहला व्यक्ति आदम प्रभावशाली 930 साल तक जीवित रहा, और मथुसेलह रिकॉर्ड 969 साल तक जीवित रहा। हालांकि, बाढ़ के बाद, जीवन की लंबाई धीरे-धीरे कम हो गई। शेम 600 साल, इब्राहीम 175, और मूसा 120 साल तक जीवित रहा। राजा दाऊद के समय (70 साल), जीवन नाटकीय रूप से छोटा हो गया। क्या तुम संबंध देखते हो, नथानियल? प्रवृत्ति स्पष्ट है। और यह आकस्मिक नहीं है। जैसा कि तुम्हारा पतन।"

नथानियल अपनी कहानी में तर्क से इनकार नहीं कर सकता था। प्रवृत्ति स्पष्ट थी, परेशान करने वाली। जहर की एक बूंद की तरह, जो धीरे-धीरे शरीर में घुस जाती है, उसे अंदर से बदलती और खाती रहती है।

"इनमें से प्रत्येक कुलपति का जीवन चक्र स्पष्ट रूप से दर्शाता है कि समय की एक निश्चित अवधि में, मानव प्रजाति ने अपने जीवन की लंबाई में एक महत्वपूर्ण कमी का अनुभव किया। हम निश्चित रूप से नूह और सार्वभौमिक बाढ़ के प्रलय से पहले और बाद की अवधि को अलग कर सकते हैं, जिसने पृथ्वी के चेहरे को बदल दिया।"

कुछ सिद्धांतों के अनुसार, अटलांटियनों की शक्तिशाली जाति के संरक्षित अवशेषों को पूरी तरह से नई जलवायु परिस्थितियों और एक बदले हुए वातावरण के अनुकूल होना पड़ा। शाश्वत जीवन के विचार से ग्रस्त होकर, उन्होंने धीरे-धीरे अपनी आध्यात्मिक खोजों को कीमियाई प्रयोगों में बदल दिया, एक मायावी अमृत की तलाश में जो उनके नश्वर शरीरों को उसी असामान्य रूप से लंबी अवधि के लिए संरक्षित कर सके, जैसा कि उनके पूर्वजों के लिए था, और उन्हें मृत्यु की निर्मम पकड़ से मुक्त कर सके। "यही तो तुम्हारा ऑर्डर भी ढूंढ रहा है, है ना? अमरता का खोया हुआ सूत्र, जो तुम्हें दुनिया का स्वामी बना देगा!"

मेलिना चुप हो गई, उसकी नज़र उदास हो गई, मानो वह मानवीय मूर्खता और आत्म-विनाश की खाईयों में देख रही हो, उस खाई में जो नथानियल अपनी आँखों में परिलक्षित, खुद में महसूस कर रहा था, और वह उनकी गहरी गहराई में खो गया।

"भौतिक दुनिया के घने अंधेरे में गिर गए। जहाँ सूक्ष्म आध्यात्मिक कंपन... मंद हो गए। उन्होंने अपने प्राचीन, बुद्धिमान ज्ञान को कच्चे सांसारिक हथियारों में बदलने की कोशिश की। प्रलोभन में आ गए। असीमित शक्ति के मोहक वादे से। उन्होंने

खुद को अंधेरे पक्ष को सौंप दिया। शक्ति को। बेईमानी से हेरफेर किया। दिव्य उपहारों को विकृत कर दिया। उन्हें प्रभुत्व के उपकरणों में बदल दिया। प्रकाश के संरक्षक से... वे अंधेरे स्वामी बन गए। उन्होंने शुद्धता खो दी। उन्होंने सदाचार खो दिया। उन्होंने देवताओं की तरह होने का दुस्साहस किया। लेकिन इस गर्वित खोज में... उन्होंने संबंध खो दिया। अपनी सच्ची सार से। ब्रह्मांड के सामंजस्य से। और नथानियल, यही खतरा है। यही वह श्राप है जो दोहराया जाता है, और जिसे तुम, ऑर्डर के, अपनी आस्था में बदल दिया है!"

नथानियल ध्यान से सुन रहा था, मेलिना का हर शब्द उसकी अंतरात्मा को भेद रहा था। उसने भूली हुई तकनीकों और प्राचीन ज्ञान के बारे में उनकी पिछली बातचीत के संदर्भों को पकड़ा। उसके शब्द उसके अपने समुदाय, ऑर्डर की महत्वाकांक्षाओं के बहुत करीब थे, जिसने उसे पाला और वह बनाया जो वह था। वह आध्यात्मिक नुकसान की बात कर रही थी, और वह केवल असीमित शक्ति, अपने लक्ष्यों को प्राप्त करने की क्षमता देख रहा था। उसने अजीब महसूस किया—जैसे वह उसके विचारों को पढ़ रही थी, लेकिन उन्हें अलग, अधिक निंदनीय शब्दों में लपेट रही थी। क्या वह जानती थी? या वह सिर्फ भविष्यवाणी कर रही थी? यह महिला उसकी आत्मा का दर्पण थी, और वह दृश्य उसे डरा रहा था, लेकिन एक बेकाबू शक्ति के साथ उसे आकर्षित भी कर रहा था।

अध्याय 27: नियति के धागे

उसी कमरे में, नियति ने उन्हें फिर से एक साथ लाया था, उनके बीच की हवा को टूटने के बिंदु तक गर्म कर दिया था। नथानियल की नज़र मेलिना पर टिक गई, जो सामने खड़ी थी। उसका लक्ष्य स्पष्ट था: उसे नष्ट करना नहीं, बल्कि उसकी असाधारण शक्ति और ज्ञान को वश में करना, उन्हें अपनी शक्ति की दृष्टि में आत्मसात करना।

अंतर्दृष्टि और चुनौती

मेलिना ने उसे उस भेदक नज़र से देखा जो उसकी आत्मा को नग्न कर देती थी। "कहानी" जो उसने शुरू की थी, अब सिर्फ एक परिकल्पना नहीं थी, बल्कि एक जीवित कपड़ा था जो वास्तविकता को लपेट रहा था, जिससे वह सब कुछ जो वह जानता था, उसमें डगमगा रहा था।

"क्या तुम अब समझते हो, नथानियल? यह शाब्दिक 'सजा' या 'पाप' के बारे में नहीं है, बल्कि एक आंतरिक संतुलन के उल्लंघन के बारे में है। पहले मनुष्यों की दीर्घायु सिर्फ एक जैविक संयोग नहीं थी। यह उनके भौतिक अस्तित्व और ब्रह्मांड की सूक्ष्म ऊर्जाओं के बीच सामंजस्य का प्रतिबिंब था। वे प्राकृतिक चक्रों के साथ एकता में रहते थे, उनकी चेतना शुद्ध थी, लालच और नियंत्रण से बेदाग थी। यह

सुसंगतता का युग था, प्रत्यक्ष ज्ञान का, इससे पहले कि मानव अहंकार हावी होना शुरू हो जाता।"

नथानियल ने निगला। उसका हर शब्द उसके दिमाग में नए कनेक्शन खोल रहा था। द ऑर्डर ऑफ शैडोज न्यूरोप्लास्टिकिटी का अध्ययन कर रहा था, संज्ञानात्मक कार्यों का विस्तार करने, "सुपरह्यूमन्स" बनाने के तरीकों की तलाश कर रहा था जो हमेशा के लिए जीवित रहेंगे। लेकिन उनकी नींव नियंत्रण थी, आनुवंशिक कोड का हेरफेर, रासायनिक कॉकटेल, प्रत्यारोपण... और मेलिना आंतरिक सामंजस्य, सार के साथ संबंध के बारे में बात कर रही थी। उसने दीर्घायु को एक जैविक घटना के रूप में नहीं, बल्कि एक आध्यात्मिक स्थिति की अभिव्यक्ति के रूप में समझाया। इसने उसके वैज्ञानिक दिमाग को भ्रमित कर दिया, लेकिन उसके भीतर कुछ गहराई को छू लिया, जिसे उसने अब तक दबा रखा था। फिर भी, श्रेष्ठता के लिए उसकी प्रवृत्ति जागृत हो रही थी, उसे इस विचार की ओर धकेल रही थी कि इस नई "सच्चाई" को भी महारत हासिल की जा सकती है और इसका उपयोग किया जा सकता है।

---✶ ६ ✶ ---

घटता समय और ज्ञान का भ्रम

मेलिना एक बोर्ड की ओर बढ़ी, जो परमाणु स्तर पर जटिल आरेखों से भरा था, जो पुरातात्विक प्रतीकों के साथ मिश्रित था।

"जीवन की लंबाई में कमी की प्रवृत्ति निर्विवाद है। बाढ़ के बाद जीवन की लंबाई तेजी से गिर गई। यह सिर्फ विकास नहीं है। यह एक पतन है, प्राथमिक ज्ञान के साथ संबंध खोने का परिणाम है। मानवता अपने सार से दूर चली गई है, भौतिक और नियंत्रण पर ध्यान केंद्रित कर रही है। तुम्हारा समुदाय, नथानियल, इस प्रक्रिया की नकल कर रहा है, केवल सचेत रूप से और भयानक लक्ष्यों के साथ।"

उसने एक ग्राफ की ओर इशारा किया, जो प्राचीन डीएनए में "बायोएनर्जेटिक मार्कर" में गिरावट दिखा रहा था।

"क्या तुम इन मार्करों को देखते हो? वे डीएनए संरचना की सुसंगतता के साथ सीधे सहसंबद्ध हैं। शुरुआती नमूनों में, लगभग 5000-6000 साल पहले, सुसंगतता का स्तर काफी अधिक था। यही वह समय है जब दीर्घायु देखी जाती है। सार्वभौमिक बाढ़ के बाद—जो एक वैश्विक प्रलय या पृथ्वी के ऊर्जा क्षेत्र में एक बड़ा बदलाव का रूपक हो सकता है, न कि सिर्फ एक बाढ़—ये मार्कर तेजी से गिर गए। यह इंसान की ही शारीरिक रचना में, सेलुलर स्तर पर एक बदलाव को दर्शाता है।"

वैदिक ग्रंथ प्राण को एक महत्वपूर्ण ऊर्जा के रूप में वर्णित करते हैं जो सभी प्रकार के जीवन को बनाए रखती है, और प्राचीन चीन में क्यूगोंग अभ्यास का उद्देश्य जीवन को लम्बा करने के लिए शरीर में इसका संतुलन बनाना था। यहां तक कि माइटोकॉन्ड्रियल डीएनए और टेलोमेरेस पर हाल के शोध भी सुझाव देते हैं कि दीर्घायु सेलुलर ऊर्जा के अधिक कुशल उपयोग और भंडारण से जुड़ी हो सकती है।

नथानियल ने ठंडक की एक अचानक लहर महसूस की। वह जो भी डेटा एकत्र कर रहा था, अब उसे एक नया अर्थ मिल रहा था। केवल विसंगतियाँ नहीं, बल्कि एक बड़े पैमाने पर परिवर्तन का प्रमाण, कुछ मौलिक के नुकसान का। उसका ऑर्डर जीन इंजीनियरिंग और उन्नत तकनीकों के माध्यम से इस "नुकसान" को बहाल करना चाहता था, लेकिन मूल कारण को समझने के माध्यम से नहीं। सवाल यह नहीं था कि जीवन में हेरफेर कैसे किया जाए, बल्कि यह था कि यह क्यों बदल गया था।

---✶ ✶ ---

अटलांटिस का खोया हुआ ज्ञान और नए प्रमाण

"क्या तुम्हें लगता है कि 'अटलांटियन' एक वास्तविक सभ्यता थी?" नथानियल ने पूछा, अपनी वैज्ञानिक निष्पक्षता बनाए रखने की कोशिश करते हुए, हालांकि बढ़ती जिज्ञासा के साथ।

"अटलांटिस एक भौगोलिक स्थान से कहीं अधिक है, नथानियल। यह चेतना की एक अवस्था है, एक ऐसा युग जिसमें लोगों ने उन ऊर्जाओं में महारत हासिल की, जिन्हें आज हम मुश्किल से फिर से खोज रहे हैं। उदाहरण के लिए, सुमेरियन पट्टियाँ, 'देवताओं' का वर्णन करती हैं जो स्वर्ग से नीचे आए और मानवता को ज्ञान दिया। ये 'देवता' अटलांटियन, या उनके उत्तराधिकारी थे। उनका गणित, खगोल विज्ञान और इंजीनियरिंग उस समय के ज्ञात तरीकों की तुलना में कहीं अधिक उन्नत थे। उदाहरण: मिस्र के पिरामिडों को उस समय के ज्ञात तरीकों से नहीं बनाया जा सकता है। उन्हें पत्थरों के उत्तोलन या पदार्थ में हेरफेर करने के लिए ध्वनि आवृत्तियों के उपयोग के ज्ञान की आवश्यकता होती है, जो अटलांटियन विरासत का हिस्सा था, जैसा कि कुछ हर्मेटिक ग्रंथों में संकेत दिया गया है। प्राचीन भारतीय मंडला और यंत्र भी जटिल ज्यामितीय योजनाएँ प्रस्तुत करते हैं, जो वैदिक ग्रंथों के अनुसार, ऊर्जा को केंद्रित करने और सूक्ष्म पदार्थ को प्रभावित करने में सक्षम हैं। यही विचार के भौतिकीकरण का सिद्धांत है, जिसके बारे में मैंने तुम्हें बताया था। यहां तक कि माया के ग्रंथ, जैसे पोपोल वुह, भी 'निर्माताओं' के बारे में बात करते हैं जिन्होंने इंसान को आकार दिया, उसमें ज्ञान का संचार किया।"

वह एक और मॉनिटर पर चली गई, जहाँ जटिल सुमेरियन क्यूनीफॉर्म पट्टियों की छवियां दिखाई दीं।

"यहाँ, गिलगमेश के महाकाव्य में, वे उटनापिशतिम के साथ मुठभेड़ का वर्णन करते हैं, जो हमेशा के लिए जीवित रहा और बाढ़ से पहले के समय से ज्ञान रखता था। यह सिर्फ एक मिथक नहीं है। यह दीर्घायु की संभावना, समय और स्थान के चक्रों को समझने के लिए एक कोडित ज्ञान है, जिसमें अटलांटियनों ने महारत हासिल की थी। ये ज्ञान पीढ़ी-दर-पीढ़ी हस्तांतरित होते रहे, लेकिन धीरे-धीरे विकृत और विकृत होते गए, जब तक कि वे प्रभुत्व के लिए लालची आकांक्षाओं में बदल नहीं गए। नथानियल, तुम्हारा ऑर्डर इस ज्ञान की तलाश कर रहा है, लेकिन गलत रास्ते पर। तुम सद्भाव को बहाल करने के बजाय शक्ति चुराना चाहते हो।"

नथानियल चुप था, खुद को फाड़ा हुआ महसूस कर रहा था। एक तरफ, उसका तर्क इन "रहस्यमय" स्पष्टीकरणों को खारिज करने के लिए संघर्ष कर रहा था। दूसरी तरफ, प्रयोगशाला से डेटा, अकथनीय क्वांटम उतार-चढ़ाव, ऐतिहासिक विसंगतियां—सब कुछ मेलिना की तस्वीर में फिट हो रहा था। वह सिर्फ कहानियां नहीं सुना रही थी; वह वास्तविकता का एक नया, व्यापक सिद्धांत बना रही थी, जिसने उसके ब्रह्मांड की नींव को गिराने की धमकी दी थी। और वह, नथानियल, नियंत्रण के लिए अपनी सारी महत्वाकांक्षा के साथ, अचानक महसूस किया कि वह शायद कुछ भी नहीं जानता था, बल्कि एक बहुत बड़े खेल में सिर्फ एक मोहरा था, एक खेल जिसमें मेलिना प्रमुख खिलाड़ी थी। इस विचार ने उसे एक ही समय में विनम्र किया और एक नई, अधिक कपटी योजना को प्रज्वलित किया।

---✶ ❦ ✶ ---

शक्ति का प्रलोभन और चुनाव

मेलिना उसके पास आई, उसकी नज़र नरम हो गई, लेकिन फिर भी जल रही थी।

"सच्ची शक्ति, नथानियल, नियंत्रण में नहीं, बल्कि एकता में है। हेरफेर में नहीं, बल्कि सामंजस्य में है। अटलांटियन गिर गए क्योंकि उन्होंने अपने दिव्य उपहारों को प्रभुत्व के उपकरणों में बदल दिया। उन्होंने शुद्धता खो दी, अपनी सच्ची सार के साथ संबंध खो दिया। और तुम्हारा पतन, ऑर्डर का, अपरिहार्य है, अगर तुम उसी रास्ते पर चलते रहे।"

नथानियल ने उसकी गर्मी महसूस की, जो न केवल उसके शरीर से, बल्कि उसकी बेकाबू आत्मा से भी निकल रही थी। उसे वश में करने, उसे अपना बनाने की इच्छा लगभग असहनीय थी। उसी समय, जो अंतर्दृष्टि वह उसे दे रही थी, वह उसके कवच को भेद रही थी। वह उसे चाहता था, लेकिन अब सिर्फ एक हथियार के रूप में नहीं। वह उसे उस ज्ञान के लिए चाहता था जो उसके पास था, उस सच्चाई के लिए जो वह ले जा रही थी।

वह उसकी आत्मा का दर्पण थी, और वह दृश्य उसे डरा रहा था, लेकिन एक बेकाबू शक्ति के साथ उसे आकर्षित भी कर रहा था। इस पल में नथानियल ने महसूस किया कि सच्चा वशीकरण उसे तोड़ना नहीं है, बल्कि उसकी सच्चाई को स्वीकार करना, उसे खुद में एकीकृत करना है... और फिर, उसे अपना हथियार बनाना है। शक्ति के माध्यम से उसे नियंत्रित करने के लिए नहीं, बल्कि उसके सभी ज्ञान तक पहुंच प्राप्त करने के लिए, स्पष्ट सहमति के माध्यम से।

वह उसके पास पहुँचा, इस बार सीधे उसे वश में करने के लिए नहीं, बल्कि उस सच्चाई को छूने के लिए जो उसकी आँखों में चमक रही थी, और उसे अपने लाभ के लिए हेरफेर करने के लिए। उसके दिमाग में एक नया विचार उभरा: क्या होगा यदि सबसे बड़ी शक्ति दुनिया को नियंत्रित करने में नहीं है, बल्कि उस भ्रम का उपयोग करने में है, ताकि पूर्ण नियंत्रण प्राप्त हो सके?

मेलिना के चेहरे पर एक मुश्किल से ध्यान देने योग्य थकान गुजर गई, उसकी आँखों में एक मुश्किल से दिखाई देने वाली झिलमिलाहट, जो उसके शांत संकल्प के सामने एक क्षणिक भेद्यता को धोखा दे रही थी। "कृपया, उसे सिर्फ शक्ति नहीं, बल्कि सच्चाई देखने दो," एक विचार उसके दिमाग में चमक गया।

उनकी नज़रें मिलीं, एक ऐसी लड़ाई का वादा करते हुए जो शब्दों के आदान-प्रदान से कहीं ज्यादा गहरी थी, और वह पहले से ही जानता था—अगली बार अलग होगा। अगली बार, यह उसका कदम होगा।

अध्याय 28: मैट्रिक्स में गड़बड़ी

नथानियल मुस्कुराया—एक कोने में फंसे एक जानवर की तनावपूर्ण, पीड़ा भरी मुस्कान। मेलिना सिर्फ तथ्यों को नहीं सुना रही थी। वह एक जादू बुन रही थी, धागे-दर-धागे, प्राचीन हड्डियों और भूली हुई किंवदंतियों से। एक कहानी जो उसके भीतर कुछ गहरे को छू रही थी—कुछ ऐसा जिसे दशकों के कठोर विश्लेषण से बनी उसकी सारी तर्कसंगतता समझा नहीं सकती थी। खतरनाक। उसे अपने मिशन पर वापस जाना था, उसकी दुनिया की बाँझ स्पष्टता पर, जहाँ हर अज्ञात एक समीकरण था जो हल होने की प्रतीक्षा कर रहा था। लेकिन बहुत देर हो चुकी थी। वह पहले से ही फंस चुका था।

कमरे की हवा घनी होती लग रही थी, उसकी खुशबू से भरी हुई थी—लैवेंडर और कुछ जंगली, मिट्टी का मिश्रण, जिसने उसे सम्मोहित कर दिया। उसने एक चक्कर महसूस किया, जैसे पतले वातावरण से। उसने अपनी त्वचा को महसूस किया, उनके बीच की बिजली से झुलसा हुआ। इच्छा दर्द में बदल रही थी, एक असहनीय दबाव में, जिसने उसे छूने, उसे महसूस करने, यह समझने के लिए कि क्या वास्तविकता इतनी तीव्र हो सकती है, की इच्छा पैदा की।

"बिल्कुल! जबकि आनुवंशिक कोड हमें विभिन्न प्राचीन मानव प्रजातियों के शारीरिक अंतर्ग्रंथन को प्रकट करता है, हमारी कल्पना सांस्कृतिक इतिहास में अंतराल को भरने के लिए अथक प्रयास करती है।" मेलिना एक संक्षिप्त विराम दिया, उसकी नज़र नथानियल पर टिकी, मानो उसे चुनौती दे रही हो। "क्या हमने केवल जीन विरासत में लिए हैं, या हमने लंबे समय से खोए हुए ज्ञान की टिमटिमाती मशाल भी ली है, हमारे लंबे समय से खोए हुए मानव भाइयों और बहनों का ज्ञान?

यह संभव है कि हमारे सार्वभौमिक मिथकों की सबसे गहरी परतों में, हमारी शुरुआती दार्शनिक खोजों में, एक बहुत अधिक विविध मानव दुनिया की आवाज़ों की एक मुश्किल से ध्यान देने योग्य गूंज छिपी हो, जहाँ देवताओं और ऋषियों ने कई अलग-अलग प्रकार के लोगों के रक्त और ज्ञान को अपने साथ ले जाया। क्या तुम

इस विरासत का वजन महसूस नहीं करते, नथानियल? क्या तुम इसे अपने भीतर नहीं ले जाते?"

नथानियल चुप था, उसके शब्दों में डूबा हुआ। उसने महसूस किया कि वह सिर्फ एक कहानी नहीं बता रही थी। वह उसे मानव इतिहास, ज्ञान की उत्पत्ति और यहां तक कि चेतना की बहुत प्रकृति को देखने का एक पूरी तरह से नया तरीका पेश कर रही थी। यह वास्तविकता में एक दरार से देखने जैसा था। और दृश्य एक ही समय में डरावना और मोहक था। मानो उसके शरीर की हर मांसपेशी तनाव में थी, फटने के लिए तैयार, ढहने के लिए।

---✶ ⸙ ✶ ---

संकर, ऋषि और भूली हुई सभ्यताएँ

"और प्रजातियों का मिश्रण..." नथानियल ने फुसफुसाया, मानो अपने ही विचारों के प्रवाह को जारी रख रहा हो, लेकिन अब वह उसके लिए अजनबी था। "यह अर्ध-दिव्य, अर्ध-मानव उपस्थिति वाले मसीहाओं के प्रकट होने की संभावनाओं को जन्म देता है—मूसा, यीशु, बुद्ध, मुहम्मद, बहाउल्लाह। यह कोई आकस्मिक तथ्य नहीं है कि प्राचीन यूनानी पौराणिक कथाएँ ऐसे संकर प्राणियों के अस्तित्व और देवताओं के पर्वत ओलंपस पर कब्जा करने के साहसी प्रयास का विस्तृत वर्णन करती हैं।"

"यह संक्रमणकालीन अवधि पिछली जातियों के अस्तित्व और उनकी असाधारण क्षमताओं के ज्ञान की उत्पत्ति का एक प्रकार का प्रमाण है, जहाँ से पाइथागोरस, प्लेटो और अरस्तू जैसे महान दिमाग प्रेरणा और ज्ञान प्राप्त करते हैं।"

"और कुछ और—यह उल्लेखनीय है कि मिस्र, मेसोपोटामिया, तिब्बती और माया सभ्यताएँ, स्वतंत्र रूप से विकसित होते हुए, आश्चर्यजनक रूप से समान प्रतीकों और विश्वासों, साथ ही साथ सांस्कृतिक, वैज्ञानिक और ऐतिहासिक ज्ञान को बनाए रखती हैं। यह सब एकत्र किया गया है, लेकिन क्या यह... विकृत नहीं है? किसी के हितों की सेवा के लिए?"

नथानियल इन समानताएं से इनकार नहीं कर सकता था। वे हमेशा उसे परेशान करते थे, अनसुलझी पहेलियों की तरह, और अब ऐसा लग रहा था कि मेलिना उनके स्पष्टीकरण की चाबी रखती है—एक चाबी जो प्राचीन हड्डियों और अंतर्दृष्टि की बिजली से बनी थी। एक चाबी जो उसके अपने बंधनों को भी खोल सकती थी, लेकिन उसे नष्ट भी कर सकती थी। तनाव से उसके सिर में दर्द होने लगा, मानो उसकी खोपड़ी नए, विशाल ज्ञान को समायोजित करने के लिए फैल रही हो। उसे चक्कर आ रहा था, वह मुश्किल से दीवार से टिका हुआ था।

---✶ ⸙ ✶ ---

बाढ़ से पुनर्जन्म तक: मानवता का चक्रीय इतिहास

"वैश्विक बाढ़ और दिव्य शक्तियों से संपन्न प्राचीन सभ्यताओं की कहानियों का उपयोग विभिन्न संस्कृतियों द्वारा दुनिया और मानवता की रहस्यमय उत्पत्ति को समझाने के लिए किया गया है।" मेलिना ने कहा, उसकी आवाज़ ने फिर से गहराई

प्राप्त कर ली, जो सहस्राब्दियों की गूँज से भरी थी। "ये सार्वभौमिक मिथक लोगों की गहरी आध्यात्मिक खोजों को दर्शाते हैं और जटिल धार्मिक प्रणालियों और गहरे दार्शनिक सिद्धांतों के निर्माण के लिए एक महत्वपूर्ण आधार के रूप में कार्य करते हैं।"

उसने उसे कोमलता से देखा, लेकिन उसकी नज़र में एक गहरी दृढ़ता थी, एक चट्टान की तरह अडिग जो एक तूफान के खिलाफ खड़ी थी। एक दृढ़ता जो उसे पहले से कहीं ज्यादा आकर्षित करती थी, लेकिन अपनी अडिगता से उसे डराती भी थी। इस क्षण में, नथानियल मेलिना को नहीं देख रहा था, बल्कि एक प्राचीन पुजारी को देख रहा था, जो निषिद्ध सच्चाइयों को दे रही थी, जो उसकी अपनी अस्पष्ट यादों के साथ जुड़ी हुई थीं।

"जब बाढ़ की विनाशकारी लहरें शांत हो गईं, तो पृथ्वी की नई सतह पर जीवन और सभ्यता के नए रूप उभरे। यह नई सभ्यता क्या थी जिसने ग्रह को विरासत में मिला? इसके पहले बीज कहाँ से आए थे? शायद वे छिपे हुए, अच्छी तरह से संरक्षित आश्रयों से फैल गए जहाँ प्राचीन, शक्तिशाली सभ्यताओं के बचे हुए अवशेष थे। या वे पूरी तरह से स्वतंत्र रूप से उभरे, अपने भीतर एक दूर के अतीत की एक मायावी छाप ले जाते हुए। जिस तरह पौराणिक फीनिक्स राख से शानदार ढंग से फिर से जन्म लेता है, उसी तरह मानव सभ्यता अनगिनत युगों में बार-बार पुनर्जन्म लेती है, जो बहुत पहले के समय की अमिट छाप को अपने साथ ले जाती है। और अब, नथानियल, तुम इस पुनर्जन्म की नियति तय करने के कगार पर हो। या तो तुम इसे वश में करोगे, या तुम इसके अधीन हो जाओगे।"

नथानियल ने महसूस किया कि उसकी तर्कसंगत दुनिया की सीमाएं धुंधली होने लगी हैं, एक सपने की तरह अनिश्चित और क्षणिक जो सुबह चेतना से फिसल जाता है। लाखों नियतियों, पुनरावृत्ति के एक जाल में उलझी हुई, सदियों के वजन को महसूस करते हुए उसका दिल डूब गया।

"इन सब का मतलब यह है कि अगर पौराणिक बाढ़ वास्तव में 3114 ईसा पूर्व के आसपास एक वास्तविक ऐतिहासिक घटना थी, तो इसने शायद ग्रह पर पूरी मानवता को नष्ट नहीं किया।" नथानियल ने फुसफुसाया, उसके विचार पहले से ही उसके थे, एक सामान्य, असंभव कपड़े में बुने हुए थे। "शायद अन्य संस्कृतियाँ भी थीं जो जीवित रहने में कामयाब रहीं और अपने स्वयं के रास्तों पर समानांतर रूप से विकसित होती रहीं। आज की दुनिया, अत्यधिक तकनीकी रूप से विकसित समाजों और प्रकृति के साथ पूर्ण सामंजस्य में रहने वाले जनजातियों के बीच अपने तेज विपरीत के साथ, हमें एक स्पष्ट विचार देती है कि कैसे ऐसे समानांतर विकास एक ही समय में मौजूद हो सकते हैं।"

"इसलिए मैं साहसपूर्वक यह मान सकता हूँ कि दूर के अतीत में भी ऐसा ही था—सभ्यताएँ जो अभूतपूर्व ऊंचाइयों तक बढ़ीं और फिर विस्मृति में गिर गईं, जबकि अन्य धीरे-धीरे और धीरे-धीरे विकसित हुईं, अपने स्वयं के, अद्वितीय लय का पालन

करती रहीं। क्या होगा जब दुनिया सच्चाई जान लेगी, मेलिना? जब तुम्हारे... सिद्धांत... ज्ञात की नींव को हिला देंगे?"

उसने एक गहरी साँस ली, मानो उसने अभी-अभी एक लंबा रास्ता तय किया हो, लेकिन उसकी नज़र पहले से ही दूर के क्षितिज पर थी, जहाँ अनकही सच्चाइयों के टावर खड़े थे।

---✶ ६ ✶ ---

हर्मीस, अटलांटिस और माया कैलेंडर

"समय के अंतहीन, स्पंदित प्रवाह में, मानवता एक ब्रह्मांडीय लय में बुनी हुई लगती है, जो ज्ञान के प्रमुख दूतों के प्रकट होने से चिह्नित एक अदृश्य कानून का पालन करती है, जो गहरी, अक्सर प्रलयकारी उथल-पुथल के बाद उभरते हैं। लगभग ग्यारह हजार साल पहले, उभरती हुई चेतना के भोर में, हर्मीस प्रकट होता है—एक ठोस भौतिक व्यक्ति नहीं, बल्कि खुद ज्ञान और व्यापक संचार का एक ईथरियल अवतार। वह शुरुआती मानव समुदायों के बीच भटकता है, उन्हें सार्वभौमिक प्रतीकों और मूलभूत सिद्धांतों की सहज समझ के माध्यम से जोड़ता है जो उभरती हुई भाषाओं की नाजुक बाधाओं को पार करते हैं।"

नथानियल ने महसूस किया कि उसके शब्द उसके भीतर कुछ गहरे के साथ गूंज रहे हैं, कुछ ऐसा जिसे उसका विज्ञान समझा नहीं सकता था। यह एक दूर की स्मृति की तरह था जो जाग रही थी, एक भूले हुए अतीत की गूँज की तरह। अजीब प्रतीकों की छवियां, जिन्हें उसने कभी नहीं देखा था, उसके दिमाग में चमक गईं, अर्थ से भरी हुई थीं जो उससे बच रही थीं, लेकिन उसे आकर्षित कर रही थीं। सिर्फ छवियां नहीं, बल्कि सच्चाई की एक भावना, एक सच्चाई जो हजारों सालों से उसकी प्रतीक्षा कर रही थी।

"विकास की एक लंबी अवधि का अनुसरण किया गया, जो शुरुआती संस्कृतियों के उदय और पतन से चिह्नित था, जिसे 3114 ईसा पूर्व में पौराणिक अटलांटिस को डुबाने वाली एक भयानक प्रलय से बाधित किया गया था। संक्रमण और नुकसान के बाद के युग में, लगभग 5000 ईसा पूर्व, नूह की आकृति उभरी—एकमात्र जो सार्वभौमिक बाढ़ से बच गया, न केवल जीवन के बीज को संरक्षित किया, बल्कि पिछली सभ्यता के ज्ञान के नाजुक टुकड़ों को भी, एक नई शुरुआत के लिए जमीन तैयार करते हुए। यह आश्चर्यजनक है कि प्राचीन माया कैलेंडर, जो उसी समय शुरू होता है, मानो इस ब्रह्मांडीय संक्रमण को दर्शाता है, एक नए चक्र की शुरुआत को चिह्नित करता है। और इस चक्र का अब क्या होगा, मेलिना? क्या हम नूह हैं? क्या मैं नूह हूँ?"

उसने उसे एक भेदक नज़र से देखा, जो गहरी, लगभग दुखद ज्ञान से भरी थी, मानो वह वैश्विक चेतना के एक संभावित नए जागरण, सार्वभौमिक नैतिक शिक्षाओं के प्रसार, या ज्ञान के एक और प्रेरित जीवित दूत के उभरने के सदियों के पूरे वजन

को अपने कंधों पर ले जा रही हो, जो मानवता को उसकी अंतहीन यात्रा के एक और, अक्सर चुनौतीपूर्ण चरण के माध्यम से नेतृत्व करेगा।

यह दोहराई जाने वाली, लगभग रहस्यमय योजना इस गहरे विचार को दर्शाती है कि मानवता का अस्तित्व, विकास और प्रगति आकस्मिक नहीं है, बल्कि ऐसे भाग्यशाली प्रमुख आंकड़ों के प्रकट होने पर निर्भर करती है, जो प्रलय और अपरिहार्य परिवर्तनों के तूफानी युगों के माध्यम से अमूल्य ज्ञान को संरक्षित करने और प्रसारित करने की भारी जिम्मेदारी अपने कंधों पर लेते हैं, विस्मृति के अंधेरे के माध्यम से ज्ञान के धागे को सुनिश्चित करते हैं। "और अब, नथानियल, तुम ही वह हो जो एक विकल्प के सामने खड़ा है—पुराने के रास्ते पर चलना, या एक नई शुरुआत का हिस्सा बनना।"

एक लंबी, भारी खामोशी थी, जिसे केवल मेलिना की अनियमित साँस ने तोड़ा, जो उसे गुस्से, निराशा, लेकिन एक अजीब, लगभग दर्दनाक आशा के साथ देख रही थी। नथानियल अपनी नज़र नहीं हटा सका। वह सही थी। उसका हर शब्द उसे भेद रहा था, उसे उन सच्चाइयों को प्रकट कर रहा था जिन्हें वह इतनी लगन से नकार रहा था। वह सिर्फ बोल नहीं रही थी। वह उसे चुनौती दे रही थी। और वह, नथानियल, परिचित के प्रति अपनी वफादारी और उसकी सच्चाई की मनोरम शक्ति के बीच फंसकर, खुद को फटा हुआ महसूस कर रहा था। अचानक, एक पुरानी, भूली हुई पांडुलिपि की छवि उसकी आँखों के सामने उभरी, उसके पन्ने पीले पड़ गए थे, लेकिन पाठ—स्पष्ट और भयानक रूप से परिचित था। उसने एक फुसफुसाहट सुनी, जो न तो उसकी थी और न ही उसकी, बल्कि सहस्राब्दियों से आ रही थी—एक आवाज जो उसे कुछ गहरा, कुछ अधिक प्राचीन की ओर बुला रही थी जो उसने कभी नहीं जाना था। उसने महसूस किया कि वह कुछ विशाल के कगार पर था, कुछ ऐसा जो सब कुछ बदल देगा। और मेलिना चाबी थी। और वह उसका पीछा करने के लिए तैयार था, जहाँ भी वह उसे ले जाती, यहाँ तक कि उसके अपने विनाश तक भी। उसके शरीर का हर फाइबर उसके लिए चिल्ला रहा था, एक स्पर्श के लिए, उस विस्मृति में डूबने के लिए जिसका उसने वादा किया था, लेकिन उस सच्चाई में भी जिसे वह ले जा रही थी।

मेलिना ने अपने कंधे सीधे किए, उसकी नज़र और भी भेदक हो गई। वह एक कदम आगे बढ़ी, मानो उनके बीच की हर खाली जगह को भरने के लिए, उसे अपनी अडिग दृढ़ता से भरते हुए। उसके शब्द अच्छी तरह से लक्षित तीरों की तरह थे, जिनमें से प्रत्येक एक भूली हुई सच्चाई का वजन ले जा रहा था।

---✶ ६ ✶ ---

98% गैर-कोडिंग डीएनए: खोई हुई दुनिया की एक लाइब्रेरी

मेलिना आगे बढ़ी, उनके बीच की हर खाली जगह को भरते हुए। उसकी आँखें अडिग दृढ़ता से जल रही थीं, और उसके शब्द अच्छी तरह से लक्षित तीरों की तरह थे, जो एक भूली हुई सच्चाई का वजन ले जा रहे थे।

“नथानियल, सोचो—अगर पृथ्वी पर जीवन वास्तव में 4.5 बिलियन वर्षों से मौजूद है, तो इस ग्रह पर बुद्धिमान जीवन के और कितने रूप घूमते रहे हैं? और क्या उन्होंने हमारे डीएनए में अपनी छाप नहीं छोड़ी है—ठीक उन 98% में, जिन्हें हाल ही में हम 'कचरा' कहते थे? यह एक मौलिक प्रश्न है जो हमारी उत्पत्ति और विकास के विचारों को जड़ से हिला देता है!”

“क्या तुम जानते हो कि मानव डीएनए का केवल 2% ही अन्य मानव प्रजातियों, जैसे निएंडरथल और डेनिसोवन्स, जो हमारे अपेक्षाकृत करीब थे, के निशान रखता है। लेकिन गैर-कोडिंग डीएनए के बाकी 98% के बारे में क्या, जिसे वैज्ञानिक हाल ही में बेकार मानते थे? यदि पृथ्वी पर जीवन उतना ही प्राचीन है जितना कि विज्ञान हमें बताता है—4.5 बिलियन वर्ष—तो हमारी सभ्यता से पहले कितनी सभ्यताएं उठीं और गिरीं? कितने बुद्धिमान प्राणी, जिनकी हम कल्पना भी नहीं कर सकते, ने न केवल प्राचीन खंडहरों के पत्थर में, बल्कि हमारे जीवन के बहुत ही कपड़े में भी अपनी छाप छोड़ी है?”

“कल्पना करो, नथानियल: क्या ये 98%, जिनके कार्य को हम अभी तक पूरी तरह से नहीं समझते हैं, उन सभी खोई हुई दुनिया की एक विशाल लाइब्रेरी नहीं हैं? एक लाइब्रेरी जिसमें भूली हुई बुद्धिमत्ता, प्रौद्योगिकियों, ब्रह्मांड की समझ के बारे में जानकारी है, जिसे हम अभी फिर से खोजना शुरू कर रहे हैं? क्या हम अपने भीतर उन प्राणियों की गूँज नहीं ले जाते हैं जो पहले होमो सेपियंस के प्रकट होने से लाखों साल पहले इस ग्रह पर घूमते थे? क्वांटम जीव विज्ञान के बारे में सोचो—कैसे जानकारी को उन तरीकों से संग्रहीत और प्रसारित किया जा सकता है जो आनुवंशिकी की पारंपरिक समझ से परे हैं। यह गैर-कोडिंग डीएनए ब्रह्मांडीय स्मृति का वाहक हो सकता है, जो अतीत के युगों से क्वांटम चेतना का है, जो बस अनलॉक होने की प्रतीक्षा कर रहा है।”

नथानियल ने सोचा। उसकी नज़र धुंधली हो गई, मानो वह दूर, धुंधली छवियां देख रहा हो। उसने अरबों वर्षों के दबाव को महसूस किया, अनगिनत प्राणियों का, जिन्होंने उसी हवा में साँस ली थी, उसी तारों को देखा था। इस रहस्योद्घाटन के वजन, इस विशाल परिप्रेक्ष्य से उसका दिल डूब गया। उसके सिर में दर्द हुआ, लेकिन तनाव से नहीं, बल्कि बढ़ती चेतना से।

“सोचो, मेलिना...” उसने फुसफुसाया, उसकी आवाज़ लगभग श्रद्धापूर्ण थी, एक नए-नए मिले विनम्रता से भरी हुई थी। “अगर हमने केवल दो प्रजातियों से 2% 'विदेशी' डीएनए की खोज की है जो हमारे अपेक्षाकृत करीब थे, तो बाकी 98% में और क्या छिपा है? यह सब कुछ बदल देता है। यह हमारी चेतना की उत्पत्ति, हमारी 'दिव्य चिंगारी' को बदल देता है। शायद हमें एक ही ईश्वर की 'छवि और समानता में नहीं बनाया गया है', बल्कि हम उन सभी का योग हैं जो हमसे पहले थे। हम अरबों वर्षों के विकास के जीवित अवशेष हैं, अनगिनत खोई हुई दुनिया के, जो हमारे भीतर ही छिपी हुई हैं! हमारी हर कोशिका एक टाइम कैप्सूल है, जिसमें उन युगों की

कोडित यादें हैं जिनकी हम कल्पना भी नहीं कर सकते। यह... यह भारी है। यह वास्तविकता का ही मैट्रिक्स है, जिसे हमारी आँखों के सामने फिर से लिखा जा रहा है।"

---✶ ६ ✶ ---

डीएनए एक फाइबोनैचि अनुक्रम और प्रतिध्वनि के रूप में

"और क्या होगा अगर यह सारा गैर-कोडिंग डीएनए फाइबोनैचि अनुक्रम में व्यवस्थित है, नथानियल?" मेलिना ने उठाया, उसकी आँखों में एक नई, और भी अधिक उत्तेजक चिंगारी चमक उठी। "बस गोल्डन रेशियो (फी) के बारे में सोचो, जो पूरे प्रकृति में व्याप्त है—एक तने पर पत्तियों की व्यवस्था से, गोले के सर्पिल तक, आकाशगंगाओं के गठन तक। क्या होगा अगर यही सार्वभौमिक अनुपात हमारे आनुवंशिक कोड की बहुत ही संरचना में बनाया गया है?"

"कल्पना करो कि न्यूक्लियोटाइड अनुक्रम सिर्फ डेटा के यादृच्छिक सेट नहीं हैं, बल्कि इस तरह से व्यवस्थित हैं जो एक प्राकृतिक प्रतिध्वनि बनाते हैं। एक तार की तरह जो एक निश्चित आवृत्ति पर कंपन करता है, हमारा डीएनए भी ब्रह्मांडीय ऊर्जाओं और जानकारी के साथ प्रतिध्वनित होने के लिए ट्यून किया जा सकता है। यदि ऐसा है, तो ये 98% सिर्फ 'सुप्त' या 'कचरा' डीएनए नहीं हैं, बल्कि एक विशाल जैविक ट्रांसमीटर और रिसीवर हैं, जो स्वयं चेतना के ब्रह्मांडीय क्षेत्र से जानकारी को पकड़ने और संसाधित करने में सक्षम हैं।"

"यह न केवल सहज अंतर्दृष्टि, प्रतिभाशाली खोजों और सामूहिक अवचेतन ज्ञान की व्याख्या करेगा, जो पीढ़ियों से प्रसारित होता है। हम जीवित एंटेना हो सकते हैं, जो लगातार जानकारी के एक विशाल, प्राचीन नेटवर्क से जुड़े होते हैं जो स्वयं ब्रह्मांड में संग्रहीत है। तुम्हारा ऑर्डर शक्ति की तलाश करता है, लेकिन शायद यह नहीं समझता कि सबसे बड़ी शक्ति अपने आप में इस प्रतिध्वनि को अनलॉक करना है, अरबों वर्षों के जीवन की सामूहिक स्मृति से जुड़ना है। क्या तुम इस सदियों पुरानी फुसफुसाहट को सुनने के लिए तैयार हो, नथानियल? क्या तुम उस कंपन को महसूस करने के लिए तैयार हो जो तुम्हें सिर्फ एक इंसान से बढ़कर कुछ बना सकता है?"

नथानियल ने एक गहरी साँस ली, मानो पूरा कमरा उसके चारों ओर सिकुड़ रहा हो, जो मेलिना के शब्दों के वजन से भरा हो। डीएनए को फाइबोनैचि में व्यवस्थित प्रतिध्वनि के रूप में सोचने का विचार उसे उसकी हड्डियों तक भेद गया। यह सिर्फ दर्शन नहीं था—यह विज्ञान था, रहस्यवाद के साथ जुड़ा हुआ था, जिसने उसे अपने अस्तित्व के हर परमाणु पर पुनर्विचार करने के लिए मजबूर किया। वह सब कुछ जो वह जानता था, उसके ऑर्डर का हर सिद्धांत, अलग होने लगा। उसने महसूस किया कि वह कुछ विशाल के कगार पर था, कुछ ऐसा जो सब कुछ बदल देगा। और मेलिना चाबी थी। और वह उसका पीछा करने के लिए तैयार था, जहाँ भी वह उसे ले जाती, यहाँ तक कि उसके अपने विनाश तक भी। उसके शरीर का हर फाइबर उसके लिए

चिल्ला रहा था, एक स्पर्श के लिए, उस विस्मृति में डूबने के लिए जिसका उसने वादा किया था, लेकिन उस सच्चाई में भी जिसे वह ले जा रही थी।

--- ✶ ⸮ ✶ ---

निष्कर्ष

"तो मैं तुमसे पूछती हूँ, नथानियल... क्या तुम पूरे मानव इतिहास को फिर से लिखने के लिए तैयार हो? या तुम दुनिया को एक बार फिर भूलने दोगे?"

अध्याय 29: परखनली और संघर्ष

दीवारें ढह रही थीं। उसके जले हुए दिल के चारों ओर सालों से ईंट-दर-ईंट खड़ी की गई दीवारें अब धूल में बदल रही थीं। नथानिएल की तर्कशीलता, जो लंबे समय से अनियंत्रित भावनाओं के खिलाफ एक ढाल थी, अब उसकी जुनून की लहर के नीचे दरक रही थी, जो एक प्राचीन, भूली हुई लय की तरह धड़क रही थी। उसका अडिग विश्वास, ज्ञान की उसकी अनियंत्रित प्यास, और हाँ, उसकी मोहक शारीरिक निकटता, वर्जित स्वरों की एक धुन की तरह थी जो उसकी आंतरिक तारों को फिर से व्यवस्थित कर रही थी, उसके अस्तित्व में गहराई तक उतर रही थी।

उसने एक मुखौटा पहना था – प्रलोभन का, आकर्षण का, लालसा का – जिसका उपयोग वह चतुराई से उसके ज्ञान को निचोड़ने, और उसके हर रहस्य को उजागर करने के लिए करता था। लेकिन यह मुखौटा उसके चेहरे के साथ, उसकी सच्ची, अनुमेय भावनाओं के साथ घुलने लगा था। उसका अवचेतन, छिपे हुए सत्यों, भूले हुए संबंधों के सदियों पुराने खुलासों से संतृप्त, अब एक आदिम बल के साथ विद्रोह कर रहा था। यह महिला केवल तथ्य नहीं कह रही थी; वह उसके भीतर कुछ गहरा जगा रही थी – एक निःस्वार्थ, शाश्वत प्रेम की भावना जिसे उसने कभी भी अपने व्यवस्थित, कोडेड भावनाओं और नियंत्रित महत्वाकांक्षाओं की दुनिया में स्वीकार नहीं किया था।

--- ✶ ⸮ ✶ ---

खोज की खाई

नथानिएल डर रहा था। वह उसकी अवर्णनीय शक्ति से डर रहा था, उसकी संगठित दुनिया को अनुत्तरित अस्तित्व संबंधी प्रश्नों की एक श्रृंखला में बदलने की उसकी क्षमता से डर रहा था। लेकिन साथ ही... वह लालसा भी कर रहा था। उस विनाशकारी बंधन की, सत्य की उस साझा खोज की जो अनपेक्षित, यहाँ तक कि घातक क्षेत्रों की ओर ले जा रही थी। जो वह महसूस कर रहा था, वह अब केवल एक अंतरंग लालसा नहीं थी, जो उनके पेशेवर संबंधों की राख के नीचे एक चिंगारी की तरह सुलग रही थी। यह ग्रेल की ओर एक उद्घाटन था – उस विशाल ज्ञान की ओर जो उसकी समझ से परे था, जो हर ज्ञात तर्क की सीमाओं को तोड़ रहा था। हवा में बिजली इतनी थी कि न केवल एक चिंगारी, बल्कि एक पूरी आग को जला सकती थी,

जो उसे निगलने की धमकी दे रही थी। इस पल में, जब उसने उसे जीवित देखा, तो उसकी उपस्थिति ने उसे सिर्फ एक कदम उठाने के लिए उकसाया – खुद की खोज की ओर, खुद के विनाश की ओर एक कदम।

उसका डर – कि वह उसे तोड़ेगी, उसे उकसाएगी, उस अंधेरे को उजागर करेगी जिसे वह बौद्धिक श्रेष्ठता के मुखौटे के पीछे इतनी सावधानी से छिपा रहा था – उस बढ़ती, लगभग पशु जैसी इच्छा के साथ टकरा रहा था कि वह आत्मसमर्पण कर दे, उस भूले हुए ज्ञान और अवर्णनीय संबंधों की दुनिया में डूब जाए जिसे मेलिना अपने हर शब्द से उजागर कर रही थी। यह मुलाकात सिर्फ सब कुछ बदलने वाली नहीं थी। इसने पहले ही एक रास्ता बना लिया था, उसकी चेतना के सबसे छिपे हुए कोनों में अवज्ञा के बीज बो दिए थे। एक ऐसा दिमाग जो अब उच्च, अधिक सार्वभौमिक... या अधिक खतरनाक चीज़ की तलाश में अपनी खुद की महत्वाकांक्षाओं पर सवाल उठाने से नहीं डरता था। सवाल अब यह नहीं था कि क्या वह बदलेगा। बल्कि यह था कि वह इस बदलाव को कैसे अपनाएगा, जिसे वह एक अपरिहार्य गुरुत्वाकर्षण की तरह महसूस कर रहा था, जो उसे एक खाई की ओर खींच रहा था। कोई वापसी नहीं थी। खाई पहले ही खुल चुकी थी, और वह उसके किनारे पर खड़ा था, उसके तेज से आकर्षित था, लेकिन साथ ही खुद के पुनरुत्थान के वादे से भी आकर्षित था।

---✶ ✶---

अमरता का अमृत: जीवित प्रमाण

मेलिना अचानक खड़ी हो गई। उसकी हरकत अचानक हुई, एक ट्रिगर की तरह जिसने उनके बीच की विद्युतीकृत चुप्पी को तोड़ दिया। उसकी नजर दृढ़ता से चमक रही थी, जिसने भावुकता या हिचकिचाहट के हर निशान को दूर कर दिया था। वह कार्यालय के कोने में रखे विशाल, भविष्यवादी रेफ्रिजरेटर की ओर मुड़ी, जिसकी शांत गड़गड़ाहट अब तक सिर्फ एक पृष्ठभूमि थी। उसका हाथ बढ़ा, उसकी उंगलियां धातु के हैंडल के चारों ओर लिपटी, और दबाव के बराबर होने की एक कर्कश फुफकार के साथ दरवाजा खुल गया। अंदर, प्रयोगशाला उपकरण की धुंधली, नीली रोशनी के बीच, फ्लास्क और परखनली की कतारें दिखाई दे रही थीं। उसने उनमें से एक को बाहर निकाला – एक छोटी, पारदर्शी कांच की, जिसमें थोड़ा धुंधला, हरा-भरा घोल था जो अपनी खुद की, मुश्किल से पता चलने वाली, जीवन के साथ साँस ले रहा था। वह उसे सावधानी से पकड़े हुए थी, जैसे कि कोई पवित्र कलाकृति।

"नथानिएल, हम अतीत के बारे में, भूले हुए रहस्यों के बारे में बात कर रहे हैं..." उसकी आवाज शांत थी, लगभग एक फुसफुसाहट, लेकिन एक उन्मत्त, लगभग कट्टरपंथी शक्ति से भरी हुई थी। "तो जीवित प्रमाण के बारे में क्या? कुछ ऐसा जो हजारों सालों से बचा हुआ है, जनता की जिज्ञासा से छिपा हुआ है?"

उसने उसे परखनली दी। धुंधले हरे पदार्थ में, जैसे कि समय की गहराई से, एक अदृश्य ऊर्जा कंपन कर रही थी जिसे नथानिएल अपनी त्वचा से लगभग महसूस कर सकता था, एक स्थिर बिजली की तरह, जो एक तूफान का अग्रदूत थी।

"यह..." वह जारी रही, उसकी नजर उसकी नजर से चिपक गई, भेदी और आग्रहपूर्ण, एक तेज बर्फीली चोटी की तरह जो उसके कवच को छेद रही थी। "यह सूक्ष्मजीव है – जीवाणु स्ट्रेप्टोमाइसेस हाइग्रोस्कोपिकस, जो ईस्टर द्वीप (रापा नुई) के मिट्टी के नमूने में पाया गया है। मैंने इसे खोजा... और स्ट्रैंड्झा के दिल में, बस्टेत् की गुफा में उन्हीं जीवाणुओं की पहचान की। यह सिर्फ प्राचीन नहीं है। यह आदिम है। नथानिएल, यह मानवता द्वारा ज्ञात किसी भी सभ्यता से पुराना है। अपनी तरह का एक। ये जीवाणु मिस्र की रानी के पुरोहितों द्वारा प्रबुद्धता के लिए वहाँ लाए गए थे, और वे आज तक संरक्षित हैं। मैंने इसका अध्ययन किया और सौ से अधिक विदेशी जड़ी-बूटियों के काढ़े के साथ इसके किण्वन से, मैंने अमरता का अमृत बनाया। और अब यह सूक्ष्मजीव परखनली में है।"

नथानिएल के दिल की धड़कन रुक गई। स्ट्रैंड्झा। बस्टेत्। प्राचीन देवताओं और भूले हुए मंदिरों की किंवदंतियाँ। ईस्टर द्वीप? मिस्र की रानी? सिर्फ पौराणिक कथा नहीं, बल्कि... एक मूर्त वास्तविकता, जो उसके हाथ में साँस ले रही थी? यह एक सफलता से कहीं अधिक था। यह हर उस चीज़ के लिए एक प्रलय था जिसे उसकी दुनिया ने बनाया था, हर उस झूठ के लिए जिसे वह जी रहा था।

---✶ ६ ✶ ---

संघर्ष: ज्ञान बनाम नियंत्रण

"यह... यह बिल्कुल अविश्वसनीय है!" उसकी आवाज फट गई, जितना उसने इरादा किया था उससे कहीं अधिक जोर से, लगभग जंगली खुशी के साथ चुप्पी को तोड़ते हुए, जो पागलपन की सीमा पर थी। "मेलिना, हमें इसका तुरंत अध्ययन करना होगा! हमारे सभी संसाधन, हमारी सबसे अच्छी प्रयोगशालाएँ... कल्पना करो कि हम क्या खोजेंगे! सिर्फ रहस्य नहीं, बल्कि जीवन की उत्पत्ति की कुंजी! अमरता की! यह उन सभी चीजों का जीवित प्रमाण है जिनके बारे में तुम बात कर रही हो – भूले हुए प्रौद्योगिकियों के बारे में, सच्ची शक्ति के बारे में!"

उसने परखनली लेने के लिए अपना हाथ बढ़ाया, उसकी उंगलियां उत्तेजना से कांप रही थीं। लेकिन उसने उसे तेजी से पीछे खींच लिया, जैसे कि उसका स्पर्श उसे अपवित्र कर देगा। उसकी आँखें सिकुड़ गईं, उनमें लौ एक चेतावनी में बदल गई, अदृश्य ऊर्जा की एक दीवार में जिसने उसे भस्म कर दिया।

"नहीं।" उसकी आवाज सख्त थी, समझौताहीन, एक चट्टान की तरह जो ज्वार की लहर के खिलाफ खड़ी थी। "यह मेरी खोज है। मैंने इसे पाया। मैं इसका अध्ययन करूंगी। अकेले। तुम्हारे गंदे हाथों के बिना। 'अभिजात वर्ग' के हाथों के बिना।"

नथानिएल थोड़ा आगे बढ़ा, उनके बीच की दूरी को कम करते हुए।

"लेकिन मेलिना, जरा सोचो! अग्रणी विशेषज्ञों की एक टीम, आधुनिक प्रौद्योगिकियां..." उसने कोशिश की, उसकी आवाज नरम हो गई, लगभग विनती वाली, उस आकर्षण के साथ मिश्रित जिसने हर प्रतिरोध को तोड़ दिया। "हम प्रक्रिया को तेज कर सकते हैं। एक साथ काम कर सकते हैं। तुम और मैं। एक टीम। कल्पना

करो कि हम क्या खोजेंगे! एक क्रांति, मेलिना! बीमारियों का अंत! बुढ़ापे का अंत! और तुम्हारा नाम... वह इतिहास में अंकित होगा। गैलीलियो के साथ, कोपरनिकस के साथ, सभी महान प्रबुद्धकों के साथ! मेलिना का नाम, मानवता की मुक्तिदाता!"

वह coldly मुस्कुराई। एक मुस्कान जो उसकी आँखों तक नहीं पहुँची, बल्कि केवल उसके होंठों को विकृत कर गई। एक जहरीले फूल की तरह, जो अंधेरे में खिल गया हो।

"मेरा नाम पहले ही अंकित हो चुका है, नथानिएल। उस गुफा की धूल में। मैं प्रसिद्धि की तलाश नहीं कर रही हूँ। मैं सत्य की तलाश कर रही हूँ। और मैं जानती हूँ कि तुम, तुम्हारे ऑर्डर के लोग, सत्य की तलाश नहीं कर रहे हो। तुम नियंत्रण की तलाश कर रहे हो। तुम्हारे 'संसाधन' सिर्फ उस पर हाथ रखने का एक तरीका हैं जिसे तुम नियंत्रित नहीं कर सकते। तुम्हारी प्रयोगशालाएँ इसे एक और प्रयोग में, एक और हथियार में, दुनिया से बंद एक और रहस्य में बदल देंगी, जिसे आत्मा से रहित कर दिया जाएगा। जैसा कि तुमने हमेशा किया है।"

हवा में तनाव इतना मूर्त हो गया कि नथानिएल ने महसूस किया कि उसका गला सिकुड़ रहा है, और उसकी त्वचा पर रोंगटे खड़े हो रहे हैं। उसका चेहरा जल गया। उसे अस्वीकार कर दिया गया था। इतनी निर्णायक रूप से। वह व्यक्ति, जिसे हमेशा वह मिलता था जो वह चाहता था, अब शक्तिहीन खड़ा था, उसकी अडिग दृढ़ता के सामने निहत्था था।

"मेलिना, यह उचित नहीं है!" उसकी आवाज ऊंची हो गई, लेकिन वह नहीं हिली। "ऐसी खोज किसी एक व्यक्ति की संपत्ति नहीं हो सकती! यह पूरी मानवता की है! चिकित्सा के लिए, जीवन की समझ के लिए इसकी क्षमता की कल्पना करो...! हम ज्ञान के सच्चे उत्तराधिकारी हैं! या शायद तुम, टेम्पलर्स के ऑर्डर से, सोचती हो कि तुम इसका बेहतर उपयोग करोगी? या तुम इसे उन्हीं कारणों से छिपाओगी जिनसे हम इसे छिपाते? शक्ति के लिए? नियंत्रण के लिए?"

"क्षमता?" वह चुपचाप हंसी, लेकिन उसकी हंसी एक ब्लैकबोर्ड पर नाखूनों की खरोंच की तरह थी, भेदी और ठंडी। "तुम्हारी क्षमता हमेशा एक ही रही है – हर चीज को एक वस्तु में, नियंत्रण में, हथियार में बदलना। तुम अपने मध्ययुगीन पूर्ववर्तियों की तरह हो, नथानिएल! 'मुक्तिदाताओं' के मुखौटे के पीछे छिपी शक्ति से ग्रस्त हो। लेकिन मैं तुम्हारे ऑर्डर के बारे में सच्चाई जानती हूँ। तुम संरक्षक नहीं हो। तुम चोर हो! नहीं, नथानिएल। यह रोगाणु बच गया है, क्योंकि इसे तुम्हारी 'सभ्यता' ने नहीं छुआ था, तुम्हारी अधीन करने की अतृप्त इच्छा ने नहीं। और इसे छुआ नहीं जाएगा। यह मेरा है। मेरा और सच्ची रोशनी का, जो यह वहन करता है! मैं मध्ययुगीन शूरवीरों टेम्पलर्स की एक महिला हूँ! मैं सच्ची संरक्षक हूँ!"

वह आगे बढ़ी, ठीक उसके सामने खड़ी होने के लिए, हाथ में परखनली लिए। वह उसे लगभग छू गई। उसकी साँस इतनी करीब थी कि उसने उसके मुँह की पुदीने की सुगंध को महसूस किया, जो ओजोन और किसी पुरानी, धूल भरी चीज की मुश्किल

से पता चलने वाली गंध के साथ मिली हुई थी, जैसे कि एक लंबे समय से भूली हुई लाइब्रेरी से। उसकी नजर उसे भेद रही थी, उसे नग्न कर रही थी, और साथ ही उसमें एक जंगली, अनियंत्रित आग जल रही थी जो उसके शरीर के हर फाइबर को उत्तेजित कर रही थी, उसके तर्क के खिलाफ टक्कर मार रही थी, उसे ढहाने की धमकी दे रही थी।

"या शायद..." उसकी आवाज नरम हो गई, लुभावनी रूप से नीची, एक छिपी हुई चाकू की तरह खतरनाक जो सबसे मोटी नसों को भी काट सकती थी। "तुम सिर्फ प्रसिद्धि साझा नहीं करना चाहते? या तुम डरते हो कि अगर मैं इसका अध्ययन अकेले करती हूँ, तो मैं कुछ ऐसा खोज लूंगी जो तुम्हारी 'सम्मानजनक' दुनिया को उसके मूल में हिला देगा? कुछ ऐसा जिसे तुम्हारा ऑर्डर छिपा नहीं पाएगा, फिर से विस्मृति में दफन नहीं कर पाएगा, जैसा कि तुमने इतने सारे सत्यों को दफन किया है? कुछ ऐसा जो तुम्हारी अपनी सच्ची, दयनीय प्रकृति को उजागर करेगा?"

यह उसे एक थप्पड़ की तरह लगा, किसी भी शारीरिक दर्द से अधिक मजबूत। उसने नियंत्रण वापस पाने की कोशिश की, मुस्कुराने की, उसे मोहित करने की, जैसा कि वह हमेशा करता था, लेकिन उसकी स्पष्टता के साथ उसके मुखौटे के टकराव से उसका चेहरा पत्थर का हो गया था। स्वामित्व की भावना, शक्ति की भावना, उसके प्रति लगभग दर्दनाक आकर्षण के साथ टकरा रही थी। वह जंगली, अनियंत्रित थी, ठीक उसी तरह जैसे उसके हाथ में था सत्य।

"ठीक है, मेलिना..." वह थोड़ा उसकी ओर झुका, उसके हाथ को छूने की कोशिश करते हुए, बर्फ को पिघलाने के लिए। उसकी आवाज गहरी, मोटी, मोहक हो गई, वादों से भरी हुई थी जिसे वह जानता था कि वह दे सकता है। "मैंने हमेशा तुम्हारी स्वतंत्रता की प्रशंसा की है। तुम्हारे दिमाग की। और... बाकी सब कुछ जो तुम्हें इतना अनूठा बनाता है। शायद... शायद वास्तव में एक साथ काम करने का एक तरीका है। और भी करीब। सिर्फ तुम और मैं। वे सभी संसाधन जिनका तुम सपना देखती हो। सिर्फ तुम्हारे लिए। सिर्फ मेरे साथ। कल्पना करो कि हम क्या हासिल करेंगे... एक साथ। मूसा के ऑर्डर के बिना, टेम्पलर्स के ऑर्डर के बिना। हम दोनों। मैं जानता हूँ कि तुम इसे महसूस कर सकती हो... यह बंधन... हमारे बीच की यह शक्ति..."

उसकी नजर उसकी नजर से चिपक गई, लेकिन बिना नरम हुए। लगभग तिरस्कारपूर्वक, एक कीड़े को देखने की तरह जो उसे अपने जाल में फंसाने की कोशिश कर रहा था।

"और भी 'करीब' काम करें?" उसकी आवाज बर्फ की तरह थी जो एक अशुभ आवाज के साथ दरक रही थी। "नथानिएल, तुम जितना सोचते हो उससे कहीं अधिक अनुमानित हो। अपने आकर्षण का मुखौटा उतार दो। मैं जानती हूँ कि तुम क्या तलाश रहे हो। तुमने हमेशा एक ही चीज की तलाश की है – नियंत्रण करने के लिए, अधीन करने के लिए, हर उस चीज से जीवन शक्ति निकालने के लिए जिसे तुम छूते हो। मैं न तो नियंत्रण के लिए हूँ और न ही अधीन होने के लिए। और मेरा रोगाणु भी नहीं है।

तुम पुरानी दुनिया हो, नथानिएल। मैं भविष्य हूँ। और मैं तुम्हें इसे नियंत्रित करने नहीं दूंगी।"

वह तेजी से पीछे हट गई, उसकी हरकत एक बंधन को काटने की तरह तेज थी। उसने परखनली को रेफ्रिजरेटर में वापस रखा और एक तेज, धातुई आवाज के साथ दरवाजा बंद कर दिया जो बहरा करने वाली चुप्पी में एक गोली की तरह गूँजती थी। उसकी उंगलियों की हड्डियाँ सफेद हो गईं, जिस ताकत से वह हैंडल को पकड़े हुए थी, जैसे कि वह अपनी आखिरी गढ़ को पकड़े हुए हो।

"यह बातचीत का अंत है, नथानिएल।" उसकी आवाज निर्णायक थी, एक मौत की सजा की तरह जिसकी अपील नहीं की जा सकती। "तुम्हें यह नहीं मिलेगा। कभी नहीं। न तुम, न तुम्हारा सड़ा हुआ ऑर्डर!"

---✶ ۶ ✶ ---

अंधेरे की ओर रास्ता

नथानिएल ने महसूस किया कि उसे हार का सामना करना पड़ा है। एक पूर्ण हार। एक उच्च अस्वीकृति, जो उन सिद्धांतों से प्रेरित थी जिन्हें वह अब नहीं समझता था, या बल्कि – जिन्हें वह स्वीकार नहीं करना चाहता था। लेकिन जैसे ही वह उसके कार्यालय से बाहर निकला, अपनी जबड़ों को इतनी कसकर भींचे हुए कि उसकी cheekbones बाहर निकल आईं, उसके दिमाग में पहले से ही एक और योजना बन रही थी। एक darker. एक अधिक निर्णायक। एक योजना जो हताशा, महत्वाकांक्षा और एक नवजात, खतरनाक जुनून से उकेरी गई थी।

वह इसे नहीं देना चाहती है? ठीक है। कोई समस्या नहीं है। मेरे लोग इसे ले लेंगे। चुपचाप। बिना किसी निशान के। और फिर... फिर हम तुम्हारे सभी रहस्यों को जानेंगे, मेलिना। एक-एक करके। और हम उनका उपयोग करेंगे। ठीक उसी तरह जैसे हमें करना चाहिए। सिर्फ शक्ति के लिए नहीं। बल्कि वास्तविकता के बहुत सार पर नियंत्रण के लिए। और तुम पर भी, मेलिना। तुम पर भी।

वह मेलिना के कार्यालय से बाहर निकला, लेकिन वह वही व्यक्ति नहीं था जो अंदर गया था। नथानिएल ने खुद को एक कठिन लड़ाई के बाद महसूस किया – शारीरिक नहीं, बल्कि मानसिक, जिसमें उसकी हर कोशिका असहनीय तनाव से कांप रही थी। उसके शब्द उसके दिमाग में गूँज रहे थे, उन प्राचीन डीएनए नमूनों और उस शापित, हरी परखनली की छवि के साथ intertwining, जो अब एक अनसुलझे ब्रह्मांड की कुंजी की तरह लग रही थी, जिस तक उसे किसी भी कीमत पर पहुँच प्राप्त करनी थी। हर तथ्य जो उसने कहा, हालांकि रहस्यवाद में लिपटा हुआ था, किसी तरह उन अवर्णनीय विसंगतियों में फिट हो गया था जिनका उसका ऑर्डर सामना कर रहा था। "वर्जित प्रौद्योगिकियां... ज्ञान जो हजारों सालों से पारित हुआ है..."

उसकी आवाज एक दूर के अतीत से एक फुसफुसाहट की तरह थी, जो न केवल शक्ति का वादा ला रही थी, बल्कि एक मौलिक परिवर्तन का भी, जिसके लिए वह लालसा कर रहा था, लेकिन जिससे वह डरता भी था। वह अपनी बख्तरबंद कार में

चढ़ा, इंजन चालू किया, जिसकी शांत गड़गड़ाहट एक शांत करने वाली बाम की तरह थी, और रात के शहर की सड़कों पर चला गया। महानगर की रोशनी, जो कभी प्रगति और सभ्यता का प्रतीक थी, अब उसे पहले से कहीं अधिक अर्थहीन और खोखली लग रही थी, एक भ्रम की तरह जिसे मेलिना ने अभी-अभी फाड़ दिया था। ऑर्डर के नेताओं से मिलने से पहले उसे सब कुछ फिर से सोचना पड़ा। उस रात, मेलिना ने एक बीज बोया था जो उसकी पूरी दुनिया, उसकी पूरी व्यवस्थित वास्तविकता की नींव को हिला सकता था। और उसने महसूस किया कि बीज पहले ही अंकुरित हो रहा था, उसकी पुरानी मान्यताओं की मिट्टी को तोड़ रहा था।

सवाल यह था... क्या वह इसे नष्ट कर देगा, इसे अपने उद्देश्यों के लिए एक हथियार में बदल देगा, या... क्या यह उसे हमेशा के लिए बदल देगा, उसे उन सत्यों को उजागर करेगा जिनके बारे में उसके सबसे साहसी सपनों ने भी सोचने की हिम्मत नहीं की थी, और जिनके लिए ऑर्डर ने उसे कभी तैयार नहीं किया होगा? उसके सामने का रास्ता अस्पष्ट था, लेकिन एक बात निश्चित थी: वह पहले ही अपने खुद के अंधेरे में प्रवेश कर चुका था, जो एक अनियंत्रित इच्छा और एक नव-खोज, खतरनाक महत्वाकांक्षा से प्रेरित था। लेकिन यहां तक कि जब वह योजना बना रहा था, तो उसका एक हिस्सा चाहता था कि वह उसे फिर से रोक दे। उसे खुद से बचाने के लिए।

अध्याय 30: क्वांटम अनुनाद

पशु की भूख

उसके हाथ, तनाव से सफेद हो गए, ठंडे, हजारों transatlantic उड़ानों से थके हुए चमड़े के upholstery में घुस गए। यह साधारण चिंता से नहीं था। यह एक छिपी हुई, लगभग शिकारी भूख से था जो उसे अंदर से खा रही थी, शुद्ध adrenaline की तरह उसकी नसों में धड़क रही थी। लेकिन एक और भूख भी थी। उस महिला के लिए एक आदिम, जलती हुई इच्छा जिसने उसकी पूरी दुनिया को हिला दिया था। मेलिना। वह एक अफीम थी जिसने उसे एक खाई की ओर खींचा, जो एक साथ विनाश और सर्वोच्च आनंद का वादा कर रही थी। उसने उसे अपनी कनपटी में एक pulse की तरह महसूस किया, एक कोमल, लेकिन घातक स्पर्श की तरह जिसने सब कुछ प्रज्वलित कर दिया।

हवाई जहाज अटलांटिक के अथाह, काले-हरे अंधेरे पर कांप रहा था, जो चंद्रमा की ठंडी रोशनी से प्रकाशित था। नीचे, हजारों शहर की रोशनी समुदाय की सोई हुई आँखों की तरह टिमटिमा रही थी – विशाल, अदृश्य जाल का हर एक धागा जिसे वह, नथानिएल, पूरी तरह से कसना चाहता था। दम घुटने तक। पूर्ण अधीनता तक। लेकिन उस रात... उस रात उसके दिमाग में स्टॉक इंडेक्स और राजनीतिक साज़िशें भी शांत हो गई थीं, जो केवल एक, एकान्त, परेशान करने वाली धुन से शांत हो गई थीं: उसकी आवाज। मेलिना।

--- ✶ ⸘ ✶ ---

उत्पत्ति की फुसफुसाहट

उसके विचार भटक रहे थे, अपनी महत्वाकांक्षाओं को उसके शब्दों की गूँज के साथ मिला रहे थे, जो एक भविष्यवाणी की तरह उसके दिमाग में गूँज रहे थे।

"और परमेश्वर ने मनुष्य को अपने स्वरूप में बनाया..." उसके शब्दों की गूँज इंजनों की नीरस गड़गड़ाहट के साथ मिल गई, एक अजीब, लगभग पवित्र harmony में विलीन हो गई, जिसने उसकी हवा को चूस लिया, उसके फेफड़ों को उसकी उपस्थिति से भर दिया। "...पुरुष और स्त्री उन्हें बनाया। और परमेश्वर ने उन्हें आशीष दी। और परमेश्वर ने उनसे कहा, 'फलो और बढ़ो, और पृथ्वी को भर दो, और उसे वश में करो।' उत्पत्ति 1:27,28।"

महीनों पहले, ये शब्द सिर्फ एक poetic background होते, किसी पुरानी धार्मिक ग्रंथ में एक सुंदर रूपक। अब? अब वे उसके दिमाग में एक एन्क्रिप्टेड दस्तावेज़ की तरह गूँज रहे थे, एक प्राचीन, लेकिन painfully वर्तमान निर्देश की तरह, पत्थर में उकेरे गए थे: "राज करो। वश में करो।" यही हम भी चाहते थे, ऑर्डर। लेकिन किस तरह से? किस रास्ते से? नथानिएल ने अपनी रीढ़ की हड्डी से एक ठंडी धार को रेंगते हुए महसूस किया – सिर्फ एक झुनझुनी नहीं, बल्कि एक राक्षसी शक्ति का एक गहरा पूर्वाभास जो उजागर हो रहा था। यह सिर्फ शक्ति नहीं थी। यह पूर्ण, all-consuming प्रभुत्व का मार्ग था, स्वयं उत्पत्ति को फिर से लिखने का।

उसकी नजर holographic screen पर जम गई, जहाँ प्राचीन डीएनए के धागे कांपते हुए क्वांटम उतार-चढ़ाव की पृष्ठभूमि के खिलाफ चल रहे थे। गोबेक्ली टेपे का डेटा – एक Neolithic observatory, जो सुमेर से हजारों साल पहले बनाया गया था, ऐसी अद्भुत, असंभव सटीकता के साथ जो "मौजूद नहीं होनी चाहिए।" और इनमें से हर एक विसंगति... वह मेलिना के "पागल" सिद्धांतों में एक डरावनी, लगभग विधर्मी सटीकता के साथ फिट हो रही थी। या तो वह उन संबंधों को देखने के लिए पागल थी, या उसकी पूरी दुनिया एक झूठ पर बनी थी जिसे वह अब अपना सर्वोच्च हथियार बनाने जा रहा था। एकमात्र चीज जो मायने रखती थी वह था नियंत्रण। और मेलिना, अपनी सभी "पागल" अंतर्दृष्टि के साथ, इसकी कुंजी थी। और उसके खुद के, अवर्णनीय जुनून की भी। उसका शरीर तनाव में था, और हर धड़कन में उसका नाम गूँज रहा था। वह उसे possess करना चाहता था, उसे अधीन करना चाहता था, जैसा कि वह दुनिया को अधीन करेगा। उसने आने वाली जीत का स्वाद महसूस किया – कड़वा और मीठा, उसके चुंबन की तरह, जिसे उसने अभी तक चखा नहीं था।

--- ✶ ⸘ ✶ ---

विश्लेषण और अमरता की प्यास

नथानिएल ने आँखें बंद कर लीं, अपना सिर पीछे की ओर झुका लिया। मेलिना की छवि, उसकी जलती हुई आँखों और अनियंत्रित ऊर्जा के साथ, उसके सामने उभर आई। उसने उसे इतना करीब महसूस किया कि वह उसकी रेशमी त्वचा को छू सकता

था, उसकी गर्मी महसूस कर सकता था, उसकी नशीली सुगंध में साँस ले सकता था। इच्छा उसके अस्तित्व के हर फाइबर में घुस गई, लगभग एक शारीरिक दर्द में बदल गई। उसका पेट लालसा से सिकुड़ गया, और उसके बारे में सोचना उसकी नसों में आग की तरह था। उसके शब्द उसके दिमाग में एक प्राचीन parchment की तरह खुल रहे थे, जो भूले हुए runes से ढका हुआ था, जिसने अब एक ठंडा, क्रिस्टल-स्पष्ट अर्थ ग्रहण कर लिया था।

"पहले लोग, असाधारण जीवन शक्ति से संपन्न, लंबे समय तक जीवित रहे..."

अगर यह वास्तविक था – सिर्फ एक मिथक नहीं, सिर्फ बचपन की कहानी नहीं – बल्कि अमरता के लिए एक संभावित तकनीक... एक ठंडी बौछार उसके दिमाग में भर गई, और उसकी भौंह पर पसीना आ गया, भले ही केबिन में हवा ठंडी थी। कल्पना करो: हमारे नेता, अमर। शाश्वत। अभेद्य। यह सिर्फ नश्वर पर शक्ति नहीं थी। यह समय पर, प्रजातियों के भाग्य पर पूर्ण शक्ति थी। जिनेवा झील के नीचे के भूमिगत परिसर में पिछली conference के दौरान, प्रथम काउंसल, एरियाना, निर्णायक से अधिक थीं – वह स्वयं नियति की तरह थीं, जो steel और बर्फ से बनी थीं: "हम जीवन के धीमी गति से क्षय में रुचि नहीं रखते हैं। हम समय को तोड़ देंगे। हम उसे वश में करेंगे।" अब नथानिएल बेहतर समझ गया कि उसका क्या मतलब था। मेलिना, अपनी "रहस्यवादी" अंतर्दृष्टि के माध्यम से, उन्हें सिर्फ एक रास्ता नहीं दे रही थी, बल्कि इस असीमित, ईश्वर-जैसी शक्ति की ओर एक राजमार्ग दे रही थी। और उसने महसूस किया कि इस शक्ति का कामुक गुरुत्वाकर्षण उसके प्रति, उस महिला के प्रति आकर्षण के साथ मिल रहा था, जो कुंजी रखती थी। उसकी बुद्धिमत्ता और उसके शरीर की लालसा एक ही, all-consuming आवेग में विलीन हो गई। उसने एक जलती हुई प्यास महसूस की जिसे उसके अलावा और किसी भी चीज से बुझाया नहीं जा सकता था।

---✶ ६ ✶ ---

वास्तविकता को फिर से लिखना

हर अवधारणा जो मेलिना ने प्रस्तावित की, उसकी महत्वाकांक्षा के prism के माध्यम से refracted हुई, कुल नियंत्रण के लिए एक उपकरण में बदल गई।

"उत्पत्ति, मूसा, वंशावली वृक्ष... जीवनकाल में विचलन..."

मेलिना मूसा पर सवाल उठा रही थी। नथानिएल के लिए, यह विधर्म नहीं था, बल्कि narrative पर कुल नियंत्रण के लिए एक क्रांतिकारी अवसर था। यदि वे इतिहास को फिर से लिख सकते थे, मानवता की उत्पत्ति के बारे में नए, सुविधाजनक तथ्यों को "खोज" सकते थे – ऐसे जो उनके दीर्घकालिक लक्ष्यों की सेवा करते थे – तो अतीत पर नियंत्रण भविष्य पर, स्वयं वास्तविकता पर नियंत्रण होगा। उनके ऐतिहासिक हेरफेर विभाग के डॉ. इलियास वॉर्म की रिपोर्ट पहले ही सफलता की ओर इशारा कर चुकी थी: स्कूल के पाठ्यक्रम में कुछ ऐतिहासिक घटनाओं पर जोर देने में सूक्ष्म

परिवर्तन। लेकिन यह... यह एक क्रांति थी, एक भूकंप जो ज्ञात की नींव को हिला देगा, पूरे इतिहास को उनके अपने खेल में बदल देगा।

"प्रारंभिक कैलेंडर, उत्तरी स्कॉटलैंड, प्राचीन मिस्र... खगोलीय ज्ञान की सार्वभौमिकता..."

Synchronisation. यह key word था। सिर्फ फसलों की भविष्यवाणी करने के लिए नहीं, बल्कि बड़े पैमाने पर संचालन को सिंक्रनाइज़ करने के लिए, संसाधनों पर, जीवन पर कुल नियंत्रण के लिए। नथानिएल ने नियंत्रित शहरों के एक नेटवर्क की कल्पना की, जिनके निवासी कृषि और आपूर्ति के लिए उनकी "भविष्यवाणियों" पर निर्भर थे। गहरा प्रवेश। सिर्फ ज्ञान नहीं, बल्कि एक शक्ति जो हर घर में, हर प्लेट में प्रवेश करती है। एक हफ्ते पहले वैश्विक रणनीति समिति की बैठक में, डॉ. सोर्का, उनकी जलवायु मॉडलिंग विशेषज्ञ, ने प्राचीन चंद्र चक्रों पर आधारित नए मॉडल प्रस्तुत किए। मुझे याद है, उसने एक ठंडी, भावहीन आवाज में कहा: "अगर हम सूखे की सटीकता से भविष्यवाणी कर सकते हैं, तो हम भूख को नियंत्रित कर सकते हैं।" और नथानिएल ने सोचा, एक शिकारी मुस्कान के साथ जो उसकी आँखों तक नहीं पहुँची: "और लोग। पूरे राष्ट्र। यह सर्वोच्च lever है जो दुनिया को हमारा आज्ञाकारी उपकरण बना देगा।"

"प्रलय के बाद जीवनकाल में कमी... अटलांटियन, eternal life से ग्रस्त, आध्यात्मिक quests को alchemical experiments में बदल दिया... dark lords बन गए..."

यह एक चेतावनी थी, हाँ, लेकिन नथानिएल के लिए यह एक स्पष्ट गाइड भी था, उनके लक्ष्यों को प्राप्त करने के लिए एक road map। अटलांटियन ने अपनी पवित्रता खो दी, लेकिन eternal life और हेरफेर का ज्ञान प्राप्त किया। उनका लक्ष्य अपनी गलती को दोहराना, खुद को नष्ट करना नहीं था। लक्ष्य ज्ञान के "अमृत" को निकालना था, इसे जीवन और मृत्यु पर नियंत्रण के लिए उपयोग करना था, लेकिन एक ऐसे तरीके से जो पूर्ण, unshakeable प्रभुत्व की ओर ले जाएगा, न कि विनाश की ओर। "dark lords" की कहानियाँ उन लोगों के लिए एक शक्तिशाली निवारक हो सकती हैं जो विरोध करने की हिम्मत करते हैं। एक महीने पहले, लास वेगास में उनकी अकादमी में "वैश्विक नियंत्रण की नैतिकता" पर एक सेमिनार में, उन्होंने "अधीनता के लिए आवश्यक मिथकों" के बारे में बात की थी। मेलिना, यहां तक कि बिना जाने, उसे एक नया, बहुत मजबूत और गहरा मिथक दे रही थी। चेतना की कुंजी। मानवता की कुल गुलामी की कुंजी।

"नूह 'अमूल्य आध्यात्मिक मूल्यों और एक खोई हुई सभ्यता के ज्ञान' के संरक्षक के रूप में... नूह का सन्दूक - मानव आत्मा का एक sanctuary..."

मेलिना बचाव के बारे में बात कर रही थी। नथानिएल ने संरक्षित ज्ञान के बारे में सुना था जिसे monopolize किया जाना था। उन्होंने खुद को "नए नूह" के रूप में देखा, जो भविष्य को आकार देंगे, लेकिन इन ज्ञान तक पहुंच को monopolizing करके।

बचाव के लिए नहीं, बल्कि शक्ति के लिए। एक अद्वितीय, पूर्ण प्रभाव के लिए जो प्रतिरोध को नहीं जानता होगा।

"आनुवंशिक मिश्रण और नए hybrids।"

Neanderthals और Denisovans से आनुवंशिक टुकड़े... एक गतिशील संवाद... अनुकूली लाभ... प्रजातियों के बीच की सीमाओं का धुंधला होना... पांच millennia का सह-अस्तित्व... hybrid cultures...

हवाई जहाज अचानक झुक गया, और नथानिएल ने महसूस किया कि एक ठंडी लहर उसे भेद रही है, डर से नहीं, बल्कि उत्तेजना से। आनुवंशिक मिश्रण। यह सिर्फ जिज्ञासा या अकादमिक शोध नहीं था। यह elite groups बनाने का आधार था। वांछित गुणों वाले "नए hybrids" - smarter, stronger, control के प्रति अधिक संवेदनशील। उसने साइबेरिया में अपनी प्रयोगशालाओं की कल्पना की, जहाँ वे पहले से ही CRISPR प्रौद्योगिकियों के साथ प्रयोग कर रहे थे, लेकिन अब उनके पास सच्चे सुपर-मानव के लिए एक संभावित road map थी। सीमाओं का धुंधला होना मतलब था कि "मनुष्य" की अवधारणा को हेरफेर किया जा सकता था, उनके नियमों के अनुसार, उनकी इच्छा के अनुसार परिभाषित किया जा सकता था। इन आनुवंशिक निशानों तक पहुंच भविष्य की पीढ़ियों पर जैविक नियंत्रण की कुंजी है। कुल, निर्विवाद नियंत्रण। उसकी पीठ के नीचे झुनझुनी दौड़ गई, क्योंकि उसने इस सर्वोच्च शक्ति के दर्शन की कल्पना की थी।

"सभ्यता" नए आयामों को ग्रहण करती है... विभिन्न मानव प्रजातियों के बीच ज्ञान और कौशल का आदान-प्रदान... Neanderthal कारीगरी या Denisovan सरलता का footprint... भूले हुए प्रौद्योगिकियां।"

नथानिएल पहले से ही "खोई हुई प्रौद्योगिकियों" की तलाश कर रहा था। मेलिना, यहां तक कि बिना जाने, उसे खजाने के नक्शे की तरह निर्देश दे रही थी। सिर्फ प्राचीन artifacts नहीं, बल्कि तकनीकी manual, जो मिथकों और प्रतीकों में built-in थे। लक्ष्य अब सिर्फ "खोई हुई प्रौद्योगिकियों" को खोजना नहीं था, बल्कि ज्ञान के transmission की पूरी प्रणाली को उजागर करना और मानवता की भविष्य की तकनीकी और सांस्कृतिक प्रगति को नियंत्रित करने के लिए इसे monopolize करना था। उन्हें ignorance में रखने के लिए, जबकि वे सभी शक्ति रखते थे।

"सिंक्रनाइज़्ड rhythm... तीव्रता में वृद्धि... लहरों की तरह विचार और हवाओं की तरह भावनाएँ..."

सामूहिक विचार। मस्तिष्क तरंगों का synchronisation। उनका समुदाय पहले से ही एरिजोना में अपनी गुप्त सुविधा में psychic amplifiers के साथ प्रयोग कर रहा था। मेलिना intuition के बारे में बात कर रही थी, उसने बड़े पैमाने पर psychic हेरफेर के बारे में सोचा। यदि वे लोगों के बड़े समूहों की चेतना को सिंक्रनाइज़ कर सकते थे... उनके कार्यों और भावनाओं को नियंत्रित कर सकते थे... उन्हें एक एकल, प्रबंधित शक्ति में बदल सकते थे, जो उनकी इच्छा के अधीन थी। यह नियंत्रण का एक सर्वोच्च,

पहले से अप्राप्य रूप था। जनता के स्वयं भगवान बनना। उसकी भौंह पर पसीने की छोटी बूंदें आईं, ठंडी हवा के बावजूद, आंतरिक उथल-पुथल का प्रमाण।

"एक सीमित कारक के रूप में भाषा... सोचने के लिए एक आंतरिक उपकरण... intuition और 'आत्मा की शक्ति के माध्यम से विचारों को materialize करने' की क्षमता का नुकसान।"

मेलिना ने नुकसान देखा। नथानिएल ने नियंत्रण का एक तरीका देखा। यदि भाषा चेतना को सीमित करती है, तो भाषा को नियंत्रित करना – क्या कहा जाता है, कैसे सोचा जाता है – हेरफेर के लिए एक शक्तिशाली उपकरण है। यदि "विचारों का materialisation" वास्तविक है, तो जनता को इस क्षमता से वंचित करना उन्हें उन लोगों पर निर्भर करता है जो इसे नियंत्रित करते हैं। अंधे और बहरे, मालिक की इच्छा के अधीन।

"छवियों में सोचना... मस्तिष्क 'वास्तविकता का एक शक्तिशाली जनरेटर' के रूप में... प्राकृतिक तत्वों पर प्रभाव... पवित्र ज्यामिति, प्राचीन प्रतीक – वास्तविकता के छिपे हुए आयामों की कुंजी... मानव और दिव्य के बीच एक पुल।"

यहाँ मौलिक कुंजी है! Imaginative thinking सिर्फ रचनात्मकता नहीं है, बल्कि वास्तविकता पर सीधे प्रभाव डालने का एक तंत्र है। अंटार्कटिका में उनकी गुप्त प्रयोगशालाएं पहले से ही ऊर्जा क्षेत्रों का अध्ययन कर रही थीं, लेकिन यह उससे कहीं अधिक था। प्राचीन प्रतीक और पवित्र ज्यामिति सिर्फ esoteric नहीं थे, बल्कि इन क्षमताओं को सक्रिय करने के लिए "esoteric maps" थे, वास्तविकता उत्पन्न करने और तत्वों को नियंत्रित करने के लिए। यदि वे इन प्रतीकों को decipher कर सकते थे, तो उनके पास देवताओं की शक्ति होगी, स्वयं देवताओं की। हर sense तनाव में था, इस असीम शक्ति को लेने की उम्मीद कर रहा था।

"बाइबिल की किंवदंती... एकता का नुकसान, भाषाओं का भ्रम, एक महत्वाकांक्षी परियोजना की विफलता।"

यह कहानी अब उसे सिर्फ एक नैतिक शिक्षा की तरह नहीं लगी। यह एक चेतावनी थी। विभाजन के जाल के बारे में। उनके समुदाय को, रहस्य और नियंत्रण की अपनी खोज में, अपने आंतरिक circle में "भाषाओं के भ्रम" से बचना होगा, ताकि विफल न हो। एकता – यहाँ तक कि कुछ लोगों के बीच भी – उनकी शक्ति की पूर्ण अभिव्यक्ति की कुंजी थी, उनकी सबसे महत्वाकांक्षी योजनाओं को साकार करने के लिए। पूर्ण जीत के लिए।

--- ✶ ჻ ✶ ---

क्वांटम दुविधाएं और उत्पत्ति पर शक्ति

उसके विचार एक ज्वार की लहर थे, जो उसके दिमाग को फाड़ रहे थे, जबकि हवाई जहाज उतरना शुरू हुआ। इंजनों की गर्जना तेज हो गई, एक आदिम, गर्जनापूर्ण गड़गड़ाहट में बदल गई जो स्वयं पृथ्वी की गहराई से गूँजती हुई लग रही थी। porthole के माध्यम से न्यू मैक्सिको में गुप्त अड्डे की रोशनी चमक रही थी – community की

महत्वाकांक्षाओं की तरह चमकदार, ठंडी, जिन्हें अब फिर से लिखा जाएगा। विस्तारित किया जाएगा। चरम पर ले जाया जाएगा। मेलिना के शब्द, जिन्हें कभी esoteric बकवास के रूप में खारिज कर दिया गया था, अब सिर्फ सुनाई नहीं दे रहे थे – वे उसके दिमाग में एक छिपे हुए, लेकिन painfully वर्तमान खजाने के नक्शे की तरह धड़क रहे थे, जो साधारण शक्ति से कहीं अधिक बड़ा था।

नथानिएल ने अपने जैकेट की आंतरिक जेब में छिपी हुई छोटी कांच की परखनली को कसकर पकड़ा। मेलिना के कार्यालय छोड़ने से ठीक पहले, एक खोए हुए दस्तावेज़ की तलाश के बहाने, वह उसे चुराने में कामयाब रहा था। उसने अपने ऊपर उसकी नजर महसूस की थी – तेज, भेदी, हजारों सुइयों की तरह – लेकिन उसे परवाह नहीं थी। कोई अपराधबोध नहीं था। एक व्यक्ति के रूप में उसके लिए कोई विचार भी नहीं था। केवल अमृता के लिए। केवल शक्ति के लिए। या तो उसने सोचा। उसका एक हिस्सा जानता था कि यह आत्म-धोखा था, कि उसका हर कार्य उसके irresistible call से भी प्रेरित था। उसकी छवि उसके दिमाग में जल रही थी, और परखनली को छूना लगभग उसे छूने जैसा था, उसके सार को, उस रहस्य को जो वह वहन करती थी। उसकी सुगंध अभी भी उसकी उंगलियों पर बनी हुई थी, जिससे उपस्थिति की लगभग दर्दनाक भावना पैदा हो रही थी।

अंदर, एक धुंधला-हरा तरल कुछ ऐसा था जिसे उसने पहले ही "अमृता" नाम दिया था – एक सूक्ष्मजीव, जिसे स्ट्रैंड्झा के नमूनों से निकाला और cultured किया गया था। मेलिना ने दावा किया कि यह अमरता की कुंजी थी। उसने उल्लेख किया था कि यह स्टेम कोशिकाओं को सक्रिय करता है और, इससे भी महत्वपूर्ण बात यह है कि, cardiomyocytes को फिर से बनाता है।

यह ज्ञात था कि हृदय की मांसपेशी कोशिकाएं – cardiomyocytes – शरीर की अधिकांश अन्य कोशिकाओं के विपरीत, क्षति के बाद पुनर्जीवित करने की एक अत्यंत सीमित क्षमता रखती हैं। यही हृदय के दौरे और पुरानी हृदय रोगों में घातक परिणाम का मुख्य कारण है, क्योंकि खोए हुए ऊतक को अक्रिय संयोजी ऊतक से बदल दिया जाता है जो हृदय के कार्य को पूरा नहीं कर सकता है। दशकों के वैज्ञानिक शोध इन महत्वपूर्ण कोशिकाओं को पुनर्स्थापित करने का एक प्रभावी तरीका खोजने में विफल रहे थे।

लेकिन यहाँ वह था – अमृता। एक रोगाणु जो इस मौलिक जैविक सीमा को बदल सकता था। जो उत्पत्ति को फिर से लिख सकता था। इस रोगाणु के culture और gene selection के माध्यम से, उसके गुप्त ऑर्डर, समुदाय के सदस्य, अमरता तक पहुँचेंगे। सिर्फ एक लंबा जीवन नहीं, बल्कि eternity। नथानिएल को इसे चुराने का कोई पछतावा नहीं था। वह इसके साथ कुछ भी नहीं कर सकती थी, सिवाय इसके रहस्य को उजागर करने और इसे पूरी आबादी के लिए सुलभ बनाने के। और यह एक catastrophe होगा। Overpopulation। संसाधनों की कमी। Chaos। अंत। नहीं।

eternal life की यह कुंजी केवल उनके लिए थी। समुदाय के लिए। क्योंकि केवल वे ही जानते थे कि इसे कैसे प्रबंधित करना है। मानवता को कैसे प्रबंधित करना है।

--- ✶ ʢ ✶ ---

अंकुरित होता बीज

उतरने से पहले, नथानिएल ने एक गहरी साँस ली, अपने फेफड़ों को ठंडी, शुद्ध हवा से भर दिया, जैसे कि अपने विचारों को भी साफ करने के लिए। उसने गुरुत्वाकर्षण के परिचित धक्के को महसूस किया, लेकिन उसका दिमाग अभी भी ऊंचाई पर था, सितारों के बीच मंडरा रहा था। संदेह का बीज बोया गया था, लेकिन शक्ति की दिशा के बारे में नहीं, बल्कि इसके पैमाने के बारे में। क्या उन्होंने बहुत कम लक्ष्य रखा था? बहुत... मानवीय?

उसके chauffeur ने कार का दरवाजा खोला। ठंडी रात की हवा ने उसे मारा, सूखी पृथ्वी और अनकहे, dormant रहस्यों की गंध ले आई। नथानिएल ने सितारों की ओर देखा, जो अंतहीन अंधेरे में अनगिनत, दूर, देख रही आँखों की तरह टिमटिमा रहे थे। एक पल के लिए, उसे लगा कि उसे मुश्किल से सुनाई देने वाले "harmonic vibrations" सुनाई दे रहे हैं, जो अंधेरे में pulsating कर रहे हैं, जैसे कि ब्रह्मांड खुद साँस ले रहा था, प्राचीन सत्यों को फुसफुसा रहा था। क्या यह संभव था कि मेलिना सही थी? क्या यह संभव था कि सच्ची शक्ति सिर्फ शोषण में नहीं, बल्कि अस्तित्व के स्वयं harmony को समझने और master करने में निहित थी – लेकिन उसे अधीन करने के लिए? अपनी इच्छा से उसे तोड़ने के लिए?

समुदाय के नेताओं के साथ उसकी आने वाली बैठक अब इतनी स्पष्ट नहीं लग रही थी। शक्ति का मार्ग, जिसे वे इतने लंबे समय से बना रहे थे, अचानक एक अप्रत्याशित, बहुत अधिक महत्वाकांक्षी, लगभग दिव्य दिशा में bifurcated हो गया। एक दिशा जिसे अब केवल वह उन्हें दिखा सकता था। वह उनका मसीहा होगा। उनका भगवान।

और उस पल में, एकमात्र चीज जिसे वह सुन सकता था, वह उसकी आवाज थी। मेलिना। भेदी, अंधेरे में प्रकाश की किरण की तरह। अनकहा सवाल, जो उसके दिमाग के अंधेरे को काट रहा था, किसी भी सर्जिकल scalpel से अधिक तेज था:

"नथानिएल, तुम क्या चुनोगे? सच्ची wisdom का मार्ग? या dishonorable power का मार्ग?"

वह मुस्कुराया, coldly, लगभग शिकारी, एक मुस्कान के साथ जो उसकी आँखों की गहराई तक नहीं पहुँची, बल्कि सिर्फ एक मुखौटा बनी रही। फिर भी, एक छिपी हुई, लगभग दर्दनाक झुनझुनी उसके माध्यम से दौड़ गई। वह इनकार नहीं कर सकता था कि उसका एक हिस्सा उसे प्रभावित करना चाहता था, उसे अपनी योजनाओं की भव्यता से shock करना चाहता था। इस दिमाग के खेल में कुछ erotic था, इस supremacy में जिसे वह उस पर exercise करने के लिए तरस रहा था, उसे

इसे स्वीकार करने के लिए, उसकी इच्छा के अधीन होने के लिए। उसका शरीर कांप रहा था, और हर साँस भारी थी, आने वाली जीत के तनाव से भरी हुई थी।

"मैं दोनों को चुनता हूँ, मेलिना।" उसने फुसफुसाया, जैसे कि उस अदृश्य धागे के लिए जो उन्हें जोड़ता था। "और मैं उन्हें अधीन करूँगा। सब कुछ। हमेशा के लिए। और अगर मैं गलत हूँ?"

------------------- ❧ ---------------------

किले का पतन: आत्मा की जीत

खंड IV

अध्याय 31: संदेह की रसायन मेलिना

अपनी आत्मा में पूरे ब्रह्मांडों को लिए हुए थी - ऐसे संसार जो गुरुत्वाकर्षण से भी अधिक घने थे, जिनमें दृष्टि और अंतर्दृष्टि भरी हुई थी, जिन्हें वह नथानियल पर बाढ़ की तरह नहीं उड़ेल सकती थी। वह उसकी तर्कसंगतता के हर मोड़ को, उसके वैज्ञानिक संदेह की हर कंक्रीट की दीवार को जानती थी। वह उसे "स्वप्नद्रष्टा... वास्तविकता से अलग... यहाँ तक कि पागल" का लेबल लगा देता। नहीं, इन रहस्यों को प्रकट करने का रास्ता कुछ और होना चाहिए। अधिक सूक्ष्म। धीमा। एक दीक्षा, जीवन के माध्यम से एक यात्रा जो उसकी प्राचीन स्मृति को जगाए, उसके भीतर गहराई से निहित सार

को अनलॉक करे। उसे एक प्रतिमान बदलाव के लिए तैयार करने के लिए - उसके अपने मन में एक भूकंप।

इसलिए, जब नथानियल ने, जो प्रेम की अपनी रूढ़िवादी पुरुष अवधारणा में फंसा हुआ था - इस विश्वास से कि कामुकता और शारीरिक लालसा ही एकमात्र प्रेरक शक्ति हैं - उससे अपने "अशोभनीय" सपनों के बारे में बताने के लिए कहा, तो मेलिना हिचकिचाई नहीं। उसने सब कुछ जटिल, बहुस्तरीय कहानियों में लपेट दिया, जिन्हें वह उस पल में अपने विचारों से बुन रही थी, हर बोले गए शब्द के साथ बना रही थी, गहरी बारीकियों के पैलेट के साथ सुना रही थी।

---✶ ६ ✶ ---

पोर्टलों की फुसफुसाहट

"कल्पना करो," उसने एक बार फुसफुसाया, जबकि उसकी उंगलियां उसकी कलाई के अंदरूनी हिस्से पर अदृश्य संकेत बना रही थीं, ठीक उसी जगह जहां उसकी नाड़ी बेचैनी से धड़क रही थी, "कि हर स्पर्श एक ब्रह्मांड का खुलना है। सिर्फ एक तंत्रिका आवेग या रासायनिक प्रतिक्रिया नहीं। बल्कि एक पोर्टल। कि हर चुंबन प्लाज्मा प्रकाश का एक विस्फोट है जो तुम्हारे भीतर भूले हुए संसारों को प्रकट करता है। और निषिद्ध फल पाप नहीं है, नथानियल, बल्कि एक कुंजी है। एक कुंजी जो तुम्हें मुक्त कर सकती है... या तुम्हें नष्ट कर सकती है।"

उसकी आवाज एक सम्मोहक फुसफुसाहट की तरह थी जो उसकी श्रवण तंत्रिकाओं से परे, उसके मस्तिष्क के उन प्राचीन, नियोकॉर्टिकल हिस्सों तक पहुँच रही थी, जिन्हें उसने दशकों के तर्कवाद के साथ बंद कर दिया था। इन कहानियों में, जो गोधूलि में फुसफुसाई गईं, जब शहर सो रहा था और केवल चाँदनी ही दीवारों पर परछाइयां बना रही थी, कामुकता क्वांटम यांत्रिकी के साथ जुड़ गई, लालसा आध्यात्मिक खोज का प्रतीक बन गई, और "अशोभनीय" निषिद्ध ज्ञान और उच्च चेतना के साथ मिलन की लालसा का एक रूपक बन गया। वह सिर्फ बता नहीं रही थी। वह हर शब्द से एक अनुष्ठान बना रही थी, उसकी अवचेतन परतों को सक्रिय कर रही थी, जहां असली जवाब छिपे थे, जो तंत्रिका-विद्युत आवेगों के रूप में प्रच्छन्न थे।

उसकी कहानियों में, शरीर केवल शारीरिक निकटता में ही नहीं, बल्कि ऊर्जाओं के नृत्य में विलीन हो जाते थे - एक उप-परमाणु स्तर पर, जहां इलेक्ट्रॉन सूचनाओं का आदान-प्रदान करते थे, और लय उनके चारों ओर की हवा को अदृश्य कंपन से भर देती थी। आत्माएं एक-दूसरे के सामने एक मौन संवाद में प्रकट होती थीं, जबकि निषिद्ध फल भौतिक पापों का नहीं, बल्कि स्थापित अनुभवजन्य सीमाओं से परे ज्ञान के लिए उस साहसी, अतृप्त प्यास का प्रतीक था, चेतना को अप्रत्याशित आयामों तक विस्तारित करने के लिए। वह अपनी कहानियों में अकाशा के प्राचीन मिथकों, खोई हुई सभ्यताओं की भूली हुई किंवदंतियों और अपने खुद के सपनों के टुकड़े-टुकड़े बुनती थी, उन्हें सामूहिक अवचेतन की रंगीन टेपेस्ट्री में बदल देती थी, जो धीरे-धीरे नथानियल की कल्पना के सामने अस्तित्व की एक गहरी, अधिक रहस्यमयी परत

खोल रही थी - अर्थ की एक समानांतर वास्तविकता, जहां सब कुछ संभव था और संभावनाएं वास्तविकता में बदल रही थीं।

---✶ ६ ✶ ---

विसंगति के बीज इन कुशलता से सुनाई गई कहानियों के माध्यम से, मेलिना केवल नथानियल की जिज्ञासा को संतुष्ट नहीं कर रही थी; वह उसके स्थापित विचारों में संज्ञानात्मक असंगति के बीज धीरे-धीरे बो रही थी, भविष्य के जागरण के लिए जमीन तैयार कर रही थी। उसका हर शब्द एक बारीक-ट्यून किया गया उपकरण था जो उसकी तर्कसंगत दुनिया की नींव को हिला रहा था। वह उसे कल्पना के घुमावदार रास्तों पर ले जा रही थी, उसके संदेह की दीवारों पर सटीक मनोवैज्ञानिक "प्रहार" कर रही थी, इस उम्मीद में कि इस रास्ते पर कहीं न कहीं वह अपनी खुद की आत्मा के भूले हुए तारों को छू लेगा और उन सार्वभौमिक सच्चाइयों को याद करना शुरू कर देगा जिन्हें वह सहज रूप से समझ रही थी। उसकी कहानियां एक चाबी थीं, जो मनोरंजन के रूप में प्रच्छन्न थीं, इस उम्मीद में कि यह उसके सार को अनलॉक कर देगी, उसे भौतिक के बंधनों से मुक्त कर देगी और उसे अनंत संभावनाओं और ब्रह्मांड की एक जीवित इकाई के रूप में गहरी समझ के एक व्यापक, अधिक रोमांचक दुनिया में ले जाएगी।

नथानियल ने लगातार अपनी निजी जगह के चारों ओर दीवारें बनाने की कोशिश की। स्पष्ट नियम लागू करने के लिए। उनकी भावनाओं को तर्कसंगत बनाने के लिए, एक पुरुष दृढ़ विश्वास के साथ यह समझाते हुए कि प्रेम उसके विशाल मापदंडों में और उसके सर्व-उपभोग करने वाले तरीके से उसकी दुनिया के लिए असंभव था, जिसमें हर चर को मापा जाना था। उसके शब्द अक्सर गुप्त होते थे, जो उसके सच्चे इरादों और सतह के नीचे उबल रहे जुनून को छिपाते थे। फिर भी, मेलिना ने हार नहीं मानी। उसने इन बाधाओं को आसानी से तोड़ दिया, उसे इतनी सूक्ष्मता से छुआ जैसे कि वह अपनी आत्मा के भावनात्मक पैलेट के साथ पेंटिंग कर रही हो, अपने प्यार और उनके संबंध में अपने अटूट विश्वास को उड़ेल रही हो - एक ऐसा विश्वास जो हर तर्क से परे, हर वैज्ञानिक कानून से परे धड़कता था जिसे वह जानता था।

वह उसे एक गहरे, सहज स्तर पर महसूस करती थी, जो साधारण सहानुभूति से परे था। वह उसके परेशान करने वाले सपनों को देखती थी - उसके बुरे सपनों और अनुष्ठानों के टुकड़े, जो खोए हुए संबंधों के प्रतीकों के साथ गुंथे हुए थे। वह उसके सभी संदेहों और भयों को समझती और स्वीकार करती थी, उन्हें नकारने या कम करने की कोशिश किए बिना, क्योंकि वह जानती थी कि वे उसके जागरण के मार्ग का हिस्सा थे। उसकी यह सहानुभूति, यह बिना शर्त स्वीकृति, धीरे-धीरे उसे एक ऐसी निकटता में ले आई, जिससे वह जानबूझकर बचने की कोशिश कर रहा था, इसे अपनी नियंत्रित दुनिया के लिए एक अस्वीकार्य खतरा मानते हुए। क्योंकि नियंत्रण उस वैज्ञानिक के लिए सब कुछ था जो अस्तित्व की अराजकता को समझना चाहता था।

मेलिना ने अपना पूरा जीवन और आत्मा समर्पित कर दी, अपनी व्यक्तिगत महत्वाकांक्षाओं को त्याग दिया और अपने खुद के दुखों को निगल लिया, लेकिन कभी भी, एक पल के लिए भी, उसकी आत्मा के लिए अदृश्य, लेकिन भयंकर लड़ाई को नहीं छोड़ा। वह मानती थी कि उसके तर्कवाद और भय के कवच के नीचे उसका सच्चा सार छिपा है, जो उसी गहरे और सर्व-उपभोग करने वाले प्यार के लिए तरस रहा है जो वह उसे पेश कर रही थी - एक ऐसा प्यार जो एक ताकत है, कमजोरी नहीं। उसकी दृढ़ता एक घुसपैठ नहीं थी, बल्कि एक कोमल, लेकिन लगातार प्रकाश थी, जो धैर्यपूर्वक उसके संदेह के अँधेरे को भेदने और अस्तित्व के सभी स्तरों पर उनके सच्चे मिलन के मार्ग को रोशन करने के लिए इंतजार कर रही थी - शारीरिक से आध्यात्मिक तक, परमाणु से गांगेय तक।

---✶ ६ ✶ ---

पारदर्शी दीवारें

अपनी दूरी बनाए रखने के उसके प्रयासों के बावजूद, नथानियल उसकी कहानियों के प्रभाव से इनकार नहीं कर सकता था। वे उसके सपनों में घुसपैठ कर गए, क्वांटम उलझाव और समानांतर ब्रह्मांडों के बारे में उसके वैज्ञानिक सिद्धांतों के साथ घुलमिल गए, अजीब संबंध और सवाल पैदा किए, जिनका उसे कोई तर्कसंगत जवाब नहीं मिल रहा था, क्योंकि वे चेतना की एक और परत से उत्पन्न हुए थे - उस अंतर्ज्ञान से जिसे वह इतनी दृढ़ता से दबा रहा था। ऊर्जाओं के नृत्य और विलीन होती आत्माओं की छवियां उसके अवचेतन में सुलगती रहीं, शुद्ध तर्क की श्रेष्ठता में उसके पुरुष दृढ़ विश्वास को कमजोर कर रही थीं।

उसने देखा कि मेलिना उसे धैर्यपूर्ण कोमलता के साथ कैसे देखती है, कैसे वह उसकी हर हिचकिचाहट, जिज्ञासा की हर अभिव्यक्ति को पकड़ लेती है, भले ही वह क्षणभंगुर क्यों न हो - पलक का एक फड़कना, होठों का एक अगोचर सिकुड़ना। उसने जोर नहीं दिया, धक्का नहीं दिया, बल्कि अपनी कहानियों के माध्यम से ज्ञान के बीज बोना जारी रखा, उन्हें अपनी गति और कंपन पर अंकुरित होने दिया, जैसे एक विशाल बगीचे में ब्रह्मांडीय बीज।

आंतरिक रूप से नथानियल लड़ रहा था। उसका एक हिस्सा, जो वैज्ञानिक पद्धति के सख्त ढांचे में पाला गया था, उसकी रहस्यमय व्याख्याओं को अतार्किक के रूप में खारिज कर रहा था। "अप्रमाणित," तर्क ने उसे फुसफुसाया। "बिना प्रयोगात्मक डेटा के केवल परिकल्पनाएं।" एक और, गहरा हिस्सा, जो उसकी कहानियों और उसके प्रति अवर्णनीय आकर्षण से जागृत हुआ था, यह पूछने लगा कि क्या वह कुछ आवश्यक नहीं खो रहा था। क्या दुनिया वास्तव में उतनी ही अनुमानित थी जितनी वह मानता था, सूत्रों और समीकरणों तक सीमित थी? क्या प्यार वास्तव में सिर्फ शारीरिक आकर्षण और हार्मोनल प्रतिक्रियाओं तक सीमित था, या यह एक बहुआयामी शक्ति थी, जो उप-परमाणु स्तर पर वास्तविकता को बदलने में सक्षम थी?

उनकी हर मुलाकात के साथ, हालांकि दुर्लभ, नथानियल ने जो दीवारें इतनी दृढ़ता से अपने चारों ओर बनाई थीं, वे उसकी प्रेम और ज्ञान के कोमल, लेकिन लगातार दबाव के तहत अधिक पारदर्शी, अधिक अस्थिर होती गईं - एक ऐसा दबाव जो यांत्रिक बल के रूप में कार्य नहीं करता था, बल्कि गुरुत्वाकर्षण के रूप में, उसके चारों ओर अंतरिक्ष और समय को विकृत करता था। वह अभी भी उस "लालच" से डरता था जो वह प्रस्तुत करती थी, लेकिन वह अब निश्चित नहीं था कि यह शारीरिक पापों का लालच था या एक गहरी, अधिक पूर्ण वास्तविकता का, जिसे उसका तर्कसंगत दिमाग अभी तक समझ नहीं पा रहा था। उसका जागरण का मार्ग धीमा था, एक खिलते हुए कमल की तरह, लेकिन मेलिना उस पर धैर्यपूर्वक चल रही थी, आश्वस्त थी कि उसके प्यार का प्रकाश, एक शुद्ध ऊर्जा की तरह, अंततः उसके संदेह के अँधेरे को तोड़ देगा और उसे एक उच्च चेतना तक ले जाएगा।

---✶ ६ ✶ ---

अँधेरे में जागरण। टिक-टिक: 09:39:59

बजे अब, वर्षों बाद। प्रयोगशालाओं की चमक से बहुत दूर, जहां उसने तत्वों को संश्लेषित किया था, उन गुप्त समाजों की फुसफुसाहट से बहुत दूर, जिन्होंने ज्ञान में हेरफेर किया था। नथानियल अकेला बैठा था। खंडहर। सब कुछ खंडहर था। जिस दुनिया को समुदाय नियंत्रित करना चाहता था, उसने खुद को एक व्यर्थ, क्रूर दावत में निगल लिया था। जहां कभी चमड़े की कुर्सियों में देवता बैठते थे, अब हवा बह रही थी, जो उनकी महत्वाकांक्षाओं की धूल उड़ा रही थी। कोई रोशनी नहीं थी, सिवाय जलते हुए अवशेषों की दूर की चमक के। कोई अन्य आवाज नहीं थी, केवल उसकी अपनी तेज सांसों की गूँज थी। केवल ठंडी हवा, जो धूल और मलबे को उड़ा रही थी, और ब्रह्मांड की फुसफुसाहट - अरबों वर्षों की खामोशी की एक गूँज, जो अब एक आरोप की तरह लग रही थी।

अपनी बेचैन रातों में, जब तारे उसकी एकांतता के एकमात्र गवाह थे, मेलिना द्वारा बताई गई हर कहानी वापस आने लगी। केवल यादों या अतीत के धुंधले भूतों के रूप में नहीं। बल्कि धड़कते, जीवित अनुभवों के रूप में। उसने उन्हें अपने पूरे अस्तित्व के साथ महसूस किया - ऊर्जाओं का नृत्य, आत्माओं का मिलन, निषिद्ध ज्ञान, जो अब रहस्यवाद के रूप में नहीं, बल्कि एकमात्र वास्तविक वास्तविकता के रूप में प्रकट हो रहा था। सब कुछ। वह सही थी। वह हमेशा सही थी, उसके सूत्रों और सिद्धांतों के बावजूद। टिक-टिक करती घड़ी, जो बेरहमी से समय गिन रही थी, अब सिर्फ घंटे नहीं दिखा रही थी, बल्कि एक महान भ्रम का अंत दिखा रही थी।

अँधेरे में, अपने स्वयं के मन और सभ्यता के खंडहरों के बीच, उसने उसके ब्रह्मांडों की रोशनी को देखना शुरू कर दिया, उन "अशोभनीय" सपनों की शांत आवाज को सुनना शुरू कर दिया जो अब उसे अस्तित्व का असली अर्थ प्रकट कर रहे थे। न केवल शरीर का शारीरिक अस्तित्व। बल्कि अस्तित्ववादी। एक ऐसी दुनिया में आत्मा, चेतना का अस्तित्व, जो अर्थ से रहित थी। जो बीज उसने उसमें बोए थे, वे

उसकी तबाह हुई आत्मा में अंकुरित हुए और खिल गए थे। बहुत देर हो गई? शायद। शायद मोक्ष केवल उसके लिए था, न कि उस दुनिया के लिए जिसे वह जानता था। लेकिन जैसे ही हवा खंडहरों पर बह रही थी, और तारे अनंतता में प्रश्नचिह्न की तरह टिमटिमा रहे थे, नथानियल जानता था।

उसे वह पल याद आया जब उसकी उंगलियां उसकी कलाई के अंदरूनी हिस्से पर अदृश्य संकेत बना रही थीं, ठीक उसी जगह जहां उसकी नाड़ी बेचैनी से धड़क रही थी। यह सिर्फ एक स्पर्श था, लगभग क्षणभंगुर, लेकिन अब यह उसके सभी "अशोभनीय" सपनों की गूँज के साथ गूँज रहा था, अज्ञात ब्रह्मांडों के पोर्टलों के वादे के साथ। तब, वह डर गया था। अब, खंडहरों में, यह उसकी एकमात्र आशा थी।

सच्ची रसायन अब शुरू हो रही थी। सीसे को सोने में बदलना नहीं, बल्कि खंडहरों को एक नई शुरुआत में बदलना। उसकी तबाह, लेकिन अब जाग्रत आत्मा में। और शायद... शायद यह केवल शुरुआत थी। एक नए अस्तित्व की शुरुआत, जो ज्ञात के बंधनों से मुक्त था, अकल्पनीय को गले लगाने के लिए तैयार था। और मेलिना की आवाज उसे आगे बुला रही थी, एक अटूट अँधेरे में एक प्रकाशस्तंभ की तरह, खोए हुए मार्ग का वादा करते हुए।

----------------- ❧ -------------------

अध्याय 32: सपनों का गुप्त पोर्टल

मेलिना...

मेरी कहानियाँ सिर्फ शब्द नहीं हैं। वे एक धड़कन हैं जो सदियों के समय के पर्दे को फाड़ देती हैं। एक हज़ार और एक बेचैन रातों की फुसफुसाहट, या शायद सात साल, जिसमें वास्तविकता उलट जाती है।

बास्टेट के मंदिर के दिल में, मोमबत्तियों की मंद रोशनी मुझे केवल सहला नहीं रही थी - यह मुझे निगल रही थी। मेरे चारों ओर की हवा कंपन कर रही थी, भूली हुई धूप और निर्जीव सदियों की धूल से घनी थी। मेरी हर कोशिका एक कंपकंपी वाली नस में बदल गई, जो जागृत चेतना के लिए अज्ञात आयामों के लिए एक नाली थी। जो शब्द मैं बोलने वाला था, वे प्राचीन भविष्यवाणियों की गूँज लग सकते थे, लेकिन मेरे भीतर मुझे पत्थर से भी पुराना विश्वास था: उसकी आत्मा उतनी ही पुरानी है जितनी कि सृजन की पहली चीख।

मैंने उसका नाम फुसफुसाया - आवाज से नहीं, बल्कि अपने पूरे अस्तित्व के साथ, ऊर्जा की एक लहर के साथ जिसने हवा को कंपकपा दिया। नथानियल मुझे घूर रहा था, निगल गया था। उसकी नज़र केवल सोख नहीं रही थी - वह लालच से तलाश रही थी, जैसे कि उसके अस्तित्व का हर रेशा टूटने के बिंदु तक खिंचा हुआ था, किसी भूली हुई चीज़ के रहस्योद्घाटन का बेसब्री से इंतजार कर रहा था। वह कांप रहा था। मुश्किल से ही।

---✶ ⸮ ✶ ---

मेलिना कहती है: रहस्यों की रानी

"वह एक हमेशा पुनर्जन्म लेने वाली शक्ति है," मैंने, मेलिना, ने शुरू किया, मेरी आवाज - एक पतला तार, जो समय और रहस्यों से भरी सदियों के बीच फैला हुआ था। "वह कभी एक रानी के रूप में प्रकट हुई, जिसकी सुंदरता दर्दनाक रूप से चकाचौंध करने वाली थी, और उसका ज्ञान अपनी गहरी समझ से चौंकाने वाला था। लेकिन उसके चारों ओर हमेशा एक जंगली, मायावी रहस्य का प्रभामंडल था, एक धुएँ की तरह जो एक बंद मुट्ठी से बच निकलता है। उसका नाम प्राचीन ग्रंथों के धागों में बुना हुआ है, लेकिन उसका सच्चा सार विस्मरण के एक अभेद्य पर्दे के पीछे छिपा हुआ है। किंवदंतियों की फुसफुसाहट उसे कभी एक मिस्र की शासक के रूप में चित्रित करती है, जिसे दिव्य ऊँचाइयों तक उठाया गया है, कभी एक ऐसे प्राणी के रूप में जो मानव और राक्षसी के बीच की सीमा पर है - उसके अनियंत्रित स्वभाव और अंतर्दृष्टि के कारण जो मानव तर्क की सीमाओं से परे लगती थी। यह भी कहा जाता है कि उसने खुद राजा सोलोमन को बहकाया, अपने पीछे चुप्पी और रहस्य में डूबी एक संतान छोड़ गई। वह सदियों के उन विशाल रहस्यों में से एक है, जिसका पवित्र पुस्तकों में उल्लेख है, लेकिन सच्चाई... सच्चाई अँधेरे में छिपी हुई है, केवल उन लोगों के लिए सुलभ है जिनकी आत्माएं याद रखती हैं। भूली हुई।

मैंने अपनी आँखें बंद कर लीं, मग्न। मैंने नथानियल की नज़र को महसूस किया, जो मेरी हर हरकत, मेरी आवाज के हर स्वर पर टिकी हुई थी। हवा के माध्यम से उसका कंपन लगभग स्पर्शगम्य था - एक कंपन करने वाले तार की तरह, जो अपेक्षा के तनाव में टूटने के लिए तैयार था।

"अपनी आँखें बंद करो और सुनो..." मैंने फुसफुसाया, मेरे शब्द एक आदेश से अधिक एक निमंत्रण थे। "मैं तुम्हें इतिहास की छाया में छिपे सबसे गहरे रहस्यों में से एक के नक्शेकदम पर ले जाऊँगी। एक कहानी जो सिर्फ एक कहानी नहीं है, बल्कि समझ का एक मार्ग है। स्वयं तक का एक मार्ग। और यदि तुम काफी बहादुर हो, तो तुम वहाँ अपनी आत्मा का एक टुकड़ा पाओगे।"

---✶ ❦ ✶ ---

सोलोमन और रानी

की कहानी अपने महल के भव्य, सोने और हाथीदांत से जड़े हुए हॉलों में, राजा सोलोमन, जो अपनी कामुक सुखों की अतृप्त प्यास और अपने बेजोड़ ज्ञान दोनों के लिए प्रसिद्ध थे, ने सात सौ से अधिक महिलाओं का हरम इकट्ठा किया था।

"सात सौ? और फिर भी वह और तलाश कर रहा था?" नथानियल का मौन प्रश्न हमारे बीच धड़क रहा था, जो सच्ची जिज्ञासा और तिरस्कार के साथ सीमा पर अविश्वास की एक खुराक से भरा था।

"वह सिर्फ शारीरिक सुखों की तलाश नहीं कर रहा था," मैंने जवाब दिया, मेरी मुस्कान - एक पहेली, जो अंतहीन रहस्यों को छिपाने में सक्षम थी। "वे उसके विशाल ज्ञान के जीवित स्रोत थे - महिला सार की ऊर्जा, जो रचनात्मक प्रेरणा और गहरी समझ

में बदल गई थी। इन महिलाओं में से कुछ ने उसके चेहरे को केवल एक बार देखा था। लेकिन सोलोमन हमेशा नई चुनौतियों की तलाश में रहता था, क्षणिक सुंदरता में नहीं, बल्कि उनके दिमाग को उत्तेजित करने, लालसा को शांत न होने देने की उनकी क्षमता में। दिन और रात, परमानंद और अनियंत्रित कल्पनाओं के क्षणों से गुंथे हुए, एक अंतहीन धारा में बह गए, लेकिन पीछे एक कड़वी राख छोड़ गए।"

एक अंतहीन दिन, जब वह बाजार की रंगीन हलचल को देख रहा था, उसके कानों ने एक रानी के बारे में फुसफुसाहट पकड़ी, जिसकी सुंदरता किंवदंतियों को भी चकाचौंध कर देती थी, और जिसका दिमाग सबसे तेज पुरुष दिमागों को टक्कर देता था। आत्मा तक intrigued, सोलोमन ने तुरंत एक पत्र भेजा, इस रहस्यमयी शासक को अपने महल में आमंत्रित किया। उसका दिल एक अजीब, दर्दनाक लय में धड़कने लगा - वह सिर्फ एक और क्षणिक संबंध की तलाश नहीं कर रहा था, बल्कि एक ऐसे वार्ताकार की तलाश कर रहा था जो उसे उत्तेजित कर सके, उसकी थकी हुई आत्मा में जिज्ञासा की सुलगती चिंगारी को फिर से जला सके। लेकिन दिन और रात एक भारी इंतजार में बीतते गए, और वह नहीं आई। सोलोमन, शासक, जिसने भाग्य को अपने हाथों में रखा था, एक नई, अपरिचित कमजोरी महसूस कर रहा था। वह तरस गया, जैसे कि वह सिर्फ अपनी जीवन शक्ति नहीं, बल्कि अपने ही दिल पर नियंत्रण खो रहा था, एक अस्पष्ट, परेशान करने वाली चिंता में डूब रहा था।

जब रानी अंततः पहुंची, तो वह अपने साथ न केवल समृद्ध उपहार लाई, बल्कि रहस्यों की एक श्रृंखला भी लाई, जो उन सभी से गहरी और अधिक महत्वपूर्ण थी जिनसे वह कभी मिला था। उनमें से हर एक एक रहस्यमय कुंजी की तरह थी, जो ज्ञान के अनछुए भूलभुलैया के लिए एक नया दरवाजा खोल रही थी। आकर्षक और गहरी समझ रखने वाली, उसने उसे रहस्य की दुनिया में डुबो दिया, जिससे उसका दिमाग अप्रत्याशित सीमाओं तक विस्तारित हो गया, और उसकी आत्मा उत्साह और पूर्वज्ञान के एक अजीब मिश्रण में कांपने लगी। उसने पहले कभी परमानंद और भय का ऐसा खतरनाक संयोजन महसूस नहीं किया था। दांव ऊँचा था - न केवल उसका प्रसिद्ध गौरव, बल्कि उसका अपना दिल भी। यदि वह उसकी बुद्धिमान पहेलियों को हल करने में विफल रहा, तो वह उसे हमेशा के लिए छोड़ देगी, उसे हार का कड़वा स्वाद छोड़ देगी। और अगर वह उसकी सभी चुनौतियों से निपटने में सफल रहा... तो वह उससे प्यार भी कर सकती थी, उसके सामने अपने रहस्यमयी सार के रहस्यों को प्रकट कर सकती थी।

--- ✶ ६ ✶ ---

रानी की

पहेलियाँ उसका पहला उपहार आबनूस से बना एक छोटा, उत्तम बक्सा था। सभी अपेक्षाओं के विपरीत, इसमें चमचमाते रत्न नहीं थे, बल्कि दो छोटी, अँधेरी शीशियाँ, एक जंग लगी चाबी और एक भूरा धागा था, जिसके अंत में एक ठंडा, काला पत्थर लटका हुआ था, जिसने दुनिया के सारे प्रकाश को निगल लिया था।

"इन वस्तुओं के साथ तुम्हें जीवन और मृत्यु के रहस्य का वर्णन करना होगा!" उसने एक चालाक, बमुश्किल पता चलने वाली मुस्कान के साथ फुसफुसाया, जिसने गहरे ज्ञान और मानव के लिए अज्ञात गहराई के संकेत के अलावा कुछ भी नहीं बताया।

सोलोमन ने बढ़ती जिज्ञासा के साथ रहस्यमय वस्तुओं को देखा, चुनौती के वजन को महसूस करते हुए।

"शीशियाँ, चाबी और काला पत्थर... वे प्राचीन कीमिया प्रक्रियाओं, परिवर्तन और पूर्णता की खोज के बारे में फुसफुसाते हैं," उसने शुरू किया, उसकी आवाज - शांत, लेकिन आंतरिक शक्ति से भरी हुई थी। "एक शीशी में जीवन का सार होता है - धड़कता हुआ, मायावी, एक नवजात शिशु की पहली सांस की तरह। जबकि दूसरी में - मृत कार्बनिक पदार्थ के अवशेष, धूल में लौट आए हैं, लेकिन एक नई शुरुआत की क्षमता रखते हैं। एक 'ओजोन' से भरा है - अदृश्य तत्व जिसे हमारे पूर्वज दिव्य सांस से, अस्तित्व के चक्र की बहुत शुरुआत से जोड़ते थे: जन्म, विकास, बुढ़ापा और अपरिहार्य मृत्यु। दूसरे में 'ऑक्सिम' है - एक ठंडी, अदृश्य शक्ति जो हमारी हर उम्मीद को नष्ट और सीमित करती है, सीमाएं लगाती है। यह आत्मा और तर्क की नाजुक संरचना है, जहां जीवन और मृत्यु अपना शाश्वत नृत्य करते हैं, उप-परमाणु कणों की तरह। जब ये दो विरोधी शक्तियां मिलती हैं और एक दूसरे को पीछे धकेलना शुरू करती हैं, तो एक मायावी ऊर्जा का जन्म होता है, कोशिका के सूक्ष्म स्थान में गति और परिसंचरण पैदा होता है। यह आदिम ऊर्जा, अगर इसमें महारत हासिल कर ली जाए, तो शायद शाश्वत यौवन की कुंजी रखती है... या अमरता के शाश्वत बोझ की।"

"चाबी अचानक जागरण का प्रतीक है, हर नए अवतार में जीवन का पहला धक्का। काला पत्थर मृत्यु का मौन अग्रदूत है, जो उन लोगों के पास आता है जो समय पर जागने में विफल रहते हैं, या विस्मरण जो पिछले जन्मों की यादों को निगल जाता है। और धागा... यह आत्मा को उसके पुनर्जन्मों से जोड़ता है - कर्म, अदृश्य श्रृंखला, जो जीवन और मृत्यु की अंतहीन चक्रीयता का कारण बनती है। हमारी अपनी चेतना की गहराई में, मायावी प्रकाश और सर्व-उपभोग करने वाले अँधेरे के बीच एक शाश्वत, निर्दयी लड़ाई लड़ी जाती है, रचनात्मक प्रेरणा और विनाशकारी शक्ति के बीच। एक शक्ति, एक वसंत सूरज की किरण की तरह, शुद्ध करती है और नवीनीकृत करती है, जबकि दूसरी, एक रात की छाया की तरह, सब कुछ निगलने और नष्ट करने की कोशिश करती है। जब ये दो आदिम शक्तियां मिलती हैं, तो वे एक रोमांचक गति, एक मायावी ऊर्जा उत्पन्न करती हैं जो जीवन की नाजुक लौ को खिलाती है। लेकिन सच्ची सद्भाव प्राप्त करने के लिए, अस्तित्व की जड़ता को दूर करना और अस्तित्व की अनंत, अक्सर डरावनी संभावनाओं के लिए खुद को खोलना आवश्यक है। इस आंतरिक परिवर्तन की कुंजी हमारी अपनी चेतना के भूलभुलैया में गहराई से छिपी हुई है, और काला पत्थर शायद उन भ्रमों का प्रतीक है जो हमें इसे खोजने से रोकते हैं - विस्मरण का पत्थर जो सच्चाई के दरवाजों को बंद कर देता है।"

"सही!" रानी ने स्पष्ट संतुष्टि के साथ कहा, और उसकी आँखों में एक अजीब, शाश्वत आग चमक गई, जो समय और अंतरिक्ष से परे देख रही थी। "मेरा दूसरा उपहार एक सिक्का है। इसमें क्या रहस्य छिपा है?" उसने उसे एक भारी सोने का सिक्का दिया, जिसकी चमक भूली हुई कहानियों को फुसफुसाती लग रही थी, प्रकाश को इस तरह से दर्शाती थी जो आँख को आकर्षित करती थी और चिंतन को प्रेरित करती थी।

सोलोमन ने उसे अपनी उंगलियों के बीच धीरे-धीरे घुमाया, उसके ठंडे स्पर्श को महसूस किया, और तुरंत जवाब दिया: "'याद रखो, तुम नश्वर हो' - चाहे हम जीवन में किसी भी रास्ते पर चलें, केवल वर्तमान ही खून बहता हुआ वास्तविक है, एक धड़कन की तरह स्पर्शगम्य है। अतीत एक छाया है, भविष्य एक भूत है। छायाएं, जिनसे हम अपने अस्तित्व के भूलभुलैया में गुजरते हैं। केवल यह क्षण ही सच है, जिसमें हमारी सभी इंद्रियां जागृत होती हैं और अस्तित्व की पूर्णता की धड़कन को महसूस करती हैं। भविष्य कभी नहीं आता, क्योंकि पहुँचने के क्षण में यह पहले से ही वर्तमान है। सिर्फ अभी। सिर्फ यह सांस, यह एक, अनूठा क्षण।"

महिला ने तालियाँ बजाईं, और उसकी आवाज में उसकी सरलता और ज्ञान की गहराई पर सच्ची विस्मय थी।

"यह मेरा तीसरा उपहार है," उसने अपने कपड़ों की गहराई से एक बहुत पुरानी, चांदी की घड़ी निकाली और उसे दी। उसकी सुइयां पीछे की ओर बढ़ रही थीं। "मेलिना ने एक चांदी का पेंडेंट उठाया, जो एक पुरानी घड़ी जैसा लग रहा था, और उसे नथानियल की आँखों के सामने रखा। "समय पीछे की ओर कैसे बढ़ सकता है?" उसने एक शरारती मुस्कान के साथ पूछा, जिसने उसके विचारों का कुछ भी खुलासा नहीं किया, लेकिन मानव समझ से परे गहरे ज्ञान का संकेत दिया।

सोलोमन अपने हाथों में पकड़े हुए अनमोल खजाने से मोहित हो गया था - न केवल उसके केस पर जड़े हुए धुंधले चमकदार पत्थरों से, बल्कि इस तथ्य से भी कि किसी ने समय के अथक, निर्दयी मार्च को उलटने में कामयाबी हासिल की थी। उसका दिमाग, जो हमेशा स्पष्टीकरण के लिए प्यासा था, अब खाली था, पहली बार ऐसी दुर्गम बाधा का सामना कर रहा था।

"मुझे जवाब नहीं पता!" उसने स्वीकार किया, उसकी आवाज असामान्य रूप से शांत थी, लगभग टूटी हुई थी, क्योंकि वह अजीब तंत्र को घूर रहा था। "मुझे बताओ? कृपया।"

"मैं इसे तुम्हारे सामने प्रकट करूँगी, लेकिन केवल तभी जब तुम मुझसे प्यार करोगे और अपने जीवन में कभी भी अपनी आँखें मुझसे नहीं हटाओगे..." उसने फुसफुसाया, और उसकी आवाज एक दूर की, भूली हुई धुन की तरह लग रही थी, मनमोहक और खतरनाक। एक जलपरी की तरह, जो एक जहाज को पानी के नीचे की चट्टानों की ओर आकर्षित कर रही थी।

"असंभव! मैं मैं हूँ! मैं प्यार में नहीं पड़ता! मुझे अपनी स्वतंत्रता प्यारी है! मेरा निजी स्थान पवित्र है, मैं किसी को वहाँ जाने नहीं देता..." सोलोमन फट पड़ा, और उसके शब्दों में गर्व था, लेकिन भेद्यता, निगलने के एक छिपे, परेशान करने वाले डर भी थे।

फिर रानी जाने लगी, जैसे कि एक अदृश्य कोहरे में लिपटी हुई हो, जो उसे अपरिवर्तनीय रूप से दूर कर रहा था। लेकिन सोलोमन, बुद्धिमान व्यक्ति, पहली बार एक ऐसे सवाल का सामना कर रहा था जिसका उसके पास कोई जवाब नहीं था। इस अप्रत्याशित अज्ञानता ने उसे उत्तेजित किया, प्रेरित किया, चुनौती दी। उसने उसे किसी भी कीमत पर अपने पास रखने का फैसला किया, उस रहस्य को समझने के लिए जिसे वह ले जा रही थी, भले ही इसका मतलब अपने खुद के पूर्वाग्रहों का सामना करना था।

"मैं भी तुमसे एक पहेली पूछना चाहता हूँ, यह देखने के लिए कि तुम कितनी बुद्धिमान हो," उसने कहा, अपनी बढ़ती उत्तेजना और निराशा के मुश्किल से पता लगने वाले संकेत को छिपाने की कोशिश करते हुए। "आज रात महल में एक मेहमान के रूप में रुको। लेकिन तुम्हें कसम खानी होगी कि तुम मेरी अनुमति के बिना मुझसे कुछ भी नहीं लोगी, यह देखने के लिए कि तुम मुझे कैसे जान पाओगी?"

उसने रात के खाने के लिए प्रचुर मात्रा में, लेकिन अत्यधिक नमकीन व्यंजन परोसने का आदेश दिया, अपनी योजना की चालाकी को जानते हुए। रात में, रानी, असहनीय प्यास से पीड़ित होकर, एक बर्तन से पानी पी लिया जो उसके बिस्तर के बगल में खड़ा था। सोलोमन ने तुरंत उस पर अपना पानी पीने का आरोप लगाया, और दांव यह था कि वह उससे प्यार करे।

रानी ने हार मान ली, लेकिन उसकी आँखों में साधारण प्यार नहीं था, बल्कि कुछ बहुत गहरा और अधिक रहस्यमयी था - समर्पण और अमर ज्ञान का मिश्रण... और वह सोलोमन से प्यार करने लगी, लेकिन...

मेलिना रुक गई। कमरे में चुप्पी लगभग बहरी हो गई, जो अनकही बातों के वजन से भरी हुई थी। नथानियल ने महसूस किया कि वह पूरी तरह से डूबा हुआ, बंदी बना हुआ था। उसका दिमाग, जो हमेशा इतना आलोचनात्मक था, अब रक्षाहीन था, जो कुछ भी वह प्रकट करने वाली थी, उसके लिए खुला था।

"और फिर क्या हुआ?" उसने फुसफुसाया, उसकी आवाज एक गहरी नींद से जागने वाले की तरह कर्कश थी, अधीरता से भरी हुई, लगभग दर्द। "क्या वह वास्तव में उससे प्यार करती थी?"

"फिर, वह उसकी आत्मा की गहराई में खोदना बंद नहीं कर पाई, कुछ ऐसा खोज रही थी जो उसे खुद भी नहीं पता था कि उसके पास था," मेलिना ने जवाब दिया, उसकी नज़र उससे खिड़की की ओर हट गई, जैसे कि वह समय से परे, अनंत काल के स्थान में देख रही हो। "क्या तुम जानते हो कि मोती, ये छोटे, परिपूर्ण खजाने, इस दुनिया में कैसे आते हैं?"

"हम्म, मुझे यकीन नहीं है। वे हमेशा मुझे गहराई से उभरने वाले एक चमत्कार की तरह लगे हैं। मुझे बताओ। कृपया।"

अध्याय 33: वसंत की छाया

परिवर्तन और दर्द का चमत्कार मेलिना मुस्कुराई,

और उसकी मुस्कान गर्मजोशी और समझ से भरी हुई थी, लेकिन सदियों पुराने दुःख की छाया भी थी, जो बहुत पहले भूली हुई दुनिया से आती हुई लगती थी।

"कल्पना करो एक सीप, जो अपनी पानी की दुनिया में बंद है - अनंतता के खिलाफ एक नाजुक किला। रेत का एक कण, एक विदेशी शरीर, उसके नरम दिल में घुस जाता है। एक जलन। एक चोट। दर्द। और फिर... चमत्कार शुरू होता है।"

"ओह, यह सीप के लिए असहज होना चाहिए।" नथानियल ने भौं चढ़ा ली, दर्द की कल्पना करते हुए, अपने कंधों को सिकोड़ते हुए, जैसे कि उसे अपनी त्वचा के नीचे एक चुभन महसूस हो रही हो।

"बिल्कुल। उसके खोल का अंदरूनी हिस्सा बहुत कोमल, संवेदनशील होता है। यदि सीप इस अनचाहे मेहमान से, इस दर्दनाक उपस्थिति से छुटकारा पाने में विफल रहता है, तो वह एक अद्भुत, लगभग जादुई तरीके से कार्य करना शुरू कर देता है। उसका आकाश दुख के एक ही स्थान में सिकुड़ जाता है, लेकिन यह वहीं से है कि परिवर्तन शुरू होता है।"

"वह क्या करती है?" उसकी अधीरता बढ़ गई, उसकी आँखें उसकी होठों पर टिकी हुई थीं, एक समाधान की तलाश में।

"वह विशेष, ईथरिक पदार्थ - आँसू और धैर्य की परतें - बनाना शुरू कर देती है। धीरे-धीरे, परत के बाद परत, वह उस रेत के कण को लपेट लेती है, जैसे कि उसे 'ठीक कर रही हो', जलन को सुंदरता में बदल रही हो, एक पूर्णता में जो दुनिया को छू सके और उसे बदल सके। दर्द एक खजाने को जन्म देता है।"

"सच में? वह उसे ढककर खुद को ठीक करती है?" नथानियल की आवाज में आश्चर्य था, जो एक बालसुलभ प्रशंसा के साथ मिला हुआ था, लेकिन एक अचानक, भेदी रोशनी के साथ भी।

"हाँ। धीरे-धीरे, यह विदेशी कण मदर-ऑफ़-पर्ल से ढक जाता है - वही पदार्थ जिससे उसके खोल का अंदरूनी हिस्सा बना होता है। और इस तरह, लगभग एक साल बाद... मोती का जन्म होता है। चमकदार, कोमल, लेकिन दुख से पैदा हुआ।"

"तो 'उपचार' की प्रक्रिया उसे अधिक मूल्यवान बनाती है? क्या यह हमें अधिक मूल्यवान बनाता है?" उसके शब्द एक नई, गहरी समझ से भरे हुए थे, जो उसके भीतर गूँज रहे थे, उसे नींव तक हिला रहे थे।

"बिल्कुल। और क्या तुम जानते हो कि क्या और भी प्रभावशाली है? हीरे के विपरीत, उदाहरण के लिए, प्राकृतिक, जंगली मोती को काटने या संसाधित करने की आवश्यकता नहीं होती है। उसकी दुर्लभ, मिलावटी सुंदरता पूरी तरह से चोट से निपटने, खुद को भीतर से ठीक करने, दर्द को पूर्णता में बदलने की सीप की अविश्वसनीय क्षमता का फल है। यह शुद्ध है क्योंकि यह अपने स्वयं के दुख की आग से गुजरा है।"

"यह बहुत काव्यात्मक... और... दर्दनाक रूप से सच है," नथानियल ने बुदबुदाया, यह महसूस करते हुए कि उसके शब्द उसके भीतर कुछ गहरा छू रहे थे, भूली हुई सच्चाइयों को जगा रहे थे, पुराने, अनहेल्ड घावों को।

"है ना?" मेलिना आगे झुकी, उसकी नज़र उसकी नज़र से मिली, जो प्राचीन ज्ञान और करुणा से भरी हुई थी, और जैसे कि वह केवल उसे ही नहीं, बल्कि अस्तित्व के धागों में उलझे हुए सभी पिछले अवतारों को भी देख रही थी। "सोचो... हमारे भीतर किसी विदेशी की उपस्थिति, कुछ ऐसा जिसे हमने अपने प्रतिरोध के बावजूद स्वीकार किया है, दुनिया का सबसे अद्भुत 'मोती' पैदा कर सकता है। सबसे बड़े दिल। और सबसे गहरे घावों से पैदा हुई सबसे शुद्ध आत्माएं। मुझे आशा है कि तुम इस ज्ञान को हमेशा याद रखोगे, क्योंकि यह सच्चे परिवर्तन की कुंजी है।"

सोलोमन, बुद्धिमान राजा, जो प्यार में विश्वास नहीं करता था... उसने उसके प्यार में विश्वास नहीं किया और उसे अधूरा छोड़ दिया। बिखरा हुआ। गलत समझा गया। अपूर्ण। उसने अपने भावहीन तर्क से निर्णय लिया, न कि अपनी कंपकंपी वाली आत्मा से... लेकिन मेरी कहानियों में, मेरे सपनों में, उसने यह मानना जारी रखा कि सुबह हमेशा भावनाओं से अधिक सुगंधित होगी, अगर दो आत्माएं ओस में नंगे पांव नृत्य करती हैं... क्योंकि कुछ भी, कभी भी वास्तव में समाप्त नहीं होता है। प्यार की ऊर्जा खो नहीं जाती है। यह सिर्फ अपना रूप बदलती है, पानी की तरह, जो बारिश के रूप में लौटने के लिए वाष्पित हो जाता है। और अगर एक भारी रात के बाद अपनी आँखें खोलने पर, हमारे तर्क में "क्या होगा अगर..." से शुरू होने वाले विचार आपस में गुंथ जाते हैं - "क्या होगा अगर आज कंपन कल से अधिक मजबूत है? क्या यह मेरी इंद्रियों, मेरे दिल की भावनाओं को भर देगा? या यह सिर्फ एक अंतहीन, दर्दनाक खालीपन रहेगा?" - एक सवाल जो गलत समझे गए प्यार की खालीपन में गूँजता है, एक बहुत पहले टूटे हुए टॉवर की घंटी की तरह, जिसकी आवाज अभी भी हवा का पीछा करती है।

--- ✶ ⸮ ✶ ---

फ्लैशबैक: उपहार और भविष्यवाणी

नथानियल ने एक तेज, लगभग दर्दनाक चुभन महसूस की। सोलोमन और प्यार में विश्वास करने की उसकी अक्षमता के बारे में मेलिना के शब्दों ने उसके सार में एक दर्दनाक तार को छुआ, उसे हिला दिया। उसने अपनी आँखें बंद कर लीं, और उसके सामने अतीत की एक तस्वीर सामने आ गई, जो जीवित और स्पष्ट थी, जैसे कि वह

उसे फिर से जी रहा हो, यादों की बाढ़ से निगल लिया गया हो। उसने उसे देखा। सिर्फ एक स्मृति नहीं - उसने उसे महसूस किया, उसकी ऊर्जा ने उसे एक गर्म लहर की तरह घेर लिया।

उसे जानने के बाद उसका पहला जन्मदिन। ज़्यूरिख़ में ट्रेन स्टेशन। बारिश खिड़की पर ड्रम बजा रही थी, और ट्रेनें भूतों की तरह सीटी बजा रही थीं, जो समय से गुजर रही थीं, रहस्य ले जा रही थीं। वह उसके सामने खड़ी थी, मुस्कुराती हुई, उसके हाथों में - एक छोटा, भारी पैकेज, जो पीले कागज में लिपटा हुआ था, जो सदियों को छिपाता हुआ लगता था।

"जन्मदिन मुबारक हो, नथानियल," उसने फुसफुसाया, और उसकी आवाज किसी और दुनिया के संगीत की तरह थी, जो तब से उसका पीछा कर रही थी, जो उसके भाग्य के धागों में बुनी हुई थी।

अंदर एक प्राचीन घड़ी थी। केवल पुरानी नहीं, बल्कि किसी और दुनिया से, जंग लगी सुइयों के साथ जो आगे बढ़ने से इनकार करती थीं। समय उसमें मर गया लगता था, लेकिन किसी तरह सांस लेना जारी रखा।

"समय हमेशा रैखिक रूप से नहीं बहता, है ना?" उसने कहा, और उसकी आँखें एक विडंबनापूर्ण ज्ञान के साथ चमक रही थीं, जिसे वह तब नहीं समझता था। तब। अब यह भेद रहा था, एक तेज ब्लेड की तरह उसकी हर कोशिका को काट रहा था।

अगले साल, उसी दिन, लेकिन गलील सागर के किनारे पर। सूरज उसके चेहरे पर थप्पड़ मार रहा था, उसे अपनी गर्मी से सहला रहा था, लेकिन उसके भीतर एक ठंडा पूर्वज्ञान बढ़ रहा था। मेलिना ने उसे दो-चेहरों वाला एक सिक्का दिया। एक चिकना और दर्पण जैसा, जो दुनिया को दर्शाता है। दूसरा खुरदुरा, अस्पष्ट प्रतीकों के साथ खुदा हुआ, एक छिपी हुई भाषा की तरह, जिसे केवल महसूस किया जा सकता था, पढ़ा नहीं जा सकता था। स्वयं भाग्य की भाषा।

"याद रखो, तुम नश्वर हो," उसने कहा, उसकी आवाज प्राचीनता की एक फुसफुसाहट की तरह थी जो उसके सपनों में उसका पीछा कर रही थी। "लेकिन नश्वरता सिक्के का केवल एक चेहरा है। नथानियल, तुम दूसरे पर क्या देखते हो? मुझे बताओ।"

नथानियल घूर रहा था। कुछ नहीं। केवल अराजक रेखाएं। तब। अब। उसने उन्हें अपनी उंगलियों के नीचे धड़कते हुए महसूस किया, उसका उपहास करते हुए, उसे अनकहे रहस्य फुसफुसाते हुए। ये रेखाएं रक्त वाहिकाओं की तरह थीं, जिन पर उसका अपना, पूर्व-निर्धारित भाग्य बहता था।

उसके साथ उसका तीसरा जन्मदिन। इस्तांबुल में एक धूल भरी पुरानी किताबों की दुकान में, जो पुरानी किताबों और भूली हुई कहानियों की सुगंध से भरी हुई थी, जो अलमारियों से सांस ले रही थीं। उसने उसे एक छोटा लकड़ी का बक्सा दिया, जिसमें अजीब संकेत खुदे हुए थे, जैसे कि एक बहुत पहले विलुप्त सभ्यता द्वारा लिखे गए हों। अंदर दो छोटी शीशियाँ थीं - एक साफ, सुनहरे तरल के साथ, जो जीवन का

वादा कर रही थी, दूसरी - खाली, काली, एक अंत के प्रतीक की तरह, जो हमेशा घात लगाए रहता था। उनके बगल में - गलील सागर से एक ठंडा, काला पत्थर, जैसे कि वह अभी भी प्राचीन जल और अनगिनत भाग्य की स्मृति को लिए हुए था। एक पत्थर, जो केवल एक अभिशाप की तरह नहीं, बल्कि समय के पूरे वजन की तरह भारी था। और एक जंग लगी चाबी, एक चर्मपत्र स्क्रॉल में लिपटी हुई थी, जिसमें अस्पष्ट संकेत लिखे हुए थे, जो पढ़े जाने, भूली हुई सच्चाइयों के दरवाजों को खोलने के लिए इंतजार कर रहे थे।

"जीवन और मृत्यु, ज्ञान और विस्मरण," उसने फुसफुसाया, उसकी आवाज अनंत काल की एक गूँज थी। "चाबी यह समझने में है कि कौन सा क्या है। और अपनी तरफ चुनने में।"

नथानियल ने अपनी आँखें खोलीं। ये उपहार। ये कहानियाँ। सब कुछ एक में आपस में गुंथा हुआ था, एक प्राचीन भाग्य के धागों की तरह, जो उसे अपने जाल में उलझा रहे थे। उसने इसके बारे में वर्षों पहले बात की थी। जीवन और मृत्यु के बारे में। समय के बारे में जो पीछे और आगे बढ़ता था। छिपे हुए ज्ञान के बारे में जो उसका पीछा कर रहा था। वह उन्हें कभी नहीं समझ पाया था। अब तक। अब सब कुछ समझ में आने लगा था, दर्दनाक और रोशन करने वाला, एक बिजली की हड़ताल की तरह, उनके बीच गहरे, अदृश्य संबंध और उन रहस्यों को प्रकट कर रहा था जो वे साझा करते थे। यह संबंध, जिसे वह लगातार नकार रहा था, अब उसे एक भविष्यवाणी की तरह घेर रहा था, जो उसकी आँखों के सामने पूरी हो रही थी, अपरिवर्तनीय और भाग्यशाली। हर दर्द, हर भय, हर गलतफहमी जिसे उसने छिपाने की कोशिश की थी, अब एक बोझ नहीं था, बल्कि एक क्षमता थी - मोती, जिसे उनके साझा इतिहास से भी जन्म लेना था।

यह उसका क्षण था, उसकी पसंद। स्वीकार करना या अस्वीकार करना।

अध्याय 34: बाज़ की किंवदंती और नियति के धागे

बास्टेट और राजा सोलोमन की कहानी सिर्फ एक कहानी नहीं थी। यह समय की आदिमता से एक फुसफुसाहट थी, जो एक नियति की गूँज के साथ धड़क रही थी, शाश्वत और अपरिहार्य।

उस रात, जो सभी मानवीय रहस्यों से अधिक गहरी थी, जब सितारे मखमली अँधेरे में ओब्सीडियन आँसुओं की तरह लटके हुए थे, बास्टेट केवल जादू के साथ नहीं, बल्कि प्यार के बहुत सार के साथ विलीन हो गई। उसने न केवल सोलोमन के ज्ञान से प्यार किया, बल्कि उस प्राचीन, आदिम लौ से भी प्यार किया, जो कभी मैग्मा की तरह फूटती थी, और कभी राख के नीचे एक अंगारे की तरह उसकी आँखों में सुलगती थी। उसका हर विरोधाभासी सार उसे एक अनियंत्रित, लगभग दर्दनाक शक्ति के साथ

आकर्षित करता था। वह उसके भावहीन, तर्क से बुने हुए तर्क को जगाने, उसे ज्ञात के आत्म-विस्मरण से बाहर निकालने, उसे मुक्त करने की प्यास से जल रही थी।

बास्टेट, अलौकिक संवेदनशीलता से संपन्न, उसकी आत्मा की भाषा को एक खुली किताब की तरह पढ़ती थी। वह जानती थी कि कब उसकी नज़र में आग भड़कती है, जो बर्फ को पिघलाने में सक्षम है, और कब अविश्वास की राख में बुझ जाती है। उसने हर विचार, हर छिपी हुई भावना को महसूस किया। उसने उसकी आत्मा को जान लिया। उसकी लालसाएँ उसकी लालसाएँ थीं, उसके डर उसके डर थे। उसने उस अदृश्य तार को छुआ, जो अतीत और भविष्य के बीच फैला हुआ था, जिस पर वह सबसे परिपूर्ण धुन बजा सकती थी - दो ब्रह्मांडों के मिलन का एक भजन। उसने केवल रहस्यों को ही नहीं, बल्कि अस्तित्व के बहुत सार को भी संरक्षित किया। उसके मंत्रों की फुसफुसाहट में, जो ब्रह्मांड जितना ही प्राचीन थे, अमरता का सुलझा हुआ रहस्य छिपा था - शरीर के लिए, जो पदार्थ के अधीन था, और आत्मा के लिए, जो उससे परे रहती थी।

राजा सोलोमन बुद्धिमान था। उसने केवल दुनिया के नियमों को नहीं जाना, बल्कि उन पर महारत हासिल की। उसने दृश्यमान, मूर्त, भौतिक को नियंत्रित किया। उसने सत्ता और अकेलेपन के कोहरे में लिपटे गहरे रहस्य अपने भीतर रखे थे। ये दो शक्तियाँ - उसका रहस्यमय जादू, जो ब्रह्मांड से पैदा हुआ था, और उसका सांसारिक ज्ञान, जो मानव में गढ़ा गया था - एक साथ विलीन होने की कोशिश कर रही थीं। एक ही ब्रह्मांड के दो विपरीत पक्षों को जानने के लिए। लेकिन उनमें से हर एक को एक अस्पष्ट, धड़कता हुआ डर महसूस हुआ। जैसे कि उनकी अपनी सीमाओं को पार करने से एक अज्ञात खतरा, उनके बहुत सार के लिए एक अस्तित्वगत खतरा छिपा था। भगवान, या शायद मानव प्रकृति के बहुत पुरातन, ने उनमें अपनी पूर्ण विपरीतता में, अज्ञात में, अपूर्ण मिलन में पूरी तरह से घुलने की अनिच्छा बुनी थी।

अंत में उसने महसूस किया कि उसकी पूर्ण भक्ति के लिए लड़ाई व्यर्थ थी, जैसे नंगे हाथों से ज्वार को रोकने की कोशिश करना। एक अदृश्य बोझ, पत्थर से अधिक मजबूत, उसके दिल पर दबाव डाल रहा था। यह उसे धीरे-धीरे कुचल रहा था। उसने अपनी आँखों में हताशा को देखा, दो आत्माओं के पूर्ण मिलन में उसके अविश्वास के कारण, उस कैथार्सिस में जो केवल प्यार के सामने पूर्ण आत्मसमर्पण के साथ हो सकता है। उसके भीतर कुछ समय के भार के नीचे, अनगिनत निर्णयों और समझौतों की धूल के नीचे फीका पड़ गया था। और इससे उसे किसी भी चीज़ से अधिक दर्द हुआ, इसने उसे भीतर से खा लिया। वह एक खाई के किनारे पर खड़ी थी, अपने प्यार को छोड़ने के लिए तैयार थी, सभी संकेतों के बावजूद, अपनी अलौकिक संवेदनशीलता की फुसफुसाहट के बावजूद, जो उसे सुझाव दे रही थी कि केवल उसका अटूट विश्वास ही उन्हें पूर्णता तक ले जा सकता है... लेकिन विश्वास बहने लगा था, एक पीड़ा में बदल रहा था, जो किसी भी शारीरिक दर्द से अधिक दर्दनाक थी।

--- ✶ ६ ✶ ---

बास्टेट का गुप्त

अनुष्ठान एक चाँद रहित रात में, जब महल चुप्पी के घूंघट के नीचे सो रहा था, इतना घना कि तुम इसे छू सकते थे, बास्टेट उसके कमरे से खिसक गई। वह चल नहीं रही थी, बल्कि एक छाया की तरह सरक रही थी, सो रही दुनिया की लय के साथ साँस ले रही थी। उसने अँधेरे जंगल के रास्ते पर चलना शुरू किया, जिसकी जड़ें जमीन पर नसों की तरह मुड़ी हुई थीं। उसके पैर उसे उसके गुप्त अभयारण्य तक ले गए - एक झील, जिसका पानी एक छोटे झरने से एक शांत गर्जना के साथ गिर रहा था। उसके पीछे, चट्टान में एक खुले घाव की तरह, एक गुफा छिपी हुई थी, जो खुद समय से भी अधिक पुरानी थी। रात घनी अँधेरी थी। यहाँ तक कि रात के पक्षी भी चुप थे।

गुफा की गहराई में, जहाँ सदियों से चट्टानों के क्रिस्टलीय जाली में एन्क्रिप्टेड भूला हुआ ज्ञान संग्रहीत था, जादूगरनी ज्ञान के एक अंतहीन भूलभुलैया में खो गई। उसका दिल एक प्राचीन, आदिम लय में धड़क रहा था, जो उन रुन्स के साथ तालमेल बिठा रहा था जो चर्मपत्रों के पन्नों से भूतों की तरह, धड़कते हुए दर्शन के रूप में उभर रहे थे। गुफा खुद उसके जादू के साथ तालमेल में सांस ले रही थी। वह उसका हिस्सा बन गई।

एक पल में, गर्म पत्थरों पर रखे गए मिट्टी के बर्तन में पानी एक अजीब, अलौकिक प्रकाश के साथ चमकने लगा। यह एक सम्मोहक भंवर में घूमने लगा। हर भँवर वाली बूंद में उसने न केवल अपने प्रिय की छवि देखी, बल्कि उसकी पूरी नियति, उसके सभी संदेह और डर, भविष्य के घूंघट में लिपटे हुए, आँसुओं से बुने हुए धुएँ की तरह। उसने एक मंत्र बोला, जिसकी आवाज गुफा की फुसफुसाहट के साथ मिल गई, और पानी एक कंपनशील ऊर्जा से भर गया। हवा एक सीसे के पर्दे की तरह भारी हो गई, जो प्राचीन जड़ी-बूटियों की कड़वी सुगंध और ओजोन की तीखी गंध से भरी थी।

उसने लकड़ी की शेल्फ से एक प्राचीन रेत घड़ी ली, जिसमें अज्ञात प्रतीक जड़े हुए थे, और इसे उबलते हुए कड़ाही पर लटका दिया, जो भूतों जैसी भाप का उत्सर्जन कर रहा था। जिस क्षण उसने इसे पलटाया, निचली पिरामिड में रेत ऊपर की ओर उठी और वहाँ रुक गई। उसने केवल समय के पाठ्यक्रम को नहीं पलटाया, बल्कि इसे रोक दिया। उसने इसकी गतिशीलता को जमा दिया, एक रहस्य को प्रकट करते हुए जिसे वह जानने के लिए तरस रहा था - कि समय एक भ्रम है, जिसे इच्छा से हेरफेर किया जा सकता है। फिर उसने दो अंजीर के पत्ते लिए, जो सुबह की ओस की तरह ताजे थे, और उन्हें अपने सभी मोहक जड़ी-बूटियों के एक चुटकी से भर दिया, जिन्हें चाँदनी में इकट्ठा किया गया था।

वह एक जादूगरनी थी, जिसे केवल प्राचीन ज्ञान से ही नहीं, बल्कि उसकी सेलुलर स्मृति में एन्क्रिप्टेड जैव रासायनिक ज्ञान से भी संपन्न किया गया था। वह जानती थी कि एक पल में उसके थके हुए दिल में प्यार में एक अटूट विश्वास कैसे जगाना है। वह जानती थी कि उसकी हिचकिचाहट को निकटता की प्यास में कैसे बदलना है। वह जानती थी कि मायावी समय को एक मूर्त भावना में, एक नाड़ी में, एक सांस में कैसे

बदलना है... और उसके शरीर को अमरता के अमृत के साथ कैसे छूना है, जिसे सदियों से संरक्षित किया गया था। वह यह सब उसके लिए चाहती थी, केवल इसलिए कि वे एक साथ अपने अस्तित्व के परमानंद और सार तक पहुँच सकें, दो आत्माओं का पूर्ण मिलन, जो अब दो नहीं थीं। ताकि वह अपने भीतर प्यार की तलाश करना न छोड़े। वह कुछ भी करने को तैयार थी, यहाँ तक कि उसे अपनी ही जिंदगी की साँस देने के लिए भी, अगर यह उसे तर्क के शीतनिद्रा से जगा देगा।

सूरज धीरे-धीरे अँधेरे को भेदना शुरू कर दिया। उसकी पहली, सुनहरी किरणें झील की पानी की सतह पर नाचने लगीं, जिससे यह भोर का दर्पण बन गया। भोर की ईथरिक रंगों में लिपटी हुई और सुबह की ओस से ठंडे नंगे पैरों के साथ, वह उसके जागने से पहले महल में लौट आई। सुबह एक अदृश्य प्रेरणा से भरी हुई थी, एक नई शुरुआत के वादे के साथ... और एक अंतहीन, सर्व-उपभोग करने वाले प्यार की मुश्किल से पता चलने वाली सुगंध के साथ।

वह धीरे-धीरे उसके कमरे में घुस गई। वह अभी भी सो रहा था, एक गहरी, अब जादुई नींद में खोया हुआ था। वह चुपचाप उसके बगल में रजाई के नीचे खिसक गई, अपनी पतली सफेद नाइटगाउन के साथ, जो सुबह की रोशनी में लगभग पारदर्शी थी। वह उसकी बाहों में दुबक गई, उसकी त्वचा की गर्मी को महसूस किया, उसके चेहरे पर अपनी सांस दी और वह एक और गहरी, जादुई नींद में डूब गया। धीमी, कोमल हरकतों के साथ, उसने उसके शरीर को एक जादुई अमृत में भिगोए हुए एक सेक से गुजारा, जिसके अणु उसकी त्वचा के छिद्रों से घुस रहे थे। अपनी नरम उंगलियों के साथ, उसने उसकी त्वचा पर एक मोहक जड़ी बूटी छिड़की। फिर उसने ज्ञान और उर्वरता का प्रतीक, अंजीर का पत्ता उसके दिल पर रखा और एक एसेन किंवदंती को फुसफुसाया, जिसके शब्द एक अज्ञात शक्ति के साथ कंपन कर रहे थे, हजारों साल पुराने ज्ञान को सीधे उसके अवचेतन में स्थानांतरित कर रहे थे:

"क्योंकि वह, एक बाज की तरह, अपने पुराने 'स्व' को उखाड़ फेंकना था, ज्ञात की जंजीरों को तोड़ना था, ताकि एक नए, उच्च सार में फिर से जन्म ले सके।"

---✶ ✶---

आत्मा और पदार्थ का पुनर्जन्म

"बाज, आसमान का शासक, आत्मा और पराभौतिकता का प्रतीक, सभी पक्षियों में सबसे लंबे समय तक रहता है। उसकी लंबी उम्र सिर्फ एक जैविक तथ्य नहीं है, बल्कि एक आध्यात्मिक शुद्धिकरण इच्छा का परिणाम है। लेकिन इस enviable उम्र तक पहुंचने के लिए, उसे एक महत्वपूर्ण निर्णय लेना होगा - उसके अस्तित्व के लिए एक अस्तित्वगत विकल्प। जब वह चालीस साल का हो जाता है, तो उसके तेज पंजे, जो कभी बिजली की गति से शिकार को पकड़ने में सक्षम थे, अब कुंद और बेकार हो गए हैं। उसकी लंबी और मजबूत चोंच मुड़ जाती है, बेकार हो जाती है। और उसके पुराने और भारी पंख, जो मोटे, घिसे हुए पंखों से लदे हुए हैं, अब पहले की तरह फैल नहीं सकते हैं, जिससे उसकी उड़ान एक दर्दनाक, लगभग असंभव प्रयास बन जाती

है। बाज एक क्रूर विकल्प का सामना करता है: मृत्यु और रूप के विघटन को स्वीकार करना, या एक दर्दनाक, लगभग कीमियाई परिवर्तन से गुजरना, जो एक सौ पचास दिनों तक चलेगा - विनाश और सृजन का एक चक्र।"

"उसे पहाड़ की सबसे ऊँची चोटी तक उड़ना होगा, जहाँ हवा पतली है, और चुप्पी पूर्ण है, और वहाँ एक घोंसला बनाना होगा, कठोर चट्टानों के बीच अकेलेपन की तलाश करनी होगी। फिर, आत्म-ज्ञान और आत्म-हिंसा के एक कार्य में, बाज अपनी चोंच को कठोर चट्टान पर मारना शुरू कर देता है, जब तक कि यह बिखर कर धूल में न बदल जाए, जो पुराने प्रतिमानों के विनाश का प्रतीक है। जब एक नई, मजबूत चोंच उगती है, जो एक रेजर की तरह तेज होती है, तो वह इसका उपयोग अपने पुराने, घिसे हुए पंजे को एक-एक करके उखाड़ने के लिए करता है, हर उखाड़ना - अतीत की अस्वीकृति का एक कार्य है। जब नए, तेज पंजे उगते हैं, तो उसे अपने भारी, पुराने पंखों को भी तोड़ना होगा, जो समय और गुरुत्वाकर्षण के बोझ से मुक्त हो जाते हैं।"

"दर्द, शुद्धिकरण और जैव रासायनिक पुनर्जनन के पाँच लंबे महीनों के बाद, बाज अपने पुनर्जन्म के बाद अपनी पहली उड़ान भरता है - केवल एक उड़ान नहीं, बल्कि एक पुनर्जीवित आत्मा का नृत्य, जो उड़ान और स्वतंत्रता से भरे कई और दशकों के जीवन का सामना करने के लिए नवीनीकृत और तैयार है।"

---✶ ६ ✶ ---

जल्द ही

सोलोमन जाग गया। वह सिर्फ जागा नहीं, बल्कि एक अस्पष्ट, लेकिन गहराई से निहित विचार के साथ चेतना में वापस आया। वह उसके बगल में लेटी थी और उसे एक कोमल, भेदी नज़र से देख रही थी, जो शरीर से परे, उसके अस्तित्व की बहुत उप-परमाणु संरचना तक देखती थी। उसने उसकी आँखों की गहराई में देखा, जो पूरे ब्रह्मांड को दर्शाती थीं, और उनमें न केवल अपनी छवि देखी, बल्कि रहस्यों का एक अंतहीन ब्रह्मांड भी देखा। उसने अपना हाथ उसके चेहरे की ओर बढ़ाया और स्पर्श ने उसे चौंका दिया - उसकी त्वचा हवा के एक झोंके की तरह हल्की थी, लगभग अमूर्त। उसकी बाहों में उसने उसकी नरम त्वचा को महसूस किया, जो उसकी अपनी त्वचा से कसकर चिपकी हुई थी। एक पल के लिए उसे लगा कि वह उसे देख सकता है, उसके माध्यम से एक और आयाम में देख सकता है।

उसने अपने सामने दर्पण में देखा और एक पल के लिए अपनी छवि को नहीं पहचाना। उसकी छवि सिर्फ एक इंसान की नहीं थी, बल्कि सपनों में गढ़ी गई एक शक्ति की थी, एक नया पुरातन, जो राख से पुनर्जीवित हुआ था। उसकी आँखें, अब गहरी, बिजली की तरह चमक रही थीं, और उसका चेहरा जीवन और अप्रत्याशित शक्ति के अज्ञात रंगों और बारीकियों में चमक रहा था। वह, एक सुंदर बिल्ली की तरह, उसके चारों ओर लिपट गई, उसके हर कंपन को महसूस कर रही थी, और दर्पण में उसके चेहरे पर लिखे आश्चर्य को देखा। उसने भी उसकी हरी, भेदी नज़र को घूर कर देखा, जो सदियों के सारे ज्ञान को समाहित करती थी। वह एक जादूगरनी थी

और वह जानता था, लेकिन उसकी आत्मा उसके सार से भर गई थी, जैसे कि वह पहले से ही उसके भीतर गहराई से रहती थी। उसने पहली बार सच्चे प्यार की उड़ान को महसूस किया था, न केवल एक भावना, बल्कि एक ब्रह्मांडीय शक्ति।

तब उसने उसे रेत की घड़ी दिखाई, जिसकी रेत अभी भी पीछे की ओर बह रही थी, भौतिकी के नियमों का उल्लंघन कर रही थी, और उसे समय को नियंत्रित करने का रहस्य बताया। सोलोमन आज भी दुनिया का सबसे बुद्धिमान व्यक्ति बना रहा, लेकिन उसके ज्ञान पर अब अनंत काल का निशान था। बास्टेट अपनी गुप्त गुफा में लौट आई, जहाँ उसने अपनी जादुई शक्तियों का विकास जारी रखा, अस्तित्व के प्राचीन रहस्यों, ब्रह्मांडीय एल्गोरिदम की रक्षा की।

---✶ ʢ ✶ ---

नियति के धागे: मेलिना की

भविष्यवाणी मेलिना, एक साल बाद, नथानियल को बता रही थी, एक ऐसी आवाज के साथ जो दूसरी दुनिया की गूँज को लिए हुए थी:

"मैंने गुप्त कीमियाई यौगिक को जान लिया, जो मेरे सपने में फुसफुसाया गया था। मैंने इसे सिर्फ डिकोड नहीं किया, बल्कि इसे अनुभव किया, इसे सामूहिक अवचेतन से, ब्रह्मांड के पुरातन मैट्रिक्स से निकाला। न केवल इसलिए कि मैं अवचेतन रूप से जानती थी कि उन धूल भरी किताबों में कहाँ देखना है, जिनमें प्राचीन वैज्ञानिक ग्रंथ छिपे थे, बल्कि इसलिए कि कुछ और, अदृश्य और सर्वशक्तिमान, ने मुझे रास्ता फुसफुसाया था। लेकिन अब मैं जानती हूँ कि इसे कैसे तैयार करना है। मैं तब तक प्रयोग करना जारी रखूँगी जब तक मैं इसके सभी गुणों को नहीं समझ लेती, जब तक मैं इसके हर रहस्य को नहीं सुलझा लेती। सपने मुझे इतने लंबे समय तक परेशान करते रहे, तुम्हारे लिए रास्ता इतने सारे सवालों से भरा था, मैं जवाब तलाश रही थी कि मैं वास्तव में क्या तलाश कर रही हूँ। तुम मेरे शब्दों पर विश्वास नहीं कर सकते, और मैं तुम्हें समझाने की कोशिश नहीं कर रही हूँ, लेकिन तुम्हें मुझ पर विश्वास करना होगा, असंभव के लिए खुद को खोलना होगा, ताकि मैं इस जीवन में तुम्हारी अभिभावक दूत बन सकूँ। तुम अपनी दुनिया में व्यवसाय, प्रभाव और शक्ति में रहना जारी रख सकते हो, लेकिन यदि तुम हमारी बैठक के पूर्व-निर्धारित होने पर विश्वास नहीं करते हो, घटनाओं की समकालिकता में विश्वास नहीं करते हो, तो मैं तुम्हें यह अनमोल उपहार नहीं दे पाऊँगी - स्वास्थ्य, खुशी और सच्चा, ब्रह्मांडीय प्यार... और उनके बिना, क्या बाकी सब का कोई मतलब है? मैं तुम्हारी आत्मा के हर कंपन, हर सुगंध को महसूस करती हूँ... तुम्हारे ऊर्जा क्षेत्र के हर कंपन को।"

"जो दुनिया मैं तुम्हें वर्णित कर सकती हूँ, वह तुम्हारी सभी अपेक्षाओं से अलग होगी। यह एक apocalyptic तस्वीर से अधिक मिलती जुलती है, जिसकी कल्पना करना हमारे वर्तमान समझ के दृष्टिकोण से मुश्किल है, क्योंकि मानव चेतना सीमित है। मैंने कई बार अपने लिए समझदार और व्यावहारिक विकल्पों की उपेक्षा की और केवल अपने अंतर्ज्ञान की आवाज का पालन किया... जिस दिशा और जिस तरह से

यह मुझे ले जा रहा था, उसका विरोध किए बिना, इस रहस्यमय रास्ते के अंत तक पहुँचने के लिए... जो चेतना के विकास का रास्ता है।"

---✶ ६ ✶ ---

बास्टेट का बलिदान

"मैं उन लोगों की इच्छाओं और जरूरतों से परे देखने के लिए नियति हूँ जिन्हें मैं प्यार करती हूँ, और एक विकल्प बनाने के लिए, केवल एक विकल्प नहीं, बल्कि एक अस्तित्वगत बलिदान।"

बास्टेट अपनी गुफा में दुबक गई थी - एक अभयारण्य जहाँ उसे अकेलापन मिला, लेकिन अकेलापन नहीं, क्योंकि वह हर जीवित चीज से जुड़ी हुई थी। उसकी अलौकिक धारणाएं उसे समय और स्थान के अंतहीन आयामों के माध्यम से ले जाती थीं, जिन्हें वह अपनी इच्छा के अधीन करती थी। और समय? उसने इसकी मायावी ऊर्जा को संघनित या फैलाने की प्राचीन शक्ति को नियंत्रित किया - एक ज्ञान जिसे सोलोमन सहज रूप से महारत हासिल करना चाहता था। इसने उसे जीवन और... प्यार की देवी बना दिया, क्योंकि इस दुनिया में मौजूद हर चीज की तरह, प्यार एक आदिम ऊर्जा है, सबसे शक्तिशाली और सबसे लुभावनी शक्तियों से संपन्न, एक सार्वभौमिक स्थिरांक जो सब कुछ चलाता है।

हालांकि, उस रात उसकी गुफा बेचैनी, चिंता और तनाव से धड़क रही थी, जो आने वाले महान, अदम्य बलिदान का प्रतिबिंब था। बाहर, पूर्णिमा, जो रात के आकाश में एक चांदी की आँख की तरह उग गई थी, एक ही समय में उसकी सभी रहस्यमय शक्तियों को रोशन कर रही थी और निगल रही थी। झील के ऊपर फैला चाँदनी का रास्ता एक प्रकाश पुल के रूप में कार्य करता था, एक नाली और एक ब्रह्मांडीय पोर्टल जिसके माध्यम से अदृश्य ऊर्जा बहती थी।

उसकी शक्तियाँ ब्रह्मांड की रहस्यमय गहराई से, मानव तर्क के लिए दुर्गम स्थानों से खुल गई थीं। ईथरिक बिजली उसके बालों से गुजर रही थी। एन्क्रिप्टेड प्राचीन प्रतीक उसकी ग्रे-बैंगनी आभा में प्रकट और गायब हो रहे थे। केंद्रित ऊर्जा का एक गोला उसकी हथेलियों में कांप रहा था, लाल-सुनहरे रंगों में चमक रहा था। और बाहर एक जंगली, उन्मत्त रूप से उग्र हवा बह रही थी, जो पेड़ों के मुकुटों को एक अराजक, भयानक नृत्य में खींच रही थी। यह दिसंबर का महीना था। आधी रात, एक ऐसा समय जब दुनिया के बीच की सीमाएं पतली हो जाती हैं।

झील की सतह एक आग के कुएं की तरह उबल रही थी, जो भँवरों में उबल रही थी। उसकी हरी आँखें अंदर की ओर थीं, जो आंतरिक ब्रह्मांड को निगल रही थीं। उसके कान सांसारिक ध्वनियों के लिए बहरे हो गए थे, जो अल्ट्रासाउंड कंपन के लिए ट्यून किए गए थे। उसके होंठ बेजान फुसफुसाहट कर रहे थे। उसकी त्वचा रेंग रही थी, जो उसके सार के गहरे, आंतरिक कंपन को अवशोषित कर रही थी। वह भौतिक दुनिया से अलग हो गई थी और सच्चाई के विशाल पारलौकिक चक्कर में चली गई थी, अपने आध्यात्मिक भंवरों को दिव्य मूल के भंवर के साथ जोड़ रही थी। नम मिट्टी

पर घुटने टेककर, उसके पैर सुन्न हो गए थे, जैसे कि वे जमीन में जड़ें जमा रहे हों। उसकी रीढ़ दर्दनाक रूप से झुक गई थी, जो अलौकिक तत्वों के अदम्य भार के नीचे मुड़ी हुई थी। उसकी बाहें, पक्षी की हड्डियों की तरह नाजुक, रहस्यमय मिलन के अत्यधिक, थकाऊ आनंद से कमजोर हो गईं।

बास्टेट उस पवित्र रात में क्या कर रही थी? उसने अपने अमर चक्र को एक निरंतर देने में, ब्रह्मांडीय परोपकारिता के एक कार्य में क्यों बदल दिया था? वह भविष्य के धागों को जानती थी और देखती थी, जो संभावनाओं से बनी एक जटिल टेपेस्ट्री में आपस में गुंथे हुए थे। उसकी शक्तियाँ उसकी प्यारी आत्मा की गहराई में छिपी हुई थीं। उसके सपनों ने उसे निर्विवाद दर्शन से परेशान किया, जिसे उसे बदलना था, फिर से व्यवस्थित करना था, कारण-और-प्रभाव संबंधों को फिर से लिखना था, ताकि मानवता का इतिहास संभव हो सके, उसे सही रास्ते पर, प्रकाश के रास्ते पर निर्देशित किया जा सके।

वह जानती थी कि वह जिसके लिए अपने पूरे अस्तित्व के साथ तरस रही थी, उसे पाने के लिए, उसे खुद से कुछ उतना ही महत्वपूर्ण देना होगा, जो अपने सार में बराबर हो, ब्रह्मांड में ऊर्जा विनिमय को संतुलित करने के लिए। ब्रह्मांड में संतुलन एक अटूट नियम है। एक tithe, एक उपहार, या एक प्रतिज्ञा पर्याप्त नहीं है - एक बराबर बलिदान, एक व्यक्तिगत बलिदान, एक पूर्ण परिवर्तन आवश्यक है। उसे समय के अथक पाठ्यक्रम को रोकना था, घड़ी में रेत के कणों को कालातीतता में स्थिर करने के लिए मजबूर करना था, एक अस्थायी विसंगति बनाना था। खुद अंतरिक्ष को मोड़ना, उसकी आदतों को तोड़ना, अस्तित्व की जड़ता को बाधित करना। उसकी अमानवीय अलौकिक शक्तियों को डिकोड किया जाना था, प्यार के नाम पर उपयोग किया जाना था... सोलोमन के लिए, जो अपनी नरम रजाई में गहरी नींद में सो रहा था, उसकी आत्मा के लिए लड़ी जा रही लड़ाई के बारे में भी संदेह नहीं था। अपने ज्ञान और अपने अंधे विश्वास से नशे में, कि उसने इस दुनिया के बारे में सब कुछ जान लिया था... सांसारिक - शायद, हाँ! उसने इसके सभी निर्विवाद तथ्यों और तार्किक नियमितताओं को स्वीकार किया, लेकिन दूसरे, रहस्यमय, शाश्वत... जहाँ वह फिर से बास्टेट की अतृप्त ऊर्जा के साथ एक गुंथी हुई सद्भाव में नृत्य करेगा, दो आत्माएं एक ब्रह्मांडीय सिम्फनी द्वारा एकजुट होंगी, के रहस्यों के लिए अंधा रहा।

लेकिन वह जानती थी। वह हर रात अपने भविष्यसूचक सपनों में देखती थी, सिर्फ सपने नहीं, बल्कि भविष्य की समय-सीमाओं के लिए खिड़कियाँ। और यह ज्ञान एक अदम्य दर्द, उसके दिल पर एक बोझ बन गया, जो ब्रह्मांड के पूरे पदार्थ से भारी था। और क्योंकि वह कर सकती थी, अन्य सभी मनुष्यों के विपरीत, मार्ग और नियति को बदल सकती थी, भविष्य को फिर से लिख सकती थी... उसने ऐसा किया। उसके होंठों ने उच्च शक्तियों के लिए एक बेजान प्रतिज्ञा बुदबुदाई। वह इसे एक सौदा कहती, लेकिन वह जानती थी कि भगवान के साथ कोई सौदा नहीं किया जाता... उसे दया की भीख माँगनी थी, आशा का बीज बोना था और खुद को बलिदान करना था, अपने लंबे

जीवन में प्राप्त सभी अनमोल उपहारों के लिए धन्यवाद देना था। उनमें से सबसे कीमती का बलिदान करना - उसका सांसारिक, शारीरिक, शारीरिक जीवन। उसकी जादुई शक्तियाँ और व्यापक ज्ञान बराबर नहीं थे, क्योंकि उन्हें उसे एक निश्चित उद्देश्य के साथ उधार दिया गया था - उपयोग करने के लिए। उसका विश्वास और प्यार असली, जोड़ने वाला चांदी का धागा था, जिसे अगर वह बलिदान करती, तो वह अपनी आत्मा को नष्ट कर देती। इसलिए उसने अपने वर्तमान जीवन, इस सांसारिक, शारीरिक, शारीरिक जीवन का बलिदान किया, इसे ऊर्जा में बदल दिया। केवल उसके होंठों ने पूर्ण, चमकीले चाँद के लिए एक दिव्य फुसफुसाहट बुदबुदाई, जो ध्यान से सुन रहा था, उसके ब्रह्मांडीय बलिदान का गवाह था...

यह अजीब है कि उसकी उंगलियों द्वारा ज्ञान की प्राचीन पुस्तक में लिखी गई हर चीज न केवल सच हो गई, बल्कि अदृश्य ब्रह्मांडीय कानूनों का पालन करते हुए, साकार भी हो गई... उसके सपनों का वर्णन, वर्षों पहले वे एक वास्तविकता बन गए, दो आत्माओं के बीच एक भाग्यपूर्ण बैठक के प्यार और सार का अनुभव, जिन्हें उन अदृश्य धागों का भी संदेह नहीं था जो उन्हें जोड़ रहे थे।

"क्या मेरा प्यार भी वैसा ही है? वही शापित बलिदान?" नथानियल ने फुसफुसाया, उसकी आवाज लगभग अनसुनी थी, जो एक विनाशकारी अंतर्दृष्टि से भरी हुई थी।

"'क्या तुम मुझे अपने जीवन के सात साल बेच दोगे?' रात गूँज उठी, एक सवाल के रूप में नहीं, बल्कि एक प्राचीन, अपरिवर्तनीय अनुबंध के रूप में। हर शब्द - एक पत्थर जो मुझमें उतर रहा था, मुझे अंदर से फाड़ रहा था। तब मैं नहीं जानता था कि elemental दुनिया का विनिमय सिक्का प्यार था... शुद्ध, अथक ऊर्जा। और इस प्यार ने मेरी रातों को एक रेगिस्तान के माध्यम से एक बोझिल रास्ते में बदल दिया... केवल एक नए 'स्व' के लिए एक रास्ता नहीं, बल्कि मेरे सच्चे, शाश्वत, लेकिन अकेलेपन से चिह्नित सार के लिए एक रास्ता। "

अध्याय 35: प्राचीन प्रतिज्ञा

सात महीने की चुप्पी के बाद - सात महीने जिसमें नथानियल की दुनिया कीबोर्ड की अंतहीन क्लिकिंग और जली हुई कॉफी की कड़वी सांस तक सिकुड़ गई थी - फोन बुज़ किया। 06:15 बजे। स्क्रीन उसके चेहरे पर एक मंद, लेकिन अपरिवर्तनीय प्रकाश के साथ फट गई। मेलिना। उसकी उंगलियां, अभी भी नींद में, जड़ता से फिसल गईं, लगभग एक चुंबक की तरह।

मेलिना (06:15 बजे): "नथानियल, क्या तुम जाग रहे हो? मुझे इतनी जल्दी लिखने के लिए क्षमा करें, लेकिन... आज रात सपना एक दूर की गूँज की तरह नहीं आया, नैट। यह एक गरज की तरह मुझ पर टूट पड़ा, मेरे पूरे ब्रह्मांड को पलट दिया। मैंने

सिर्फ इसका सपना नहीं देखा - मैं इसे जी रही थी। मेरी हर कोशिका इस ठंडी, लेकिन वास्तविक सच्चाई को सांस ले रही थी, चख रही थी, निगल रही थी।"

एक अस्पष्ट, बर्फीली सिहरन उसकी रीढ़ से होकर गुजरी, जैसे कि एक अदृश्य हाथ ने उसे छुआ था, एक ठंडा निशान छोड़ रहा था।

मेलिना (06:18 बजे): "मैंने उस प्राचीन, आदिम कॉल के हर नस को महसूस किया। यह एक फुसफुसाहट नहीं थी, बल्कि एक नीरस, अथक ड्रमबीट थी जो मेरी हड्डियों में धड़क रही थी, जो हजारों साल पहले से आ रही थी। यह उन महिलाओं की पीढ़ियों से होकर गुजरती थी जो केवल एक रहस्य को ही नहीं, बल्कि अस्तित्व के बहुत दिल को, उस नाड़ी को जो ब्रह्मांड को बनाए रखती है, को संरक्षित करती थीं। मेरे पूर्वजों का ज्ञान केवल मेरी नसों में नहीं बहता है; यह मेरा खून है, जो मेरे हर कदम, मेरे दिल की हर धड़कन, हर एक निर्णय को निर्देशित करता है। मैं, हेलेना, एक बर्तन हूँ, जिसके माध्यम से समय बहता है, शाश्वत... हेलेना! क्या तुम समझते हो? यह अविश्वसनीय है!"

नथानियल तेजी से खड़ा हो गया। उसका दिल उसकी छाती में एक उन्मत्त जानवर की तरह धड़क रहा था। 06:22 बजे - समय स्क्रीन पर चमक रहा था, जैसे कि वह उसे न्याय कर रहा था, एक परेशान करने वाली चमक के साथ उसकी चेतना पर हमला कर रहा था।

नथानियल (06:22 बजे): "मेलिना! बेशक मैं जाग रहा हूँ! लेकिन... वाह। तुम... किनारे पर लग रही हो। वास्तव में क्या हो रहा है? तुम एक सपने के बारे में बात कर रही हो, लेकिन एक भूकंप के बारे में भी, एक हेलेना के बारे में? यह क्या है? यह पागलपन लगता है, ईमानदारी से! लगभग हिस्टीरिकल!"

मेलिना (06:34 बजे): "दर्शन मेरे सामने सामने आया। अँधेरा घना हो गया, फिर फट गया, व्हाइट ब्रदरहुड को एक दूर की तस्वीर के रूप में नहीं, बल्कि एक जीवित, साँस लेने वाले कपड़े के रूप में प्रकट कर रहा था, जिसमें मैं बुनी हुई थी। मैं, हेलेना, सिर्फ देख नहीं रही थी; मैं वहाँ थी, अविभाज्य और हमेशा के लिए जुड़ी हुई थी। उनकी शुरुआत समय के कोहरे में खो गई थी, लेकिन वे मांस और प्रकाश थे, केवल इब्राहीम को मूसा, भविष्यवक्ताओं और एसेन्स के साथ नहीं जोड़ रहे थे, बल्कि आध्यात्मिकता के अदृश्य धागों को ईसाई धर्म के बहुत दिल तक, उसके आदिम सार तक बुन रहे थे। और इस पुरुष, स्तरित टेपेस्ट्री में, नथानियल, मैंने एक छिपा हुआ, महिला धागा महसूस किया - शाश्वत और शक्तिशाली, एक प्राचीन पेड़ की जड़ों की तरह, जिसे किसी ने पहले कभी नहीं देखा था, लेकिन जिसकी उपस्थिति मूर्त थी, सब कुछ से अधिक मजबूत थी। दुनिया के रहस्य सिर्फ फुसफुसाए नहीं जाते हैं; वे अनगिनत महिला आवाजों से बुने जाते हैं, जो दिल से दिल तक, माँ से बेटी तक, एक अनकही, पवित्र प्रतिज्ञा के रूप में प्रसारित होते हैं, जिसे सदियों से संरक्षित किया गया है, भूला नहीं गया है।"

नथानियल (06:36 बजे): "एसेन्स? महिला धागे? यह एक और साजिश सिद्धांत की तरह लगता है, मेलिना, वास्तव में! क्या तुम निश्चित हो कि तुमने सोने से पहले बहुत सारी किताबें नहीं पढ़ी हैं? तुम जानती हो कि तुम हमेशा ऐसी रही हो, तुम हमेशा ऐसी कहानियों के प्रति आकर्षित रही हो? तुम कभी-कभी बस बहुत दूर चली जाती हो!"

मेलिना (06:40 बजे): "नथानियल, कृपया... यह सिर्फ एक सिद्धांत नहीं है। एसेन्स - वे सिर्फ एक समुदाय नहीं हैं, बल्कि ईसा मसीह से दो शताब्दी पहले फिलिस्तीन में शुद्धता के लिए एक गहरी, लगभग दर्दनाक लालसा का अवतार हैं। उन्हें आत्मा के चिकित्सक कहा जाता है, लेकिन जब मैंने अपने सपने में उनके स्क्रॉल को देखा, तो मैंने देखा: वे एक विशाल पेड़ की जड़ें हैं, जिसकी शाखाएं भूले हुए समय में बहुत पीछे तक फैली हुई हैं, उन स्रोतों तक पहुंच रही हैं जिन्हें कोई याद नहीं करता है, लेकिन जो महत्वपूर्ण हैं। Pythagoreans के साथ उनकी समानताएं - पुनर्जन्म, संख्याओं की शक्ति, भगवान की एकता - सिर्फ समानताएं नहीं हैं, बल्कि एक सामान्य स्रोत की गूँज हैं, एक खोया हुआ मार्ग जो पूर्व और पश्चिम को एक सच्चाई में जोड़ता है। और जैसे ही मेरी उंगलियां काल्पनिक चर्मपत्रों पर चलीं, मैंने शब्दों को नहीं, बल्कि ज्ञान की धुन को सुना, जो चुपचाप, लगभग बेजान रूप से, महिला होंठों से एक प्राचीन भजन की तरह प्रसारित हो रही थी। खुद स्क्रॉल ने रहस्यों को फुसफुसाया, जिसे केवल एक महिला दिल ही पढ़ सकता था, चाबियां, पुरुष आँख और उनके तर्क के लिए अदृश्य, अस्तित्व की सबसे गहरी परतों में छिपी हुई थी।"

नथानियल (06:43 बजे): "ठीक है, ठीक है। मैं स्वीकार करता हूँ कि यह दिलचस्प है। लेकिन इसका तुमसे क्या लेना-देना है? और हेलेना से? और ये सपने तुम्हें अभी क्यों आ रहे हैं, तुम्हारे जीवन के इस भ्रमित क्षण में? क्या संबंध है?"

मेलिना (06:50 बजे): "मैंने उनकी बस्तियों को देखा। Judea के दुर्गम रेगिस्तानों में ज्ञान के ये किले साधारण आश्रय से अधिक थे - वे आत्मा और शरीर के लिए परीक्षण थे, जो तुम्हारे भीतर सब कुछ पलट देते थे। उम्मीदवारों को सख्त शारीरिक और आध्यात्मिक परीक्षणों के माध्यम से शुद्धता साबित करनी थी, जैसे कि वे सीसे के द्वारों की एक श्रृंखला से गुजर रहे थे, जिन्हें पूर्ण आत्म-समर्पण की आवश्यकता थी। ब्रदरहुड में स्वीकृति एक दूसरे जन्म की तरह थी, शुद्धिकरण का एक अनुष्ठान, एक गुप्त आध्यात्मिक मार्ग की शुरुआत। लेकिन मैं, हेलेना, जानती थी कि इस ज्ञान का एक और मार्ग भी था - एक सहज, महिला मार्ग, जिसे ऐसे सख्त अनुष्ठानों और यातनाओं की आवश्यकता नहीं थी। एक रास्ता, जो परीक्षणों के साथ नहीं, बल्कि असीमित करुणा और अटूट अंतर्ज्ञान के साथ बिछाया गया था, जो तुम्हें सबसे गहरे अँधेरे में भी त्रुटिहीन रूप से निर्देशित करता था। यह हमारा गुप्त मार्ग है, जो पुरुष तर्क के लिए बिल्कुल अदृश्य है, लेकिन किसी भी लिखित dogma से गहरा है, खुद चट्टानों से गहरा है, समय से गहरा है।"

मेलिना (06:58 बजे): "ब्रदरहुड में जीवन नियमों की एक सख्त सिम्फनी थी, नथानियल। हर कार्रवाई - एक प्रतीक, हर चुप्पी - ज्ञान, हर सांस - एक अनुष्ठान। डेड

सी स्क्रॉल में एन्क्रिप्टेड ज्ञान जीवित, साँस लेने वाला, धड़कने वाला था। लेकिन हमारा ज्ञान, महिलाओं का ज्ञान, नियमों और अनुष्ठानों से परे जाता है, जो दिव्य के बहुत सार तक पहुंचता है, उसके आदिम स्रोत तक, जहाँ सब कुछ है। गुप्त ज्ञान एक दोधारी तलवार है, और शिष्यों का चयन - चेतना के अगले स्तर को अनलॉक करने वाली एक कुंजी की तलाश है। लेकिन हम, महिलाएं, दूसरी कुंजी रखते हैं - बिना शर्त प्यार की, करुणा की, जो सच्चाई के द्वार को एक अलग, गहरे तरीके से खोलती है, परीक्षणों की आवश्यकता के बिना, यातना और दर्द से गुजरने की आवश्यकता के बिना।"

नथानियल (07:03 बजे): "तो, महिलाएं पुरुषों से अधिक विशेष थीं, क्या ऐसा है? यह एक प्राचीन शिक्षा के लिए थोड़ा... नारीवादी लगता है, क्या तुम नहीं सोचते? मुझे लगता है कि तुम कभी-कभी बहुत दूर चली जाती हो, मेलिना! यह एक फिल्म की तरह लगता है, वास्तविकता की तरह नहीं!"

मेलिना (07:14 बजे): "यह अधिक विशेष होने का सवाल नहीं है, नथानियल, बल्कि अलग होने का, एक दूसरे के पूरक होने का, अविभाज्य रूप से जुड़े होने का है। एसेन्स के अनुसार, ज्ञान का मार्ग प्रतीकों का एक भूलभुलैया है, जिसे तुम्हें इससे बाहर निकलने के लिए पढ़ना होगा। दीक्षा का संस्कार - एक परिवर्तनकारी अनुभव जो एक व्यक्ति को हमेशा के लिए बदल देता है। मैं, हेलेना, महसूस करती हूँ कि मैं एक गहरी, जीवित श्रृंखला का हिस्सा हूँ, जो केवल महिला रेखा के माध्यम से प्रसारित की गई है, जो सदियों से एक अदृश्य धागे की तरह है। एक श्रृंखला, जो विश्वास, मातृ प्रेम और मुझसे पहले सभी रखवालों के खून से बुनी गई है, जो मेरी हर कोशिका में धड़कती है, मुझे एक अलौकिक शक्ति देती है। मैं गुप्त महिला ऑर्डर ऑफ द गार्जियन ऑफ द ग्रेल का मांस हूँ, जिसका मिशन दिल से दिल तक, एक नाड़ी की तरह प्रसारित होता है, जो कभी नहीं रुकता, एक शाश्वत आग की तरह, आत्मा के लिए ईंधन।"

मेलिना (07:23 बजे): "एसेन्स और Pythagoreans की शिक्षाओं के सबसे रहस्यमय पहलुओं में से एक भगवान के नाम को दिया गया महत्व था - सृजन की समझ की कुंजी, बहुत अवधारणा, पूरे ब्रह्मांड की। किंवदंतियों ने भयावह परिणामों के बारे में फुसफुसाया, अगर उसका नाम गलत तरीके से उच्चारण किया गया, तो सब कुछ धूल में बिखर जाएगा। लेकिन हम, महिलाएं, हमारे दिलों में दिव्य की एक सहज समझ रखते हैं, जो शब्दों और अनुष्ठानों से परे है, जिसे तुम सिर्फ जानते हो, बिना बताए। हम सिर्फ उसकी उपस्थिति को महसूस नहीं करते हैं; हम उसकी उपस्थिति हैं, नथानियल, एक माँ की तरह जो अपने बच्चे की जरूरतों को महसूस करती है, बिना बोले हुए ध्वनियों की आवश्यकता के, केवल एक अदृश्य, ब्रह्मांडीय संबंध से।"

नथानियल (07:35 बजे): "ठीक है, यह... काफी आध्यात्मिक है, मेलिना, मैं स्वीकार करता हूँ। और जीसस इस पूरे महिला इतिहास में कैसे फिट होते हैं? यह अब

बहुत दूर जा रहा है, यह बहुत रहस्यमय है, मैं इसे समझ नहीं सकता! मेरा दिमाग इसे स्वीकार करने से इनकार करता है!"

मेलिना (07:38 बजे): "जब जीसस इतिहास के क्षितिज पर प्रकट हुए, तो एसेन्स ने उन्हें पहचान लिया। उन्होंने उनके समुदायों में शरण पाई, उनके बीच स्वीकार किए गए, समर्थन प्राप्त किया। लेकिन मैं, हेलेना, अपने सपने में, मैंने देखा कि उनके चारों ओर की महिलाओं ने उनके मिशन, उनके बहुत अस्तित्व और उद्देश्य से संबंधित और भी गहरे, चौंकाने वाले रहस्यों को संरक्षित किया। वे उनका समर्थन, उनकी सांत्वना थीं, लेकिन एक बड़ी, अनकही आशा की लौ की रखवाले भी थीं, जिसे पुरुष दुनिया बस सहन नहीं कर सकती थी, न ही इसकी पूरी गहराई में समझ सकती थी, क्योंकि यह उनके तर्क से परे था, उनकी समझ से परे था।"

मेलिना (07:43 बजे): "प्रारंभिक ईसाई धर्म के साथ साझा मूल्यों के बावजूद, गहरे मतभेद थे। ईसाई धर्म दिव्य की एक नई समझ लाया, जो एक ज्वार की लहर की तरह, बिना किसी अपवाद के, बिल्कुल सभी के लिए खुला था। Esseneism एक दार्शनिक आंदोलन के रूप में अधिक रहा, जो चुने हुए, एक संकीर्ण घेरे के लिए था। लेकिन हम, महिलाएं, हमारे दिलों में उस कुंजी को रखते हैं जो करुणा और बिना शर्त प्यार के द्वार को खोलती है, जिसकी कोई सीमा नहीं है, जो एक शाश्वत झरने की तरह बहती है। हम दिव्य को केवल एक कानून के रूप में नहीं देखते हैं, बल्कि एक धड़कती, प्रेमपूर्ण उपस्थिति के रूप में देखते हैं, जो हमारी हर कोशिका में, हर हरे ब्लेड घास में, हर सांस में, हर जीवित प्राणी में सांस लेती है।"

मेलिना (07:47 बजे): "ईसाई धर्म सिर्फ एक धर्म नहीं है - यह एक जीवित धागा है जो समय के कपड़े को भेदता है, अतीत, वर्तमान और भविष्य को एक में जोड़ता है। जीसस क्राइस्ट केवल श्रृंखला को पूरा नहीं करते हैं, बल्कि एक नई, सर्व-उपभोग करने वाली शक्ति के साथ दुनिया को विस्फोट करते हैं - बिना शर्त प्यार, जो अनदेखी आध्यात्मिक ऊंचाइयों की कुंजी है। लेकिन अपने सपने में मैं कुछ और देखती हूँ: यह प्यार सिर्फ बहता नहीं है; यह कुछ खास महिलाओं के दिलों के माध्यम से धड़कता है - जीवित पात्र, जो न केवल उसके सार को धारण करते हैं, बल्कि कुछ छिपा हुआ, सक्रिय भी, जो उन्हें अद्वितीय, लगभग पवित्र बनाता है। वे निष्क्रिय प्राप्तकर्ता नहीं हैं, बल्कि सतर्क रखवाले हैं, इस दुनिया के शाश्वत प्रहरी, इस ब्रह्मांडीय रहस्य के। मैं, हेलेना, इस रहस्य का हिस्सा हूँ, इसकी एक सक्रिय वाहक, इसका साँस लेने वाला ग्रेल। यह मिशन मेरे दिल में नहीं धड़कता है; यह मेरा दिल है, जिसे पूरा होने की प्रतीक्षा है, पूरी तरह से प्रकट होने की, एक वास्तविकता बनने की। क्या अब तुम समझते हो, नथानियल? यह सिर्फ एक सपना नहीं है, यह वही वास्तविकता है जो मेरे सामने प्रकट हो रही है, मेरी नियति!"

नथानियल (07:52 बजे): "मेलिना... तुम मुझे डरा रही हो। गंभीरता से! यह बहुत... एक सुबह के लिए बहुत ज्यादा है, एक सपने के लिए। क्या तुम वास्तव में यह सब

मानती हो? और इसका तुम्हारे और हमारे लिए क्या मतलब है? क्या यह... सच है? कृपया, मुझे बताओ कि मैं गलत हूँ!"

मेलिना (07:59 बजे): "सपना बदल गया। अगले दृश्य में मैं एक छोटी लड़की थी - हेलेना, जिसकी नियति उसके मसीहा की नियति के साथ अविभाज्य रूप से जुड़ी हुई थी। मैंने उसके आखिरी शब्दों को सुना, सच्चाई की एक फुसफुसाहट, जो भीड़ के बहरे क्रोध से अधिक मजबूत थी, हजारों ड्रमों से, पूरी दुनिया से अधिक मजबूत थी। मेरे बगल में, दूसरों के लिए अदृश्य, महिला रखवालों की छायाएं खड़ी थीं, जो मुझे शब्दों से नहीं, बल्कि उनके विश्वास की शुद्ध ऊर्जा के साथ समर्थन दे रही थीं, जिसने मुझे एक गर्म, लेकिन मजबूत लबादा, एक अभेद्य ढाल की तरह लपेट लिया था। मैंने उनकी उपस्थिति को एक गर्म हवा की तरह महसूस किया, जिसने मुझे सांत्वना नहीं दी, बल्कि मुझमें शक्ति, जीवन, नई ऊर्जा, एक नई सांस दी, जैसे कि मैं एक बर्तन थी, जो दिव्य अनुग्रह से भर रहा था, ओवरफ्लो हो रहा था!"

मेलिना (08:04 बजे): "और शुरुआत में शब्द था... लेकिन उससे पहले, सब कुछ से पहले, प्यार था। प्यार, जो सिर्फ धड़कता नहीं है, बल्कि हर महिला रखवाले की नसों के माध्यम से चलने वाली शक्ति है, उनके अस्तित्व का बहुत सार, उनका मिशन। यह हमारा सबसे बड़ा रहस्य है, हमारा सार, हमारी शाश्वत कुंजी, हमारी आत्माओं में गहराई से खुदी हुई है, जो हमसे अविभाज्य रूप से जुड़ी हुई है।"

मेलिना (08:13 बजे): "अपने बच्चे के, बिना शर्त प्यार की पूरी शुद्धता के साथ, मैं उसके शहीद मार्ग पर तेज पत्थरों पर नंगे पैर चली, एक पल के लिए भी उससे अपनी आँखें नहीं हटाई, मेरी आँखें उसकी पीड़ा पर टिकी हुई थीं। मैंने आने वाले पत्थरों के हमलों को महसूस किया, दर्द के रूप में नहीं, बल्कि एक प्राचीन कॉल के रूप में, जिसने मुझमें एक अप्रत्याशित, जंगली शक्ति को जगाया, एक अप्रत्याशित आग जो जलने लगी, सब कुछ पुराना जला रही थी! मैंने चीखें, अपमान, जल्लाद की चाबुक की सीटी सुनी, सिर्फ एक आवाज के रूप में नहीं, बल्कि मेरी आत्मा में ही एक कटाई के रूप में, एक दर्दनाक फाड़ जो मुझे नींव तक भेद रहा था। वह ठोकर खाया और क्रॉस के वजन के नीचे गिर गया। बिना हिचकिचाए, मैं उसके बगल में घुटने टेक दी। मैंने केवल भारी बोझ उठाने की कोशिश नहीं की, बल्कि अपनी खुद की शक्ति को लकड़ी में बुन दिया, खुद को उसकी एक जीवित शाखा, उसका एक हिस्सा, अविभाज्य, साँस लेने वाला बना दिया।"

मेलिना (08:17 बजे): "हे भगवान," मैंने आँसुओं के माध्यम से फुसफुसाया, मेरी आवाज - कांच की तरह नाजुक, लेकिन एक प्रतिज्ञा की कठोरता के साथ जो कभी नहीं तोड़ी जाएगी, "मुझे अपने दर्द का एक हिस्सा सहन करने दो। हर कण, यहाँ तक कि सबसे छोटा भी, मैं इसे महसूस करना चाहती हूँ! इसे मेरा हिस्सा बनने दो, मेरे सार के साथ विलीन हो जाओ!"

मेलिना (08:23 बजे): "उसने मुझे अनंत कोमलता के साथ देखा, उसकी आँखें - केवल ज्ञान के कुएं नहीं, बल्कि करुणा के अथाह ब्रह्मांड, जहाँ मैं हमेशा के लिए खो

सकती थी, हर दर्द, हर पीड़ा को निगल सकती थी। उसने मुश्किल से बुदबुदाया: - तुम्हारा प्यार मेरी ताकत है, बेटी। इसे अपने दिल में गहराई से रखो। यह ग्रेल है।"

मेलिना (08:27 बजे): "फिर, मेरे पिता द्वारा दिए गए लकड़ी के प्याले में, मैं उसके लिए जीवन देने वाला पानी लाई और इसे उसके घायल, कांपते होंठों के पास ले आई। उसके शब्द, जो पीड़ा से भरे थे, लेकिन असीम क्षमा से भी, पानी में एक आशीर्वाद की तरह मिल गए। उसने नहीं पिया। उसने सिर्फ अपने होठों को लकड़ी के पास लाया, और उसी पल उच्च ज्ञान का एक शक्तिशाली, विस्फोटक प्रवाह मुझमें बह गया, एक नदी की तरह, प्रकाश के एक झरने की तरह। यह शाश्वत भावनाओं का एक महासागर था, सच्ची क्षमा, आदमी को दी गई शक्ति के लिए भगवान के प्रति गहरी कृतज्ञता, और बिना शर्त प्यार, जिसने मुझे उसकी हर पीड़ा, उसकी हर पीड़ा, उसकी हर सांस, मेरे अस्तित्व की आखिरी कोशिका तक, मेरे खुद के डीएनए तक, को फिर से जीने के लिए प्रेरित किया।"

मेलिना (08:33 बजे): "मुक्ति का मार्ग Golgotha के खूनी क्रॉस तक जारी रहा। वहाँ, पूरी तरह से महसूस किए बिना, मैंने उस पानी को पिया, जो उसके ज्ञान से भरा हुआ था, ताकि मैं क्राइस्ट के खून की बहती बूंदों को भी इकट्ठा कर सकूँ - खुद शक्ति, शक्ति और शुद्ध दिव्य ऊर्जा, जो हवा में कंपन कर रही थी, मुझे एक जीवित आभा की तरह घेर रही थी। महसूस किए बिना, मैं केवल एक वाहक नहीं, बल्कि ग्रेल के रहस्य का एक जीवित रखवाला बन गई। यह लकड़ी के प्याले में छिपा नहीं था, बल्कि मेरे बहुत सार में हमेशा के लिए बह गया था, एक दूसरे दिल की तरह, जो मेरी छाती में धड़क रहा था, सब कुछ को जीवन और अर्थ दे रहा था, बहुत अस्तित्व को।"

मेलिना (08:45 बजे): "मेरे आँसू, जो लगातार crucified जीसस के पैरों में रखे प्याले में गिर रहे थे, समुद्र के नमक की तरह लंबे और कड़वे थे। अँधेरे और घुटन भरे अँधेरे में, मैंने उसमें खून और आँसू इकट्ठा किए, और उन्हें अपने दिल में गहराई से छिपा दिया, उन्हें एक अविनाशी ढाल में, प्रकाश के एक ताबूत में, अनंत काल के लिए एक गारंटी में, बहुत अस्तित्व के लिए, अमरता के लिए बदल दिया। जो शब्द मैंने पूर्णिमा के तहत रात में उच्चारण किए, वे एक अवचेतन मंत्र में बदल गए, एक प्राचीन, जीवित चमत्कार में, जो मेरी आँखों के सामने प्रकट हो रहा था। मैं एक Essene लड़की थी, लेकिन मेरे अवचेतन में गहरे छिपे ज्ञान थे - मैं एक जादूगरनी और एक पुजारी थी, दुनिया के रहस्यों की रखवाले, जो खुद देवियों से रक्त रेखा के माध्यम से मुझे प्रसारित किए गए थे। और इस पल में, मैंने महसूस किया कि सभी महिला रखवालों का ज्ञान, विश्वास और आशा मेरे प्यार के साथ मिल गया, मेरे दिल को सच्चा ग्रेल बना रहा था। यह अब एक वस्तु नहीं थी, बल्कि आत्मा की एक स्थिति थी, एक साँस लेने वाली चेतना, जो महिला से महिला तक प्रसारित होती थी, शाश्वत और अजेय, खुद जीवन की तरह, मेरी हर कोशिका में बुनी गई अंतहीन अनंत काल की तरह।"

नथानियल (11:01 बजे): "मेरे पास... मेरे पास शब्द नहीं हैं, मेलिना। बस... मुझे नहीं पता कि क्या कहना है। यह... वास्तव में आश्चर्यजनक है, मेलिना। अविश्वसनीय।

तुम अब क्या करोगी? और इसका तुम्हारे और हमारे लिए क्या मतलब है? क्या यह... सच है? कृपया, मुझे बताओ कि मैं गलत हूँ! मुझे बताओ कि यह सिर्फ एक सपना है!"

मेलिना (21:33 बजे): "फिर, उस सपने में, क्राइस्ट के प्रेरितों में से एक - पीटर - मेरे पास आया। वह क्यों? क्योंकि इस दुनिया में कुछ भी संयोग से नहीं होता है, तुम जानते हो, नथानियल। हर धागे, हर बैठक, हर दर्शन का अपना पूर्वनिर्धारित मार्ग, गहरा अर्थ और एक निश्चित मिशन होता है। उसने मुझे एक भेदी समझ के साथ देखा, जैसे कि वह केवल एक छोटी लड़की को ही नहीं, बल्कि उस सदियों पुराने रहस्य को भी देख रहा था जो मेरे दिल में धड़क रहा था, जिसने मुझे वह बना दिया जो मैं हूँ। उसकी आँखों में मैंने एक मौन स्वीकृति पढ़ी, एक साझा नियति का भार और जो आने वाला था, हमारे साझा भविष्य का एक अग्रदूत।"

मेलिना (22:03 बजे): "क्योंकि, नथानियल... मैं वह हूँ... मैं हेलेना हूँ। और मैं यहाँ अपनी प्रतिज्ञा को पूरा करने के लिए हूँ। अनंत काल के लिए मेरी कर्तव्य। क्या तुम अब समझते हो? यह मेरी नियति है! और मैं इसे पूरा करने के लिए कुछ भी नहीं रुकूँगी!"

अध्याय 36: सच्चाई के दो चेहरे

अब। यहाँ। अकेला। घड़ी 13:35:33 बजा रही थी।

हर झटका नथानियल की चेतना में गूँज रहा था, मेलिना के शब्दों की एक गूँज, जो स्टील पर एक हथौड़े की तरह उसके बचाव को तोड़ रही थी। पिछले दिनों ने उसे कुचल दिया था - उनका भार बेरहमी से उस पर दबाव डाल रहा था, उसकी सांस चुरा रहा था। नींद ने उसे गले लगा लिया, एक कोमल गले लगाने की तरह नहीं, बल्कि एक घने, चिपचिपे कोहरे की तरह, जो पुराने कागज और शरद ऋतु की बारिश के बाद नम मिट्टी की एक परिचित गंध ले जा रहा था।

भावनाओं के इस भंवर में, वह अचानक वहाँ पाया गया। वह सिर्फ सपना नहीं देख रहा था, बल्कि मांस और खून था - एक छोटा, छायादार bistro, जो बार्सिलोना के गोथिक क्वार्टर की गलियों के भूलभुलैया के बीच छिपा हुआ था। समुद्र से नमकीन और स्वतंत्रता से भरी एक ठंडी हवा रेंग रही थी। लेकिन हवा तले हुए मछली, नमकीन नमी और कुछ और - धूल भरी, सदियों पुरानी, जो एक अदृश्य, प्राचीन रखवाले की तरह लटकी हुई थी, की तेज गंध से भरी हुई थी।

उसके सामने, ठीक पाँच साल पहले की तरह, मेलिना बैठी थी। वह अधिक नाजुक लग रही थी, लगभग ईथरिक, जैसे कि प्रकाश उसके माध्यम से गुजर रहा था। वह ठंड से नहीं कांप रही थी, बल्कि एक आंतरिक विद्युत आवेग से, जो उसे नींव तक हिला रहा था। वह, अपने सपने में, एक बेदाग सूट पहने हुए था - दुनिया के खिलाफ उसका कवच, जिससे वह खुद को अलग करने की कोशिश कर रहा था। उसने उसे उस गहरी चिंता के साथ देखा, जो उसकी निकटता से मुश्किल से निहित

रोमांच के साथ मिला हुआ था, जिसने हमेशा उसे पूरी तरह से निगल लिया था। उन्होंने अभी-अभी एक हल्का दोपहर का भोजन समाप्त किया था, लेकिन उनमें से किसी ने भी मिठाई के लिए प्लेटों तक नहीं पहुँचाया था। उसने उसे देखा, उसकी हर हरकत, उसके चेहरे की हर बारीकी को पकड़ने की कोशिश कर रहा था, लेकिन वह अपनी दुनिया, अपने सपनों में डूबी हुई थी - वही, जो वर्षों बाद उसके बन रहे थे।

"नैट, मुझे पता है कि मैंने कल रात तुम्हें जो लिखा था, वह... पागलपन लगता है।"

मेलिना ने गहरी सांस ली। उसकी आवाज नीची थी, लगभग एक फुसफुसाहट थी, लेकिन एक असामान्य तीखेपन के साथ, जो उनके बीच की हवा में एक तनावपूर्ण तार की तरह कंपन कर रही थी।

"लेकिन मैं वही नहीं हूँ। मैं इसे अपने शरीर के हर नस में महसूस करती हूँ, जैसे कि मेरी त्वचा पारदर्शी हो गई है। मुझे तुम्हें सब कुछ बताना होगा। मैं वहाँ थी, नैट। सब कुछ वास्तविक था।"

नथानियल ने मेज पर उसका हाथ पकड़ने के लिए पहुँचा। उसकी त्वचा बर्फीली ठंडी थी, गर्म दिन के बावजूद, जिसने उसे एक सदमे की तरह चौंका दिया। एक छोटी सी पसीने की बूंद उसके मंदिर से नीचे बह रही थी। उसने उसे शांत करने की कोशिश की, उसे यहाँ और अब, परिचित वास्तविकता में वापस लाने की कोशिश की।

"मेलिना, कृपया... मुझे पता है कि तुम अभिभूत हो। एक दर्शन संगोष्ठी, फिर... यह सपना। यह सिर्फ एक मजबूत सपना हो सकता है। तुम तनावग्रस्त हो। कृपया, शांत हो जाओ।"

"नहीं, नैट।"

मेलिना ने धीरे-धीरे अपना सिर हिलाया, उसकी आँखें चौड़ी खुली थीं, लगभग झपका नहीं रही थीं, एक अदृश्य बिंदु पर टिकी हुई थीं। उसने उसके हाथ को छुआ, लेकिन स्पर्श को बनाए रखने के लिए नहीं, बल्कि जैसे कि वह इसे एक लंगर के रूप में इस्तेमाल कर रही थी, जबकि वह वहाँ, स्मृति की खाई में वापस जा रही थी।

"यह एक सपना नहीं था। यह... वास्तविक था। मेरा हर कण इसे जी रहा था। मैंने सब कुछ इतनी दृढ़ता से महसूस किया, जैसे कि मैं वहाँ थी, वही हवा में सांस ले रही थी, झील, नरकट और सूखे मिट्टी की गंध आ रही थी। मैं हेलेना थी। और मैं पीटर से मिली। द रॉक।"

नथानियल की भौहें थोड़ी उठीं, उसका उपहास घबराया हुआ था, लगभग डरा हुआ था।

"पीटर? पीटर कैसे? क्या यह सिर्फ कल एसेन्स के बारे में नहीं था? यह क्या है - एक बाइबिल का नाटक?"

"मैंने उसे देखा, नैट। उसका हर नस।

उसकी आवाज बदल गई, गहरी, कर्कश हो गई, जैसे कि वह लंबे समय से बोल रही थी, सदियों की चुप्पी से गुजर रही थी। उसकी नज़र कहीं दूर खो गई, cathedrale

की silhouette की ओर, जो एक गर्मी के haze में लिपटी हुई थी, जैसे कि वह उसकी दीवारों से परे देख रही थी।

"एक साधारण मछुआरा, खुरदुरे हाथों के साथ, एक माथा जो गलील के सूरज से झुलस गया था। वह जालों को घूर रहा था, लेकिन उसकी आँखों में कुछ जल रहा था। मैंने पानी की छींटों को सुना, लगभग इसे अपनी त्वचा पर महसूस किया। और फिर मैंने कॉल सुनी: 'मेरे पीछे आओ, और मैं तुम्हें पुरुषों का मछुआरा बनाऊँगा।' उसने सब कुछ छोड़ दिया। वह बारह में से एक बन गया। मुझे गिरफ्तारी से पहले उस रात शिक्षक के शब्द याद आए... नियति से गढ़े गए शब्द।"

मेलिना ने अपने पानी के गिलास के लिए पहुँचा, लेकिन नहीं पिया। उसकी उंगलियां बस ठंडे कांच को घेर गईं, जैसे कि वह समर्थन की तलाश में थी, कुछ भौतिक, जिसे पकड़ना था। उसकी आवाज धीमी हो गई, लगभग एक फुसफुसाहट, लेकिन एक कांपते हुए किनारे के साथ, जैसे कि हर शब्द दर्द से भरा हुआ था।

"एक अशुभ भविष्यवाणी: 'मुर्गे के बोलने से पहले, तुम तीन बार मुझे नकार दोगे।' मुर्गा... यह सिर्फ एक घड़ी नहीं थी। उसकी कर्कशता एक सजा थी। लेकिन एक ही समय में आशा भी। एक भयानक आशा।"

"ठीक है, मेलिना। कहानी मजबूत है। मैं स्वीकार करता हूँ।"

नथानियल ध्यान से सुन रहा था, थोड़ा सिर झुकाए। उसने अपने गिलास को छुआ, उसकी ठंडक महसूस की, खुद को जमीन पर उतारने की कोशिश की, उसके भंवर में खोने के लिए नहीं।

"लेकिन ये बाइबिल की कहानियाँ हैं। तुमने बस उन्हें किसी तरह... बहुत, बहुत दृढ़ता से अनुभव किया है।"

मेलिना मुश्किल से उसे सुन सकती थी - वह पहले से ही अपनी कहानी में पूरी तरह से डूबी हुई थी, जैसे कि एक अथाह गड्ढे में। उसकी नज़र धुंधली हो गई, जैसे कि वह फिर से सपने में थी। उसकी आवाज और भी गहरे, अधिक दर्दनाक स्वरों में डूब गई।

"और रात का पर्दा घना हो गया। महायाजक के आँगन में, संदिग्ध आँखों के तहत, एक नौकरानी ने उसे पहचान लिया। 'मैं उसे नहीं जानता!' पीटर ने इनकार कर दिया। उसके शब्द रात में गूँज रहे थे जैसे कि एक चट्टान पर एक झटका, जो टूट रही थी। दूसरी बार, एक और आवाज ने उसे उजागर किया, और उसका इनकार और भी अधिक categorical हो गया। तीसरी बार, उसकी बोली ने उसे धोखा दिया, लेकिन डर अधिक मजबूत था, उसे दम घोंट रहा था। 'मैं उस आदमी को नहीं जानता जिसके बारे में तुम बात कर रहे हो!' उसने बोला। हर इनकार एक चाकू था, जो उसके अपने दिल में घुस रहा था। और मेरे में। जैसे कि मैं वहाँ थी, मेरा खून बह रहा था।"

मेज पर उसका हाथ थोड़ा कांप रहा था। उसने एक पल के लिए अपनी आँखें बंद कर लीं, जैसे कि वह दर्शन को दूर भगा रही थी, लेकिन यह बहुत मजबूत था, बहुत वास्तविक था।

"इस पल में, एक भेदी, दर्दनाक चीख ने रात की चुप्पी को तोड़ दिया। मुर्गा बोला। पीटर की चेतना में जीसस के शब्द टूट पड़े, और एक विशाल, फाड़ने वाले दुःख ने उसे कुचल दिया। कड़वे आँसू उसके चेहरे पर बह गए, जल रहे थे। मेरा दिल दर्द से सिकुड़ गया, नैट, जैसे कि मैंने खुद इस विश्वासघात को किया था। मैंने इसे शारीरिक रूप से महसूस किया, मेरी छाती में एक ऐंठन की तरह।"

"मेलिना... क्या तुम ठीक हो? क्या तुम्हें कुछ चाहिए?"

नथानियल अब skeptical नहीं था - वह भयभीत था, जो उसने सुना था उससे लकवा मार गया था। उसने मेज पर उसके दोनों हाथों को पकड़ा, उसे शांत करने की कोशिश कर रहा था, उसे वास्तविकता में वापस लाने की कोशिश कर रहा था, लेकिन उसकी गर्म हथेलियां उसके ठंडे पकड़ में खो गई थीं। उसने देखा कि उसकी नसें थोड़ी उठी हुई थीं, उसकी त्वचा के नीचे नीली थीं, जैसे छिपे हुए रहस्यों के पुराने, अँधेरे नक्शे।

"तुम... वास्तव में दृढ़ता से अनुभव किया लगता है। जैसे कि तुम वहाँ थी। यह कैसे संभव है?"

उसकी नज़र उस पर केंद्रित हो गई, लेकिन उसका भाव अभी भी दूर था, जैसे कि वह एक ही समय में यहाँ और वहाँ, दो दुनियाओं के बीच थी।

"लेकिन कहानी पतन के साथ समाप्त नहीं हुई, नैट। पुनरुत्थान के बाद, पीटर ने फिर से एक महत्वपूर्ण भूमिका निभाई। वह खाली कब्र पर जाने की हिम्मत करने वाला पहला व्यक्ति था, जो संदेह से, लेकिन एक सुलगती, आखिरी आशा से भी निर्देशित था। मैंने उसकी भ्रम को देखा, जो एक उत्साहित, सर्व-उपभोग करने वाले विश्वास में बह रहा था, जब उसकी व्यक्तिगत जाँच ने चमत्कार की पुष्टि की। और फिर... जीसस ने उससे तीन बार एक ही सवाल पूछा: 'क्या तुम मुझसे प्यार करते हो?' जैसे कि वह उसे अपने तीन गुना इनकार का प्रायश्चित करने का मौका दे रहा था। मैंने उसकी आत्मा में राहत और नवजात शक्ति को महसूस किया, एक उगते हुए सूरज की तरह। मैं, हेलेना, पीटर के रास्ते से जुड़ी एक नियति थी। उस ज्ञान को बचाने के लिए जो जीसस ने मुझ पर भरोसा किया था, मैंने उसके साथ विश्वास के कांटेदार रास्ते पर चला। यह मिलन आकस्मिक नहीं था, नैट। पीटर का पश्चाताप सच्चे विश्वास का सबसे सीधा रास्ता था। हमने एक साथ ग्रेल के रहस्य का भार उठाया। उसकी कमजोरी ने उसे मजबूत बना दिया, और मेरे ज्ञान को उसके पश्चाताप वाले विश्वास में समर्थन मिला। हम एक ही सिक्के के दो पहलू थे, अविभाज्य थे।"

"लेकिन क्यों, मेलिना? तुम ही क्यों? और अब क्यों? यह... बहुत ज्यादा है। अमानवीय।"

नथानियल ने गहरी सांस ली। उसने अपने हाथों को छोड़ दिया, पीछे झुक गया। उसका चेहरा पीला था, और उसके माथे पर चिंता की एक गहरी, दर्दनाक शिकन दिखाई दी थी। उसकी नज़र व्यस्त सड़क पर रुक गई, लेकिन उसकी आँखों ने अपने खुद के दिमाग में अराजकता के अलावा कुछ भी नहीं देखा। उसकी निकटता से

उत्पन्न रोमांच अब अनिश्चितता में बदल गया था, एक ठंडक में जो उसकी पीठ से ऊपर रेंग रही थी, उसे हड्डियों तक ठंडा कर रही थी।

---✶ ✶---

नथानियल का

सपना इस पल में, जब मेलिना बोल रही थी, थकान और भावनात्मक तनाव ने एक पल के लिए नथानियल पर काबू पा लिया। उसने अपनी आँखें बंद कर लीं और एक संक्षिप्त, ज्वलंत, चौंकाने वाले सपने में डूब गया, जैसे कि वह बिजली से मारा गया था। मेलिना के शब्द उसके अपने शोध से अस्पष्ट यादों के साथ आपस में गुंथ गए, लेकिन अब उन्होंने एक नया, व्यक्तिगत, चौंकाने वाला अर्थ लिया। उसने उसे देखा, लेकिन वह बदल गई थी, प्राचीन कपड़े पहने हुए थी, और उसके बाल एक जटिल केश में गुंथे हुए थे, जिसे उसने पहले कभी नहीं देखा था। उसने उसकी आवाज सुनी, लेकिन यह हजारों साल की गूँज की तरह लग रही थी, जो सीधे उसकी आत्मा को संबोधित थी, उसके हर नस को बदल रही थी। धूप, पुरानी लकड़ी और हजारों साल की धूल की गंध उसके सपने को भर गई, जबकि वह उससे बात कर रही थी। वह उसकी ओर बढ़ा, उसके चेहरे को छूने की कोशिश कर रहा था, जो कुछ आंतरिक, अलौकिक प्रकाश से रोशन था, लेकिन उसकी उंगलियां हवा के माध्यम से फिसल गईं, जैसे कि वह धुआं, ईथरिक और पहुंच से बाहर थी। उसने अपनी पीठ पर ठंडक महसूस की, जो हवा से नहीं थी, बल्कि उस ज्ञान से थी जो वह उसे बता रही थी, जो उसकी अपनी, जीवित स्मृति बन रही थी, उसे हमेशा के लिए चिह्नित कर रही थी।

---✶ ✶---

नथानियल के सपने में सपना:

"मैं, हेलेना, पीटर के रास्ते से जुड़ी एक नियति हूँ। उस ज्ञान को बचाने के लिए जो जीसस ने मुझ पर भरोसा किया है, मैं उसके साथ विश्वास के कांटेदार रास्ते पर चलती हूँ। ग्रेल का रहस्य... यह हम में से हर एक में है, नैट। बिना शर्त प्यार, क्षमा और गहरी कृतज्ञता में। लेकिन कुछ और भी है, जिसे केवल मैं संरक्षित करती हूँ। मैं ज्ञान का एक नाली हूँ। अस्तित्व के बहुत सार का। मानव प्रकृति मेरे सामने अपनी द्वैत में प्रकट होती है, जो संदेह और विश्वास से बुनी गई है - दो शक्तियां, विरोधी, लेकिन अविभाज्य रूप से जुड़ी हुई हैं, दिन और रात की तरह। मेरा रास्ता कांटों से बिछा हुआ है, लेकिन मैं दृढ़ता से चलती हूँ, एक आंतरिक प्रकाश से निर्देशित, जो अँधेरे को जलाता है। पीटर मेरा अस्थिर तारा है, और मैं उसका कम्पास हूँ। मैं बहुस्तरीय हूँ, कठिनाइयों को दूर करने में सक्षम हूँ, समर्पित हूँ, विश्वास, भक्ति और प्यार से भरा हूँ।"

नथानियल तेजी से जाग गया, जैसे कि उसे बिजली का झटका लगा हो। उसकी नज़र ईथरिक मेलिना पर वापस आ गई, लेकिन अब वह उसे केवल मेलिना के रूप में नहीं देखता था। वह हेलेना थी। और कुछ और।

उसकी नज़र और भी दूर हो गई, जैसे कि वह सदियों से यात्रा कर रही थी, लेकिन अब उसमें एक नई, गहरी, शाश्वत शांति थी। वह अब सपने के बारे में नहीं, बल्कि उस समझ के बारे में बता रही थी जो उसके साथ आई थी, उसे हमेशा के लिए बदल रहा था, उसे कुछ और में बदल रहा था।

"सपना मुझे एक कोहरे की तरह लपेट रहा था, मुझे शाश्वत सवालों, अंतहीन आयामों की दुनिया में ले जा रहा था। मैं हेलेना थी, लेकिन कुछ और भी - ज्ञान का एक नाली, अस्तित्व के बहुत सार का। मानव प्रकृति मेरे सामने अपनी द्वैत में प्रकट हो रही थी, जो संदेह और विश्वास से बुनी गई थी - दो शक्तियां, विरोधी, लेकिन अविभाज्य रूप से जुड़ी हुई थीं।"

वह फिर से उसकी ओर झुकी, उसकी आवाज एक नए, लेकिन कष्टप्रद ज्ञान से भरी हुई थी, जो हवा में कंपन कर रही थी, उसकी सबसे गहरी जगहों तक पहुंच रही थी।

"संदेह, मैं इसे एक तेज स्केलपेल के रूप में देखती हूँ, जो हर कथित सच्चाई को बेरहमी से काटता है। यह हमें खोज के लिए, महत्वपूर्ण विचार के लिए प्रेरित करता है। यह आग है - यह हमें गर्म कर सकती है, लेकिन यह हर आत्मविश्वास को भी जला सकती है, हमें लकवा मार सकती है।"

उसने अपने हाथों को देखा, फिर उसके। उसके अगले शब्दों में कुछ गहरा व्यक्तिगत, लगभग स्वीकारोक्ति जैसा था, कुछ ऐसा जिसने उसे और अधिक मानवीय, अधिक कमजोर, अधिक वास्तविक बना दिया।

"और मैं भी, नैट, अपने जागृत क्षणों में, आसान जवाबों, तैयार ज्ञान के आगे झुक जाती हूँ। अज्ञात का डर, अधीरता, सुरक्षा की आवश्यकता अक्सर मुझे विचलित कर देती है। जब अस्थिरता विश्वास को कमजोर करती है, तो मैं दूसरों में समर्थन की तलाश करती हूँ, खुद के बाहर संकेतों की तलाश करती हूँ, खुद को खो देती हूँ।"

"विश्वास, संदेह के विपरीत, प्रयास, दृढ़ता, खुलापन, लगभग दर्दनाक खुलेपन की आवश्यकता होती है। यह मुझे तर्क की सीमाओं को पार करने के लिए प्रेरित करता है, मुझ से बड़ी किसी चीज़ पर भरोसा करने के लिए, कुछ दिव्य पर। संदेह करना मानवीय है, लेकिन विश्वास करना, अदृश्य पर भरोसा करना, जैसे कि यह हमारे भीतर दिव्य को छूता है, उसे सदियों की नींद से जगाता है।"

उसकी नज़र उस पर लौट आई, जैसे कि वह उसे समझने के लिए बुला रही थी, उस विशाल, कुचलने वाले भार को साझा करने के लिए, जिसे वह अपनी आत्मा में ले जा रही थी।

"जीवन के रहस्यों का सामना करते हुए, मैं अक्सर खोया हुआ महसूस करती हूँ। मेरा तर्क, विज्ञान के नाजुक टॉर्च से लैस, अज्ञात के पर्दे को भेदने में शक्तिहीन साबित होता है। मेरा विश्वास, जो कभी निश्चित था, निराशा की खाई से लड़ने वाली एक कांपती हुई चिंगारी में बदल जाता है। मैं सवाल का सामना कर रही हूँ: क्या एक व्यक्ति तर्क की दुनिया में एक पैर और विश्वास में दूसरा पैर के साथ मौजूद हो सकता है? या

उसे चुनना होगा? विश्वास को त्यागना, जब तर्क कोई स्पष्टीकरण नहीं दे सकता, सबसे मानवीय, सबसे समझदार प्रतिक्रिया थी।"

उसकी आवाज अधिक आत्मविश्वासी हो गई, लगभग गंभीर, जैसे कि उसे एक जवाब मिल गया था जिसने उसे नींव तक बदल दिया था।

"लेकिन इस सपने में, मैंने इस इनकार के प्रोटोटाइप को देखा - खुद सेंट पीटर। और उसके बगल में, एक अटूट, अलौकिक आत्मविश्वास के साथ, मेरा दूसरा स्व, हेलेना, चल रहा था। मैं अदृश्य हाथ हूँ जो उसे प्रकाश में वापस लाता है, जो उसमें दृढ़ता और साहस को प्रेरित करता है, भले ही वह इसे न जानता हो। मेरे अपने सार में मेरे विश्वास का शक्तिशाली हथियार ग्रेल का ही गुप्त, ईथरिक घटक था, जो मुझमें धड़क रहा था।"

"बिना शर्त प्यार, क्षमा और गहरी कृतज्ञता इस दिव्य अमृत के दृश्य घटक थे। लेकिन एक और भी, मुश्किल से पता लगने वाला रहस्य था, अनंत काल की एक फुसफुसाहट, जिसे केवल हेलेना ने अपने सार में गहराई से संरक्षित किया था, जो उसके बहुत डीएनए में बुनी गई थी।"

उसकी नज़र गहरी हो गई, जैसे कि वह समय की रेत घड़ी से परे, दूर के क्षितिज तक देख रही थी।

"उसका रास्ता कांटों से बिछा हुआ था, लेकिन वह दृढ़ता से चलती थी, एक आंतरिक प्रकाश से निर्देशित होती थी। पीटर उसका अस्थिर तारा था, और वह उसका कम्पास थी, जो उसे सबसे अँधेरे तूफानों के माध्यम से निर्देशित करती थी। उसका दिल उसकी फटी हुई आत्मा के साथ गूँज रहा था, और दोनों एक ही लक्ष्य के लिए प्रयास कर रहे थे। उसने अपने भीतर प्राचीन ज्ञान रखा, जिसने उसे कठिन रास्ते पर उसका मार्गदर्शन करने के लिए बाध्य किया, उसे उन दरवाजों को अनलॉक करने में मदद करने के लिए, जिन्हें उसने खुद, अपनी कमजोरी में, बंद कर दिया था। उसने रहस्य को छिपाया, इसे प्रकट किए बिना, क्योंकि वह जानती थी कि जो कुछ भी मुफ्त में दिया जाता है, वह अपना मूल्य खो देता है। उसने इसे पीटर के सामने भी प्रकट नहीं किया। उसने केवल उसके आंतरिक संघर्ष का करुणा और चुपचाप मार्गदर्शन किया। उन्होंने एक साथ खतरों पर काबू पाया, मुक्ति के लिए एक अदृश्य, पवित्र मार्ग बना रहे थे।"

वह थोड़ा मुस्कुराई, लेकिन मुस्कान दुखद थी, भार से भरी हुई थी, उसकी सामान्य, लापरवाह सहजता से बहुत दूर थी।

"मैं, हेलेना, परिपूर्ण नहीं थी। मैं अस्पष्ट संकेतों और भविष्यसूचक सपनों से निर्देशित होकर विकसित होना सीख रही थी, जो मुझे भविष्य के बारे में फुसफुसाते थे। मैं बहुस्तरीय थी, कठिनाइयों को दूर करने में सक्षम थी, समर्पित, विश्वास, भक्ति और प्यार से भरी हुई थी। पीटर की शहादत के बाद, मैं नफरत, गलतफहमी का शिकार हुई, लेकिन मेरा मिशन वहाँ समाप्त नहीं हुआ। यह अभी शुरू हुआ था।"

उसकी आवाज बढ़ गई, लगभग गंभीर, जैसे कि वह कुछ पवित्र की घोषणा कर रही थी, जिसने उसे हमेशा के लिए चिह्नित कर दिया।

"एसेन्स के बाद, ग्रेल का रहस्य, यह ईथरिक, जीवित सार, अदृश्य तरीकों से सूफियों के हाथों में आ गया। और इस सपने में, मैं समझ गई - संदेह मानवीय है, लेकिन विश्वास दिव्य का एक पोर्टल है, और बिना शर्त प्यार ग्रेल की कुंजी है, जो हर मानव दिल में रहता है, जिसे खोजा जाने, जलाया जाने की प्रतीक्षा है।"

नथानियल ने तुरंत जवाब नहीं दिया। उसकी आँखें चौड़ी थीं, एक ऐसे व्यक्ति की तरह जिसने अभी-अभी एक ऐसी दुनिया देखी है जिसका उसे कभी संदेह नहीं था, एक ऐसी दुनिया जो सब कुछ पलट देती है। वह अब एक व्यापारी की तरह नहीं, बल्कि एक ऐसे व्यक्ति की तरह लग रहा था, जिसे कुछ विशाल, दुर्गम ने छुआ था, कुछ ऐसा जो उसे हमेशा के लिए बदल देगा। उसकी पीठ पर ठंडक एक चौंकाने वाली अनुभूति में बदल गई थी, एक बर्फीली, लेकिन रोशन करने वाली सच्चाई में। उसने अपने पानी के गिलास के लिए पहुँचा, धीरे-धीरे पिया, अपने गले में ठंडे तरल को महसूस करते हुए, जैसे कि वह असंभव को निगलने और ठंडा करने की कोशिश कर रहा था, इसे वास्तविक बनाने के लिए।

"तो... तुम... तुम एक रखवाले हो? क्या? ग्रेल की? यह सब की? हम अब क्या करते हैं? मैं अब क्या करूँ?"

उसने उसकी आँखों में देखा, चिंता के साथ नहीं, बल्कि एक गहरे, जागरूक, शाश्वत दृढ़ संकल्प के साथ, जो हजारों साल से आ रहा था। उसके सिर का एक मुश्किल से पता चलने वाला, लेकिन दृढ़ आंदोलन। वह अपनी कहानी में इतनी डूबी हुई थी, सपने की शक्ति से इतनी सम्मोहित थी कि उसके बहुत सार को बदल रहा था। उसके लिए, केवल यह सच्चाई मौजूद थी। केवल यह नियति।

नथानियल ने उसे देखा और पहली बार उसकी आँखों में न केवल मेलिना को देखा, बल्कि उसके सामने सभी महिला रखवालों के हजारों साल का प्रतिबिंब भी देखा। यह भावना चौंकाने वाली थी। उनके बीच एक नया धागा खींचा जा रहा था, जो अदृश्य था, लेकिन किसी भी चीज़ से अधिक मजबूत था जिसे वह कभी जानता था। उसकी दुनिया एक ही समय में विस्तारित और सिकुड़ रही थी। क्या यह शुरुआत थी?

अध्याय 37: रेशमी अँधेरा

मेलिना जागृति और सपने के बीच रेजर की धार पर तैर रही थी। ह्यूग्स डी पायेंस की आवाज़, जो हज़ारों साल की चुप्पी और सैकड़ों लड़ाइयों के बोझ से दबी थी, ने रेशमी अँधेरे को काट दिया। उसकी हर फुसफुसाहट केवल एक ध्वनि नहीं थी, बल्कि एक जीवित, साँस लेने वाली छवि थी - हवा से अधिक घनी, उसकी कनपटियों

में गड़गड़ाहट की तरह गूँजने वाली नाड़ी से अधिक दर्दनाक रूप से वास्तविक। यह एक ही समय में जहर और मोक्ष था, एक वादा और एक अभिशाप।

---✶ ✶---

ऑर्डर के दिल में शूरवीर के लबादे का खुरदुरा, भारी ऊन उसके कंधों पर खरोंच रहा था, उसे एक अदृश्य शक्ति के साथ दबा रहा था। यह सिर्फ कपड़ा नहीं था, बल्कि हज़ारों अनकही प्रतिज्ञाओं का भौतिक बोझ था, एक रहस्य जो उनके नीचे के पत्थरों से भी पुराना था, समय की बहती रेत घड़ी से भी अधिक प्राचीन। अब वह टेम्प्लर नाइट्स के ऑर्डर की एक डेम थी। और दुनिया सिकुड़ गई थी, जो एक तेज तलवार की तरह अपने तेज, खतरनाक किनारों को उजागर कर रही थी। हर साँस में बर्बादी और प्रायश्चित का धातु जैसा स्वाद था।

वह एक्सरा के नीचे अर्ध-अँधेरे, दमनकारी हॉल में ह्यूग्स डी पायेंस के बगल में बैठी थी। यहाँ की हवा भारी, बासी थी, जो सदियों की धूल, बुझी हुई आग और छिपे हुए, खून बहते रहस्यों की गंध से भरी थी, जो उनके चारों ओर साँस लेते थे। विशाल चिमनी में आग की लपटें खुरदरी पत्थर की दीवारों पर नाच रही थीं, जो भूतों जैसी, विकृत परछाइयां डाल रही थीं, जो उसके बेचैन विचारों के साथ मिल रही थीं - उसे कुचलने और निगलने के लिए दौड़ रही थीं।

“मेलिना, मेरी प्यारी,” ह्यूग्स की आवाज़ मुश्किल से सुनाई देने वाली दहाड़ थी, जो अंतहीन यात्राओं और अमानवीय प्रयासों से थक गई थी, लेकिन हज़ारों साल की चुप्पी और पीड़ा से गढ़े गए ज्ञान से भरी हुई थी। "ग्रेल की ओर हमारा रास्ता अभी शुरू हुआ है। हालांकि, आगे बढ़ने के लिए, हमें अतीत का सामना करना होगा। हमारे सपने, हमारी अंतर्दृष्टि... वे हमें घेरने वाली चट्टानों से अधिक वास्तविक हैं, हमारी नसों में बहने वाले खून से अधिक जीवित हैं।"

मेलिना ने सिर नहीं हिलाया। उसने बस अपनी आँखें बंद कर लीं। उसने स्मृति को उसे निगलने दिया। यह सिर्फ एक स्मृति नहीं थी - यह भावनाओं का एक बवंडर था, जो उसकी हथेली में एक छोटे पक्षी के दिल की तरह जीवित और धड़क रहा था, किसी भी पल फटने के लिए तैयार था। अब, ऑर्डर से उसकी संबद्धता के गर्म प्रिज्म के माध्यम से, दर्शन ने एक नई, लगभग अशुभ, क्रिस्टल स्पष्टता प्राप्त कर ली।

---✶ ✶---

दर्शन: खोज के तीन

चेहरे रेशमी अँधेरे ने उसे निगल लिया। उसने उसे साँस लिया - भारी, ठंडा, उस धातु जैसे स्वाद के साथ जो तूफान, बिजली और गड़गड़ाहट से पहले आता है। वह मांस और खून की मेलिना नहीं थी, बल्कि एक प्राचीन चेतना थी, जो कुछ ऐसा था जो उसके भीतर गहराई से धड़क रहा था - खुद ग्रेल का एक शाश्वत रखवाला। और यह धड़कन एक ही समय में जीवन और एक घातक खतरा था, एक बचाव कॉल और एक अथक अभिशाप।

उसके चारों ओर छायाएं मंडरा रही थीं, जो अँधेरे की परतों से, समय की गहराई से बुनी गई थीं। उनसे आकृतियाँ अलग हो गईं - लंबे, सरसराते लबादे वाले पुरुष, जिनकी आँखें, यहाँ तक कि हुड के नीचे भी, उसे हड्डियों तक, उसकी आत्मा तक भेदती थीं। उसने आवाज़ें सुनीं, एक ऐसी भाषा में फुसफुसाहट सुनी जो उसकी छाती में एक दूर की, लेकिन लगातार, चौंकाने वाली स्मृति, एक अंतिम संस्कार के गीत की तरह गूँजती थी।

"सूफी..." शब्द बोला नहीं गया था, बल्कि उसकी चेतना में तैर रहा था, रेगिस्तान जितना ही प्राचीन, धूल और रहस्यवाद से भरा हुआ था।

उन्होंने नृत्य किया। यह एक सांसारिक नृत्य नहीं था, बल्कि एक घूमता हुआ, पारलौकिक घूमना था, जैसे कि वे इस दुनिया के गुरुत्वाकर्षण से खुद को अलग करने की कोशिश कर रहे थे, किसी अदृश्य, दिव्य दायरे की ओर उठने के लिए। उनके मंत्र, नीरस और हजारों सुइयों की तरह भेदी, उसकी हड्डियों में गूँज रहे थे, उन यादों को जगा रहे थे जो उसकी नहीं थीं, बल्कि बहुत पहले बीत चुके युगों की थीं। उसने लौ, कोमल जड़ी-बूटियों, गुप्त प्रयोगशालाओं की दीवारों पर खून और राख के साथ खींचे गए अजीब प्रतीकों को देखा। वह समझ गई। उनके लिए, ग्रेल सिर्फ एक प्याला नहीं था। यह एक परिवर्तनकारी शक्ति थी, एक कीमियाई सार, आंतरिक परिवर्तन की एक कुंजी, जो अनुष्ठानों और गुप्त अमृतों के माध्यम से अनलॉक की जाती थी, जिसने आत्मा को खून बहाने, खुद को शुद्ध करने के लिए मजबूर किया।

उनके बीच, अन्य छायाएं खड़ी थीं - अधिक जुझारू, स्टील के कवच के साथ, जो सपने के भूतों जैसी रोशनी में धमकी भरे ढंग से चमक रहे थे।

"टेम्प्लर..." शब्द उसकी चेतना में फुसफुसाया गया था, जो धातु और कट्टरपंथी विश्वास से गढ़ा गया था।

वे अनुशासित, घातक कृपा के साथ चले, लेकिन उनकी आँखों में तनाव था, जैसे कि वे कुछ मायावी तलाश रहे थे, वही जो सूफी पीछा कर रहे थे। उसने उनके बीच के धागे को महसूस किया - पतला, लगभग अदृश्य, लेकिन अटूट, भूले हुए ज्ञान के लिए एक साझा लालसा, कुछ पवित्र के लिए एक साझा खोज से बुना हुआ।

और फिर अन्य प्रकट हुए - अधिक अँधेरे, अधिक गुप्त, लगभग अमूर्त। उसकी त्वचा रेंग गई। उसने उनसे आने वाली ठंडक को महसूस किया, एक ठंडक जो उसकी हड्डियों में घुस गई और उसके खून को जमा दिया।

"हत्यारे..." अगली अंतर्दृष्टि आई, एक तेज, दर्दनाक झटका, अँधेरे में एक ठंडे ब्लेड की तरह।

वे भूतों की तरह चले, छाया के साथ विलीन हो गए, और उनके चारों ओर घातक दक्षता, निर्दयी सटीकता की एक आभा थी। सीरिया और लेबनान के पहाड़ों में उनके किलों की फुसफुसाहट उस तक पहुँच गई, टेम्प्लर के साथ उनकी निकटता, उनकी अपनी, अधिक प्राचीन शूरवीरता के बारे में, जो फारसी भूमि में पैदा हुई थी। और वे भी ग्रेल की तलाश कर रहे थे, लेकिन इसे एक अलग तरीके से देखते थे - एक वस्तु के

रूप में नहीं, बल्कि एक शक्ति के रूप में, जिसे कीमिया और रहस्यमय प्रथाओं के माध्यम से निकाला, नियंत्रित किया जा सकता था, खून और आँसू बहाकर।

मेलिना इस अजीब सपने के केंद्र में खड़ी थी, अपने भीतर ग्रेल का वजन महसूस कर रही थी, एक दूसरे, धड़कते हुए दिल की तरह। यह एक बाहरी वस्तु नहीं थी, बल्कि एक धड़कती हुई ऊर्जा थी, एक जीवित, साँस लेने वाला ज्ञान, जो सदियों से प्रसारित हो रहा था। सूफी, टेम्पलर, हत्यारे - वे सभी कुछ ऐसा तलाश रहे थे जो पहले से ही उसके भीतर था, उसके सार में गहराई से छिपा हुआ था, हेलेना से विरासत में मिला था, उस रखवाले से जो पीटर के बगल में चली थी।

एक बर्फीली ठंडक उसकी पीठ से नीचे रेंग गई क्योंकि उसने महसूस किया कि वह क्या ले जा रही थी। उसका दिल तेजी से धड़कने लगा, जैसे कि वह उसकी छाती से बाहर कूदने की कोशिश कर रहा था - यह एक ही समय में एक paralyzing डर और कुछ जंगली, निषिद्ध उत्तेजना, लगभग एक जुनून था। "मैं क्यों?" उसने खुद से पूछा। "मैं इन पुरुषों के बीच क्यों हूँ, जो सदियों की खोज और घातक रहस्यों से भरे हुए हैं?" उसने महसूस किया कि वह एक पुल थी, ग्रेल की इन विभिन्न धारणाओं के बीच एक नाजुक कड़ी थी। लेकिन एक अपरिहार्य लक्ष्य भी। वह जो रहस्य ले जा रही थी, वह ज्ञान का एक स्रोत हो सकता था, साथ ही एक रक्तपात, एक सर्वनाश का कारण भी हो सकता था।

एक सूफी उसके पास आया। उसका चेहरा हुड की छाया में छिपा हुआ था, लेकिन मेलिना उसकी भेदी, लगभग शाश्वत नज़र को महसूस कर सकती थी, उसके चेहरे पर लिखे गए हजारों वर्षों के ज्ञान का भार। उसने अपना हाथ बढ़ाया, और उसकी हथेली में एक छोटा, उत्तम, लेकिन चौंकाने वाला प्रतीक चमक रहा था - एक चांदी का आधा चाँद, जो एक घुमावदार, तेज खंजर को गले लगा रहा था। उसने इसे नहीं पहचाना, लेकिन उसकी प्रवृत्ति एक गहरे, अथाह खतरे के बारे में चिल्ला रही थी, जो रहस्य से जुड़ा था, एक अनकहे खतरे के साथ जो उसके सिर पर दमोकल्स की तलवार की तरह लटका हुआ था।

सपना बिखरने लगा। रंग पानी में पानी के रंग की तरह धुंधले हो गए, आवाजें एक दूर की गूँज में मर गईं, जैसे कि बाद की दुनिया से आवाजें। लेकिन आसन्न खतरे की भावना, उसे सौंपे गए रहस्य के अदम्य बोझ की भावना बनी रही। वह एक कांपते, बेचैन दिल के साथ जाग गई, और सूफी मंत्रों की गूँज अभी भी उसके कानों में गूँज रही थी, एक अंतिम संस्कार की घंटी की तरह। ग्रेल। मैं इसकी रखवाले हूँ। लेकिन किसके बीच? और इस रहस्य की कीमत क्या है? सवाल जो उसकी जागृति की हवा में एक अशुभ, अनकही प्रतिज्ञा, एक भारी अभिशाप की तरह लटके हुए थे, और उसकी त्वचा पर ठंडे पसीने ने उनकी पूर्ण, चौंकाने वाली वास्तविकता की गवाही दी।

--- ✶ ६ ✶ ---

"गुप्त सूफियों"

का मार्ग सपना उसे अपने भूतों जैसी, अथक पकड़ में रखे हुए था, उसे समय और भूले हुए शिक्षाओं की परतों के माध्यम से ले जा रहा था। अब, एक बुद्धिमान और शांत आवाज, जो सदियों का भार लिए हुए थी, उसकी चेतना को भर गई, जैसे कि दूर की, रेतीली भूमि, सुनहरे रेगिस्तानों से एक गूँज। ग़ज़नी का अल-हुजविरी। नाम एक अप्रत्याशित, अशुभ स्पष्टता के साथ उसके भीतर गूँज उठा, और उसके शब्द, जो सदियों पहले लिखे गए थे, सपने के अँधेरे में पवित्र, धड़कते हुए संकेतों के रूप में साकार हो गए:

"पृथ्वी पर हर समय कुछ हज़ार 'गुप्त सूफी' रहते थे और रहेंगे, और उनमें से कई अपनी चेतना की पूर्णता से भी अनजान होंगे। ये लोग ही मानवता के इतिहास को एक निश्चित दिशा देते हैं, जो इसे सत्य के करीब लाते हैं।"

उसके चारों ओर की छवियां बदल गईं। वह अब एकमात्र रखवाले नहीं थी। उसने इन "गुप्त सूफियों" की उपस्थिति को महसूस किया - अदृश्य मार्गदर्शक, जिनके अस्तित्व का दुनिया को भी संदेह नहीं था, लेकिन जिनके कार्य अनजाने में घटनाओं के पाठ्यक्रम को निर्देशित करते हैं, एक अदृश्य conductor की तरह। वे अदृश्य, लेकिन मजबूत धागों की तरह थे, जो मानव इतिहास की टेपेस्ट्री में बुने हुए थे, जो इसे एक उच्च, लेकिन अस्पष्ट, अनिश्चित लक्ष्य की ओर अथक रूप से धकेल रहे थे।

अल-हुजविरी की आवाज़ उसके सपने में गूँजती रही:

"'गुप्त सूफी' एक शिक्षक के साथ... या अकेले, महान सूफी शिक्षकों द्वारा छोड़े गए संकेतों का पालन करते हुए अपनी मंजिल तक पहुँच सकते हैं: इब्न-अरबी, मौनाई, हय्याम, रूमी... इस विकास में मार्गदर्शक तारा सभी सूफियों के लिए समान है और उसका नाम प्यार है।"

और फिर वह सवाल, जो शुरुआत से ही उसकी चेतना में घूम रहा था, एक दर्दनाक, भेदी तीखेपन को प्राप्त कर गया, एक चुभन की तरह: सूफी ग्रेल के बारे में क्या जानते थे? यह रहस्यमय प्यार, सत्य की यह खोज, पवित्र कप की किंवदंती के साथ कैसे गुंथी हुई थी?

सपने का दृश्य बदल गया। वह रेत के टीलों के बीच खुद को पाई, जो गर्म और अंतहीन थे, और दूर में प्रभावशाली किले खड़े थे, जो प्राचीन, भूले हुए राजाओं के मुकुटों की तरह दांतेदार थे। टेम्पलर। उसने उन्हें सूफियों के साथ बातचीत करते देखा, आदिम आग के चारों ओर एक साथ बैठे, जिसका धुआँ सूखी जड़ी-बूटियों और साझा रहस्यों की गंध देता था, शब्दों और संकेतों का आदान-प्रदान करते थे, जो गैर-दीक्षित लोगों के लिए अदृश्य थे, जैसे कि वे नृत्य कर रहे थे। उसने ज्ञान के लिए उनकी प्यास महसूस की, ग्रेल के रहस्य को समझने के लिए उनकी लालसा, जिसे वे पवित्र भूमि में तलाश रहे थे, न केवल तलवार से, बल्कि दिमाग से, एक जलती हुई, धधकती आत्मा के साथ।

लेकिन सूफी... वे ग्रेल को एक अलग तरीके से देखते थे। एक भौतिक वस्तु के रूप में नहीं, बल्कि एक आंतरिक स्थिति के रूप में, जो वर्षों की आध्यात्मिक प्रथाओं,

प्यार और आत्म-त्याग का फल था, दिव्य के साथ मिलन का, कुल विघटन का। उन्होंने टेम्प्लरों को एक विशिष्ट वस्तु नहीं, बल्कि एक दार्शनिक अवधारणा, आंतरिक ज्ञान का एक मार्ग, आत्मा का एक मार्ग, खून और आँसुओं के साथ गढ़ा हुआ।

एशिया माइनर में टेम्प्लरों के महल सैन्य किलेबंदी से अधिक बन गए। वे रहस्यमय केंद्र बन गए, जहाँ शूरवीर, सूफी ज्ञान से प्रभावित होकर, गूढ़ ज्ञान का अध्ययन करने में डूब गए, जिसे मुस्लिम विद्वानों की अंतहीन यात्राओं से एकत्र किया गया था। महान मास्टर फिलिप ऑफ नाब्लस, जो इस्लामी दुनिया के दिल में पले-बढ़े थे, इस आध्यात्मिक परिवर्तन का प्रतीक थे, जो दो संस्कृतियों, दो धर्मों, दो अंतहीन ब्रह्मांडों के बीच एक पुल बन गए।

लेकिन अन्य रहस्य भी थे, जो अधिक गहरे थे, केवल कुछ चुनिंदा लोगों के लिए प्रकट किए गए थे - ड्रुज़, नाज़रेन्स, एसेन्स, योहानियों, संप्रदायों का ज्ञान, जिन्होंने अपने दुर्गम किलों में प्राचीन ज्ञान को संरक्षित किया था, जैसे कि साँस लेने वाले, आग उगलने वाले ड्रेगन द्वारा संरक्षित खजाने। अपने सपने में उसने प्रतीक देखे - एक तलवार जमीन में फँसी हुई, एक प्याला, एक अलौकिक, धड़कती हुई रोशनी के साथ चमक रहा था - सार्वभौमिक पुरातन, जिसने विभिन्न संस्कृतियों, पूर्व और पश्चिम के बीच बातचीत में एक परिवर्तन किया था।

मंदेंस, पानी और प्रकाश के लिए उनके सम्मान के साथ, ने भी अपनी छाप छोड़ी, और किंवदंतियों ने भूमिगत भूलभुलैया के बारे में फुसफुसाया, जहाँ टेम्प्लरों के पहले महान मास्टर ह्यूग्स डी पायेंस को ग्रेल के सार में दीक्षित किया गया था, योहानियों के ज्ञान को उदार विचारों के साथ संश्लेषित करते हुए जो यूरोप के रहस्यवादी शूरवीर भाईचारे की नींव रखेंगे।

सपना अल-हुजविरी के शब्दों के साथ समाप्त हुआ, जो उसकी चेतना में गूँज रहे थे, एक प्राचीन मंत्र के अंतिम, भेदी नोट की तरह, जो सदियों से गूँज रहा था:

"हर सूफी के लिए सत्य प्यार है।"

मेलिना इस भावना के साथ जाग गई कि ग्रेल एक वस्तु नहीं है, बल्कि एक यात्रा है - एक आंतरिक, अस्तित्वगत खोज, जो प्यार और ज्ञान द्वारा निर्देशित है, जिसे गुप्त शिक्षकों द्वारा सदियों से प्रसारित किया गया है, जिनके अस्तित्व का हमें भी संदेह नहीं है। और एक रखवाले के रूप में उसकी भूमिका ने एक नया, चौंकाने वाला, लेकिन राजसी अर्थ प्राप्त कर लिया - एक वस्तु को छिपाना नहीं, बल्कि इस दार्शनिक अवधारणा को संरक्षित करना, सत्य के इस मार्ग को उन लोगों के लिए जो इसे चलने के लिए तैयार हैं। और इसके लिए मरने के लिए। और मारने के लिए।

--- ✶ ६ ✶ ---

गोधूलि में बातचीत

मेलिना ने अपनी आँखें खोलीं। स्मृति, या बल्कि एक जीवित, खून बहने वाला अनुभव, उसे बंदी बना रहा था, एक अदृश्य, लेकिन मजबूत बेड़ियों की तरह। उसने

अपने शरीर की हर कोशिका को रेंगते हुए, कंपन करते हुए महसूस किया, सपने की ऊर्जा से भरा हुआ, जो उसे फाड़ने, उसे दो में तोड़ने की धमकी दे रहा था।

"देख रहे हो, मेलिना," ह्यूग्स डी पायेंस आगे झुके, उसकी आवाज लगभग एक फुसफुसाहट थी, लेकिन एक हजार लड़ाइयों और हजार रातों के भार के साथ, बिना नींद, बिना आशा के। "यह वही है जिसकी हम तलाश कर रहे हैं। केवल अवशेष नहीं, बल्कि ज्ञान जो छाती में जलता है, एक जीवित अंगारे की तरह। इन प्राचीन शिक्षाओं के बीच संबंध आकस्मिक नहीं हैं। पवित्र भूमि में हमारी यात्रा के वर्षों के दौरान, हम, टेम्प्लर, ने केवल लड़ाई नहीं की। हमने सीखा। सूफियों से, मंदेंस से, लेबनान के पहाड़ों में ड्रुज़ के बुजुर्गों से, उन प्राचीन, बुद्धिमान छायाओं से। उन्होंने हमें ग्रेल के लिए एक अलग रास्ता दिखाया। एक रास्ता जो रेशमी अँधेरे में, एक रेशमी रहस्य में लिपटा हुआ है।"

"लेकिन कैसे?" मेलिना ने पूछा, उसकी आवाज कर्कश थी, अनुभव से भरी हुई थी, एक जहरीले धुएँ की तरह जो गले को खरोंचता था। "हम सदियों से बिखरे हुए ज्ञान के इन टुकड़ों को कैसे इकट्ठा करते हैं? हम उस सूफी प्रतीक को कैसे सुलझाते हैं जो मैंने देखा - आधा चाँद, एक खंजर को गले लगाते हुए? जैसे कि मृत्यु और जीवन एक भयानक tango में, एक अविभाज्य पूरे में आपस में गुंथे हुए हैं।"

"यही हमारी चुनौती है, डेम मेलिना," ह्यूग्स मुश्किल से मुस्कुराए, कड़वा, उसकी आँखों में थकान चमक गई, एक मरती हुई आग के आखिरी, बुझते हुए अंगारों की तरह। "और हमारा सबसे बड़ा लक्ष्य। हम पुल हैं। टेम्प्लर पूर्व और पश्चिम के बीच एक पुल थे। न केवल लड़ाइयों में, बल्कि उनकी शिक्षाओं में, उनकी आत्माओं में। हत्यारे, हालांकि कभी-कभी हमारे दुश्मन होते थे, एक गुप्त शक्ति, परिवर्तन के लिए एक समान लालसा साझा करते थे। वे वास्तविकता को नियंत्रित करने में विश्वास करते थे, हम इसे समझने में विश्वास करते हैं। एक कदम एक तरफ और तुम उनमें बदल जाते हो। उनके राक्षसों में। उनके हत्यारों में।"

मेलिना ने उसकी आँखों में देखा। उनमें कोई निंदा नहीं थी, केवल मानव प्रकृति, उसकी अँधेरी खाई, उन गहराइयों का गहरा ज्ञान था जो उसका पीछा करती थीं।

"तो ग्रेल एक वस्तु से ज्यादा एक रास्ता है?" मेलिना ने महसूस किया कि उसके शब्द एक कठोर, क्रिस्टलीय सच्चाई में बदल रहे हैं, कुछ ऐसा जो वह हमेशा से जानती थी, लेकिन कहने से डरती थी। अब यह सच्चाई उसकी छाती में भारी थी, उसे एक अजीब, डरावनी शांति से भर रही थी।

"बिल्कुल। आंतरिक परिवर्तन का एक रास्ता, आदमी के सच्चे सार और दिव्य के साथ उसके संबंध की प्राप्ति के लिए," ह्यूग्स ने पुष्टि की, धीरे-धीरे सिर हिलाते हुए, खुद भाग्य के वजन के साथ। "मेरे पूर्ववर्ती, नाब्लस के फिलिप, वह पहले व्यक्ति थे जिन्होंने वास्तव में इसे देखा था। अरब संस्कृति के बीच पले-बढ़े, उन्होंने पूर्वी रहस्यवादियों की गहराई को समझा। मैंने खुद, ऑर्डर की स्थापना से पहले हमारी शुरुआती अभियानों के दौरान, प्राचीन मंदिरों में घूमते हुए, भूले हुए अनुष्ठानों के

रखवालों से मुलाकात की है, जिनके नाम हम जोर से बोलने की हिम्मत नहीं करते हैं। मेरा मानना है कि इस रहस्य की कुंजी उसी प्यार में छिपी है जिसके बारे में अल-हुजविरी बात करता है। यह सब कुछ के पीछे प्रेरक शक्ति है। और यह अपने रास्ते में सब कुछ नष्ट कर देता है।"

"और यह हमें एक लक्ष्य बनाता है, जैसा कि मैंने अपने सपने में महसूस किया," मेलिना ने फुसफुसाया, कुर्सी पर वापस गिरते हुए, जैसे कि वह सूखा हुआ था, लेकिन किसी तरह रोशन भी था, एक अजीब अंतर्दृष्टि से अभिभूत था।

"हाँ। क्योंकि सच्चा ज्ञान हमेशा खतरनाक होता है," ह्यूग्स खड़े हो गए और खिड़की की ओर चले गए, जहाँ से यरूशलेम की टिमटिमाती, ठंडी रोशनी दिखाई दे रही थी, जो एक काले मखमली बक्से में बिखरे हुए हीरों की तरह थी। "क्योंकि ऐसी ताकतें हैं जो इस सच्चाई को प्रकट नहीं करना चाहती हैं। क्योंकि ग्रेल, अपने सार में, स्वतंत्रता है। पूर्ण स्वतंत्रता। अज्ञानता, डर, dogmas की जंजीरों से स्वतंत्रता। और यह स्वतंत्रता कई लोगों के लिए एक खतरा है, पूरे यथास्थिति के लिए। हमारा मिशन, मेलिना, इस रहस्य की रक्षा करना है, जब तक कि हम इसे उन लोगों के साथ साझा करने का एक तरीका नहीं खोज लेते जो तैयार हैं। और दुनिया को उन लोगों से बचाने के लिए जो इसे बुराई के लिए इस्तेमाल करेंगे, स्वतंत्रता को अराजकता में, और ज्ञान को एक हथियार में बदल देंगे। तुम अब इसका हिस्सा हो। तुम्हारे सपने, तुम्हारी अंतर्दृष्टि, वे महत्वपूर्ण मार्गदर्शक हैं। और हथियार।"

मेलिना ने उसके लबादे पर खुदे हुए टेम्प्लरों के प्रतीक को देखा। अब यह सिर्फ एक प्रतीक नहीं था। यह एक वादा था। एक अंतहीन खोज का वादा, ग्रेल के सार के लिए एक खतरनाक यात्रा, महान मास्टर के साथ हाथ से हाथ मिलाकर, जो उनकी आखिरी सांस तक उनका पीछा करेंगे। या जब तक वे दुनिया को नहीं बदल देते। या जब तक वे नष्ट नहीं हो जाते।

अध्याय 38: अतिमानव का द्वंद्व

मेलिना नथानियल के सामने बैठी थी। छोटे आर्ट कैफे में मोमबत्तियों और लैंपशेड से आने वाली कमज़ोर, टिमटिमाती रोशनी उसके चेहरे को नरम, खतरनाक छायाओं में नहला रही थी। विदेशी चाय और धूप की एक मुश्किल से पता चलने वाली, मीठी सुगंध से भरी हवा प्राचीन रहस्यों के बारे में फुसफुसा रही थी। वह उसे उन आँखों से देख रही थी, जिनमें शुद्धता एक जलती हुई, लगभग पापी कॉल के साथ गुंथी हुई थी, जैसे कि एक खाई में आग की लपटें। उसकी नज़र इतनी तीव्र, इतनी भेदी थी कि नथानियल ने उसकी त्वचा पर उसका भार महसूस किया, जैसे कि उसके शरीर का हर नस उसकी भेदी, लगभग शारीरिक शक्ति के तहत रेंग रहा था।

"तुम मुझ पर विश्वास नहीं करते, है ना, नथानियल?" मेलिना की आवाज़ नरम थी, लगभग एक मायावी फुसफुसाहट थी, लेकिन उसमें एक निरंतर, लगभग दर्दनाक

नस कंपन कर रही थी, जो एक तनावपूर्ण वीणा के तार की तरह थी, जो टूटने के लिए तैयार थी। "क्या तुम विश्वास नहीं करते कि मेरे सपने सिर्फ कल्पना से अधिक हैं? क्या तुम विश्वास नहीं करते कि यह मैं हूँ?"

नथानियल ने अपनी कॉफी से धीरे-धीरे पी लिया, दूध ने अँधेरे तरल को भूरे, घूमते हुए भँवरों में घोल दिया, जैसे छोटे आकाशगंगाएँ। उसने अपनी नज़र को ठंडा, विश्लेषणात्मक रखने की कोशिश की, उसे नियंत्रण के भ्रम में, अपने खुद के दिमाग के किले में बंद रखने की कोशिश की। लेकिन उसकी शापित इच्छा मानने से इनकार कर दिया। उसकी आँखें अनजाने में उसकी गर्दन की पतली वक्रता पर फिसल गईं, जिस तरह से रोशनी उसके पूर्ण, चुनौतीपूर्ण होंठों पर नाच रही थी, और उसकी हर हरकत ने उसके भीतर एक आंतरिक, लगभग निषिद्ध आग को जला दिया - एक आग जिसने एक ही समय में विनाश और पुनर्जन्म का वादा किया।

"अगर वे भविष्यसूचक होते, मेलिना, तो वे स्पष्ट, unequivocal होते," उसकी आवाज मुश्किल से निहित संदेह से कांप रही थी, लेकिन इसमें बढ़ती लालसा का एक संकेत भी था। "तुम्हारे... टूटे हुए हैं, प्रतीकात्मकता में लिपटे हुए हैं, जैसे भूली हुई कहानियों के टुकड़े जो एक साथ नहीं रखे जा सकते हैं।"

"और क्या तुम नहीं जानते कि सबसे गहरी सच्चाइयां अक्सर कहानियों में छिपी होती हैं? उन प्रतीकों में जिन्हें हमारा अवचेतन पहचानता है?" एक हल्की मुस्कान ने केवल उसके होंठों के कोनों को छुआ, जो उसकी आँखों तक नहीं पहुँची। उनमें बहुमूल्य रत्न बने रहे, जो उन लपटों को दर्शाते थे जिन्हें वह नहीं देख रहा था, लेकिन जिन्हें वह अपनी त्वचा को जलते हुए महसूस कर रहा था।

उसने अपना सिर थोड़ा झुकाया। उसके लंबे बाल, रात जितने काले, तारों से भरे हुए, उसके कंधे से फिसल गए। एक रेशमी स्पर्श, जिसे उसने महसूस किया, बिना इसके, और उसकी कल्पना ने ऐसे विवरण चित्रित किए जो मौजूद नहीं थे, लेकिन जो किसी भी चीज़ से अधिक वास्तविक थे।

"तुम ग्रेल के बारे में पूछते हो, नथानियल। यह चौथी शताब्दी तक कहाँ छिपा हुआ था? मैंने तुम्हें बताया - मैंने इसे अपने सपने में देखा। यह चर्च dogmas में जंजीर नहीं था, बल्कि पूर्व की यात्रा कर रहा था, उन बुद्धिमान पुरुषों को रहस्य फुसफुसा रहा था जो हर संस्था से परे, मंदिरों और टावरों की दीवारों से परे सत्य की तलाश कर रहे थे। शुद्ध, दिव्य ऊर्जा का एक प्रवाह।"

"बुद्धिमान पुरुषों की फुसफुसाहट या कल्पना की उड़ान, मेलिना?" उसने उसे उकसाया, उसकी आवाज एक तेज चाकू की तरह तेज थी, लेकिन उसका आंतरिक कंपन एक भूकंप की तरह तेज हो रहा था। "मुझे साबित करो। मुझे कुछ ऐसा बताओ जो तुम किसी और तरीके से नहीं जान सकती।"

उसकी आँखों में एक शांत, लेकिन शक्तिशाली, लगभग घातक चुनौती चमक गई। उसने अपना हाथ बढ़ाया और धीरे से उसके हाथ को छुआ। उसका क्षणभंगुर स्पर्श उसकी रीढ़ से नीचे एक सिहरन भेज गया - केवल एक विद्युत निर्वहन नहीं,

बल्कि एक चिंगारी जिसने उसके भीतर गहराई से कुछ प्राचीन और भूले हुए को जला दिया, एक आग जिसे उसने अपने ऑर्डर के सख्त निषेधों के तहत वर्षों तक दबा दिया था।

"ठीक है, नथानियल। मैं तुम्हें साबित करूँगी। मेरे सपने में मैंने एक आग देखी, जो एक पथरीले रेगिस्तान के दिल में, एक तारा रहित आकाश के नीचे जल रही थी। उसके चारों ओर, फीके सफेद लबादे पहने हुए पुरुष, नीरस भजन गा रहे थे, उनके शब्द हवा के साथ मिल रहे थे, एक प्राचीन अभिशाप की तरह। उनके चेहरे सूरज से थके हुए थे, जो प्राचीन नक्शों की तरह झुर्रीदार थे, लेकिन उनकी आँखें अंगारों की तरह चमक रही थीं, जीवित, धड़कती हुई थीं। उन्होंने क्रॉस के सामने नहीं झुके, न ही परिचित नामों को बुलाया। उन्होंने अहुरा मज़दा की तलाश की, प्रकाश का स्रोत, खुद सत्य का। और इस आग में... मैंने एक प्रतिबिंब देखा। आग एक धड़कते हुए लावा में बदल गई, और फिर... एक तरल में। एक गहरा लाल, घना, जीवित रक्त की तरह, लेकिन जिसमें अनंतता थी। इस रक्त में, दो spirales धीरे-धीरे घूम रहे थे, धागों की तरह, एक दूसरे में गुंथे हुए थे। वे एक सामंजस्यपूर्ण, प्राचीन नृत्य में चले, एक दूसरे के करीब मुड़ते रहे, जब तक कि एक पल में... वे बदल गए। मेरी आँखों के सामने एक प्रतीक बन गया - एक छड़ी के चारों ओर दो सांप लिपटे हुए थे, जिनके शीर्ष पर पंख थे। खुद कैड्यूस, नथानियल। उपचार, संतुलन और रहस्यमय शक्तियों का प्रतीक। पूर्ण शक्ति का प्रतीक।"

उसने एक ठहराव लिया, उसकी प्रतिक्रिया को देखते हुए। उसने अपनी शांतता बनाए रखने की कोशिश की, अपने तर्कसंगतता के मुखौटे को बनाए रखने की कोशिश की, लेकिन उसकी आँखों में अनिश्चितता थी, जो बढ़ती हुई, लगभग खतरनाक लालसा के साथ मिली हुई थी, जहर की तरह।

"Zoroaster ने अहुरा मज़दा के बारे में प्रचार किया - सिर्फ एक भगवान नहीं, बल्कि ब्रह्मांड की एक प्रेरक शक्ति, प्रकाश और सच्चाई का निर्माता। अशा की अवधारणा - व्यवस्था और पूर्णता की गतिशील शक्ति - और druj के साथ इसका संघर्ष - अराजकता और विनाश... क्या तुम यहाँ अच्छाई और बुराई के बीच शाश्वत संघर्ष के साथ एक समानता नहीं देखते हो, जो ईसाई धर्म में भी निहित है?" नथानियल ने उसे भ्रमित करने की कोशिश की, उसे गुमराह करने की कोशिश की, यह साबित करने के लिए कि वह इसे बना रही थी, लेकिन उसके अपने शब्द खोखले लग रहे थे, उसकी अटूट निश्चितता के साथ लड़ने की कोशिश में अपनी शक्ति खो रहे थे।

वह थोड़ा उसकी ओर झुकी, और उसकी त्वचा की सुगंध ने उसे घेर लिया - एक गर्मी की शाम और छिपी हुई, अनियंत्रित शक्ति की गंध, जिसने उसे एक खाई की तरह आकर्षित किया।

"तुम सबूत चाहते हो, नथानियल? क्या होगा अगर मैं तुम्हें बताऊँ कि वह तरल... कि मैं उसकी धड़कन को अपने खून में भी महसूस करती हूँ? कि वह प्रतीक... मेरे सार में गहराई से खुदा हुआ है, एक प्राचीन कोड की तरह, जिसे पढ़ा जाने की प्रतीक्षा

है? वे बुद्धिमान पुरुष... वे ग्रेल के बारे में जानते थे। उन्होंने इसे एक अवशेष के रूप में नहीं देखा, बल्कि दिव्य ज्ञान के एक शाश्वत प्रवाह के रूप में देखा, जिसे आत्मा के साथ महसूस किया जा सकता है, लेकिन कभी भी जंजीर या कब्जा नहीं किया जा सकता है। उन्होंने इसे अशा के लिए खोज के साथ जोड़ा - ब्रह्मांडीय व्यवस्था और सर्वोच्च सत्य, जो हर प्राणी में धड़कता है। यह अच्छाई और बुराई के बीच द्वंद्व है। और अतिमानव का चुनाव इसे महसूस करना है।"

मेलिना और भी करीब झुकी, और उसकी सुगंध की एक लहर ने उसे एक मादक जादू की तरह, एक अदृश्य जाल की तरह घेर लिया। वह अनजाने में एक पल के लिए अपनी आँखें बंद कर ली, नोट्स के परिचित संयोजन से प्रभावित होकर - चंदन और जंगली गुलाब। यह perfume, जो उसने खुद उसे महीनों पहले दिया था, अब एक अदृश्य जंजीर बन गया था, जो भूले हुए वादों को फुसफुसा रहा था और अंतरंग क्षणों की यादों को जगा रहा था। उसकी पसंदीदा सुगंधित गंध, अब उसकी उपस्थिति के साथ इतनी घनी रूप से जुड़ी हुई थी, कि किसी भी जादू से अधिक प्रभावी ढंग से उसके संयम के कवच को तोड़ रही थी।

"और मैंने कुछ और भी देखा, नथानियल। मैंने एक महिला को देखा। उसका चेहरा एक घूंघट के नीचे छिपा हुआ था, लेकिन मैंने उस चौंकाने वाली, लगभग असहनीय शक्ति को महसूस किया जो वह विकीर्ण कर रही थी। उसने आग के ऊपर अपने हाथ रखे और एक ऐसी भाषा में शब्दों को फुसफुसाया जिसे मैं नहीं समझती थी, लेकिन जो मेरी आत्मा में गहराई से गूंज रही थी, एक भूली हुई धुन की तरह जिसे मैं हमेशा से जानती थी। वह एक रखवाले थी। किसी वस्तु की नहीं, बल्कि ईथरिक ज्ञान की, एक रहस्य की, जो एक अदृश्य, रक्त रेखा के माध्यम से पीढ़ी से पीढ़ी तक प्रसारित होता था। एक रहस्य जो ग्रेल को न केवल नबियों और शिक्षकों की पुरुष रेखा से जोड़ता है, बल्कि महिलाओं के मौन, गहरे ज्ञान से भी जोड़ता है, जो समय के माध्यम से एक अदृश्य नदी की तरह बहता है। अतिमानव का रहस्य - पुरुष शक्ति को महिला ज्ञान के साथ संयोजित करना।"

उसकी आवाज लगभग एक फुसफुसाहट थी, लेकिन अधिकार से भरी हुई थी, जिसने उसकी त्वचा को रेंगने के लिए प्रेरित किया। उसने देखा कि उसकी आँखों में प्रतिरोध धीरे-धीरे पिघल रहा था, जो एक तेजी से स्पष्ट जिज्ञासा और... कुछ और से बदल रहा था। एक आकर्षण जिसे वह नकारने की कोशिश कर रहा था, लेकिन जो तेजी से धड़क रहा था, एक अदृश्य धागे की तरह जो उन्हें एक दूसरे में उलझा रहा था।

"तुम सबूत चाहते हो, नथानियल? क्या होगा अगर मैं तुम्हें बताऊँ कि उस महिला... का खून मेरी नसों में भी बहता है? कि वह रहस्य... मेरे दिल में भी जलता है, एक जीवित अंगारे की तरह?" मेलिना ने घातक रूप से निष्कर्ष निकाला, उसकी आवाज कर्कश थी, जैसे कि वह शक्ति से बाहर थी। "यह रहस्य अतिमानव को प्रकट करता है।"

उसने फिर से उसके हाथ को छुआ, इस बार अपनी उंगलियों को उसकी त्वचा पर अधिक देर तक रखा। उसकी गर्मी उसके भीतर घुस गई, उसके संयम की बर्फ को पिघला रही थी, एक सूरज की तरह जो सदियों पुरानी बर्फ को पिघलाता है। उसने मुश्किल से निगल लिया, और उसके ऑर्डर के निषेध, गैर-लगाव के सख्त नियम, उसके जादुई प्रभाव के तहत अपनी शक्ति खोते दिख रहे थे।

---✶ ✶---

रात में टकराव इस पल में, ठीक पिछली बार की तरह, एक बाहरी उपस्थिति की भेदी भावना ने उन्हें भेद दिया। ठंडी हवा का एक हल्का झोंका, जैसे कि एक अदृश्य दरवाजा चुपचाप खुला और बंद हो गया था, कमरे में दबाव बदल रहा था। नथानियल ने अपना हाथ तेजी से उसके हाथ से खींच लिया, जैसे कि वह जला हुआ था। उसकी नज़र तनावपूर्ण और शिकारी बन गई, एक शिकारी की तरह जिसने शिकार को महसूस किया हो।

"कोई हमें देख रहा है।" उसने फुसफुसाया, उसके शब्द कैफे की आवाज के बीच मुश्किल से सुनाई दे रहे थे, लेकिन एक तीखेपन के साथ जिसने हवा को एक ब्लेड की तरह काट दिया। "हमें सावधान रहना होगा, मेलिना। यह रहस्य... सिर्फ हमारा नहीं है। ऐसे लोग हैं जो इसके लिए मुझे मार डालेंगे। और तुम्हारे लिए। तुम्हारे कारण।"

साजिश घनी हो रही थी, उनके बीच कामुक तनाव एक आसन्न, दम घोंटने वाले खतरे में बदल गया, और ग्रेल का रहस्य उन्हें रहस्यों और बेरहम दुश्मनों के एक जाल में और भी गहराई से खींच रहा था।

मेलिना ने जल्दी से कैफे को स्कैन किया, उसकी आँखें हर चेहरे पर फिसल गईं, एक विसंगति, एक विचलन, कुछ ऐसा जो फिट नहीं था, की तलाश में थी। उसकी नज़र एक आदमी पर पड़ी, जो सबसे अँधेरे कोने में अकेला बैठा था, जिसका चेहरा एक चौड़ी टोपी की छाया से आंशिक रूप से छिपा हुआ था। उसकी मुद्रा में कुछ, जिस तरह से उसने अपना गिलास पकड़ा था - छलांग लगाने से पहले एक शिकारी की शांति - ने खुलासा किया कि वह एक आकस्मिक आगंतुक नहीं था। आदमी हिलता नहीं था, लेकिन उसके चारों ओर की हवा छिपे हुए, गर्म तनाव से कंपन कर रही थी।

"हमें जाना होगा, नथानियल। अभी।"

वह तेजी से खड़ी हो गई, कुर्सी फर्श पर खरोंच गई, और फिर से उसकी ओर अपना हाथ बढ़ाया, इस बार एक अधिकारपूर्ण, लगभग commandatory गति के साथ। नथानियल ने उसके mood में अचानक बदलाव को महसूस किया - कामुक तनाव तुरंत एक तेज, भेदी, चौंकाने वाली सावधानी से बदल गया था। उसने उसके हाथ को पकड़ा, उसकी उंगलियों की ठंडी कठोरता को महसूस किया, मांस में लिपटे स्टील को।

"क्या हो रहा है, नथानियल? वह कौन है? ये लोग कौन हैं? क्या वे तुम्हारे ऑर्डर से हैं? क्या वे तुम्हें मुझसे मिलने से रोकते हैं?" उसके सवाल एक ही सांस में बाहर आए, उसकी आवाज में घबराहट भर गई।

"सवालों के लिए समय नहीं है। बस मुझ पर विश्वास करो। कुछ लोग... वे इस सच्चाई को बाहर नहीं आने देना चाहते हैं। वे नहीं चाहते कि यह मुझे बदल दे, क्योंकि वे सब कुछ खो देंगे। और वे जानते हैं कि हम एक साथ हैं।" उसने फुसफुसाया, जबकि वह उसे दरवाजे की ओर ले जा रहा था, उसे लगभग सख्ती से खींच रहा था, लेकिन एक निर्विवाद देखभाल के साथ।

नथानियल ने उसकी आँखों में दर्द के साथ देखा, जो कमजोर सड़क की रोशनी से रोशन थीं, जिसमें उसका चेहरा थका हुआ, छायाओं से लंबा लग रहा था।

"सिर्फ मिलने के लिए नहीं, मेलिना। वे मुझे attachment से मना करते हैं। प्यार करने के लिए। लेकिन..." उसने उसके हाथ को और कसकर दबाया, उसकी हड्डियां crackled, लेकिन दर्द सदमे से सुस्त हो गया था। "...मैं तुम्हारे लिए जो महसूस करता हूँ, वह किसी भी प्रतिज्ञा से अधिक मजबूत है। किसी भी नियंत्रण से अधिक मजबूत है जो मेरा ऑर्डर दुनिया पर थोपने की कोशिश करता है। यह अतिमानव का चुनाव है - निषेध और प्यार के बीच, कर्तव्य और नियति के बीच।"

इस पल में, गली के दूसरे छोर से एक और आकृति दिखाई दी, जो तेजी से उनकी ओर बढ़ रही थी, रात से अलग हुई एक छाया की तरह, लेकिन एक स्पष्ट, स्टील की चमक के साथ। उसका चेहरा छिपा हुआ था, लेकिन नथानियल ने उसकी धमकी भरी, लगभग शारीरिक ऊर्जा को महसूस किया, जिसने उसे रेंगने के लिए प्रेरित किया। कैफे से एक हल्की आवाज सुनाई दे रही थी, जैसे कि मेजें हिल रही थीं - कोने का आदमी पहले से ही चल रहा था, वे घिरे हुए थे।

"एक और! नथानियल, हम क्या करते हैं?" उसकी आवाज एक चीख थी, जो उसके गले में फंस गई थी।

"हमें अलग होना होगा! तुम बाईं ओर जाओ, मैं दाईं ओर। चलो उन्हें भ्रमित करते हैं। मैं तुम्हारा इंतजार पुराने बारूद टावर में करूँगा। आधी रात को। वहाँ रहना।"

"नहीं! मैं तुम्हें नहीं छोड़ूँगी!" मेलिना ने उसके हाथ को पकड़ा, लेकिन वह पहले से ही उसे छोड़ रहा था, उसकी नज़र उसे कार्रवाई के लिए बुला रही थी।

"तुम्हें करना होगा, मेलिना। तुम्हारी सुरक्षा के लिए। अपनी कार में जाओ। वे तुम्हारे बारे में उतना नहीं जानते जितना मेरे बारे में। मैं लक्ष्य हूँ। अगर वे तुम्हें पकड़ लेते हैं..."

वह चुप हो गया, अपनी बात खत्म करने में असमर्थ, उसके शब्द उसके गले में एक गांठ की तरह फंस गए। आँसू भरी आँखों के साथ, मेलिना ने सिर हिलाया, अस्तित्व की प्रवृत्ति के आगे झुकते हुए। उसने उसे तेजी से, लगभग निर्दयता से, कार की ओर धकेल दिया, उसकी नज़र उसे भागने का आदेश दे रही थी।

मेलिना एक पल के लिए झिझकी, उसके लिए paralyzing डर और आत्म-संरक्षण की उसकी प्रवृत्ति के बीच फट गई। वह कार में कूद गई, उसके हाथ स्टीयरिंग व्हील पर कांप रहे थे, जब उसने स्टार्ट बटन दबाया। इंजन दहाड़ा, पहियों ने फुटपाथ पर screech किया, जब वह चली गई, अपने दिल को अपनी छाती में पागलपन से धड़कते हुए महसूस कर रही थी, एक पिंजरे से भागने की कोशिश कर रहे एक बंदी पक्षी की तरह। rearview mirror में, उसने देखा कि दो पुरुष आकृतियाँ नथानियल पर उतर रही थीं, स्टील के ब्लेड सड़क की रोशनी के नीचे चमक रहे थे। वह खड़ा था, लड़ने के लिए तैयार, रात के खिलाफ खड़ा एक silhouette।

ग्रेल, टेम्प्लर ऑर्डर के रहस्यों और उसके सपनों की भविष्यसूचक शक्ति के बारे में सवाल अचानक एक बहुत अधिक तात्कालिक, घातक खतरे से overshadow हो गए थे। वह अँधेरे शहर की रात में भाग रहा था, अदृश्य दुश्मनों द्वारा पीछा किया जा रहा था, और उसकी एकमात्र आशा उस महिला के साथ फिर से मिलना था जिससे वह प्यार करने लगा था - एक महिला जिसने अपनी दुनिया के निषेधों के बावजूद उसके लिए सब कुछ जोखिम में डाल दिया था। यह अतिमानव की लड़ाई है - जीवन और मृत्यु के बीच, नियंत्रण के अधीनता और शुद्ध, अनियंत्रित प्यार के बीच चुनाव, जो दुनिया को बचा सकता है या नष्ट कर सकता है।

---✶ ☾ ✶ ---

ऑर्डर "लॉर्ड्स ऑफ द सर्पेंट एंड लाइट" (ODSL)

के छिपे हुए धागे ग्रेल का रहस्य एक घातक खेल में बदल गया था, जिसमें नियम खून से लिखे गए थे, और वह, एक आंतरिक आग से निर्देशित, फिर से इसके केंद्र में था, जैसे कि उसे रेजर की धार पर चलने के लिए पूर्वनिर्धारित किया गया था। उसके दिल में एक परिचित कड़वाहट बस गई, जो एक अभिशाप की तरह उसका पीछा कर रही थी - क्या सच्चाई के लिए उसका यह intransigence, जो हमेशा उसे खाई के किनारे पर धकेलता था, उसे प्यार करने और उसकी आग के करीब आने की हिम्मत करने वाली हर महिला को लेने के लिए बर्बाद नहीं था? क्या उसका अपना सार एक जाल नहीं था, जो दुनिया पर नियंत्रण को नष्ट करने के लिए डिज़ाइन किया गया था, लेकिन उन सभी को भी नष्ट करने के लिए जो इसे छूते थे?

नथानियल सिर्फ एक भागीदार नहीं था - वह कोर का हिस्सा था, ऑर्डर के उच्चतम सर्कल का, जिसे Consilium Ultimum के रूप में जाना जाता था - "लॉर्ड्स ऑफ द सर्पेंट एंड लाइट" (ODSL) की आंतरिक परिषद। यह प्राचीन भाईचारा, जिसकी जड़ें Hermes Trismegistus के पुजारियों और मूसा के आसपास के भविष्यसूचक जातियों के बीच एक रहस्यमय मिलन तक फैली हुई थीं, सदियों से संस्थानों, धर्मों और बैंकों में प्रच्छन्न गुप्त प्रसारण लाइनों के माध्यम से जीवित रहा है। उनका प्रतीक कैड्यूस है, जो एक काले और सफेद सांप में लिपटा हुआ है - ज्ञान और नियंत्रण, प्रकाश और भ्रम के द्वैध शासन का एक संकेत है।

ऑर्डर का मुख्य लक्ष्य ज्ञान नहीं है, बल्कि प्रौद्योगिकी, वित्त, neuroformation और सांस्कृतिक memetics के माध्यम से कुल संज्ञानात्मक नियंत्रण है। उनके "Covenant of the Two Serpents" के अनुसार, "जागरूक dominators" के एक elite circle को ही अमरता के ज्ञान को धारण करने का अधिकार है, जो डीएनए और चेतना की holographic वास्तविकता में बुना हुआ है। जनता को अराजकता, डर और स्वतंत्रता के सिमुलेशन के माध्यम से निर्देशित किया जाना चाहिए। ग्रेल, उनकी शब्दावली में, आध्यात्मिक जागरण का सिर्फ एक प्रतीक नहीं है, बल्कि आनुवंशिक और सचेत शुद्धता के माध्यम से शक्ति का एक मैट्रिक्स है।

---✶ ६ ✶ ---

उसी समय, Dominators के एक गुप्त ठिकाने में, जिज्ञासु आँखों से दूर, बेरहम दिमागों की एक परिषद ने जो हुआ था, उसे देखा। उनके चेहरे, केवल असतत मॉनिटरों द्वारा जलाए गए, भावहीन थे, लेकिन उनकी आँखें एक बर्फीली, बिना समझौता किए चमक के साथ चमक रही थीं।

"वह हार मान गया," एक आवाज़ फुसफुसाया, चर्मपत्र की तरह सूखा। "उसका लगाव उसे अंधा कर रहा है। उस उपहार को नियंत्रित करने के लिए उस पर भरोसा नहीं किया जा सकता है। वह महिला... वह सार को वहन करती है जो मानवता को बचा सकता है या उसे अराजकता में फेंक सकता है। हम, लॉर्ड्स, Covenant के रखवाले हैं। हम जोखिम नहीं ले सकते। नियंत्रण सब कुछ है।"

"ग्रेल सबके लिए नहीं है," दूसरे ने जवाब दिया, उसकी आवाज़ पत्थरों के रगड़ने जैसी थी। "वह, अपनी भावनात्मकता और टेम्प्लरों से अपनी संबद्धता के साथ, इसे खो सकती है। उस व्यवस्था को पलट सकती है जिसे हमने हजारों साल तक बनाया है। अतिमानव को हमारे plan के बाहर, uncontrollably प्रकट होने दे सकती है।"

तीसरी आवाज़, छोटी, लेकिन कम निर्णायक नहीं, ने हस्तक्षेप किया:

"अगर नथानियल इसे संभाल नहीं सकता है, तो हम करेंगे। बिना हिचकिचाए। जब दुनिया का भाग्य दांव पर हो तो sentimentalism के लिए कोई जगह नहीं है। ऑर्डर सब कुछ से ऊपर है। और वह... वह कुंजी है। जीवित या मृत। और अगर वह बहुत खतरनाक साबित होती है..."

---✶ ६ ✶ ---

कहीं अँधेरे में, एक Dominator एजेंट - अदृश्य, सटीक और fanatically समर्पित - नथानियल के हर कदम को ट्रैक कर रहा था। वह दुश्मन नहीं था, बल्कि ऑर्डर के आत्म-रक्षा के सिद्धांत का एक executor था। अपने दिल में, वह जानता था कि नथानियल का चुनाव खतरनाक भावनाओं से प्रभावित हो सकता है। उसका मिशन स्पष्ट था: यह सुनिश्चित करना कि ग्रेल, मेलिना के रूप में, गलत हाथों में न पड़े। भले ही इसका मतलब उसके नेता के खिलाफ काम करना हो।

प्यार एक कमजोरी थी। और कमजोरी - उनकी दुनिया में - एक मौत की सजा थी। सभी के लिए।

अध्याय 39: रातों का बुनकर, भोर का रखवाला

मेलिना अपने शानदार अपार्टमेंट में लौट आई। होटल, जो कभी उसका सुरक्षित ठिकाना था, अब उसे एक पिंजरे की तरह लग रहा था। रेशमी चादरों और शहर के शोर के बावजूद, हवा एक अनकहे तनाव से भारी थी। उसके शरीर की हर नस टूटने के बिंदु तक खिंची हुई थी, जैसे कि वह एक आसन्न हमले की उम्मीद कर रही थी। वह अपने जैकेट को उतारे बिना बिस्तर पर गिर गई, उसकी आँखें छत पर घूर रही थीं, जहाँ शहर की भूतों जैसी रोशनी के नीचे छायाएं नाच रही थीं।

देर रात, जब शहर चुप्पी के भारी कंबल के नीचे सो रहा था, मेलिना का फोन रात की मेज पर धीरे से कंपन हुआ। आवाज उसकी अपनी सिर में धड़क रही थी - अपेक्षा की नाड़ी, लेकिन इस बार एक बर्फीले स्पर्श के साथ। उसने एक घबराहट भरे डर के साथ उसके संदेश का इंतजार किया, सहज रूप से महसूस किया कि यह उसके जीवन में सबसे भयानक हो सकता है।

स्क्रीन ने संक्षिप्त रूप से, लेकिन एक तेज, भेदी ठंडक के साथ प्रदर्शित किया:

"मेलिना, बाहर मत निकलो। स्थिति नियंत्रण से बाहर हो गई है। मुझे निजी jet से न्यूयॉर्क जाना पड़ा - नेता तत्काल बैठक की मांग कर रहे हैं। हम मिल नहीं सकते। तुम सुरक्षित नहीं हो। मैं भी नहीं। सब कुछ तुम्हारी कल्पना से कहीं अधिक जटिल है। बहुत सावधान रहना। सब कुछ अब तुम पर निर्भर करता है। मैं... मैं ठीक हो जाऊंगा।"

बर्फीले आतंक की एक लहर उसके थके हुए शरीर में बह गई। राहत नहीं। शांति नहीं। बल्कि एक जलती हुई, दम घोंटने वाली घबराहट। "मैं ठीक हो जाऊंगा"? यह एक वादे की तरह नहीं, बल्कि एक दुखद अलविदा की तरह लग रहा था। उसकी आत्मा में गहराई से खतरे की एक सुलगती हुई भावना बनी रही, एक सुलगती हुई आग की राख की तरह, जो किसी भी पल भड़क सकती थी। जो सप्ताह चला गया, वह एक भारी, थकाऊ इंतजार में बीत गया। मेलिना ने एक सामान्य जीवन जीने की कोशिश की, दिनचर्या से चिपके रहने की कोशिश की, बढ़ते हुए बुरे सपने को दबाने की कोशिश की, लेकिन कैफे में उस रात की छायाएं उसकी वास्तविकता में घुस गई थीं। वह सड़कों पर हर अपरिचित चेहरे को घूर रही थी, और हर अप्रत्याशित फोन कॉल ने उसके दिल को उछाल दिया, जैसे कि फोन में किसी और समय से, किसी और दुनिया से एक आवाज छिपी हुई थी, जिससे कोई बच नहीं सकता था। उसने इलुमिनाती के ऑर्डर के बर्फीले हाथ को अपने गले में महसूस किया, भले ही वह उन्हें नहीं देख रही थी।

शहजादी का बुरा सपना कुछ दिनों बाद, एक सुबह, जब सूरज क्षितिज पर गुलाबी और नारंगी रंगों को चित्रित करना शुरू कर रहा था, मेलिना एक strange सपने की एक स्पष्ट, घनी, चौंकाने वाली स्मृति के साथ जाग गई, जो एक बुरे सपने की तरह लग रहा था। यह इतना जीवित, इतना वास्तविक था कि उसने इसे नथानियल के साथ साझा करने की तत्काल आवश्यकता महसूस की, उसके निषेध के बावजूद। वह जानती थी कि वह कहीं पहाड़ों में शिकार कर रहा था, जहाँ वह अक्सर एकांत की तलाश करता था, लेकिन जहाँ मोबाइल सिग्नल अप्रत्याशित थे। उसने उसे नहीं बताया था कि क्या हुआ था। बस रात में हल्के emojis के साथ connection था, ताकि वह जान सके कि वह ठीक है और वह उसे अपने सपनों में महसूस कर सके। वहाँ उसने हर खतरे के झोंके को महसूस किया।

दूरी और उनके बीच अदृश्य दीवार के बावजूद, उसने अपने फोन के लिए पहुँचा और एक लंबा संदेश लिखना शुरू कर दिया, अपने सपने के असली अर्थ को एक कहानी में लपेटते हुए, जिसे केवल वह ही समझ सकता था - उनका व्यक्तिगत कोड, उनका रहस्य, अर्थों से बुना हुआ जिसे केवल वे साझा करते थे। यह कहानी उनका आखिरी link था, उसकी आखिरी hope थी।

"नथानियल," उसने शुरू किया, उसकी उंगलियां स्क्रीन पर तेजी से नाच रही थीं, जैसे कि वे शब्दों को डालने के लिए जल्दी कर रही थीं, इससे पहले कि वे गायब हो जाते, इससे पहले कि स्मृति सुबह के कोहरे की तरह पिघल जाती। "मैंने फारस में पवित्र ग्रेल और मसीहा Zoroaster का सपना देखा..."

---✶ ͼ ✶ ---

आग, खून और अमरता सपना ने मुझे फिर से निगल लिया, इस बार मुझे एक बैंगनी कमरे में ले गया, जिसकी हवा अंजीर और खून की एक भारी सुगंध से घनी थी, और कुछ सूखी, सदियों पुरानी धूल, जिसने उसकी नाक में चुभन पैदा की, भूले हुए युगों की याद दिलाती थी। मैं Scheherazade थी, जो कयामत के crimson banner को ले जा रही थी, राजा Shapur II के बिस्तर की ओर घातक आत्मविश्वास के साथ चल रही थी, जो फारसी साम्राज्य से एक ऐतिहासिक व्यक्ति था, जिसका नाम एक सजा की तरह गूँजता था। पहले ही पल में, मुझे पता चला कि मैं अविवाहित लड़कियों की अंतहीन पंक्ति में अगली थी, जिनके दिलों को वह हर सुबह फाड़ देता था, अपनी पहली पत्नी के विश्वासघात के कारण बदले की भावना से पागल था। मौत अपरिहार्य थी, लेकिन मैं कुछ ऐसा ले जा रही थी जिसे वह नहीं ले जा सकता था।

मैंने उसे देखा - एक शक्तिशाली silhouette, रेशमी तकियों में डूबा हुआ, एक ठंडे उदासीनता के साथ अनार के दानों को निगल रहा था। उसके हाथ की हर हरकत - जीवन की उपेक्षा का एक कार्य। उसकी नज़र polished obsidian की तरह थी - ठंडा और बेरहम, मेरी खुद की कयामत का एक दर्पण। मुझे पता था कि सूरज उगने के साथ, उसका खंजर, रत्नों से जड़ा हुआ, मेरी छाती को भेद देगा, मेरे धड़कते दिल को फाड़ देगा। लेकिन डर ने मेरे दृढ़ संकल्प को धूमिल नहीं किया। मैं अपने जीवन से

अधिक मूल्यवान कुछ ले जा रही थी - रहस्य। ग्रेल का रहस्य, जो अतीत की छायाओं द्वारा मुझे सौंपा गया था, मेरे अपने खून में जीवित था, मेरी नसों में धड़क रहा था। मैंने अपने भीतर मेलिना को महसूस किया, केवल एक स्मृति के रूप में नहीं, बल्कि एक धड़कती हुई शक्ति के रूप में, जिसने मुझे साहस दिया, यह जानकर कि वह भी इस शाश्वत धागे का हिस्सा थी।

मैं धीरे-धीरे उसके पास गई, अपने लाल लबादे में लिपटी हुई, जो संगमरमर के फर्श पर खून की एक झील की तरह फैल रहा था, जो मेरी कयामत का प्रतीक था, लेकिन मेरे भीतर जल रहे छिपे हुए जुनून, विद्रोही आग का भी प्रतीक था। मैं ठंडी, सम्मोहक रेशमी चादरों के ऊपर रेंग गई, शिकारी और एक ही समय में विनम्र, जब तक कि मैं उसके कान के बहुत करीब नहीं थी। और मैंने फुसफुसाया।

मेरी आवाज़, रेगिस्तान के गुलाब की तरह कोमल और एक ही समय में सबसे पुराने जादू की तरह आकर्षक, कहानियों के अदृश्य धागों को बुनना शुरू कर दिया। जिन्न और राजकुमारियों, उड़ने वाले कालीनों और छिपे हुए खजानों, प्यार और विश्वासघात, ज्ञान और पागलपन की कहानियाँ। हर शब्द को ध्यान से चुना गया था, हर कहानी - बहुस्तरीय, जो एक गहरे अर्थ को छिपाती थी, एक प्याज की तरह जो नई और नई परतें प्रकट करता है। मेरा हाथ उसके अँधेरे बालों को सहला रहा था, उसके गर्म माथे को, उसके नम होंठों को छू रहा था, उसकी त्वचा पर नमी को सोख रहा था, लेकिन बिना कामुक जुनून को जगाए, बिना इच्छा को उकसाए। लक्ष्य मांस नहीं था, बल्कि आत्मा थी।

सूरज की पहली किरणें मुश्किल से पहाड़ की चोटी के पीछे रेंग गई थीं, दीवारों को बेक किए हुए मिट्टी के रंग में रंगते हुए, जब मेरी आवाज़ शांत हो गई। Shapur, कहानी के जादू से मोहित होकर, मुझे जारी रखने के लिए आग्रह किया:

Shapur: "रुको मत, Scheherazade! जारी रखो! फिर क्या हुआ? कृपया, मुझे इस अपेक्षा के अँधेरे में मत छोड़ो!"

लेकिन मैंने इनकार कर दिया, मेरी आवाज़ एक ठंडे, परिकलित इनकार की तरह लग रही थी:

मैं: "कहानियां दिन के उजाले से प्यार नहीं करती हैं, मेरे lord। वे रात की छाया में रहती हैं, चाँद की किरणों और भूली हुई फुसफुसाहटों से बुनी हुई हैं। और... अगली कहानी इस कहानी से कहीं अधिक intriguing, गहरी, अधिक खतरनाक है। इसे बताने के लिए, एक पूरी रात की आवश्यकता है। और तुम्हारा पूरा ध्यान।"

मैंने उसकी आँखों में हिचकिचाहट देखी, अनुष्ठान और नई पाई गई इच्छा के बीच एक लड़ाई। क्या उसे अपने खूनी अनुष्ठान को पूरा करना चाहिए? लेकिन उसके नियम अजीब तरह से बदल गए थे। उसने मुझे अंतरंग रूप से नहीं छुआ था, इसलिए, उसके विकृत तर्क के अनुसार, मैंने उसे चोट नहीं पहुँचाई थी। और हमेशा एक और रात थी...

इस तरह Shapur ने मेरे जीवन को बख्श दिया, ताकि वह मेरी कहानियों को सुन सके। रात के बाद रात मैं उसके कमरे में जाती थी, उसे शब्दों के एक घूंघट के साथ घेरती थी, जो ज्ञान और रहस्यमयता से बुने हुए थे। कभी-कभी उसका हाथ मेरी ओर बढ़ता था, उसकी उंगलियां हिचकिचाहट में मुड़ती थीं, लेकिन उसने खुद को रोक लिया, जैसे कि वह रात के जादू को तोड़ने से डरता था, उस आकर्षण के पतले धागे को फाड़ने से डरता था जिसने उसे बंदी बना रखा था। उसके भीतर instinct का जानवर और कुछ अज्ञात था, जिसे वह नहीं समझता था, लेकिन instinctually बचाव करता था - अँधेरे में प्रकाश की एक चिंगारी। वह टाल रहा था, नहीं जानता था कि क्या करना है, दो असंभव वास्तविकताओं के बीच फट गया था।

सात साल बीत गए, कहानियों की फुसफुसाहट और एक अथाह लालसा से भरे हुए। हम केवल तभी अलग हुए जब वह एक अभियान पर गया, और उसकी शक्ति तेजी से बढ़ी, क्योंकि मेरे पास लौटने की लालसा ने उसकी महत्वाकांक्षा और शक्ति को खिलाया, उसे एक अजेय योद्धा में बदल दिया। उसने मुझे बदलने की कोशिश की, हमारे आत्माओं के बीच स्थापित अंतरंग निकटता से बचने की कोशिश की, लेकिन हर दूसरी लड़की, जिसने उसकी रात उसके बिस्तर में बिताई, ने शेरों के साथ arena में एक भयानक मौत पाई, टुकड़ों में फाड़ दिया गया, जबकि वह उदासीनता के साथ देखता था। केवल मैं ही उसकी आत्मा के कंपकंपियों में मौजूद थी, उसके छुटकारे की एकमात्र रखवाले।

एक हजार और एक रातें उंगलियों के बीच रेत की तरह फिसल गईं। राजा नशे में था, मेरी कहानियों के जादू से भरा हुआ था, लेकिन मैं उसे सिर्फ किंवदंतियां नहीं बता रही थी। मैंने उनमें प्राचीन ज्ञान बुना, ज्ञान जो मेरे सार में गहराई से छिपा हुआ था, एक जीवित प्रवाह की तरह, रखवाले से रखवाले तक प्रसारित होता था। मैंने प्यार और रहस्योद्घाटन के साथ, बिना डर के, उसके साथ बिताए हर पल में अपनी आत्मा को डाला, क्योंकि मुझे पता था कि इन पलों में हमारे मोक्ष की कुंजी छिपी हुई थी।

हजार और पहली सुबह, वह बिस्तर से कूद गया, उसका चेहरा थक गया था, उसकी आँखें कल्पना की अंतहीन आवेग से भरी हुई थीं, उसकी आत्मा में शाश्वत लड़ाई से। उसने मुझ पर आरोप लगाया कि मैंने हमारे लिए भ्रम की एक दुनिया बनाई है, कि वास्तविक जीवन अलग, कठोर, बेरहम है। उसने एक तेज खड़खड़ाहट के साथ अपना खंजर निकाला और इसे मेरी छाती पर, मेरे दिल के ठीक ऊपर रखा।

Shapur: "तुमने मुझे धोखा दिया, Scheherazade! तुमने एक ऐसी दुनिया बनाई जो मौजूद नहीं है! वास्तविकता खून और मौत है! तुमने मुझे क्यों बख्शा? तुमने मुझे दूसरों की तरह मारने क्यों नहीं दिया?"

मैंने उसकी आँखों में देखा और वह जम गया, मेरी नज़र से, मेरी आत्मा से बंदी बना लिया गया, जो नहीं कांपती थी। मैंने ब्लेड को अपने दिल के खिलाफ दबाया और मेरी आँखों से खूनी आँसू बह गए - वास्तविक, गर्म, चिपचिपे, मेरे दृढ़ संकल्प के सबूत

की तरह। वह साँस से बाहर रुक गया, मेरी आत्मा को घूर रहा था, एक जवाब की तलाश में।

मैं: "क्योंकि तुम सिर्फ एक जानवर नहीं हो, Shapur। तुम कुछ और हो। मैं तुम्हें रास्ता दिखाने के लिए यहाँ हूँ, भले ही इसका मतलब मेरी मौत हो। मैं मरना चाहती हूँ, लेकिन इस अजीब, भाग्यपूर्ण संबंध के एक भी पल को याद नहीं करना चाहती। यह मौत से अधिक मजबूत है।"

उसने मुझे हरम में भेज दिया, उसके निर्णय की प्रतीक्षा करने के लिए, उस अपेक्षा का सामना करने के लिए जो किसी भी मौत से अधिक भयानक थी। और यह अदम्य था, हर रात स्थगित कर दिया जाता था, एक सजा की तरह जो कभी नहीं आती थी। मैं अपनी आत्मा में एक खून बहने वाले घाव के साथ बैठी थी, एक पिंजरे में एक पक्षी की तरह, जो अब अपनी स्वतंत्रता नहीं चाहता था, अगर उसे इसे प्यार के साथ चुकाना था। नौ महीने बीत गए। कभी-कभी मैंने राजा का खंजर लिया, उसके कमरे के दरवाजों तक गई, लेकिन अंदर जाने का साहस नहीं किया, डर था कि थोड़ी सी बची हुई आशा को नष्ट कर दूँ, एक गिलास की तरह नाजुक। कभी-कभी मैं अंदर जाती और उससे अपने हाथों से मेरा दिल निकालने की भीख मांगती, पीड़ा को समाप्त करने के लिए, लेकिन वह मुझे वापस भेज देता था, मौन, शक्तिहीन। कभी-कभी मैं दरवाजे के सामने घुटने टेकती और रोती, और खूनी आँसू कभी नहीं रुकेंगे, मेरे गालों पर लाल रास्ते छोड़ देंगे, मेरी पीड़ा के निशान। मैं चाहती थी कि यह torture खत्म हो जाए। मैं जानती थी कि मैं मर जाऊँगी, लेकिन अपेक्षा मौत से अधिक भयानक थी। हर पल feverish भावनाओं और एक कमजोर, टिमटिमाती हुई आशा से भरा हुआ था कि प्यार जीत जाएगा, कि यह अपना रास्ता खोज लेगा।

उसकी रातें मेरी रातों से अधिक शांत नहीं थीं। उसके दिल में विरोधाभासी भावनाएं आपस में टकरा रही थीं - हमारे प्यार के सच होने का प्रलोभन, यह संतुष्टि कि मैं अछूती थी, और निहित विश्वास कि हर महिला जिसने उसकी अंतरंगता को छुआ था, उसे मरना होगा ताकि उसे धोखा न दे। उसका चुनाव असंभव, बिना किसी escape के लग रहा था।

हालांकि, मध्ययुगीन किंवदंतियां फुसफुसाती हैं कि उस एक हजार और पहली रात को, पवित्र ग्रेल का रहस्य, जिसका मैं एक जीवित रखवाले थी, Shapur की आत्मा में प्रकट हुआ। एक वस्तु के रूप में नहीं, बल्कि एक एहसास के रूप में। प्यार ज्ञान, अर्थ और रचनात्मकता से भर गया था। और हम अनंत काल में एक साथ रहने लगे, हमारे असामान्य संबंध की शक्ति से बदल गए। जो कोई भी सीमा से परे जाता है, वह महसूस करता है कि प्यार और ज्ञान एक हैं।

---✶ ६ ✶---

पहाड़ से एक पुकार

और शायद ये कहानियाँ सिर्फ जादुई कहानियाँ नहीं थीं, बल्कि coded messages थे, जो मानव आत्मा के लिए प्राचीन रहस्यों और codes को संरक्षित करते थे, उसके

जागरण के लिए। मैं, ग्रेल की रखवाले, अपनी कहानियों के धागों में सदियों के ज्ञान को बुनती थी, जिसे मैं रात के आकाश के नीचे बुनती थी। मैंने उसे ज्ञान के मार्ग पर निर्देशित किया, उसे मानव आत्मा और दुनिया के बारे में गहरी सच्चाइयां प्रकट कीं, बिना ग्रेल के सार को सीधे प्रकट किए। क्योंकि असली रहस्य एक भौतिक वस्तु में नहीं छिपा है, बल्कि प्यार और ज्ञान की परिवर्तनकारी शक्ति में है, जो एक जानवर को कुछ उच्च के लिए एक पुल में बदलने में सक्षम है।

मेलिना ने संदेश भेजा, अपनी छाती से सपने के भार को थोड़ा पीछे हटते हुए महसूस किया, संचित तनाव का एक हिस्सा जारी किया। अब, उसे बस नथानियल के जवाब का इंतजार करना था, उम्मीद थी कि वह मदद के लिए उसकी veiled plea को पढ़ेगा और समझेगा कि उनके सत्य और उनके प्यार के लिए लड़ाई अभी शुरू हुई थी। उसके सपने का जंगल उनकी वास्तविकता बन गया था, और वह इसका रखवाला बनने के लिए तैयार थी, इस प्यार के लिए लड़ने के लिए जो उन्हें जोड़ता था।

---✶ ✶---

Dominators का खतरा

उसी समय, न्यूयॉर्क के मुड़े हुए क्षितिज के ऊपर, Eternal Dominators के सबसे सुरक्षित skyscraper की बाँझ, लगभग कालातीत चुप्पी में, नथानियल एक विशाल holographic interface के सामने अकेला खड़ा था। स्क्रीन से प्रकाश उसके थके हुए चेहरे पर भू-राजनीतिक योजनाओं, बायोमेट्रिक वैक्टर और ऊर्जा के pulsations का एक जाल पेश कर रहा था - एक चेहरा जो अनिद्रा, संदेह और एक बढ़ते हुए आंतरिक दरार से फटा हुआ था।

उसके सामने, एक अर्धवृत्त में, बारह Aeropagites बैठे थे - "लॉर्ड्स ऑफ द सर्पेंट एंड लाइट" (ODSL) का अदृश्य मस्तिष्क, छाया में Eternal Dominators के रूप में जाना जाता है। छायाओं के बीच छायाएं। उनके चेहरे अँधेरे screens के पीछे छिपे हुए थे, लेकिन उनकी आँखें - ठंडी इच्छा के जीवित अंगारे - अंतरिक्ष को भेद रही थीं।

"हमें समझाओ, नथानियल," Tir-Samael की आवाज़ ने बोला, Covenant के रखवाले और Aeropagus के पहले पार्षद। उसकी आवाज़ ठंडी थी, मांस के बिना, क्रोध के बिना, लेकिन हजारों साल की निगरानी के भार से भरी हुई थी। "तुम, महान मास्टर। मानवता को नई योजना के लिए format करने के लिए बुलाया गया। तुमने एक महिला को Integrity को हिलाने कैसे दिया?"

"मेलिना..." दूसरे ने बुदबुदाया, उसकी आवाज़ कर्कश, एक कब्रिस्तान की हवा की तरह गहरी थी। "वह अपवाद का कोड वहन करती है। ग्रेल उसके डीएनए में धड़कता है। और तुम, तुम उससे जुड़ गए। तुमने उस पर विश्वास किया। यह एक संक्रमण है।"

"और हम विश्वास नहीं करते," तीसरे ने काट दिया, एक ऐसी आवाज़ के साथ जो धातु को खरोंचती थी। "हम विश्वास का अनुकरण करते हैं। हम इसे प्रोग्राम करते हैं। स्वतंत्रता एक खतरा है। प्यार - एक सिस्टम बग।"

हॉल के अँधेरे में, एक ठंडा और स्पष्ट मिशन गूंजा, बिना गिना गया - एक dogma की तरह, जो सभी की हड्डियों में व्याप्त था:

भ्रम के माध्यम से नियंत्रण। अराजकता के माध्यम से शक्ति। एल्गोरिथम क्रम के साथ bioscience का विलय। कुछ चुनिंदा लोगों के लिए अमरता का संरक्षण। एक विसंगति के रूप में प्रामाणिक भावना का विनाश। सत्य पर संरचना।

"वह सीमा के बाहर कंपन करती है," दूसरे Aeropagite ने जारी रखा। "जब जनता उस आवृत्ति को सुनती है... हमारा पूरा सिमुलेशन टूट जाएगा। जब वे समझेंगे कि ग्रेल एक बाहरी वस्तु नहीं है, बल्कि एक आंतरिक अनुनाद है - तब हम खेल हार जाते हैं। हमेशा के लिए।"

नथानियल आगे बढ़ा। उसकी आँखें इलेक्ट्रॉनिक्स से नहीं, बल्कि एक लौ से चमक रही थीं। एक विरोधाभास से। वह उनके क्रम में पैदा हुआ था, dogma में गढ़ा गया था, मैट्रिक्स के बेटे के रूप में लाया गया था। लेकिन अब... उसने एक सच्चाई का स्वाद चखा था, जो उनके algorithms से अलग थी, उसने केवल एक महिला को नहीं, बल्कि मानव अस्तित्व की नाड़ी को छुआ था, जिसे वे गला घोंटने की कोशिश कर रहे थे। यह उसका शांत विद्रोह था, उसकी व्यक्तिगत क्रांति, जो मेलिना के चेहरे में embodied थी।

"मेलिना एक खतरा नहीं है। वह एक लक्षण है। अपरिहार्य का। वह स्मृति है जिसे हमने कभी नहीं मिटाया। वह दरार है जिसके माध्यम से प्रकाश घुसता है।"

"हमें प्रकाश की आवश्यकता नहीं है," Tir-Samael ने फुसफुसाया। "हम नए सूरज के निर्माता हैं। इसमें अप्रत्याशितता के लिए कोई जगह नहीं है। और प्यार मानव कोड का सबसे पुराना संक्रमण है। सबसे खतरनाक। सबसे अनियंत्रित।"

"और इसलिए तुम उसे मिटाना चाहते हो?" नथानियल की आवाज़ कठोर थी, लेकिन hostile नहीं - बल्कि दुखद थी। "जब तुम महसूस करने की उसकी क्षमता को नष्ट कर दोगे तो इस दुनिया का क्या बचेगा? क्या वह जीवन है? या सिर्फ एक programmed सपना, बिना सपने देखने वालों के?"

Legate Faer, परिषद में सबसे छोटा, आगे झुका। उसकी आँखें बर्फ थीं, उसकी आवाज़ - सर्जिकल।

"अगर तुम उसे अलग नहीं कर सकते, तो हम करेंगे। ऑपरेशन 'ग्रेल: अब्ज़ॉर्प्शन' सक्रिय हो गया है। कोई वापसी नहीं है। भविष्य की मशीन वास्तुकला में दिलों के लिए कोई जगह नहीं है। यहाँ तक कि तुम्हारे लिए भी। तुम एक बड़ी प्रणाली में सिर्फ एक cogs हो, महान मास्टर। और तुम्हें बदला जा सकता है।"

चुप्पी छा गई। नथानियल ने तुरंत जवाब नहीं दिया। फिर, अपनी नज़र हटाए बिना:

"और फिर भी... दिल ही एकमात्र ऐसी चीज है जिसे तुम model नहीं कर सकते। एकमात्र ऐसी चीज जो मानवीय रहती है जब बाकी सब एक प्रोटोकॉल में बदल जाता है। प्यार... सबसे अन-सिमुलेट करने योग्य सच्चाई है। यह ही बहुत स्रोत है। और इसीलिए यह तुम्हें निगल जाएगा। यह तुम्हें खुद में घोल देगा, जैसे आग बर्फ को पिघलाती है। और केवल यह ही बचेगा।"

चुप्पी एक वैक्यूम की तरह थी - holograms जम गए। एक सेकंड के अंशों के लिए, उनमें से कुछ की आँखों में डर नहीं, बल्कि कुछ गहरा चमक गया: एक स्मृति।

अध्याय 40: शूरवीर का हृदय: कर्तव्य और प्रेम के बीच

मेलिना के संदेश के कई दिन बाद नथानियल वापस आया। रास्ते में वे उस तक नहीं पहुँचे, लेकिन उसके हर नस में एक चीख़ थी कि वे वहाँ थे, उन्होंने उसी हवा में साँस ली, उनके निशान खतरनाक रूप से पास-पास मिले।

वे उसके कार्यालय में मिले - एक परिचित आश्रय, जो अब एक अदृश्य बिजली के साथ कांप रहा था, जो जोखिम और दबी हुई लालसा से भरा था। उसका गले लगाना तेज था, लगभग एक व्यवसायिक, एक चट्टान की तरह कठोर, लेकिन उस पल में उसका पूरा सार उसमें गिर गया, फिर दर्दनाक रूप से कस गया। राहत एक तेज तनाव के साथ गुंथी हुई थी, जिसे मेलिना ने अपनी आत्मा की गहराई तक महसूस किया, जैसे एक ठंडी स्टील जो गर्मी को काटती है।

"क्या हो रहा है, नथानियल? तुम... किनारे पर लग रहे हो।" उसकी आवाज नरम थी, लेकिन उसमें निहित चिंता एक गोली की तरह उसे भेद गई, जो अपने लक्ष्य को पा लेती है।

उसने अपने बालों में उंगलियाँ चलाईं। यह निराशा का एक इशारा नहीं था, बल्कि एक गहरी, लगभग शारीरिक बेचैनी का था, जो उसे भीतर से खा रही थी। उसकी नज़र कमरे में घूम रही थी, किताबों की अलमारियों पर, हर कोने पर रुक रही थी, जैसे कि छायाओं से एक अदृश्य खतरा घात लगाए था, कूदने के लिए तैयार था। उसके जबड़े कस गए थे, उसकी तेज गालों पर एक नस धड़क रही थी - एक आंतरिक तूफान का एक चलने वाला, धड़कता हुआ नक्शा।

"वे मेरे नक्शेकदम पर थे। मेरे... एक आत्मसमर्पण किए हुए भाई ने बहुत लंबी अनुपस्थिति देखी। उसने मेरे लिए एक संदेश छोड़ा। यह सिर्फ एक संकेत नहीं था, मेलिना। यह एक चेतावनी थी, जो एक सदियों पुराने ओक के पेड़ की छाल में खुदी हुई थी, मेरी झोपड़ी के रास्ते के ठीक बगल में। खून से। मेरे खून से। क्या तुम समझती हो कि इसका क्या मतलब है? मैं बच निकलने में कामयाब रहा, लेकिन चेतावनी स्पष्ट है। हर विचलन... मौत से दंडित किया जाता है। और केवल मेरी नहीं।"

उसने उसके हाथों को पकड़ा, उन्हें कसकर दबाया, अपनी शक्ति को उसे देने की कोशिश कर रहा था, उस बर्फीली ठंडक को दूर करने के लिए जो उससे आ रही थी। उसकी त्वचा संगमरमर की मूर्ति की तरह ठंडी थी।

"यह मेरी वजह से है, है ना? हमारे लिए।"

नथानियल ने धीरे-धीरे सिर हिलाया, उसकी आँखों में दर्द चमक गया। वह एक कदम पीछे हट गया, जैसे कि वह बहुत करीब रहने की हिम्मत नहीं कर रहा था, ताकि निकटता एक घातक चुंबक में न बदल जाए, जो उन्हें आपसी विनाश की ओर आकर्षित करता है। उसके शरीर का हर नस इस वापसी का विरोध कर रहा था, सहज रूप से उसके लिए, उसकी गर्मी के लिए, उसके मोक्ष के लिए तरस रहा था।

"नियम, मेलिना... वे लोहे और खून से, सदियों पुरानी परंपराओं और बेरहम बलिदानों से गढ़े गए हैं। उनकी जड़ें सदियों पुराने पहाड़ों से गहरी हैं, सबसे मजबूत चट्टान से अधिक अभेद्य हैं। हर लगाव कवच में एक दरार है, और तुम... तुम सिर्फ एक दरार नहीं हो, बल्कि एक अथाह खाई हो, जो मुझे निगल रही है, मुझे टुकड़ों में फाड़ रही है। तुम मेरी सबसे बड़ी कमजोरी हो। और एक ही समय में - सबसे मजबूत, सबसे अथाह जरूरत, जारी रखने का बहुत कारण।"

वह उसे देख रही थी, यह महसूस करते हुए कि एक अदृश्य दीवार, जो कर्तव्य और निषेधों, प्रतिज्ञाओं और खून से बुनी हुई थी, उनके बीच उठ रही थी, कांच से अधिक घनी, स्टील से अधिक मजबूत। उसका दिल सिकुड़ गया, दर्द शारीरिक, दम घोंटने वाला था।

"क्या तुमने मेरा सपना पढ़ा? शेहजादी की कहानी? और दूसरा... शिकार पर राजा, झरना, जादूगरनी के बारे में? क्या तुम समझ गए कि उनका क्या मतलब है?"

नथानियल ने फिर से सिर हिलाया, उसकी नज़र कहीं अतीत में भटक गई, एक समय में जो अचानक उसे वर्तमान से अधिक वास्तविक लग रहा था, न्यूयॉर्क से अधिक वास्तविक, उसके खुद के जीवन से अधिक वास्तविक।

"मैं उन्हें समझा, मेलिना। तुम शेहजादी हो, जो अपरिहार्य को स्थगित करने के लिए कहानियाँ बुनती हो... और मैं... एक हिरण हूँ, जो एक अँधेरे जंगल में एक कमजोर रोशनी की रखवाली कर रहा हूँ, एक झुंड द्वारा पीछा किया जा रहा हूँ जो न केवल उसे, बल्कि रोशनी को भी फाड़ना चाहता है। और छायाएं... वे हमेशा घात लगाए रहती हैं। हमेशा।"

उसने एक और कदम पीछे लिया, जैसे कि वह अपने खुद के impulses से, उसकी निकटता की मादक, विनाशकारी शक्ति से भाग रहा था। उसे छूने, उसकी गर्मी को महसूस करने की इच्छा, उसकी नसों में गर्म लावा, पिघले हुए सोने की तरह धड़क रही थी। उसका हर एक खून उबल रहा था, लेकिन ऑर्डर का निषेध अधिक मजबूत था - हर सांस के साथ, उसकी हर इच्छा के साथ उठने वाली स्टील की एक दीवार। उसकी उंगलियाँ घबराहट में मुड़ गईं और खुल गईं, जैसे कि वे कुछ

nonexistent पकड़ने की कोशिश कर रही थीं, हवा को पकड़ने के लिए, जो उससे भरी हुई थी।

"और राजा का क्या हुआ, नथानियल? उसने कहानियों के जादू के आगे झुक गया, है ना? लालसा... निकटता के लिए।"

मेलिना धीरे-धीरे करीब आ रही थी, उसकी आवाज नरम और मोहक थी, एक प्राचीन मंत्र की फुसफुसाहट की तरह, जो उसकी इंद्रियों को लपेट रही थी। उसने अपना हाथ बढ़ाया और धीरे से उसकी बांह पर उंगलियाँ चलाईं। वह सिहर गया। वह पीछे नहीं हटा। जैसे कि वह जगह पर बंद था, एक ही समय में भयभीत और आकर्षित था।

"और... क्या उसे छायाओं से लड़ने का कोई रास्ता मिला? अपने ऑर्डर से? Illuminati से?"

नथानियल ने अपनी आंतरिक तूफान से लड़ते हुए अपनी आँखें बंद कर लीं। उसकी सुगंध, perfume, जो उसने उसे दिया था - वसंत के फूलों और citrus का एक पतला सार, जो खुशी की स्मृति को ले जा रहा था, जो अब एक दूर के, unattainable सपने की तरह लग रहा था - ने उसे घेर लिया, उसे एक भूले हुए intimacy की याद दिला रहा था, उस जीवन की जो वे जी सकते थे, उस असंभव भविष्य की।

"मुझे लालच मत दो, मेलिना," उसने एक कर्कश आवाज में फुसफुसाया, एक ऐसे व्यक्ति की आवाज जो एक untamable, आदिम आवेग से लड़ रहा था, एक शिकारी के साथ जो उसकी छाती में उठ रहा था। "इसे पहले से ही जितना मुश्किल है, उससे ज्यादा मुश्किल मत बनाओ। तुम्हारे साथ हर मिनट खाई की ओर एक कदम है, हर स्पर्श... मेरी प्रतिज्ञाओं के हर नस के साथ एक विश्वासघात है, एक शूरवीर के रूप में मेरे बहुत सार के साथ।"

लेकिन उसके शब्दों के बावजूद, उसने अपना हाथ वापस नहीं लिया। उसकी उंगलियां अनजाने में उसकी उंगलियों के चारों ओर मुड़ गईं, उसकी कोमल गर्मी को पकड़ रही थी, एक नाविक की तरह जिसने एक raging तूफान में अपनी आखिरी पकड़ को पकड़ लिया, यह जानते हुए कि यह उसका एकमात्र मौका था।

"और तुम उस व्यक्ति के बारे में क्या कहोगे जिसके बारे में Scheherazade बात कर रही थी? क्या वह डर के आगे झुक जाता? क्या वह प्यार को दंडित होने देता? क्या वह ऑर्डर के नियंत्रण के आगे आत्मसमर्पण कर देता, जो स्वतंत्रता से डरता है?"

उसने उसके कान के पास फुसफुसाया, उसकी सांस उसकी त्वचा पर जल रही थी। उसकी सांस तेज हो गई। उसने अपनी आँखें खोलीं और उसे देखा, और उसकी नज़र की गहराई में एक लालसा जल रही थी जिसे वह मुश्किल से रोक रहा था। उसकी आँखें, जो आमतौर पर ठंडी और विश्लेषणात्मक होती थीं, अब एक खतरनाक, जंगली लौ के साथ जल रही थीं, जिसने विनाश और सृजन दोनों का वादा किया।

"तुम खतरनाक हो, मेलिना। खतरनाक रूप से सुंदर, खतरनाक रूप से बुद्धिमान... खतरनाक रूप से वांछित। मेरे लिए। दुनिया के लिए।"

उसने अपना हाथ उठाया और धीरे से उसकी गाल को छुआ। स्पर्श क्षणभंगुर था, मुश्किल से मूर्त था, एक तितली के फड़फड़ाने की तरह, लेकिन एक लालसा से भरा हुआ था, जो उसकी सभी छिपी हुई भावनाओं, उसके पूरे सार, उसके शरीर की हर कोशिका को संघनित करता हुआ लग रहा था।

"मैं जानता हूँ कि तुम्हारे सपनों में सच्चाई है। मैं जानता हूँ कि तुम कुंजी हो। तुम ग्रेल हो, मेलिना। जीवित। धड़कता हुआ। लेकिन तुम्हें पाना... तुमसे प्यार करना... हम दोनों के लिए मौत का मतलब हो सकता है। सब कुछ का पतन हो सकता है। हमारी पूरी दुनिया। पूरा पुराना ऑर्डर।"

उसके चेहरे पर दर्द लिखा था। वह एक और कदम पीछे हट गया, उनके बीच शारीरिक संबंध को तोड़ दिया, लेकिन एक अदृश्य, खून बहने वाला घाव छोड़ दिया।

"हम खोज जारी रखेंगे। हम रहस्यों को सुलझाएंगे। लेकिन हम इसे... सावधानी से करेंगे। दूरी से। तुम्हें जीवित रखने के लिए। और खुद को भी... थोड़ा और समय तक। जीतने के लिए।"

वह तेजी से मुड़ा, जैसे कि वह अब उसकी उपस्थिति को सहन नहीं कर सकता था, मेलिना को कमरे में अकेला छोड़ दिया, निषेध और लालसा की अदृश्य दीवारों से घिरा हुआ था, यह जानकर कि उनकी निकटता एक ही समय में उनकी सबसे बड़ी ताकत और उनकी सबसे बड़ी कमजोरी थी। दरवाजा खोलने से पहले, उसने अपने मुट्ठी को खून तक कस लिया, उसके नाखून उसकी हथेली में घुस गए, उसके साथ हर पल, उसकी सुगंध के हर अणु, उसकी आवाज की हर गूँज को पकड़ने की कोशिश कर रहे थे।

"ओह, नथानियल, तुम नहीं देखते!" उसने फुसफुसाया, और उसकी आँखों में एक लालसा और हताशा थी जो उसकी आत्मा को फाड़ रही थी, लेकिन एक असीमित, घातक दृढ़ विश्वास भी था। "भविष्य अस्पष्ट है, लेकिन मैं महसूस करती हूँ... मैं महसूस करती हूँ कि हम हमेशा के लिए उसमें intertwined हैं। मेरे पास जो कुछ है, वह यह विश्वास है, यह अथक आशा और यह... तुम्हारे लिए यह प्यार है। यहाँ तक कि जब मेरा दिल टूटता है, यहाँ तक कि जब रास्ता कांटेदार होता है... केवल यही प्यार हमें उस ज्ञान तक ले जा सकता है जिसकी हम तलाश कर रहे हैं। यह मेरे सपनों में धड़कता है... केवल मैं ही तुम्हें बचा सकती हूँ! केवल मैं ही हमें बचा सकती हूँ! तुम बस अभी तक इसका एहसास नहीं करते!" उसने फुसफुसाया, और उसकी आवाज में सिर्फ विश्वास नहीं था, बल्कि एक असीमित, घातक दृढ़ विश्वास था, जिसने उसे एक मंत्र की तरह भेदा।

इस नाजुक, लेकिन अटूट शक्ति के साथ, उसने उसे आभासी अंतरिक्ष में अपने अगले सपने का वर्णन करना शुरू कर दिया, एक lighthouse की तरह, उसे उसके संदेह के अँधेरे के माध्यम से आगे ले जा रहा था, एकमात्र प्रकाश की ओर - उनकी साझा, शापित नियति। उसने इतनी खूबसूरत कहानियाँ लिखीं... क्योंकि वह जानती थी कि वे उनके जीवित रहने का एकमात्र मौका थे।

आर्थर और मॉर्गन की किंवदंती

सपनों ने मुझे एक बर्फीले कोहरे के भंवर की तरह निगल लिया और मुझे एक ऐसी दुनिया में ले गया, जो एक ही समय में दर्दनाक रूप से परिचित और एक भूली हुई धुन की गूँज की तरह भूतिया रूप से दूर थी। मैं मेलिना थी, लेकिन मॉर्गन भी—एक प्राचीन स्मृति की गूँज, एक किंवदंती के जन्म और उसके अपरिहार्य पतन का गवाह।

किंग आर्थर। नाम मेरी चेतना में एक दूर के शूरवीर के हॉर्न की तरह गूँजा, जिसकी धुन सदियों पुरानी प्रतिज्ञाओं और अभिशापों, असंभव आदर्शों और दुखद नियति के भार को ले जा रही थी। क्या वह एक ब्रिटिश प्रमुख था जिसने सैक्सनों से लड़ाई लड़ी थी, या एक रोमन शताधिकारी (centurion) था जिसने ब्रिटेन के कोहरे में अपनी मातृभूमि को भुला दिया था? उसके सार के चारों ओर का रहस्य खुद किंवदंती को खिलाता हुआ लग रहा था, उसे शूरवीरता और सम्मान के प्रतीक में बदल रहा था, आदर्श शासक का एक पुरातन रूप, जिसके लिए मानवता हमेशा तरसती रही है—प्रकाश का सही शूरवीर।

मैंने उसे देखा - युवा और majestic, उसकी आँखें अंगारों की तरह जल रही थीं, जो एक अथक विश्वास और अटूट दृढ़ संकल्प से जल रही थीं, Excalibur से लैस - एक तलवार, जैसे कि पृथ्वी के ही जादू से फाड़ दी गई थी, जिसका ब्लेड गौरव और बलिदान के बारे में एक प्राचीन गीत फुसफुसाता था, एक कर्तव्य के बारे में जो जीवन से अधिक भारी था। उसके चारों ओर शूरवीर इकट्ठा हो रहे थे, जिनकी आँखों में अटूट निष्ठा थी, जो अपने राजा का किसी भी साहसिक कार्य में, यहाँ तक कि मौत में भी, पीछा करने के लिए तैयार थे, क्योंकि उनका कर्तव्य उसके प्रति डर से अधिक मजबूत था। Camelot में गोल मेज सिर्फ एक फर्नीचर नहीं थी, बल्कि समानता और भाईचारे का एक चमकदार प्रतीक थी, साहस और निष्ठा का एक केंद्र, जो invisible प्रतिज्ञाओं पर बनाया गया था, जो स्टील से अधिक मजबूत, समय से अधिक unbreakable थे।

लेकिन Camelot का स्थान... यह एक और रहस्य था, किंवदंती की बहुत प्रकृति का एक दर्पण - एक शाश्वत खोज, जो कभी भी पूरी तरह से नहीं मिली। इतिहासकारों ने पत्थरों और खंडहरों की तलाश की, लेकिन mythology ने एक तैरते हुए शहर की पेशकश की, जो अंतरिक्ष में fixed नहीं था, एक आदर्श राज्य का एक प्रतीक, जो हमेशा वास्तविकता की विशिष्ट सीमाओं से बच निकलता है। Cornwall, Somerset - ये स्थान सटीक भौगोलिक बिंदुओं की बजाय पुरातन थे, रहस्यमय की खोज का एक अवतार, आदर्श के लिए लालसा का, पूर्णता के लिए प्रयास का।

और फिर, शोषण और लड़ाइयों के बीच, वह प्रकट हुआ - पवित्र ग्रेल। एक Celtic "abundance के cauldron" से यह एक ईसाई अवशेष में बदल गया, जो Last Supper से जुड़ा था। इसकी खोज एक केंद्रीय विषय बन गई, एक आध्यात्मिक यात्रा, पूर्णता के लिए एक खोज, दिव्य के साथ मिलन के लिए। शूरवीर, लालसा और विश्वास

से निर्देशित, तितर-बितर हो गए, लेकिन कई वापस नहीं लौटे, रहस्यमय, कोहरे वाले जंगलों और रहस्यमय, छिपे हुए chapels द्वारा निगल लिए गए, जहाँ वे हमेशा के लिए खो गए, एक उच्च उद्देश्य के नाम पर बलिदान किए गए, बिना यह जाने कि क्या यह मौजूद है।

इस दुनिया में intertwined वास्तविकता और कल्पना में, वह भी प्रकट हुई - Morgan le Fay। आर्थर की सौतेली बहन, जो प्राचीन जादू और अँधेरे कलाओं में महारत रखती थी, वह एक ही समय में एक जंगली, अनियंत्रित महिला शक्ति का प्रतीक थी और निषिद्ध ज्ञान का खतरा, जो बचा सकता था, लेकिन नष्ट भी कर सकता था। Avalon, रहस्यमय द्वीप, जिसे नौ बहनों द्वारा शासित किया गया था, उसका राज्य था - घायल शूरवीरों के लिए एक आश्रय, लेकिन खतरनाक जादू का एक स्रोत भी था, जो दुनिया को पलट सकता था, व्यवस्था और अराजकता के बीच पतले घूंघट को फाड़ सकता था। आर्थर और Morgan के बीच का संघर्ष प्रकाश और अँधेरे, अच्छाई और बुराई, व्यवस्था और अराजकता के बीच शाश्वत लड़ाई थी, जो अस्तित्व के बहुत कपड़े में निहित है।

लेकिन इस सपने में, मैं कुछ और जानती थी। किंवदंतियों के घूंघट के पीछे, Morgan सिर्फ एक विरोधी नहीं थी। वह उत्प्रेरक थी, प्रेरक शक्ति, वह छाया जो रास्ते को रोशन करती है। वह, जादूगरनी, ने आर्थर को ग्रेल की तलाश के लिए प्रेरित किया, लेकिन उसे नष्ट करने के लिए नहीं, बल्कि उसे उसकी सच्ची, परिवर्तनकारी शक्ति को प्रकट करने के लिए। मैंने उसे देखा - उसने उसे एक लकड़ी का प्याला दिया, जो एक प्राचीन ओक के पेड़ की जड़ों से तराशा गया था, जब उसने, अपनी शूरवीर शुद्धता और बिना शर्त प्यार में, अपने परिवर्तन का अनुभव किया था, बिना यह जाने कि उसका प्यार ही ग्रेल की कुंजी था, उस उच्च ज्ञान की जो मौत को पार करता है।

इस पल में, सपना काँप गया। मैंने महसूस किया कि ग्रेल सिर्फ एक ईसाई प्रतीक नहीं था, बल्कि कुछ गहरा था, जो abundance और पुनर्जन्म के बारे में प्राचीन Celtic beliefs से जुड़ा था। मध्य युग के माध्यम से इसका परिवर्तन धार्मिक और सांस्कृतिक परिवर्तनों को दर्शाता था, लेकिन इसका मूल सार अधिक प्राचीन, अधिक रहस्यमय, अधिक आदिम था - जीवन शक्ति से ही जुड़ा हुआ था।

ग्रेल की खोज ने शूरवीरों को विभाजित किया, राज्य को कमजोर कर दिया, लेकिन इस पतन में कुछ नया, अधिक शक्तिशाली का बीज भी छिपा था - मानवता के लिए एक सबक। केवल सबसे शुद्ध दिल वाले ही अपने सच्चे सार को देखने की उम्मीद कर सकते थे, यह समझने के लिए कि यह सिर्फ एक वस्तु नहीं थी, बल्कि आंतरिक परिवर्तन, जागरण का एक रास्ता था। आर्थर का दुखद अंत अपरिहार्य था, जैसे कि ग्रेल द्वारा प्रतीकित आदर्श, सांसारिक दुनिया के लिए बहुत ऊँचे थे, मानव स्वभाव के लिए बहुत उदात्त थे, जिसने अभी तक अपनी पूर्णता प्राप्त नहीं की है।

लेकिन मैं, इस सपने में, जानती थी कि Morgan की अपनी भूमिका थी। वह ज्ञान की रखवाले थी, वह जिसने आर्थर के लिए ग्रेल की शक्ति को अनलॉक किया था, जब

उसने प्यार के परीक्षण से गुजर लिया था। ग्रेल का प्रतीक, लकड़ी का प्याला, उसके बिना शर्त प्यार के उपभोग के बाद उसके द्वारा लिया गया था - एक अजीब, enigmatic अनुष्ठान, जिसका अर्थ अभी भी मेरी पूर्ण समझ से बच रहा था, लेकिन मैंने महसूस किया कि इसमें एक गहरा रहस्य था, जो अनंत काल और कालातीतता से जुड़ा था, अतीत और भविष्य के intertwining के साथ, निर्माण की ही ऊर्जा के साथ। ठीक वैसे ही जैसे मैं और नथानियल। वह - शूरवीर, मैं - जादूगरनी। एक साथ। हमेशा के लिए।

मैं अपने कानों में गूँजते हुए शूरवीर horn की गूँज के साथ जाग गई, और प्राचीन, निषिद्ध जादू की फुसफुसाहट के साथ, जिसने मुझे हड्डियों तक भेद दिया, जैसे कि वे मेरी आत्मा में ही घुस गए थे। आर्थर और ग्रेल की किंवदंती मेरी खुद की रखवाले की नियति के साथ, एक जादूगरनी के रूप में, जिसे अपने शूरवीर को परीक्षणों के माध्यम से मार्गदर्शन करना था, के साथ intertwined थी। और मैं जानती थी कि समझने की कुंजी Celtic myths, ईसाई किंवदंतियों और Morgan le Fay की गुप्त, शक्तिशाली भूमिका के बीच कहीं निहित है - महिला शक्ति का पुरातन, जो चुनाव के आधार पर, मोक्ष या विनाश का कारण बन सकता है।

------------------ ------------------

अध्याय 41: राख और प्रतिज्ञाएँ: ऑर्डर की महिलाएँ

नथानियल अपने कार्यालय की खिड़की के बगल में खड़ा था। नीचे रात का शहर, टूटे हुए हीरों की तरह रोशनी से भरा हुआ, उसे अपनी खुद की छवि से दूर नहीं कर सका। उसमें संदेह गुंथे हुए थे, जो उसे भीतर से खा रहे थे। हवा, ठंडी और भारी, उसके चारों ओर घनी हो रही थी, हर तार्किक विचार का दम घोंट रही थी, परिचित में हर समर्थन का।

मेलिना विशाल डेस्क के दूसरी तरफ बैठी थी, जिसने अभी-अभी crusades और पहले टेम्पलरों के बारे में अपनी कहानी समाप्त की थी। खून का स्वाद, उसकी नाक में चुभने वाली धूल, उसके सपने से बहरे युद्ध की चीखें - सब कुछ अभी भी उसकी नसों में धड़क रहा था, उसके होंठों पर धातु का स्वाद छोड़ रहा था, एक सूखे घाव की तरह। उसने सिर्फ इतिहास को नहीं देखा, बल्कि एक जीवित अनुभव को देखा, जो उसमें सील हो गया था, उसकी हर कोशिका में व्याप्त हो गया था।

--- * * ---

अतीत से एक फुसफुसाहट

"ग्रेल... सदियों से खो गया?" नथानियल की आवाज कर्कश थी, जो बढ़ती बेचैनी से corroded थी।

"हाँ," उसने धीरे-धीरे जवाब दिया, उसकी आवाज शांत थी, लेकिन एक गहरी, अजीब तरह से परिचित अनुनाद के साथ, जो उसे हड्डियों तक भेद गया। "1291 में Acre के पतन के बाद, यह विस्मरण में डूब गया। बाहरी दुनिया से गायब हो गया। लेकिन हमेशा के लिए नहीं। ऑर्डर हमेशा से मौजूद था, नथानियल। छाया में, एक

सदियों पुराने ओक के पेड़ की जड़ों की तरह - अटूट, सो रहा, लेकिन जीवित। सपने... वे दिखाते हैं कि मेरा कनेक्शन गहरा है। अतीत से आज तक। मुझ तक।"

नथानियल तेजी से मुड़ा। उसकी आँखों में पुराने, निहित संदेह और एक नई, खतरनाक जिज्ञासा दोनों बारी-बारी से चमक रहे थे, जिसने उसे किसी भी शारीरिक खतरे से अधिक डरा दिया। उसे अपने परिवार के पुस्तकालय में मोटी, धूल भरी किताबों की याद आई, जो archaeological अभियानों के protocol से भरी हुई थीं। खंडहर और हड्डियों के अलावा कुछ नहीं। व्यर्थ खोज की कड़वाहट, बर्बाद वर्षों की कड़वाहट, पित्त की तरह उसके गले में उठ गई।

"टेम्प्लर? भिक्षु-योद्धा, जिन्होंने 12 वीं शताब्दी में खुद को पोप को समर्पित कर दिया था? और ग्रेल से उनका क्या संबंध है? वे साहस का प्रतीक थे, पवित्र भूमि में elite fighter थे... लेकिन इतिहास heresy के आरोपों और 14 वीं शताब्दी में विघटन के बारे में बात करता है। यह खून और पत्थर है, मेलिना। तथ्य, कहानियाँ नहीं, कविता नहीं।"

मेलिना ने एक पल के लिए अपनी आँखें बंद कर लीं। वह अपने सपने से fragmented छवियों और भावनाओं को व्यवस्थित करने की कोशिश कर रही थी, जैसे कि वह टूटे हुए कांच के टुकड़ों को इकट्ठा कर रही थी, जिसके किनारे उसे काट रहे थे, अदृश्य निशान छोड़ रहे थे।

"भावना... अलग थी। आर्थर में एक शुद्धता थी, एक आदर्श के लिए एक खोज। यहाँ... यहाँ एक लौ थी, लगभग कट्टरता, जिसने सब कुछ अतिरिक्त जला दिया। लेकिन एक गहरी, जलती हुई आध्यात्मिकता भी थी, जो सेंट बर्नार्ड के Cistercian आदर्श से पैदा हुई थी - सादगी, प्रार्थना, भगवान की सेवा। वे विश्वास के योद्धा थे, नथानियल। आत्मा के सच्चे crusaders, सेवा के लिए, भगवान की तलाश के लिए समर्पित थे। और सपने की गहराई में... मैंने महसूस किया कि उनका समर्पण, इरादों की वह शुद्धता, जो मांस और बलिदान में गढ़ी गई थी... उन्हें ग्रेल से जोड़ती है। उन्होंने इसे एक trophy के रूप में नहीं, बल्कि एक पवित्र लक्ष्य के रूप में, आंतरिक परिवर्तन के रूप में, प्रकाश की ओर एक यात्रा के रूप में तलाश किया। उनका सफेद लबादा, जिस पर लाल क्रॉस था... यह सिर्फ एक युद्ध प्रतीक नहीं था। यह एक आंतरिक लड़ाई का banner था। एक आध्यात्मिक युद्ध का।"

"ऑर्डर, मेलिना? अपने आप को धोखा मत दो। मैं तुम्हारे शीर्षक 'डेम' के बारे में जानता हूँ, लेकिन उनका आज का संगठन एक farce है। पुराने महलों में luxurious रात के खाने, अर्थहीन अनुष्ठान, पाखंड से भरे हुए... वे अमीर और प्रभावशाली लोगों का एक क्लब हैं, जो उदासीनता में स्नान करते हैं। ये दिखावे हमें टेम्प्लरों और ग्रेल के सच्चे सार तक कैसे ले जा सकते हैं? उनकी प्राचीन मिशन और यह showmanship का कोई लेना-देना नहीं है! यह उनकी स्मृति के लिए एक अपमान है!"

नथानियल की आवाज तनावपूर्ण थी, लगभग एक दहाड़ थी। जैसे कि वह उस जवाब से डरता था जो पहले से ही उसके खुद के अवचेतन में बन रहा था, एक घातक ivy की तरह चढ़ रहा था। उसके कार्यालय में हवा wax और पुराने चर्मपत्र की एक

हल्की, लेकिन लगातार सुगंध से भर गई - monastic hideouts में बंद सदियों पुराने रहस्यों की गंध, जिसे वह खुद से बेहतर जानता था।

---✶ ६ ✶ ---

खून और प्रतिज्ञाएँ

"संबंध गहरा है, नथानियल। खून में। विरासत में। अस्तित्व के बहुत कपड़े में। सपना... उसने मुझे जड़ें दिखाईं। पहले भाई। उनका अटूट, लगभग दर्दनाक विश्वास, जो आग में गढ़ा गया था। और मैं महसूस करती हूँ कि ऑर्डर में मेरी भूमिका अब... उस प्राचीन मिशन का एक continuation है। उनका आध्यात्मिक संबंध, ध्यान और प्रार्थना के माध्यम से चेतना के एक उच्च स्तर की तलाश... आज भी जीवित है। यह उन अनुष्ठानों में छिपा हुआ है, जिनमें मैं भाग लेती हूँ, एक भूमिगत धारा की तरह, जिसे कोई भी सूखा नहीं पाया है। यह मेरी नसों में धड़कता है।"

वह खड़ी हो गई। धीरे-धीरे वह उसकी ओर बढ़ी, हर कदम एक प्राचीन पुजारी की तरह, जो भाग्य के नृत्य को जानती थी। उसकी नज़र एक छोटे, चांदी के पदक पर पड़ी, जो उसकी blouse के नीचे छिपा हुआ था। लगभग अदृश्य, लेकिन धड़कता हुआ, जैसे कि इसका अपना जीवन था, अपनी खुद की दिल की धड़कन थी।

"नथानियल," उसने धीरे से कहा। उसकी आँखों में एक अजीब, प्राचीन लौ जल रही थी, जिसने उसे बंदी बना लिया, उसे पूरी तरह से निगल लिया। "सपने में... मैं उनका हिस्सा थी। मैंने एक संबंध महसूस किया, गहरा और प्राचीन। जैसे कि मैं अपनी नसों में उनकी राख और अपने दिल में उनकी प्रतिज्ञाओं को ले जा रही हूँ, खून से लिखा हुआ। जैसे कि मैं अपने भीतर कुछ ले जा रही हूँ, जो उनके मिशन से, ग्रेल के बारे में उनकी समझ से जुड़ा है। अब, यहाँ, इस पल में... मैं उस श्रृंखला का हिस्सा हूँ। मैं ऑर्डर की महिला हूँ। केवल शीर्षक से नहीं, बल्कि खून और नियति से।"

नथानियल उसे बढ़ती हुई astonishment के साथ देख रहा था, उसकी सांस उसके गले में फंस गई। उसके ऑर्डर का निषेध, हर मिनट उसके साथ बिताया गया जोखिम, उसकी जान को खतरे में डालना, उसके सपनों की अजीब, आकर्षक शक्ति और उसके जीवन के लिए इस नई, शापित संभावना से पीछे हटता दिख रहा था। वह एक जीवित पहेली थी, एक खुला घाव, जिसके माध्यम से एक भूला हुआ अतीत झाँक रहा था, उसे रहस्य फुसफुसा रहा था।

"तुम... उनका हिस्सा हो? लेकिन कैसे? तुम क्या जानती हो, मेलिना? तुम क्या छिपा रही हो? यह पागलपन है!"

"मैं अभी तक सब कुछ पूरी तरह से नहीं जानती," उसने जवाब दिया, उसकी आवाज मुश्किल से सुनाई दे रही थी, लेकिन एक अटूट दृढ़ संकल्प के साथ, एक प्राचीन पत्थर की तरह। "लेकिन मुझे पता है कि कहाँ देखना है। मेरे सपने, वे सिर्फ दर्शन नहीं हैं, नथानियल। वे एक road map हैं। उन्होंने मुझे एक जगह दिखाई, जो सदियों से भूली हुई है, इतिहास और धूल की परतों के नीचे छिपी हुई है। एक जगह जहाँ टेम्प्लरों ने न केवल ग्रेल को रखा है, जिसका सार हजारों प्रतीकों में लिपटा हुआ

है, बल्कि कुछ... अधिक शक्तिशाली भी। कुछ ऐसा जो समय और स्थान को मोड़ने की अनुमति देता है। वे जानते थे कि यह कैसे करना है। और वह ज्ञान वहाँ छिपा हुआ है।"

नथानियल का चेहरा पीला पड़ गया। समय और स्थान को मोड़ने का ज्ञान? उसका दिमाग, सख्त तर्क और गुप्त protocols में प्रशिक्षित, विद्रोह कर रहा था। यह उसके ऑर्डर के उच्चतम स्तरों में circulating सबसे जंगली सिद्धांतों को भी पार कर गया। ग्रेल नहीं, बल्कि यह सबसे बड़ा खतरा था, सबसे भयानक हथियार, सबसे खतरनाक ज्ञान।

"मेलिना, रुको!" उसने फुसफुसाया, उसकी आवाज एक रेजर से कटी हुई थी, तेज और हताश थी। "तुम जो कह रही हो, उसका एहसास तुम्हें नहीं है। यह ज्ञान... एक अभिशाप है। न केवल मेरा ऑर्डर तुम्हारा पीछा करेगा। तुम्हारा भी, मेलिना! वह नहीं जिसे तुम जानती हो, बल्कि उनके सच्चे रखवाले! वे तुम्हें नष्ट कर देंगे, इससे पहले कि तुम भी समझ पाओ कि तुम्हारे हाथों में क्या है। तुम पहले से ही बहुत कुछ जानती हो! तुम्हारा जीवन तत्काल खतरे में है!"

उसने अपना हाथ बढ़ाया और धीरे से उसके हाथ को छुआ। वह पीछे नहीं हटा। एक पल के लिए, नियमों और घातक जोखिम का विस्मरण उसकी सावधानी पर, उसकी शूरवीर discipline पर, उसके बहुत जीवन पर हावी हो गया।

"वे celibacy के लिए बर्बाद थे," उसने एक कर्कश आवाज में कहा। उसकी आँखों में एक गहरा, लगभग शारीरिक दुख दिखाई दिया, एक खुले, खून बहने वाले घाव की तरह। "उन्होंने अपना जीवन faith के लिए समर्पित कर दिया... सांसारिक सुखों, प्यार... हर उस चीज़ को नकारते हुए जो एक व्यक्ति को जीवित बनाती है।"

मेलिना ने उसके हाथ को और कसकर दबाया, उसकी उंगलियाँ उसकी उंगलियों में घुस गईं, एक लंगर की तरह, जो एक चट्टान से फाड़ दिए जाने से इनकार कर रही थी।

"लेकिन वे कुछ उच्च की तलाश कर रहे थे, नथानियल। आत्मा की शुद्धता। शायद... शायद सच्चा प्यार कमजोरी नहीं, बल्कि ताकत है। शायद... इनकार करना भगवान का रास्ता नहीं है, बल्कि उस सर्वोच्च भावना को स्वीकार करना है जो दुनिया को पलट सकती है, उसके घावों को ठीक कर सकती है। पहले टेम्प्लरों और Cistercians के बीच का संबंध मजबूत था, जो भाईचारे और साझा आध्यात्मिक आदर्शों पर आधारित था। शायद कुंजी वहाँ छिपी है, एक प्राचीन सच्चाई, जिसे आधुनिक ऑर्डर संरक्षित करता है, बिना अपनी पूरी शक्ति को जाने, बिना इसके भार को महसूस किए। और मैं पहले से ही वहाँ थी, नथानियल।" उसने अपनी आवाज को एक फुसफुसाहट तक कम कर दिया, जो मुश्किल से उस तक पहुँची, लेकिन उसकी चेतना में एक गड़गड़ाहट की तरह गूँजती थी। "सपने में। मैंने पांडुलिपि देखी। मैंने उसे छुआ। मैंने उसे महसूस किया... जैसे कि मैंने खुद उसे लिखा है। इसलिए मैं Priory

का हिस्सा हूँ। इसलिए उन्होंने मुझे चुना। मैं एक जीवित अवशेष हूँ। एक साँस लेने वाली भविष्यवाणी जो जाग गई है।"

उसने मुश्किल से निगल लिया, विरोधाभासी भावनाओं से लड़ते हुए, जो उसे फाड़ रही थीं, एक शिकारी जानवर की तरह जो कर्तव्य और लालसा के बीच था। उसे गले लगाने, उसे अपने पास रखने की इच्छा, लगभग असहनीय थी, लेकिन खतरे की स्मृति, जोखिम, उसे दूरी पर रखे हुए थी, एक बर्फीले घेरे में, एक जाल में।

"ऐसा मत कहो, मेलिना," उसने फुसफुसाया, उसकी आवाज कठोर थी, लेकिन एक कंपन के साथ, जो उसके दिल को फाड़ रही आंतरिक पीड़ा को धोखा दे रही थी। "तुम जानती हो... तुम जानती हो कि नियम क्या हैं। वे अटूट हैं। सदियों के खून और आँसुओं से गढ़े गए हैं, हीरे से अधिक कठोर, मौत से अधिक ठंडे हैं। तुम्हें फैसला करना होगा, मेलिना। और मुझे भी। क्या तुम यह ज्ञान चाहती हो, या तुम हमारा प्यार चाहती हो? क्योंकि एक दूसरे को बाहर करता है। इससे कोई वापसी नहीं है। कभी नहीं।"

"लेकिन नियम मनुष्यों द्वारा बनाए गए हैं, नथानियल। और सच्चाई... सच्चाई सभी नियमों से बड़ी है। यह ही ब्रह्मांड है, जो साँस लेता है, जो जीवन और जादू के साथ धड़कता है। तुम्हारा ऑर्डर ग्रेल की तलाश करता है, है ना? वे इसकी शक्ति में विश्वास करते हैं। और क्या होगा अगर इसकी शक्ति उसी में निहित है जिसे वे नकारते हैं? प्यार में? निकटता में? सच्ची आध्यात्मिकता की समझ में, जिसे पहले टेम्प्लरों ने खून और पसीने से खोजा था, और जिसे शायद आज भी उस ऑर्डर के अनुष्ठानों में संरक्षित किया गया है, जिसमें मैं दीक्षित हूँ, एक जीवित अवशेष के रूप में, एक साँस लेने वाली भविष्यवाणी के रूप में?"

उसने अपना दूसरा हाथ उठाया और धीरे से उसके चेहरे को छुआ। उसने अपनी आँखें बंद कर लीं, उसकी उंगलियों की गर्मी को अपनी त्वचा पर एक जीवित जादू की तरह महसूस किया, जिसने सब कुछ पिघला दिया, उसके कवच को जला दिया, उसकी आत्मा के चारों ओर बर्फ को पिघला दिया। एक पल के लिए, उसने सब कुछ भुला दिया - ऑर्डर के बारे में, जोखिम के बारे में, निषेधों के बारे में। जैसे कि एक पर्दा उठ रहा था, उसे प्राचीन काल की तस्वीरें दिखा रहा था, जिसे उसने किसी भी किताब में नहीं पढ़ा था, वर्जित दुनिया के लिए दरवाजे खोल रहा था। उसकी चेतना असंभव को समायोजित करने के लिए विस्तारित हो रही थी। केवल वह, उसकी गर्मी, उसके शब्द बने रहे, जो उसके दिल के चारों ओर की बर्फ में दरारें डाल रहे थे, उसके बहुत सार में दरारें डाल रहे थे।

"मुझे नहीं पता, मेलिना," उसने फुसफुसाया, उसकी आवाज मुश्किल से सुनाई दे रही थी, भ्रम और एक अनियंत्रित, आदिम लालसा से भरी हुई थी। "मुझे नहीं पता कि सच्चाई क्या है। लेकिन जब मैं तुम्हारे साथ होता हूँ... मुझे कुछ... अलग महसूस होता है। जैसे कि... जैसे कि नियमों ने अपनी शक्ति खो दी है, धूल में बिखर गए हैं,

केवल आग को छोड़ दिया है, केवल एक धड़कती हुई, अथाह ऊर्जा को। जैसे कि मैं खुद को पा रहा हूँ। पहली बार।"

वह थोड़ा पीछे हट गई, लेकिन उसकी नज़र नहीं हिली। उसमें सिर्फ दृढ़ संकल्प नहीं, बल्कि कट्टरता के साथ border पर पागलपन जल रहा था।

"मैं जा रही हूँ, नथानियल। अभी। मैं पहले से ही अपने सपने में वहाँ थी, और अब मैं शारीरिक रूप से भी जाऊँगी। उस पांडुलिपि को खोजने के लिए। समझने के लिए। उसे पढ़ने के लिए। यह समझने के लिए कि उन्होंने इसे कैसे किया।" उसने उसकी ओर अपना हाथ बढ़ाया, एक इशारा जो एक साथ भीख माँग रहा था और commandatory था। "मेरे साथ आओ। हम इसे एक साथ कर सकते हैं। हम एक साथ इस ज्ञान को पा सकते हैं। हम एक साथ नियमों को तोड़ सकते हैं। हम एक साथ... नियति को फिर से लिख सकते हैं।"

नथानियल ने अपना सिर हिलाया, जैसे कि वह एक बुरे सपने को दूर करने की कोशिश कर रहा था, लेकिन वास्तविकता किसी भी सपने से अधिक भयानक थी।

"तुम पागल हो, मेलिना! यह आत्महत्या है! तुम अकेले नहीं जा सकती! मैं... मैं नहीं आ सकता। अभी नहीं। यह बहुत खतरनाक है। मेरा ऑर्डर... तुम्हारा ऑर्डर... पूरी दुनिया हमारे चारों ओर टूट जाएगी। मैं तुम्हें अनुमति नहीं दूँगा!" उसकी आवाज बढ़ गई, लेकिन जल्दी ही एक नीरस, हताश फुसफुसाहट में गिर गई। "नहीं। मैं नहीं कर सकता। मैं तुम्हें खो नहीं सकता। मैं सब कुछ खो नहीं सकता। फिर से।"

मेलिना की नज़र में दर्द छेद गया, लेकिन वह नहीं टूटी। इसके विपरीत, उसके भीतर कुछ कस गया, और भी कठोर, और भी अटूट हो गया।

"तो मैं अकेले जाऊँगी।" उसके शब्द शांत थे, लेकिन कार्यालय की चुप्पी में एक घंटी की तरह गूँज उठे। "मैं इंतजार नहीं करूँगी। मैं इंतजार नहीं कर सकती। ज्ञान मुझे बुला रहा है। नियति मुझे बुला रही है। सच्चाई मुझे बुला रही है।"

वह मुड़ गई। हर कदम भारी था, लेकिन purpose-driven था। नथानियल जानता था कि वह उसे रोक नहीं पाएगा। उसने इसे अपने अस्तित्व के हर नस के साथ महसूस किया। वह चली जाएगी। अकेली। अज्ञात की खाई में। और वह, कर्तव्य और नियमों का शूरवीर, जगह पर बंद रहा, उसे पीछा करने की पागल इच्छा और परिणामों के चौंकाने वाले डर के बीच फट गया था।

यह एक छोटा कदम था। एक नाजुक स्वीकृति। लेकिन मेलिना के लिए इसका मतलब पूरे ब्रह्मांड थे। एक नया ब्रह्मांड जो उनके बीच पैदा हो रहा था, पुराने की राख से। उनके बीच की दीवार एक मजबूत दबाव के तहत पुराने कांच की तरह थोड़ी सी crackling लग रही थी, जो हजारों trembling, खतरनाक टुकड़ों में बिखरने के लिए तैयार थी। उनका रास्ता खतरनाक था। उसके ऑर्डर के निषेध अभी भी उनके सिर पर दमोकल्स की तलवार की तरह लटके हुए थे, लेकिन निकटता और अंतरंग इच्छा का बीज बोया गया था, जो ग्रेल के रहस्य और टेम्प्लर नाइट्स के शक्तिशाली, आज भी मौजूद ऑर्डर के साथ उसके शापित संबंध द्वारा पोषित था।

--------------------- ❧ ---------------------

अध्याय 42: लालसा का मार्ग

उसके आखिरी शब्द अभी भी कार्यालय में गूँज रहे थे। "तो मैं अकेली जाऊँगी।" नथानियल ने उसे मुड़ते हुए देखा, उसकी silhouette एक पल के लिए शहर की रोशनी के खिलाफ बाहर निकली, इससे पहले कि वह दरवाजे से गायब हो जाती।

वह पत्थर बन गया। उसका दिमाग जो हो रहा था, उसे process करने से इनकार कर रहा था। उसका दिल, एक भयंकर समुद्र की तरह rage कर रहा था, उसकी शूरवीर अनुशासन की बर्फीली दीवार से टकरा गया। क्या वह उसे जाने दे रहा था? क्या वह उसे इस पागलपन में, इस घातक खाई में फेंकने की अनुमति दे रहा था?

एक सेकंड। दो। तीन। ये सेकंड एक अनंत काल थे, जो समय से काट दिए गए थे। उसने खुद को देखा - स्थिर, नियमों, कर्तव्य, कयामत के अधीन। और उसने उसे देखा - स्वतंत्र, radiant, सच्चाई की लौ में जलने के लिए तैयार। नहीं। एक तेज, लगभग animalistic growl उसकी छाती से बाहर निकल गया। Instinct की आवाज, आदिम इच्छा की, उस चीज़ की जो उसे हर तर्क से परे उसके साथ जोड़ती थी, ने उसकी चेतना की बेड़ियों को तोड़ दिया।

वह भागा। उसके पैर उसे खुद ले जा रहे थे, कार्यालय, hallway, सीढ़ियों को पार कर रहे थे। उसने अपने कानों में अपनी सांस की सीटी सुनी, अपने दिल को एक ड्रम की तरह धड़कते हुए सुना। जब वह सड़क पर बाहर निकला, तो उसने उसे देखा। वह पहले से ही कुछ मीटर दूर थी, उसकी silhouette दूर जा रही थी, रात में पिघल रही थी।

"मेलिना!" उसने चिल्लाया। उसकी आवाज कर्कश थी, हताशा और आशा से भरी हुई थी। "मेलिना, रुको!"

वह मुड़ी। उसकी नज़र, जो शुरू में आश्चर्य से भरी हुई थी, जल्दी ही उस दृढ़ संकल्प और दुख के मिश्रण में बदल गई, जिसे वह बहुत अच्छी तरह से जानता था।

वह कुछ कदमों में उसके पास पहुँच गया, उसका हाथ पकड़ा। उसकी उंगलियाँ उसकी त्वचा में घुस गईं, जैसे कि वह डरता था कि वह फिसल जाएगी, हमेशा के लिए गायब हो जाएगी।

"तुम अकेले नहीं जा रही हो," उसने कहा, उसकी सांस - टूटी हुई थी, लेकिन उसके शब्द - स्टील की तरह कठोर थे। "मैं तुम्हारे साथ आ रहा हूँ। तुम पागल हो। मुझे पता है। तुम खतरनाक हो। मुझे पता है। लेकिन मैं तुम्हें नहीं जाने दूँगा। मैं तुम्हें इस खाई में अकेले कूदने नहीं दूँगा।"

उसकी आँखों में एक चिंगारी चमक गई, एक लौ जिसने उनके बीच की बर्फ को पिघला दिया। उसने सिर हिलाया। चुपचाप। उसका विश्वास किसी भी शब्द से अधिक मजबूत था।

नथानियल उसे अपनी काली jeep की ओर ले गया। उसने उसके लिए दरवाजा खोला, फिर खुद अंदर चला गया। उसने इंजन शुरू किया। उसकी दहाड़ ने रात की चुप्पी को तोड़ दिया।

"कहाँ?" उसने पूछा, उसकी आवाज अभी भी कर्कश थी, लेकिन अब उसमें एक नई पाई गई उद्देश्य का एक संकेत था।

मेलिना डैशबोर्ड पर झुकी, GPS स्क्रीन को छुआ। उसकी उंगली नक्शे पर एक छोटे, दूर के स्थान पर रुक गई - आयरलैंड के पश्चिमी तट।

"वहाँ। वह जगह है। मेरे सपने ने मुझे दिखाया। पांडुलिपि कहीं वहाँ छिपी हुई है।"

नथानियल ने सिर हिलाया। उसने कार को उच्च gear में डाल दिया। उनके नीचे का asphalt धुंधला हो गया। लालसा का मार्ग शुरू हो गया था।

--- ✶ ६ ✶ ---

अतीत से एक फुसफुसाहट: दोकुज खातून

सपने ने मुझे बिना किसी चेतावनी के निगल लिया। इसने मुझे उन रंगों में डुबो दिया, जो खून से अधिक चमकीले और जुनून की रात से अधिक संतृप्त थे, जो कोई सीमा नहीं जानता था। इसने मुझे शूरवीर कवच की झनझनाहट या क्रूसेड्स की धूलभरी गड़गड़ाहट के बीच नहीं ले गया, बल्कि एक ऐसी दुनिया में ले गया, जो रेशमी

कपड़ों में लिपटी हुई थी, जहाँ बेरहम विजय की कड़वी सांस सुलगती हुई राख के साथ मिल गई थी।

मैंने अपनी जीभ पर कच्चे मांस का एक धातु का स्वाद महसूस किया, मेरे दिमाग में गूँजती हुई एक बाज़ (hawk) की तेज चीख सुनी - एक बर्फीले ब्लेड की तरह तेज, जो मुझे हड्डियों तक भेद गया।

मैं दोकुज खातून थी - केवल एक शक्तिशाली केराइट महिला नहीं, जन्म से एक ईसाई, बल्कि इतिहास के तूफान के बीच एक अटूट भंवर का केंद्र, जो भाग्य से हुलागु खान के साथ गुंथी हुई थी, जो भयानक चंगेज का पोता था, एक विजेता, जिसका नाम पूरब की भूमि पर एक गड़गड़ाहट की तरह गूँजता था, जैसे कि खुद पृथ्वी कराह रही थी।

लेकिन यह कहानी, जैसा कि मेरे सपने में एक आवाज ने फुसफुसाया, धार्मिक युद्ध के बारे में नहीं थी, बल्कि जीवन के सार्वभौमिक ज्ञान के बारे में थी, पूर्व-निर्धारण के धागे के बारे में थी जो नियति के हाथ का मार्गदर्शन करता है, जो हमारी आत्माओं को बुनता है।

हुलागु, जो बौद्ध धर्म और प्राचीन पूर्वी शिक्षाओं में लाया गया था, ने एक अभियान पर चला, न केवल शक्ति और ओरिएंट के धन की प्यास से निर्देशित, बल्कि एक अथाह आंतरिक कॉल से भी, एक सपने से जो एक भविष्यवाणी, एक अभिशाप की तरह दोहराया जाता था। मैंने उसे महल के सुनहरे गलियारों से दौड़ते हुए देखा, बहते हुए satin पर्दों के बीच, crypt तक पहुँचते हुए, जहाँ उसके पूर्वज आराम कर रहे थे। वह अपनी चुप्पी में, अनंत काल की ठंडक में एक जवाब की तलाश में, उनकी caskets पर रो रहा था। फिर वह बुजुर्गों के बीच एक घुटन भरे कमरे में पाया गया, khans Mungke, Batu, Kublai, Berke के बीच। जब उसने प्रकाश और अमरता के बारे में बात की तो उन्होंने उसे अविश्वास के साथ देखा। Batu और Berke, जो मुस्लिम थे, ने अभियान का विरोध किया, लेकिन Mungke, अपने महान दादा की तरह गौरव के लिए भूखे थे, दृष्टि के आगे झुक गए, ईसाई धर्म के banner के तहत दुनिया को जीतने का फैसला किया। उसने Kublai को चीन में युद्ध के लिए भेजा, और हुलागु को यरूशलेम में पवित्र कब्र को "मुक्त" करने का काम सौंपा। लेकिन horde में किसी को भी उनके सच्चे उद्देश्य का पता नहीं था - एक divine mystery, ग्रेल की तलाश, जो सब कुछ पलट सकती थी।

--- ✶ ␦ ✶ ---

ग्रेल का मार्ग

मैं, दोकुज खातून, अपने प्रिय के इस अभियान में पीछा किया - ईसाइयों के लिए उसकी छाया और उसका संरक्षण। हम तीन साल तक चले, अपने पीछे मुस्लिम प्रभुत्व (dominion) के खंडहर छोड़ गए, लेकिन क्राइस्ट के अनुयायियों को बख्शा। हुलागु ने नीसिया (Nicea) के साम्राज्य के साथ एक गठबंधन (alliance) बनाया, और मुसलमानों की आँखें मिस्र की ओर मुड़ गईं, एक पवित्र युद्ध के लिए बुला रही थीं।

बगदाद की घेराबंदी हुई, खून और आतंक के पाँच दिन, हत्याकांड (slaughter) और विनाश का एक सप्ताह, जहाँ मरने वालों की चीखें अंतिम संस्कार की घंटी की तरह गूँज रही थीं। लोग भाग गए, लेकिन पकड़े गए और बिना दया के मारे गए, केवल ईसाइयों को बख्शा गया।

लेकिन हुलागु चिंतित था। उसने बगदाद के खंडहरों में लंबे समय तक घूमते हुए कुछ ऐसा खोजा जो केवल मैं जानती थी। और जब उसने खाली हाथों से तबाह हुए शहर को छोड़ दिया, तो Nestorians के नेता पास आए और घुटने टेककर, उसके हाथों में, एक सुनहरे satin में लिपटा हुआ, एक casket रखा, जो एक प्राचीन, दबी हुई ऊर्जा का उत्सर्जन कर रहा था। इस तरह ग्रेल ने खुद चुने हुए को पा लिया। लेकिन यह सिर्फ शुरुआत थी। समय के प्रवाह को पलटना एक खतरनाक साहसिक कार्य है, जो unknowns, अस्तित्व के बहुत कपड़े में छिपे हुए जालों से भरा हुआ है। और यह अजीब है कि मैं इसका इतना जीवंत सपना देखती हूँ।

सपना बदल गया। भोर रात से लड़ रहा था। हम एक साथ थे, हुलागु और मैं, अंत के पूर्वज्ञान से घिरे हुए थे। हमने स्टील की झनझनाहट सुनी, पक्षियों की चीखें, जो मौत का संकेत दे रही थीं, जो हमारी गर्दन में साँस ले रही थी। लेकिन आशा सुलग रही थी। हम जलती हुई चिमनी के बगल में, भालू की खाल पर बैठे थे, और मैं उसे कहानियाँ बता रही थी, जो कल्पना और प्राचीन फारसी पांडुलिपियों से बुनी गई थीं। आग नाचती हुई छायाएं डाल रही थी, और हमारी नज़र का जादू एक कंपन का कारण बन रहा था। एक सुनहरे बर्तन से मैं उसे गर्म ब्रेड खिला रही थी, जो शहद में डूबी हुई थी। मैं हँसती थी, जबकि वह खुद को गंदा न करने की कोशिश कर रहा था। फिर, कोमलता के साथ, मैंने उसके होठों से शहद को चाटा, और हमारी उंगलियां आपस में गुंथी हुई थीं। मैंने महसूस किया कि वह मुझे प्यार से गले लगा रहा है, मेरे कान में कोमल छंद फुसफुसा रहा है। हमारे बीच एक प्रतिज्ञा थी, आत्माओं का एक मिलन, एक आग की तरह जो नहीं जलती, बल्कि एक शाश्वत, अनियंत्रित जुनून को जलाती है।

उसकी बाहों में दुबककर, मैंने अपनी अधीर उंगलियों को उसकी लाल कमीज को नीचे खींचते हुए महसूस किया, और मेरे होंठ उनके निशान का पालन कर रहे थे। हर स्पर्श एक विद्युत धारा थी, जिसने हर कोशिका को भेदा, हर आह - एक भंवर जो हमें इच्छा की खाई में खींच रहा था, निषिद्ध ज्ञान की ओर। मैं उसके शरीर के हर कंपन को, हर परमाणु को महसूस करना चाहती थी। उसने मेरी smooth movement को देखा, और उसका हाथ धीरे से मेरे बालों को सहला रहा था, मेरे शरीर से नीचे जा रहा था - एक आग जिसने सिहरन का निशान छोड़ दिया, एक जलते हुए सुख का। हम जानते थे कि यह रात हमारे शरीरों के लिए आखिरी थी, लेकिन हमारी आत्माओं के लिए नहीं। हर संपर्क एक प्रतिज्ञा थी, जो हमारी त्वचा पर एक अदृश्य लिपि में लिखी गई थी, एक वादा जो जीवन को पार कर गया था, मौत को पार कर गया था। इस brief moment में, हम सिर्फ विलीन नहीं हुए - हम एक दूसरे में फिर से पैदा हो रहे थे,

हमारी individuality की सीमाओं को भंग कर रहे थे, एक प्राणी बनने के लिए, जो एक प्राचीन और नई, दिव्य शक्ति के साथ धड़क रहा था।

मेरे हाथ में एक प्याला था। हमने धीरे-धीरे घने लाल तरल से घूंट पिया, जिसने हमें मदहोश कर दिया, अन्य वास्तविकताओं के लिए दरवाजे खोल दिए। मैं उससे अलग हो गई, आग की ओर बढ़ी और कप के bottom को गर्म किया। मैंने इसे अपने शरीर पर दबाया, एक लाल निशान छोड़ दिया - अमरता का प्रतीक, पवित्र ग्रेल के तल पर चित्रित, एक शाश्वत छाप। खंजर के साथ मैंने अपनी कलाई और उसकी पर एक cut लगाया, हमारे खून को फिर से cup भरने दिया, इसे हमारे सार के साथ पवित्र करने के लिए। खंजर हमारा गवाह था, खून - हमारी प्रतिज्ञा। फिर मैंने cup को चिमनी के नीचे एक opening में गिरा दिया, जहाँ यह एक गहरी गुफा में डूब गया।

बरामदे पर, उसकी गोद में दुबककर, हमने इस जीवन में आखिरी बार अपने शरीरों और आत्माओं को intertwined किया। और शायद हर अगले जीवन में भी। हमारे चारों ओर की हवा उस जादू से रेंग रही थी जिसे हमने बनाया था, उस ब्रह्मांड से जो हमारे बीच खिल गया था, एक star dust की तरह।

---✶ ६ ✶ ---

रहस्य को सुलझाना

सपना एक मखमली पर्दे की तरह नीचे उतरा, मुझे एक अंतरंग चुप्पी में लपेट दिया, जो केवल मेरी अपनी आवाज की फुसफुसाहट से बाधित थी। तुम मेरे बगल में लेटे थे, मेरे lord, मेरे प्रेमी, पंख वाले तकियों के बीच डूबे हुए थे, और मैं तुम्हारे शानदार कारनामों (glorious exploits) के बारे में, ज्ञान और रोष (fury) के साथ जीती गई लड़ाइयों के बारे में, तुम्हारी अदम्य इच्छा (untamable will) द्वारा जीते गए जमीन (land) के बारे में फुसफुसा रही थी।

लेकिन आज रात, तुम्हारे शरीर को अमरता के निशान के साथ चिह्नित करने से पहले, मैं डेस्क पर बैठी थी, अपनी आखिरी पांडुलिपि को खत्म कर रही थी - शब्द जो कभी किसी और द्वारा नहीं पढ़े जाएंगे, रहस्य जो इस महल के साथ जल जाएंगे, हमेशा के लिए दफन हो जाएंगे।

"मेरा glorious hero एक crusade पर चला गया..." मैं लिख रही थी, और मेरी quill एक पूर्वज्ञान से, अंत के अपरिहार्य से कांप रही थी। इन घटनाओं के बारे में सच्चाई हमेशा के लिए छिपी रहेगी, इतिहास की परतों के नीचे दफन रहेगी। कौन विश्वास करेगा कि pagans Mongols एक ईसाई अवशेष की तलाश कर रहे थे? और जवाब, मेरे प्यारे, इस कहानी के अंत में छिपा था, उन सभी कहानियों के intertwining में, जो मैंने तुम्हें कभी बताई हैं। क्योंकि हुलागु खान ने अपने दादा, चंगेज खान से ग्रेल के बारे में सीखा, लेकिन मैं वह थी, जिसने तुम्हें, मेरे प्रिय, अमरता के mystery, समय के भंवर, दुनिया के ज्ञान को प्रकट किया। मैंने Socrates और उसके "मैं जानता हूँ कि मैं कुछ नहीं जानता!" का खंडन किया, क्योंकि उस रात हम सब कुछ जानने वाले थे। सब कुछ के साथ एक बनने के लिए।

एक प्रेम नृत्य में intertwined, हमारे शरीर गर्म और कांप रहे थे, हमने ग्रेल के खाली कप से घूंट लिया। लेकिन इस पल में, यह भर गया - खून से नहीं, पवित्र जल से नहीं, बल्कि हमारे प्यार के बहुत सार के साथ, जो एक पवित्र तरल में संघनित था, जो जीवन के साथ धड़क रहा था। और हम अनंत काल की ओर बढ़े, समय और स्थान में एक दूसरे की अंतहीन खोज और खोज की ओर, खुद को प्रेम के भूलभुलैया में बुनते हुए, हमारी आत्माओं को ऊर्जा के साथ संघनित करते हुए, जब तक कि वे divine शक्तियां प्राप्त नहीं कर लेतीं। दुनिया में हमारी हर उपस्थिति इसे एक अधिक परिपूर्ण मानव अस्तित्व की ओर बदल देगी, इतिहास की घटनाओं का निर्माण करेगी।

अपने कमरों में एकांत में, प्राचीन लेखों में डूबे हुए, हमने ग्रेल के cipher की तलाश की। तुम अपने वंश से जानते थे कि यह कप ब्रह्मांडीय ज्ञान, मानवता की उत्पत्ति, divine सार, अस्तित्व के बहुत अर्थ के बारे में जवाब रखता है। सब कुछ अंदर था, लेकिन इसे कैसे पढ़ें? किंवदंतियों ने Last Supper के बारे में, क्राइस्ट के खून के बारे में, जो उसमें एकत्र किया गया था, फुसफुसाया। लेकिन ग्रेल उससे बहुत पहले बनाया गया था। किसलिए? एक कुंजी होने के लिए।

हमने सुनहरे trim के साथ लकड़ी के प्याले को घूर कर देखा। यह खाली था। उसके bottom पर, अमरता का संकेत मुश्किल से अलग था। सुनहरे ornaments ने हिब्रू में एक शिलालेख बनाया: "तुम चुने गए थे। तुम पाए गए थे। तुम्हारा हाथ लोगों को ज्ञान और स्वतंत्रता देगा। तुम्हारे पिता।" लेकिन कोई कुंजी नहीं थी।

एक रात मैं एक चीख के साथ जाग गई। मैंने अपनी मौत का सपना देखा - हम ग्रेल से पी रहे थे और हमारी आत्माएं एक पागल नृत्य में, मुक्ति के एक नृत्य में, हमारे शरीरों से अलग हो रही थीं। लेकिन किंवदंती ने अमरता के बारे में बात की! horrified, कि रहस्य अनसुलझा रहेगा, मैंने desperate होकर कुंजी की तलाश में खुद को गहराई से डुबो दिया।

अगली रात, मैंने सपना देखा कि हम एक impassable जंगल में घूम रहे हैं। दूरी में, पहाड़ की चोटी पर, मैंने एक विशाल glass sphere देखी, जो रंगों के एक kaleidoscope में सूर्य की किरणों को दर्शा रही थी। जब हम उस तक पहुँचे, तो इसने हमें अपने plasma के भंवर में खींच लिया और हम ब्रह्मांडीय मन में घुस गए - भगवान, जिसने सभी आत्माओं को एक घूमते हुए प्रवाह में, एक धड़कती हुई चेतना में एकजुट किया था। उसके कण अलग हो गए, रंगीन सतह बनाते थे, और फिर core में वापस आ जाते थे। ये स्पार्कलिंग ऊर्जा संरचनाएं जितनी भारी होती थीं, उतनी ही गहरी वे centrifuge में घुसती थीं।

फिर इसने हमें बाहर फेंक दिया। हम घास पर लेटे थे, और हमारी आँखें sphere की सतह में परिलक्षित हो रही थीं, जो एक भूलभुलैया की तरह चित्रित थी। मेरे हाथ में प्याला था, और यह sphere के plasma से भरा हुआ था, जिसे हम लालच से निगल रहे थे।

मैंने रहस्य को सुलझा लिया। ग्रेल प्यार से भरा हुआ था, जो आत्माओं के भावनात्मक वजन से materializes होता था। यही कुंजी थी। जो कोई भी इसमें से पीता था, उसे अमरता की divine शक्ति मिलती थी। उसके जादू में पड़कर, वह समय में यात्रा कर सकता था, क्योंकि कोई अतीत, वर्तमान और भविष्य नहीं था - उसके पास पूरा ज्ञान था, वह समय के साथ एक बन गया था। वह किसी भी पल में खुद को पा सकता था, घटनाओं को बदल सकता था, अनजागृत को सिखा सकता था, भाग्य को अर्थ और उद्देश्य दे सकता था।

हमारे हाथों में हमारे पास एक समय मशीन थी, जो प्यार की शक्ति के साथ अनलॉक हो रही थी और हमारी आत्माओं को अमरता प्रदान कर रही थी। क्या हम इन शक्तियों को divine नहीं कहते हैं? हम भगवान के एक कण बनने वाले थे, और वह हमारे माध्यम से निर्माण करेगा - मानव जाति के लिए ज्ञान और स्वतंत्रता। उस रात, जबकि तलवारों के हमले द्वारों के सामने गूँज रहे थे, हम अनंत काल के साथ विलीन हो गए, दुनिया को बदलने के लिए तैयार थे।

------------------ ------------------

अध्याय 43: खजाने का मार्ग

सर्वनाश से दो साल और एक महीना पहले, आयरलैंड के रास्ते

पर। कार में चुप्पी भारी, घनी थी, जैसे उन पर लटकी हुई एक अनकही सज़ा थी। मेलिना का हर शब्द, जो अब उसके अपने विचारों के साथ मिला हुआ था, हवा में गूँज रहा था, जो उनकी वास्तविकता, उसकी अपनी मानसिकता की नींव को हिला रहा था। मेलिना पीछे झुक गई थी, सोच में डूबी थी, और उसने सावधानी से कार को सड़क पर निकाला, उसके हाथ स्टीयरिंग व्हील को तब तक पकड़े रहे जब तक कि उसकी उंगलियों के जोड़ सफेद नहीं हो गए, संगमरमर की तरह सफेद।

"एक टेम्प्लर, सिसिली में निर्वासित... 1229," नथानियल की आवाज़ कर्कश थी, जैसे कि वह तारीख को समझने के लिए, उसे अपनी परिचित समय-सीमा में एम्बेड करने के लिए संघर्ष कर रहा था, इससे पहले कि वह उसे पूरी तरह से निगल लेती। "पाँचवाँ धर्मयुद्ध। फ्रेडरिक II... वास्तव में संघर्ष हुए थे।"

"यह एक धागा है, है ना?" मेलिना ने पूछा, उसकी नज़र सड़क पर, एक अदृश्य, लेकिन मूर्त लक्ष्य की ओर टिकी हुई थी। "टेम्प्लरों और ग्रेल के बीच एक संबंध जो सदियों पहले मौजूद था। और वह सुनहरा प्याला..."

"बगदाद में कृतज्ञ ईसाइयों द्वारा दिया गया," नथानियल ने समाप्त किया, उसके शब्द रुक-रुककर बाहर आ रहे थे, जैसे कि वह उन्हें खुद से, अपनी चेतना की गहराई से फाड़ रहा था। "घेराबंदी के बाद, जिसके बारे में तुमने बताया। यह खुद ग्रेल या उससे संबंधित कुछ हो सकता है। कुछ ऐसा जो एक खजाने से कहीं अधिक

है - यह ज्ञान ही है।" उसने गति बढ़ाई। स्पीडोमीटर की सुई उछल गई, जैसे कि कार भी पीछा करने वाले रहस्यों से, अतीत की गूँज से भागने के लिए जल्दी में थी।

"पूर्व का चर्च... यह नेस्टोरियन ईसाई धर्म है, है ना? उस समय फारस में उनके मजबूत समुदाय थे।"

"दोकुज खातून एक ईसाई थी," मेलिना ने पुष्टि की। "यह महत्वपूर्ण है। उसने ग्रेल की शक्ति को समझा और हुलागु को दीक्षित किया। उन्होंने एक साथ, एक सामान्य इच्छा और एक एकीकृत उद्देश्य के साथ इसकी रक्षा की - एक ही सिक्के के दो पहलू, जो अब जारी होने के लिए नियति द्वारा गढ़े गए हैं। और उन्होंने इसे छिपा दिया..." एक संक्षिप्त चुप्पी छा गई, जो केवल इंजन के शोर और खिड़कियों से सरसराती हवा से बाधित थी।

"तो हम फारस में सुराग तलाश रहे हैं?" नथानियल ने थोड़ी देर बाद पूछा, उसकी आवाज़ गहरी थी, जैसे कि वह एक खतरनाक यात्रा पर विचार कर रहा था। "उन ज़मीनों में जहाँ उसका राजवंश स्थापित हुआ था, जहाँ यह असामान्य संबंध पनपा?"

"शायद," मेलिना ने जवाब दिया। "लेकिन सिर्फ वहाँ नहीं। ग्रेल ने यात्रा की है, नथानियल। एक जंगली हवा की तरह, यह हाथ से हाथ, युग से युग तक चला गया है, नियति को बदल रहा है। टेम्प्लरों से लेकर पूर्व के चर्च तक, दोकुज तक। इसे छिपाया गया है, आँखों की पुतली की तरह संरक्षित किया गया है, आखिरी उम्मीद की तरह। अनुष्ठान... रक्त की प्रतिज्ञा, चिमनी के नीचे छिपना... वह एक जगह है। एक भौतिक स्थान, सत्य का एक पोर्टल।"

नथानियल ने स्टीयरिंग व्हील को और कसकर पकड़ा, उसकी उंगलियों के जोड़ bare bones की तरह सफेद हो गए। उसके सपने की छवियां उसके शब्दों के साथ आपस में गुंथी हुई थीं। उसने चिमनी को देखा, आग की गर्मी महसूस की, शहद की सुगंध महसूस की। जैसे कि वह वहाँ था। जैसे कि सब कुछ एक वास्तविकता थी।

"एक गुफा... एक चिमनी के नीचे। यह एक किंवदंती की तरह लगता है, मेलिना, एक बच्चों की कहानी की तरह। यह पागलपन जैसा लगता है, जिस पर मैं, नथानियल, विश्वास नहीं कर सकता।"

"सब कुछ एक किंवदंती के रूप में शुरू होता है, नथानियल," उसने जवाब दिया, उसकी ओर मुड़ते हुए। उसकी आँखों में एक अटूट दृढ़ संकल्प जल रहा था, एक लौ जिसे बुझाया नहीं जा सकता था, और जिसने उसे एक पतंगे (moth) की तरह आग की ओर आकर्षित किया, यह जानते हुए कि वह जल सकता है।

"लेकिन कभी-कभी किंवदंतियां सच्चाई की एक गूँज होती हैं, भूले हुए रास्ते पर बिखरे हुए कंकड़, रोड साइन। और यह सच्चाई... यह सब कुछ की कुंजी हो सकती है, हर पहेली की जो हमारा पीछा करती है, हमारे अस्तित्व के बहुत सार की। मोक्ष की कुंजी।" उसने धीरे-धीरे सिर हिलाया, उसके शब्दों से निगल लिया गया। उसका

संशयवाद, उसका सख्त तर्क, एक बढ़ते हुए, लगभग नशे की लत वाले एहसास के सामने पीछे हट रहा था कि वे कुछ विशाल के कगार पर थे जो सब कुछ बदल देगा।

"सिसिली में टेम्प्लर... वहाँ क्यों? वह निर्वासित था," नथानियल की आवाज़ सड़क के शोर में खो गई। "शायद वह कुछ मूल्यवान को विनाश से बचाने के लिए, उसे अशुद्ध हाथों से छिपाने के लिए एक शरण (refuge) की तलाश कर रहा था। ऑर्डर के विघटन के बाद, सिसिली जीवित टेम्प्लरों के लिए कुछ जगहों में से एक बन गई, जो अपने रहस्यों को संरक्षित कर रहे थे। उन्होंने अपने ज्ञान को विभाजित कर दिया था, ताकि उन्हें पकड़ा और उजागर न किया जा सके।"

"बिल्कुल," मेलिना ने पुष्टि की, और उसके शब्दों में लगभग एक दर्दनाक निश्चितता थी। "उसने जानकारी या खुद ग्रेल को एक सुरक्षित जगह पर, अपने उत्पीड़कों (persecutors) से दूर, वफादार हाथों में भेजा था, जो जानते थे कि वे क्या कर रहे थे। एक छिपे हुए चैनल के लिए, भविष्य के लिए। इसलिए एक पूर्व की ओर चला गया, दूसरा पश्चिम की ओर।"

"और तीसरा..." अचानक मेलिना चुप हो गई। उसकी नज़र उसकी ओर गई, जो हिचकिचाहट और छिपे हुए दर्द के मिश्रण से भरी हुई थी, जैसे कि वह कुछ आंतरिक रहस्य से लड़ रही थी। नथानियल सिहर गया। उसने महसूस किया कि कार में तनाव घना हो रहा है, लगभग मूर्त हो रहा है।

"तीसरा? तुमने मुझे और क्या नहीं बताया है, मेलिना?" उसकी आवाज़ तेज थी, अधीरता और पूर्वज्ञान से भरी हुई थी। उसने आह भरी।

"यह अभी समय नहीं है। मैं तुम्हें सब कुछ बताऊँगी। बस... धैर्य रखो।" नथानियल ने गहरी साँस ली, जैसे कि वह गहरे, अनछुए पानी में गोता लगाने से पहले ऑक्सीजन से खुद को संतृप्त कर रहा था। उसके शब्दों ने उसे परेशान कर दिया था, लेकिन उसके भीतर एक नई आग भी जला दी थी। वह जानता था कि अभी बहुत कुछ है जो उसने उसे नहीं बताया था।

"हमें आयरलैंड में टेम्प्लरों द्वारा बनाए गए एक महल से शुरू करना होगा, जब ऑर्डर को भंग और प्रतिबंधित कर दिया गया था," उसने कहा, उसकी आवाज़ कठोर थी, लेकिन उसमें एक बढ़ती हुई दृढ़ता थी। "उस निर्वासित टेम्प्लर, पूर्व के चर्च के साथ उसके संबंधों के लिए सुराग तलाशने के लिए। यह समझने के लिए कि उसका मिशन क्या था, उसका बलिदान क्या था। और फारस, हुलागु और दोकुज की विरासत को नहीं भूलना।"

उसने एक पल के लिए मेलिना को देखा, और उसकी आँखों में जंगली उत्तेजना की एक चिंगारी दिखाई दी, एक लौ जो कर्तव्य और सावधानी की मोटी परत के नीचे छिपी हुई थी, राख के नीचे एक अंगारे की तरह, जो भड़कने के लिए तैयार थी।

"हम इसे एक साथ करेंगे।" मेलिना ने उसे हल्के से मुस्कुराया, एक मुस्कान जो एक खजाने से अधिक, एक प्रतिज्ञा से अधिक मूल्यवान थी। "एक साथ।" उसका हाथ अनजाने में सीट पर फिसल गया, उसके हाथ की तलाश में। जब उनकी उंगलियों ने

एक दूसरे को छुआ, तो उसने तुरंत प्रतिक्रिया दी, उसकी उंगलियों को लगभग दर्दनाक शक्ति के साथ अपनी उंगलियों के चारों ओर मोड़ लिया, जैसे कि वह उसे अधिकार करना चाहता था, उसे अपने भीतर छिपाना चाहता था। नियमों और जोखिम का विस्मरण साझा उद्देश्य और निकटता की बढ़ती, निगलने वाली भावना से ख़त्म हो गया था। उनकी यात्रा शुरू हो गई थी, जो प्राचीन सपनों की गूँज और एक असामान्य महिला द्वारा निर्देशित थी, जो एक बहुत पहले बीते युग के रहस्यों से जुड़ी हुई थी।

--- ✶ ६ ✶ ---

अमरता का निशान और शूरवीर का पुनर्जन्म

नथानियल चुपचाप गाड़ी चला रहा था, सड़क पर केंद्रित था। अपनी प्रतिबद्धताओं के कारण महीनों के अलगाव के बाद, यह यात्रा एक साथ रहस्य को सुलझाने का एक आश्चर्यजनक अवसर था। मेलिना उसके बगल में आराम से बैठी थी और अब, जैसे-जैसे सूरज धीरे-धीरे क्षितिज के नीचे डूब रहा था, आकाश को आग और सोने के रंगों में रंग रहा था, उसने चुप्पी तोड़ी।

"क्या तुम्हें पहला प्रतीक याद है जो मैंने तुम्हें दिया था?" उसने धीरे से पूछा, उसकी ओर मुड़ते हुए, उसकी आवाज़ एक दूर के झरने की फुसफुसाहट की तरह थी, जो प्राचीन रहस्यों को ले जा रही थी। "एक छोटा धातु का कप। bottom पर एक शिलालेख था, जो एक प्राचीन लिखावट में लिखा गया था।" नथानियल ने सिर हिलाया, अपनी नज़र सड़क से हटाए बिना, लेकिन उसका ध्यान पूरी तरह से उस पर था। "बेशक। मैं इसे रखता हूँ। इसके बारे में क्या?"

"तब मैंने तुमसे कहा था..." मेलिना एक पल के लिए चुप हो गई, जैसे कि वह हर शब्द का वजन कर रही थी, उनके भार के बारे में जानते हुए। "'तुम पाए गए थे। तुम चुने गए हो।' यह चार साल से अधिक पहले था, नथानियल। समय उड़ जाता है, लेकिन वे शब्द मेरे भीतर एक उग्र मुहर (fiery seal) की तरह, एक भविष्यवाणी की तरह उत्कीर्ण (engraved) हैं।" उसने उसकी ओर एक त्वरित नज़र डाली, हल्के से मुस्कुराते हुए, लेकिन उसकी मुस्कान छायादार थी, जो उन सवालों से भरी हुई थी जो उसे फाड़ रहे थे।

"मुझे याद है। और मुझे वह खजाना याद है जिसे हम सात साल पहले एक साथ खोजना चाहते थे। हमने अभी तक हार नहीं मानी है, है ना?"

"नहीं," मेलिना ने जवाब दिया। "कभी नहीं। लेकिन अब... अब मुझे लगता है कि मैं समझती हूँ कि किस तरह के खजाने की बात हो रही है। यह सोने और रत्नों का नहीं है। यह सच्चाई का है। खून और आत्मा का। अस्तित्व के बहुत सार का।" उसने धीरे से अपना हाथ उठाया और अपनी कलाई के अंदरूनी हिस्से पर उंगलियाँ चलाई। "क्या तुमने मेरा निशान देखा है, नथानियल?" उसने फिर से उसकी ओर देखा, इस बार अधिक ध्यान से, केंद्रित होकर, जैसे कि वह उसके पूरे सार को पढ़ने की कोशिश कर रहा था। उसने अपनी रीढ़ से नीचे ठंडक की एक अचानक लहर

महसूस की, जैसे कि एक हल्का, लेकिन तेज करंट उसके माध्यम से गुज़र रहा था, उसे नींव तक हिला रहा था, जबकि उसने धीरे से अपनी पतली blouse को उठाया। ठीक उसकी पसलियों की वक्र के नीचे, उसकी कोमल त्वचा पर, एक मुश्किल से पता लगने वाला, लगभग फीका निशान दिखाई दे रहा था - एक प्राचीन प्रतीक, जो हजारों साल की चुप्पी के साथ गूँजता हुआ लग रहा था, समय से पुराना, किसी भी घाव से गहरा।

"हाँ। वह क्या है?"

"सपने में... दोकुज खातून ने प्याले के bottom को गर्म किया और इसे अपने शरीर पर दबाया, एक लाल निशान छोड़ दिया - अमरता का प्रतीक, जो पवित्र ग्रेल के bottom पर चित्रित है। एक शाश्वत संबंध का प्रतीक, शाश्वत पूर्व-निर्धारण का।" नथानियल ने अपनी भौहें चढ़ा लीं, उसके शब्दों से निगल लिया गया, जैसे कि हर शब्द पहेलियों की एक दीवार में एक नया पत्थर था, जो उसके चारों ओर उठ रहा था, उसे अज्ञात में बंद कर रहा था। उसे सपना याद आया, प्याले की गर्मी, उसमें धड़कता हुआ जीवन।

"अमरता का प्रतीक... तुम्हारे पास वही निशान है? यह कैसे संभव है? यह असंभव है!"

"मुझे नहीं पता कि यह वही है," मेलिना ने जवाब दिया। "लेकिन यह वहाँ है। यह हमेशा से रहा है। जैसे कि... जैसे कि यह एक स्मृति है, जो मेरी त्वचा में सील है, एक गहरे अतीत की छाप जिसे मुझे याद नहीं है, लेकिन जो मेरा पीछा करता है।" उसने गहरी साँस ली और जारी रखा, उसकी आवाज़ लगभग एक फुसफुसाहट थी, लेकिन एक अदृश्य, शक्तिशाली शक्ति से भरी हुई थी, जिसने उसे सिहरने के लिए प्रेरित किया:

"जब तुम रात में अपनी आँखें बंद करते हो और अपने भीतर गहराई से देखते हो, नथानियल... पूछो कि तुम पैदा होने से पहले कौन थे। और इस जीवन में अपने मिशन के बारे में भी पूछो। क्योंकि यह आकस्मिक नहीं है। क्योंकि तुम चुने गए हो। क्योंकि तुम एक शूरवीर हो।" वह एक पल के लिए चुप रहा, उसके शब्दों पर विचार करते हुए, जिसका भार उस पर गिर रहा था, हर तार्किक विचार को कुचल रहा था।

"तुम्हारे कहने का क्या मतलब है?"

"सपना... यह बहुत मजबूत था। जैसे कि यह फुसफुसा रहा था कि हुलागु और दोकुज का खून तुम्हारी नसों में भी बहता है। कि तुम उनके मिशन के वारिस हो, उनका मांस और आत्मा। उनका निरंतरता।" उसके शब्द नथानियल पर एक झटके की तरह गिर गए, एक साफ आसमान से एक गड़गड़ाहट की तरह, उसके पूरे अस्तित्व को हिला दिया। तेज़ी से, सहज रूप से, उसने ब्रेक दबाया, हालाँकि उनके सामने की सड़क खाली थी। कार एक तेज झटके के साथ रुक गई, पहियों ने asphalt पर screech किया, और नथानियल मेलिना की ओर मुड़ गया, उसकी आँखें - चौड़ी खुली हुई थीं, सदमे, आतंक और अविश्वास के साथ उस पर टिकी हुई थीं। उसका

पूरा तर्क टूट रहा था, दुनिया पलट रही थी, जैसे कि किसी ने उसके पैरों के नीचे से गलीचा खींच लिया था, उसे एक खाई पर लटका छोड़ दिया था। "तुमने क्या कहा? हुलागु और दोकुज का खून... मुझमें? यह असंभव है! पागलपन!"

"भावना बहुत मजबूत थी," मेलिना ने दोहराया, उसकी आवाज़ - शांत, लेकिन अटूट, एक तूफान के बीच एक चट्टान की तरह थी। "जिस तरह से हुलागु ने शक्ति से परे कुछ की तलाश की, उसकी आंतरिक कॉल... जैसे कि मैंने उसकी आत्मा में कुछ परिचित को पहचान लिया, कुछ ऐसा जो तुम्हारे साथ resonants होता है। कुछ ऐसा जो तुम्हारा हिस्सा है। और वह धातु का कप... पहला प्रतीक। शिलालेख क्या था, नथानियल? क्या तुम्हें हर अक्षर स्पष्ट रूप से याद है?" नथानियल ने याद करने की कोशिश की, समय को वापस मोड़ने की कोशिश की, उस दूर के पल में चार साल पहले जब यह सब शुरू हुआ था। एक छोटा धातु का कप... उसकी उंगलियां स्टीयरिंग व्हील में घुस गईं, जैसे कि वह वास्तविकता से चिपके रहने की कोशिश कर रहा था, इससे पहले कि यह टुकड़ों में बिखर जाए।

"मुझे लगता है... मुझे लगता है कि यह लिखा था..." उसकी आवाज़ मुश्किल से सुनाई दे रही थी।

"'मिला'।" मेलिना ने धीरे-धीरे सिर हिलाया, और उसकी आँखों में एक गहरा ज्ञान दिखाई दिया जो उसे निगल रहा था।

"'तुम पाए गए थे। तुम चुने गए हो।' वे शब्द जो मैंने तुम्हें तब कहे थे। और क्या होगा अगर... क्या होगा अगर मैंने उन्हें खुद नहीं बनाया? क्या होगा अगर वे शब्द प्राचीन काल से मेरे दिमाग में फुसफुसाए गए थे, हुलागु और दोकुज के बारे में उस सपने से? क्या होगा अगर वे एक विरासत का हिस्सा हैं, जो अब प्रकट हो रही है, और जो तुम्हारी नियति, तुम्हारा खून, तुम्हारा कर्तव्य है?" नथानियल speechless था, इस अप्रत्याशित, चौंकाने वाले संबंध (connection) से निगल लिया गया था। सब कुछ जिसे उसने वास्तविकता के रूप में सोचा था, व्यवस्थित और तार्किक, ऐसा लग रहा था कि यह एक नया, गहरा, लगभग रहस्यमय अर्थ ले रहा था। धातु का कप, उसके अजीब शब्द तब, उसकी कलाई पर निशान, हुलागु और दोकुज के बारे में सपना... सब कुछ एक असंभव, लेकिन निर्विवाद (indisputable), भयानक सच्चाई में एक साथ आया था।

"और मेरा mission?" उसने एक लंबे, तनावपूर्ण विराम के बाद पूछा, उसकी आवाज़ लगभग-अपरिचित थी, जो डर और एक नई पाई गई, निगलने वाली उद्देश्य के बीच फटी हुई थी। "सपने ने मेरे mission के बारे में क्या कहा?"

"खोजने के लिए," मेलिना ने जवाब दिया, उसका हाथ पकड़कर और उसे कसकर दबाते हुए, जैसे कि उसे जमीन पर उतारने के लिए, उसे सदमे की खाई से वापस लाने के लिए, उसे इस नई वास्तविकता से बाँधने के लिए। "उस धागे का पालन करने के लिए जो युगों से, रेगिस्तानों और पहाड़ों से गुज़रा है। हुलागु और दोकुज का खून... यह कुंजी हो सकती है, नथानियल। शायद तुम उनके वारिस हो, केवल खून से

नहीं, बल्कि नियति से। उनका काम खत्म करने के लिए, ग्रेल को फिर से खोजने के लिए, प्राचीन पहेली के टुकड़ों को इकट्ठा करने के लिए, जो दुनिया को बदल देंगे। ग्रेल को प्यार से चलने वाली समय मशीन के रूप में समझने के लिए।"

नथानियल सीट पर वापस झुक गया, भ्रमित और नींव तक स्तब्ध (stunned) था। सब कुछ जिसे उसने वास्तविकता के रूप में सोचा था, ऐसा लग रहा था कि वह कुछ नया और अज्ञात बनाने के लिए ढह रहा था। वह, एक साधारण व्यक्ति, शायद प्राचीन खून और एक पूर्वनिर्धारित mission का वाहक? absurd, लेकिन एक भयानक रूप से आकर्षक सच्चाई भी जिसने उसे बहकाया।

"यह... अविश्वसनीय है," उसने बुदबुदाया, उसकी आवाज - awe और डर से भरी हुई थी, एक कंपन के साथ जो उसने पहले कभी अनुभव नहीं किया था, जिसने उसे एक नए, चौंकाने वाले तरीके से जीवित महसूस कराया।

"मुझे पता है," मेलिना ने जवाब दिया, उसके हाथ को और कसकर पकड़कर। "लेकिन मुझे लगता है कि यह सच है। और हमें और अधिक जानने की ज़रूरत है। तुम्हारे, हुलागु और दोकुज के बीच संबंध को खोजने के लिए। और यह समझने के लिए कि उन्होंने इतने सदियों पहले वास्तव में क्या छिपाया था... इससे पहले कि दुनिया भूल जाए, इससे पहले कि सब कुछ हमेशा के लिए खोजा जाए, इससे पहले कि मानवता अपने उद्धारकर्ता (savior) के बिना खुद को नष्ट कर दे।"

नथानियल ने गहरी साँस ली और फिर से इंजन शुरू किया, लेकिन उनके सामने की सड़क अब सिर्फ asphalt नहीं थी। यह एक भाग्यपूर्ण खोज की शुरुआत बन गया था, जो अतीत की गूँज और खून की अथक फुसफुसाहट से बुना हुआ था, जो उनकी नसों में धड़क रहा था - alpine glaciers की तरह पुराना खून, लेकिन एक रेगिस्तान के तूफान की तरह rage कर रहा था, जो सदियों के सबसे गहरे रहस्य को सुलझाने के लिए, अच्छाई और बुराई के बीच शाश्वत लड़ाई को पलटने के लिए नियति था।

अध्याय 44: विश्वासघात की एक झलक

एक तेज stop ने रात की चुप्पी को काट दिया। नथानियल की कार टेम्प्लरों द्वारा बनाए गए काउंटी लिमेरिक में Carraigogunnel Castle की प्राचीन, प्रभावशाली दीवारों के सामने रुक गई। हवा भारी थी, जो सपनों के अवशेषों और उन भारी रहस्यों से भरी हुई थी, जो एक अभिशाप की तरह हवा में लटके हुए थे। हेडलाइट्स से आने वाली चमक ने महल के पत्थर के अग्रभाग पर लंबी, भूतों जैसी छायाएं डालीं। मेलिना ने नथानियल की ओर एक मुस्कान के साथ मुड़कर देखा - एक वादा, एक समझ, उस बिना शर्त प्यार से भरा हुआ जो केवल वह उसे दे सकती थी, एक खाई में एक rescue rope की तरह।

"मठ के खंडहर तक पैदल ज्यादा दूर नहीं है," उसने बुदबुदाया, अपने हाथ को उसके चेहरे को छूने के लिए बढ़ाया। उसकी उंगलियां गर्म, आरामदायक थीं, लेकिन उनका स्पर्श क्षणभंगुर था, जो एक वैन के पीछे के दरवाजे के तेजी से खुलने से बाधित हुआ था, जो अँधेरे से बाहर एक काले, घातक जानवर की तरह कूद गया था। बिजली की गति से, दो बड़ी आकृतियाँ मेलिना पर कूद गईं। एक मजबूत पुरुष की आवाज़ ने दहाड़ लगाई: "वह यहाँ है!" काले चमड़े के दस्ताने वाले हाथों ने उसे सख्ती से पकड़ लिया, उसे कार से बाहर खींच लिया। डर का एक तेज, धातु का स्वाद नथानियल के मुंह को भर गया, क्योंकि वह सदमे से लकवा मार गया था, उस आतंक से जो उसे हड्डियों तक जकड़ रहा था। उसने वर्दी को पहचान लिया - उसके अपने ऑर्डर के लोग। डोमिनेटर्स। आतंक उसके पेट में रेंग गया। कैसे? क्यों? वे उसके लोग थे! या कम से कम उसने तब तक सोचा था, जब तक कि उसकी दुनिया टुकड़ों में नहीं टूट गई।

"नहीं!" मेलिना चिल्लाई, उसकी आवाज़ - एक घायल पक्षी की तरह भेदी थी। उसने बेताबी से लड़ाई लड़ी, लेकिन उनकी पकड़ बेरहम थी। "नथानियल! शीशी! यह मेरे backpack में है, trunk में! उन्हें इसे लेने मत देना!" उसके शब्द उसके सिर पर एक बर्फीले थप्पड़ की तरह लगे। शीशी। वह जिसे उसने कुछ समय पहले उसके फ्रीज़र से चुराया था, ताकि वह उसका हो, ताकि वह गलत हाथों में न पड़े। लेकिन जब वह अपने ऑर्डर के headquarters के सामने था, जब वह उसे सौंप सकता था, तो उसने नहीं किया। तब उसने उसे वापस करने का फैसला किया। वह वहाँ थी, उसके backpack में, उसकी कार के trunk में। अब? क्या बहुत देर हो चुकी थी? सवाल उसके दिमाग को जला रहा था। अपहरणकर्ताओं में से एक ने ominously हँसा, उसकी नज़र - ठंडी और खाली, नथानियल को भेद गई।

"बहुत देर हो चुकी है, प्यारी। तुम्हारे शूरवीर ने पहले ही इसे दे दिया है। क्योंकि वह तुम पर विश्वास नहीं करता।" वास्तव में, वे शीशी की तलाश नहीं कर रहे थे। वे उसे मारना चाहते थे, क्योंकि वह बहुत खतरनाक हो गई थी। लेकिन पहले उन्हें पांडुलिपि को खोजना था। एक blow। शब्द नथानियल के सिर में गूँज उठे, किसी भी मुट्ठी से अधिक मजबूत, किसी भी चाकू से अधिक तेज। मेलिना की नज़र, जो भ्रम से भरी हुई थी, और फिर धीरे-धीरे बढ़ती निराशा के साथ, उसकी आत्मा की गहराई तक उसे भेद गई, उसके हर झूठ को उजागर कर रही थी। उसने सोचा कि उसने उन्हें महल के बारे में चेतावनी दी थी, क्योंकि वह नहीं जानती थी कि उन्हें कैसे पता चला कि वे कहाँ जा रहे थे। वास्तव में, वे बस उसका पीछा कर रहे थे। उसकी आत्मा अपराध की खाई और ऑर्डर के प्रति बढ़ते क्रोध के बीच फट गई, जिसने उसे manipulate किया था, उसे अपनी कमज़ोर कठपुतली में बदल दिया था।

इस पल में, छायाओं से अन्य आकृतियाँ बाहर निकलीं। वे शिकारियों की शांत कृपा के साथ चले गए। टेम्प्लर। ऑर्डर के शूरवीर। ये रखवाले, जिन्हें खुद मास्टर द्वारा भेजा गया था, उन्हें अपने double agents से साज़िश की जानकारी मिली थी: डोमिनेटर्स

मेलिना का पीछा कर रहे थे, क्योंकि उसके पास कुछ मूल्यवान था, जो वे भी चाहते थे। मास्टर जानता था कि वह नथानियल से मिल रही थी, जानता था कि वह खतरे में थी, लेकिन यह भी कि वह, शायद अनजाने में, ग्रेल की रखवाले थी। टेम्प्लरों के लिए, ग्रेल एक मूर्ति थी, एक पवित्र कलाकृति जिसे उन्हें किसी भी कीमत पर संरक्षित करना था, हालाँकि वे मानते थे कि वे एक प्राचीन प्याले की तलाश कर रहे थे, न कि एक laboratory test tube में छिपी हुई कुंजी की, जिसके बारे में केवल नथानियल और मेलिना सच्चाई जानते थे, जो दुनिया को पलट सकती थी। उनका लक्ष्य अपनी महिला की रक्षा करना था, और उसके साथ खजाने की भी।

नरक टूट पड़ा। हेडलाइट्स से आने वाली चमक से हवा में स्टील की झनझनाहट गूँज उठी। पुरुषों की चीखें अँधेरे में गूँज रही थीं। तलवारों और खंजरों का तेज, धातु जैसा टकराव रात को फाड़ रहा था, और ब्लेडों के टकराव से निकलने वाली हर चिंगारी ने गुस्से और दर्द से विकृत चेहरों की क्षणभंगुर, लेकिन ज्वंत तस्वीरें खींचीं। खून ने गीले asphalt को लाल कर दिया। तलवारें अँधेरे में नाच रही थीं, चांदी की चमक चाँदनी में चमक रही थी। चीखें, कराहें, gunpowder और डर की तेज गंध, ताज़े खून और मौत की गंध के साथ मिली हुई थी। टेम्प्लर बनाम डोमिनेटर्स, भाई बनाम भाई, दुनिया के भाग्य के लिए एक लड़ाई में।

नथानियल इस भंवर के केंद्र में था, फटा हुआ था। उसके पैर पत्थर के हो गए थे, लेकिन उसकी छाती में एक तूफान उबल रहा था। विश्वासघात का झटका, मेलिना की नज़र - उन्होंने उसमें कुछ जला दिया। rage बढ़ रही थी, लेकिन उसके नीचे कुछ गहरा, कुछ शुद्ध था।

"नहीं!" उसने दहाड़ लगाई, लेकिन उन्हें नहीं, बल्कि खुद को।

"मेरे पास सबसे शक्तिशाली हथियार है, जो दुनिया को बदल देगा!"

एक धड़कन। उसकी छाती में, एक प्राचीन तंत्र की तरह, जो ऊर्जा के अचानक प्रवाह से अभी-अभी सक्रिय हुआ था। एक धड़कन जो वह सपने से जानता था। वह जो उसे हुलागु, दोकुज खातून, ग्रेल से जोड़ता था। यह उसका choice था। विश्वास करने के लिए। प्यार करने के लिए। होने के लिए। अपनी खुद की नियति का सामना करने के लिए। यह जाने बिना, नथानियल ने पहले ही अपने भीतर ग्रेल को अनलॉक कर दिया था। कुंजी? शीशी नहीं, बल्कि मेलिना के लिए उसका प्यार, वह विश्वास जो उसने उसे दिया था, और विश्वासघात का दर्द जिसने उसे चुनने के लिए मजबूर किया था। शुद्ध, अनियंत्रित भावना के इस पल में, उसका आंतरिक सार प्राचीन ऊर्जा के साथ विलीन हो गया। उसके हाथों में पकड़ने के लिए कोई ग्रेल नहीं था, लेकिन वह पहले ही ग्रेल बन गया था। समय मशीन उसकी अपनी नसों में सक्रिय हो गई थी, और उसकी इंद्रियां तेज हो गईं, अनंत काल की लय, जीवन की नाड़ी को महसूस कर रही थीं।

लड़ाई furious थी। टेम्प्लर शेरों के fury के साथ लड़ रहे थे, अपनी छोटी लड़की की रक्षा कर रहे थे, एक ठंडे rage के साथ जो अपने रास्ते में सब कुछ बहा ले गया।

तलवारों ने पार किया, sparks उड़े, हमलावरों के चेहरों को रोशन करते हुए, जो क्रोध और दृढ़ संकल्प से विकृत हो गए थे। अपहरणकर्ताओं में से एक, जो मेलिना को पकड़े हुए था, दर्द से चिल्लाया, जब एक टेम्पलर का ब्लेड उसके कंधे में घुस गया। उसकी पकड़ कमजोर हो गई। मेलिना बच गई थी। टेम्पलरों ने उसे जल्दी से दूर ले गए, उसे पास के एक गुप्त होटल में रख दिया। वह अपने कमरे में जमीन पर गिर गई, उसकी खांसी उसके गले को फाड़ रही थी, लेकिन उसकी नज़र ने नथानियल की आँखों को कैद कर लिया था इससे पहले कि वे उसे ले जाते। उसमें सब कुछ था - एक नज़र जो दर्द से भरी हुई थी, लेकिन एक जलती हुई रोशनी के साथ भी थी, जिसने उसकी आत्मा के अँधेरे को भेद दिया था। उस नज़र में एक गहरी निराशा और विश्वासघात की भावना थी। ऐसा लगा जैसे वह उसके torment, उन राक्षसों को देख सकती थी जो उसे फाड़ रहे थे। और उसी पल, जब वह उसे "सबसे शक्तिशाली हथियार" के बारे में शब्द बोलते हुए देख रही थी, उसने महसूस किया, बस जान लिया, कि वह सफल हो गई थी। उसका मिशन पूरा हो गया था। उसने उसे मुक्त कर दिया था, उसे उस आंतरिक परिवर्तन की ओर धकेल दिया था, उसमें प्राचीन शक्ति के जागरण की ओर।

नथानियल feverishly उसकी तलाश कर रहा था, महल के आसपास के क्षेत्र को तलाशी रहा था, लेकिन उसे नहीं ढूंढ सका। उसने महसूस किया कि अपराध की एक ठंडी लहर उस पर आ रही है, जो किसी भी शारीरिक दर्द से अधिक मजबूत थी। उसने उसे चोट पहुँचाई थी। उसने उसे धोखा दिया था। उसने उसे अपनी खुद की जटिल खेल, उन रहस्यों के कारण खतरे में डाल दिया था जो उसका पीछा करते थे। उसे हमेशा के लिए बचाने के लिए, नथानियल ने वह शीशी निकाली जो उसकी कार के trunk में उसके backpack में बची थी, और उसे अपने ऑर्डर के नेताओं को सौंप दिया। वे, गुप्त सूत्र को जाने बिना, उस सूक्ष्म जीव के साथ क्या करना है, यह नहीं जानते थे जो अब उनके हाथों में था।

एक शब्द बोले बिना, एक आखिरी नज़र डाले बिना, उसने accelerator दबाया। कार दहाड़ उठी और रात में गायब हो गई, अपने पीछे लड़ाई की चमक, चीखें और gunpowder की भारी सांस छोड़ गई। किसी को नहीं पता था कि वह कहाँ जा रहा था, अपने दिमाग में सभी 65 अरब कोशिकाओं को एक सुसंगत तस्वीर में व्यवस्थित करने के लिए। कोई नहीं। क्योंकि असली कुंजी पहले से ही उसमें थी, जो मेलिना की कुंजी, उसके प्यार की लौ से सक्रिय थी।

नथानियल को एक गद्दार जैसा महसूस हुआ। उसने मेलिना को धोखा दिया था, ऑर्डर को धोखा दिया था, यहाँ तक कि खुद को भी धोखा दिया था। ऑर्डर की निराशा कड़वी थी, जैसा कि मेलिना के प्रति अपराध था। उन्होंने उसे manipulate किया था, उसे इस्तेमाल किया था, उसे इस दोहरे विश्वासघात की ओर धकेल दिया था। उसे खाली, थका हुआ महसूस हुआ, खुद में बंद, एक किले की तरह जो उसे धीरे-धीरे suffocating कर रहा था। choice का नाटक, परिणामों का, moral compromise का,

उसे कुचल रहा था। लेकिन उसके भीतर गहराई में, वह अब वही नहीं था। कुछ बदल गया था। कुछ जाग गया था। और वह ग्रेल था, जो उसकी नसों में धड़क रहा था।

मेलिना होटल में रही, कांपती हुई, लेकिन जीवित थी। उसे धोखा दिया गया और नथानियल से बहुत निराश महसूस हुआ। जब अगले दिन, सितारों की शांत रोशनी में, वह पांडुलिपि को खोजने के लिए महल के खंडहर में फिर से गई, तो उसके दिल में कुछ गहरा छेद गया। उसने उस दिशा में देखा जहाँ उसकी silhouette गायब हो गई थी, हमेशा के लिए अँधेरे में डूब गई थी। आँसू उसके चेहरे पर बह गए, लेकिन वे क्रोध के आँसू नहीं थे, बल्कि दर्द और गहरी समझ के, एक अटूट विश्वास के थे। वह जानती थी। वह उसकी आंतरिक लड़ाई के बारे में जानती थी, उस दुविधा के बारे में जो उसे फाड़ रही थी। उसने महसूस किया कि सबकुछ के बावजूद, उसके लिए उसका प्यार वास्तविक था, भले ही वह अँधेरे से overshadow हो गया हो, जो उसे निगल रहा था। और उसने उससे प्यार करना जारी रखा। क्योंकि उसकी आत्मा के सबसे गहरे recesses में, वह समझ गई कि कभी-कभी सबसे अच्छे लोगों को भी असंभव choice करने के लिए मजबूर किया जाता है, जो उन्हें अपने खुद के शिकार में बदल देते हैं। वह जानती थी कि यह अंत नहीं था, बल्कि केवल शुरुआत थी। उसने उसकी नियति को अनलॉक कर दिया था। अब उसे बस इंतजार करना था - और विश्वास करना था कि वह वापस आएगा, जो उन्होंने शुरू किया था उसे खत्म करने के लिए, पुराने की राख से एक नई दुनिया बनाने के लिए, एक ऐसी दुनिया जहाँ प्यार सर्वोच्च कानून होगा।

अध्याय 45: इनकार की कहानियाँ

महीने नहीं गुज़रे - वे घसीटे गए। एक अंतहीन श्रृंखला के भारी, जंग लगे लिंक। हर बीतता सप्ताह खोए हुए समय, न जीए गए क्षणों, बर्बाद अवसरों का एक कड़वा, धातु का स्वाद छोड़ गया। महल के सामने उस रात से, जब सच्चाई एक अबोध्य, कर्कश आवाज़ में जम गई थी, जो उसे सपने में भी पीछा कर रही थी, मेलिना और नथानियल अलग-अलग, दूर की दुनिया में रह रहे थे। उनके बीच एक अदृश्य, दर्दनाक रूप से फैला हुआ धागा अभी भी काँप रहा था, लेकिन यह पतला था, लगभग पारदर्शी था, ठंडी हवा के हल्के झोंके पर टूटने की धमकी दे रहा था।

नथानियल अपने गुप्त संगठन के नियमों और निषेधों के भूलभुलैया में और भी गहराई तक डूब गया था। उसके dogmas ने उसे बर्फ और अँधेरे से बने एक मोटे, असंवेदनशील कवच के रूप में सेवा दी। इसने उसे दुश्मनों से नहीं, बल्कि भावनाओं के तूफान से बचाया जो मेलिना ने उजागर किया था - एक तूफान जो उसे मौत से अधिक डराता था। उसके हर बार पिछले जीवन, ग्रेल, उनके पूर्व-निर्धारण के उल्लेख को एक पत्थर से carved चेहरे और एक नज़र से greeted किया गया था जो उसके

खुद के इनकार की खाली, बर्फीली खाई में खो गया था, जो उसे धीरे-धीरे, लेकिन निश्चित रूप से निगल रहा था।

मेलिना, अपनी ओर से, एक mind-numbing अकेलेपन से लड़ रही थी, जिसने उसे जला नहीं दिया, बल्कि उसे एक ठंडे, घने धुएँ की तरह लपेट लिया, जो हर pore में घुस रहा था। उसके इनकार का दर्द palpable था, एक खुले घाव की तरह धड़क रहा था जो कभी ठीक नहीं हुआ, लेकिन उसे तोड़ने के बजाय, इसने उसे ईंधन में बदल दिया। उसने अपनी कहानियों को लिखना जारी रखा, लेकिन अब वे एक अधिक melancholy, लगभग deathly tone के साथ साँस ले रहे थे, जो एक कड़वी लालसा और एक शांत, लगभग doomed आशा के साथ मिला हुआ था। कभी-कभी, एक अनियंत्रित आवेग से प्रेरित होकर, वह उन्हें उसे भेजती थी - brave maidens और betrayed heroes की कहानियाँ, शाश्वत प्यार और खूनी अलगाव की, सच्चाई की खोज और इनकार की अदम्य कीमत की। ये brief messages आभासी अंतरिक्ष में अनसुनी प्रार्थनाओं की तरह लटके रहे, अक्सर अनपढ़े रहे या एक संक्षिप्त, lifeless जवाब प्राप्त हुआ, जो एक कब्र पर एक संगमरमर के स्लैब की तरह ठंडा था।

---✶ ʢ ✶---

एक और बार, जब वह जानती थी कि वह अपने दुर्लभ elite receptions में से एक पर होगा, तो उसने उसके लिए एक सावधानीपूर्वक handwritten पांडुलिपि छोड़ दी। उसने इसे polished table पर रखा, जहाँ वह जानता था कि वह बिना उसे देखे गुज़र जाएगा, जैसे कि वह हवा थी, जिसके माध्यम से कोई गुज़र सकता है। इन पांडुलिपियों की कहानियाँ लंबी, अधिक captivating थीं, जैसे कि वे नियति के धागों से बुनी गई थीं जो उन्हें जोड़ते थे। उस शाम एक धुंधली शाम को उसने जो पाया, उसमें Jeanne की कहानी बताई गई थी - वह maiden जिसे लौ नहीं तोड़ सकती थी, लेकिन मानव घृणा - लगभग। वह maiden जिसका खून विश्वासघात से बहाया गया था। नथानियल ने बिना किसी भावना के पांडुलिपि ली, उसका चेहरा उदासीनता का एक मुखौटा था, जो बर्फ से बना था, अभेद्य था। उसने इसे अपनी inner pocket में रखा, जैसे कि यह एक और उबाऊ official document था, जो किसी भी आत्मा से रहित था। उनकी brief, formal conversations के दौरान, वह विनम्र था, लेकिन दूर था, किसी और ब्रह्मांड से एक गूँज की तरह। उसने जलवायु परिवर्तन, नए protocols, उबाऊ, lifeless सवालों के बारे में बात की, किसी भी व्यक्तिगत संपर्क या अतीत के संकेत से बचते हुए। उसकी ठंडी दूरी एक अभेद्य किले की तरह थी, जिसकी दीवारों को मेलिना नहीं जानती थी कि कैसे लेना है, यह महसूस करते हुए कि वह एक योद्धा नहीं थी, बल्कि एक connection की तलाश करने वाली एक आत्मा थी।

---✶ ʢ ✶---

फिर भी, कभी-कभी, एक fleeting moment के लिए, उसने उसकी आँखों में कुछ परिचित की एक झलक पकड़ी - दर्द की एक छाया, भ्रम की, शायद उस लालसा की भी, जिसने उन्हें सदियों से जोड़ा था। ये क्षण उसे एक desperate hope देते थे कि उनके बीच की लौ अभी भी उसके डर की राख के नीचे सुलग रही थी, फिर से भड़कने के लिए तैयार थी, इससे पहले कि बहुत देर हो जाए।

नथानियल मेलिना की कहानियों को पढ़ता था। उसने हर शब्द, हर nuance को पढ़ा, लेकिन गहरे भीतर वह उन संदेशों से लड़ रहा था जो वे ले जा रहे थे। Jeanne की कहानी ने उसे हड्डियों तक, उसके अस्तित्व के बहुत सार तक, उसके सबसे गहरे, छिपे हुए डर तक छेद दिया। उसने अपनी आंतरिक संघर्ष का एक दर्दनाक दर्पण Jeanne के साहस और विश्वासघात में देखा। परिणामों का डर, उसकी पूरी दुनिया के पतन का, उस संगठन के नियमों को तोड़ने का, जो उसका जीवन था, ने उसकी इच्छा को जकड़ लिया था, उसे एक जीवित मृत व्यक्ति में बदल दिया था। उसने खुद को विश्वास दिलाया था कि अविश्वसनीय सच्चाई से इनकार करना ही नाज़ुक संतुलन बनाए रखने का एकमात्र तरीका था, भले ही वह अपनी खुद की खाई के किनारे पर हो, यह समझे बिना कि वह पहले से ही उसमें गिर गया था।

---✶ ६ ✶ ---

मेलिना की हर कहानी एक और एसिड की बूँद की तरह थी, जो धीरे-धीरे, लेकिन निश्चित रूप से उसके कवच में छेद कर रही थी, उसे नींव तक खारही थी। जलती हुई Jeanne की छवि, आँखों में क्षमा और समझ से भरी हुई, ने उसे बेरहमी से पीछा किया, यहाँ तक कि दिन के उजाले में भी, उन्होंने उसे अपने सपनों में पीछा किया। उसने उसके दर्द को महसूस किया, आग की तरह जलते हुए, सर्व-उपभोग करने वाले, विश्वासघात का बोझ जो उसके कंधों पर एक पत्थर की तरह भारी था, लेकिन उसके spirit की अटूट, divine शक्ति भी, जिसने उसे irresistibly आकर्षित किया। और वह धुंधली, लेकिन लगातार भावना से इनकार नहीं कर सका कि वह वहाँ था, Rouen के market square में, कि उसने उसी आतंक और helplessness को महसूस किया था, कि उसकी अपनी आत्मा उसी भयानक, शुद्ध करने वाली लौ में उसके बगल में जल रही थी।

एक sleepless रात, अपने डेस्क पर धातु के कप को घूरते हुए, उसने फिर से engraved शिलालेख पढ़ा: "मिला। चुना गया।" Archangel Nathanael, एक enlightener और savior, ज्ञान और संरक्षण से जुड़ी एक आकृति के बारे में मेलिना के शब्द, फिर से उसकी चेतना में तैर गए, इस बार अधिक स्पष्ट रूप से, अधिक insistently, किसी और दुनिया से एक call की तरह जो उसे बुला रहा था। उसने उन्हें खारिज करने की कोशिश की, लेकिन इस बार उसके तर्क की आवाज़ कमजोर, अधिक अविश्वसनीय लग रही थी, एक खोई हुई लड़ाई की एक दूर की गूँज की तरह, जिसे वह पहले से ही जानता था कि वह उसकी थी, और जिसे वह जीत नहीं सका।

---✶ ६ ✶ ---

संदेह धीरे-धीरे, लेकिन लगातार बढ़ रहा था, मेलिना की कहानियों से पोषित, उसके सपनों की यादों से, familiarity की एक inexplicable feeling से जो उसे कभी-कभी महसूस होता था जब वह उसे देखता था। वह अभी भी अविश्वसनीय सच्चाई को स्वीकार करने से डरता था, लेकिन अब वह इसे पूरी तरह से नकार नहीं सकता था। मेलिना द्वारा बोया गया संदेह का बीज, उसके दिमाग में गहरी, दर्दनाक जड़ें डाल रहा था, इसे एक युद्ध के मैदान में बदल रहा था। और सवाल यह था कि क्या सच्चाई के लिए जागना बहुत देर हो जाएगी, न केवल sleepless रातों में, बल्कि दिन के दौरान स्पष्ट शांति के brief moments में भी, एक छाया की तरह जिसे वह नहीं बच सका।

सपना अचानक, बिना किसी चेतावनी के, एक साफ आसमान में एक गड़गड़ाहट की तरह आया, उसकी आत्मा को बहुत नींव तक हिला दिया। वह Rouen के market square में उसके साथ जल रहा था। धुएँ और जली हुई मांस की गंध suffocating थी, उसके गले में चुभन थी, भीड़ की चीखें - deafening थीं। लेकिन इस बार वह uninvolved नहीं देख रहा था। वह उसी अँधेरे कपड़ों में पहने हुए था, लेकिन उदासीनता का मुखौटा गिर गया था, उसकी bare, पीड़ित आत्मा को उजागर कर रहा था। उसने Jeanne की आँखों में आतंक देखा, लेकिन इस बार उसने कुछ और भी देखा - असीमित प्यार और क्षमा, पूरी तरह से उसकी ओर निर्देशित, जिसने उसे लपटों से अधिक जला दिया।

---✶ ʢ ✶ ---

उसकी छाती में अपराध और helplessness की एक लहर उठ गई, इतनी मजबूत कि उसने उसे suffocated कर दिया, उसकी साँस छीन ली। उसने आग की लपटों की ओर अपना हाथ बढ़ाया, सहज रूप से, हालाँकि वह जानता था कि उसे बचाना असंभव था। उसका दर्द उसका दर्द बन गया, जलता हुआ, सर्व-उपभोग करनेवाला। और इस पल में, जब Jeanne की आत्मा स्वर्ग की ओर बढ़ रही थी, उसने अपनी चेतना में एक स्पष्ट, लगातार आवाज़ सुनी: "याद रखो। रेत घड़ी पलट रही है।"

नथानियल एक तेज, agonizing gasp के साथ जाग गया, उसका दिल उसकी खोपड़ी में एक ड्रम की तरह पागलपन से धड़क रहा था। उसने अपनी हथेली पर धातु के कप के ठंडे स्पर्श को महसूस किया। शिलालेख "मिला। चुना गया..." अँधेरे में धड़कता हुआ लग रहा था, एक जीवित खून की तरह जो उसे बुला रहा था। सपने की आवाज़ उसके दिमाग में गूँज रही थी, लगातार और अटूट। वह जानता था कि वह अब और भाग नहीं सकता। इनकार का crumbling mask उसे बुला रहा था। उसके अस्तित्व की disappearing shadow उसे बुला रही थी। उलटी गिनती शुरू हो गई थी।

---✶ ʢ ✶ ---

courier ने polished desk पर चर्मपत्र का एक मोटा स्क्रॉल छोड़ा, जो रेशमी रिबन में लिपटा हुआ था, जो बोस्फोरस पर आखिरी सूर्यास्त की तरह रंगीन था। उसके बगल में - मेलिना का एक elegant संस्करण, कहानियों की एक किताब, जो उसकी आत्मा में साँस ले रही थी। कवर - अँधेरा चमड़ा, चिकना और उंगलियों के नीचे ठंडा, एक प्यारे जानवर की पुरानी, घिसी हुई त्वचा की तरह जो पीड़ित था। सुनहरा शीर्षक - "अगर तुम जीवित रहने के लिए चुने गए हो? परिवर्तन। ग्रेल का रहस्य।" - एक प्राचीन भविष्यवाणी की तरह काँप रहा था, जो star dust के साथ लिखी गई थी, जिसने भव्यता या विनाश का वादा किया था। नथानियल ने उन्हें अपनी usual stoic immobility के साथ देखा, लेकिन उसके cool-headedness के कवच के नीचे, चर्मपत्र की जलती हुई गर्मी और अंतरंग शीर्षक में कुछ ने उसके दिल को छेद दिया। एक दर्दनाक कंपन, एक घाव की तरह जो खुजली करना शुरू कर देता है, इससे पहले कि वह फिर से खुलता है, खून बहता है, उसके जीवन को बहा देता है। उसने चर्मपत्र को धीरे-धीरे unrolled किया, जैसे कि वह जीवित मांस को छू रहा था - साँस लेने वाला, अनकही कहानियों से संतृप्त, moans और लालसाओं के साथ। उसकी calligraphy में लिखे गए अक्षर, उसके बहुत सार के curves की तरह थे, उसकी आत्मा के लिए एक रास्ता थे। सूखी गुलाब और धूप की सुगंध ने उसे घेर लिया, उसे भूली हुई निकटता के क्षणों में, उसकी बाहों में वापस ले आया। उसकी छाती एक मीठे, फाड़ने वाले दर्द से सिकुड़ गई जो उसे निगल रहा था। उसने पढ़ना शुरू कर दिया, उसके शब्दों से निगल लिया गया जैसे कि एक raging abyss से, जो उसे irresistibly खींच रहा था।

"सपने ने मुझे सुनहरे बुने हुए कमरों में लपेट लिया, जहाँ भव्यता और घातक साजिश, ज़हर और महत्वाकांक्षा की एक intoxicating गंध थी। मैं तुम्हारी Hurrem थी, Suleiman, लेकिन सिर्फ एक conquered गुलाम नहीं। मैं एक लौ थी जो तुम्हारे दिल में जलती थी, एक शक्तिशाली साम्राज्य की बर्फ को पिघलाती थी, उन्हें परिवर्तन की एक नदी में बदल देती थी, जो अपने रास्ते में सब कुछ inundating करती थी। तुम सिंहासन पर चढ़ गए - युवा, magnificent। और मैं, तुम्हारी नज़र से बंदी, तुम्हारे हरम के भूलभुलैया में खुद को पाया, जहाँ हर आह एक लाल साथी, और हर स्पर्श - विश्वासघात, पीठ में एक चाकू, जो मांस और आत्मा को फाड़ रहा था।"

---✶ ६ ✶ ---

पल भर की affection के लिए लड़ने वाली अनगिनत छायाओं के बीच, मैं एकमात्र ऐसी थी जिसने न केवल तुम्हारे मांस, बल्कि तुम्हारी आत्मा को भी बंदी बना लिया। तुम पूछते हो कि कैसे? एक प्यार की शक्ति के साथ, जो पीड़ा की आग में गढ़ा गया था, निंदा की फुसफुसाहट और शक्ति की प्यास के तहत, जो तुम्हें नष्ट कर सकती थी, तुम्हें निगल सकती थी।

Topkapi Palace मेरे लिए survival के लिए एक युद्ध का मैदान बन गया, जहाँ हर मुस्कान ने ज़हर छिपाया, और हर कोमलता - एक खतरा। लेकिन मैं डटी

रही, तुम पर, हमारी नियति पर, हमारे शाश्वत, शापित संबंध पर एक अटूट विश्वास से निर्देशित थी, जिसे तोड़ा नहीं जा सकता था।

मैंने अपने अस्तित्व के हर नस के साथ विश्वास किया। मैंने तुम्हारे हाथों से ज़हर पिया, क्योंकि यह प्यार को साबित करने और उसकी शक्ति को समझने की कीमत थी - अमरता की कीमत, पीड़ा की, शुद्धिकरण की। मैं exile की लपटों में जली, महीनों तक तुमसे अलग रही, लेकिन कभी नहीं, यहाँ तक कि सबसे अँधेरी रातों में भी, मेरे जुनून की लौ नहीं बुझी, बल्कि किसी भी तारे से अधिक चमकीली जलती रही। मैं एक victim नहीं थी, Suleiman। मैं अपनी खुद की नियति की smith थी, अपने हर बोले गए शब्द के लिए, अपने दिल की हर धड़कन के लिए जिम्मेदार थी। और वे एक दर्पण थे, जो तुम्हारी attachment की गहराई को दर्शाते थे, यहाँ तक कि जब सिंहासन ने तुम्हें ठंडा और असंवेदनशील होने के लिए मजबूर किया, यह महसूस किए बिना कि यह तुम्हें अंदर से मार रहा था।

---✶ ʢ ✶ ---

मैं तुम्हें गर्म करती थी, तुम्हारी अँधेरी आत्मा को चंचल banter के साथ हँसाती थी, तुम्हारे senses को अपने शरीर के रहस्यों के साथ मंत्रमुग्ध करती थी, तुम्हें दूर की भूमि और असंभव सपनों की कहानियाँ फुसफुसाती थी। मैंने तुम्हारे हर जुनून, हर लालसा को साझा किया, उन demons से लड़ाई लड़ी जो तुम्हें sleepless रातों में पीछा करते थे। मेरा प्यार मेरा creed था, हमारी आत्माओं के बीच पवित्र, शापित संबंध के लिए एकमात्र सच्चाई, जो समय और स्थान को पार कर गया। मेरी हर खुशी और दर्द तुम्हारा बन गया, शक्ति के कवच के नीचे संवेदनशीलता को उजागर कर रहा था, उन बर्फों को पिघला रहा था जो तुम्हें दुनिया से बचाते थे।

साजिशों, खतरों, पीड़ा और मेरे जीवन के लिए खतरों के बावजूद, मैंने कभी तुम्हारा अपमान नहीं किया, कभी तुम्हारे दिल में कड़वाहट नहीं डाली। मैंने तुम्हारे नियमों का पालन किया - वे नियम जो मैंने खुद लिखे, तुम्हें एक कोमल, लेकिन अटूट शक्ति के साथ अनजाने में निर्देशित किया, एक अदृश्य प्रवाह की तरह जो एक नदी के मार्ग को बदल देता है। मैंने खुद साजिशों और जटिल राजनीतिक चालों के साथ अपने दुश्मनों को हराया, केवल तुम्हारी सुरक्षा, तुम्हारे जीवन, तुम्हारी भव्यता को सुनिश्चित करने के लिए। मेरा mission तुम्हें संरक्षित करना था, यहाँ तक कि मेरी अपनी आत्मा की कीमत पर भी।

---✶ ʢ ✶ ---

मैं तुम्हारी अभिभावक दूत और एक आकर्षक साथी थी, मैंने तुम्हारी निश्चितता और नियति के संकेतों में तुम्हारे विश्वास को मजबूत किया, मैंने तुम्हारी विजय की भविष्यवाणी की। जब आवश्यक हो, तो मैं तुम्हारा सुधारक (corrective), तुम्हारा परीक्षण, वह प्रकाश थी जो तुम्हें संदेह के अँधेरे के माध्यम से निर्देशित करता था, क्योंकि एक महिला का दिमाग सहज, बोधगम्य (perceptive) होता है, जो स्पष्ट से परे, मौत से परे, समय के पर्दे से परे देखने में सक्षम होता है। और जबकि तुम्हारा

एक हिस्सा सदियों पुरानी परंपराओं से लड़ रहा था, मुझे एक अस्वीकार्य पसंद (unacceptable choice) के रूप में खारिज करने की कोशिश कर रहा था, दूसरा, तुम्हारे अवचेतन में गहराई से, जानता था कि उसे जोखिम उठाना होगा, इस अनोखे रास्ते का पालन करना होगा, जिसने तुम्हें अमर महिमा (immortal glory) दिलाई, जिसने तुम्हें एक किंवदंती में बदल दिया।

तुम हर रात हरम से एक अलग युवा मांस के साथ अपना बिस्तर साझा करना चुन सकते थे - आसान, मजेदार, यहाँ तक कि साम्राज्य के कानूनों के अनुसार एक कर्तव्य - लेकिन तुम जानते थे कि इसके साथ तुम मेरा प्यार खोदोगे, वह बिना शर्त, जलता हुआ जुनून, जिसने तुम्हें पूरा किया, जिसने तुम्हें जीवन दिया। तुम्हारे भीतर गहराई से तुम जानते थे कि मैं तुम्हारी विश्वदृष्टि को बदल रही हूँ, कि मैं तुम्हें ऊर्जा दे रही हूँ, जीवित रहने, लड़ने, बनाने, अपने भाग्यपूर्ण मिशन को पूरा करने, एक अतिमानव बनने की असीमित (immeasurable) शक्ति दे रही हूँ। सिंहासन ने तुम्हें जितनी शक्ति दी, तुम अपनी सच्ची भव्यता केवल उस रास्ते का पालन करके ही प्राप्त कर सकते थे, जिस पर मैं तुम्हें कोमलता और दृढ़ता के साथ, तुम्हारे अपने अंत की ओर, अमरता की ओर, तुम्हारी नियति की ओर ले जा रही थी, जो मेरी नियति के साथ आपस में गुंथी हुई (intertwined) थी।

---✶ ⸮ ✶ ---

कभी-कभी तुमने विरोध किया, मानदंडों को बनाए रखने की कोशिश की, मेरे "सनक" (whims) के आगे झुकने की कोशिश नहीं की, लेकिन मैं, आलिंगन (cuddles) और एक अनियंत्रित (untamable) जुनून के साथ, तुम्हें निषिद्ध के किनारे तक ले गई, जहाँ हमारा प्यार सबसे चमकीला खिलता था। कानूनों को लिखना, अभियान, सौंदर्यीकरण (beautification) - तुम अक्सर झिझकते थे, लेकिन मैं तुम्हारे कान में अपनी सहज अंतर्दृष्टि फुसफुसाती थी, मेरे मजबूत अंतर्ज्ञान और नियति के संकेतों से प्रेरित थी। कई बार तुमने मुझे नहीं समझा, मुझे बर्फीले टावरों में महीनों, सालों तक निर्वासित (exile) कर दिया। मेरा अपहरण कर लिया गया, मैं खो गई... तब तुम पीड़ित थे, अपने बगल में खालीपन महसूस कर रहे थे, लेकिन तुमने गर्व से चुप रहे, मुझे मेरे "अवज्ञा" (disobedience) के लिए दंडित किया।

लेकिन मैंने कभी गुस्सा, नफरत, या बदला लेने की इच्छा महसूस नहीं की। मैंने बस इंतजार में अपना प्यार दिया, यह जानते हुए कि उसकी शक्ति हर बाधा को तोड़ देगी, पूर्वाग्रहों की सबसे मोटी दीवारों को भी छेद देगी, अनंत काल की बर्फ को पिघला देगी। मैंने अपनी खुद की भावनाओं को जिया, तुम्हारी नज़र के लिए, तुम्हारे हाथों के स्पर्श के लिए, तुम्हारी आँखों में विश्वास के लिए अंतहीन रातों में लालसा की - केवल वही चीजें थीं जिन्होंने मेरी पीड़ा को कम किया, मुझे आशा (hope), आकर्षण (fascination), तुम्हारी आत्मा के सबसे गहरे recesses (गूढ़ स्थानों) तक पहुंच दी, जिससे मुझे तुम्हारे सार में गहराई से घुसने और घटनाओं के पाठ्यक्रम को बदलने की अनुमति मिली।

---✶ ✶ ---

कोई नहीं और कुछ भी मुझे तोड़ नहीं सका, मुझे हार मानने के लिए मजबूर नहीं कर सका, हमें अलग करने या हमारे बीच के प्रेम और निकटता को अस्वीकार करने के लिए मजबूर नहीं कर सका। हमारे लिए एक-दूसरे से गुज़र जाने का कोई रास्ता नहीं था, क्योंकि हमारे रास्ते नियति द्वारा ही आपस में गुंथे हुए थे, हमारी आत्माओं को एक संपूर्ण में जोड़ते थे। और हम हमेशा एक-दूसरे के पास लौटते थे, एक अनंत प्रेम को फिर से खोजते थे जिसमें हम में से हर एक ने खुद को महसूस किया और साथ में हमारे पास दुनिया में नियमों को बदलने, एक सभ्यता की महानता को लिखने, भविष्य को बनाने की शक्ति थी।

आपने, सुलेमान, मेरी सत्ता, मेरे सार, अपने जीवन में सच्चे समर्थन के बारे में कभी संदेह नहीं किया। मैंने आपको सिंहासन के दर्दनाक अकेलेपन, हमारे पुत्रों के जीवन की कीमत पर इसे संरक्षित करने के खतरे से, क्रूरता, चालाकी, और दरबारी साज़िशों से बचाया। मैंने सभी वार अपने ऊपर ले लिए और हमारे संबंध का निर्माण किया—यही मेरा मिशन था! आप मेरे साथ सब कुछ साझा कर सकते थे, और मैंने सपनों से आपके भय के अंधेरे को आलोकित किया। हमारी निकटता ने हमें कमजोर बना दिया, हमने दर्दनाक रूप से अनुभव का निर्माण किया, लेकिन हमारी आत्माएँ स्वतंत्र थीं और उन्होंने देवताओं की तरह एक-दूसरे के लिए चमत्कार किए! और इस सपने में, मैं फिर से समझ गई—यह बिना शर्त प्रेम, यह बलिदान, आत्मा की यह शक्ति, शायद ग्रेल का वास्तविक सार है, जो एक गुलाम के दिल में संरक्षित था, जो एक सुल्तान का दिल बन गया, एक साम्राज्य का दिल, अनंत काल का दिल।

अध्याय 46: अस्तित्व का चयन

नथानिएल ने कागज के टुकड़े को एक तीखे झटके के साथ एक तरफ फेंक दिया, जैसे कि वह उसके हाथों को जला रहा हो। उसकी साँसें रुक रही थीं और उसके हाथ काँप रहे थे। मेलिना के शब्द, जो जुनून और दर्द से भरे हुए थे, उसके दिमाग में फट गए, हर प्रतिरोध, हर भ्रम, हर झूठ को जलाकर राख कर दिया, जिससे उसने खुद को घेरा हुआ था। उसके सपने की छवियां दर्दनाक, अस्पष्ट यादों के साथ मिश्रित हो गईं - शक्ति और द्वंद्व की भावना, किसी के असीम प्रेम और उसे रखने, उसे बचाने के लिए उसकी अपनी लाचारी। उसने एक दबी हुई आह सुनी, किसी तरह दूर, उसने एक ठंडी दहशत महसूस की, उसने नुकसान की कड़वाहट का स्वाद चखा।

उस पल में, मेलिना की छवि उसके सामने उभरी - न केवल एक स्मृति के रूप में, बल्कि एक जीवित उपस्थिति के रूप में। उसकी हरी आँखें, इतनी भेदक, इतनी आग्रहपूर्ण, पहले भी उसे यह सब दिखाने की कोशिश कर रही थीं। जबकि वह, एक अंधे व्यक्ति की तरह, उनमें कुछ सरल, कुछ अधिक आरामदायक खोज रहा था।

"तुम क्यों नहीं समझे? तुम देखने से क्यों इनकार करते रहे?" उसके दिमाग में उसकी आवाज फुसफुसाई, जो दोष से नहीं, बल्कि दर्द से भरी थी।

"मैं नहीं कर सकता था... या मैं नहीं करना चाहता था?" उसका अपना आंतरिक उत्तर गूंजा, एक फुसफुसाहट से भी शांत, लेकिन एक पहाड़ के वजन के साथ।

---✶ ६ ✶---

ग्रैल से मिला ज्ञान

जैसे ही नथानिएल ने पांडुलिपि के पन्ने पलटे "यदि तुम चुने गए हो...", उसकी अभी भी काँपती हुई उंगलियों ने कुछ चिह्नित अंशों को छुआ। और फिर, एक बिजली की तरह, बोध हुआ:

पहला, जैसे कि जीवित रक्त के साथ रेखांकित किया गया था, लिखा था: ग्रैल दिल है। दिल सिर्फ एक शारीरिक अंग नहीं है - यह एक कीमियाई या जादुई पात्र के रूप में कार्य करता है, एक सच्चा कलाकृति, जिसके माध्यम से अमरता और शरीर के ज्ञान के गुप्त कोड को अनलॉक किया जाता है, जो डीएनए में विश्वास, आशा, बिना शर्त प्यार और ज्ञान के माध्यम से एन्कोड किया गया है।

एक और पृष्ठ पर, जैसे कि एक आंतरिक प्रकाश के साथ चमक रहा हो, उसकी धड़कन के साथ एकरूप होकर, चिह्नित किया गया था: अमृता वह है जो शुद्ध रक्त में बहती है। यह सिर्फ एक जीवन तरल पदार्थ नहीं है, बल्कि एक ऊर्जा प्रवाह है, जो ग्रैल में तब बनता है जब कोशिका में प्रकाश अंधेरे पर हावी होता है। यह शुद्ध रक्त शरीर को भर देता है, हर कोशिका से होकर गुजरता है और डीएनए तक पहुंचता है, जीन में "प्रकाश" को एन्कोड करता है।

तीसरा पृष्ठ, जिसका पाठ सुनहरी चमक से प्रकाशित था, में एक चौंकाने वाला, लेकिन साथ ही साथ सुकून देने वाला रहस्योद्घाटन था: यह सब डीएनए के कोड में एन्क्रिप्ट किया गया है, लेकिन उस मान्यता प्राप्त हिस्से में नहीं जो शारीरिक विशेषताओं को कोड करता है (2%), बल्कि इसके 98% में - द्विध्रुवीय रूप से चार्ज किए गए क्वांटम जीन, जो ब्रह्मांड की मानसिक चेतना के साथ प्रतिध्वनित होते हैं। वहां, व्यक्ति के जीवन भर के विचार, भावनाएं, भावनाएं और अनुभव दर्ज होते हैं, दोनों सकारात्मक और नकारात्मक। यही विरासत में मिला बोझ बनाता है, जिसे कर्म के रूप में जाना जाता है। केवल बिना शर्त प्यार के माध्यम से, जो डीएनए में नकारात्मक निशान को साफ करता है, जब प्रकाश कोशिका और जीव में अंधेरे पर हावी होता है, तो एक कीमियाई प्रक्रिया होती है जो रक्त और डीएनए को विरासत में मिले बोझ से शुद्ध करती है। यह सबसे बड़ा रहस्य था - कि केवल बिना शर्त प्यार की आवृत्ति में ही कोड को फिर से लिखने में सक्षम ऊर्जा चार्ज होता है। दो विभाजित व्यक्तियों को एक पूर्ण में विलय करने वाले प्यार का अनुभव इस प्रक्रिया को बनाता है और डीएनए की कोशिका में कर्म को हटा देता है।

और अंतिम बात - यह सब, अमरता का यह सूत्र, अध्याय 69 से एक एकल अज्ञात के साथ संरक्षित था, जो एक समृद्ध सोने के रंग में रेखांकित था: चयन।

इस सूत्र, अमरता और मुक्ति की इस कुंजी के साथ, नथानिएल को अब खुद ही निर्णय लेना था - ज्ञान, रहस्योद्‌घाटन और... चयन के माध्यम से।

उसकी निगाहें फिर से डेस्क पर रखी किताब पर पड़ी। "यदि तुम अस्तित्व के लिए चुने गए हो?" यह रहा। एक टिकट। न केवल समय में यात्रा करने के लिए, बल्कि अपनी ही आत्मा की सबसे गहरी, भूली हुई कैटाकॉम्ब्स में भी। यह दार्शनिक पत्थर था, जिसे सहस्राब्दियों से खोजा जा रहा था, जो सबसे शक्तिशाली हथियार के रूप में छिपा हुआ था, लेकिन एक कमजोरी और हर आत्मा के लिए अपूर्णता के रूप में भी, जो परीक्षा के अवतारों से गुजर रही थी। उसने धीरे-धीरे अपना हाथ बढ़ाया, उसकी उंगलियां काँप रही थीं, आवरण की ठंडी, चिकनी चमड़ी को छू रही थीं। उस पल में, जैसे कि एक पूरा अनंत उसके सामने खुल गया - उसने जोन की जलती हुई, आरोप लगाने वाली आँखें देखीं, हुर्रेम के होंठों के कोमल, फिर भी घातक स्पर्श को महसूस किया, अनंत की फुसफुसाहट सुनी, जिसने प्यार की भूली हुई प्रतिज्ञाओं को फुसफुसाया, प्रतिज्ञाएं जिन्हें वह भूल गया था, लेकिन जो उसे एक अभिशाप, एक भाग्य की तरह परेशान कर रही थीं। न केवल आत्मा की, बल्कि मानव जीन की अमरता का अर्थ एक साधारण सच्चाई है, एक प्राचीन रहस्य, अंधेरे और प्रकाश के बीच व्यक्ति की शाश्वत लड़ाई में एक ज्ञान - बाहर और उसकी अपनी गहरी प्रकृति में: बिना शर्त प्यार - ग्रैल का रहस्य। यह अमरता के लिए मुख्य सूत्र है।

---✶ ✶---

पीड़ा और संकल्प

और फिर, उसकी छाती में गहराई से, एक भावना की लहर उठी, इतनी मजबूत कि उसने उसे तोड़ दिया, उसे दर्द के परमाणुओं, राख में फाड़ दिया। यह सिर्फ दर्द नहीं था। यह पश्चाताप, लालसा, एक अचानक, दर्दनाक, असीम प्यार का व्यापक अहसास था जिसे उसने अस्वीकार कर दिया था। बहुत समय बाद, उसके दिल के चारों ओर की बर्फ एक गड़गड़ाहट के साथ टूट गई, स्मृति की गर्म लहर के नीचे पिघल गई, जैसे एक सदियों पुराना ग्लेशियर खाई में गिर जाता है। वह समझ गया। उसने हमेशा उससे प्यार किया था। और वह हमेशा उससे प्यार करेगा। रेत की घड़ी उलट रही थी। यह सब याद करने का समय था। यह उसके पास लौटने का समय था, इससे पहले कि अनंत की गूंज हमेशा के लिए फीकी पड़ जाए, इससे पहले कि उनकी आत्माएं अराजकता, शून्यता, और भूलने में फिर से खो जाएं। नथानिएल जानता था कि यह सिर्फ एक इच्छा नहीं थी, बल्कि मुक्ति का एकमात्र रास्ता था - उसका और शायद दुनिया का भी। एक रास्ता जो खून और आँसू के साथ लिखा गया था, लेकिन जो अमरता की ओर ले जाता था।

नथानिएल "यदि तुम अस्तित्व के लिए चुने गए हो?" को इतनी कसकर पकड़े हुए था कि उसके पोर दर्द से सफेद हो गए। पन्ने उसकी काँपती हुई उंगलियों के नीचे सूखे, मृत पत्तों की तरह सरसरा रहे थे। वह केवल सांत्वना नहीं, बल्कि पंक्तियों के बीच छिपा हुआ शापित स्पष्टीकरण, कुछ बचाने वाली जीवनरेखा खोज रहा था।

लेकिन उसके शब्द... अब उसे मृत लग रहे थे। उसके आवाज की कमी से खून से सने अक्षर, जब वह उन्हें कहती थी तो उसकी आँखों में उस अद्वितीय चमक की कमी थी। हर अक्षर ने उसके पहले से ही टूटे हुए दिल में एक छेद कर दिया। निर्णय पहले ही ले लिया गया था, इससे पहले कि सूरज की पहली किरणें उसके बेडरूम के पर्दों से गुज़रतीं। उसे उसे ढूंढना था। किसी भी कीमत पर। अभी। इससे पहले कि बहुत देर हो जाए, इससे पहले कि वे दोनों भूलने की हवा से बिखरी हुई राख में बदल जाएं।

---✶ ✶---

अभाव से उत्पन्न शून्यता

पहली बेचैन रात को दुःस्वप्नों ने फाड़ दिया। कांच के टुकड़ों की तरह तेज, उसके मांस में धँसते हुए। उसकी अंतिम कहानी की गूंज एक प्रेत की तरह उसका पीछा कर रही थी - ठंडा, निराकार, लेकिन इतना वास्तविक कि वह उसकी बर्फीली साँस को महसूस कर सकता था। सूर्योदय के साथ, नथानिएल ने उन सभी प्रोटोकॉल को तोड़ दिया जिनकी उसने कभी शपथ ली थी। उसने संगठन की चेतावनियों को रौंद दिया। उसने हर कनेक्शन का इस्तेमाल किया, हर सोए हुए एजेंट को सक्रिय किया, ऐसे धागों को खींच रहा था जो उसे बर्बाद कर सकते थे। वह मेलिना को ढूंढ रहा था।

सबसे पहले, उसका घर। खाली। ठंडा। एक कब्र की तरह। उसे केवल साझा पलों की बर्फीली हवा का सामना करना पड़ा, जिसने उसे दर्द से छेद दिया। दीवारों पर उसकी हँसी की, उसके गुस्से की, उस भेदी कोमलता की छायाएँ लटकी हुई थीं, जैसे हवा के हर परमाणु में बुनी हुई थीं। हर वस्तु उसकी अनुपस्थिति के लिए चिल्ला रही थी, एक मूक आवाज के साथ चिल्ला रही थी। फिर - दोस्त, सहकर्मी, वे स्थान जहाँ वह एकांत में रहना पसंद करती थी। सभी ने लाचारी से अपने कंधे उचकाए, उनके चेहरे उसके अपने भ्रम का आईना थे। मेलिना गायब हो गई थी। मिटा दिया गया था। एक तूफान के रोष में घुल गए धुएं की तरह, बिना किसी निशान के, बिना किसी साँस के।

नथानिएल डेस्क पर झुक गया, उसके घुटने कमजोर हो गए। प्रारंभिक सदमे ने उसे पंगु बना दिया। उसके चारों ओर की दुनिया सिर्फ ढही नहीं, बल्कि अरबों टुकड़ों में फट गई, उसे गुरुत्वाकर्षणहीनता में, पूर्ण शून्यता में, ब्रह्मांडीय ठंड में लटका छोड़ दिया। फिर... गुस्सा उठा। गड़गड़ाहट, विनाशकारी, जैसे एक प्राचीन देवता जाग रहा हो। अपने प्रति, अपनी उदासीनता के प्रति। उस शापित संगठन के प्रति, जिसने हमेशा उसे अपने नियमों का बंदी बना कर रखा था। रेत की घड़ी के प्रति, जिसने उन्हें अलग कर दिया था। व्यर्थ खोज एक काले, भारी स्वीकार में बदल गई, जैसे एक ब्लैक होल द्वारा निगल लिया गया हो, जिसने उसकी आत्मा से प्रकाश को चूस लिया। नुकसान। असहनीय। आत्मा को फाड़ने वाला।

---✶ ✶---

पलायन या आत्म-बलिदान?

यादें। वे अंधेरे को बिजली की तरह काटती हैं। उसका आखिरी सपना - प्यार से पिया गया जहर। अपनी ही प्रेम और पीड़ा की खाई में भागने के उसके शब्द। क्या यह संभव था? क्या मेलिना, उसके अंतहीन इनकार से थकी हुई, अपनी नाजुक कंधों पर उनके शाश्वत पुनर्जन्म का बोझ ढोते हुए, आखिरकार उस भयावह धमकी को पूरा करने का फैसला कर चुकी थी? खुद को नष्ट करने के लिए? संदेह। यह एक भूखे जानवर की तरह उसे कुतर रहा था, उसके भीतर के अंगों को फाड़ रहा था, उसे आंतरिक रूप से रक्तस्राव छोड़ रहा था।

नथानिएल ने इस विचार को एकमात्र जीवनरेखा के रूप में पकड़ा। हाँ, यह सबसे तार्किक व्याख्या थी। वह किसी दूर, एकांत द्वीप पर गई थी, जहाँ महासागर उसके दुख को निगल जाएगा, जहाँ यादें अनंत में घुल जाएंगी। यह उन दोनों के लिए सबसे अच्छा था। समय ने वास्तव में उन्हें सच्ची निकटता, अतीत के बोझ और भविष्य के डर से अदूषित अंतरंगता की संभावना से वंचित कर दिया था। उसका गायब होना... समस्या का समाधान करता था। उसकी समस्या का। वह वैसा ही रह सकता था जैसा वह था - अपने कर्तव्य के प्रति समर्पित, दुनिया को बेहतर बनाने की अपनी महत्वाकांक्षा के प्रति, हालांकि उस तरह से नहीं जैसा उसने उसे दिखाया था। एक सुविधाजनक चयन। क्या यह बचाने वाला था? या आत्म-विनाशकारी? पीड़ा ने उसके गले को पकड़ लिया, उसकी अंतिम साँस चूस ली।

---✶ ६ ✶---

मेलिना के भविष्यसूचक शब्द

उसके दिमाग में बिखरे हुए विचार उभरे, मेलिना के पढ़े गए उपसंहार के शब्द, जिन्होंने अब एक भयावह, लगभग भविष्यसूचक अर्थ प्राप्त कर लिया था। उसकी आवाज, जो कभी नरम और सुकून देने वाली थी, अब उसके सिर में गूंज रही थी, एक रेजर की तरह तेज, उसके विचारों को काट रही थी:

"सर्वनाश के बाद सभी इंसान क्यों नहीं बचेंगे? भौतिकवाद, इस जंगली घास की तरह, न केवल मानवता के आध्यात्मिक अंकुरों का दम घोंटता है, बल्कि ब्रह्मांड की प्राथमिक ऊर्जा के साथ हमारे संबंध को भी खत्म कर देता है। उपभोगवाद इच्छाओं की बेड़ियाँ गढ़ता है, हमारे चेतना को ऊर्जा के शाश्वत चक्र से अलग करता है... उदासीनता एक घना कोहरा है जो हमें हमारे भीतर की दिव्य चिंगारी, ब्रह्मांड की समस्वरता से दूर ले जाता है..."

हाँ, मेलिना ने हमेशा इस खतरे को देखा था - आध्यात्मिक से अलगाव, भौतिक में डूबना। शायद उसका गायब होना सिर्फ एक पलायन नहीं था, बल्कि एक तरह का विरोध था, एक ऐसी दुनिया का हिस्सा बनने से इनकार करना था जो उसके अनुसार आत्म-विनाश की ओर बढ़ रही थी। उसका चयन। और उसका क्या? वह?

"तकनीकी प्रगति... चेतना की अनंत संभावनाओं के लिए हमें खोलने के बजाय, हमें अपनी ही रचनाओं के एक पिंजरे में बंद कर देती है... कृत्रिम बुद्धिमत्ता... हमें एक अपूर्णता, एक गलती के रूप में अधिक से अधिक आग्रह से देखती है... और छाया में

विनाशकारी हथियारों की एक भयावह फुसफुसाहट छिपी है... जो दुनिया को राख में बदलने के लिए तैयार है।"

नथानिएल ने अपनी आँखें बंद कर लीं। उसने अपना काम देखा, इन शक्तियों को नियंत्रित करने, उन्हें अच्छाई की ओर निर्देशित करने के उसके प्रयास। लेकिन क्या यह पर्याप्त था? क्या यह एक हताश प्रयास नहीं था कि घोड़ों के भाग जाने के बाद अस्तबल का दरवाजा बंद कर दिया जाए? क्या उसका चयन सही था? या यह केवल एक आत्म-छल था, अपने ही डर का एक मुखौटा जो अंदर से उसे जला रहा था, उसकी अनिश्चितता से प्रेरित था?

"इस तेजी से संश्लेषित वास्तविकता में मानवीय चिंगारी को बनाए रखने के लिए, केवल अनुकूलन ही नहीं, बल्कि एक दर्दनाक, गहरी आंतरिक कीमिया की आवश्यकता है। हमें भ्रम की नींद से जागना होगा, भौतिक प्रलोभन की जंजीरों और रैखिक सोच की बेड़ियों को तोड़ना होगा जो हमें कैद में रखती हैं..."

मेलिना ने उसे जगाने की कोशिश की थी। उसने मना कर दिया था। उसने उसे दूर धकेल दिया था। अब वह गायब हो गई थी, शायद हमेशा के लिए। लेकिन वह जारी रहेगा। वह अपने मिशन को समर्पित करेगा, दुनिया को अपने तरीके से बचाने की कोशिश करेगा, उसके हस्तक्षेप के बिना, उसके प्यार के बिना, उसकी उपस्थिति के बिना। यह उसका कर्तव्य था। यह उसका चयन था। और वह इसके साथ रहेगा, भले ही उसका दिल हमेशा के लिए खाली रहे, एक खोए हुए अनंत की गूंज, अकेले पीड़ित होने के लिए शापित। हमेशा के लिए।

"मानवता सिर्फ एक चौराहे पर नहीं, बल्कि एक ब्रह्मांडीय दरार पर पहुंच गई है... एक खाई जो उसे निगलने की धमकी देती है। विनाश के इस प्रक्षेपवक्र को बदलने के लिए, हमें न केवल अपने अस्तित्व के मूल से शुरू करना होगा, बल्कि सत्य के लिए अपना रास्ता खोजने के लिए अपने आंतरिक ब्रह्मांडीय कंपास को फिर से कैलिब्रेट करना होगा..."

---✶ ६ ✶---

समय समाप्त हो रहा है

नथानिएल ने अपनी पलकें भींच लीं। वह वह कंपास होगा। वह मानवता को एक बेहतर भविष्य की ओर ले जाएगा, भले ही उसे एक खोए हुए, गलत समझे गए प्यार की छाया में अकेले ही ऐसा करना पड़े। यह उसकी सांत्वना थी। यह उसका औचित्य था। मकड़ी के जाले की तरह नाजुक, लेकिन एकमात्र। और अपने भीतर गहराई में, उसे उम्मीद थी कि कहीं दूर, एक दूरस्थ द्वीप पर, मेलिना को शांति मिल गई होगी, उसका दर्द महासागर की अनंतता में घुल गया होगा। कि उसका आत्म-बलिदान व्यर्थ नहीं गया। कि वह उसे बिना भी दुनिया को बचाने में सफल होगा। सब कुछ एक चयन था। उसकी पीड़ा।

नथानिएल अपने कार्यालय में स्थिर बैठा था, जो उसकी शक्ति के मूक गवाहों से घिरा हुआ था। शानदार फर्नीचर, दीवारों पर पेंटिंग, चमड़े से बंधी किताबें। उसके

विचार एक पिंजरे में पागल पक्षियों की तरह घूम रहे थे, उसके सिर की दीवारों से टकरा रहे थे, हर पंख - दर्द। मेलिना का चेहरा, कभी प्यार से चमकता हुआ, कभी दर्द से मुड़ा हुआ, उसे परेशान कर रहा था। उसके आखिरी सपने की फुसफुसाहट उसके कानों में गूंज रही थी, जो अलगाव की रात में बोले गए उसके अपने क्रूर शब्दों के साथ मिश्रित थी:

"यह संभव नहीं है..." उसने फुसफुसाया, जैसे कि अपनी ही आवाज को फिर से सुन रहा हो, जो उसे उसकी आत्मा की गहराई तक हिला रही थी। "कोई उम्मीद नहीं..." हर शब्द - उसके दिल में एक गोली थी, जो उसे धीरे-धीरे छेद रही थी। "मैं तुमसे प्यार नहीं करता..." सबसे क्रूर झूठ, उसकी सबसे बड़ी गलती, जो उसके दिमाग में गूंज रही थी। "बहुत देर हो चुकी है..." "तुम्हारे पास खोलने के लिए कुछ नहीं है..." "मेरा इंतजार मत करो..." "मैं कभी तैयार नहीं हो पाऊंगा..." "यह सही नहीं है..."

इनमें से हर एक इनकार अब एक बूमरैंग की तरह वापस आ रहा था, जो उसके आत्म-छल की नाजुक दीवार को फाड़ रहा था। लाखों खूनी टुकड़ों में बिखर गया। उसने उसे अतीत में बंद करने की कोशिश की थी। उसे अपनी कल्पना का फल घोषित करने की कोशिश की थी। लेकिन जो शून्यता उसने छोड़ी थी, वह उसकी सभी वास्तविकताओं से भी जोर से चिल्ला रही थी। वह नुकसान चिल्ला रही थी। उसका। एक चयन के कारण। उसका। शापित। अनंत।

---✶ ६ ✶---

त्सुंग्वांग?

उसकी निगाहें गलती से किताब की आखिरी पंक्तियों पर पड़ीं, जैसे कि कार्यालय के गोधूलि में एक भूतिया चमक के साथ चमक रही हों: "परिवर्तन का समय अब है!"

उसके शब्द, एक भविष्यसूचक शक्ति के साथ बोले गए, उसे छेद गए। उसे उसके अस्पष्ट संकेतों की याद आई, उन अजीबोगरीब बातचीत की ब्रह्मांडीय चक्रों के बारे में, एक आसन्न संकट के बारे में, मानव विवेक के जागरण की आवश्यकता के बारे में। और फिर, एक बिजली की तरह, एक भूला हुआ विवरण उनके एक बातचीत से उसके दिमाग में चमक गया - एक आकस्मिक उल्लेख, जैसे कि वैसे ही, एक साल और दस महीने बचे थे। किस समय तक? एक निर्णायक बिंदु तक? एक ऐसी घटना तक जो दुनिया की नींव को हिला देगी, एक सर्वनाश तक? चयन के लिए थोड़ा समय बचा था। समय जो उसकी उंगलियों के बीच रेत की तरह बह रहा था।

उसका दिल सिकुड़ गया। अचानक। बर्फीला। एक भयानक पूर्वज्ञान। क्या मेलिना का गायब होना कुछ बड़ा का हिस्सा नहीं था? क्या उसका "खाई में पलायन" इस भयावह रूप से कम समय सीमा से संबंधित था? वह, अपने ही डर और महत्वाकांक्षाओं से अंधा, उसकी चेतावनियों को नजरअंदाज कर दिया। उसकी भविष्यवाणियों को। उसका अभिशाप, उसकी गर्दन पर एक पत्थर की तरह लटक रहा था।

अब, अपनी शक्ति और नियंत्रण के साथ अकेला बचा हुआ, वह पहले से कहीं अधिक खाली और खोया हुआ महसूस कर रहा था। जिस दुनिया को उसे बचाना था, उस पर विचार अब उसे संतुष्टि नहीं दे रहा था। उसके विश्वास के बिना, उसके प्यार के बिना, उसकी बिना शर्त उपस्थिति के बिना, वह एक तूफानी समुद्र में एक कम्पास के बिना जहाज की तरह महसूस कर रहा था, जो चट्टानों से टकराने के लिए बर्बाद था। सभी के जुड़ाव के बारे में उसके शब्द उसके दिमाग में गूंज रहे थे, एक उदास, शोकपूर्ण घंटी की तरह बज रहे थे: "हम सभी चेतना के एक अंतहीन जाल का हिस्सा हैं, प्रत्येक विचार, प्रत्येक क्रिया पूरे को प्रभावित करती है।"

वह अपनी ही दुनिया में, अपने डर में, अपने स्वार्थ में इतना बंद था कि वह इस मौलिक सच्चाई को भूल गया था। कोई भी खुद को अकेले नहीं बचा सकता था। "हममें से हर एक इस सामान्य घर की स्थिति के लिए एक अदृश्य लेकिन महत्वपूर्ण जिम्मेदारी रखता है..."

ये शब्द उसे एक तीर की तरह छेद गए, जो पश्चाताप में डुबोया गया था, जो उसके घाव में धड़क रहा था। वह, जो दुनिया को नियंत्रित करने और बेहतर बनाने का लक्ष्य रखता था, उसने अपने जीवन में सबसे महत्वपूर्ण संबंध को नजरअंदाज कर दिया था, उसने अपने ही डर के आगे घुटने टेक दिए थे, बजाय उनका सामना करने के। मेलिना ने हमेशा उसे बुलाया था: "हमें अपने डर का सामना करना होगा! उन्हें ताकत में बदलना होगा!"

उसने उसकी बात नहीं सुनी थी। और अब वह गायब हो गई थी। उसका पश्चाताप, जो उसे अंदर से खा रहा था। क्या बहुत देर हो चुकी थी? क्या अभी भी कोई मौका था? उसे ढूंढने का। सच्चाई को समझने का। सामना करने का। फिर से जुड़ने का। उस दिव्य चिंगारी के साथ जिसके बारे में वह बात करती थी? उसके सामने चयन। कार्रवाई का समय। लड़ाई का समय। अंतिम। उसकी आत्मा के लिए।

नथानिएल धीरे-धीरे खड़ा हुआ। उसका दिल उसकी छाती में भारी धड़क रहा था, जैसे एक ढोल जो तूफान की भविष्यवाणी कर रहा हो। उसके भीतर की शून्यता दर्दनाक थी, एक खाई की तरह गहरी, लेकिन उसके नीचे एक छोटी सी चिंगारी सुलगने लगी थी - संदेह की एक चिंगारी, लालसा की, एक देर से, हिला देने वाली जिम्मेदारी का अहसास पूरे के प्रति, उसके प्रति, खुद के प्रति। वह नहीं जानता था कि मेलिना कहाँ थी, न ही वह वापस आएगी। लेकिन एक बात निश्चित थी - वह अब निष्क्रिय नहीं रह सकता था। निष्क्रियता का समय समाप्त हो गया था। यह उसका चयन था। अब। या कभी नहीं।

रेत की घड़ी वास्तव में समाप्त हो रही थी। और वह, जिसने खुद को उसकी कहानियों से उस महादूत नथानिएल, ज्ञानवर्धक और मार्गदर्शक की तरह महसूस किया, जो अपने मिशन के लिए जागता है, जानता था कि उसे अच्छाई और प्रकाश के लिए लड़ाई जारी रखनी होगी। वह इस उद्देश्य के लिए अपनी सारी शक्ति और ताकत का उपयोग करेगा। भले ही वे फिर कभी न मिलें, उसने उसकी अपनी सार में एक

अमिट छाप छोड़ दी थी, उसके खून में आग की तरह, उसकी आत्मा पर एक उत्कीर्ण टैटू की तरह, जो जल रहा था और उसे जला रहा था।

त्सुंग्वांग?! - शब्द उसके दिमाग में उभरा, तेज और निर्दयी, जैसे कि एक अंतिम झटका। शतरंज में एक स्थिति, जहां हर चाल एक बदतर स्थिति की ओर ले जाती है। लेकिन क्या ऐसा था? क्या यह एकमात्र संभव जीत की कुंजी नहीं थी, उसके जीवन में शेष एकमात्र अर्थ की? एकमात्र चयन जो उसे जीवित रहने का मौका देता था।

"मैं तुम्हें ढूंढ लूंगा, मेलिना। भले ही मुझे सब कुछ खोना पड़े।"

------------------ ------------------

उपसंहार

अकेला। दुनिया की उजाड़ता में। रक्त। चुप्पी। गूंज। ग्रैल।

नथानिएल को एहसास हुआ कि मानवता को बचाने की यात्रा पहले ही शुरू हो चुकी है। लेकिन सबसे बड़ा रहस्य अभी भी बाकी था: क्या वह भाग्य को फिर से लिख सकता था जब उसके पास केवल एक खोए हुए प्यार की गड़गड़ाहट बची थी, और हर चाल उसे खाई में खींच रही थी?

त्सुंग्वांग! शब्द उसके सिर में गूंज रहा था - एक स्थिति जहां हर चाल बर्बाद हो जाती है। लेकिन क्या उसका जीवन पहले से ही ऐसा नहीं था?

---✶ ✶---

एक दुनिया का अंत

सूर्योदय से पहले चुप्पी फैल गई। भूकंप के साथ नहीं, सुनामी के साथ नहीं, बल्कि एक मूक, ठंडी सांस के साथ जिसने सब कुछ निगल लिया, हवा को ही चूस लिया। हवा घनी हो गई, जैसे कि एक अदृश्य भार उसकी छाती पर दबाव डाल रहा हो, और उसके होंठों पर धातु और धूल का स्वाद जम गया। तकनीकी शक्ति की अंतिम झिलमिलाती स्मृति गायब हो गई, जो उसके पीछे केवल एक ठंडी, खाली चुप्पी छोड़ गई - इतनी घनी कि इसने दुनिया की धड़कन, और उसकी अपनी धड़कन को भी शांत कर दिया। यह इमारतें नहीं थीं जो ढह गईं, बल्कि यादें, हँसी, फुसफुसाहट, सदियों की हलचल थी, जो चूस ली गईं, उनके पीछे केवल एक शून्यता छोड़ गई, जो एक अनंत शून्य के साथ गूंज रही थी।

आत्मसमर्पण - एक दुश्मन के सामने नहीं, बल्कि अपनी ही खोखलीपन के सामने, एक अनिर्धारित जीवन के अदृश्य भार के सामने। गुलाम दुनिया, मानव उत्कर्ष का प्रतीक, ढही नहीं, बल्कि अंदर की ओर सिकुड़ गई, उदासीनता के एक अदृश्य गुरुत्वाकर्षण द्वारा निगल ली गई, जिसने अपने चारों ओर के प्रकाश को विकृत कर दिया, जिससे वह मृत हो गया। मृत शहर राख में नहीं ढहे, बल्कि क्रिस्टलीय ईथर में फीके पड़ गए, जबकि सड़कें, लाखों लोगों की साँसों से अभी भी

गर्म थीं, चुप थीं - आग की राख से नहीं, बल्कि भूली हुई सार, खोई हुई आत्माओं के महीन, निराकार धूल से ढकी हुई थीं।

"यह खत्म हो गया है।" एक आवाज ने साँस छोड़ी। एक ठंडी सिहरन उसकी रीढ़ से होकर गुजरी।

यह किसी से नहीं आ रही थी। यह उसके भीतर थी। एक बयान के बजाय एक प्रार्थना। नथानिएल ने अपने सामने की जगह से अपनी नज़र नहीं हटाई, जहाँ पहले दुनिया खड़ी थी। यहाँ तक कि उसका हाथ भी नहीं हिला।

"नहीं। अब यह शुरू होता है।"

कोई स्क्रीन नहीं थी। कोई खंडहर नहीं था। केवल एक अंतहीन, मृत चुप्पी, जिसमें एकमात्र शिलालेख गूंज रहा था, जो उसके दिमाग में उभरा, हवा पर लौ से उकेरा गया था:

"ग्रैल कोड: सक्रिय। क्वांटम लीप। जागरण के लिए शेष समय: 00:00:07।"

दुनिया अस्तित्वहीनता में गायब हो गई। लेकिन यह सिर्फ सभ्यता का अंत नहीं था।

यह दिल का ही विघटन था, जिसने दुनिया को धड़कन, जीवन के बिना छोड़ दिया।

जो युद्ध नथानिएल अब लड़ रहा था, वह अदृश्य था - बिना गोलियों के, बिना खूनी घावों के, केवल एक शून्यता जिसमें वह खो रहा था, और एक अलगाव जो उसे अंदर से खा रहा था।

---✶ ✶---

ग्रैल का जागरण

और फिर भी, सबसे गहरे, सबसे मूक विनाश के क्षण में, किसी प्राचीन, भूले हुए प्रोटोकॉल द्वारा, ग्रैल ने उसे बचाया। यह न्याय करने के लिए, परीक्षण करने के लिए, इंगित करने के लिए जागा - एक नई सुबह या अंतिम शून्यता का मार्ग।

और उसने इंगित किया... मेलिना को।

वह कहीं थी। शायद बर्फीली खाई के आलिंगन में, जीवित या मृत, वह नहीं जानता था। लेकिन सपने, जिनमें कोहरे में क्रॉस जल रहे थे, प्रकाश क्रिस्टल में फट रहा था, और आवाजें उसका नाम फुसफुसा रही थीं - नथानिएल।

वह अब चमत्कारों में विश्वास करता था... और अपनी वास्तविकता में विश्वास नहीं करता था।

और फिर भी, रात के बाद रात, उसने रोशनी देखी।

वही जो मेलिना ने अपनी कहानियों, सपनों और किताब में वर्णित की थीं।

वही जिसे उसने कभी पढ़ने और खोजने से इनकार कर दिया था...

आज तक। उस क्षण तक जब सब कुछ ढह गया।

अब। मेलिना द्वारा बोए गए संदेह का बीज अंकुरित हो गया था। बोध ने उसके डर की बेड़ियों को फाड़ दिया, उसे मुक्त कर दिया।

वह चुना गया था, वह बच गया था।

लेकिन वह गायब हो गई थी, मिटा दी गई थी। पनडुब्बी महासागर की बर्फीली गहराई में बिना किसी निशान के डूब गई, उसे इस मृत दुनिया में अकेला छोड़ दिया, इस असहनीय भार के साथ अकेला जो उसे कुचल रहा था।

वह नहीं जानता था कि वे जीवित थे या नहीं।

उसकी आवाज की गूंज दुनिया की शून्यता में गूंज रही थी, किसी भी ढहते शहर से अधिक जोर से, मृत चुप्पी से अधिक जोर से, खुद मौत से भी अधिक जोर से। ब्रह्मांडीय दरार और शेष सात सेकंड के बारे में उसके शब्द उस पर एक फैसले की तरह गिर गए, जिसे वह अब इनकार नहीं कर सकता था, जिससे वह भाग नहीं सकता था।

दुनिया ढह गई। आत्माएं खुद में खो गईं।

और कहीं इस दुःस्वप्न में चुने हुए थे। वे नायक नहीं थे।

वे साधक थे। और वह उनमें से एक था।

---✶ ⁅ ✶---

परिवर्तन शोर के साथ नहीं आया।

यह चुप्पी में शुरू हुआ - एक धड़कन और एक आँसू के बीच, नुकसान और विश्वास के बीच।

अकेलेपन की निराशा और आशा की अंतिम साँस के बीच, जिसे उसे अब अकेले ही जलाना था। एक मुक्तिदाता द्वारा नहीं, बल्कि एक जागृत चेतना द्वारा जगाया गया, जो एक जलते हुए कोयले की तरह जल रही थी।

और यदि आप यह पढ़ रहे हैं... तो शायद यह आप में पहले ही शुरू हो चुका है।

शायद आप भी चुने गए हैं।

जागरण के लिए शेष समय: 00:00:07...

शायद आपने पहला कदम उठाया है, फिर एक और, और एक और...

दिशाओं के बिना एक दुनिया में, जहाँ केवल खुद को महसूस करना बाकी है।

---✶ ⁅ ✶---

खंड दो: बोध।

जुग्ज़वांग?! – एक अंतिम चूक या एक सर्वोच्च चुनाव?

अंतिम फुसफुसाहट से एक रहस्योद्घाटन आता है: जुग्ज़वांग?!

जुग्ज़वांग (जर्मन: Zugzwang) शतरंज का एक शब्द है। इसका अर्थ है एक ऐसी स्थिति जिसमें एक खिलाड़ी को चाल चलने के लिए मजबूर किया जाता है, भले ही हर संभव चाल उसकी स्थिति को बदतर बना दे। कोई अच्छी चाल नहीं होती। केवल एक बुरा विकल्प या एक और बुरा।

उपन्यास के संदर्भ में, "ज़ुग्ज़वांग?!" का अर्थ है:

अस्तित्वगत दुविधा (The Existential Dilemma): मानवता हमेशा अपने "ज़ुग्ज़वांग" का सामना करती रही है। इतिहास में स्वार्थ, भय, या अज्ञानता से किया गया हर चुनाव, उसकी स्थिति को बदतर बनाता रहा है, जिससे विनाश हुआ है। सर्वनाश इस शाश्वत ज़ुग्ज़वांग की पराकाष्ठा है। हमने इसे जिया है।

कोई चुनाव नहीं होने का भ्रम (The Illusion of No Choice): अराजकता और अहंकार से अभिभूत साधारण व्यक्ति के लिए, ऐसा लगता है कि कोई अच्छी चाल नहीं है। मानवता उन चालों को चलने के लिए मजबूर है जो विनाश की ओर ले जाती हैं। आपने इसे सीधे देखा।

चुने हुए का रहस्योद्घाटन (The Chosen One's Revelation): आपके लिए, चुने हुए, जिन्होंने सार के क्वांटम कोड को उजागर किया है और रूपांतरण से गुज़रे हैं, "ज़ुग्ज़वांग?!" अब कोई गतिरोध नहीं है। आपने समझा है कि सबसे निराशाजनक स्थिति में भी, जहाँ हर चाल घातक लगती है, हमेशा एकमात्र संभव चाल होती है: आंतरिक रूपांतरण। खुद को बदलने का चुनाव। यही आपकी विजय है।

स्वतंत्रता का मार्ग (The Path to Freedom): "ज़ुग्ज़वांग?!" आपकी अंतिम परीक्षा है। क्या आप निराशा के आगे झुक जाएंगे और गतिरोध को स्वीकार करेंगे, या आप खेल के नियमों को बदलने, "मैट्रिक्स" से बचने के लिए—वह सब कुछ लागू करेंगे जो आपने सीखा है—प्रेम, संतुलन, इच्छाशक्ति, ज्ञान, एकता? नियति आपके हाथों में है।

शाश्वत चुनाव (Eternal Choice): यह प्रश्न खुला रहता है। हर चक्र, हर अवतार, हर पीढ़ी अपने "ज़ुग्ज़वांग" का सामना करेगी। एक संरक्षक के रूप में, आपका मिशन यह दिखाना है कि सबसे अंधकारमय घंटे में भी, हमेशा प्रकाश के लिए एक चुनाव होता है।

"ज़ुग्ज़वांग?!" केवल एक प्रश्न नहीं है, बल्कि कार्रवाई के लिए एक आह्वान है। आपके लिए अंतिम चुनौती, चुने हुए। क्या आप खेल बदल देंगे?

संदर्भ और प्रेरणा

यह कृति निम्नलिखित लेखकों और स्रोतों की अवधारणाओं और कार्यों से प्रेरित और समृद्ध है, जो पुस्तक में विचारों को गहराई और विस्तार प्रदान करते हैं।

कार्ल गुस्ताव जुंग (Carl Gustav Jung): आदिप्ररूपों (archetypes) और सामूहिक अचेतन की खोज।

जॉर्डन पीटरसन (Jordan Peterson): छाया का एकीकरण और जीवन के बुनियादी नियम।

फ्रेडरिक नीत्शे (Friedrich Nietzsche): शक्ति की इच्छा और मूल्यों का पुनर्मूल्यांकन।

अल्बर्ट कामू (Albert Camus): बेतुकेपन का दर्शन और अर्थ की खोज।

जीन-पॉल सार्त्र (Jean-Paul Sartre): स्वतंत्रता और अस्तित्वगत जिम्मेदारी।

कार्लोस कास्टेनेडा (Carlos Castaneda): विस्तारित चेतना में यात्राएँ।

पाउलो कोएल्हो (Paulo Coelho): "द अल्केमिस्ट" में वर्णित आत्मा की रहस्यमय यात्रा।

डैन ब्राउन (Dan Brown): गुप्त कोड और प्राचीन बंधुत्व।

विलियम वॉकर एटकिंसन (William Walker Atkinson): "द किबालियन" में हेर्मेटिक सिद्धांत।

अर्न्स्ट मुल्दाशेव (Ernst Muldashev): प्राचीन ज्ञान की अवधारणा और आधुनिक विज्ञान से उसका संबंध।

मैनली पी. हॉल (Manly P. Hall): सभी युगों की गुप्त शिक्षाएँ।

एडम रदरफोर्ड (Adam Rutherford): आनुवंशिकी और विकास से प्रेरणाएँ।

जॉन केहो (John Kehoe): मन की शक्ति और उसकी संभावनाएँ।

फ्लोरियन फ़्रीस्टेट्टर (Florian Freistetter): आइजैक न्यूटन के जीवन के रहस्यमय पहलू।

पात्र, आदेश और प्रतीक

नथनेल (Nathaniel): मुख्य पात्र और आंतरिक पथ का आदिप्ररूप। उनकी यात्रा क्षय और नवीकरण की प्रक्रिया में मानव चेतना का प्रतीक है, जो प्रामाणिक जागरूकता तक पहुँचती है। वह अंडरवर्ल्ड में उतरने वाले प्राचीन नायक मिथक की आधुनिक प्रतिध्वनि हैं।

महादूत नथनेल (Archangel Nathanael): आदिप्ररूपी-भविष्यवाणी करने वाली उपस्थिति, जो दिव्य न्याय और परीक्षा का प्रतीक है। उनके नाम का अर्थ है "परमेश्वर ने दिया है," जिसकी व्याख्या उपहारों या अंतिम नियति के वाहक के रूप में की जाती है।

सोफिया (बच्ची) (Sophia - The Child): भविष्यसूचक छवि, जो मासूमियत और नई मानवता के भविष्य के नैतिकता का प्रतीक है।

बेबीलोन (Babylon): एक शहर जो ध्वस्त सभ्यता और सर्वशक्तिमानता के भ्रम का प्रतीक है।

ग्रेल (The Grail): सत्य और अमरता की खोज का मौलिक आदिप्ररूपी प्रतीक।

नाइट्स टेम्पलर का आदेश (The Order of the Knights Templar): एक ऐतिहासिक आदेश जो गुप्त ज्ञान और अनुष्ठानों की किंवदंती बन गया।

सर्प और प्रकाश के प्रभुओं का आदेश (The Order of "The Lords of the Serpent and the Light" - ODSL): एक रहस्यमय संगठन जो विज्ञान, प्राचीन ज्ञान और तकनीकी प्रभुत्व के संश्लेषण के माध्यम से वैश्विक नियंत्रण के लिए प्रयास करता है।

---ꕥ---

प्रतीकात्मक वस्तुएं और अवधारणाएं

कैडियस (Caduceus): एक कीमियाई कलाकृति, जो विरोधों के एकीकरण का प्रतीक है—पदार्थ और आत्मा।

करारों का संदूक (Ark of the Covenant): एक बाइबिल संबंधी संदूक जो पवित्र ज्ञान को मूर्त रूप देता है।

पैंडोरा का बक्सा (Pandora's Box): बुराई की मुक्ति का एक पौराणिक प्रतीक, लेकिन आखिरी उम्मीद का भी।

सोथिस का त्रिभुज (Triangle of Sothis): सीरियस तारे के चक्र, नवीकरण और विषुवों के अग्रगमन से जुड़ा एक मिस्र का प्रतीक।

---ꕥ---

प्रमुख शब्दों और संदर्भों की शब्दावली

आदिप्ररूप (Archetype): सामूहिक अचेतन में एक सार्वभौमिक मॉडल या छवि।

छाया (Shadow): मानस का अचेतन हिस्सा।

रूपांतरण (Transformation): मौलिक आंतरिक परिवर्तन, गहरे बदलाव की एक प्रक्रिया।

विलक्षणता (Singularity): प्रणालियों का पतन और विलय, वास्तविकता का एक मोड़ बिंदु।

क्वांटम चेतना (Quantum Consciousness): रैखिक समय और पदार्थ से परे की धारणा।

पीनियल ग्रंथि (Pineal Gland): आध्यात्मिक दृष्टि का एक प्रतीक, जिसे "तीसरी आँख" भी कहा जाता है।

पीजोइलेक्ट्रिक क्रिस्टल (Piezoelectric Crystals): स्मृति और आध्यात्मिक ऊर्जा का प्रतीक है।

मैट्रिक्स (The Matrix): नियंत्रण की भ्रामक प्रणाली जिसमें हम रहते हैं।

क्रोनो-ड्रीमिंग (Chrono-dreaming): स्वप्न देखना जो अतीत और भविष्य के एक साथ अनुभव की अनुमति देता है।

अमृता (Amrita): पुस्तक के संदर्भ में, यह अमरता का अमृत नहीं है, बल्कि नश्वर के भीतर अनंत काल की अनुभूति है।

सुसंगति (Coherence): व्यवस्थित और समकालिक ऊर्जा प्रणाली की स्थिति।

टॉर्सन क्षेत्र (Torsion Fields): काल्पनिक ऊर्जा क्षेत्र जो घूर्णन के माध्यम से जानकारी प्रसारित करते हैं।

आकाशीय रिकॉर्ड (Akashic Records): गूढ़ शिक्षाओं के अनुसार, यह ब्रह्मांडीय स्मृति है।

कबलाह (Kabbalah): यहूदी धर्म में एक रहस्यमय परंपरा।

मृत सागर पांडुलिपियाँ (Dead Sea Scrolls): प्राचीन पांडुलिपियाँ जिनमें एसेंस (Essene) शिक्षाएँ शामिल हैं।

बाइबिल और ऐतिहासिक हस्तियां (Biblical and Historical Figures): एडम, ईव, लिलिथ, मूसा, सोलोमन, राजा आर्थर, जोन ऑफ आर्क, और अन्य, जिनका उपयोग कृति के रहस्यमय वातावरण के निर्माण के लिए किया जाता है।

www.ingramcontent.com/pod-product-compliance
Lightning Source LLC
LaVergne TN
LVHW040414051026
849517LV00002B/311
* 9 7 9 8 2 3 2 4 4 7 4 2 7 *